MIRA®

Der Preis dieses Bandes versteht sich einschließlich der gesetzlichen Mehrwertsteuer.

Umwelthinweis:
Dieses Buch wurde auf chlor- und säurefreiem Papier gedruckt.

Paul Johnston

White Devil: Tödliche Liste

Roman

Aus dem Englischen von
Volker Schnell

MIRA®

MIRA® TASCHENBUCH
Band 25281
2. Auflage: August 2008

MIRA® TASCHENBÜCHER
erscheinen in der Cora Verlag GmbH & Co. KG,
Valentinskamp 24, 20350 Hamburg
Deutsche Erstveröffentlichung

Titel der englischen Originalausgabe:
The Death List

erschienen bei: Harlequin Enterprises Ltd., Toronto
Published by arrangement with
HARLEQUIN ENTERPRISES II B.V./S.àr.l.

Konzeption/Reihengestaltung: fredebold&partner gmbh, Köln
Umschlaggestaltung: pecher und soiron, Köln
Redaktion: Ivonne Senn
Titelabbildung: Harlequin Enterprise S.A., Schweiz
Autorenfoto: © by Harlequin Enterprise S.A., Schweiz
Satz: Buch-Werkstatt GmbH, Bad Aibling
Druck und Bindearbeiten: CPI – Ebner & Spiegel, Ulm
Printed in Germany
ISBN 978-3-89941-462-2

www.mira-taschenbuch.de

DANKSAGUNG

Während der Höhen und Tiefen meines Lebens in letzter Zeit hat meine Familie getan, was sie konnte, um mir zu helfen. Mein Vater Ronald hat White Devil als Erster gelesen. Ich hoffe, die Operation am offenen Herzen, der er sich später erfolgreich unterziehen musste, wurde nicht von diesem Buch verursacht. Für jene, die für großzügige Gastfreundschaft in Herne Hill gesorgt haben – Claire, Chris und Frances – mag dies eine merkwürdige Art sein, Dankbarkeit auszudrücken. Aber es gibt keinen merkwürdigeren Typen als einen Schriftsteller, Leute …

Zum Glück hatte ich außerdem die uneingeschränkte Unterstützung von zwei herausragenden Krimiautoren: Mein Dank aus tiefstem Herzen gilt meinen guten Freunden Robert Wilson (Oxford 1976 und dann die Welt …) und Julia Wallis Martin (London 1999, aber beinahe auch Oxford 1976).

Meine Agentin Broo Doherty hat das Potenzial dieses Buches schnell erkannt. Ihre scharfsinnigen Anmerkungen haben es unermesslich verbessert. Ich grüße dich, Broo.

Die Einsichten meiner Lektorin Linda McFall waren ebenfalls wesentlich. Meine tiefe Dankbarkeit geht an sie und an alle bei MIRA, dem enthusiastischsten aller Verlage.

A. d. Ü.

Die deutschen Zitate aus dem Stück „The White Devil“ von John Webster wurden dem ersten Band von „Altenglisches Theater“ entnommen, „Websters Weißer Teufel oder Vittoria Gorombona“, übersetzt von Robert Prölk, Bibliographisches Institut, Leipzig, 1881.

PROLOG

An diesem Abend war dichter Nebel über London aufgezogen, und der Verkehr staute sich auf der ganzen Strecke vom Kreisverkehr an der Lea Bridge bis nach Hackney Central.

Jawinder Newton schlug mit den Händen aufs Lenkrad, als der Bus vor ihrem Peugeot schon wieder stoppte. Es war fast elf Uhr. Nicht zum ersten Mal hatte das monatliche Treffen des Hospital Trust länger gedauert. Der Septemberbericht steckte voller ungelöster Probleme, und sie hatte nur mit Mühe die Augen offen halten können. Es war nicht nur ihr anstrengender Job – sie war Anwältin in einer viel beschäftigten örtlichen Kanzlei, die sich um die Sorgen und Nöte von Einwanderern kümmerte. Tatsächlich war sie erst vor sechs Wochen aus dem Mutterschaftsurlaub wieder an die Arbeit zurückgekehrt. Es fiel ihr schwer, nicht bei ihrem wunderschönen kleinen Raul zu sein. Er war fast acht Monate alt, und schon hatte sie das Gefühl, die enge Beziehung zu ihm zu verlieren. Wenigstens konnte ihre Mutter nach dem kleinen Kerl sehen, während sie und Steven tagsüber außer Haus waren. Ihr war völlig unbegreiflich, wie manche Leute ihre Kinder Fremden anvertrauen konnten.

Am nächsten Kreisverkehr löste sich der Stau endlich auf, und Jawinder bog bei Clapton Ponds rechts ab. Gegenüber dem terrassierten Haus in der Thornby Road fand sie einen Parkplatz und griff nach ihrer Tasche. Bevor sie ausstieg, schaltete sie die Innenbeleuchtung an und blickte in den Rückspiegel. Sie sah katastrophal aus, ihr kurzes schwarzes Haar war zerwühlt, und ihre Augen waren blutunterlaufen, aber das war ihr egal. In ein paar Sekunden würde sie sich in Rauls entzückendem Geruch verlieren und seinem wundersam gleichmäßigen Atem lauschen.

Im dichten Sprühregen schloss Jawinder den Wagen ab und rannte über die leere Straße, den Hausschlüssel in der Hand. Während sie die Treppe hochstieg, setzte ihr Herz für einen Schlag aus. Raul schrie. Obwohl das Kinderzimmer in einem der hinteren Räume des ersten Stocks lag, konnte sie seine Schreie ganz deutlich hören und geriet sofort in Panik. Was war mit Steven los? Er konnte doch bestimmt nicht vor dem Fernseher eingeschlafen sein. Der Krach war laut genug, um Tote aufzuwecken.

Sie drückte die Tür auf, ließ Handtasche und Aktenmappe auf den Boden sinken.

„Steven!“, rief sie, als sie an der Wohnzimmertür vorbeieilte. Sie stand ein paar Zentimeter offen, und sie konnte den Hinterkopf ihres Mannes über dem Sofarücken lehnen sehen. Im Fernseher nahm Jeremy Paxman irgendeinen Regierungsvertreter auseinander. „Um Gottes willen, Steven! Hörst du denn Raul nicht?“

Jawinder raste mit hämmerndem Herzen die Treppe hoch. Die Stimme ihres Sohnes klang markerschütternd. Die Haare in ihrem Nacken richteten sich auf, und sie verschluckte sich an ihrem eigenen Atem. Sie rannte ins Kinderzimmer.

„Was ist los, mein Liebling?“, sagte sie und hob das rotgesichtige Kind aus seinem Bett. Seine Augen waren weit aufgerissen und voller Tränen. Abwechselnd japste er nach Luft und schrie, als wäre er zu Tode erschrocken. So hatte Jawinder ihn noch nie gesehen. Sie presste ihn gegen ihre Brust und drückte ihm eine Handfläche auf die Stirn. Fieber hatte er nicht. Das arme Kind. Er musste einen fürchterlichen Traum gehabt haben. Hatten Babys überhaupt Albträume? Sie gab beruhigende Geräusche von sich, streichelte seinen Rücken und fühlte, wie sein aufgewühlter kleiner Körper langsam ruhig wurde.

„Ist ja alles gut, mein Süßer, Mummy ist wieder da." Sie holte die Decke aus dem Bett und wickelte sie um ihn. „Mummy ist zu Hause, um sich um ihren kleinen Mann zu kümmern."

Raul sah sie mit großen, tränenerfüllten braunen Augen an und ließ ein zufriedenes Grunzen hören. Dann lächelte er.

„Mein Liebling", sagte Jawinder, fand sein Fläschchen und steckte es ihm zwischen die Lippen. „Da kannst du mal sehen. Dieser dämliche Daddy. Lass uns mal runtergehen und gucken, was der sich einbildet." Sie trug das saugende Kind aus dem Zimmer, ihre Augen schmal vor Wut. Sie würde Steven schon mitteilen, was genau sie von seinen Fähigkeiten als Kindermädchen hielt.

Als sie die offene Wohnzimmertür erreichte, blickte Jawinder über das dunkle Kopfhaar ihres Sohnes hinweg. Sie bemerkte jetzt erst, dass der Fernseher viel lauter war, als Steven es mochte. Er beklagte sich immer darüber, wie laut ihre Mutter den Fernseher stellte.

„Steven?", sagte sie streng. „Hast du deinen Sohn nicht schreien gehört?" Die Fernbedienung lag auf dem Fernseher. Sie ging hin, um den Ton leiser zu stellen, verblüfft, sie dort zu finden. Ihr Mann legte die Fernbedienung normalerweise zwischen seine Beine, und sie war sicher, dass er das tat, um ihre Mutter zu ärgern. „Steven?"

Jawinder drehte sich um und hätte Raul beinahe fallen gelassen. Sie schaffte es, einen Schrei zu unterdrücken, der aus ihrer Kehle kommen wollte, aber ihr Sohn hatte bereits wieder angefangen zu schluchzen. Sie drehte ihn in die andere Richtung, damit seine Augen nicht sahen, was auf dem Sofa war.

„Steven?“, wiederholte sie, ihre Stimme war nur noch ein Flüstern.

Aber ihr Mann antwortete nicht. Er konnte nicht antworten. Ein roter Schal war fest um seinen Mund gezogen, seine Wangen darüber waren herausgepresst. Seine Augen, dieses tiefe Blau, das sie so sehr angezogen hatte, als sie sich vor fünf Jahren in der Bank zum ersten Mal begegnet waren – sie war da, um einen Kredit für die Kanzlei auszuhandeln –, dieses wunderschöne Blau war nur noch eine Karikatur von dem, was es einmal gewesen war, jetzt, wo seine Augäpfel hervortraten wie die eines Tintenfischs.

Jawinders Knie gaben nach, ihr Körper wurde von Spasmen geschüttelt, die Rauls Weinen in ein verängstigtes Blöken verwandelten. Sie formte den Namen ihres Mannes mit den Lippen, ihre Stimme war weg.

Steven Newton hing mit weit gespreizten Beinen ausgestreckt auf dem Sofa. Er hatte den Kaffeetisch umgestoßen, eine Bierdose war auf dem Teppich ausgelaufen. Aber es war nicht der von Jawinder so verabscheute Alkoholgeruch, der ihr jetzt den Magen umdrehte. Es war der sehr viel abstoßendere, unverwechselbare Gestank des Todes.

Er kam aus der Magengrube ihres Mannes. Sein Hemd war zur Seite gezerrt und seine Bauchhöhle aufgeschlitzt. In einer Kaskade von Blut waren seine inneren Organe auf seinen Schoß gekippt.

Jawinder stolperte zur Tür, sie drehte Rauls Gesicht weg von seinem Vater. Sie schloss die Tür hinter sich und griff zum Telefon auf dem Dielentisch. Der schnurlose Hörer war weg. Sie konnte sich nicht dazu bringen, zurück ins Wohnzimmer zu gehen und danach zu suchen. Sie wühlte in ihrer Handtasche, fand das Handy und tippte 999.

Ihr Sohn fing wieder zu weinen an, als sie ihren Namen und ihre Adresse mit sich überschlagender Stimme hervorstammelte. Aber sie konnte nicht beschreiben, was Steven angetan worden war.

Das Entsetzen würde sie mit Sicherheit nie wieder verlassen.

„Allmächtiger! Jesus Christus!"

„Tief durchatmen", sagte Karen Oaten. „In diesem Raum gibt es schon genügend unangenehm riechende Substanzen."

„Tut mir leid, Chef." Detective Sergeant John Turner, seit acht Jahren dabei, aber immer noch mit einem nervösen Magen geschlagen, schaffte es, die bittere Flut herunterzuschlucken, die in seiner Kehle aufgestiegen war. Inspector Oaten hatte keine Geduld mit Leuten, die ihren Bauch nicht unter Kontrolle hatten. Außerdem hatte sie nichts für Leute übrig, die ihren Namen in „Wild Oats" verballhornten, also tat das keiner, zumindest nicht in ihrer Gegenwart. Sie war eine toughe Frau, und sie wollte nicht, dass zwischen ihr und ihren männlichen Kollegen irgendwelche Unterschiede gemacht wurden, also war „Ma'am" out, und „Chef" war in. Turner, der aus Cardiff kam, wünschte, er könnte den Rest des Teams davon abhalten, ihn „Taff" zu nennen, ein Spitzname für Waliser, aber ihm war klar, da gab es keine Chance. „Was meinen Sie?", fragte er. „Jamaikaner? Türken?"

Die Inspektorin warf ihm einen undurchdringlichen Blick zu. In einem weißen Overall und dazu passenden Plastiküberschuhen schaffte sie es, gleichzeitig attraktiv und kontrolliert zu erscheinen, das blonde Haar hinten zusammengeknotet. Außerdem war sie so clever, wie es nur ging, eine Universitätsabsolventin auf dem schnellen Weg nach oben, die ziemlich bald aus der Eastern Homicide Division der Londoner Metropolitan Police wegbefördert werden würde, da war Turner sicher. Er hoffte bloß, dass sie lange genug blieb, damit er was von ihr aufschnappen könnte.

„Sieht auf jeden Fall so aus, als hätte es was mit Drogen zu tun." Oaten blickte zu dem Hundert-Gramm-Beutel Kokain, den einer der Spurensicherer unter dem umgestürzten Kaffeetisch entdeckt hatte.

Turner sah auf seinen Notizblock. „Laut Aussage seiner Frau hat er nie irgendwelche Drogen angerührt. Er war Filialleiter einer Bank."

Die Inspektorin kniete vor dem toten Mann und hielt sich eine Mullbinde über Mund und Nase. Ihre Augen flackerten nicht, als sie die Wunden betrachtete. „Das wird die Autopsie klären." Sie sah zu dem Rechtsmediziner auf, der seinen Koffer schloss. „Vorläufige Einschätzungen?"

„Todesursache Schock und oder Blutverlust." Der dünne, kahl werdende Doktor sah auf seine Uhr. „Es ist jetzt 16 Minuten nach eins, morgens. Ich schätze, er starb zwischen acht und zehn abends."

Karen beugte sich näher zur Leiche. „Waffe?"

„Sehr scharf, zweischneidig, ungezackte Klinge. Ein Stich ist am Rücken des Opfers über der linken Niere wieder rausgekommen, sie muss also mindestens dreißig Zentimeter lang gewesen sein."

„Also eher ein kleines Schwert als ein Messer", sagte Turner.

Die Inspektorin schien ihn nicht gehört zu haben. „Ich sehe da eine Quetschung auf seiner Stirn."

„Stimmt. Allerdings glaube ich nicht, dass das gereicht hat, um ihn k. o. zu schlagen."

Turner schluckte heftig. „Also war er bei Bewusstsein, als er … als er aufgeschlitzt wurde?“

Der Rechtsmediziner nickte. „Hässlich. Äußerst hässlich.“

„Kalkuliert oder durchgedreht?“, fragte Oaten. Sie war bekannt dafür, an Tatorten nur ein Minimum an Worten zu verschwenden.

„Ersteres würde ich sagen.“ Der Pathologe zeigte auf das zerfetzte Gedärm. „Das Muster ist ziemlich regelmäßig. Zehn Schnitte aufwärts nach meiner Zählung. Der Mörder muss einen kräftigen Arm haben.“

Die Inspektorin hatte sich die Handgelenke des Toten angesehen. „Hier ist auch Blut. Er war gefesselt.“

Der Pathologe nickte. „Sieht nach einem dünnen Seil aus, sehr fest zugeschnürt.“

Oaten sah sich um. „Und dann wieder losgebunden, das Seil ist nicht da. Was sagt uns das, Taff?“

„Dass er auch unter Druck ganz ruhig bleibt.“ Das Gesicht des Walisers rötete sich. „Und dass er nach einem Plan vorgeht.“

Die Inspektorin nickte. „Er hat die Leiche liegen lassen wie zur Schau gestellt. Ich frage mich, was das bedeuten soll.“ Sie wandte sich dem Doktor zu. „Okay, vielen Dank. Bei der Autopsie will ich dabei sein.“

„Ich sorge dafür, dass Sie über den Termin informiert werden.“ Er ging.

„Na schön, Taff, machen wir mal ’ne Pause.“ Oaten führte ihren Untergebenen hinaus in die Halle. Die Spurensicherung war noch bei der Arbeit, hatte aber bisher keine offensichtlichen Abdrücke oder Spuren gemeldet. Außer im Wohnzimmer gab es nirgendwo Blut, und die Tür wies keine Spuren gewaltsamen Eindringens auf.

„Sie nehmen an, dieser Newton könnte ein Dealer gewesen sein, der einem Bandenkrieg zum Opfer fiel?“, fragte Turner.

Die Inspektorin hob die Schultern. „Möglich. Sie werden morgen den ganzen Tag die Nachbarn abklappern und mit seinen Kollegen in der Bank reden, um festzustellen, wie wahrscheinlich das ist.“

Turner nickte müde. „Was haben Sie von der Frau erfahren?“

Oaten zuckte die Achseln. Sie hatte nur zehn Minuten mit Jawinder Newton verbracht, bevor die Frau zum Haus ihrer Mutter gleich um die Ecke gebracht wurde. Nach einem unsicheren Beginn hatte sie sich in den Griff gekriegt und das Auge einer Anwältin für Details unter Beweis gestellt, aber viel hatte sie nicht sagen können.

„Sieht das für Sie nach einem Raubüberfall aus, Taff?“, fragte die Inspektorin, das Basisgerät des Telefons anstarrend.

„Kaum.“ Turner versuchte zu lächeln. „Eher wie der Hackney Ripper in voller Fahrt.“

„Nehmen Sie dieses R-Wort nie wieder in den Mund“, sagte Oaten ernst. „Die Medien brauchen da keinerlei Ermunterung.“

„Tut mir leid, Chef.“ Turner sah weg. „Nein, das kommt mir nicht wie ein Raubüberfall vor, der außer Kontrolle geriet.“

„Sie haben also das Laptop-Kabel auf dem Tisch drinnen nicht bemerkt?“ Die Inspektorin bedachte ihn mit einem schmalen Lächeln. „Lieber Himmel, Sergeant.“

„Die Ehefrau hat einen fehlenden Laptop gemeldet?“

„Korrekt. Und das Festnetztelefon.“

„Der Hörer?“

„Zwei Hörer – einer hier unten und einer aus dem elterlichen Schlafzimmer."

Oaten und Turner tauschten Blicke aus.

„Interessant, nicht?", sagte die Inspektorin. „Vielleicht war da was auf der Festplatte, das den Killer in Verdacht bringen könnte."

„Und die Telefone?"

„Nummern im Speicher. Wir werden die Aufzeichnungen der Telefonfirma checken." Karen Oaten stieß Turner in die Rippen. „Sieht aus, als hätte sich Mr. Steven Newton nicht bloß mit Hypotheken und Krediten für lokale Kleinunternehmer beschäftigt."

Der Sergeant versuchte immer noch, den Anblick des zerfetzten Unterleibs des Opfers aus dem Kopf zu kriegen. Er hatte keinen Erfolg damit.

1. KAPITEL

Der Tag, an dem ich meinen Pakt mit dem Teufel schloss, fing genauso an wie jeder andere.

Es war so ein sonniger Morgen im späten Frühling, wenn die Seele eigentlich verrückt vor Freude die frische Luft genießen sollte. Meine tat das nicht. Ein paar Meilen nördlich reflektierte der weiße Stahlkreis des London Eye die aufgehende Sonne, die Iris hohl und die Podeste schon voll mit Touristen, die weit mehr von den Eintrittspreisen eingeschüchtert waren als von der angeblich beeindruckenden Aussicht. Spinner.

Ich hatte Lucy zur Schule in Dulwich Village gebracht und war auf dem Rückweg. Der Spaziergang da runter, Hand in Hand mit meiner zauberhaften Achtjährigen, war einer der Höhepunkte jedes Wochentages. Der andere war, wenn ich sie nachmittags wieder abholte. Mich hinterher den Hügel hoch zu meiner Zweizimmerbude zu schleppen, war der Tiefpunkt. Da wartete ein leerer Computerbildschirm auf mich, und im letzten Monat hatte ich nicht mehr als ein paar Plattenkritiken zustande gebracht. Heute schien mein nächster Roman so weit weg zu sein wie die Wolkenkratzer von Manhattan; morgen hätte er sich womöglich bis nach Chicago verdrückt.

Ich musste der Sache ins Gesicht sehen, sagte ich mir selbst, als ich die Brantwood Road entlangging. Ich war blockiert, und zwar gründlich. Litt an finaler Schreibverstopfung. Dass ich endlich wieder vorankäme, war etwa so wahrscheinlich wie dass die Regierung die Steuern für die Reichen erhöht. Es wurde Zeit, mir eine alternative Beschäftigungsstrategie einfallen zu lassen. Zum Beispiel gab es ja offenbar jede Menge Arbeitsplätze, die Bürgersteige für die Kabelfirmen ruinieren. Ich trat über einen unregelmäßigen, kürzlich gelegten Asphaltstreifen und ging den Weg hoch zu meiner Haustür. Nur war es gar nicht meine eigene. Sie – und die Wohnung dahinter – hatte ich von dem pensionierten Ehepaar im Erdgeschoss gemietet. Die Lambs waren an der Oberfläche charmant, aber scharf wie Schlachtermesser, wenn es um Geld oder um Vertragliches ging. Ich hatte die Wohnung nur genommen, um nach der Scheidung in Lucys Nähe sein zu können. Sie und meine Exfrau Caroline wohnten um die Ecke in dem, was mal das traute Heim unserer Familie gewesen war, mit Blick auf den Ruskin Park. So wie die Dinge lagen, würde ich mir sogar dieses Dreckloch nicht mehr lange leisten können.

In der Post war nichts Besonderes – jedenfalls keine Schecks: ein Musikmagazin, das ich abonnieren musste, obwohl ich gelegentlich dafür schrieb, die Stromrechnung und eine Einladung zu einer Buchpremiere. Irgendwer in der PR-Abteilung von Sixth Sense, meinem früheren Verlag, war entweder unfassbar inkompetent oder wollte mich hochnehmen. Unter keinen Umständen würde ich auch nur in die Nähe von etwas kommen, was sie eine „Unterschichtsparty" zur Feier von Josh Hinkleys letzter East-End-Gangster-Comedy nannten. Als er anfing, verkaufte der Idiot kaum halb so viel wie ich. Jetzt war ich ein Niemand, und er war einer der Top-Ten-Bestsellerautoren. Konnte der überhaupt schreiben? Zum Teufel, nein.

Ich machte mir eine Tasse Früchtetee und versuchte zu ignorieren, was Caroline gesagt hatte, als ich das Koffein aufgab. „Super Idee, Matt. Du willst sogar noch weniger wach sein als jetzt schon?" Sie konnte mich ohne jede Anstrengung fertigmachen. Ein toller Job in der City, täglich Treffen mit Topmanagern, internationales Ansehen als Ökonomin – und eine scharfe Zunge, die Stiche austeilen konnte wie eine durchgeknallte Wespe. Wie hatte ich das übersehen können, als wir zusammenkamen? Musste etwas mit der Tatsache zu tun haben, dass ihr ein Körper gehörte, nach dem sich auf der Straße immer noch Köpfe umdrehten. Wer war eigentlich jetzt das arme Schwein?

Am Computer ging ich ins Netz und öffnete mein E-Mail-Programm. Mehrere meiner Schriftstellerfreunde waren stolz darauf, niemals ihre Mails zu checken, bevor sie ihr Tagespensum geschafft hatten. Diese Art von Disziplin besaß ich nie. Ich musste erst Verbindung mit der Welt aufnehmen, bevor ich meine Version davon schreiben konnte. Das redete ich mir zumindest ein. Tief im Innern wusste ich, das war bloß ein Ablenkungsmanöver, auf demselben Niveau wie Papierstapel sortieren oder den Staub von den Disketten pusten. Auch als ich mittelprächtig erfolgreich war, geriet ich immer noch über unerwartete gute Neuigkeiten in Begeisterung, selbst wenn mir bloß ein Assistent meines Agenten mitteilte, dass sie Übersetzungsrechte für eins meiner Bücher für ein paar Kröten an irgendein osteuropäisches Land verkauft hatten. Es war fast ein Jahr her, dass etwas derart Nebensächliches passiert war.

Der Kontakt-Link meiner Website war direkt mit meinem Mail-Eingang verbunden. Jedenfalls noch. Ich konnte die Rechnung nicht bezahlen, deshalb würde www.MattStonecrimenovelsofdistinction.com nicht mehr lange online sein. Als meine Bücher sich noch verkauften, kriegte ich bis zu fünf Nachrichten pro Tag von Fans, die mir unbedingt mitteilen wollten, wie toll sie meine Arbeit fanden. Jetzt, wo ich nicht mehr der Augapfel irgendeines Verlages war, hatte ich schon Glück, wenn ich fünf pro Woche erhielt. Aber Hoffnung ist alles. Es gibt nichts Besseres als ein bisschen unverdünnte Schmeichelei, um die kreative Maschine anzuwerfen.

Nachdem ich den üblichen Porno- und Cheap-Viagra-Spam gelöscht hatte, sah ich mir an, was übrig blieb. Eine kurze Mail von dem für Kritiken zuständigen Redakteur eines der Herrenmagazine, die manchmal was von mir druckten. Ich hatte ihn um Arbeit angebettelt, und er hatte nichts Besseres zu tun, als mich wissen zu lassen, dass meine Dienste diesen Monat nicht benötigt würden. Großartig. Weg damit, wie mit dem Spam. Dann gab es schon wieder eine Nachricht von WD. Das musste ich ihm oder ihr lassen. Nein, es musste ein Kerl sein – er wusste über zu viele Musik- und Filmbelanglosigkeiten Bescheid. Er war so loyal, wie es nur ging. Und so regelmäßig. Dreimal die Woche in den letzten beiden Monaten. Idiotischerweise hatte ich auf meiner Website versprochen, jede Nachricht zu beantworten, und so war die Korrespondenz in Gang gekommen. Aber WD ging sehr fürsorglich mit Worten um, daher hatte ich ziemlich klar gemacht, was ich von einigen der Themen hielt, die er anschnitt. Kurz, ich hatte ihm einen kurzen Blick auf mein wahres Ich erlaubt.

Ich doppelklickte auf das Symbol des Mail-Eingangs und öffnete den Ordner, den ich für WD angelegt hatte – all meinen Mail-Partnern ihre eigenen Ordner zu geben, war noch so ein Ablenkungsmanöver, das mich manchmal tagelang beschäftigte.

Ich scrollte seine Nachrichten runter, öffnete einige von ihnen. Angefangen hatte es mit dem üblichen Zeug, das Fans so schreiben:

Lieber Matt (hoffentlich darf ich Dich beim Vornamen nennen!), fand Deine Sir-Tertius-Serie wirklich klasse. Großartige Beschreibungen des jakobinischen Londons. Verkommenheit und Glanz, Opulenz und Gewalt. Mein Lieblingsbuch ist The Revenger's Comedy. Wann kommt das nächste raus?

Worauf ich mit der bewussten Undeutlichkeit antwortete, die ich mir angewöhnt hatte, als ich noch bei einem Verlag unter Vertrag stand.

Wer weiß, mein Freund? Wenn die Muse mich küsst.
Arschloch.

WD war auch einer der wenigen, die meine zweite Serie mochten. Nachdem ich drei Romane geschrieben hatte, die im London der 1620er-Jahre spielten und „den einfallsreichen Lebemann" Sir Tertius Greville zum Helden hatten, beschloss ich, ihm den Stecker rauszuziehen. Ich wollte auf der Welle der Krimis reiten, die in fernen Ländern spielen. Damals wusste ich das nicht, aber auf Modewellen zu reiten ist ein Talent, das nur besitzt, wer sehr viel Mut oder sehr viel Glück hat. Ich hatte weder das eine noch das andere. Das Land, das ich mir aussuchte, war wahrscheinlich auch keine große Hilfe.

WD schrieb:

Dein Privatdetektiv Zog Hadzhi ist eine herausragende Figur. Wer hätte gedacht, dass eine Detektei in der Anarchie des postkommunistischen Albanien florieren könnte? Besonders Tirana Blues gefällt mir sehr. Ist aber ganz schön gewalttätig. Vermutlich hast Du bei Deinen Recherchereisen dahin ein paar schreckliche Dinge zu sehen bekommen.

Ich hatte ihm nicht verraten, dass ich niemals in der Nähe dieses umnachteten Landes gewesen bin und dass mein ganzes Wissen aus der hiesigen Bücherei stammte. Das schien keiner zu merken. Die Kritiker waren immer noch freundlich (außer einem Volltrottel namens Alexander Drys, der Zog einen „Schlüpfer-Schnüffler" nannte), aber die Verkaufszahlen gingen gleich am Anfang in den Keller. Bis mein unerschrockener Held im zweiten Roman, *Red Sun over Durres,* die albanische Mafia besiegte, waren sie bis auf ein paar Tausend gesunken, und meine überarbeitete Lektorin lehnte weitere Manuskripte von mir ab.

Ich hatte gleich gewusst, dass die Serie in Schwierigkeiten steckte. Es gab eine eindeutige Verbindung zwischen den Verkaufszahlen und der Anzahl der E-Mails, die ich von Fans bekam. Aber ich hatte nicht erwartet, dass mein Verlag mich mit solcher Bereitwilligkeit in den Mülleimer für unerwünschte Autoren schmeißen würde. Schließlich hatte er fünf Bücher lang in mich investiert, und ich plante bereits, mich von Zog zu verabschieden und auf den richtigen Weg zurückzukehren. Aber man war jetzt eher interessiert an jungen Leuten so um die zwanzig mit hübschen Gesichtern, möglichst blond, als an einem achtunddreißig Jahre alten früheren Musikjournalisten, dessen Äußeres bestenfalls als mitgenommen bezeichnet werden konnte und dessen Autorenfoto schon so manches furchtsame Kind verschreckt hatte.

Mach Dir nichts draus, Matt, meinte WD dazu. *Du hast so viel Talent, ich bin ganz sicher, dass Du bald wieder gedruckt wirst. James Lee Burke ist jahrelang nicht veröffentlicht worden. Und dann ist da Brian Wilson. Schweigen für Jahrzehnte, und dann ein grandioses neues Album.*

Er wollte nur helfen, aber das gelang ihm leider nicht. Ich hatte nicht mal fünf Prozent von Burkes Talent und, nebenbei, das musikalische Gewaber der Beach Boys hatte ich nie gemocht.

Normalerweise tun Autoren, die von ihrem Verlag fallen gelassen werden, alles, um diese Tatsache vor ihren Lesern zu verheimlichen. Ich nicht. In dem, was meine Exfrau als „karriereruinierenden Akt, auf den Kurt Cobain hätte stolz sein können", beschrieb, beschloss ich, meinen Groll in den Spalten einer der Qualitätszeitungen öffentlich zu machen. Ich hatte den Literaturredakteur auf einer Party getroffen und dachte, er wäre vielleicht interessiert am Einblick eines Insiders in das halsabschneiderische Gewerbe des modernen Verlagswesens. Das war er, aber nicht aus den Gründen, die ich angenommen hatte. Ich meckerte darüber, wie viel Geld mein Verlag in mich investiert hatte, bloß um seine Verluste abzuschreiben, bevor ich groß rauskam. Ich jammerte darüber, dass die Erscheinung eines Autors wichtiger geworden war als gelungene Formulierungen, und blickte nostalgisch zurück auf die Wochen, in denen ich mich auf Lesereisen bei Buchhändlern eingeschleimt hatte – all das weggeschmissen aufgrund der Laune eines gefühllosen Verlagsdirektors. Beinahe eine Woche lang schlugen die Wellen hoch, und dann wandte sich die literarische Welt wichtigeren Dingen zu (die nächste von einem Ghostwriter verfasste Biografie eines kahl werdenden Fußballprofis, die Intimitäten ausplaudernde Geschichte einer vollbusigen Sängerin). Und zu spät wurde mir klar, dass ich mich selbst ins Aus katapultiert hatte, indem ich mit meiner Kanone wild herumballerte wie ein volltrunkener Pirat. Schlauer Zug. Es wurde noch schlimmer. Ein paar Tage später schickte mir mein Agent, eine raubgierige Schwuchtel namens Christian Fels, eine E-Mail, in der er graziös darauf verzichtete, mich weiterhin zu vertreten. Ich war ganz unten angekommen. Kein Verlag, kein Agent, kein Einkommen.

Wenigstens WD unterstützte mich unverdrossen.

Super, Dein Artikel in der Zeitung, Matt. Was für eine Schande, dass die Leute, die in den Verlagen was zu sagen haben, so kurzsichtig sind. Was soll's, wenn sogenannte Experten wie diese Dr. Lizzie Everhead Dich öffentlich in der Luft zerreißen. Nicht den Mut verlieren. Da draußen wartet eine Geschichte darauf, dass Du sie schreibst!

Typisch für jemanden, der selbst nicht schreibt, dachte ich. Geschichten hingen nicht von den Bäumen wie Pythons und warteten darauf, vorbeikommende Schriftsteller zu umschlingen. Geschichten steckten irgendwo in den Köpfen der Autoren, verborgen wie Adern wertvoller Erze im Gestein. Man musste schwer arbeiten und tief graben, um sie zu finden, und das schaffte ich nicht mehr. Ich war zu entmutigt, zu zynisch, zu niedergedrückt. Außerdem hätte er mich wirklich nicht auch noch an Lizzie Everhead erinnern müssen. Das war eine giftsprühende Professorin, die daran Anstoß nahm, wie ich die jakobinische Epoche in meinen Tertius-Büchern dargestellt hatte. Sie und Alexander Drys waren meine größten Hassfiguren.

Dann öffnete ich WDs letzte Nachricht und betrat eine Welt der Qual und der Folter.

Etwas, was ich bemerkte, als ich die Mails in WDs Ordner runterscrollte: Er hatte immer andere E-Mail-Adressen. Das war mir schon vorher aufgefallen, aber ich hatte kaum darauf geachtet, weil ich annahm, mein Mail-Partner wäre einer dieser Schnäppchenjäger, die von Microsoft zu Google zu Yahoo hüpften, dauernd kostenlose Accounts einrichteten und sich zum Spaß ständig unterschiedliche Identitäten zulegten. Außer dass WD immer WD blieb, egal welchen Provider er gerade benutzte. Diesmal war er WD1612@hotmail.com.

Lieber Matt, las ich. *Hoffe, es geht Dir gut. Ich hab was total Interessantes herausgefunden. Du hast mich angelogen! Da saß ich und dachte, Dein Name wäre Matt Stone, und jetzt entdecke ich, dass du eigentlich Matt Wells heißt.*

Das war interessant. Meinen wirklichen Namen habe ich niemals irgendwo auf der Website oder in den Medien verraten. Ich war Musikjournalist, bevor ich anfing, Romane zu schreiben, und ich wollte meine beiden Berufe auseinanderhalten. Ich hatte das Gefühl, dass Leute, die meine Interviews mit den Pixies lasen oder meine Einschätzungen der Karrieren von Neil Young und Bob Dylan, nicht besonders beeindruckt von der Tatsache sein könnten, dass ich außerdem auch noch Krimis schrieb. Ich hätte gleich merken sollen, dass es ein schlechtes Omen darstellte, wenn mir meine Arbeit selbst peinlich war. Aber jetzt ging es darum, wie zum Teufel war WD hinter meine wahre Identität gekommen?

Keine Sorge, bin Dir deshalb nicht böse, fuhr mein Mail-Partner fort. *Schließlich haben sich einige der größten Schriftsteller hinter Nom de Plumes versteckt. George Eliot, Mark Twain, Ross Macdonald, Ed McBain, J.J. Marric – ja, ich weiß, Matt, was Qualität angeht, ist das eine absteigende Liste, und Du stehst ganz am Ende, aber Du kapierst, worauf ich hinauswill. Ich stelle mir vor, dass Deine beiden Zielgruppen wahrscheinlich nichts von Deinen jeweiligen Alter Egos ahnen sollten. Hat Dir die PR-Abteilung Deines Verlags da keine Schwierigkeiten gemacht?*

Wer war dieser Kerl? Er hatte nicht bloß die Sache mit meinem Pseudonym herausgefunden, sondern auch noch die Tatsache spitzgekriegt, dass meine frühere PR-Agentin mir jahrelang damit in den Ohren gelegen hatte, offen mit meinem Musikjournalismus umzugehen, um, wie sie sich ausdrückte, „den Leuten zu zeigen, wie cool du bist". Na ja, was die Karriere anging, konnte ich gar nicht cooler sein als im Augenblick. Cool, wie in „kalt wie der Tod". Aber woher wusste WD das alles?

Wie auch immer, Matt, ich nehme an, Du fragst Dich, wie ich an diese Information gekommen bin. Tja, das bleibt mein kleines Geheimnis, zumindest vorläufig. Falls wir zu einer Vereinbarung kommen, und ich bin sicher, das werden wir, versuche ich, demnächst entgegenkommender zu sein.

Vereinbarung? Was für eine Vereinbarung? Beim einzigen Mal, als ich per E-Mail eine Vereinbarung mit einem Fan traf, war mir eine Frau namens Bev so lange auf die Nerven gegangen, bis ich mich bereit erklärte, sie in einem Pub in Soho zu treffen. Sie war größer als ich, gar nicht davon zu reden, dass sie auch viel besoffener war und wesentlich entschlossener, Körperflüssigkeiten auszutauschen. Zum Glück konnte ich schneller rennen. Gerade so.

Sieh mal, Matt, ich habe da ein Projekt am Laufen, von dem ich glaube, dass es Dich interessieren könnte. Bevor Dir die Angelegenheit unbehaglich wird, möchte ich Dir versichern, dass es sich um einen seriösen geschäftlichen Vorschlag handelt. Und, wie der gesegnete Zog in Tirana Blues sagt, „Geschäfte mach ich nur nach Vorschuss, mein Freund". Ich meine mich zu erinnern, dass Sir Tertius irgendwo etwas Ähnliches äußert, nur dass Gold anstelle von Geld der verlangte Wertartikel war. Deine Ermittler sind in höchstem Maße vorsichtig bei ihren finanziellen Transaktionen. Pech, dass Dir selbst dieser Scharfsinn abgeht!

Arschloch. Ich wurde langsam sauer. Sobald ich seine Nachricht zu Ende gelesen hatte, würde ich eine Menge Spaß dabei haben, ihm zu erzählen, wo er sich seinen geschäftlichen Vorschlag hinstecken könnte. Der Idiot wollte mir wahrscheinlich seine Lebensgeschichte um die Ohren hauen. Wieso kapieren die Leute nie, wie öde ihre Lebensgeschichten sind?

Dir platzt wohl gerade ein bisschen der Kragen, Matt, deshalb lass uns mal kurz Pause machen. Wieso gehst Du nicht runter und siehst nach, ob noch mal Post gekommen ist? Ich weiß, das ist ein bisschen unwahr-

scheinlich, aber man weiß ja nie, vielleicht hast Du Glück. Mach schon, Matt. Keine Zeit zu verlieren.

Was zum ...? Ich lehnte mich zurück in dem lächerlich teuren Lederstuhl, den ich von meinem ersten Vorschuss gekauft hatte und den ich bei der Scheidungsregelung irgendwie in den Klauen behalten konnte. Wobei ging diesem Typen denn einer ab? Ich starrte den Monitor an. Zwischen der Zeile, die ich gerade gelesen hatte, und dem weiteren Text war eine Lücke. Eine Lücke, die ich damit ausfüllen sollte, dass ich runterging und – ich setzte mich aufrecht. Woher wusste WD, dass ich die Treppe runtergehen musste, um nach der Post zu sehen? Selbst solche Krimiautoren, die noch ganz grün hinter den Ohren sind, wissen, dass sie gegenüber ihren Fans niemals ihre Adresse enthüllen dürfen. Da draußen gab es zu viele merkwürdige Existenzen, zu viele Verrückte. Wie hatte er das also herausgefunden? Oder riet er nur? Vermutlich haben die meisten Leute ihr Arbeitszimmer irgendwo im Obergeschoss.

Ich sah wieder auf seine Nachricht und scrollte runter. Es ging weiter mit den Worten:

Ich verstehe Deine Verwirrung, Matt. Du fragst Dich gerade, woher ich weiß, dass Du runtergehen musst, nicht wahr? Das ist noch eins von meinen Geheimnissen, das enthüllt werden wird, wenn Du Dich gut beträgst. So, und jetzt fall mir nicht länger auf die Nerven. GEH UND SIEH NACH DER POST!!!!

Ich rollte mit dem Stuhl zurück. Was zum Teufel? Ich könnte es sowieso vertragen, mir mal die Beine zu vertreten. Die Prügel, die ich in der Amateur Rugby League eingesteckt hatte, sorgten dafür, dass meine Muskeln und Gelenke sich dauernd versteiften. Außerdem hatte WD meine Neugier geweckt.

Ich sah das braune Päckchen auf dem Fußboden liegen, als ich die Treppe zur Hälfte heruntergestiegen war. Es war einer dieser luftgepolsterten DIN-A4-Umschläge. Drin war irgendetwas Dickes. Ich fragte mich, wie der Umschlag auf Mrs. Lambs Fußmatte landen konnte, ohne dass ich es gehört hatte. Als ich näher kam spürte ich ein ängstliches Ziehen im Magen. Das konnte bestimmt keine Bombe sein. In einem der Zog-Bücher hatte ich über Terrorismus auf dem Balkan geschrieben und seitdem mindestens eine verbale Gegenattacke von der einen oder anderen bewaffneten Gruppe erwartet. Natürlich ahnte keine von denen überhaupt etwas von meiner Existenz. Bis jetzt?

Ich zwang mich, weiterzugehen. Das alles war idiotisch. WD spielte bloß Spielchen. Dann kapierte ich, was es sein musste. Ein Manuskript. Der Spinner war auch ein Schreiberling, der mich auf die Kumpeltour dazu bringen wollte, sein Zeug zu beurteilen. Wie oft war ich um so was gebeten worden? Genauso oft, wie ich den Leuten, nicht sonderlich höflich, mitgeteilt hatte, dass ich ein Schriftsteller war, kein Lektor.

Ich beugte mich runter und spürte den üblichen stechenden Schmerz in meinem rechten Knie – deshalb hatte ich es immerhin aufgegeben, für die South London Bisons zu spielen. Das Päckchen war schwer genug, aber es war nicht auf die Art kompakt, wie es mehrere hundert Seiten Kopierpapier wären. Auf dem Umschlag standen nur zwei Worte: *Matt Wells.* Und jetzt fing mein Mail-Partner wirklich an, sich zu bepissen. Jedes Wort war aus einer Zeitung geschnitten, mein Vorname in einer kleinen schwarzen Schrift, der

Nachnahme in größeren roten Buchstaben. Wer hatte denn da zu viele Krimis gelesen?

Ich öffnete die Haustür und blickte die Straße hoch und runter. Niemand zu sehen. Die meisten Leute waren bei der Arbeit, in der Uni oder Schule, und die anderen – Rentner oder Au-pairs – hielten sich in den Häusern auf. Es gab nicht mal Bauarbeiter irgendwo, was für Herne Hill wirklich mal was anderes war. Ich wusste, dass die Lambs nicht da waren. Die hatten sich für einen Monat in ihr Ferienhaus auf Zypern verabschiedet. Wer immer den Umschlag dahin gelegt hatte, er war ungesehen davongekommen. Da keine Adresse draufstand, war er offensichtlich nicht vom Postboten gebracht worden.

Ich befühlte das Päckchen mit beiden Händen, als ich die Treppe wieder hochstieg. Es war auf jeden Fall Papier – nichts Hartes oder Metallisches – drin. Beruhigt riss ich den Umschlag auf und leerte den Inhalt in meinen Schoß.

Das Geld war neu, die Farben leuchteten hell im Licht der Lampe auf meinem Schreibtisch. Es waren fünf Bündel, bestehend aus Zwanzig-Pfund-Noten. Jedes Bündel enthielt fünfzig Scheine, was insgesamt fünftausend Pfund ergab.

Mein Mund fühlte sich plötzlich sehr trocken an.

2. KAPITEL

Ich saß wieder vor dem Bildschirm und scrollte runter.

So, Matt, las ich. Jetzt weißt Du, dass es mir mit meinem geschäftlichen Vorschlag ernst ist. Falls Du so etwas befürchtest: Es sind keine gefälschten Scheine. Greif irgendeinen heraus und lass ihn von Deiner Bank untersuchen, wenn Du willst. Nein, das ist kaum der Mühe wert, oder? Bevor ich mich den Details dessen zuwende, was ich von Dir will, würde ich Dich gern mit etwas Forschung beeindrucken. Oder, genauer, Dich damit beeindrucken, was ich alles über Dich weiß. Es ist immer vernünftig, über potenzielle Geschäftspartner ein paar Recherchen anzustellen, meinst Du nicht?

„Ist das so?“, sagte ich leise. „Und wie soll ich Recherchen über dich anstellen, WD?“ Oder eher WD1612. Irgendetwas an dieser Kombination von Buchstaben und Ziffern brachte tief in meiner Erinnerung eine Glocke zum Klingen. Die früheren Adressen meines Mail-Partners schienen aus zufälligen Zahlen zu bestehen, die ihm von den Providern zugeteilt worden waren, nur die Buchstaben waren anscheinend wichtig. WD1612. Was zum Teufel sollte das bedeuten?

Dein vollständiger Name, ging die Nachricht weiter, ist Matthew John Wells. Du wurdest am 13. März 1967 geboren und bist demzufolge achtunddreißig Jahre alt. Geburtsort: London Hospital, Whitechapel; Größe: eins sechsundachtzig; Gewicht: fünfundachtzig Kilo; Haar:

dunkel, bisher noch kein Grau; Augen: braun. Tolles Autorenfoto übrigens. Grüblerisch, intensiv. Das muss die Damenwelt dazu gebracht haben, sich regelrecht zu überschlagen, um Dich betatschen zu können.

Aber klar doch. Ich war immer noch verwirrt darüber, wie WD hinter meinen Nom de Plume gekommen war.

Aber in Wirklichkeit ist die Angelegenheit ein bisschen komplizierter, nicht wahr, Matt?

Das fing an, mich zu beunruhigen.

Weil Du nämlich adoptiert wurdest, stimmt's?

Das hatten mir meine Eltern eröffnet, als ich etwa in Lucys Alter gewesen war. Sie waren immer gut zu mir gewesen, und ich hatte nie den Wunsch verspürt, mich auf die Suche nach meinen wirklichen Eltern zu begeben, obwohl ich mir einer gewissen Leere in meinem Leben bewusst war.

Keine Sorge, fuhr WD1612 fort. *Da gibt es nichts, wessen Du Dich schämen müsstest. Obwohl Deine richtige Mutter eine Cockney-Schlampe namens Mary Price war. Toller Name für eine von ihrer Sorte! Außer dass ich glaube, ihr Preis war nie höher als ein paar Gläser Port & Lemon, um sich zwischen zwei Kunden den Mund zu spülen.*

Danach gab es eine Lücke von mehreren Zeilen. Ich ließ die kabellose Maus los und lehnte mich zurück. Normalerweise konnte ich in den Rissen an der Decke Muster erkennen, Flüsse, die sich entlangwanden und teilten wie der Amazonas oder der Nil. Aber jetzt konnte ich überhaupt nichts sehen. Mein Blick war getrübt. Schrieb der Bastard die Wahrheit? Was für ein Recht hatte er, in meiner Vergangenheit herumzuwühlen? Ich blinzelte und fuhr mir mit dem Ärmel über die Augen. Ich wollte gerade auf „Antworten" klicken und den Austausch beenden, als mir die nächste Zeile nach der Lücke ins Auge fiel.

LIES WEITER, MATT! Mir ist klar, dass Du jetzt sauer auf mich bist. Du hast das nicht gewusst, oder? Ich möchte, dass Du verstehst, warum ich das tue. Ich weiß alles über Dich. Deine andere Mutter, sozusagen, heißt Frances, meistens Fran genannt, dreiundsechzig Jahre alt, Adresse: 24 Collingwood Grove, Muswell Hill. Von Beruf Kinderbuchautorin. Bestimmt kann sie Dir ein paar Tipps geben, wie Du wieder einen Verleger findest. Sie bringt immer noch jedes Jahr ein Buch heraus. Das letzte war Milly's Excellent Adventure, nicht? HÖR NICHT AUF ZU LESEN, MATT! Es gibt noch jede Menge, was ich Dir erzählen muss.

Mein Herz schlug rasend. Er wusste, wo meine Mutter … meine Adoptivmutter wohnte. Und sein Ton hatte sich verändert. Das war nicht mehr ein dämlicher Fan; das war jemand, der wusste, wie man Leute manipuliert. Ich blickte auf den Haufen Geld in meinem Schoß und schmiss ihn auf den Boden.

Gut, Du bist noch da. Was habe ich noch für Dich? Vater – nicht Dein leiblicher natürlich, nicht einmal ich konnte den auftreiben; ich glaube, Deine echte Mutter wusste selbst nicht, wer das eigentlich gewesen ist – Vater: Paul Jeremy Wells, geboren am 2. September 1932, Staatssekretär im Verkehrsministerium.

Ich fühlte, wie meine Augen feucht wurden.

Getötet bei einem Unfall mit Fahrerflucht in Fortis Green am 8. Juli 2004. Der Schuldige, der ihn überfuhr, wurde nie ermittelt. Würdest Du es begrüßen, wenn ich mal versuche, ihn oder sie zu finden? Meine Fähigkeiten als Rechercheur sind formidabel, wie Du gerade selbst feststellen kannst. Lass es mich einfach wissen. Du gingst auf die Tumblegreen Grundschule und die Fortis Park Gesamtschule. Deine Eltern waren – Fran ist es immer noch – in der Labour Party, der altmodischen Labour Party, daher kam keine hochnäsige Privatschule für Dich infrage. Aber Du warst ein guter Schüler, hast zwei Einser und eine Vier ergattert (was ist denn in diesem Leistungskurs Neuere Geschichte passiert, Matt?) und gingst aufs University College in Durham, um Englisch zu studieren. Da warst Du im Rugbyteam, nicht in der Union, wo die eingebildeten Fatzkes spielen, sondern in der League, wo es noch der echte Arbeitersport ist. Bravo, Genosse. Du warst ein schneller und geschickter Flügelmann, der eine Menge Tore erzielte. Aber Du hast das Studium schleifen lassen, hast am Nachmittag im Schlamm gewühlt und Dich nachts meistens besoffen, sodass Du nur einen ziemlich durchschnittlichen Abschluss gemacht hast. Waren Paul und Fran beeindruckt?

Der Bastard hatte in seinem Text wieder etwas Freiraum gelassen, zweifellos weil er annahm, dass ich vor Wut kochte. WD1612 gab es mir wirklich, den Vorwand der Bewunderung hatte er komplett fallen gelassen.

Vielleicht glaubte er, die fünf Riesen würden ihm das Recht verleihen, mich zu verarschen. Bald würde er das Gegenteil feststellen.

Nein, waren sie gar nicht, oder? Und Paul war sogar noch weniger erfreut, als Du nach Cardiff abhautest, um einen Kurs in Journalismus zu belegen und in die Redaktion des Melody Maker einzutreten, bevor der den Bach runterging. Trotzdem, ich nehme an, er muss stolz auf Dich gewesen sein, als The Italian Tragedy veröffentlicht wurde. Und als Du auch noch diesen Preis bekamst. Wie hieß der gleich? Das Lord Peter Wimsey Cocktailglas? Wie passend.

Ich sah hoch zu dem roten Schaukasten auf dem Bücherregal über meinem Schreibtisch. Der protzige Kelch aus graviertem Glas stand da als Symbol meiner jämmerlichen Karriere. Ich hätte ihn schon vor Jahren zerschmettern sollen.

Trotzdem, las ich, *Paul und Fran müssen entzückt gewesen sein, als Du Caroline geheiratet hast. Caroline Annabelle Zerb (irrer Name ...), geboren am 27. Dezember 1969 in Bristol. Hat Wirtschaftswissenschaften studiert, in Durham und an der London School of Economics. Überflieger in der City. Wie um alles in der Welt seid ihr beide bloß zusammengekommen? Warst Du ihr Ausrutscher mit den rauen Rugbykerlen?*

Ich ballte die Fäuste. Er war ziemlich nah dran. Caroline war, was diese Dinge des Lebens anging, noch ein bisschen naiv gewesen, als ich ihr im Zug zu einem Emmylou-Harris-Konzert in Newcastle zum ersten Mal begegnet bin. Ich hatte immer den Verdacht gehabt, dass sie sich ursprünglich zu mir hingezogen fühlte, weil ich für meine Mätzchen auf dem Spielfeld und außerhalb ziemlich bekannt war.

> *Danach*, fuhr WD fort, *bist Du zu Maximum gegangen, nicht wahr? „Das Magazin für echte Kerle, denen Sex, Sport und Rock 'n' Roll am wichtigsten ist." Das müssen Carolines Freunde in der City richtig klasse gefunden haben.*

Verdammt, das ging weit über einen Scherz hinaus. Wie viel hatte WD1612 denn noch ausgegraben? Er wusste über Caroline genauso gut Bescheid wie über mich.

> *Jedenfalls, Matt, will ich Dich nicht zu sehr mit Zeug über Dich selbst langweilen. Nur noch schnell hinzufügen, Deine Lieblingsmusiker sind The Clash, Richmond Fontaine, The Who, Joni Mitchell, King Crimson und die Drive By Truckers. Ganz schön katholisch, zumindest in Deinem Musikgeschmack, wenn schon nicht in Deinem Glauben. (Wieso verkündest Du auf Deiner Website so stolz, ein Atheist zu sein? Bist Du wirklich so sicher, dass übermenschliche Mächte nicht existieren? Es ist besser, ein Agnostiker zu sein, mein Freund.)*

Besser als ein Klugscheißer zu sein, du Arschgesicht, sagte ich mir. Was für Musik ich mochte, konnte er sich nach meinen Plattenkritiken zusammengereimt haben – dazu musste er sich meine CD-Sammlung nicht ansehen.

Außerdem bist Du ein begeisterter Fan von Filmen der Schwarzen Serie und von Krimis im Allgemeinen, besonders Hitchcock. Guter Geschmack, Matt! Der dreckige alte Fettsack ist auch einer von meinen fünf Lieblingsregisseuren. Wenn Du nicht gerade die Konkurrenz liest (die, lass uns den Tatsachen ins Gesicht sehen, viel erfolgreicher ist als Du), bist Du unten im Clubhaus der South London Bisons und säufst Dich knülle mit Deinen früheren Teamkumpels. Die South London Bisons. Resultate in Deiner letzten Saison – einundzwanzig Spiele, zwei Siege, ein Unentschieden, achtzehn Niederlagen. Dieses Jahr sieht's nicht viel besser aus, oder? Trotzdem, gewonnen oder verloren, der Schlamm schmeckt immer gleich, schätze ich.

„So wird er auch schmecken, wenn ich dir das Maul damit stopfe", murmelte ich. „Falls du blöd genug bist, mich treffen zu wollen."

Zu guter Letzt bist Du der abgöttisch liebende Vater von Lucy Emilia Wells, geboren am 18. Januar 1997 im King's College Hospital, Denmark Hill, die gegenwärtig in die dritte Klasse der Dulwich Village Grundschule geht und in der Ferndene Road wohnt, Nummer 48C.

Jetzt trübte Nebel mein Blickfeld. Ein bitterer Geschmack war mir in der Kehle aufgestiegen, und meine Fingernägel krallten sich in meine Jeans. Der Bastard wusste über Lucy Bescheid. Was wollte er von mir?

Oh, fast hätte ich es vergessen, ging der Text weiter. *In den letzten drei Monaten bist Du mit Sara Margaret Robbins ausgegangen, geboren am 22. August 1971 in London, Journalistin beim Daily Independent. Gut aussehende Frau, Matt. Mag der Himmel wissen, was sie in …*

Okay, das reichte jetzt. Ich bewegte die Maus, um mich aus dem E-Mail-Programm zu loggen. Dann blickte ich zu dem Haufen Banknoten auf dem Boden. WD1612 hatte klargemacht, dass er an mich und die Menschen, die ich liebte, herankommen konnte, aber er hatte mir auch fünf Riesen verschafft. Es war ja nicht so, dass ich irgendwas Dringenderes zu tun hätte.

Also las ich weiter.

… Dir sieht. Lass uns zur Sache kommen, Matt. Was will ich für meine Fünftausend? Tja, als Allererstes brauche ich einen Beweis Deines guten Willens. Keine Sorge, es ist nichts allzu Kompliziertes. Aber es betrifft Deine Tochter Lucy.

Er hatte meine volle Aufmerksamkeit.

Um genauer zu sein, es betrifft ihr Kinderzimmer. Du musst rübergehen und ein bisschen aufräumen. Jemand hat eine entsetzliche Schweinerei angerichtet. Und, Matt? Es gibt nur eine einzige Grundregel. Verrate nie-

mandem etwas von dieser Sache. Nicht Deiner Exfrau, nicht Deiner Freundin, nicht Deiner Mutter, nicht einem Deiner Kumpels im Rugby-Club, und schon gar nicht der Polizei. Ich beobachte Dich. Du wirst nie wissen, wann genau und von wo aus, aber ich werde Dich beobachten. Und ich werde Dich abhören. Also nimm das Geld und tue, was ich von Dir verlange, oder die Dir nahestehenden Menschen werden große Schmerzen erleiden. Ich werde mich bald wieder melden, und dann will ich Deine Antwort wissen. Sorg dafür, dass ich nicht die Geduld verliere. Und jetzt geh!

Ich rannte aus dem Haus wie ein olympischer Sprinter, vollgepumpt mit den neusten Dopingmitteln.

Ich brauchte keine drei Minuten bis zu dem Haus in der Ferndene Road. Es hatte zur Hälfte mir gehört, bis Caroline mich letztes Jahr ausbezahlt hatte – das Geld hatte ich in einem Trust Fund für Lucy angelegt – und betrat es nur ungern, wenn meine Tochter nicht da war. Caroline mochte das auch nicht. Sie hatte mir nur deshalb einen Schlüssel überlassen, weil ich abschließen musste, nachdem ich Lucy morgens abgeholt hatte, und um sie nach der Schule wieder reinzulassen. Ich sah auf meine Uhr, während ich rannte. Kurz vor elf. Was konnte das für eine Schweinerei sein, von der WD1612 sprach? Zumindest hatte ich vier Stunden Zeit, bis ich Lucy abholen musste. Aber wie lange würde mein Mail-Partner auf seine Antwort warten wollen?

Als ich mich dem Haus näherte, wurde ich langsamer, mein Knie fing plötzlich an zu protestieren. Dazu brauchte es dieser Tage nicht viel. Ich hatte meine Fitness überhaupt vernachlässigt. Der kleine Vorgarten war voller Büsche und Bäume, die ich gepflanzt hatte, rosa und weiße Blüten in voller Frühlingspracht. Ich musterte die ausgelegten Platten, als ich den steinernen Weg hochging. Keine Anzeichen irgendwelcher fremder Fußabdrücke. Die Farbe an der Tür war unberührt, keine Kratzer um das Schlüsselloch. Hatte er mir bloß einen idiotischen Streich gespielt?

Ich schloss auf und öffnete langsam die Tür. Das einzige Geräusch war das Brummen des Kühlschranks. Carolines Post lag auf dem Teppich im Flur. Ich ließ sie da liegen und ging langsam die Treppe hoch, drehte meinen Kopf in alle Richtungen. Ich konnte nichts Ungewöhnliches hören. Die Tür zu Lucys Kinderzimmer war zu. Mein Puls überschlug sich. Ich wusste genau, dass ich sie heute Morgen offen gelassen hatte, als ich Lucy nach unten jagte, damit sie ihren Mantel holte. Ich näherte mich vorsichtig und wünschte, ich hätte aus dem Flur einen Wanderstock oder wenigstens einen Regenschirm mitgebracht. Nachdem ich tief Luft geholt hatte, drückte ich die Klinke und riss die pastellfarbene Tür auf.

Der Gestank, der in meine Nase drang, brachte mich zum Würgen.

„Was zum Teufel?", hörte ich mich selbst immer wieder sagen. „Was zum Teufel?"

Das Erste, was ich sah, war eine schwere Plastikplane. Sie war über Lucys Bett und den Fußboden davor gebreitet. Dann fokussierten sich meine Augen auf das, was auf dem Bett lag, die Quelle dieses fürchterlichen Geruchs. Großer Gott, konnte er Lucy aus der Schule geholt und hierher zurückgebracht haben?

Aber ich merkte schnell, dass da nichts Menschliches lag.

Ich trat näher, mit einem Taschentuch über Mund und Nase. Ich beugte mich über die ausgebreitete Kreatur und erkannte gelbes, blutverschmiertes Fell und eine Hundeschnauze. Die Zähne darunter waren schmerzverzerrt gebleckt.

Es war der Golden Retriever der Nachbarn, der da mit ausgestreckten Pfoten lag. Ihr Name war Happy, und Lucy bezeichnete sie als „halben Hund“, noch nicht ganz ausgewachsen. Er war gekonnt aufgeschlitzt worden, der Brustkasten aufgebrochen und die Vorderpfoten ausgebreitet, sodass es wie eine Travestie der Kreuzigung aussah.

Ich kapierte die Botschaft.

Lucy spielte gern mit Happy.

Niemand war sicher.

Ich brauchte nicht so lange zum Saubermachen, wie ich zunächst gedacht hatte. Es gab nur ein paar Blutspritzer auf dem rosa Teppich, und ich schaffte es, sie verschwinden zu lassen. Ich ging zum Fenster und sah hinaus auf die hinteren Gärten. Die Nachbarn, Jack und Shami Rooney, waren kinderlose Manager in der Versicherungsbranche. An schönen Tagen wie heute ließen sie Happy im Garten, wo sie eine Hundehütte hatte. Ich schob Spekulationen darüber, wie sie umgebracht worden war, beiseite und konzentrierte mich darauf, den Kadaver aus Lucys Kinderzimmer zu kriegen. Es fiel mir keine Sekunde ein, die Anweisung nicht zu befolgen. Lucy würde tagelang heulen, wenn sie zu sehen bekam, was dem Hund angetan worden war, den sie so sehr liebte.

In der Küche fand ich eine Rolle großer schwarzer Müllbeutel. Ich wollte mich schon über den toten Hund beugen, als mir klar wurde, dass meine Klamotten von Blut und anderem Zeug besudelt werden würden. Es gab keine andere

Möglichkeit. Ich zog mich aus und schaffte es, durch den Mund atmend, den Kadaver in einen Müllbeutel zu hieven. Wenigstens hatte die Leichenstarre noch nicht eingesetzt. Ich wickelte ihn so dicht ein, wie ich konnte, stopfte die blutige Plastikplane in einen weiteren Beutel und band das ganze Ding mit einem Strick zusammen.

Dann traf es mich wie aus heiterem Himmel. Wie sollte ich Happy bloß loswerden?

Ich duschte und zog meine Sachen wieder an. Dann ging ich runter und warf einen Blick vor die Tür. Im Ruskin Park gingen ein paar Leute spazieren, aber niemand war nahe genug, um mich zu bemerken. Ich checkte die Straße in beide Richtungen und ging schnell nach Hause. Der sieben Jahre alte rote Volvo-Kombi, den ich von meinem Vater geerbt hatte, parkte vor meiner Wohnung. Damit fuhr ich zurück und öffnete die Ladeklappe. Ich wartete, bis ein älteres Ehepaar mit einem Pekinesen vorbei war, dann rannte ich nach oben und schleppte das Bündel runter. Es war schwerer als erwartet, aber es passte ganz leicht auf die Ladefläche. Ich schloss den Wagen ab und ging zurück, um mir Lucys Zimmer noch mal anzusehen. Ich konnte kein Überbleibsel von dem entdecken, was auf ihrem Bett passiert war. Der Magen drehte sich mir um, als ich daran dachte, dass Lucy heute Nacht darin schlafen musste, aber im Augenblick hatte ich andere Prioritäten. Ich ging runter in den Keller und fand einen Spaten.

Was jetzt? Wie wird man mitten in London am helllichten Tage einen toten Hund los? Ich fuhr eilig davon, Richtung Crystal Palace. Ich wusste, da gab es irgendwo eine öffentliche Mülldeponie, aber ich entschied mich dagegen. Das

Risiko war zu groß, dass mich jemand bemerkte oder dass Happy gefunden würde. Schließlich fuhr ich raus nach Farnborough und trug den Hund in den Wald hinter einem Saumpfad. Da es ein Vormittag mitten in der Woche war, war niemand in der Nähe. Ich hob ein flaches Grab aus, legte das arme Tier hinein und bedeckte das Loch, so gut ich konnte.

Um zwei Uhr nachmittags war ich wieder in meiner Bude. Der Bildschirmschoner war an, zeigte eine Collage meiner Buchumschläge, die ich schon seit Wochen löschen wollte. Ich loggte mich wieder bei meinem E-Mail-Server ein und fand eine Nachricht von W1612D, diesmal über Google. Der Bastard schwebte im Internet umher wie ein Geist.

> *Matt,* hieß es da. *Ich bin beeindruckt! Ausgerechnet Farnborough. Ich werde es keinem verraten. Aber jetzt zu etwas Ernsterem. Sorge dafür, dass Du es ebenfalls niemandem verrätst. Sonst wird Lucy in einem ähnlichen Zustand enden. Oder vielleicht Deine Mutter. Oder Sara. Oder Caroline. Oder sonst jemand, den Du kennst. Akzeptierst Du meinen Vorschlag, Matt?*

Ich klickte auf Antworten und tippte:

> *Was für einen Vorschlag?*

Der Klingelton seiner Antwort ließ nicht lange auf sich warten.

> *Ich glaube kaum, dass Du Dir Haarspaltereien erlauben solltest, mein Freund. Außerdem hast Du mein Geld genommen. Wirst Du kooperieren, oder willst Du, dass weiteres unschuldiges Blut vergossen wird?*

Ich dachte darüber nach, aber nicht sonderlich lange. Tatsache war, ich hatte eine Scheißangst wegen Lucy. Aber da gab es auch noch etwas anderes. Seit Jahren dachte ich mir Krimigeschichten aus, und jetzt war ein echter Kriminalfall im wahrsten Sinne des Wortes vor meiner Tür gelandet. Ich konnte der Versuchung nicht widerstehen, diesem Wahnsinnigen zu antworten, der Happy aufgeschlitzt hatte. Wie jeder Krimiautor träumte ich davon, meine Fähigkeiten mal im richtigen Leben an Detektivarbeit auszuprobieren. Ich schätzte, dass ich besser abschneiden könnte als die Trottel von Scotland Yard – auf keinen Fall würde ich denen was von meiner Hotline zu dem sadistischen Schwein erzählen. Der Gedanke, dass ich damit das Tor zur Unterwelt durchschritt, kam mir gar nicht.

Okay, tippte ich.
Aber Dein dreckiges Geld will ich nicht.

Noch ein Klingelton.

Das ist der Deal, Matt. Das Geld gehört Dir. Mach mich nicht wütend.

Ich klickte wieder auf Antworten.

Wer bist Du?

Komm schon, Matt. Das habe ich Dir längst verraten. Tschüss dann.

Er hatte es mir schon verraten? WD? Was zum Teufel sollte WD heißen?

Dann, mit einer Welle des Begreifens, kapierte ich plötzlich.

3. KAPITEL

Die untergehende Sonne warf rote Strahlen auf die Themse. Der Ausblick vom Penthouse war fantastisch, jeden Penny der anderthalb Millionen wert, die er dafür bezahlt hatte. Die Räumlichkeiten waren vollgestopft mit dem Equipment, das er brauchte, das hintere Ende der riesigen Wohnfläche wurde von einem ultramodernen Fitnessstudio eingenommen. Der Beobachter am Fenster schloss die Augen und lächelte. Seine Geschichte würde erzählt werden, sogar von einem professionellen Schriftsteller. Das musste auf die richtige Art und Weise gemacht werden, ohne etwas auszulassen – so wie er sich daran erinnerte, von Anfang an. Er war der Held, er hatte kämpfen müssen, um dahin zu kommen, wo er jetzt war, mit all der Macht der Welt in seinen Händen.

An dem Tag, als sein Vater ihn zum letzten Mal schlug, hatte er begonnen, sich über sein wahres Potenzial klar zu werden.

„Les?" Die Stimme seiner Mutter war weich und warm, so wie immer. „Geht's dir gut?"

Er befand sich in seinem engen Zimmer in dem Hochhausblock in Bethnal Green. Es war Winter, und die Heizung funktionierte nicht. Sein Vater hatte das ganze Geld genommen und war in den Pub gegangen.

„Das ist ein hübscher Panzer", sagte Cath Dunn und kniete sich neben ihren Sohn. „Wo hast du den her?"

Les sah von dem Modell des deutschen Tigers auf, den er bei Woolworth geklaut hatte. „Oma hat mir das Geld gegeben. Ich hab für sie eingekauft."

Cath lächelte. Sie wusste, dass ihr Junge sie anlog, aber

das machte ihr nichts aus. Er war ein guter Junge, ein hübscher Junge, mit seinem hellen Haar und den nussbraunen Augen. Und er war schon so weit für seine zwölf Jahre, er wusste so viel über alle möglichen Sachen – Flugzeuge und Panzer, Schlachtschiffe und Uniformen. Sie verzog das Gesicht und hoffte, er würde nicht als Schütze Arsch enden. Sie wusste noch, wie rüde die waren, wenn sie auf Urlaub nach Hause kamen, nichts als Schweinkram und Fußball im Kopf. Aber nein, ihr Les würde nicht zur Armee gehen. Dazu war er viel zu sensibel.

Les erschauerte, als die Hand seiner Mutter ihm den Nacken streichelte. Er zwang sich, sich auf die Geschützanlage des Panzers zu konzentrieren. In letzter Zeit fühlte er jedes Mal, wenn sie ihn berührte, wie das Blut heiß durch seine Adern raste.

Er legte das Modell hin und stand auf. „Mum", fragte er kläglich, „können wir nicht einfach abhauen? Du und ich? Du kannst irgendwo anders einen Job in einem Laden kriegen. Wir können in einen anderen Teil von London ziehen. Er wird uns nie finden. Ich kümmere mich um dich und ..." Er ließ die Worte in der Luft hängen, als er sah, wie das Gesicht seiner Mutter tiefe Falten bekam und ihre Augen sich mit Tränen füllten. Er legte einen Arm um ihre dünnen Schultern. „Es wird alles gut, Mum. Ehrlich, ich beschütze dich vor ..."

„Vor dem dreckigen Billy und seinen grapschenden Fingern?" Die Stimme seines Vaters ließ sie auseinanderfahren. Er hatte sich angewöhnt, heimlich aus dem Pub zurückzukommen und sich anzuschleichen. „Sieht eher aus, als wärst du derjenige mit den grapschenden Fingern, Sohnemann. Findest deine Mutter wohl hübsch, was?" Er kam näher, den rechten Arm erhoben. „Du schmieriger kleiner Perverser!" Er schlug hart zu, aber Les wich aus und bekam nur leicht etwas an der Schulter ab.

„Nein, Billy!", kreischte Cath.

„Halt's Maul, blöde Kuh!", schrie Billy und schlug sie mit dem Handrücken ins Gesicht.

„Aufhören!", rief Les, als seine Mutter zu Boden stürzte. „Das reicht jetzt!" Er spürte eine Kraft in sich, von der er bisher keine Ahnung gehabt hatte. Sein Vater war fünfzehn Zentimeter größer als er und hatte starke Arme von all den Jahren auf dem Bau – aber Billy war betrunken. Er sah die rechte Gerade gar nicht kommen, die ihm die Nase brach.

Les trat einen Schritt zurück, verblüfft über das, was er da gerade getan hatte. Sein Vater krachte gegen die Wand, Blut floss durch die Finger vor seinem Gesicht.

„Du … du … verfluchter kleiner Bastard", keuchte Billy und sah seine kauernde Frau an. „Sag's ihm, Cath. Erzähl ihm, was er für ein Bastard ist." Er stolperte raus, ein paar Sekunden später knallte die Tür hinter ihm ins Schloss.

„Alles okay, Mum?", fragte Les und hob seine Mutter hoch. „Was meint er damit? Ich bin doch dein Sohn. Ich bin kein Bastard."

Cath sah ihn an, mit einer Mischung aus Trauer und Stolz im Gesicht. „Vielen Dank, Les", sagte sie, beugte sich vor und küsste ihn. „Dafür, dass du mir den vom Hals geschafft hast." Die Haut auf ihrer linken Wange war rot und glühte. „Der ist bloß ein jämmerlicher Schlägertyp."

„Ja, aber ich bin dein Sohn, nicht wahr, Mum?", ließ Les nicht locker. „Wovon redet er? Was sollst du mir erzählen?"

Cath führte ihn in das spärlich erleuchtete Wohnzimmer. Sie setzten sich auf das abgenutzte Sofa.

„Na ja, Les, formal *bist* du unser Sohn. Wir haben die ganzen Adoptionspapiere ausgefüllt, als du noch ein Baby warst. Billy hat damals noch nicht so viel getrunken, und man hat auch noch nicht so genau hingesehen wie heutzutage. Und … ich wollte so gern ein Baby haben." Sie fing an zu schluchzen. „Ich konnte keine eigenen kriegen", sagte sie, das Gesicht abgewandt. „Irgendwas in mir drinnen stimmt nicht. Er … dein Vater … Billy … er hat mich verprügelt. Deshalb konnte er nicht Nein sagen, als ich ein Kind adoptieren wollte."

„Aber … aber wer ist dann meine richtige Mutter?", fragte Les, der sie nicht aus den Augen ließ.

Cath lächelte nervös. „Ich bin das, mein Sohn. Ich habe für dich gesorgt, als du noch ein ganz kleines Ding warst, ich ziehe dich …"

„Ja, aber aus wem bin ich rausgekommen?", sagte Les, dessen Stimme schrill wurde. Er konnte die Frage nicht anders formulieren.

„Ich … ich weiß auch nicht." Cath versuchte, seinem Blick standzuhalten, schaffte es aber nicht. „Irgendein armes Mädchen, das dich nicht behalten konnte. Damals war das noch viel härter, ein uneheliches Kind in die Welt zu setzen."

Les setzte sich auf das Sofa und sah sich in dem Zimmer um. Seine Mutter tat, was sie konnte, aber weil sie nur so wenig Geld von ihrem Mann bekam und von ihrem eigenen Lohn nach den Lebensmitteln und so weiter nichts übrig blieb, machte die Wohnung nicht viel her. Ein alter Schwarzweißfernseher mit einer zerlumpten Spitzendecke obendrauf, ein Sessel, durch den sich die Sprungfedern drückten, und ein wackliger Tisch – das war's schon. Das schlecht schließende Fenster war von einem ausgeblichenen Vorhang in Orange und Braun verdeckt, der dauernd hereinwehte, weil es immer zog.

„Es muss was Besseres geben als das hier, Mum", sagte er. „Muss es geben."

Cath schüttelte langsam den Kopf. „Ich kann deinen Dad nicht verlassen, Les. Wir sind katholisch, das weißt du doch? Wir können uns nicht scheiden lassen."

Les spürte, wie sich seine Fäuste ballten. Er wusste, dass sie katholisch waren, klar. Father O'Connell sorgte dafür, dass er wusste, was richtig war und was falsch. Auf dem Gebiet war Father O'Connell ein Experte. Das war auch so einer, dem er noch alles heimzahlen würde. Aber sein Vater, von dem er jetzt wusste, dass er gar nicht sein richtiger Vater war, stand ganz oben auf der Liste.

„Schon gut, Mum", sagte er und schenkte ihr ein Lächeln. Er merkte, dass er jetzt besser dran war, nachdem er erfahren hatte, dass er adoptiert worden war. Dieses Stück Scheiße namens Billy war nicht mit ihm verwandt, und das war eine große Erleichterung.

Er betrachtete seine Mutter. Und Cath war auch keine Blutsverwandte. Das änderte alles.

Les rückte näher an sie heran, seine Hand berührte die Brust seiner erstaunten Mutter. Bevor sie anfangen konnte zu protestieren, verschloss er ihren Mund mit seinem.

Nein, sagte der Beobachter am Fenster zu sich selbst. Das nicht. Das würde der Schriftsteller nicht bekommen. Die Erinnerung an seine liebende Mutter war heilig. Darauf durfte kein Schatten fallen.

Er sah sich in dem Penthouse um. Wenn er wollte, könnte er hundert Leute einladen, und es gäbe immer noch genügend Platz für eine Tanzfläche. Aber er kannte keine hundert Leute. Er wollte nicht, dass irgendjemand sein Heim betrat, nicht mal Putzfrauen. Das hier war sein sicherer Ort, sein Versteck – von dem Loch in Bethnal Green, wo er aufgewachsen war, genau am anderen Ende der Skala. Seiner Mutter hätte es gefallen. Sie würde bestimmt sogar lachen, wenn sie die Panzer sehen könnte – Dutzende Modelle, Hunderte Soldaten, Briten und Deutsche in dem Diorama, in dem er die Schlacht von El Alamein nachgestellt hatte. Dahinter war seine sandbedeckte Nachbildung des Angriffes von Lawrence von Arabien auf Akaba, Reiter auf Kamelen und auf Pferden brachen durch die türkischen Linien. Er mochte den größten Teil seiner Zeit in der Unterwelt verbringen, aber er wollte doch auch auf der Oberfläche der Erde leben – jener Oberfläche, die er selbst herstellte, nicht die da draußen, außerhalb seines sicheren Hauses.

Nein, dachte er. Matt Wells würde nichts über seine Mutter erfahren. Aber die Geschichte seines Vaters – seines Adoptivvaters – das war etwas ganz anderes.

Billy Dunn hatte gekriegt, was er verdiente.

Es war ein Nachmittag Ende Dezember, drei Wochen nachdem Billy ihn und seine Mutter zum letzten Mal geschlagen hatte. Seitdem hatte er es geplant. Tagelang hatte er die Schule geschwänzt, um seinem Vater zur Arbeit zu folgen. Er schleppte Ziegel bei einem entstehenden Bürogebäude in King's Cross. Wenn er nicht besoffen war, war Billy Dunn ein stiller Mann, der die Befehle des Vorarbeiters ohne Murren befolgte. Aber Les hatte den Zorn gesehen, der in den Augen seines Vaters brannte, und er wusste, es würde nicht lange dauern, bis er das alles wieder an Cath auslassen würde. Das sollte nie mehr passieren.

Er wartete den idealen Tag ab. Es gab dichten Sprühregen, Nebel, und die Leute eilten die Straßen mit gesenkten Köpfen entlang, konzentriert darauf, die Pfützen zu umgehen, und achteten auf nichts sonst. Er versteckte sich hinter einer Lampe, auf der anderen Straßenseite gegenüber dem Baustelleneingang. Am späten Nachmittag, als die Ziegelschlepper sich langsam auf den Feierabend vorbereiteten, schlüpfte er hinein. Er wusste genau, wo Billy war – auf dem gerade begonnenen dritten Stock. Bis jetzt standen hier nur wenige Wände.

Les hatte seinen Vater genau beobachtet und herausgefunden, wie er sich anpirschen konnte. Weil er sehr klein war, hatte er eine Menge solcher Fähigkeiten in der Schule gelernt. Den Schlägertypen aus dem Weg zu gehen war besser, als sich ihnen entgegenzustellen, außer es gab keine andere Möglichkeit mehr. Er stieg in den dritten Stock, passte auf, dass ihn niemand entdeckte. Die meisten Männer wollten sowieso gerade gehen. Billy hockte drüben in einer Ecke und zündete sich eine Zigarette an.

„Kommst du, Bill?", rief einer seiner Kumpels nach oben.

„Sehe dich nachher im Crown", antwortete sein Vater und blies Rauch aus.

Der Junge wartete, bis die anderen alle gegangen waren. Dann schlich er sich auf allen vieren hinter einer niedrigen Mauer an.

„Wer ist da?", sagte Billy, leichte Unruhe in der Stimme.

„Der Teufel", sagte sein Adoptivsohn mit der furchterregendsten Stimme, die er hinkriegen konnte. Er wusste, der devote Katholik Billy war nicht mehr zur Beichte gegangen, seit er ein kleiner Junge gewesen war, und schleppte die Last seiner vielen Sünden mit sich herum.

„Was?" Billy ließ die Zigarette fallen und kam auf die Füße.

„Der Teufel, und er kommt dich holen!“, schrie der Junge wild und rannte mit gesenktem Kopf los.

Er hörte, wie die Luft durch den Aufprall aus Billys Lungen entwich, dann beobachtete er, wie er mit dem Kopf voran auf den Betonboden des Erdgeschosses stürzte. Sein Körper lag schlaff da unten, der Kopf zerschmettert, aber Les wusste, dass Billy Dunns Seele noch viel tiefer sinken würde, ins finsterste Höllenloch.

Der Beobachter sah, wie am St. Katherine's Dock jenseits des Flusses die Lichter angingen. Zu seiner Linken stand die Tower Bridge in ihrem ganzen lachhaften Pomp herum. Eitel, dachte er, alles ist eitel.

Er blickte auf seine Uhr.

Es wurde Zeit, die Fesseln des Schriftstellers enger zu ziehen.

4. KAPITEL

„Hallo, Matt."

Die Stimme ließ mich aufschrecken. Ich sah mich um und erblickte die Frau meines guten Freundes Dave Cummings. Sie war eine gebeugte, schmalgesichtige Person, die unsere Zugehörigkeit zum Rugby-League-Club noch nie gebilligt hatte.

„Oh, hi, Ginny." Ich musste mich zusammenreißen, um Konversation machen zu können. „Wie geht's denn so?"

Sie lächelte schwach. „Ach, du weißt ja. Tagaus, tagein das Gleiche. Kinder, Küche, Saubermachen, Bügeln."

Ich zeigte keinerlei Mitgefühl. Das war Ginnys Art, sich darüber zu beschweren, dass ihr Gatte sie nicht ausreichend beachtete. Doch meine Loyalität, auf dem Spielfeld und im Pub Hunderte Male auf die Probe gestellt, gehörte Dave.

Wir sahen zu, wie Lucy zusammen mit Ginnys Kindern Tom und Annie aus der Schule kam. Tom war in derselben Klasse wie meine Tochter, und sie verstanden sich gut. So schnell es ging, zog ich Lucy weg.

„Daddy, kriege ich ein Eis?", fragte sie. Das probierte sie dauernd, und normalerweise hätte ich nicht nachgegeben, aber sie sollte ihre gute Laune behalten. Das würde kein normaler Nachmittag werden.

„Na gut, Schatz." Ich brachte sie über die Straße zu der italienischen Eisdiele in Dulwich Village. „War's schön in der Schule?"

„Ja, vielen Dank." Sie schenkte mir ein strahlendes Lächeln, und mein Herz setzte mehrere Schläge aus. Mein kleines Mädchen trug ihr Haar – rabenschwarz wie das ihrer Mutter – zu einem Zopf geflochten, und ihr Gesicht war voller Sommersprossen.

Gott, wie sehr ich sie liebte. Ich konnte nicht zulassen, dass ihr irgendetwas zustieß. Soweit ich wusste, könnte der Bastard uns jetzt gerade beobachten. Es schienen nur die üblichen Mütter und Großeltern da zu sein, auch der vereinzelte Vater darunter, aber niemand, der mir verdächtig erschien. Andererseits war dieser Bursche clever. Er würde nicht einfach mit einem Fernglas irgendwo sichtbar herumstehen.

Als wir den Hügel hochliefen, ging ich im Geist noch einmal den Plan durch, den ich mir ausgedacht hatte. Zuerst würde ich Lucy zu Carolines Haus bringen. Ich hatte keine andere Wahl. Wenn ich sie gleich zu mir mitnahm, würde ihre Mutter sofort Verdacht schöpfen. Lucy sollte dort nur die Wochenenden verbringen. Ich wollte dadurch, dass ich in die Routine eingriff, nicht den Verdacht erregen, ich könnte irgendetwas mit Happys Verschwinden zu tun haben.

Das Schwierige an dem Plan war, was passierte, wenn Lucy Happys Abwesenheit bemerkte. Sie ging oft zum Gartenzaun und rief nach dem Hund.

Als wir beim Haus ankamen, versuchte ich, sie direkt nach oben zu lotsen.

„Nein, Daddy." Sie ging zur Hintertür. „Erst will ich Happy Guten Tag sagen."

Ich biss mir auf die Zunge. Je weniger ich sagte, desto besser.

Nachdem sie draußen mehrmals den Hund gerufen hatte, sah Lucy mich verwirrt an. „Wo steckt sie bloß, Daddy? Glaubst du, ihr könnte was passiert sein?"

„Nein, natürlich nicht, Schatz. Wahrscheinlich haben die Rooneys sie heute einfach drinnen gelassen. Vielleicht haben sie gedacht, es würde regnen."

Lucy blickte hoch in den blauen Himmel und schnitt eine

Grimasse. „Nein, sie war heute Morgen schon draußen. Das weiß ich genau."

Langsam bedauerte ich, mich für diesen Plan entschieden zu haben. „Na ja, vielleicht schläft sie gerade. Komm rein, willst du ein bisschen Saft?"

Lucy folgte mir zögernd ins Haus. Ich schaffte es, sie ans Klavier zu setzen, damit sie ihre Übungen machte, und später vors Kinderprogramm im Fernsehen. Sie hatte keine Hausaufgaben auf. Aber sie marschierte dauernd zum Fenster und versuchte, über den Zaun zu blicken.

„Komm mit, Lucy", sagte ich, „wir gehen rüber zu mir."

Ihre Augen wurden groß. „Aber Mummy sagt, da ist es dreckig."

Schönen Dank, Caroline, dachte ich. „Nein, ist es nicht. Und ich hab 'ne neue DVD, die du dir ansehen kannst."

„Welche denn?", fragte sie begeistert.

„Überraschung, Überraschung", sagte ich. Auf dem Weg zur Schule hatte ich einen Disney-Film gekauft, den sie noch nicht kannte. Der Trick war, sie aus dem Haus zu kriegen, bevor einer der Rooneys von der Arbeit kam. Zum Glück war sie jetzt hinreichend abgelenkt. Ich erwähnte außerdem, dass ich noch einen Vorrat Buchstabensuppe hatte, ein Zeug, das bei Caroline nicht erlaubt war.

Endlich waren wir auf der Straße. Als wir davonmarschierten, hämmerte mein Herz wie eine Trommel.

Hatte ich die Nerven, so eine Show durchzuziehen?

Um halb sechs klingelte das Telefon.

„Matt, wo ist Lucy?" Caroline klang besorgt.

„Hallo", sagte ich mit dem Versuch, ihre Anspannung zu lösen. „Freut mich auch, von dir zu hören. Wie war dein Tag?

Sie ist hier, selbstverständlich."

So schnell gab meine Exfrau keine Ruhe. „Du weißt genau, dass sie unter der Woche nicht bei dir rumhängen soll. Hat sie ihre Hausaufgaben gemacht?"

„Sie hatte keine auf. Sie hat am Klavier geübt." Ich versuchte, meine Stimme so neutral wie möglich zu halten. „Du klingst nervös. Was ist denn los?"

„Ich sage dir, was los ist. Happy ist verschwunden."

„Was?"

„Habt ihr sie gesehen, als ihr hier wart? Shami ist am Durchdrehen."

„Nein", sagte ich und tat so, als würde mir gerade etwas einfallen. „Jetzt, wo du's erwähnst, haben wir nicht." Ich warf Lucy einen Blick zu. Sie war völlig gefangen von *Hercules.* „Ich dachte, sie wäre drinnen."

„Nein, sie haben sie heute Morgen raus in den Garten gelassen."

„Oh, klar. Hab ich nicht bemerkt."

„Pass auf, es ist wahrscheinlich besser, wenn Lucy noch 'ne halbe Stunde bei dir bleibt. Ich will nicht, dass sie sich deswegen aufregt."

„Okay."

„Hast du was da, was sie essen kann?"

„Ähm, ja."

„Etwas, was nicht voller künstlicher Konservierungsmittel und irgendwelcher E-Nummern ist?"

„Ja."

„Na gut", sagte Caroline zweifelnd. „Ich seh dich dann nachher."

„Hör mal", sagte ich, als mir plötzlich klar wurde, dass ich den Rooneys nicht ins Gesicht sehen könnte, „kannst du nicht rüberkommen und sie abholen? Eigentlich wollte ich heute Abend versuchen, etwas zu schreiben."

„Das glaube ich erst, wenn ich es sehe."

Blöde Kuh.

Als Caroline kam, war der Computer an, auf dem Schirm ein paar Zeilen einer unverlangten Plattenkritik.

„Hallo, mein süßestes kleines Mädchen auf der Welt", sagte Caroline und küsste Lucy. Sie trug einen schwarzen Rock und eine dazu passende Wollstrickjacke, die ihren dunklen Bubikopf betonte. Schwarz war anscheinend die angesagte Farbe in der City.

„Das ist der Gott der Unterwelt", sagte meine Tochter und zeigte auf den Fernseher. „Der ist lustig."

Die Stimme, die James Woods der Zeichentrickfigur verlieh, war in der Tat ein Brüller, aber ich hatte andere Dinge im Kopf. Als ich die beiden zusammen sah, begriff ich, wie verletzlich sie waren; wie leicht es dem Verrückten, der den Hund aufgeschlitzt hatte, fallen würde, sie in die Finger zu kriegen. Gleichzeitig hatte ich den brennenden Wunsch, meine Last mit jemandem zu teilen, damit ich leichter ertragen konnte, was der Bastard mir auferlegt hatte. Aber ich hielt mich zurück. Wenn ich mit Caroline allein gewesen wäre, hätte ich vielleicht meinen Mut zusammengenommen, aber in Lucys Gegenwart war das unmöglich.

„Was stimmt mit dir nicht?", fragte meine Exfrau mit der Direktheit, die sie sich mir gegenüber vor Jahren angewöhnt hatte.

Ich zuckte die Achseln. „Die Arbeit. Du weißt …"

„Wohl eher Mangel an Arbeit." Ihre Augen glühten. „Gott, du bist so entscheidungsschwach, Matt. Wieso kannst du nicht einfach ein anderes Buch schreiben und es an einen anderen Verlag verkaufen? Warum musst du alles so persönlich nehmen? Es ist doch nicht deren Schuld, dass du einen Kram geschrieben hast, den sie nicht unter die Leute bringen können."

„Gesprochen wie die mitfühlende Seele, die du bist", sagte ich, unfähig, das runterzuschlucken. „Seit wann verstehst du denn was vom Verlagsgeschäft?"

Ich merkte zu spät, dass das eine tolle Vorlage war.

„Ich bin Ökonomin, Blödmann", sagte sie, an ihre Schläfe klopfend. „Davon verstehe ich was."

Lucy sah uns vom Sofa aus an. „Mummy, Daddy, hört sofort auf zu streiten", jammerte sie.

Ich fühlte, wie etwas in mir auseinanderbrach. Anscheinend ging es Caroline ganz ähnlich. Wir nickten uns zu und vereinbarten einen stummen Waffenstillstand.

Es herrschte ungemütliches Schweigen, während Lucy zusah, wie Hades seine wohlverdiente Strafe kriegte und ich so tat, als würde ich über das neue Laura-Veirs-Album schreiben. Dann packten sie ihre Sachen und gingen runter.

Ich ging hinterher, Angst stieg in mir auf. „Willst du, dass ich euch rüberbringe?"

Caroline starrte mich an. „Mach dich nicht lächerlich."

„Na schön", sagte ich, beugte mich runter und küsste Lucy. „Bis morgen früh, Süße."

„Gute Nacht, Daddy", sagte sie und sah uns nacheinander an. „Es wäre ganz toll, wenn wir manchmal alle zusammen im selben Haus schlafen könnten."

Weder Caroline noch mir fiel darauf eine Antwort ein.

Ich blickte ihnen nach, bis ich sie nicht mehr sehen konnte, dann ging ich hinterher, drückte mich in den dunklen

Abschnitten zwischen den Straßenlampen herum. Sie kamen ohne Zwischenfall nach Hause. Als ich mich umdrehte, um zurückzugehen, bemerkte ich einen älteren Mann mit Hund im Ruskin Park.

Er funkelte mich an, als wäre ich ein Stalker.

Die Ironie dabei führte leider nicht dazu, dass ich mich besser fühlte.

Wieder daheim, öffnete ich das E-Mail-Programm. Solange Lucy da war, hatte ich es geschafft, das beiseitezuschieben, aber jetzt gab es keine Entschuldigung mehr. Mein Magen zog sich zusammen, als das Icon des Posteingangs aufleuchtete. Es leuchtete ziemlich lange.

Als der Klingelton erklang, hatte ich von 1612WD eine Mail mit einem Anhang erhalten, wieder über einen anderen Provider. Der Bastard. Ich wusste inzwischen, wie er sich nannte, aber ich hatte keine Ahnung, warum. Was war in dem Anhang? Ich lud ein digitales Foto runter. Ich selbst war darauf zu sehen, wie ich die eingewickelten Überreste von Happy zum Volvo trug. Scheiße. Er war da gewesen, dem Blickwinkel des Fotos und den Bäumen nach zu urteilen am anderen Ende des Parks. Er musste eine Kamera mit einem ziemlich guten Zoom besitzen. Ich konnte mich an niemanden in der Nähe erinnern, der Fotos gemacht hatte, als ich den Wagen belud.

Ich sah mir die Nachricht an.

Ich bin's wieder, Matt. Dachte, Du würdest vielleicht gern einen meiner Schnappschüsse von heute sehen. Es gibt noch jede Menge davon, einige aus Lucys Kinderzimmer, bevor Du dahin gekommen bist, andere aus

Farnborough. Ich glaube nicht, dass deine Exfrau oder die Nachbarn sonderlich erfreut wären, die zu sehen, von Deiner Tochter gar nicht zu reden. Die war ganz begeistert von dem Hund, oder?

Woher zum Teufel wusste er das alles? Er musste uns wochenlang beobachtet haben.

Außerdem habe ich ein paar E-Mail-Adressen und würde nicht zögern, die Fotos dahin zu schicken, falls Du anfangen solltest, Dich unkooperativ zu verhalten, Matt.

Ich las weiter. Irgendwie hatte er es geschafft, an Carolines Firmen-E-Mail zu kommen wie auch an die von Jack und Shami an ihren Arbeitsplätzen.

Ich kann mir kaum vorstellen, dass Deine Exfrau beeindruckt wäre, wenn sie herausfinden sollte, dass Du die Leiche des Nachbarshundes beseitigt hast. Sie würde das als indirekte Bedrohung von Lucy auffassen und ihre Anwälte sofort auf Dich hetzen. Kein Besuchsrecht mehr, kein gar nichts. Du bist im Bilde, ja? Tut mir leid, das war nicht witzig.

War es wirklich nicht, aber er hatte mich sehr erfolgreich festgenagelt. Die Scheidung war hässlich gewesen, denn Caroline wollte mich unter allen Umständen loswerden, und ich wollte Lucy nicht durch die Mangel drehen. Das hier wäre genau das, was Caroline brauchte, um mich ein für alle Mal aus ihrem Leben zu schmeißen. Aber woher wusste WD das? Oder riet er nur?

Ich melde mich morgen wieder,

hörte die Nachricht auf.

Dann wirst Du Deine Arbeit für mich beginnen. Sorg dafür, dass Du ausgeschlafen bist.

Ich klickte auf Antworten.

Warum nennst Du Dich White Devil? Was hat das Stück von John Webster mit diesem Titel, erstmals aufgeführt im Jahre 1612, mit all dem zu tun?

Ich klickte auf Abschicken.

Der Klingelton kam bald darauf.

Bist Du endlich dahintergekommen, Matt. Ich bin White Devil. Ta-da. Einsatz unheilschwanger Musik. Was hat das Stück damit zu tun? Komm schon, das hast Du doch drauf. Aber erhol Dich jetzt, oder: „Umso ruh'ger wird unser Schlaf sein". Gute Nacht.

Ich setzte mich zurück und sah hoch auf die Risse in der Decke. Großer Gott. Dieser Kerl wusste ganz genau, wie er an mich rankam. „Umso ruh'ger wird unser Schlaf sein" – *Der Weiße Teufel*, zweiter Akt, erste Szene; Brachiano lässt sich von Isabella scheiden, in Websters großem Werk über Rache und gewaltsamen Tod. Es war Thema meines eigenen Romans *The Devil Murder*, und der Titel war ein weiteres Zitat aus dem Stück. Auf dem College hatte ich Jakobinische Tragödien studiert und war vollkommen fasziniert davon gewesen. In diesen Stücken gab es eine primitive Unausweichlichkeit, die mich erschütterte – die Maske der Zivilisation war viel fadenscheiniger und das brodelnde Tollhaus darunter viel bedrohlicher als bei Shakespeare, außer im *Titus Andronicus*. Als ich auf der Suche nach einem Plot war, an dem ich meinen dritten Sir-Tertius-Roman aufhängen könnte, stieß ich auf den *Weißen Teufel* – Heuchelei und Korruption bekamen ihren gerechte Strafe. Sogar John Webster selbst hatte in meinem Roman einen kleinen Auftritt. Die meisten Kritiker hielten das für einen netten Einfall. Irgendein Irrer trieb seine Bewunderung für ihn zu weit.

Dann kam mir ein anderer Gedanke. In *The Devil Murder* wird einer der Schurken, Lord Lucas of Merston, von dem durchgedrehten Vater eines Mädchens, das er vergewaltigt hat, zu Tode gebracht. Dieser Vater ist zufällig ein Bauer, und er bringt den Übeltäter um, indem er ihn mit einem Messer, das zum Häuten von Tieren dient, auseinanderhackt. Sir Tertius findet die Leiche des Lords in gekreuzigter Stellung, seine Eingeweide hängen heraus.

Genau wie die von Happy.

Ich stellte das leere Glas neben den Computer. Der große Schluck Single Malt Whisky hatte mich schließlich etwas beruhigt. Er hatte mich sogar dazu gebracht, die Dinge ein bisschen zurechtzurücken. Dies alles war völlig verrückt. Was tat ich da überhaupt, ließ mich von einem Irren auf diese Art in etwas hineinziehen?

Es war ja nicht so, als ob ich derjenige gewesen wäre, der Happy getötet hatte. Es war nicht so, als ob ich die fünf Riesen aus ihm herausgepresst hätte. Um der ganzen Sache ein Ende zu machen, musste ich bloß die Polizei rufen. Die zu überzeugen, würde etwas dauern, aber ich könnte ihnen das Geld geben und zeigen, wo Happys Leiche lag. Caroline und den Rooneys zu erklären, was ich getan hatte, würde schwieriger werden, aber da fiel mir schon etwas ein. Schließlich hatte ich die E-Mails. Ja, das war es. Ich würde es einfach beenden.

Bevor ich mit dem Gedanken weiterkam, klingelte das Telefon.

„Hallo?“, sagte ich zögernd und fragte mich, ob White Devil irgendwie meine Geheimnummer herausgekriegt hatte.

„Matt, bist du das?“ Meine Mutter klang beunruhigt.

„Was gibt's, Fran?“, fragte ich, die Worte überschlugen sich fast. „Alles in Ordnung bei dir?“ Wenn der Bastard ihr etwas angetan hatte, würde ich ihn dafür bezahlen lassen.

„Natürlich ist bei mir alles in Ordnung, Schatz“, sagte sie mit weich werdender Stimme. „Du bist derjenige, der nach Sorgen klingt.“

Das war typisch für meine Mutter. Sie konnte aus ein paar Worten einen ganzen Seelenzustand konstruieren. Das war vielleicht der Grund, warum sie immer noch eine gedruckte Schriftstellerin war und ich nicht.

„Tut mir leid. Du kennst das ja, Schwierigkeiten beim Schreiben …“

„Willst du drüber reden?“ Als ich anfing, hatte ich oft mit Fran über die technischen Aspekte von Literatur gesprochen, aber in den letzten Jahren machte ich mir selbst vor, dass ich über so etwas hinaus wäre. Keine schlechte Idee, mich mit ihr wieder dem Grundsätzlichen zuzuwenden, aber heute Nacht hatte ich andere Dinge im Kopf.

„Nein, alles klar. Ich kriege das schon hin.“ Meine ursprüngliche Angst fiel mir wieder ein. Konnte der Teufel sich an sie herangemacht haben? „Zu Hause alles okay? Keiner hat … dich irgendwie belästigt?“

„Bist du sicher, dass es dir gut geht, Matt?“, fragte sie fürsorglich.

„Beantworte bitte einfach die Frage.“

Ich hörte, wie sie scharf Luft holte. „Eigentlich waren das zwei Fragen.“ Sie machte eine Pause, um mir meinen Platz zuzuweisen. „Ja, alles ist okay. Nein, keiner hat mich belästigt. Was soll das alles, Matt?“

„Nichts“, sagte ich, auf der Suche nach einer Entschuldigung, um aus der Situation wieder rauszukommen. „Hab neulich was in der Zeitung gelesen, über irgendeinen Herumtreiber in eurer Gegend.“

„Wirklich?“ Sie klang nicht sonderlich beunruhigt. „Wäre nicht das erste Mal. Wie auch immer, du weißt ja, bei mir sind die Türen und Fenster immer verschlossen, und wenn ich ins Bett gehe, schalte ich die Alarmanlage ein.“

„Ja“, sagte ich und begriff, dass ich ihr nur einen Grund geliefert hatte, sich Sorgen zu machen. Trotzdem wäre es unter diesen Umständen nur gut, wenn sie besonders aufpasste.

„Jedenfalls habe ich eigentlich angerufen, um zu fragen, ob du Lust hast, am Wochenende rüberzukommen. Bring Sara auch mit.“

Sara hatte ich völlig vergessen. Nachdem sie den Artikel beendet hatte, an dem sie gerade arbeitete, sollte sie bei mir vorbeikommen, um die Nacht hier zu verbringen.

„Ich … ich weiß noch nicht“, sagte ich. „Ich läute noch mal durch. Gute Nacht.“

So wie Fran den Wunsch erwiderte, war völlig klar, dass sie annahm, ich würde den Halt verlieren.

Womit sie recht hatte.

Bevor ich vom Telefon wegkam, hörte ich den Schlüssel in der Tür. Sara erschien, ihr braunes Haar verwuschelt und ihr Gesicht zerfurcht. Die Linien waren in den letzten Monaten tiefer geworden. Sie arbeitete zu viel, und mir war klar, dass ich sie nicht immer genügend unterstützte.

„Hallo, Fremder“, sagte sie und ließ ihre Tasche fallen. Sie sah mich an. „Was ist los? Du siehst aus, als hättest du gerade ein Gespenst gesehen.“

„Ähm, nee“, sagte ich, stand auf und ging zu ihr, küsste sie. Ich hatte hektisch versucht, mich zu erinnern, ob ich irgendetwas hatte herumliegen lassen, was bei ihr Verdacht erregen könnte. Der Computer zeigte den Bildschirmschoner. Ich überlegte, ob ich das Ding ausschalten sollte, aber das würde nur ihre Aufmerksamkeit darauf lenken. Normalerweise schaltete ich ihn ab, wenn sie unter der Dusche war. Nach der Arbeit marschierte sie immer gleich ins Badezimmer.

„Hallo, Sara“, sagte sie mit einem aufmunternden Lächeln. „Super, dass du wieder da bist. Ich habe dich ganz toll vermisst.“

Lachend wiederholte ich das Wort für Wort. Sara hatte die Fähigkeit, jeden zum Lächeln zu bringen, ein unter Journalisten nicht besonders verbreitetes Talent. Es hatte ihr dabei geholfen, an ein paar ganz große Storys zu kommen.

„’tschuldigung“, fügte ich hinzu. „Harter Tag in der Tretmühle.“

Mist. Jetzt ging sie auf den Schirm zu.

„Woran hast du denn gearbeitet?“ Sie sah mich voller Hoffnung an. „Doch nicht der neue Roman.“

Ich war nicht fix genug, das vortäuschen zu können. „Ähm, nee. Bloß ein paar Plattenkritiken.“

Das Lächeln verschwand nicht. „Mach dir nichts draus.

Ich bin sicher, bald wird alles an seinen Platz fallen."

„Sara, Liebling." Ich nahm sie in die Arme. Ihr Duft stieg mir in die Nase. Plötzlich war es wieder wie beim ersten Mal. Sie war in einer Parfümwolke auf mich zugekommen, und ich hatte mich Hals über Kopf, an Ort und Stelle, in sie verliebt. So was war mir noch nie passiert. Noch viel verblüffender war, dass sie mir erzählte, sie hätte genau das Gleiche gespürt, als ich ihr mitten in dem überfüllten Raum zum ersten Mal ins Auge fiel. Ich schüttelte den Kopf, um die Erinnerung loszuwerden. „Ich ... ich muss dir etwas sagen." Mein ernster Tonfall brachte sie dazu, den Kopf zu heben und mich zu betrachten. Ich hatte die Nase voll von dem Bastard, den ich in mein Leben gelassen hatte. Ich würde das Geheimnis mit ihr teilen. „Also, das ist ganz schön verrückt. Heute Morgen habe ich ..."

Mein Handy fiepte. Ich hob die Hände und suchte in meiner Jacketttasche.

„Hallo?"

„Matt, du weißt doch noch, dass du keinem was davon erzählen darfst, was heute passiert ist, nicht wahr?" Die Stimme des White Devil war gelassen, beinahe heiter. Sie klang neutral, als wäre es eigentlich gar nicht seine – als ob er sie sich extra für mich zurechtgelegt hätte.

Woher wusste er, dass ich Sara gerade alles erzählen wollte?

„Matt, ich weiß, dass du da bist. Sag was."

„Ja ... ich werde daran denken." Ich versuchte, Sara anzulächeln, als sie an mir vorbei zum Bad ging. Ich wartete, bis sie die Tür hinter sich schloss. „Du Schwein. Hörst du mich ab?"

Ich hörte ein Lachen, dass sich in ein Knurren verwandelte. „Was weißt du denn schon von Überwachungstechnologien, du preiswürdiger Krimiautor? Ungefähr so viel wie ein Spatzenschiss." Die Verbindung war tot.

Ich setzte mich mit klopfendem Herzen hin. Er hatte recht. Ich hatte keine Ahnung von modernen Überwachungsgeräten. Soweit ich wusste, könnte er mich auch mit einer Kamera von einem Satelliten aus dem All beobachten. Der Bastard hatte sogar meine Handynummer herausgefunden, obwohl ich annahm, dafür würde er nicht allzu viel Zeit oder Geld aufwenden müssen. Scheiße. Ich steckte schließlich doch ganz allein in dieser Sache. Ich konnte nicht riskieren, dass Lucy irgendetwas zustieß.

Als Sara aus dem Bad kam, hatte ich den Computer ausgeschaltet. Ich hielt den Kopf in meinen Händen.

„Was ist denn?", fragte sie und drückte mich an ihren warmen Körper. „Wer hat da angerufen?"

„Bloß ein Spinner", murmelte ich. Die Untertreibung des Jahrtausends. Plötzlich wurde mir deutlich bewusst, wie nahe Sara und ich uns in den letzten neun Monaten gekommen waren. Ich war an einem Punkt, wo ich ihr alles anvertrauen konnte. Sie war meine Erlösung; durch sie wurde alles besser.

„Komm ins Bett", sagte sie, zog mich sanft mit sich, ihre Wangen errötet – so sah sie jedesmal aus, wenn sie erregt war.

Ich folgte ihr ins Schlafzimmer, das Blut heiß in meinen Adern. Aber in meinem Kopf verwirrten sich die Gedanken. Irgendetwas wollte an die Oberfläche kommen.

„Komm", sagte Sara und schlug die Decke zurück. „Gleich wirst du dich viel besser ..."

Der Gedanke, der an mir genagt hatte, war plötzlich klar.

„Nein!", schrie ich und stürzte vorwärts.

„So, so, Mr. Wells." Saras Lächeln verschwand langsam aus ihrem Gesicht. „Was hast du denn da angestellt?"

Sie hob die Bündel Zwanzig-Pfund-Noten hoch, die ich unter die Bettdecke gestopft hatte, als ich Lucy hierher brachte, und starrte mich fragend an.

5. KAPITEL

Nachdem es fast eine Ewigkeit gedauert hatte, war Mrs. O'Grady, dreiundsiebzig Jahre alt und mit tiefen Falten im Gesicht, damit fertig, den Eimer und den Mopp im Besenschrank der Sakristei richtig anzuordnen. „Wäre das alles für heute Abend, Father Prendegast?", fragte sie.

„Ja, ja", antwortete der Priester ungeduldig, den Kopf mit der großen kahlen Stelle über die Papiere auf dem Tisch gebeugt.

„Da sind Sie sicher?" Mrs. O'Grady putzte seit mehr als dreißig Jahren jeden Mittwochabend in der St.-Bartholomews-Kirche in West Kilburn, und sie war stolz auf den Eifer, mit dem sie die Diener des Herrn umsorgte. Die bisherigen Pfarrer hatten das alle zu würdigen gewusst, aber dieser hier war anders. Obwohl er jetzt schon seit beinahe zehn Jahren der Gemeinde vorstand, kam es ihr vor, als würde sie ihn überhaupt nicht kennen. Er beachtete sie fast gar nicht. Sie mochte keinen Klatsch, aber sie hatte angefangen zu glauben, was einige der anderen Damen erzählten – dass er unter einer dunklen Wolke an ihre Kirche versetzt worden war. Irgendwo im East End hatte es einen Skandal gegeben, der unter den Teppich gekehrt worden war. Sie hob den Kopf zu der schmutzigen Decke. Lieber Gott, dachte sie, warum können Deine Vertreter auf Erden ihre Finger nicht bei sich behalten?

Mrs. O'Grady trat einen Schritt zurück, als sie merkte, dass Father Prendegast sie anfunkelte, als ob er wüsste, was ihr durch den Kopf ging. Sie nahm ihren Mantel und machte sich eilig davon, „dann gute Nacht" murmelnd. Draußen hielt sie an und erschauerte. Es war nicht kühl – die letzten

Sonnenstrahlen hatten einen roten Teppich über den Himmel im Westen gebreitet, und ihre Wärme lag noch in der Luft –, aber sie fröstelte. Irgendetwas war mit diesem Mann, etwas, was sie beinahe riechen konnte. Er war … er war schmutzig, ein falscher Fuffziger. Sie ging schnell den Kiesweg entlang, bestrebt, zurück in ihre Sozialwohnung zu ihrem kleinen Hund zu kommen. Die Gestalt, die sich hinter einem der größeren Grabsteine erhob und leise auf die Tür der Kirche zuging, bemerkte sie nicht.

Norman Prendegast schob seinen Stuhl zurück und stand auf. Endlich lies ihn die alte Ziege in Frieden. Er wählte einen Schlüssel von dem Bund an seinem Gürtel und steckte ihn in die unterste Schublade eines antiquarischen Rollschranks. Er holte eine Flasche Jameson heraus, die ihm einer der Gläubigen zu Ostern geschenkt hatte, und schraubte sie auf. Die ersten paar Schlucke hatten noch keine Wirkung, aber dann begann er, die Wärme in sich aufsteigen zu fühlen. Das war der richtige Stoff. Er ging zurück zum Tisch und setzte sich wieder, platzierte die Flasche auf den Bilanzbüchern, die er zu vervollständigen versucht hatte. Diese Schinderei würde er sich für eine andere Nacht aufheben.

Nach einem weiteren kräftigen Zug aus der Flasche begann der Priester der Vergangenheit nachzusinnen. Vor fünfzehn Jahren wurde er von seiner Gemeinde in Bethnal Green exiliert; seit fünfzehn Jahren war es ihm sogar verboten, sie in seiner Freizeit zu besuchen. Das war nicht fair. Er war alles gewesen, was ein Priester sein sollte – nie nachlassend in seinen Anstrengungen, eine Quelle des Trostes für die Gläubigen in Zeiten des Verlustes und der Trauer, ein Leuchtfeuer der Freude bei Hochzeiten. Sein Chor, seine Fußball- und Cricketteams hatten Preise gewonnen. Er nahm noch einen großen Schluck, aber jetzt schmeckte der Alkohol bitter, während seine Wehklagen sich um ihn herum erhoben wie ein schwachsinniger Chorus. Du hast nichts Falsches getan. Du wolltest nur ihr Freund sein. Die Jungs haben dich geliebt. Die Jungs wollten, dass du sie anfasst.

Father Prendegast hörte ein Geräusch aus der Kirche. Mrs. O'Grady musste etwas vergessen haben. Er blieb, wo er war. Er mochte nicht, wie sie ihn ansah. Sie wusste Bescheid, da war er sicher. Diese scheinheiligen alten Hexen. Sie wussten alle über ihn Bescheid, aber sie taten so, als wüssten sie nichts. Sie taten so, als wäre er ein ganz gewöhnlicher Priester und nicht einer, dem der Erzbischof noch eine letzte Chance gegeben hatte, und das auch nur, weil die Diözese die Schande nicht ertragen konnte. Fünf Jahre in einem abgelegenen Schlupfwinkel in der irischen Grafschaft Kerry, und dann dieses abgewirtschaftete Loch hier. Die Sünder füllten die Kirche nur noch zu Weihnachten und zu Ostern. Heutzutage machte sich sowieso niemand mehr die Mühe, etwas anderes als lässliche Sünden zu beichten. Sie glaubten, schon damit könnten sie die wirklich schlimmen Dinge, die sie getan hatten, einfach vergessen. Heuchler. Pharisäer allesamt, selbstgerecht und hartherzig. Er wenigstens hatte gebeichtet, als es von ihm verlangt worden war. Gebeichtet und um Vergebung gefleht. Sein Gewissen war rein, auch wenn sein Verlangen ihn noch immer quälte.

Norman Prendegast setzte die Flasche wieder an. Sie war noch an seinen Lippen, als sich die Tür zur Sakristei öffnete und wieder schloss.

„Wer ist da?", verlangte er zu wissen, sein Blick war verschwommen. „Sind Sie das, Mrs. O'Grady?"

Der Schlüssel wurde im Schloss umgedreht.

„Was wollen Sie hier?“, sagte der Priester, seine Stimme zitterte. Er versuchte, die Flasche zu verstecken. „Sie haben hier keinen Zutritt.“

„Beruhigen Sie sich, Herr Pfarrer“, sagte eine leise männliche Stimme. „Nur ein kleines Schwätzchen.“ Die Gestalt kam näher. „Über die alten Zeiten.“

Irgendetwas an der Stimme kam dem Priester bekannt vor, obwohl die Worte keinerlei erkennbaren Akzent hatten.

„Wer sind Sie?“, fragte Father Prendegast und versuchte, durch den vom Whisky verursachten Dunstschleier zu blicken. „Kenne ich Sie?“

„Oh ja“, sagte der Mann. Er stand jetzt neben ihm. „Erinnern Sie sich etwa nicht an mich?“

Eine behandschuhte Hand packte den Priester plötzlich am Kinn und drehte sein Gesicht herum.

„Sehen Sie genau hin.“

Prendegast blinzelte und versuchte, die Gesichtszüge zu erkennen. Der Mann trug eine schwarze Kappe, die er jetzt abnahm, und kurzes blondes Haar kam zum Vorschein. Das sagte ihm nichts. Aber das Gesicht schon. Die kleine Nase, das halbe Lächeln auf den spitzen Lippen, aber vor allem die Augen – so braun, dass man kaum zwischen der Iris und der Pupille unterscheiden konnte. Ach du lieber Herrgott, war das wirklich er, der, der ihn zu Fall gebracht hatte? Nach all diesen Jahren?

Der Eindringling ließ sein Kinn los und lachte. „Und mein Name ist?“

Der Priester leckte sich über die Lippen und griff nach der Flasche. Sie wurde mit einer schnellen Bewegung vom Tisch gewischt und zerschellte auf den Steinplatten. Der Geruch stieg auf, um ihn zu verhöhnen.

„Warum haben Sie das getan?"

Die Hand war wieder da, diesmal eng um seine Kehle. „Wie heiße ich, du Päderast?"

„Les ... Leslie Dunn."

Der Griff lockerte sich.

„Das ist die richtige Antwort, Herr Pfarrer. Sie kriegen den Hauptgewinn." Das Gesicht des Angreifers kam ihm ganz nah. „Nun frag schon, was es ist, du Schwein."

„Bitte, ich werde alles tun ..." Er brach ab, als der Druck wieder stärker wurde. „Geld ... ich habe ... Geld."

„Ist das wahr, Pfarrer Bengelsficker?" Ein weiteres leeres Lachen. „Tja, das ist leider das Einzige, was ich nicht mehr brauche. Frag mich, was du gewonnen hast."

„Ich ... kriege ... kriege keine ... Was ... was ha ... ch ... wonnen?"

Er wurde in den Stuhl gepresst. Bevor der Priester sich wehren konnte, wurde ein dicker Strick um seine Arme und seinen Oberkörper geschlungen.

Das Gesicht war direkt über seinem Gesicht. Er konnte Minze im Atem des Messdieners riechen, den er missbraucht hatte.

„Du hast ein Erster- Klasse-Ticket für den Mitternachtsexpress in die Hölle gewonnen."

Das Letzte, was Father Prendegast sah, war ein glänzendes Silbermesser, das sich vor seinen Augen hin und her bewegte.

Das Letzte, was er fühlte, war ein stechender Schmerz von hinten.

Detective Chief Inspector Karen Oaten, letzten Februar zum kürzlich gebildeten Violent Crime Coordination Team der

Londoner Metropolitan Police befördert, stand vor dem Altar der St.-Bartholomews-Kirche. Sie trug einen weißen Overall und Plastiküberschuhe, die Spurensicherer krabbelten um sie herum wie eine Hundemeute.

„Kommen Sie schon, Taff", sagte sie über ihre Schulter.

John Turner, im gleichen Outfit, kam langsam den Mittelgang hoch. Sein Gesicht hatte dieselbe Farbe wie der Schutzanzug. Er hatte das Examen zum Inspector bestanden und war mit seiner Vorgesetzten zu dieser neuen Einheit gegangen.

„Ich verstehe Sie ja", sagte Oaten mit leiser Stimme. „Das hier ist wirklich schlimm, stimmt schon." Der Assistant Commissioner, der für das VCCT verantwortlich war, hatte dafür gesorgt, dass sie den Fall bekamen und nicht die örtliche Mordkommission, und sie war kurz nach ein Uhr morgens bei der Kirche angekommen. Sogar sie hatte tief durchatmen müssen, nachdem sie gesehen hatte, was da auf dem Altar lag.

Der Rechtsmediziner stand noch neben der nackten Leiche. Es handelte sich um einen schwammigen Mann in den Fünfzigern. Er lag mit der Brust über dem Altar, die Arme und Beine hingen herunter. Ein hoher goldener Kerzenständer stand auf dem Boden, seine Spitze steckte zwischen seinen Hinterbacken.

„Wer hat es gemeldet?", fragte die Chefinspektorin.

„Eine Mrs. Brenda O'Grady", antwortete Turner, auf seinen Notizblock blickend. „Sie wohnt in einem Hochhaus die Straße runter. Sie war gestern Abend hier, um sauber zu machen. Bevor sie zu Bett ging, sah sie von ihrem Fenster aus, dass die Lichter noch an waren, und kam her, um nachzusehen. Das ist bis jetzt das einzig Sinnvolle, das ich aus ihr rauskriegen konnte. Sie hat die Leiche gesehen."

„Weiß sie, wer es ist?“

„Sie nimmt an, dass es der Priester ist, Father Norman Prendegast, aber sie hat nicht besonders lange hingesehen.“

Karen Oaten nickte. „Das überrascht mich nicht.“ Sie wandte sich dem Altar zu. „Mal sehen, was der Doktor für uns hat.“ Sie bedachte Turner mit einem schmalen Lächeln. „Falls Sie damit fertig werden.“

Er lächelte träge zurück. „Ich werde damit fertig, Chef.“ Er schuldete Wild Oats eine Menge. Sie hatte darauf bestanden, dass er mit ihr zum Yard kam, als sie herausgepickt wurde, um zu dem neuen Team zu stoßen. Er war immer noch nicht sicher, warum sie ihn mitgenommen hatte. Vielleicht, weil er nie ihre Autorität infrage stellte. Die anderen Kerle in der Eastern Homicide Division waren nie damit klargekommen, dass eine Frau ihnen sagte, was sie tun sollten.

Sie bahnten sich ihren Weg an den Spurensicherern vorbei.

„Irgendwas Interessantes?“, fragte Oaten.

Einer der Techniker, ein bärtiger Mann, sah auf und zuckte die Achseln. „Jede Menge verschiedene Fasern. Kann noch nicht sagen, ob irgendwas davon für Sie hilfreich sein könnte. Keine blutigen Fußspuren oder sonst etwas Offensichtliches, fürchte ich.“

Sie stiegen die Treppe zum Altar hoch. Andere Mitglieder des Teams hatten den Tatort bereits fotografiert und auf Video aufgenommen. Der Pathologe, der am Ende der marmornen Fußleiste kauerte, war ein kleiner Mann mit einem hervorstehenden Bauch, mit dem sie schon öfter zusammengearbeitet hatten.

„Dr. Redrose“, sagte die Chefinspektorin. „Haben Sie was für uns?“

„Todesursache ist ein einziger Stich mit einer ungezackten Klinge ins Herz“, sagte er, ohne aufzusehen. „Zugefügt nach den anderen Wunden. Ich riskiere mal die Vermutung, dass keine davon selbst verursacht wurde.“

„Todeszeitpunkt?“

„Vorläufig: zwischen neun und elf abends.“

„Und sonst noch?“

„Wissen Sie, Chief Inspector“, sagte der Rechtsmediziner, „das hier ist ein neuartiger Fall.“

„Auf welche Weise?“

„Auf mehrere Weisen. Deshalb ist er so interessant.“ Redrose erhob sich. „Zunächst mal haben wir da diesen verzierten Kerzenständer in seinem Rektum.“ Er deutete mit dem Kopf nach links. „Wenn, wie ich annehme, das da der Zwilling von dem hier ist, dann stecken ungefähr dreißig Zentimeter Gold da drin.“

Turner schürzte die Lippen. „Schmerzhaft.“ Obwohl er Rugby in der Union gespielt hatte, bis er Wales vor zehn Jahren verließ, fand er Gewalt noch immer schwer erträglich.

Der Doktor warf ihm einen Blick zu. „Schmerzhaft kommt nicht mal annähernd an das ran, was der arme Teufel durchmachen musste.“

„Wir nehmen an, dass er der Priester war“, sagte Oaten.

„Ah. Entschuldigung. Dann also der arme Herr von der Geistlichkeit.“ Er beugte sich zögernd vor. „Als Nächstes sind da die Augen.“ Er hob den Kopf der Leiche hoch. „Sehen Sie sich das an.“

Turner wappnete sich und trat näher.

„Beide wurden mit einem scharfen Gegenstand entfernt.“, sagte Redrose. „Sehen Sie, hier? Die Sehnerven wurden sauber durchtrennt.“

„Wo sind sie?“, fragte Oaten.

„Gute Frage. Sie scheinen als Trophäen mitgenommen worden zu sein, allerdings müssen Sie auf die Autopsie warten, um das zu bestätigen. Sie könnten ihm auch in die Kehle gestopft worden sein."

„Ich verstehe, was Sie mit ‚neuartigem Fall' meinen", sagte die Chefinspektorin. „Ich habe schon Leichen in Kirchen gesehen, und ich habe Verstümmelungen gesehen, aber noch nie beides auf einmal."

Der Pathologe stand auf und grinste sie triumphierend an. „Ich bin noch nicht fertig." Er hob den Kopf noch einmal an und zeigte auf den Mund.

„Was ist denn?", fragte Turner. „Ich sehe nichts."

Karen Oaten kam näher. „Da ragt etwas zwischen den Zähnen heraus." Sie erhob einen in Latex steckenden Finger. „Sehen Sie, Taff? Sieht aus wie ein Stück Papier in einer durchsichtigen Plastikhülle."

„Exakt", bestätigte der Doktor.

„Können Sie das herausholen?", fragte Oaten.

„Da müssen Sie auf die Autopsie …"

„Lassen Sie mich das anders formulieren." Sie starrte ihn eisern an. „Dies ist ein besonders grausamer Mordfall. Zeit ist von größter Bedeutung, wenn wir den Mörder fassen wollen. Bitte holen Sie dieses Beweisstück aus seinem Mund."

„Wie Sie wollen, Chief Inspector. Das geht dann auf Ihre Kappe." Redrose holte einen Haken aus seiner Tasche und stemmte damit die Kiefer des Toten auf. Ein sorgfältig gefalteter Papierwürfel von etwa drei Zentimeter Größe in einer kleinen Plastikhülle fiel auf Karen Oatens Handfläche. „Gut gefangen, Madam."

Sie ignorierte ihn und ging damit zum Leiter der Spurensicherung. „Ich möchte, dass dies hier auseinandergefaltet und dann eingetütet wird", sagte sie.

Ein paar Minuten später betrachtete sie gemeinsam mit Turner ein weißes Stück Kopierpapier in einem durchsichtigen Beweisbeutel. Mit einem Laserdrucker war darauf eine Zeile geschrieben.

„‚Welch Spottbild hat der Tod aus dir gemacht'", las Oaten laut vor. Sie blickte ihren Sergeant an. „Woraus ist das? Der Bibel?"

„Fragen Sie mich nicht", erwiderte Turner und hob die Schultern. „Ich hab mich immer vor dem Gottesdienst gedrückt, wenn ich konnte."

„Wir lassen das durch den Computer laufen", sagte die Chefinspektorin. „Inzwischen gibt es diesen ganzen Kram in digitaler Form."

„Klingt, als hätte irgendwer wirklich was gegen unseren Father Prendegast gehabt", sagte Turner.

Karen Oaten blickte zu der verstümmelten Leiche auf dem Altar. „Ich glaube, das wussten wir bereits, Taff", sagte sie und schüttelte langsam den Kopf über ihn.

„Ja", meinte er, während sein Gesicht zu glühen begann. „Ich nehme an, das stimmt."

Die beiden kräftig gebauten Männer kamen in der Dämmerung über den Hügelkamm, fünf Meter Abstand zwischen ihnen. Die untergehende Sonne war in den Wolken über dem Atlantik verschwunden, und es war kalt über dem Moor – kalt genug, dass selbst der hartgesottenste Wandersmann schon vor Stunden wieder in die Wärme der Zivilisation zurückgekehrt war. Von der See zog ein feuchter Wind herauf. Das Hochland von Devon war so mitleidlos wie immer.

„Irgendwas zu sehen, Rommel?“, fragte der Mann auf der Linken leise.

„Verdammte Scheiße, Geronimo“, grunzte sein Kamerad und musterte den beleuchteten Kompass an seinem rechten Handgelenk. „Nach den Koordinaten, die du ausgearbeitet hast, hätten wir ihn längst finden müssen.“

Der erste Mann sah sich verstohlen um. „Zur Hölle damit“, sagte er und zog sein Kampfmesser aus der Scheide an seinem Gürtel. „Keinen Bock drauf, dass der uns wieder reinlegt.“ Die geschliffene Klinge blitzte im Licht des Vollmonds, der im Osten aufstieg.

„Wolfe ist noch nie geschnappt worden, Geronimo.“ Rommel wischte die Feuchtigkeit aus seinem kurz geschorenen Haar. „Von keinem.“

„Es gibt immer ein erstes Mal.“

„Aber nicht heute Nacht“, hörten sie hinter sich eine Stimme.

Die beiden Männer wirbelten auf den Hacken herum. Das Messer wurde Geronimo mit einem geübten Karateschlag aus der Hand geschleudert. Er wurde herumgerissen, stand da mit dem Gesicht zu Rommel, die Klinge eines Messers an seiner Kehle.

„Game over“, sagte der Angreifer mit trockenem Lachen. Er ließ den Mann unvermittelt los und schubste ihn vorwärts. „Mann, ich konnte euch Jungs schon eine Meile weit weg kommen hören.“

„Schwachsinn“, sagte Rommel und verdrehte den Mund unter einem herabhängenden Schnurrbart. „Wir haben alle notwendigen Vorsichtsmaßnahmen ergriffen.“ Er leuchtete mit einer Taschenlampe auf den Boden zwischen ihnen.

Wolfe zuckte mit den Achseln. „Okay, dann halt aus fünfhundert Metern." Er blickte auf sein Opfer herab. „Alles okay mit dir?"

Geronimo nickte. „Mit so was brichst du mir nicht die Knochen", sagte er, den größeren Mann wütend anfunkelnd.

„Gut. Der Special Air Service ist stolz auf dich." Wolfe steckte das Messer zurück in die Scheide. „Na ja, ein bisschen."

„Können wir jetzt zurück zum Land Rover gehen?", fragte Rommel.

Wolfe setzte ein finsteres Gesicht auf. „Ihr macht wohl Witze. Wir bleiben noch eine Nacht im Moor. Keine Sorge. Es ist bloß ein Marsch von sechs Meilen bis zum Biwak."

Die beiden anderen tauschten Blicke aus, grinsten.

„Dann machen wir uns besser auf die Socken", sagte Geronimo und hob sein Messer auf.

Wolfe nickte. „Gut. Ich schätze, ihr zwei seid fast bereit für unsere kleine Spritztour in die große Stadt."

Sie orientierten sich mit dem Kompass und marschierten in nordöstlicher Richtung.

„Wie hast du das gemacht?", fragte Geronimo, nachdem sie einige Minuten über das dünn bewachsene Plateau gelaufen waren. „Wie hast du dich an uns rangepirscht?"

Es gab ein längeres Schweigen, während ihr Anführer in den Wind schnüffelte. „Ich habe meine ganze Erfahrung und meine Fähigkeiten im Feld eingesetzt." Er blickte hinab in ein lang gestrecktes Tal, schien in der Dunkelheit etwas zu wittern. „Und ich hatte ein Ziel. Ihr wisst genau, Übungseinsätze wie dieser sind ohne ein Ziel völlig sinnlos."

„Und das Ziel ist also, das Schwein zu finden, von dem du glaubst, er hat einen von uns auf dem Gewissen", sagte Rommel.

„Exakt. Kein Mensch, ich wiederhole, kein Mensch tut

einem SAS-Sergeant etwas an, selbst wenn er pensioniert ist wie Wellington. Wer immer das getan hat, er wird einen qualvollen Tod sterben." Wolfe neigte den Kopf und hob den rechten Arm. „Da unten am Bach sind welche. Zwei. Sie müssen sich von den anderen entfernt haben."

Rommel und Geronimo kamen näher.

„Schon wieder Exmoor-Pony zum Abendessen?", fragte Letzterer mit flacher Stimme.

„Außer ihr habt eine besser Idee", erwiderte Wolfe.

Die drei Männer, deren Kampfnamen nach berühmten Kriegern der Vergangenheit gewählt waren, schlichen leise den Pfad hinab, auf der Jagd nach Beute. Das Glitzern ihrer Augen wurden vom kalten Licht des Mondes reflektiert.

6. *KAPITEL*

Ich sah Sara an, meine Kinnlade klappte runter. Die fünf Riesen. Was zum Teufel sollte ich ihr bloß erzählen?

„Ich warte, Matt", sagte sie, mich nicht aus den Augen lassend. Sara hatte eine Art, sich in einer Zehntelsekunde von einer liebenden in eine todernste Frau zu verwandeln, die mich aus der Fassung bringen konnte.

„Na schön." Ich ging zum Bett. „Es ist … es ist Geld."

Sie hob eine Braue. „Sehr witzig. Ist es deins?" Sie blickte auf die Geldbündel herab. „Das müssen Tausende sein."

„Ähm, fünf", sagte ich, zerbrach mir den Schädel nach einer glaubwürdigen Erklärung. „Fünftausend."

„Fünftausend Pfund in bar?" Sara hob eines der Bündel hoch und schnüffelte daran. „Was hast du gemacht? Eine Bank ausgeraubt?"

„Nein, natürlich nicht. Es ist … es ist ein Vorschuss."

„Wofür?"

Ich hatte es. „Eigentlich", sagte ich und setzte mich neben sie, „ist es ein bisschen peinlich."

„Keine Angst", sagte sie lachend. „Ich liebe Peinlichkeiten."

„Ihr verdammten Journalisten", sagte ich und kriegte einen Ellbogen in die Rippen. „Au. Schweinejournalisten." Ich knuffte sie spielerisch.

„Ich warte", sagte sie, wieder ernst.

Ich sah ihr in die Augen. Irgendwo hatte ich gelesen, dass FBI-Agenten zu so etwas ausgebildet wurden, weil es sie in eine Position der Stärke versetzte. „Na ja, jemand hat mich gebeten, den Ghostwriter für die Biografie von so einem Vollstrecker einer der Gangs zu spielen." Außerdem hatte ich gelesen, wenn du schon lügst, musst du so nahe an der Wahrheit bleiben, wie es nur geht.

Sie schien es mir abzunehmen. „Wer?“

„Das kann ich dir nicht sagen. Ich musste schwören, es geheim zu halten, bis das Buch fertig ist.“ Ich ballte die Fäuste und hob sie. „Und du willst dich bestimmt nicht mit diesem Typ anlegen, klar, watt ich mein’?“

Ein Lächeln huschte über ihr Gesicht. „Ich könnte bereit sein, für so eine Information zu bezahlen“, sagte sie und schob eine Hand über meinen Schenkel. „Im Voraus, klar, watt ich mein’?“

„Dein Akzent ist scheußlich.“

Sie schlug mir aufs Bein. „War deiner etwa besser?“

Ich fing an, die Geldbündel zusammenzuraffen.

„Er hat wirklich bar bezahlt?“, sagte sie und wirkte wieder zweifelnd. „Hast du einen Vertrag unterschrieben?“

„Nein. In sei’m Geschäft zählt nur Bargeld, nich’?“

„Na gut“, sagte sie, nachdem sie darüber nachgedacht hatte. „Ich werde es nicht der Steuerfahndung verraten.“ Sie fasste mich an den Handgelenken. „Aber ich will eine Option auf alle schmutzigen Details haben, okay? Die Zeitung zahlt auch gut.“

„Mal sehen“, sagte ich unverbindlich. „Das wird der Kerl selbst entscheiden müssen.“

Sara sah zu, wie ich das Geld in eine Reisetasche stopfte. „Bring das Zeug am besten morgen zur Bank“, sagte sie und streckte ihre Arme hinter den Kopf. „Du weißt ja, wie unsicher es hier ist. Du hast nicht mal ’ne Alarmanlage.“

Ich nickte. Ich wusste nur zu gut, wie unsicher meine Bude war. Und wie unsicher Lucy und Caroline im früheren Heim unserer gescheiterten Familie waren. Aber der Anblick der Frau, die ich liebte, wie sie auf meinem Bett darauf wartete, ausgezogen zu werden, vertrieb alle Ängste. Ich schob die Erkenntnis beiseite, dass mein Sparring mit einem Verrückten und das Beseitigen von Happys Kadaver mich ebenfalls erregt hatten. Ich hatte keine Ahnung, was das über meinen psychologischen Zustand aussagte.

Hinterher schlief Sara sehr schnell ein – sie war in letzter Zeit beruflich viel unterwegs gewesen. Ich blieb allein wach, und die Angst erfasste mich erneut. Was sollte ich mit White Devil anstellen? Lange Zeit kämpfte ich mit dem Problem.

Als ich das letzte Mal auf die Uhr sah, war es halb vier. Der Schlaf wollte nicht kommen, genauso wenig wie irgendein Plan.

Als Erste ging Sara, nachdem sie mir einen Kuss gegeben und in meinem Haar gewühlt hatte. Sie wollte in ihre Wohnung in Clapham, um sich fürs Büro umzuziehen. Ich duschte und zog mich an und ging los, um Lucy abzuholen. Ich war gar nicht gespannt darauf, wie sie mit Happys Verschwinden fertig wurde.

Wie sich herausstellte, hätte ich mir keine Sorgen machen müssen. Caroline und Shami hatten eine Geschichte ausgebrütet, der Hund hätte in eine Tierklinik gebracht werden müssen, wo Tierärzte sich um ihn kümmerten. Das flüsterte mir meine Exfrau zu, bevor sie sich aufmachte, um ihren Zug zu kriegen.

„Daddy?“, sagte Lucy, als wir uns vom Haus entfernten.

„Ja, Süße?“

„Meinst du, dass Happy aus der Tierklinik zurückkommen wird?“

Ich blickte herab in ihr sommersprossiges Gesicht und drückte ihre Hand. „Aber klar wird sie das.“

„Es ist bloß …“, sie brach ab, und ich hörte ein leises Schluchzen.

„Was ist denn, Schatz?“ Ich beugte mich zu ihr runter.

„Bloß dass der Hund von Martin Swallow auch krank geworden ist, und der ist … der ist nie wieder nach Hause gekommen.“ Ihre Augen waren voller Tränen.

Ich umarmte sie und versuchte, sie zu trösten. Während ich ihr Lügen über Happys kurz bevorstehende Heimkehr erzählte, wallte der Zorn in mir auf. Dieses Schwein. Er war schon dabei, das Leben meiner Tochter zu ruinieren. Was würde passieren, wenn Caroline und Shami schließlich damit herausrücken mussten, dass Happy für immer weg war? Irgendwie würde ich ihm das heimzahlen.

Als ich in die Wohnung zurückkam, war die Wut noch immer in mir. Ich war kaum ein paar Minuten da, als das Telefon klingelte.

„Morgen, Matt.“ White Devils Stimme klang munter. „Bereit, mit dem Schreiben meiner Lebensgeschichte anzufangen?“

Ich schluckte heftig und versuchte, keinerlei Emotionen zu zeigen. „Ich bin bereit.“ Anscheinend bestand sein Vorschlag tatsächlich darin, seine Geschichte für ihn aufzuschreiben.

„Schön. Schalte deinen Rechner an. Du wirst jede Menge Informationen finden. Lies das und überleg dir, was du davon hältst. Dann mach einfach das, worin du gut bist. Keine Sorge, dass soll keine Biografie werden. Ich möchte, dass du aus meinen Taten den besten Krimi machst, der je geschrieben wurde. Du kannst alles hinzufügen, was du für notwendig hältst, aber schmeiß nichts raus. Und natürlich musst du in der ersten Person schreiben, okay? Ich, ich, ich.“ Er lachte trocken. „Ich bin ein vernünftiger Mann, Matt. Schreib mir zehntausend Wörter pro Woche, und ich schicke dir noch mal fünftausend.

Du kriegst jeden Tag weitere Informationen.“ Er machte eine Pause. „Und, Matt, vergiss niemals die Grundregel. Keinem was davon erzählen.“ Seine Stimme wurde rauer. „Du wirst nie wissen, wann ich zusehe oder wann ich mithöre. Genauso wenig wirst du wissen, ob ich beschließe, mir Lucy vorzunehmen oder sonst jemand, der dir nahesteht.“

Er legte auf. Ich tippte 1471 ein, und eine Stimme vom Band teilte mir mit, es habe sich um einen unbekannten Anrufer gehandelt. Mist. Dann merkte ich erst, dass er meine Festnetzgeheimnummer gewählt hatte. Wie hatte er die herausgekriegt?

Ich fuhr den Computer hoch und checkte die E-Mails. Wie White Devil gesagt hatte, gab es eine Nachricht von WD1578, mit einem Anhang. 1578. Ich wusste, was er meinte – 1578 wurde von vielen Literaturwissenschaftlern als John Websters Geburtsjahr angenommen. Ich kopierte die angehängte Datei auf meine Festplatte und öffnete sie.

Großer Gott. Dieser Kerl – er verriet seinen Namen nicht – war von seinem Vater regelmäßig verprügelt und von seinem Gemeindepfarrer vergewaltigt worden. Im Alter von neun Jahren war er schon ein perfekter Ladendieb, der seine Beute verscherbelte, um seine Sammlung von Modellpanzern und Spielzeugsoldaten zu finanzieren. Aber das war lediglich der Anfang. Als ich ans Ende des Textes kam, fand ich heraus, dass er seinen alten Herrn umgebracht hatte, indem er ihn aus dem dritten Stock eines halb fertigen Gebäudes stieß. Zu der Zeit war er zwölf Jahre alt gewesen.

Ich fühlte, wie mir das Blut in den Adern gefror.

Als ich mich daran machte, White Devils Material zu bearbeiten, geschah etwas Merkwürdiges. In den letzten drei Monaten hatte ich nach einem Plot für meinen nächsten Roman nur im Trüben gefischt. Plötzlich schien ich alles ganz klar vor mir zu sehen, wie den Anfang eines Theaterstücks. Ich konnte den Hintergrund sehen – Bethnal Green und seine heruntergekommenen Hochhaussiedlungen – und die Charaktere, die auf der Bühne erschienen: der pädophile Priester, der prügelnde Vater, die stille und liebende Mutter. Und im Zentrum von allem White Devil höchstpersönlich, klein und verschlagen, seine Gemeinheit und Bösartigkeit sorgfältig verbergend.

Und dann begriff ich, warum er diesen Namen für sich ausgesucht hatte. *Der Weiße Teufel* war ein Stück, in dem das Böse und die Schuld unter dem Mantel höflicher Manieren versteckt waren. Weiße Teufel waren Heuchler, korrupte Bösewichte, die hinter Schichten vorgetäuschter Rechtschaffenheit lauerten. So war der Bastard mit dem Mord an seinem Vater davongekommen. Niemandem war der Verdacht gekommen, dass der stille Messdiener sich gegen einen betrunkenen Proleten erheben könnte, ganz zu schweigen davon, ihn in den Tod zu stürzen.

Ich merkte, wie mein Atem sich beschleunigte, wie immer, wenn ich auf einen Plot stieß, von dem ich sofort wusste, dass ich ein anständiges Buch daraus machen konnte. Es war ein paar Jahre her, seit das zum letzten Mal passiert war. Vielleicht hatte Caroline recht. Ich richtete mir mit meinen Büchern über Albanien eine gemütliche Ecke ein, schrieb Zeug, das mich selbst interessierte, ohne mich viel darum zu kümmern, was den Lesern gefallen könnte. Aber das hier verfügte über besondere Glaubwürdigkeit an sich; das war direkt aus dem rauen Leben gegriffen, stammte nicht aus den behaglichen Gefilden meiner Fantasie.

Wie immer, wenn es gut lief, kam ich schnell voran. Früher hatte ich monatelang über meine Romane nachgedacht, bevor ich anfing zu schreiben – damit gekämpft, wer die Geschichte erzählen soll, welche Beziehung die einzelnen Figuren zueinander haben, mit welchem Thema ich mich auseinandersetzen wollte. Im letzten Sir-Tertius-Roman war all das ohne große Vorbereitungen zusammengekommen. Ich hatte mich bloß hingesetzt, ein paar Notizen gemacht und zu schreiben begonnen. Genauso ging es mir mit White Devils Geschichte. Als ich aufbrach, um Lucy aus der Schule abzuholen, hatte ich das erste Kapitel fertig. Es hörte damit auf, dass mein Antiheld, den ich Wayne Deakins nannte – die Initialen WD waren bedeutsam –, seinen Vater im Wohnzimmer zu Boden schlug. Bevor ich ging, machte ich auf einer Diskette eine Sicherungskopie des Textes. Dann kam mir der Gedanke, dass ich von WDs sämtlichen Mails ebenfalls Sicherungskopien hätte machen sollen. Das würde ich später nachholen.

Zum Teufel, würde ich aus dem Leben dieses Verrückten tatsächlich einen druckfähigen Roman machen können? Dann fiel mir wieder ein, wie fest White Devil mich in seinen Klauen hatte. Er war offensichtlich genauso wahnsinnig wie die rachsüchtigen Mörder in Websters Stück.

Was hatte ich überhaupt für Chancen, nach der letzten Szene lebend die Bühne zu verlassen?

Als ich Lucy nach der Schule zurück in die Ferndene Road brachte, musste ich blitzschnell denken.

Shami Rooney saß nebenan im Vorderzimmer. Ich wusste, sie hatte sich wegen Happy den Tag freigenommen. Wir waren kaum durchs Gartentor, da stand sie auf und kam rüber.

„Matt?“, sagte sie mit angespannter Stimme. „Kann ich kurz mit Ihnen reden?“

Bevor ich antworten konnte, war sie schon an mir vorbei. Ich brachte Lucy ins Esszimmer und setzte sie ans Klavier.

„Worum geht’s?“, rief ich über die Schulter. „Ja, üb das mit dem Krokodil, Schatz.“

Shami winkte mich hinaus in den Flur.

„Sie sind gestern tagsüber hier gewesen“, sagte sie, eher eine Tatsache konstatierend, als eine Frage stellend.

Ich schaffte es, ihrem Blick standzuhalten. „Wie meinen Sie das?“

„Mrs. Stewart drüben in Nummer acht sagt, sie hätte Ihren Volvo gesehen, als sie zu Mittag aß. Sie wissen ja, sie sitzt immer hinter dem Bogenfenster, das raus auf den Park geht.“

Mir drehte sich der Magen um, als ich mich an diese Kleinigkeit erinnerte. Mrs. Stewart war eine sauertöpfische alte Witwe, die jeden missbilligte, der nicht die *Daily Mail* las. Besonders missbilligte sie Leute, die sich scheiden ließen, obwohl ich in der Familie der Einzige war, an dem sie das ausließ – offenbar war Caroline in dieser Angelegenheit völlig schuldlos. Der Grund, aus dem sie dasaß und auf den Ruskin Park starrte, war, dass sie sofort rausrennen und meckern konnte, wenn jemand den Dreck seines Hundes nicht beseitigte. Lieber Himmel. Ich fragte mich, was sie alles gesehen haben mochte.

„Ach ja.“ Ich schenkte Shami ein lässiges Lächeln. „Ich war tatsächlich da. Hab ein paar Bücherkisten geholt, die noch in der Mansarde waren.“ Darin steckte ein Körnchen Wahrheit. Ich konnte nur hoffen, dass Caroline nicht hochgehen und nachsehen würde, denn die Kisten waren alle noch da. Ich wurde besser darin, auf Abruf lügen zu können, aber da war noch reichlich Raum für Perfektionierung.

„Und Sie haben Happy nicht gesehen?“, fragte Shami. Sie war eine anständige Frau, etwas füllig mit einem netten Gesicht, und ich mochte überhaupt nicht, was ich da tat. Andererseits, wenn ich erzählte, was wirklich passiert war, würde sie einen hysterischen Anfall kriegen.

Ich schüttelte den Kopf. „Nein, ich fürchte, das habe ich nicht. Ich dachte, sie wäre drin.“

Die wackligen Klänge des Klaviers hörten auf.

„Daddy“, rief Lucy. „Ist Happy nun zurück aus der Tierklinik?“

Shami und ich tauschten Blicke, dann füllten sich ihre Augen mit Tränen.

„Augenblick, Süße“, rief ich.

„Ich muss gehen“, sagte Shami, die Tränen runterschluckend. „Ich muss beim Telefon bleiben. Wir haben Anzeigen in die Zeitungen gesetzt.“ Sie eilte nach draußen.

Ich sah ihr nach und dachte, dass ich besser dafür sorgen sollte, dass Lucy die Zeitungen nicht zu Gesicht bekam. Ich fühlte mich wie ein kaltherziger Bastard. Dann traf es mich plötzlich: Vielleicht war es genau das, was White Devil wollte.

Ich musste so viel wie möglich von meinem eigenen Wesen bewahren, wenn ich diese Sache überleben wollte.

Ich ging zurück in meine Wohnung und loggte mich in mein E-Mail-Programm ein. Ich war nicht überrascht, eine Nachricht von White Devil zu finden, mit einem weiteren Anhang.

Schick mir, was du hast, Matt, las ich.

Ich klickte auf Antworten und packte meinen Text in den Anhang. Ich erlebte dasselbe, was sonst immer passierte, wenn ich abgeschlossene Romane an meinen Lektor schickte – kurze Trauer darüber, dass mein Erzeugnis das Heim verließ, gemischt mit gespannter Erwartung, was der Empfänger davon halten mochte.

Ich lehnte mich im Stuhl zurück und fühlte mich plötzlich erschöpft. Ich wollte zu Sara gehen, wenn sie von der Arbeit kam. Ich wollte sie unbedingt sehen, selbst wenn ich meine Last nicht mit ihr teilen konnte. Schon oft genug hatte sie mich aus den Depressionen geholt, mit denen die meisten Schriftsteller leben müssen, ihre Freundlichkeit und ihr schnelles Lächeln wirkten auf mich wie ein Zauber. Sie war das Licht, das mich leitete.

Ich stand auf und ging in die Küche – eigentlich bloß eine Kochnische – und brühte eine Kanne Kaffee auf. Dann setzte ich mich vor den Fernseher und schaltete die Nachrichten ein. Das Weltbewegende hatte ich schon verpasst, jetzt lief der Londoner Lokalbericht. Normalerweise hätte ich mir nicht die Mühe gemacht, mir irgendwelche neuen politischen Initiativen des Bürgermeisters oder noch mehr Aufnahmen genervter Pendler anzusehen. Diesmal machte ich eine Ausnahme, als ich mitbekam, worum es ging.

Eine schwarze Fernsehreporterin stand vor einem kleinen viktorianischen Gebäude.

„... von der St.-Bartholomews-Kirche in West Kilburn. Die Detectives des erlesenen Violent Crime Coordination Teams der Metropolitan Police wurden kurz nach Mitternacht an den Tatort gerufen. Das Mordopfer erlitt in der Kirche entsetzliche Verletzungen. Detective Chief Inspector Karen Oaten gab folgende Erklärung ab.“

Auf dem Bildschirm erschien das Gesicht einer blonden Frau, die es fertigbrachte, gleichzeitig streng und anziehend zu wirken. „Ich kann bestätigen, dass es sich bei dem Toten um Father Norman Prendegast handelt."

Der Kaffee, den ich gerade getrunken hatte, kam mir wieder die Kehle hoch.

„Zu diesem Zeitpunkt wissen wir noch nicht, wer sein Mörder ist, aber es ist wahrscheinlich, dass er – oder möglicherweise auch sie – den Tatort mit einer beträchtlichen Menge Blut an seinen oder ihren Kleidern verlassen hat. An die Öffentlichkeit richte ich den Appell, uns dabei zu helfen, den Aufenthaltsort dieses äußerst gefährlichen Verbrechers zu ermitteln. Bitte setzen Sie sich mit Ihrer örtlichen Polizeidienststelle in Verbindung, oder rufen Sie mein Team an." Sie las eine Telefonnummer vor. „Alle Informationen werden mit höchster Vertraulichkeit behandelt."

Die Reporterin kam wieder auf den Schirm und fasste die Story zusammen. Ich hörte nicht mehr zu. Ich schwitzte heftig und hatte einen Knoten im Hals.

Ich kannte den Namen Father Norman Prendegast. Ich hatte ihn heute mehrmals getippt. Er stand in White Devils Notizen. Es war der Name des Priesters, der ihn missbraucht hatte – eigentlich hieß er O'Connell, aber die Kirche hatte ihm eine neue Identität verschafft.

Ich spürte, wie ich schneller in den Abgrund fiel als Luzifer in Miltons *Verlorenem Paradies.*

7. KAPITEL

Irgendwann hatte ich mich wieder in der Gewalt. Ich befahl mir, nicht überrascht zu sein. White Devil hatte schon bei Happy unter Beweis gestellt, dass er ein mitleidloser Killer war. Das Beunruhigendste war die Art und Weise, wie er alles arrangiert hatte. Ich spielte ein Spiel, dessen Regeln nur er kannte.

Mein Computer gab einen Klingelton von sich – eine neue E-Mail.

Tatsachen betreffend die Ermordung des Knaben-Schänders Father Norman Prendegast.

Erstens – ein massiver Kerzenständer aus Gold von 1,6 Meter Höhe wurde in sein Gesäß eingeführt. Zweitens – seine Augen, die Dinge sahen, die sie nicht hätten sehen sollen, wurden entfernt und an einen sicheren Ort gebracht. Drittens – nachdem er um Gnade gefleht und gejammert hatte, es wäre nicht seine Schuld, dass er Knaben mochte, wurde er mit einem einzigen Stich in sein schwarzes Herz ins Jenseits befördert. Viertens – er wurde nackt über den Altar der Mutter Kirche gebreitet, die er mit seiner Priesterschaft besudelt hat, als würde er sowohl die Kirche als auch, im übertragenen Sinn, ihre korrupten hohen Würdenträger, die über seine Sünden hinwegsahen, in den Arsch ficken. Fünftens – ein Zitat aus Deinem Lieblingsstück, passend zu seiner Person, wurde hinterlassen: „Welch Spottbild hat der Tod …“

Na, klingelt da was, Matt?

Und ob da was klingelte. Das ging selbst über den krankhaftesten Witz weit hinaus. Ich stand auf, meine Knie bloß noch Pudding, und ging zum Bücherregal neben dem Fenster, in dem die Erstausgaben meiner eigenen Bücher standen. Ich holte den zweiten Sir-Tertius-Roman heraus, *The Devil Murder.* Mein Held hatte sich mit einer Horde schwachsinniger schottischer Rebellen eingelassen, die von einem Scharlatan angeführt wurde, der behauptete, ein Nachkomme von William Wallace zu sein. Wie die Geschichte zeigt, rebellieren Rebellen am Ende oft gegeneinander. Der mörderische Rennie wurde schließlich von seinen eigenen Anhängern erledigt, nachdem Sir Tertius seine Lügen offenbart hatte. Sie führten in der Ruine einer Abtei eine Schwarze Messe durch und brachten ihn um, indem sie „sein Gesäß aufspießten", seine Augen herausrissen und ihm einen Degen ins Herz stachen. Als er das herausfand, deklamierte mein schlauer Held die Zeile aus *Der Weiße Teufel* über das Spottbild, das der Tod aus ihm machte.

Was ging hier vor? Wollte White Devil, dass ich seine Geschichte schrieb, oder wollte er mich wegen des Mordes an diesem Priester ans Messer liefern?

Ich schickte eine Nachricht mit diesen Fragen an die letzte E-Mail-Adresse. Sie kam zurück mit der Fehlermeldung, dass der Account nicht mehr existierte.

Das Telefon klingelte, und ich sprang vor Schreck auf.

„Matt."

Verdammt, er hatte hier irgendwo eine Kamera. Oder hatte er bloß erraten, dass ich gerade die Wand hochging?

„Was zum Teufel hast du vor?", schrie ich.

„Wo ist das Problem?", erwiderte er milde. „Du hast ein Alibi für letzte Nacht, oder nicht?"

Sara. Ich hätte wissen müssen, dass er ihre Anwesenheit bemerkt hatte.

„Ja, das stimmt. Trotzdem …"

„Wieso ich deinen Modus Operandi benutze?" Durch sein sardonisches Lachen richteten sich meine Nackenhaare auf. „Weil ich es kann. Und weil ich deine Bücher wirklich klasse finde. Allerdings hättest du mehr über Sir Tertius schreiben müssen. Du hast viele deiner Fans enttäuscht."

„Jetzt ist das ja wohl unmöglich. Ich muss schließlich deine abscheuliche Geschichte schreiben."

„Oh, du findest sie nicht wirklich abscheulich, Matt. Du hältst sie für großartig. Das lese ich aus dem Kapitel heraus, das du mir geschickt hast. Ich freue mich wirklich schon auf das nächste, wenn du beschreibst, was ich mit diesem Scheiße fressenden Priester gemacht habe. Enttäusch mich nicht. Du weißt ja, wie gemein ich werden kann."

Er unterbrach die Verbindung. Ich legte den Hörer auf, nachdem ich ihn an meinem Hemd abgewischt hatte. Ich fühlte mich so dreckig, dass zehn Minuten unter der Dusche es nicht schafften, den Schmutz abzuwaschen.

Ich war der Komplize eines Mörders, zumindest in Gedanken, wenn auch nicht in seinen Taten.

Später verschwand meine Unfähigkeit, eine Entscheidung zu treffen, schneller als ein verlorenes Portemonnaie auf dem Leicester Square. Nachdem ich in meinem beengten Wohnzimmer auf und ab gegangen war, erinnerte ich mich an White Devils frühere Botschaften. Ich musste alles archivieren, also kopierte ich sie auf eine Diskette, hatte dann aber keine Ahnung, was ich damit anfangen sollte. Wenn ich eine Figur in einem Kriminalroman wäre, würde ich sie bei meinem Anwalt hinterlegen, in einem Umschlag mit den Worten „Im Falle meines Todes“ darauf. Aber nach meinen Erfahrungen mit Anwälten während der Scheidung hatte ich mir geschworen, nie wieder etwas mit dieser Spezies Mensch zu tun zu haben. Ich könnte sie irgendwo in der Wohnung verstecken. Andererseits hatte sich mein Versuch, das Geld zu verstecken, als bemerkenswerter Rohrkrepierer erwiesen. Was war mit Sara? Ich wagte nicht, ihr irgendetwas über White Devil zu erzählen, aber wenn ich es hinkriegte, die Diskette heimlich irgendwo bei ihr zu verstecken ... Ja, das war ein vernünftiger Plan. Da wollte ich heute Abend sowieso hin.

Eine Stunde später war ich in Clapham. Ich ging zu ihr in die Küche.

„Sara, meine Süße?“

Sie stand am Herd und machte ein Omelett. Sie warf mir über die Schulter einen gespielt misstrauischen Blick zu.

„Du willst was von mir.“

„Reizende Begrüßung.“

Sie lachte. „War nur’n Witz. Bloß sind Männer so durchschaubar.“

Ich ließ das durchgehen. „Eigentlich hast du recht. Hast du heute Abend Nachrichten geguckt?“

„Gibt es einen Abend, an dem ich mir nicht die Nachrichten ansehe? Ich bin die Nachrichten.“ Sie schnitt das Omelett in der Mitte durch und verteilte die Hälften auf zwei Teller. „Da, für dich.“ Wir setzten uns an den Tisch.

„Es ist ein Mord passiert.“

„Es sind eine Menge Morde passiert. Wenn du den Irak und Palästina mit einschließt, waren es Dutzende.“

„Nein, ich meine, hier in London.“

Sara ließ den Salat, den sie gerade auf ihren Teller schaufelte, kurz in der Luft schweben. „Ach ja, der Priester."

„Um den geht es." Mir war der Gedanke gekommen, dass White Devil mich möglicherweise reinlegte. Die Nachrichten hatten nur wenige Details darüber gebracht, was dem Priester angetan worden war. Sara hatte durch die Zeitung jede Menge Kontakte. „Meinst du, du könntest herausfinden, was genau ihm zugestoßen ist?"

„Wieso?" Diese Direktheit hatte sie von ihrem Vater geerbt, einem Mann aus Yorkshire, der dort eine Farm betrieb. Ich war ihm noch nie begegnet und wollte das auch gar nicht.

„Weil ich Krimis schreibe", sagte ich und sah runter auf meinen Teller.

„Du abstoßender Voyeur." Sie tat so, als wäre sie schockiert. „Und auch noch ein Dieb. Kannst du dir nicht deine eigenen Mordmethoden ausdenken?"

Dieses Gespräch wurde sogar für mich zu ironisch. „Schon mal was von Realismus gehört?", fragte ich unschuldig.

„Du fragst eine Journalistin, ob sie was von Realismus versteht?"

Ich hob eine Hand. „Schon gut, der Punkt geht an dich." Ich lächelte versöhnlich. „Gibt es jemanden am Tisch der Kriminalreporter, den du fragen kannst?"

„Am Tisch der Kriminalreporter?", sagte sie lachend. „Glaubst du, so würden heutzutage noch Zeitungen gemacht? Jeder hat seinen eigenen Arbeitsplatz, einen Computer und ein Telefon."

„Okay, kennst du jemanden am Arbeitsplatz der Kriminalreporter?"

„Du meinst das wirklich ernst, was? Du willst, dass ich die Dreckarbeit für dich erledige." Sie schenkte sich Wein nach. „Du bist auch immer noch Journalist, oder nicht? Warum benutzt du nicht deine eigenen Kontakte?“

„Aber klar. Ich rufe bei *Maximum* an und rede mit meinen Kumpels da über Mordfälle. Der Death-Metal-Experte ist genau der richtige Typ dafür.“

„Ha, ha.“ Sie lächelte schmal. „Na schön, ich rufe mal an. Hast du was dagegen, wenn ich erst fertig esse?“

Ich schaffte es, meine Ungeduld zu verbergen. Nachdem wir den Tisch abgeräumt hatten, setzte ich mich hin und täuschte Interesse an einer von Saras Weiberzeitschriften vor. Sie kapierte und ging zum Telefon.

Der Kriminalreporter des *Daily Independent* hieß anscheinend Jeremy. Ich hatte den Eindruck, dass Sara ihn nicht besonders mochte – sie schnitt mir Grimassen, während sie zuhörte.

„Dummschwätzer“, sagte sie, als sie den Hörer auflegte. „War in Eton. Aber ich muss zugeben, er ist ziemlich gut.“ Sie musterte die Notizen, die sie gemacht hatte. „Mann, ist das scheußlich. Bist du sicher, dass du es hören willst?“

Ich nickte, und mir wurde mit einem bedrückenden Gefühl klar, dass meine Befürchtungen sich bewahrheiten sollten. So kam es auch. Kerzenständer, Augen, Stich ins Herz, Altar, Zettel im Mund – alles war genauso, wie White Devil es aufgezählt hatte.

„Die Polizei hat untersagt, das mit dem Papier zu berichten“, sagte Sara mit gerunzelter Stirn. „Offenbar stand etwas drauf. Sie sagen nicht, was.“

Das Zitat von Webster. Ich fragte mich, was die schlauesten Leute bei der Met damit anfangen konnten.

„Matt?“ Sara kam zu mir rüber. „Was ist los mit dir? Du bist ganz blass geworden.“

Ich lächelte schwach. „Wie du gesagt hast, ganz schön scheußlich." Sara hatte meine Sir-Tertius-Romane nicht gelesen, weil sie überhaupt nichts mochte, das in der Vergangenheit spielte, also konnte sie die Verbindung mit dem Modus Operandi auch nicht herstellen. „Danke", sagte ich, zog sie runter und küsste sie.

„Schon in Ordnung", sagte sie und grinste lasziv. „Du Geier."

Das war nicht annähernd das, was ich von mir selbst hielt. Trotzdem gab ich mich unseren wechselseitigen Gelüsten hin, obwohl die Ablenkung von meinen Sorgen nur vorübergehend war. Später, als sie schlief, steckte ich die Diskette mit White Devils E-Mails in ihr Exemplar meines letzten Albanien-Romans. Ich fing langsam an zu begreifen, womit ich es zu tun hatte. Falls mir irgendetwas zustoßen sollte, war die Wahrscheinlichkeit groß, dass sie meine Bücher durchblättern würde.

Ich schlief fast fünf Stunden lang. Es war so ein tiefer und traumloser Schlaf, nach dem man sich überhaupt nicht erholt fühlt. Ich wachte auf, als die ersten grauen Lichtstrahlen durch die Rollos in Saras Schlafzimmer fielen. Sie lag noch auf ihrer Seite, der Atem regelmäßig und die Augen fest geschlossen. Ich wollte sie nicht wecken, also blieb ich liegen, wo ich war. Es wurde Zeit, mir zu überlegen, wie ich gegen White Devil vorgehen konnte.

Was hatte ich überhaupt in der Hand? Seine ersten Mails hatten demonstriert, dass er meine Bücher gründlich gelesen hatte. Das ließ vermuten, dass er ein vernünftiges Bildungsniveau besaß. Er hatte auch bei John Webster nachgeschlagen. Aber das Material, das er mir über seine Kindheit geschickt hatte, unterprivilegiert und in höchstem Maße missbraucht, stimmte damit nicht so einfach überein. Offensichtlich stammte er aus einer armen Familie im East End. Ich glaubte nicht, dass ich viele Leser mit so einem Hintergrund hatte. Hatte er es geschafft, nach der Ermordung seines Vaters ein paar Examen abzulegen? War er aufs College gegangen? Er hatte mir kaum Material gegeben, um ihn aufspüren zu können – keinen Namen, keine Adresse oder Schule. Wenigstens kannte ich den Namen des Priesters, der ihn missbraucht hatte.

Ich setzte mich im Bett auf, bewegte mich vorsichtig, um Sara nicht zu wecken. Ich hatte eine Spur. Mit etwas Glück müsste ich selbst kaum Nachforschungen anstellen. Die Reporter der Klatschblätter würden schon über der Leiche kreisen und nach Motiven für den Mord suchen. Seine wahre Identität würde bald genug ans Licht kommen. Wenn ich den Namen der Kirche im East End wusste, zu deren Gemeinde er gehört hatte, konnte ich mir die Messdiener vornehmen – über die musste es Aufzeichnungen geben. Ich wusste nicht, wie alt White Devil war, aber ich könnte die Anzahl der Namen auf die Jahre begrenzen, in denen der Priester an jener Kirche war. In den Fernsehnachrichten hatte es geheißen, er wäre zehn Jahre lang in St. Bartholomews gewesen. Er war in den Fünfzigern, also konnte er nicht länger als zwanzig Jahre bei seiner vorherigen Kirche gewesen sein.

Dann erinnerte ich mich an die Drohungen, die White Devil gegen Lucy, Sara und alle, die ich sonst noch kannte, ausgestoßen hatte. Wenn er mich immer noch beobachtete, wie er es getan hatte, als ich Happy entsorgte, dann würde ein Herumschnüffeln in Bethnal Green den Ärger geradezu herausfordern.

Ich rutschte wieder unter die Decke. Was für Schlussfolgerungen konnte ich sonst noch über meinen Peiniger ziehen? Er hatte eine Menge über meine Lebensweise herausgefunden, wie auch über die von Caroline und die der Nachbarn – offensichtlich hatte er das Haus in der Ferndene Road einige Zeit beobachtet, um die Routine dort kennenzulernen. Eine weitere Inspiration blitzte durch meinen Kopf. Mrs. Stewart auf der anderen Straßenseite. Vielleicht hatte sie jemanden im Park herumlungern sehen. Die Aussicht, zu diesem vertrockneten alten bigotten Weib zu gehen, war nicht sehr verlockend, aber es wäre ein Anfang. Selbst wenn er mich dabei beobachtete, konnte White Devil sich eigentlich nicht darüber aufregen, wenn ich da rüberging. Ich könnte Lucy mitnehmen, sodass es wie ein Familienbesuch aussähe. Lieber Himmel. Ich hielt mich zurück. Was hatte ich mir dabei bloß gedacht? Lucy war schon genug in Gefahr. Ich würde allein mit Mrs. Stewart reden.

Was noch? Der Kerl hatte offenbar jede Menge freie Zeit zur Verfügung. Außerdem hatte er ein Auto, mit dem er mir nach Farnborough gefolgt war, und eine hochklassige Kamera. Hatte er Geld und musste deshalb nicht arbeiten? Oder bezahlte er Leute dafür, mich und die anderen zu beobachten? Keiner dieser Gedanken beruhigte mich.

Und was hatte White Devil für Motive? Wollte er wirklich, dass seine Geschichte als Roman geschrieben wurde? Es musste noch mehr dahinterstecken. Wieso hatte er ausgerechnet mich ausgesucht? Mochte er meine Bücher wirklich? Hatte er durch meine Schreiberei Einsichten in meinen Charakter gewonnen? Er besaß eine unheimliche Fähigkeit, vorauszusehen, wie ich reagieren würde. Ich hatte das deutliche Gefühl, dass er mich zu viel mehr benutzen wollte, nicht bloß als sein bezahlter Schreiberling. Versuchte er, mich mit seinen verbrecherischen Aktivitäten in Verbindung zu bringen?

So viel zu dem verdammten Bastard. Die Frage war jetzt, wie sollte ich mich gegen ihn wehren? Ich hatte Freunde – die Kumpels aus dem Rugby-Club, andere Krimiautoren – die mir sicher helfen würden. Aber ich konnte nicht riskieren, Lucy in Gefahr zu bringen, indem ich mit ihnen in Kontakt trat. Erzähl es keinem, betonte White Devil immer wieder. Und ich war ja Zeuge geworden, was er Happy angetan hatte, und wenn er tatsächlich der Mörder des Priesters war, dann war er zu allem fähig.

Nein, ich stand immer noch ganz allein da. Aber wer weiß, wenn er mir Material gab, mit dem etwas anzufangen war, konnte ich vielleicht meine Freunde einsetzen. Ein paar davon waren beinahe so verrückt wie er, und andere besaßen Fähigkeiten, die bestimmt nützlich sein würden.

Aber jetzt noch nicht. Ich musste auf Zeit spielen.

Ich schaffte es nicht, wieder einzuschlafen.

Ich kam gerade noch rechtzeitig bei Caroline an, um Lucy zur Schule zu bringen. Wir hätten den Wagen nehmen können, aber ich genoss die halbe Stunde, die wir immer auf unserem Spaziergang zusammen verbrachten. Meine Tochter trug Zöpfe, auf die sie maßlos stolz war. Sie schien sich jetzt nicht mehr solche Sorgen um Happy zu machen. Von meiner Exfrau hatte ich gehört, dass Jack und Shami keine Resonanz auf ihre Anzeigen bekommen hatten, und sie waren beide entsetzlich unglücklich. White Devil ruinierte nicht nur mein Leben.

Ich ertappte mich selbst dabei, jeden Mann auf der Straße

misstrauisch anzustarren. Ich bemühte mich, der Versuchung zu widerstehen, mich ständig umzudrehen, aber wenn wir an Ampeln warten mussten, nutze ich die Gelegenheit, zu überprüfen, ob uns jemand folgte. Sofern er sich nicht mit einem oder mehreren Kindern in Schuluniform ausgestattet hatte, war niemand Ungewöhnliches auf den Straßen nach Dulwich Village unterwegs. Plötzlich überkam mich die Vorstellung, dass White Devil einer der übrigen Elternteile sein könnte. Das schob ich schnell als Blödsinn beiseite. Ich kannte niemanden aus dem East End, schon gar nicht irgendwen, der diesem Priester so etwas antun konnte. Oder doch? Vielleicht gab es überhaupt keinen, dem ich trauen konnte. Außer Sara. Aber sie war die Letzte, die ich ins Scheinwerferlicht bringen wollte. Das Schwein wusste schon zu viel über sie.

Ich verabschiedete mich von Lucy und sah ihr nach, wie sie in der Schlange zum Spielplatz ging. Als die Kinder alle drinnen waren, marschierte ich zurück zu Carolines Haus, um meinen Wagen zu holen. Und um mit Mrs. Stewart zu reden. Darauf freute ich mich nun gar nicht, aber ich schaffte es, mir eine Herangehensweise einfallen zu lassen, die ihren Verdacht nicht erregen würde.

Ich sah sie hinter ihrem Fenster sitzen, als ich mich näherte. Sie drehte sich um und warf mir einen missbilligenden Blick zu, ihre Brauen hoben sich überrascht, als ich ihr Gartentor öffnete und zu ihrer Tür ging. Von drinnen hörte ich, wie mehrere Schlösser aufgeschlossen und Riegel zurückgeschoben wurden.

„Guten Morgen, Mrs. Stewart“, sagte ich fröhlich.

Ich merkte, dass sie nicht wusste, wie sie mich anreden sollte. Sie kannte nur meinen Vornamen, und sie war offensichtlich nicht scharf darauf, ihn zu benutzen.

„Lucys Vater", sagte sie schließlich. „Kann ich Ihnen denn helfen?"

„Matt", sagte ich, unfähig, ihre Nase nicht drauf zu stoßen.

Sie antwortete nicht und bat mich nicht herein.

„Mrs. Stewart", sagte ich, „ich hoffe tatsächlich, dass Sie mir helfen können. Ich frage mich, ob Ihnen vielleicht im Ruskin Park ein Mann mit einer Kamera aufgefallen ist. Der muss in den letzten Wochen mehrmals da gewesen sein."

Sie glotzte mich durch dicke Gläser im rosa Brillengestell an. „Ein Mann mit einer Kamera?" Sie dachte eine Weile darüber nach, sah mich dann misstrauisch an. „Warum wollen Sie das wissen?"

Ich lächelte auf eine Art, die hoffentlich hinreichend albern war. „Na ja, ich hab da diesen Freund, Steve Jones heißt er, und wir haben gewettet." Ich sah, wie ihre Lippen schmal wurden. Entweder hatte sie den Namen des Gitarristen der Sex Pistols erkannt, oder sie verabscheute Wetten. Ich tippte auf Letzteres. „Sehen Sie, er ist ein begeisterter Vogelbeobachter, und er macht Fotos von dem, was Ruskin Park in ornithologischer Hinsicht so zu bieten hat. Jedenfalls dachte ich, er würde mich reinlegen – ich meine, wieso hierherkommen, wo London doch viel größere Parks hat? Also hat er mit mir gewettet, dass er wirklich hier wäre, und er sei so gut darin, sich hinter Bäumen zu verstecken, dass ich ihn nie entdecken würde. Und das habe ich auch nicht." Ich lächelte sie einschmeichelnd an. „Aber ich dachte, vielleicht haben *Sie* das, dann könnte ich immer noch die Wette gewinnen. Ich meine, wenn Sie mir verraten könnten, falls Sie ihn gesehen haben, natürlich, hinter welchen Bäumen er steckte …"

Ich sah ihr an, dass meine Geschichte sie nicht überzeugte, aber sie konnte nicht widerstehen, zu demonstrieren, was für eine gute Beobachterin sie war.

„Tatsächlich habe ich einen Mann gesehen."

Mein Magen zog sich zusammen.

„Ich weiß nicht mehr, wo er genau gestanden hat, aber ich habe ihn mindestens dreimal gesehen." Sie beugte sich verschwörerisch vor. „Ich habe sogar daran gedacht, die Polizei zu rufen, falls er ein Spanner oder ein Kinderschänder ist. Ich habe ihn durch mein Fernglas beobachtet. Er ist nie lange geblieben, bloß morgens ein paar Minuten, dann noch ein paar am Nachmittag."

„Können Sie ihn beschreiben?", fragte ich. „Nur damit ich sicher sein kann, dass das auch wirklich dieser Freund von mir ist."

„‚Unauffällig' ist das Einzige, was ich sagen kann", meinte die alte Frau und nickte, als würde sie annehmen, dass alle meine Freunde nur so aussehen können. „Er trug immer einen schwarzen Mantel und eine Wollmütze, die er tief in die Stirn gezogen hatte. Und ja, er hatte eine Kamera dabei."

„Wie groß war er?"

„Mittelgroß, würde ich sagen. Höchstens."

„Ja, das klingt ganz wie Steve", sagte ich lahm. „Mrs. Stewart, wissen Sie noch, wie ich Anfang der Woche gegen Mittag in unserem … in Carolines Haus war?"

„An dem Tag, als Happy verschwand." Ihre Augen wurden klein.

Ich nickte. „Haben Sie ihn da gesehen?"

Sie schüttelte den Kopf. „Nein, habe ich nicht." Sie wollte die Tür schließen. „Da habe ich Sie beobachtet, weil ich mich wunderte, was Sie da wollten."

Ich erzählte ihr meine Story über die Bücher, die ich angeblich holte. Sie schien das nicht sehr überzeugend zu finden.

„Einen schönen Tag noch“, sagte sie und schlug mir die Tür vor der Nase zu.

Ich stand vor den schwarzen Holzintarsien und fragte mich, was genau sie gesehen hatte. Dachte sie, ich hätte Happy in den Volvo geladen?

Ich ging davon. Ich hatte nur herausgefunden, dass White Devil oder jemand, der für ihn arbeitete, im Park gewesen war – etwas, was ich bereits durch die Fotos wusste. Und dass er – oder sein Partner – nicht sehr groß war. Na toll. Ich hatte bloß erreicht, Mrs. Stewarts Verdacht zu erregen, und womöglich die Aufmerksamkeit dieses Schweins auf sie gelenkt.

Zu blöd, dachte ich, als ich zu meinem Volvo ging. Ich hatte andere Sachen im Kopf.

Vor allem den Inhalt des nächsten E-Mail-Anhangs, der bestimmt schon auf mich wartete.

8. KAPITEL

Der Mann stand in seinem Penthouse am Fenster. Heute sah der Fluss sogar noch grauer aus als gewöhnlich. Es ist erstaunlich, dass Lachse und andere Fische in dieser trüben Brühe überleben, dachte er. Allerdings war es in der Vergangenheit viel schlimmer gewesen. Er erinnerte sich an Charles Dickens' *Unser gemeinsamer Freund,* in dem Leichen den Fluss hinuntertrieben und von Müllmännern herausgefischt wurden. Damals war die Themse nicht grau – sie war dunkelbraun von all den unbehandelten Abwässern, die rund um die Uhr hineinflossen. Aber in John Websters Zeiten war es besser gewesen – im frühen siebzehnten Jahrhundert hatte London mehrere Millionen Einwohner weniger gehabt als heute. Trotzdem muss der Schmutz, der während der Großen Pestilenz kulminierte, ekelhaft gewesen sein. Der Abfall war schon immer in den Fluss geleitet worden, seit die Römer hier die erste Stadt erbaut hatten. Das wusste er besser als jeder andere.

White Devil dachte an die Notizen, die er dem Schriftsteller heute Morgen geschickt hatte. Er konnte nicht behaupten, dass ihn die Weitergabe beunruhigte. Jetzt beunruhigte ihn nichts mehr. Er war immun, motiviert, nur seinem Ziel hingegeben. Trotzdem hatte ihn irgendetwas aufgewühlt, als er die Fakten niederschrieb. Keine Gewissensbisse oder etwas ähnlich Klägliches. Nicht mal Hass, obwohl er davon in der Vergangenheit reichlich verspürt hatte. Er brauchte eine Weile, bis er die Emotion identifizieren konnte, aber schließlich kam er drauf. Stolz. Er war stolz auf das, was er getan hatte, genau wie er auch stolz darauf war, was er mit seinem Vater angestellt hatte. Solche Leute verdienten den Tod, und zwar einen qualvollen Tod. Sie waren gestorben, und bald würden andere ihnen folgen.

Denn das war der eigentliche Grund, weshalb er auf der Erdoberfläche wandelte.

„Les Dunn, Les Dunn, Les hat's wieder getan! Les hat's wieder getan! Inne Hose gepisst. Sich vollgeschissen."

Die Worte brannten in seinen Ohren, auch wenn es gar nicht stimmte. Richard Brady hatte immer auf ihm herumgehackt, seit dem ersten Tag in der ersten Klasse. Er war groß, hatte ein rotes Gesicht und eine große Klappe. Sein Vater war Lasterfahrer, der ihm immer Süßigkeiten und anderen Kram mitbrachte, den er von der Ladung mitgehen ließ. Richard Brady musste nicht einmal Sachen aus dem Laden an der Roman Road klauen wie die anderen. Er kam schon mit vollen Taschen in die Schule.

Es war das letzte Jahr in der Grundschule.

„Oy, Les! Biste fertig mit Kacken?"

Die Menge der Arschkriecher um Brady kicherte. Les antwortete nicht, und der fiese Schlägertyp kam schnell auf ihn zu.

„Hab dich nicht gehört", brüllte Brady, riss ihn am Ohr.

Les merkte, wie er anfing zu zittern, aber er machte den Mund nicht auf.

„Ham wer die Zunge verschluckt?" Brady grinste und packte Les bei den Eiern. „Hör immer noch nix." Er quetschte stärker.

Les traten die Augen hervor. Er holte tief Luft und flüsterte drei Worte. „Du bist … tot."

Brady beugte sich vor. „Was?" Auf einmal war er gar nicht mehr so selbstsicher.

„Ich … bring … dich Arsch … um."

Der Fiesling trat einen Schritt zurück, sein Gesicht nicht mehr so puterrot wie sonst. Er sah sich nach der Menge um, die herumstand. „Ja, jetzt isser fertig mit Kacken", sagte er und nahm seine Hand weg.

Seine Kumpels starrten ihm nach, als er sich davonmachte, dann fingen sie wieder an, Les anzupöbeln. Aber das machte ihm nichts mehr aus. Er wusste, dass er gewonnen hatte. Er hatte die Macht der Worte entdeckt und wie man sie einsetzte.

Für den Rest des letzten Schuljahrs blieb Richard Brady auf Distanz. Er machte immer noch mit, wenn die anderen Les verarschten, aber er hetzte sie nicht mehr dazu auf, ihn fertigzumachen. Es war, als hätte ihm ein kleiner Hund die Zähne gezeigt und er daraufhin die Lust verloren, ihn zu verspotten. Am letzten Tag winkte er Les sogar auf dem Spielplatz zu. Er würde in den Sommerferien nach Watford ziehen und keinen seiner Klassenkameraden aus der Grundschule je wiedersehen.

Zu der Zeit war Les längst Experte darin, sich zu verbergen und andere Leute heimlich zu beobachten. Er versteckte sich hinter ein paar Mülltonnen, als die Bradys aus dem Terrassenhaus in der Gawber Street zogen. Sie hatten fünf Kinder und so viel Zeug, dass gar nicht alles in Mr. Bradys Lastwagen passte. Ein Freund von ihm kam mit einem zweiten. Nachdem sie den beladen hatten, rief der alte Brady dem anderen Fahrer die Adresse zu.

Les lächelte, als er sie aufschrieb.

Zwei Wochen später bezahlte er die Fahrkarte nach Watford mit dem bisschen Geld, das er für Sachen gekriegt hatte, die er in den Läden mitgehen ließ. In der Bücherei hatte er einen Stadtplan des Ortes gefunden und eine Kopie von dem

Blatt gemacht, auf dem die Straßen zwischen dem Bahnhof und der neuen Wohnung der Bradys zu sehen waren. Es war ein schwüler Tag, die Sonne verbarg sich hinter grauweißen Wolken, die Regen ankündigten. Les versteckte sich hinter einem ramponierten Ford Cortina. Am frühen Nachmittag tauchten die fünf Kinder auf. Richard war der Drittälteste und der einzige Junge. Er sagte etwas, und alle vier Schwestern fingen an, ihn anzuschreien. Dann marschierten die Mädchen zusammen los. Richard sah ihnen nach und ging in die entgegengesetzte Richtung. Les folgte ihm, seine Tasche über der Schulter.

Richard schien noch keine neuen Freunde gefunden zu haben, seit er hier angekommen war. Er lungerte an einer Straßenecke herum, aber als die anderen Jungs ihn überhaupt nicht beachteten, hielt er auf ein Stück Grün am Ende der Straße zu. Les, der Abstand hielt, erkannte, dass das ein kleiner Wald war. Dahinter konnte er kürzlich abgeerntete Felder sehen. Niemand schien in der Nähe zu sein. Wegen der Hitze blieben die Leute in ihren Häusern, und unter Richard Bradys Achselhöhlen traten dunkle Schweißflecken auf. Les schnüffelte. Er konnte ihn riechen.

Brady verschwand in dem Wäldchen. Als Les näher kam und sich hinter den geparkten Wagen duckte, roch er noch etwas anderes. Richard rauchte hinter einem Baumstamm. Als er den Waldrand erreichte, hockte er sich hin und öffnete seine Tasche. Nachdem er Handschuhe angezogen und sich bewaffnet hatte, versteckte er die Tasche unter einem Busch und kroch leise durchs Unterholz. Er hörte, wie Brady irgendeinen fürchterlichen Punk-Song von Sham 69 über ein Besäufnis vor sich hin summte. Hinter dem Baum richtete er sich auf. Atmete ganz ruhig. Und begann zu zählen. Zehn …

neun ... Bei drei schmiss er einen der Ziegelsteine nach links. Bei eins trat er rechts um den Baum herum. Brady hockte auf allen vieren und blickte in die andere Richtung.

Les knallte ihm den anderen Ziegelstein seitlich an den Kopf. Brady lag stöhnend auf dem verdorrten Boden, Blut kam aus seinem Ohr. Er war nicht ganz ohnmächtig, aber das kümmerte Les nicht. Er wickelte den Strick auf und warf ihn über einen kräftigen Ast in etwa zweieinhalb Meter Höhe. Dann brachte er Brady in eine sitzende Stellung und legte ihm die Schlinge um den Hals. Den Knoten hatte er stundenlang geübt, nach einer Knotentafel in einem Seglerbuch aus der Bücherei. Dort gab es so viel zu lernen.

Als die Schlinge fest saß, begann er zu ziehen. Richard Brady war ein fettes Schwein. Les brauchte mehrere Minuten, bis er ihn auf die Füße gehievt hatte, aber er hatte hart trainiert, vor allem die Muskeln seines Oberkörpers. Inzwischen kam der Fiesling wieder zu sich. Les zog weiter, bis Bradys Füße über dem Boden baumelten. Der Junge begann nach Luft zu ringen, sein Gesicht war noch röter als sonst. Er riss die Augen auf. Als er Les erblickte, wurden sie noch größer. Sie waren bereits blutunterlaufen. Seine Zungenspitze war zwischen seinen Vorderzähnen eingeklemmt. Als Les das andere Ende des Stricks festband, lief Blut über Bradys Kinn herab. Er biss sich selbst die Zunge ab und gab kehlige Geräusche von sich, die klangen, als wolle jemand erfolglos eine Krankheit vortäuschen.

Les lächelte ihn an. Er hatte ihm auch die Hände und Füße gefesselt, wie er das im *Großen Buch der Exekutionsmethoden* gesehen hatte. Er trat näher und hielt ihm die brennende Zigarette unter die Nase, die er im Staub gefunden hatte.

„Rauchen ist schlecht für dich", sagte er und nahm einen

Zug. „Tut mir leid, kann dich gar nicht hören. Biste fertig mit Ersticken? Noch nicht? Kein Problem, ich kann warten."

Und das tat er. Er wartete die ganzen dreizehn Minuten und zwanzig Sekunden, die Richard Brady zum Sterben brauchte. Dann löste er die Fesseln von seinen Hand- und Fußgelenken und nahm sie mit, wie auch die beiden Ziegelsteine – er warf alles auf einem leeren Grundstück in der Nähe Bahnhofs einfach weg.

Im Zug zurück nach Euston konnte Leslie Dunn nicht aufhören zu lächeln.

Am nächsten Tag stand ein kurzer Bericht in der Zeitung, über einen Jungen, der in einem Wald am Stadtrand von Watford tot aufgefunden worden war. Die Polizei glaubte nicht an Selbstmord, ihre Ermittlungen dauerten an. Aber sie kam nie auf den Gedanken, runter ins East End zu kommen. Einen Monat später überflog Les in der Bücherei die Zeitungen. Der Leichenbeschauer war zu keinem eindeutigen Ergebnis gekommen. Er vermutete, dass andere Jungen beteiligt gewesen sein könnten, aber die Polizei hatte keinen Durchbruch erzielt. Richard Bradys Familie war „von Gram zerfressen".

Les schlug den Ausdruck im *Oxford English Dictionary* nach.

„Ha!" Er prustete los, bevor er sich daran hindern konnte.

„Schsch!", machte die ältliche Bibliothekarin, die ihr graues Haar immer in einem Zopf trug. Sie hatte den Jungen unter ihre Fittiche genommen und schien von seinem Ausbruch sehr enttäuscht zu sein.

„Wer ist John Webster?", fragte Karen Oaten. Sie saß an ihrem Schreibtisch in dem durch Glaswände abgeteilten Büro im achten Stock von New Scotland Yard.

John Turner blickte auf seine Notizen. „Er hat anscheinend Stücke geschrieben. Wurde um 1578 geboren, starb um 1630. Hier."

Die Chefinspektorin sah sich um. „Was, hier im Yard?"

„In London", sagte Turner, nicht amüsiert. Letzten Abend hatte er eine *Penguin- Classics*-Ausgabe jakobinischer Tragödien durchgelesen. Es war das erste *Penguin-Classics*-Buch, das er je gekauft hatte, und er würde die Quittung als Spesenbeleg einreichen. „Zwei Stücke haben ihn berühmt gemacht – *Die Herzogin von Malfi* und *Der Weiße Teufel.*"

„Bitte sagen Sie, dass das Zitat im Mund des Opfers aus dem ersten stammt."

Turner schüttelte den Kopf. „Tut mir leid, Chef. ‚Welch Spottbild hat der Tod aus dir gemacht' ist aus dem fünften Akt, vierte Szene, Zeile 125 von *Der Weiße Teufel.*"

„So ein Mist", rief Oaten aus. „Das hat uns gerade noch gefehlt. Ein Satanist, der Priester umbringt. Die Zeitungen können jetzt schon gar nicht genug davon kriegen." Sie zeigte auf den Stapel, den sie neben ihrem Schreibtisch auf den Boden geschmissen hatte.

„Priester?", sagte Turner. „Wir haben bloß einen."

„Bis jetzt." Die Chefinspektorin lehnte sich im Stuhl zurück. Sie trug einen dieser gut geschnittenen grauen Hosenanzüge, die sie sich nach ihrer Beförderung zugelegt hatte. „Na schön, worum geht's denn in dem Stück?"

Turner setzte sich ihr gegenüber und fasste die Handlung zusammen.

„Also läuft da ein Haufen Aristokraten herum und schlachtet sich gegenseitig ab, um es einander heimzuzahlen?"

„Im Wesentlichen schon, Chef."

Sie fuhr sich mit den Fingern durchs Haar. „Darum geht es hier? Rache?"

Turner wirkte nicht überzeugt. „Könnte sein."

„Und wer ist der Weiße Teufel?"

„Da bin ich auch nicht ganz durchgestiegen. Es gibt keine Figur mit diesem Namen. In den Anmerkungen steht, Weiße Teufel wären das Böse in Verkleidung oder Heuchler. In dem Sinne sind so ziemlich alle Figuren in dem Stück Weiße Teufel."

Oaten sah ihn frustriert an. „Kommt ein Priester vor?"

„Ja, einen gibt es tatsächlich. Monticelso. Na ja, er ist Kardinal. Und wird schließlich Papst."

„Wird er ermordet?", fragte sie voller Hoffnung.

Turner hob die Schultern. „Wird er nicht, tut mir leid, Chef."

Die Chefinspektorin streckte die Hand aus. „Ich werde den Kram besser selbst mal lesen", sagte sie. „Was haben Sie auf dem College studiert, Taff?"

„Was für ein College?"

„Ach so, Entschuldigung. Bei mir war es Sportwissenschaft, also wird mir dieser Erguss wohl auch zu hoch sein."

Turner war bekannt, dass Wild Oats mal Sportlerin gewesen war. In der Eastern Homicide Division war das Gerücht umgegangen, sie hätte Hockey in der englischen B-Nationalmannschaft gespielt und wäre außerdem eine gute Hochspringerin gewesen. Darüber war in ihrer Abwesenheit viel gekichert worden. „Sie waren Sportlerin, Chef. Warum sind Sie zur Polizei gegangen?" Er erwartete natürlich, sie würde ihm mitteilen, wohin er sich die Frage stecken könnte.

Stattdessen legte Oaten das Buch ab und kaute auf ihrer Unterlippe. „Weil ich Disziplin mag, Taff. Das habe ich beim

Sport gelernt. Und hier in der Met finde ich das wieder. Nicht dieser militärische Schwachsinn wie auf dem College in Hendon – auf und ab marschieren wie eine Truppe holzköpfiger Rekruten. Ich meine die Disziplin einer Ermittlung. Alle Fakten auf logische Weise zusammenfügen und den Übeltäter fangen."

„Und Sie meinen, ein Stück aus dem siebzehnten Jahrhundert zu lesen würde uns helfen, diesen Wahnsinnigen zu erwischen?"

Oaten seufzte. „Ich kann jede Hilfe brauchen, die ich kriegen kann." Sie blickte auf die Akten, die auf dem Schreibtisch ausgebreitet waren. „Die Spurensicherung hat nichts gefunden, was vielversprechend aussieht. Keine ungewöhnlichen Stofffasern, kein Blut außer dem des Opfers, Tausende Fingerabdrücke in der Kirche – aber wir können ziemlich sicher sein, dass die unseres Mörders nicht darunter sind, denn der Kerzenständer war sauber. Offensichtlich hat er während der ganze Sache Handschuhe getragen. Die Autopsie hat die vorläufige Annahme von Redrose bestätigt, und von den Augen gibt es nirgends eine Spur. Von den Leuten, die in die St.-Bartholomews-Kirche gingen, hat niemand ein böses Wort über Father Prendegast verloren. Zumindest nicht jetzt, wo er tot ist. Aber wir haben gespürt, dass einige von denen ihn nicht besonders leiden konnten, nicht wahr? Er scheint weder irgendwelche Verwandte noch enge Freunde zu haben. Nur den Kindern Gottes verpflichtet, wie Mrs. O'Grady sagte." Sie sah zu ihm auf. „Bringen uns seine früheren … wie nennen die das … Pfründe weiter?"

Turner lachte. „Sie meinen, sein letzter Job?" Das Lachen erstarb, als er ihren Gesichtsausdruck bemerkte. „Na ja, er war in Irland, in so einer Art Kloster."

„Und davor?"

„Simmons und Pavlou sind dran."

„Machen Sie denen Feuer unterm Hintern." Oaten wandte sich wieder den Akten zu.

„Chef?", fragte Turner nervös. „Glauben Sie, wir haben es mit einem Serienmörder zu tun?"

Die Chefinspektorin hob erschöpft den Kopf. „*Glaube* ich das? Bei angewandter Disziplin der Ermittlung, nein, tue ich nicht. Es gibt keinerlei Hinweise, die so etwas nahelegen. Die Experten haben mir gesagt, dass der Modus Operandi zu keinem einzigen bekannten Muster passt." Sie schürzte die Lippen. „Nach meinem Bauchgefühl allerdings, Taff, wette ich meine Rente, dass es noch mehr Morde geben wird. Ebenso wie es schon frühere Morde gegeben hat. Niemand führt eine so sorgfältig geplante und exekutierte – entschuldigen Sie das Wortspiel – Aktion durch, ohne so etwas schon mal gemacht zu haben." Sie senkte wieder den Kopf.

John Turner verließ ihr Büro mit schwerem Herzen. Er hatte das Gefühl, dass er Naomi und die Kinder in den nächsten Wochen kaum zu sehen kriegen würde. Wenigstens musste er keine alten Theaterstücke mehr lesen. Wie lautete diese Zeile, die er sich aufgeschrieben hatte? „Sehet, welch schäbigen Nutzen manche aus Büchern ziehen."

Ganz genau. Er war sehr froh, bloß die normale Schule hinter sich gebracht zu haben.

9. KAPITEL

Ich rollte mit dem Stuhl vom Schreibtisch zurück. Meine Achselhöhlen waren nass geschwitzt und mein Magen in Aufruhr. Dieser Wahnsinnige. Er hatte den Jungen ermordet, der ihn in der Grundschule fertiggemacht hatte. Nicht nur das. Im Alter von zwölf Jahren hatte er den Mord anscheinend ohne jede Gefühlsregung geplant und ausgeführt. Dieser Kerl könnte eine tolle Karriere als Profikiller gemacht haben. Scheiße, vielleicht war er einer.

Ich dachte über den Text nach, den er mir geschickt hatte, und stellte fest, dass ich daraus ohne große Schwierigkeiten eine glaubwürdige Erzählung machen konnte. Nicht bloß weil sie auf dem richtigen Leben basierte – ich war überzeugt, dieser Mord war tatsächlich passiert, sah aber keinen Grund, Zeitungsarchive zu durchstöbern, besonders weil ich keine Ahnung hatte, in welchem Jahr das geschehen oder ob der Name Richard Brady echt war –, sondern weil ich Übereinstimmungen zwischen mir und White Devil entdeckte. Er hatte jahrelang unter der Gewalttätigkeit seines Vaters gelitten, also hatte er ihn umgebracht. Dieser kleine Fiesling in der Schule hatte sich über ihn lustig gemacht und ihn körperlich angegriffen, also hatte er ihn an einem Baum aufgehängt. Der Priester hatte ihn missbraucht, also hatte er ihn in seiner eigenen Kirche abgeschlachtet. Und dass er sich den Namen White Devil als Alias zugelegt hatte, legte den Verdacht nahe, dass er wie die jakobinischen Dramatiker vom Thema Rache besessen war. Das war etwas, womit ich mich identifizieren konnte, nicht dass ich deswegen stolz auf mich gewesen wäre.

Seit mein Verlag und mein Agent mich rausgeworfen hatten, schwelten in mir zahlreiche Ressentiments. In den ersten Tagen nach dieser doppelten Ablehnung waren mir zahllose Pläne durch den Kopf gegangen, wie ich es denen heimzahlen könnte – den geliebten Bugatti-Oldtimer meines Agenten Christian Fels mit Farbe zu beschmieren, mit Scheiße gefüllte Umschläge an meine Lektorin Jeanie Young-Burke zu schicken, überall Schlechtes über diese Leute zu verbreiten, bei Buchpremieren anderer Autoren aufzutauchen und Kritiker wie Alexander Drys und Lizzie Everhead, die mir das Messer in den Rücken gestoßen hatten, mit Bier zu überschütten. Aber dann hatte ich nicht mehr zustande gebracht als diesen Artikel in der Zeitung, in dem ich über die Gefühllosigkeit des modernen Verlagswesens jammerte. Am nächsten Tag schickte mir ein anderer Krimiautor, der mich nie besonders geschätzt hatte, eine E-Mail, die nur aus zwei Wörtern bestand: *Armer Trottel.*

Rache, Vergeltung, der strafende Engel – etwas an diesen Vorstellungen war attraktiv, schien richtig zu sein. Vielleicht weil der alttestamentarische Grundsatz – Auge um Auge, Zahn um Zahn – unserem Rechtssystem zugrunde liegt, Schuld und Sühne, aber vielleicht auch, weil es einen ethischen Akt darstellt, sich an jemandem zu rächen. Eine Ungerechtigkeit wurde zugefügt, und es liegt nichts Falsches darin, eine angemessene Wiedergutmachung einzufordern. Jeder hatte von den betrogenen Ehefrauen gehört, die die Savile-Row-Anzüge ihrer Gatten zerschnitten, deren CD-Sammlung vergruben oder im örtlichen Pub Videos vorführten, auf denen die Untreuen mit ihren Geliebten herumtollten. Populäre Heldinnen waren aus ihnen geworden, Frauen, die ihre wohlverdiente Rache genommen hatten. Der Wunsch nach Vergeltung steckte tief in der menschlichen Seele. Die Frage war:

Wie weit geht man dabei? Wie viele Gesetze ist man bereit zu brechen? In meinem Fall war die Antwort auf die zweite Frage ein jämmerliches „Keine". White Devil stand ganz klar am anderen Ende der Skala.

Aber das bedeutete nicht, dass meine Gefühle irgendwie schwächer wären. Ich wollte Christian oder Jeanie nicht umbringen, aber ich hätte sie frohgemut erniedrigt oder zum Weinen gebracht. Wie sehr unterschied ich mich überhaupt von meinem Peiniger? Ich dachte an Robert Louis Stevensons *Dr. Jekyll und Mr. Hyde* – die zwei Seiten desselben Mannes, das Böse „versteckt" unter dem Guten. Oder Joseph Conrads *Heimlicher Teilhaber* – der Doppelgänger, eine Reflektion des eigenen Ich, die man nur mit Mühe unter Kontrolle halten kann. Hatte White Devil deshalb ausgerechnet mich ausgesucht? War er so schlau? Nichts von dem, was er bisher getan hatte, widersprach dieser Schlussfolgerung. Er hatte meine Bücher gelesen – Sir Tertius in dem gewalttätigen Kessel eines Londons, das von Rachetragödien begeistert war, Zog Hadzhi in der von Blutrache heimgesuchten Ödnis Albaniens. Außerdem hatte er meinen Artikel gelesen. Dieses Schwein kannte mich besser als ich mich selbst. Vielleicht hatte er meine Faszination für Rache schon begriffen, bevor ich mich selbst in einer Position wiederfand, in der ich nach Rache gierte.

Geradezu krank durch die Erkenntnis, dass ich von demselben Drang angetrieben wurde wie der Mörder, hämmerte ich ein paar Tausend Wörter über den Tod des kleinen Fieslings in die Tastatur. Als ich das hinterher noch mal durchlas, stellte ich fest, dass ich dem Erzähler und Mörder, Wayne Deakins, ein psychologisches Profil verpasst hatte, dass ebenso auf meinem eigenen beruhte wie auf dem, das ich mir für White Devil vorstellte. Ich zappelte an seinen Fäden, als wäre ich eine Marionette.

Um drei Uhr nachmittags hatte ich genug. Ich ging runter ins Village und betrat einen Kiosk, um die Zeitungen zu lesen, während ich auf Lucy wartete. Die Schlagzeilen der Boulevardpresse waren nicht zu übersehen. „Ermordeter Priester hatte pädophile Neigungen", „Kirche kehrte Schande unter den Teppich", „Mordopfer war Perverser". Ich kaufte verschiedene Klatschblätter und seriöse Zeitungen und setzte mich im Dulwich Park auf eine Bank.

Sie stimmten alle darin überein, dass im Mai 1979 die Diözese Father Prendegast aus seiner Kirche im East End stillschweigend entfernt hatte, nachdem sich einige Messdiener und Chorknaben über sein Verhalten beschwert hatten. Er wurde in ein abgelegenes Kloster im westlichen Irland geschickt und bekam eine neue Identität. Die Kirche hatte gegen sämtliche Zeitungen einstweilige Verfügungen erwirkt und drohte jeden zu verklagen, der den früheren Namen des ermordeten Priesters veröffentlichte. Mit der Begründung, dass die Jungen und ihre Familien vor „unerwünschtem Eindringen in ihre Privatsphäre" geschützt werden müssten. Die Klatschblätter ließen sich davon nicht mehr einschüchtern. Sie waren vorgeprescht und hatten sowohl den richtigen Namen des Priesters – Patrick O'Connell – als auch den seiner Kirche abgedruckt – St. Peters in der Bonner Street. Außerdem brachten sie Interviews, zweifellos gut bezahlt, mit zwei der Jungen, inzwischen Ende dreißig, die behaupteten, Father Pat, wie sie ihn nennen sollten, habe an ihnen herumgefummelt, sie ausgezogen und wiederholt sexuell missbraucht. Sie drückten ihr Entsetzen darüber aus, dass die Kirche ihm eine neue Identität und eine neue Pfarrstelle verschafft hatte.

Weder der Erzbischof noch die Polizei gaben dazu einen Kommentar ab.

Das waren aber die Einzigen, die den Laden dichtgemacht hatten, sonst sprang jeder auf das Thema auf. Vom Parlamentsabgeordneten bis zum anglikanischen Bischof, alle verurteilten die katholische Kirche aufs Schärfste und verlangten, sie solle ihr Haus in Ordnung bringen. Anwälte, die sich zweifellos schon heimlich die Hände rieben vor Begeisterung über die Aussicht auf saftige Schadenersatzklagen, drängelten sich ebenfalls in den Vordergrund.

Ich sah auf in den Himmel, blassblau und mit Schäfchenwolken, und dachte darüber nach, was das für mich bedeutete. Ich kannte jetzt den Namen der früheren Kirche des Priesters und von zweien seiner Opfer. Es wäre nicht schwer, weitere Namen von Jungen herauszufinden, die in die St.-Peters-Kirche gegangen waren. Eigentlich wäre das sogar ziemlich einfach. Ich fragte mich, ob White Devil mich indirekt dazu herausforderte, seine wahre Identität aufzudecken. Er musste gewusst haben, dass die Vergangenheit des Priesters ans Licht kommen würde. Verließ er sich darauf, dass ich viel zu große Angst um Lucy und Sara hatte, um etwas zu unternehmen? Ich senkte die Augen und sah mich um. Außer einigen Frauen mit Kinderwagen und Säuglingen war niemand in der Nähe. Aber White Devil – oder jemand, der für ihn arbeitete – konnte irgendwo im Gebüsch darauf lauern, dass ich einen falschen Schritt machte. Dazu war ich nicht bereit, schon gar nicht jetzt, wo ich gleich Lucy bei mir haben würde.

Aber später? Vielleicht konnte ich versuchen, mit den Männern in Kontakt zu treten, die interviewt worden waren. Einer führte jetzt einen Werkzeugladen in Carlisle, der andere hatte einen Obst- und Gemüsestand in der Roman Road – Harry Winder hieß er. Plötzlich kam mir ein Gedanke, der mich hochfahren ließ. Könnte er White Devil sein? Oder Andrew Lough, der mit dem Werkzeug oben im Norden? Ich sah mir ihre Fotos an. Winder war groß, dicklich, kahl werdend, ein Familienvater mit vier Kindern, während Lough im Rollstuhl saß und an früh ausgebrochener Multipler Sklerose litt. Das waren keine wahrscheinlichen Kandidaten, obwohl ich sie auch nicht ausschließen konnte. Auf jeden Fall würden sie sich vermutlich an die Namen anderer Jungen erinnern.

Mein Handy klingelte. Das Display zeigte keine Nummer des Anrufers an.

„Hallo, Matt." Es war White Devil. „Du liest regelmäßig die Zeitungen?"

„Wo steckst du?" Ich stand auf und drehte mich einmal um mich selbst. Ich entdeckte niemand, der in ein Handy sprach.

„Das würdest du gern wissen, was?" Er kicherte, aber ohne Wärme in der Stimme. „Also weißt du jetzt über die schmutzige Vergangenheit des guten Pfarrers Bescheid. Was willst du damit anfangen? Runter in die Roman Road rasen und mit Harry Winder reden? Andy Lough anrufen? Wusste gar nicht, dass er MS hat. Na ja, der war immer schon ein bisschen wacklig auf den Beinen."

Der Bastard. Er war mir schon wieder weit voraus.

„Matt? Du sagst ja gar nichts."

„Was willst du?"

„Ach, bloß die Zeit rumbringen. Hast du die Episode mit dem Fiesling schon geschrieben?"

„Ja. Schicke ich dir nachher."

„Du machst das *wirklich* toll. Noch ein Kapitel, und du

hast dir die nächste Rate in bar verdient."

„Ich will dein dreckiges Geld nicht."

„Und ob du das willst." Seine Stimme wurde scharf. „Das ist unsere Vereinbarung, erinnerst du dich?" Er lachte trocken. „Außerdem, man weiß ja nie. Vielleicht erwischst du mich, wenn ich das Geld bringe."

„Was zum Henker hast du vor?", schrie ich und fing mir einen bösen Blick von einer Frau mit einem kleinen Mädchen ein. Ich senkte die Stimme. „Willst du mich in Verdacht bringen? Musstest du den Priester auf diese Art umbringen?"

„Das war ein Ausdruck meiner Bewunderung für deine Bücher", erwiderte er glatt. „Du solltest den Leuten nicht solche Ideen in den Kopf setzen, Matt. Ja, du hast schon recht damit, dir Sorgen zu machen. Ein anonymer Anruf bei Scotland Yard, und schon bist du der Hauptverdächtige."

„Ach, Blödsinn", sagte ich und versuchte, den harten Kerl, zu spielen. „Wer glaubt denn schon, dass ein Krimischreiber umhergeht und Leute auf dieselbe Art umbringt wie in seinen Büchern? Nicht mal die Polizei ist so dämlich."

„Keine Panik, Matt. Du hast ein Alibi, weißt du noch?" Er machte eine Pause. „Natürlich könntest du jemanden angeheuert haben, der die Dreckarbeit für dich erledigt. So was kommt in deinen Büchern auch vor."

„Fick dich selbst", sagte ich leise.

„Vorsicht", erwiderte White Devil, wieder mit Schärfe in der Stimme. „Dein Alibi ist weg, wenn ich beschließe, Sara aus dem Weg zu räumen."

Meine Nackenhaare richteten sich auf. „Du …" Ich brach ab, als mir die Gefahr bewusst wurde, ihn weiter zu provozieren.

„Und jetzt geh los wie ein guter Daddy und hol Lucy ab,

Matt. Ich freu mich schon auf das, was du geschrieben hast. Ich weiß, du hast Spaß an unserem Projekt. Liegt genau auf deiner Linie, nicht?"

Ich antwortete nicht.

„Nicht?"

„Ich nehme an, du meinst, das Thema Rache interessiert mich."

„Genau das meine ich, schon gut, Matt. Du bist nicht anders als ich. Ach ja, falls du so was vorhast, mach dir nicht die Mühe, über meine Vergangenheit im East End nachzuforschen." Er lachte. „Priester sind nicht die Einzigen, die sich neue Identitäten besorgen können. Und Priester sind auch nicht die Einzigen, die für ihre Sünden qualvoll sterben."

Er legte auf.

Ich zitterte. Die Drohung war eindeutig. Ich war ihm keinen Schritt näher gekommen. Aber er hatte erneut unter Beweis gestellt, dass er mir ganz nahe war – und denen, die ich liebte. Dann fiel mir eine andere Bedeutung seiner letzten Worte ein. Um Gottes willen, plante er schon, noch jemanden umzubringen? Würde er wieder eine Methode aus einem meiner Romane kopieren?

Ich wusste nicht, was ich tun sollte.

Jemand tippte mir auf die Schulter, als ich auf dem Spielplatz auf Lucy wartete. Ich fuhr mit weit aufgerissenen Augen herum.

„Himmel, Matt, was ist denn los?"

„Tut mir leid, Kumpel." Ich klopfte meinem Freund Dave Cummings auf den Arm. „Schleich dich nicht so an Leute an." Ich nickte Ginny zu, die im Hintergrund blieb, als ob sie sich nicht aufdrängen wollte. Sie war blass, aber sie ließ ihren Mann nicht aus den Augen, mit einer Mischung aus Langeweile und

Abscheu. Ich fing an mich zu wundern, was aus ihrer Ehe werden sollte.

Er betrachtete mich zweifelnd. „Alles in Ordnung bei dir? Du siehst nicht gerade toll aus."

„Zu wenig Schlaf", sagte ich und gähnte.

Dave grinste. Er war aus Yorkshire, von mittlerer Größe, aber solide gebaut. Seine Nase war so oft gebrochen worden, dass die Ärzte nur noch einen unregelmäßigen Slalom daraus formen konnten. Er war mal ein toller Rugbyspieler gewesen, ein Scrum-Half mit einer Wendigkeit, die uns eine Menge Tore eingebracht hatte. „Neues Buch in der Mache?"

„Ja", erwiderte ich lustlos.

„Schon einen Vertrag?"

„Noch nicht."

„Du solltest dir mal einen richtigen Job besorgen, Kumpel." Er fuhr sich mit der Hand über das dichte braune Haar.

Solange ich ihn kannte, trug er es in diesem oft verspotteten Vokuhila, vorn kurz und hinten lang – er sagte immer, das wäre eine Jugendsünde, die ihm noch niemand erlassen hatte.

„Einen richtigen Job für richtige Männer etwa?" Früher war Dave Fallschirmjäger gewesen. Auf dem Spielfeld hatte er den Ruf gehabt, von kaum gebändigter Grausamkeit zu sein, und sein Spitzname im Club war Psycho. In seinem Geschäft ging er ähnlich brutal vor. Er hatte eine Abrissfirma, und es machte ihm großen Spaß, die Maschinen selbst zu bedienen, wann immer er konnte.

„Was hast du gegen mein Arbeitsgebiet?", wollte er wissen, ging mit witzig gemeinter Aggressivität gegen mich in Stellung. „Ich sitze jedenfalls nicht den ganzen Tag rum und denke mir Schmonsens aus."

Ich wünschte, ich wäre im Augenblick tatsächlich nur

damit beschäftigt. „Was machst du hier überhaupt? Hast du schon sämtliche alten Gebäude südlich des Flusses zum Einsturz gebracht?"

Er warf mir noch so ein durchgeknalltes Grinsen zu. „Nee. Hab mir selbst den Nachmittag freigegeben. Gehe mit Tom zum Gokart."

„Setz dich bloß nicht selbst hinters Steuer, du Verrückter."

Er lachte und klopfte sich auf den Bauch. Er hatte ungefähr zur selben Zeit aufgehört zu spielen wie ich. „Wünschte, das könnte ich noch."

Die Klingel läutete, und Kinderstimmen erhoben sich zum Crescendo.

„Bist du sicher, dass es dir gut geht, Matt?", fragte Dave und sah mich besorgt an.

Ich nickte und konzentrierte mich darauf, Lucy zu entdecken. „Klar geht's mir gut."

„Hier, Tom!", rief er und winkte seinem achtjährigen Jungen mit den kurz geschorenen Haaren zu. Er stieß mir in die Rippen. „Brauchst nur zu sagen, wenn ich was für dich tun kann", sagte er, Lucy anlächelnd. „Und das mein ich so."

Ich gab meiner Tochter einen Kuss. Über ihren Kopf hinweg sah ich mit kaum verhohlener Ungeduld Dave an, der auf Ginny und ihre Tochter Annie wartete. Ich merkte, dass ich auf einmal dicht am Wasser gebaut hatte. Genau das war das Problem. Ich konnte weder Psycho noch sonst jemandem etwas über dieses Schwein erzählen, das mir im Nacken saß, damit er ihm und den Seinen nichts antat. Es war zum Heulen.

Lucy schwatzte drauflos, als wir zurück zur Ferndene Road gingen, aber ich konnte dem, was sie sagte, kaum folgen. Ich dachte über White Devil nach und wie ich ihn drankriegen könnte, bevor er wieder mordete. Er hatte klargestellt, dass er jetzt einen anderen Namen hatte. Das konnte natürlich bloß eine Lüge sein, um mich von seiner Fährte abzulenken, aber ich glaubte es nicht. Er hatte gezeigt, wie sorgfältig er seine Verbrechen plante und ausführte. Es fiel nicht schwer zu glauben, dass er sich durch die Annahme einer neuen Identität geschützt hatte. Wie fing man so etwas überhaupt an? Da war ich nicht sicher. Das Klischee in alten Kriminalromanen war, sich einfach eine Ersatzgeburtsurkunde für jemand in einem ähnlichen Alter zu besorgen, der jung gestorben war. Aber ich hatte das Gefühl, dass so etwas nicht mehr so einfach sein konnte, wo heutzutage alles computerisiert war. Weshalb die Sache auf die übliche Lösung für sämtliche Probleme hinauslief. Geld. White Devil schien entweder nicht arbeiten zu müssen, oder er konnte es sich leisten, Leute anzuheuern. War er reich? Falls ja, wie war er vom vaterlosen Teenager in Bethnal Green zum reichen Mann geworden? Wohlhabende Menschen standen oft auf die eine oder andere Weise im Licht der Öffentlichkeit.

„... und dann wurde ich ohnmächtig."

„Wie bitte, Süße?"

Lucy lächelte zu mir auf. „Ich sagte, und dann wurde ich ohnmächtig."

„Was?" Ich stoppte und ging neben ihr in die Hocke. „Wann?"

„Dummer Daddy", sagte sie und kreischte vor Vergnügen. „Erwischt, erwischt. Hab doch gemerkt, dass du gar nicht zugehört hast."

Ich fasste sie um die Taille und spürte, wie zart und verletzlich ihr kleiner Körper war. „Sehr witzig. Was willst du zum Tee?"

Sie starrte mich an. „Das hatten wir doch schon. Du hast gesagt, ich könnte Würstchen kriegen."

Ich nickte und versuchte, meine Verwirrung zu verbergen. „Ha, selber erwischt", sagte ich und kitzelte sie.

Sie stieß mich von sich, kicherte, und wir gingen nach Hause.

Lieber Himmel. Jetzt fing ich schon an, mich vor meiner Tochter zum Narren zu machen. Dieser Bastard, der mir das antat, würde dafür bezahlen.

Das „Hereward" in Greenwich war einer der übelsten Pubs in der Gegend. Die Stammkunden wollten das so. Sie wurden nie von den Touristen belästigt, die Cutty Sark oder das Maritime Museum besucht hatten, oder von reichen Schnöseln, die in den georgianischen Häusern Wohnungen gekauft hatten, oder gar von Studenten von Goldsmith's, die sich mal die Slums ansehen wollten. Das Hereward hatte einen wirklich miserablen Ruf, und die Polizei wagte fast nie, dort Razzien durchzuführen. Der Laden wurde von der lokalen Unterschicht frequentiert, dazu ermutigt von einem Betreiber, der ein Exknacki war und seine Finger in zahllosen illegalen Geschäften hatte.

Die drei Männer, die den Pub beobachteten, wussten das alles. Einer von ihnen war ein paar Mal drin gewesen, in einer durchgescheuerten Jeans und mit einem Filzhut auf dem Kopf. Er wurde als harter Bursche eingeschätzt und mit seinem Drink in Ruhe gelassen. Die Stammkunden waren nicht blöd. Er war wirklich so hart, wie man nur sein konnte.

„Zielperson kommt raus", meldete Rommel von der Ecke gegenüber. Jetzt trug er eine lederne Bomberjacke, eine Wollmütze über den kurzen Haaren, und seine Augen waren hinter dunklen Brillengläsern verborgen. Er sprach in ein Kragenmikrofon und beobachtete, wie ein etwa dreißigjähriger Mann mit schmutzigen schulterlangen Dreadlocks die Stufen runterstolperte.

Seine beiden Kameraden saßen in einem hellblauen Ford Orion mit hundertdreißigtausend Meilen auf dem Tacho. Den hatten sie bei einem Gebrauchtwagenhändler in Neasden aufgetrieben, der keine Fragen stellte, als sie bar bezahlten und etwas hinterließen, das er gleich als falsche Namen und falsche Adresse erkannte.

„Okay", sagte der Mann auf dem Beifahrersitz. „Wir sehen ihn." Er zog Handschuhe über und nickte dem Fahrer zu. Beide trugen schwarze Wollmützen und Sonnenbrillen. „Los geht's, Geronimo."

Der Wagen glitt vorwärts, bis er wenige Meter vor dem dürren Mann in dreckiger Jeans zum Stehen kam. Er hatte eindeutig mehrere Gläser zu viel gekippt, sein Gang war unsicher.

„Oy …", keuchte er, als er von hinten von dem Mann aus dem Orion gepackt wurde. Mehr brachte er nicht heraus. Eine Hand verschloss ihm den Mund, dann wurde er auf den Rücksitz geschleudert.

Währenddessen hatte Rommel schnell die Straße überquert. Er stieg die Treppe zum Hereward hoch, holte einen halbmeterlangen Stahlbarren aus seiner Jacke, den er durch die Türgriffe steckte, falls jemand da drin gesehen hatte, was passiert war. Er lächelte, als er merkte, wie die Tür unter einem Aufprall erzitterte. Wie sie vermutet hatten, hatte der Mann Freunde, die ihm den Rücken freihalten wollten.

Er rannte zum Wagen und stieg neben dem Fahrer ein, der sich vor einem Bus in den Verkehr fädelte und schnell davonfuhr.

Vom Rücksitz aus sah Wolfe einige Minuten nach hinten. „Okay, keine Verfolger. Nimm Kanal eins." Für den Fall einer Verfolgung hatten sie verschiedene Fluchtrouten ausgearbeitet, aber anscheinend war sein Team zu gut für die Gegenseite, wie er von Anfang an vermutet hatte. Er wandte sich der zitternden Gestalt neben ihm zu. Deren Hände waren auf dem Rücken gefesselt, der Mund mit Klebeband verschlossen.

„Das war ja leicht. Als würde man einem Kind das Spielzeug klauen", sagte Rommel grinsend.

„Du fragst dich vermutlich, was los ist, Terry", sagte Wolfe mit leiser Stimme. „Ein kleiner Hinweis. Jimmy Tanner."

Das von Aknenarben zerfurchte Gesicht des Gefangenen wurde noch blasser.

„Du wirst uns alles erzählen, was du über ihn weißt und über alle Leute, mit denen er in diesem Scheißloch da geredet hat." Seine Stimme klang jetzt drohend. „Oder ich reiß dir die Eier eins nach dem anderen ab und stecke sie in einen Wurstpudding." Er lächelte. „Den isst du dann zum Tee."

Terence Smail, Alkoholiker, kleiner Dealer und Zuhälter, sah aus, als müsse er jeden Augenblick kotzen. Als ihm das nicht gelang, wurde er ohnmächtig.

Sara musste länger bei der Zeitung arbeiten, deshalb war ich an diesem Abend allein. Ich schickte das neue Kapitel an White Devils letzte E-Mail-Adresse und wartete auf eine Antwort. Es kam keine. Verdammt, war er gerade dabei, jemand anders abzuschlachten, der ihm irgendetwas angetan hatte? Ich ging ins Internet und recherchierte über „Identitätswechsel". Es gab Dutzende Websites, die neue Namen mit allen Dokumenten anboten, zu Preisen, die von billig

– für fotokopierte Fälschungen – bis sehr teuer – angeblich für „die echten“, diese Leute hatten keine Ahnung von Ironie – reichten. Ich fragte mich, ob er eine davon benutzt haben könnte. Aber ich bezweifelte es. Bestimmt hatte er einen Weg gewählt, der etwas diskreter war. Im Web könnte er sich nie darauf verlassen, dass seine neue Identität nicht geknackt werden konnte. Ich war überzeugt, dass er eine andere Methode gefunden hatte. Vielleicht durch Kontakte zur Unterwelt? Gangster aus dem East End? Mit solchen Typen wollte ich nichts zu tun haben, und er würde es sowieso schnell genug herausfinden, wenn ihm jemand hinterherschnüffelte. Das konnte ich nicht riskieren.

Aber was hatte ich für Alternativen? Warten, bis das nächste Opfer in den Nachrichten auftauchte?

Mir fiel nichts anderes ein, also trank ich eine halbe Flasche Single Malt Whisky und schlief vor dem Fernseher ein.

10. KAPITEL

Karen Oaten stürmte den Gang entlang ins VCCT-Großraumbüro, ihre Wangen gerötet und ihr Herz rasend. Sie hatte gerade eine sehr ungemütliche halbe Stunde mit dem Assistant Commissioner verbracht. Er hatte das Team als sein persönliches Reich aufgebaut und die normale Befehlskette damit umgangen. Er wollte wissen, wie es dazu kommen konnte, dass die Zeitungen vor der Met von der früheren Identität von Father Prendegast Kenntnis erlangten. Das war eine gute Frage, auf die sie selbst gern eine Antwort gehabt hätte.

„Simmons!", schrie sie, als sie die Tür aufstieß. „Pavlou! In mein Büro." Sie blickte sich um und entdeckte John Turner, der versuchte, sich hinter seinem Computer zu verstecken. „Sie auch, Taff."

Die Chefinspektorin knallte die Tür zu, als ihre drei Untergebenen in ihrem Büro versammelt waren. Sie machte sich nicht die Mühe, die Rollos herunterzulassen. Sie wollte, dass der Rest des Teams zu sehen bekam, was hier passierte.

„Also, ihr nutzlosen Versager", sagte sie, Simmons und Pavlou wütend anfunkelnd. „Der AC hat mir gerade den Arsch aufgerissen. Das heißt, jetzt halte ich selbst nach ein paar Ärschen Ausschau."

„Entschuldigen Sie bitte", sagte Detective Sergeant Pavlou höflich. Er war zur Hälfte Zypriot, sein Gesicht war ständig von dichten schwarzen Stoppeln bedeckt. „Wir ..."

„Halten Sie die Klappe, Sie verdammter Idiot!", schrie Oaten. „Ich sage Ihnen, wann Sie Ihr nach Kebab stinkendes Maul wieder aufmachen können." Sie fasste Morry Simmons ins Auge. Er war um die vierzig, mit einem teigigen Gesicht, ein Detective Sergeant, der nicht mehr befördert werden konnte und nur deshalb im Team, weil ein anderer Chief Inspector ihm einen Gefallen schuldete. „Versuchen Sie's nur, Simmons, versuchen Sie's."

Er machte keine Anstalten, etwas zu sagen.

„Also", sagte Oaten und blickte Turner an. „Zuletzt hörte ich, dass ihr beide dabei wärt, die Vergangenheit des Opfers zu recherchieren. Jetzt haben Sie die Erlaubnis, mir zu erklären, warum Sie das vermasselt haben."

Weder Simmons noch Pavlou waren scharf darauf zu antworten.

„Raus damit", schrie Oaten.

Pavlou warf seinem Kollegen einen Blick zu. „Na ja, Chef, wir kamen bis zu dem Bischof, der für St. Bartholomews verantwortlich war. Der erzählte uns von dem Kloster in Irland. Ich rief da an, aber niemand wusste etwas über einen Father Prendegast."

Die Chefinspektorin schüttelte den Kopf. „Der Gedanke ist Ihnen nicht gekommen, mich zu fragen, ob Sie da hinfliegen und persönlich nachfragen können?"

Simmons riss die Augen auf. „Was, so etwas hätten Sie genehmigt?"

„Das hier ist das Violent Crime Coordination Team, nicht irgendein Polizeirevier. Natürlich hätte ich das genehmigt." Sie sah die beiden nacheinander an. „Oder ich hätte wenigstens jemanden hingeschickt, der mehr als nur ein Dutzend Gehirnzellen sein Eigen nennt." Sie hielt eins der Klatschblätter hoch. „Das brauche ich jetzt nicht mehr. Die Presse hat Ihre Arbeit schon erledigt: ‚In einer erstaunlichen Wendung der Ereignisse'", las sie vor, „‚können wir nun enthüllen, dass das Mordopfer Father Norman Prendegast ein Päderast war, dem die katholische Kirche eine neue Identität verschafft hat. Bla, bla, richtiger Name Father Patrick O'Connell, bla, bla, St.-Peters-Kirche, Bonner Street, Bethnal Green, bla, bla, frühere Chorknaben Harry Winder und Andrew Lough, bla, bla, wurden zu abstoßenden sexuellen Praktiken gezwungen.'" Oaten funkelte Simmons und Pavlou an. „Und wie, meinen Sie, haben die Zeitungen das rausgekriegt?"

„Oh, das ist offensichtlich, Chef", sagte Simmons, ein Grinsen zerteilte sein fahles Gesicht. „Sie haben jedem Geld in den Hintern gesteckt, den sie auftreiben konnten."

„Falsch!", schrie die Chefinspektorin, knüllte die Zeitungsseite zusammen und schmiss sie ihm treffsicher an die Brust. „Die haben gemacht, was ihr Wichser hättet tun sollen. Sie haben Fragen gestellt, und wenn Leute nichts rausrücken wollten, haben sie weiter gefragt."

„Aber sie flogen nach Irland", sagte Pavlou und zeigte auf ein Foto des Klosters, wo der mittlerweile tote Priester versteckt worden war.

Oaten stöhnte. „Das hatten wir schon, Sie Dämlack. Hier geht es nicht darum, wer wohin fliegt, hier geht es um sogenannte Kriminalbeamten, die ihren Arsch nicht von ihrer Achselhöhle unterscheiden können." Sie warf Turner einen Blick zu. „Helfen Sie uns mal, Taff. Was machen wir als Nächstes?"

„Äh, Winder und Lough befragen. Herausfinden, wer sonst noch von dem Mordopfer missbraucht worden sein könnte. Mit weiteren Leuten reden, die in den späten Siebzigern und frühen Achtzigern in die St.-Peters-Kirche gegangen sind."

Die Chefinspektorin nickte. „Gott sei Dank weiß wenigstens einer hier, was sein Job ist."

Pavlou trat vor, einen eifrigen Ausdruck im Gesicht. „Ich

würde gern hoch in den Nordosten fahren, um Lough zu befragen."

„Darauf wette ich", erwiderte Oaten ätzend. „Die Frage ist, kann ich es mir leisten, noch einen Rohrkrepierer zu riskieren, indem ich Sie das machen lasse?" Sie rieb sich die Schläfen. „Na schön, kontaktieren Sie die örtliche Polizei und bringen Sie die dazu, Lough zur Befragung aufs Revier zu holen. Das sollte wenigstens die Presse von ihm fernhalten, bis Sie da ankommen." Sie wandte sich an Simmons. „Sie gehen runter nach Bethnal Green und reden mit diesem Harry Winder. Erinnern Sie ihn daran: Auch wenn er seine Geschichte schon an so ein Revolverblatt verkauft hat, muss er immer noch bei uns reinen Tisch machen. Meinen Sie, Sie kriegen das hin?"

Die beiden Sergeants nickten unglücklich.

„Dann los!" Sie hob eine Hand. „Sie nicht, Taff." Sie wartete, bis die Tür sich hinter den anderen geschlossen hatte. „Diese Penner. Also, woran arbeiten Sie gerade?"

„Im Augenblick hat mich Chief Inspector Hardy ..."

„Kümmern Sie sich nicht um Hardy, von jetzt an sind Sie nur noch mir gegenüber verantwortlich. In diesem Team sind viel zu viele Leute damit beschäftigt, ihre eigenen kleinen Königreiche zu errichten." Sie gab ein hohles Lachen von sich. „Wenn du sie nicht besiegen kannst ... Okay, schießen Sie los."

Turner nickte. „Sofort, Chef. Ich hab mir den Modus Operandi noch mal angesehen."

Oaten setzte sich in ihren Stuhl. „Und?"

„Nun, für mich sieht das so aus, als stecke da eine Art Botschaft drin." Er schlug seinen Notizblock auf. „Kerzenständer im Hintern, über dem Altar ausgebreitet, Augen entfernt, das Zitat in seinem Mund ..."

„Fahren Sie fort."

„Die Wunde hinten deutet auf sexuellen Missbrauch hin, finden Sie nicht?"

„Mhm."

„Und die nackte Leiche über dem Altar macht offenkundig, dass der Killer nicht viel von der katholischen Kirche hält."

„Was ist mit den Augen?"

„Na ja, könnte der Priester Dinge gesehen haben, für die der Killer sich schämt oder die er für seine Privatsache hält?"

„Die möglicherweise mit dem Missbrauch in Zusammenhang stehen, den der Tote an ihm begangen hat?"

Turner nickte. „Die Annahme scheint vernünftig, dass der Mörder Prendegast kannte, oder genauer O'Connell. Und, ja, dass er von ihm missbraucht wurde."

„Also sollten wir anfangen, von allen damaligen Chorknaben und so weiter, die wir finden können, die Alibis zu überprüfen." Oaten lächelte ihn an. „Sehr gut, Taff. Aber was hat es mit diesem Zitat in seinem Mund auf sich? Wie war das noch mal? ‚Welch ...'"

„‚Welch Spottbild hat der Tod aus dir gemacht.' Ich hoffte, danach würden Sie nicht fragen." Turner sah wieder auf seine Notizen. „Vielleicht wollte der Mörder nur ganz allgemein zum Ausdruck bringen, dass der Priester seine wohlverdiente Strafe bekommen hat."

„Oder vielleicht steckt auch mehr dahinter."

Turner hob die Schultern.

„Gut, arbeiten Sie weiter daran, aber ich möchte, dass Sie auch Simmons und Pavlou im Auge behalten. Und keine Sorge, ich halte Ihnen D.C.I. Hardy vom Hals."

Nachdem er gegangen war, schob Karen Oaten die Zeitungen vom Tisch und schlug eine Akte auf. Darin standen ihre eigenen Notizen zu dem Fall. Sie war beeindruckt, dass Taff Turner von sich aus in dieselbe Richtung ermittelte wie sie. Aber auch sie wusste nicht, was sie mit diesem Zitat aus Websters *Weißem Teufel* anfangen sollte, also hatte sie für später ein Treffen mit einer Expertin für jakobinische Literatur in der Universität vereinbart. Alles, was Oaten über John Webster wusste, stammte aus dem Film *Shakespeare in Love* – da trat er als schweinischer Teenager auf, der Gwyneth Paltrow eine Maus in den Ausschnitt stopfte und sie und den großen Dichter dauernd verpetzte. Er war ein dreckiger Schuft, aber das war es nicht, was ihr den Magen umdrehte. Sie hatte so elaborierte Morde wie diesen schon früher erlebt. Jedes Mal hatte der Mörder weitergemacht und wieder zugeschlagen – und zwar schon bald.

Deshalb war sie zur Met gegangen. Was sie John Turner erzählt hatte, war nicht die ganze Wahrheit. Sie wünschte, sie könnte das vergessen, aber immer, wenn sie die Ermittlungen in einem Mordfall aufnahm, musste sie an ihre Jugendfreundin Christy Baker denken. Von der Grundschule bis zu den Jahren am St. Albans' waren sie unzertrennlich gewesen, hatten alles geteilt und waren beim Volleyball, Hockey und in der Leichtathletik gegeneinander angetreten, ohne sich je deswegen zu zerstreiten. Dann, mit fünfzehn Jahren, war Christy in einer Dezembernacht auf dem Heimweg von Karen verschwunden. Es war nur ein fünfminütiger Fußweg, aber den hatte sie nicht überlebt. Ihr nackter und verstümmelter Körper war in einem Straßengraben zehn Meilen entfernt gefunden worden. Der Mörder, Fahrer eines Lieferwagens, war schließlich geschnappt worden, aber erst, nachdem ihm sieben weitere Mädchen zum Opfer gefallen waren.

Karen Oaten hielt sich selbst nicht für jemand, der aus Rache bei der Polizei war, aber tief im Innern wusste sie, dass sie so viele kranke Schweine wie möglich aus dem Verkehr ziehen wollte. Mit denen hatte sie keinerlei Mitgefühl. Sie hatte erlebt, was Christys Familie durchmachen musste; ihr selbst war es genauso ergangen. Das war schlimmer, als sich irgendjemand vorstellen konnte.

Sie riss den Kopf hoch und versetzte sich wieder in die Gegenwart. Sie fragte sich, was für entsetzliche Szenen in den kommenden Tagen und Wochen auf sie und ihr Team warten mochten.

Evelyn Merton sah aus dem Küchenfenster. Der Garten hinter ihrem Bungalow am Stadtrand von Chelmsford stand in voller Frühlingsblüte. Und so sollte es auch sein. Sie arbeitete jeden Tag stundenlang in den Blumenbeeten. Seit ihr geliebter Bruder Gilbert vor zwei Jahren gestorben war, musste sie zusätzlich auch noch den Rasen mähen. Das war zu dieser Jahreszeit wenigstens nicht allzu anstrengend, und der Rasenmäher mit dem Motor war eine große Hilfe. Evelyn lächelte, während sie ein Rotkehlchen beobachtete, das sich einen lautstarken Kampf mit einem Artgenossen lieferte, um sein Territorium zu verteidigen. Die Natur war ebenso voller Grausamkeit wie voller Schönheit. Das hatte sie ihr ganzes Leben lang gewusst, aber besonders, seit sie an einer Grundschule unterrichtete.

Es war so lange her, aber sie konnte sich noch an viele der Kinder erinnern, die durch ihre Hände gegangen waren. Natürlich war alles noch ganz anders gewesen, als sie in den späten Fünfzigern von der Universität kam. Obwohl sie in dem behaglichen Vorort Chigwell aufgewachsen war, hatte sie sich entschieden, im unterprivilegierten East End zu arbeiten. Die Kinder der Armen trugen ausgeblichene, geflickte Sachen, die sie von den älteren Geschwistern geerbt hatten. Alle waren sie ausgemergelt, die Gesichter fahl. Der National Health Service sorgte seit dem Krieg langsam für Verbesserungen, aber noch immer gab es Kinder, deren Beine von Rachitis verkrümmt und deren Gesichter von Pockennarben entstellt waren. Aber zumindest wussten sie damals noch, was Disziplin war. Die letzten Jahre ihrer Zeit als Lehrerin in Bethnal Green waren ihr durch das ständige schlechte Benehmen verdorben worden, vor allem von den Jungs. Sie war gezwungen gewesen, scharfe Maßnahmen zu ergreifen, obwohl den Lehrern körperliche Züchtigungen nicht mehr erlaubt waren.

Miss Merton goss sich eine Tasse Tee mit Milch ein und ging damit ins Wohnzimmer. Rajah, ihr blauer Perserkater, öffnete ein Auge und schlief weiter, sanft schnurrend. Er war jetzt sehr alt, und manchmal richtete er eine Sauerei auf dem Teppich an, aber nachdem sie seine Nase einmal da reingedrückt hatte, benahm er sich wieder. Bevor sie in den Sessel sank, betrachtete Evelyn die Klassenfotos an der Wand über dem Fernseher. Reihe um Reihe von Elfjährigen, einige blickten ernst, aber die meisten machten Faxen vor der Kamera. Die Eltern waren an allem schuld. Die Eltern und die Regierung. In der ganzen Gesellschaft gab es keine Disziplin mehr. Wenn das so weitergeht, dachte sie und schaltete den Fernseher ein, wird es bald Aufruhr in den Straßen geben.

Es klingelte an der Tür, und das ließ Evelyn Merton seufzen. Sie sah sich gern die Vormittagstalkshows an, besonders die, in denen hilflosen Leuten die Irrtümer ihrer Lebensweise vor Augen geführt wurden.

Draußen stand ein junger Mann mit einer blauen Mütze auf dem Kopf.

„Tag", sagte er auf diese dreiste Art, bei der Evelyn sich sofort gerade aufrichtete.

„Kann ich Ihnen helfen?", fragte sie kühl.

„Gas", sagte er grinsend und zeigte glänzende und unnatürlich scharfe Zähne. „Zähler ablesen." Er sah auf sein Klemmbrett. „Hier is' doch bei Merton, oder?"

„*Miss* Merton. Sehr schön, folgen Sie mir." Mitten im Flur hielt Evelyn an und drehte sich um. „Zeigen Sie mir bitte einen Ausweis."

Der Mann schloss die Tür und ließ das Grinsen aus dem Gesicht fallen. Er hielt ihr das Klemmbrett hin. In diesem Augenblick bemerkte sie, dass er Latexhandschuhe trug. Überrascht blickte sie auf das Klemmbrett und erhielt einen heftigen Schlag gegen ihre linke Schläfe.

Sie stöhnte und sank zusammen; dann spürte sie, wie sie über den Teppich ins Schlafzimmer geschleift wurde.

„Keinen Mucks, du Schlampe", stieß der Mann zwischen zusammengepressten Zähnen hervor.

„Wa... was wollen ... Sie?", fragte Evelyn. „Kein ... kein Geld im Haus."

Sie stöhnte noch einmal, als sie aufs Bett gezogen wurde. Sie fühlte, wie Stricke um ihre Handgelenke zusammengezogen wurden.

„Nein ... nein", sagte sie, aber ihre Stimme war kaum zu hören.

Dann spürte sie wieder Stricke auf der Haut. Sie wurden gestrafft, und ihre Beine wurden auseinandergezogen. Sie sah auf und realisierte, dass ihre Hände und Füße an den Bettpfosten festgebunden waren.

„Nein …“, sagte sie, als ihre Blase sich vor Angst entleerte.

„Na, was sie doch für eine schmutzige alte Schachtel ist“, sagte der Mann mit einem kurzen Lachen. „Da wird sie in ihrer eigenen Pisse liegen müssen.“ Er nahm die Mütze ab und öffnete die Tasche, die er dabeihatte.

Evelyn Merton beobachtete, wie er einen weißen Plastikoverall über seine Kleider streifte, dann etwas über seine kurzen hellen Haare zog, das wie eine Chirurgenmaske aussah.

„Schreien Sie, so viel Sie wollen, *Miss* Merton“, sagte er, die Anrede so betonend, als wäre sie ein Schimpfwort. „Aber das Blöde an so einem Bungalow ist, dass Ihre Nachbarn Sie kaum hören werden, schon gar nicht bei dem Lärm vom Fernseher.“ Er lächelte. „Außerdem ist Mrs. Smith von Nummer 33 gerade einkaufen gegangen, und Mr. Humboldt von Nummer 37 liegt schon seit zehn Tagen im Krankenhaus. Und Sie haben sich natürlich nicht die Mühe gemacht, ihn zu besuchen, nicht wahr, Sie giftige alte Kröte?“

Evelyn begann zu schluchzen, ihr Blick war unscharf durch die Tränen in ihren Augen. Oft genug hatte sie in der *Daily Mail* von älteren Damen gelesen, die in ihren eigenen Häusern überfallen wurden, aber sie hatte geglaubt, dass ihr so etwas nie zustoßen würde. Vielleicht konnte sie den Mann zur Vernunft bringen. Irgendetwas an ihm kam ihr bekannt vor, aber ihr dröhnender Kopf kam nicht dahinter, was es war. Etwas an ihm …

Der Angreifer setzte sich neben ihrem Gesicht aufs Bett und beugte sich über sie. „Ich kann mir vorstellen, dass Sie gern wüssten, Miss Merton, worum es geht“, sagte er mit ganz ruhiger Stimme. Sein Akzent war neutral, aber ihr erfahrenes Ohr konnte einen Hauch Cockney heraushören.

„Keine Sorge, ich verrate es Ihnen.“ Er lachte auf eine Art, die ihr das Blut in den Adern gefrieren ließ. „Aber erst mal muss ich Sie zum Schweigen bringen. Ihnen musste ich schließlich lange genug zuhören.“ Er packte ihr Gesicht, Daumen und Finger drückten auf ihre Wangen. Sie war gezwungen, den Mund zu öffnen, und irgendein Stoff wurde hineingestopft. Sie konnte nur noch durch die Nase atmen und geriet in Panik, zerrte an ihren Fesseln.

„Gib Ruhe, du alte Kuh“, sagte er, das East End war jetzt deutlich herauszuhören. „Gib Ruhe und nimm deine Strafe entgegen wie ein … tja, wie ein stinkendes altes Weib eben.“

Bilder aus der Vergangenheit rasten durch Evelyns Hirn. *Nimm deine Strafe entgegen wie ein Mann.* Das war einer ihrer Standardsprüche gewesen. Zu Beginn ihrer Karriere hatte sie den Rohrstock großzügig zum Einsatz gebracht. Später war sie gezwungen gewesen, sich für die Jungs, die ihre Autorität herausforderten, fantasievollere Methoden der Züchtigung einfallen zu lassen – und es waren immer Jungs gewesen. Die Mädchen schienen gleich zu Verstand zu kommen, wenn sie einer Person gegenüberstanden, die ihnen überlegen war, und hatten gespurt. Unverschämte Gesichter rauschten durch ihre Erinnerung: bösartige, berechnende kleine Hooligans; Nichtsnutze, die schon rauchten, bevor sie zehn wurden, und fluchten wie die Kesselflicker …

„Mmmm!“, sagte sie mit einem kläglichen Grunzen. „Mmmm!“ Sie spürte eine Klinge ganz nah an ihrer Haut, die ihre Kleider zerschnitt.

„Ja, Miss Merton“, sagte der Mann, diesmal mit hoher Stimme wie einer ihrer Schüler. „Ja, ja, ja.“

Evelyn schloss die Augen, während ihr Bluse, Rock und Unterwäsche aufgeschnitten und unter ihr hervorgezogen wurden. Noch nie hatte ein Mann sie vollständig nackt gesehen, nicht einmal Gilbert. Als er, kurz nach dem Tod ihrer Mutter, angefangen hatte, zu ihr ins Bett zu kommen, hatte sie immer das Licht ausgemacht. Sie wand sich vor Scham, spürte das durchweichte Betttuch unter ihren Lenden. Als sie latexbedeckte Finger in sich herumtasten fühlte, riss sie die Augen auf.

„Sieh an, sieh an", sagte der Mann, beugte sich über ihre Mitte. „Wir haben alle gedacht, Sie wären 'ne alte Jungfer, aber wie's aussieht, ist schon mal einer hier gewesen." Er grinste lasziv. „Oder haben Sie 'ne Gurke genommen?" Dann verbreitete sich ein wissender Ausdruck über seine weichen Gesichtszüge. „Wie blöd von mir", sagte er und folgte ihrem Blick zu dem Foto auf dem Nachttisch. „Hab ich ganz vergessen. Mr. Gilbert. Ich erinnere mich an Ihren Bruder, der kam immer, wenn wir Sport hatten. Er stoppte die Zeiten." Er lachte, ein kalter und mitleidloser Ton, und ihr Blut stockte. „Nannte uns ‚dreckige kleine Scheißer'. Dabei waren es Sie und Ihr Bruder, die Schweinereien anstellten, nicht wahr, Miss Merton? Na ja, nichts Falsches dran, wenn's in der Familie bleibt. Ich hatte auch eine ganz enge Beziehung zu meiner Mutter, wissen Sie. Andererseits war ich adoptiert."

Plötzlich schwebte das Messer, eine lange Klinge wie das Bajonett eines Soldaten, ganz dicht vor ihren Augen. Sie wimmerte durch den Knebel.

„Nein, Miss Merton, jetzt ist es zu spät dafür, sich zu entschuldigen." Der Mann brachte sein Gesicht ganz dicht an ihres. „Sie haben mir wehgetan, Miss Merton. Sie haben mir sehr oft wehgetan. Erinnern Sie sich?"

Sie schüttelte sehr heftig den Kopf, versuchte, seinem Blick auszuweichen.

„Ich helfe Ihnen. Mein Name ist Leslie Dunn. Klingelt's bei Ihnen?"

Evelyn schloss die Augen. Nein, dachte sie verzweifelt, das kann doch nicht *er* sein. Nicht Les Dunn mit dem Wieselgesicht, der Junge, der sie immer mit der größten Unverschämtheit ansah, als hätte sie kein Recht, ihn zu disziplinieren.

„Ich sehe, das tut es. Nett, Sie wiederzusehen." Der Mann lachte. „Oder doch nicht." Sein Blick glitt über ihren Körper. „Ich dachte immer schon, dass Sie ohne Kleider bestimmt abstoßend aussehen, und ich hatte recht."

Dann war die Klinge wieder über ihrem Gesicht. „Lassen Sie mich Ihnen ins Gedächtnis rufen, was Sie mir angetan haben, damit Sie verstehen, warum ich Vergeltung übe."

Sie stöhnte wieder.

Er ignorierte das. „Ich musste eine ganze Stunde lang mit einem erhobenen Bein in der Ecke stehen, wissen Sie noch? Weil ich mich im falschen Augenblick gemeldet hatte. Ich musste einen ganzen Tag auf allen vieren kriechen wie ein Hund, weil sie glaubten, ich hätte ein bellendes Geräusch gemacht. Das war gar nicht ich, das war Richard Brady." Er ließ noch ein hohles Lachen hören. „Der hat schon vor langer Zeit für alles bezahlt. Und Sie haben mich vor allen Kindern lächerlich gemacht, nicht einmal, nicht zweimal, sondern hundertmal." Er stand auf und begann, mit dem schwerfälligen Gang, den Evelyn schon immer an sich hatte, im Zimmer herumzugehen. „‚Leslie Dunn'", sagte er mit hoher Stimme, „‚wenn deine Eltern keine versoffenen Idioten wären, würdest du wissen, dass ein Benehmen wie deins in einer zivilisierten Gesellschaft nicht akzeptabel ist. Leslie Dunn, wenn du nicht in der Lage bist, mit sauberen Sachen in die Schule zu kommen, kommst du besser gar nicht. Leslie Dunn, du schreibst wie ein hirnloser Schimpanse.'" Er starrte ihr in die Augen. „Und so weiter. Sie haben doch nicht geglaubt, Sie würden damit davonkommen, Menschen so zu behandeln, oder, Miss Bruderfickende Merton?" Er schlug ihr hart auf die Wange. „Oder?"

Sie war so verängstigt, dass sie den Blick nicht von ihm abwenden konnte. Sie beobachtete, wie er aus dem Zimmer ging und kurze Zeit später zurückkam, etwas Blaues, Pelziges hing von seiner Hand herab.

„Aanng!", gab sie von sich, versuchte zu schreien. Rajah wurde auf sie geworfen, landete auf ihrer nackten Brust. Sie spürte sein Blut warm und klebrig auf der Haut.

„Ich hasse Katzen", sagte der Mann. „Und nun, Miss Merton, wird es Zeit, dass ich Ihnen mitteile, was ich mit Ihnen zu tun gedenke."

Während Leslie Dunns Worte durch ihr Gehirn schnitten, fühlte Evelyn eine Hitzewelle durch ihre Adern rasen. Das hatte sie nicht verdient. Es war Jahre her. Sie hatte viele gute Schüler hervorgebracht, viele Kinder, die sich zum Wohle der Gesellschaft entwickelten. Nein, das verdiente sie nicht. Sie war immer eine gute Katholikin gewesen.

Aber als das Messer in sie fuhr, räumte sie ihre Sünden ein. Grausamkeit, Stolz, Hass – gar nicht zu reden von dem, was sie und Gilbert jahrzehntelang getan hatten. Tief im Innern wusste sie, dass sie alles verdiente, was sie bekam.

Und für sie würde es keine Absolution geben.

11. KAPITEL

Ich verbrachte den ganzen nächsten Tag mit Schreiben nach den Notizen, die White Devil mir am Morgen geschickt hatte. Sie waren beängstigend. Einen Augenblick hoffte ich, er wäre selbst ins Fiktive geglitten, aber ich hatte das deutliche Gefühl, dass dem nicht so war. Wenigstens war es kein gegenwärtiger Mordfall, obwohl das die Sache für den erbärmlichen Landstreicher auch nicht besser machte, von dem er behauptete, er hätte ihn ein paar Jahre nach dem Schulabschluss umgebracht. Ich hatte selbst in meinen Romanen jede Menge grauenvoller Szenen geschrieben, aber diese war schlimmer als jede davon. Der Mann war mit Knüppeln zu Boden geschlagen und mit Stiefeln, die mit Stahlkappen beschlagen waren, zu Tode getreten worden. So etwas kam in meinen Büchern nicht vor.

Ich holte Lucy von der Schule ab, brachte sie nach Hause und half ihr, ein Pappmaschee-Modell des Schlosses von Edinburgh zu basteln, das sie für ein Projekt über mittelalterliche Festungsanlagen brauchte. Dann ging ich zurück in meine Bude. Sara kam unangemeldet. Ich las den Text gerade noch einmal durch, den ich White Devil geschickt hatte, und schaffte es eben noch, ihn vom Bildschirm zu klicken, bevor sie sich selbst hereinließ. Ich war gar nicht stolz darauf, wie ich die Wirkung des Materials noch gesteigert hatte. So etwas wie „Ich fühlte, wie sein Brustkasten unter meinem Stiefel zerbrach“ zu schreiben, brachte erst den richtigen Effekt.

„Hi, Liebling“, sagte ich, stand auf und küsste sie. „Hab dich vermisst.“

Ein paar Sekunden später drückte sie mich sanft weg. „Sachte, Tiger. Bin den ganzen Tag durch die Straßen gehetzt.“

Das hieß, sie war in Taxis herumgeflitzt, die von der Zeitung bezahlt wurden, aber ich verkniff es mir, das auszusprechen. Sie sah mitgenommen und ziemlich niedergeschlagen aus.

„Hast du die Nachrichten gesehen?“, fragte sie und schaltete den Fernseher ein. „Der blöde Jeremy ist drüben in Belfast, wegen dieses gigantischen Bankraubes.“

„Nein, hab ich nicht.“ Ich setzte mich neben sie auf das Sofa. „Und, hast du an seiner Stelle ’ne tolle reißerische Story gekriegt?“

Sie schüttelte den Kopf. „Ich würde sagen, ‚toll‘ ist nicht das richtige Wort, Matt. Arme alte Frau.“

Mir zog sich der Magen zusammen. „Was ist passiert?“, fragte ich und versuchte, meine Stimme gleichmütig klingen zu lassen.

„Eine pensionierte Lehrerin draußen in Chelmsford“, sagte Sara und streifte sich die Schuhe ab. „Zum Glück wollte uns die Polizei nicht reinlassen.“ Ihre Hand lag auf meinem Arm, und plötzlich drückte sie fest zu. „Kannst du dir so was vorstellen? Einer ihrer Arme wurde abgeschnitten.“

„Was?“ Diesmal konnte ich meine Überraschung nicht verbergen.

„Abgeschnitten“, wiederholte Sara. „Anscheinend hat der Mörder ihn mitgenommen.“ Sie schluckte. „Nachdem er ihr die Kehle durchgeschnitten hat.“

„Mein Gott“, wisperte ich. Mein Herz hämmerte. „Was ist sie gewesen, die Ermordete?“

„Wie meinst du das?“ Ihre Augen blitzten. „Sie war eine wehrlose alte Frau.“

„Nein, ich meine, was hat sie früher unterrichtet?“

„Ach so, ich verstehe. Sie war Grundschullehrerin.“

„In Chelmsford?“, hoffte ich.

„Nein, irgendwo im East End.“ Ihre Augen ruhten auf mir. „Alles okay mit dir?“

„Ähm ... ja.“ Ich griff nach meiner Teetasse und leerte sie. Was für ein Spiel spielte White Devil mit mir? Oder gab es da draußen mehr als einen von seiner Sorte?

Sara stand auf. „Wir haben's wohl schon verpasst“, sagte sie und schaltete wieder ab. „In den Nachrichten um zehn kommt es sicher noch mal.“ Sie ging ins Bad.

Ich fuhr den Computer wieder hoch und loggte mich ins E-Mail-Programm ein. Es gab eine Nachricht von WDChelm. Ich öffnete sie mit klopfendem Herzen.

Matt!, las ich.

Du musst ganz schön sauer auf mich sein, dass ich Dir heute Morgen diesen alten Kram geschickt habe. Entschuldigung, konnte nicht widerstehen. Du bist nicht der Einzige, der seine Leser in die Irre führen kann. Das bedeutet, Du musst das Kapitel noch mal mit den neusten Fakten überarbeiten. Deine Freundin Sara kann Dir bestimmt dabei helfen. Ha! Ich habe mir einen zusätzlichen Tag verschafft. Muss Dir die nächste Rate noch nicht bezahlen. Mal sehen, ob Du mich erwischst, wenn ich es tue. Schöne Grüße aus der Hölle von Deinem höchst eigenen (White) Devil.

Das wurde immer schlimmer. Jetzt musste ich auch noch Sara über diesen Mord ausquetschen. Ich würde noch einmal versuchen, so zu tun, als sei ich nur als professioneller Krimiautor daran interessiert.

Ich kochte schnell eine Schüssel Nudeln mit Speck und Zwiebeln und brachte es fertig, die erste Hälfte unseres Abendessens über andere Dinge zu reden. Dann, nachdem sie ein paar Gläser sizilianischen Rotwein gekippt hatte, kam ich zur Sache.

„Also, dieser Mordfall." Ich füllte ihr Glas wieder auf. „Willst du drüber reden?"

Sara sah mich argwöhnisch an. „Du willst das in deinem nächsten Buch verwenden, was?" Sie zündete eine Zigarette an. „Verfluchter Aasgeier." Sie lächelte müde.

Ich zuckte die Achseln. „Ein Job wie jeder andere."

Sie lachte und blies den Rauch aus. „So einen Luxus, dein Kind zur Schule zu bringen und dann den ganzen Tag zu Hause zu hocken, kannst du nicht bei vielen Jobs genießen."

„Eine exakte Beschreibung meines Lebens." Ich reichte ihr einen Aschenbecher. „Erzählst du's mir nun oder nicht? Ich sehe doch, du willst unbedingt."

Warte auf die Nachrichten", sagte sie und wollte sich partout nicht rumkriegen lassen.

Ich ging zu Schmeicheleien über. „Du weißt viel mehr, als die BBC jemals rauslassen wird."

Sie sah weg. „Ich wünschte, das würde ich nicht, Matt. Ich wünschte, das würde ich nicht."

So unwillig, etwas zu erzählen, hatte ich sie noch nie erlebt. Wie die meisten Journalisten war sie ganz groß darin, andere Leute mit ihren neusten Scoops zu ergötzen.

„Na schön", sagte sie, griff nach ihrem Laptop und schaltete ihn ein. „Evelyn Louise Merton, fünfundsiebzig Jahre alt. Das nimmt die Polizei wenigstens an." Sie warf mir einen kläglichen Blick zu. „Sie müssen auf die Röntgenbilder ihres Zahnarztes warten, um sie mit Sicherheit identifizieren zu können, weil es keine Verwandten gibt und ihr Gesicht zu zertrümmert ist, als dass die Nachbarn sie identifizieren könnten. Wohnte in Chelmsford, 35 Summerhill Drive. Arbeitete von 1958 bis 1990 an verschiedenen Grundschulen im Osten von London. Letzter Arbeitsplatz war die St.-Pius-Schule, Roman Road, Bethnal ..."

„Sie war katholisch?"

Sie starrte mich an. „Oh, ich verstehe, was du meinst. Ja, ich nehme an, das war sie, wenn sie an einer Schule mit so einem Namen unterrichtet hat." Sie tippte ein paar Sekunden, dann nickte sie. „Gut erkannt, Mr. Detective."

Ich versuchte zu lächeln, ohne viel Erfolg.

„Lebte allein mit ihrer Katze, – die übrigens auch von dem Mörder abgeschlachtet wurde." Sie schüttelte ungläubig den Kopf.

Ich versuchte, sie an mich zu ziehen, aber sie wehrte sich mit flammenden Augen. „Lass mich in Ruhe!", rief sie. „Wie kannst du bloß zum Spaß über so was schreiben?"

Ich fühlte, wie ich rot wurde. Sara rastete manchmal aus, aber nicht so. Der Mord an dieser alten Frau setzte ihr offensichtlich zu. „Hey ...", sagte ich und streckte die Arme aus.

„Sag's mir", insistierte sie, sich zurücklehnend. „Sag mir, warum du so was machst, Matt."

„Ich nehme an ... ich nehme an, Kriminalromane sind eine Art, mit der Gewalt in der Welt fertig zu werden, eine Art Vermittler zwischen dem Leser und dem Abgrund."

„Blödsinn", sagte sie und kippte noch einen Wein hinunter. „Die sind eine Art, schnelles Geld zu verdienen, indem man die niedersten Instinkte der Leute bedient."

„Und was du machst, ist besser?"

„Das ist wenigstens die Wahrheit“, schoss sie zurück.

Ich biss mir auf die Zunge. Mit einer Journalistin über das Wesen der Wahrheit zu diskutieren, war keine sonderlich verlockende Aussicht. Wie auch immer, die letzte Person, die ich im Augenblick verärgern wollte, war die Frau, die ich liebte.

„Was sagt die Polizei?“, fragte ich nach langem Schweigen.

„Nicht viel. Die anderen Kriminalreporter schätzen, dass da noch viel mehr ist, aber die Met lässt nichts davon raus.“

„Die Met? Was machen die denn in Essex?“

„Offenbar hat man das Violent Crime Coordination Team gerufen.“ Sie fing meinen Blick auf. „Wegen gewisser Ähnlichkeiten mit dem Mord an diesem Priester in West Kilburn.“

Großer Gott. War White Devil nicht mehr so vorsichtig, oder spielte er nicht bloß mit mir Spielchen, sondern auch mit der Polizei?

„Jetzt kommt es.“ Sara schaltete den Fernseher wieder an und stellte lauter.

Wir hörten zu, wie eine Reporterin asiatischer Herkunft durch die Ereignisse führte. Sie hatte weniger zu sagen als Sara, aber am Schluss des Berichts kam wieder ein Ausschnitt der polizeilichen Verlautbarung. Das harte, aber attraktive Gesicht von D.C.I. Karen Oaten, das ich schon vor St. Bartholomews gesehen hatte, erschien auf dem Schirm.

„… und jeder, der im Besitz irgendwelcher Informationen über dieses wirklich entsetzliche Verbrechen ist, sollte nicht zögern, sich mit uns oder jeder anderen Polizeidienststelle in Verbindung zu setzen“, sagte sie.

Sara hatte ihr Handy herausgeholt. Sie rief ihren Kollegen von der Nachtschicht an und fragte, ob es irgendetwas Neues gebe. Sie hörte mit weit aufgerissenen Augen zu, und ich versuchte mitzubekommen, was gesagt wurde.

„Was ist denn?", fragte ich, als sie fertig war.

„Das kann ich nicht glauben", sagte Sara und nahm noch einen großen Schluck Wein. „Bei der Autopsie haben sie etwas Plastik in ihrer ... in der Vagina des Opfers gefunden. Darin war ein Stück Papier eingewickelt, auf das ein paar Worte gedruckt waren. Die Polizei verschweigt, was für Worte."

Ich sackte auf dem Sofa zusammen. Ich hatte keine Ahnung, was für ein Zitat es diesmal war, aber ich war ziemlich sicher, wo es herkam.

Aus John Websters *Weißem Teufel,* wenn ich nicht komplett danebenlag.

Sara fuhr mit einem Taxi zurück zur Zeitung. Ihr Redakteur wollte, dass die Story mit den neusten Fakten in Druck ging. Obwohl ich es vorgezogen hätte, dass sie blieb, hatte ich jetzt Zeit, darüber nachzudenken, was passiert war. Es ging nicht nur darum, was White Devil mit mir anstellte. Nicht einmal um den grauenvollen Tod, den die frühere Grundschullehrerin erleiden musste. Nein, was mir wirklich zu schaffen machte, war der Modus Operandi. Dieser schlaue Bastard. Er hatte mich erneut noch tiefer hineingezogen. Jetzt steckte ich potenziell noch mehr in der Klemme. Denn im dritten Sir-Tertius-Roman, *The Revenger's Comedy,* hatte ich beschrieben, wie einer Figur der rechte Arm abgetrennt wird, nachdem ihr die Kehle durchgeschnitten wurde.

Dieses Buch sollte eigentlich nicht das letzte der Serie sein – tatsächlich hatte ich immer noch die leise Hoffnung, meinen „schneidigen, entsetzlich attraktiven Detektiv", wie ihn eine Kritikerin im Internet beschrieben hatte, zu neuem

Leben zu erwecken – aber ich hatte nach und nach das Interesse an ihm und der Epoche verloren. Vielleicht lag das am Ausmaß der Gewalt in den 1620ern, oder zumindest in meinen 1620ern. Auf diesem Gebiet war ich nie zimperlich gewesen. Nach dem *Schweigen der Lämmer* und Patricia Cornwells grausigen Geschichten lag die Latte für fiktive Exzesse ziemlich hoch, und das machte mir nichts aus. Aber das letzte Abenteuer von Sir Tertius war schlimmer als die anderen. Es hatte ihn nach Oxford geführt, wo er es mit einem grotesken Wettbewerb zwischen den Studenten von zwei Colleges zu tun bekam, der „Bring den Bauerntrampel um" genannt wurde. Der Anführer dieser Schurken wurde schließlich von einem Metzger getötet, dessen Sohn von einer Meute extra dafür trainierter Jagdhunde zerfleischt worden war. Nicht nur wurde diesem bösartigen Jägermeister ein Arm abgetrennt, dessen Finger noch das Jagdhorn umklammerten, auch seine Geschlechtsteile wurden abgehackt, und eine Seite aus dem Alten Testament wurde in die Wunde gestopft. Darauf standen die Verse: „Auge um Auge …". Prompt wurde ich auf einer Konferenz von einer Krimiautorin heftig attackiert, die wie Sara der Ansicht war, ich würde Grausamkeiten ohne dramaturgische Notwendigkeit verwenden.

Mein Handy klingelte. Keine Nummer auf dem Display.

„Was willst du?", sagte ich knapp.

„Matt, Matt", sagte White Devil. „Ich rufe nur an, um deine Neugier zu befriedigen."

„Welche Neugier?" Ich versuchte, mein Interesse zu verbergen.

„Hat die gute Sara dich über den Mord informiert?"

„Ja."

„Wusste Sie schon über die Visitenkarte Bescheid, die ich hinterlassen habe?“

Ich konnte mich nicht mehr zurückhalten. „Du bist total krank“, schrie ich. „Wieso musstest du diese alte Frau umbringen, verdammt noch mal? Kein Mensch verdient es, so sterben zu müssen.“

„Oh doch, das tun sie“, sagte er mit eisiger Stimme. „Menschen, die sündigen, müssen hier und jetzt dafür büßen, nicht erst in einer anderen Welt.“

Ich griff nach meinem Notizblock. „Also hast du sie gekannt?“

Er ließ ein hohles Lachen hören. „Geh nicht nach mir suchen, Matt. Ich erzähle dir, was du wissen musst. Den Rest musst du schon selbst rausfinden.“

Ich schluckte heftig. „Na schön, was für ein Zitat von Webster hast du diesmal hinterlassen?“

„Sehr clever“, sagte er ironisch. „Fünfter Akt, sechste Szene, Zeilen 73 bis 75.“

Ich blätterte in meiner Ausgabe herum. „Du verdammtes Schwein“, sagte ich, als ich die Zeilen gefunden hatte. „‚Liebste Herrin, stellt Euch, als wäret Ihr bereit, und bittet ihn, Euch den Tod zu lehren durch sein Beispiel.‘“ Ich ließ das Buch sinken. „Sie war eine deiner Lehrerinnen, nicht wahr?“

„Bingo.“

Ich sah mir die Zeilen noch einmal an. „Aber wozu soll das mit dem ‚Euch den Tod zu lehren durch sein Beispiel‘ gut sein?“

„Hast du nicht gehört, dass die Schlampe einen Bruder hatte?“

„Nein.“

„Nun, sie hatte einen. Wie ich herausfand, hat er sie gefickt." Ein lautes, metallisches Lachen. „Nicht nur das, er hat uns Kinder beim Sport immer wie Scheiße behandelt. Dafür musste er büßen. Siehst du, ihr Bruder starb im Juli 2003. Er wurde von einem Stromstoß geröstet, als er seinen Rasenmäher anwerfen wollte, verursacht durch eine fehlerhafte Steckdose. Laut Leichenbeschauer ein Unfall." Er hielt inne. „Aber es war kein Unfall."

„Was?" Ich fühlte mich, als wäre ich gerade über eine Klippe hinausgetreten. „Du meinst ... du meinst, den hast du auch umgebracht?"

„Ich danke dir, ich danke dir." Der humorige Ton verschwand aus seiner Stimme. „Wieso überrascht dich das, Matt? Du weißt doch schon längst, wie ernst ich meine Arbeit nehme."

„Ich kann herausfinden, wer du bist", sagte ich, für einen Augenblick die Gefahr vergessend.

„Sicher, du kannst dir alle Klassenbücher ansehen und feststellen, was für Jungs die einarmige Miss Merton alles unterrichtet hat. Diese Liste kannst du mit den Jungs von Father Arschficker O'Connell vergleichen und so anfangen, mir auf die Spur zu kommen." Er gab etwas von sich, das wie ein Zischen klang. „Dann leg mal los, Matt. Aber du beeilst dich besser. Die Polizei wird sehr bald hinter dir her sein, auch wenn ich sie gar nicht auf deine Werke stoße."

„Ich werde dich stoppen."

„Wie du willst. Aber du weißt ja, ich kann Lucy und Sara und deine Mutter umbringen, bevor du auch nur in meine Nähe kommst. Hast du dazu den Mut?" Er kicherte. „Gute Nacht, du Experte für erfundene Verbrechen."

Er unterbrach die Verbindung.

Ich rammte das Handy unter die Sofakissen und schrie frustriert auf.

Der blonde Mann saß vor einer Reihe Computermonitore. Hinter ihm drangen die Lichter der St. Katherine's Docks auf der anderen Seite des Flusses teilweise durch die nur halb geschlossenen Rollos. Neben ihm auf dem Tisch stand ein Martini, in dem eine Maraska-Kirsche schwamm. Trotz der Klimaanlage war der Geruch der schwarzen russischen Sobranie-Zigaretten ziemlich stark, die er rauchte, seit er aus Chelmsford zurück war. Er nippte an dem langstieligen Glas und spürte das vertraute Rauschen des fast puren Gins in den Adern.

White Devil verschob ein paar Regler des Mischpults vor ihm und zoomte auf das Wohnzimmer von Matt Wells. Sehr gut. Der Schriftsteller hämmerte auf die Tastatur seines Computers ein, arbeitete zweifellos an dem Kapitel über den letzten Mord. Bald würde es einen ganzen Roman über seine Errungenschaften geben, ein veritables Buch des Todes. Aber Matt Wells würde keinerlei Profit daraus ziehen.

Er ging rüber zu der vergoldeten Stereoanlage und schob die CD ein, die er nach seiner Rückkehr von Chelmsford in einem Laden geklaut hatte. Die Fähigkeiten, die er sich als Junge zugelegt hatte, hatten ihn bisher noch niemals verlassen. Robert Johnson begann „Me and the Devil Blues" zu singen. Er summte mit und dachte daran, was er mit dem abgeschnittenen Arm der alten Schlampe gemacht hatte – den, mit dem sie ihn zahllose Male geschlagen hatte, obwohl sie das gar nicht durfte. Er war jetzt in seiner Sammlung, zusammen mit dem Behälter, in dem er die Augen von Father Arschficker aufbewahrte.

White Devil lachte. Er war der Tod, er war die Hölle, er war ein Dämon, viel schlimmer als alle Dämonen, die sich die feurige Vorstellungskraft eines Hieronymus Bosch ausdenken konnte. Er war unüberwindbar, der aufsteigende Luzifer, der Todeshauch der Apokalypse – und Matt Wells war sein Gehilfe.

12. KAPITEL

Karen Oaten stand auf der Zuschauerrampe über dem Obduktionssaal. Neben ihr war John Turner erkennbar darum bemüht, sein Frühstück bei sich zu behalten. Der Pathologe und seine Assistenten nahmen sich den unvollständigen Leichnam von Evelyn Merton auf Oatens Bitte zum zweiten Mal vor.

„Das wird nie besser, was, Taff?“, sagte die Chefinspektorin, deren Gesicht kaum weniger blass war als seins.

„Ich kann nicht … ich kann nicht glauben, dass jemand einer alten Dame so etwas antun konnte.“

Oaten nickte. „Und das ist nicht mal das Schlimmste. Laut Redrose hat der Täter bei der Amputation des Arms beträchtliche Fähigkeiten an den Tag gelegt. Was bedeutet, dass er Übung darin haben muss.“

„Ein Metzger?“, schlug Turner vor.

„Bestimmt eine Möglichkeit, aber damit grenzen wir den Kreis der Verdächtigen nicht gerade ein. Von denen muss es im Großraum London Tausende geben.“

„Ein Chirurg?“

„Auch davon gibt es jede Menge.“ Sie betrachtete die Szene unter ihnen. Die Leiche der früheren Grundschullehrerin war nicht mehr mit Blut bedeckt, wie gestern in dem Haus in Chelmsford, aber der Anblick war trotzdem kaum auszuhalten. „Jedenfalls werden wir den Mörder niemals finden, wenn wir nach Berufsgruppen vorgehen. Er könnte ein Metzger sein, ein Koch, ein ehemaliger Soldat, ein Farmer … Wir müssen uns an die Beweismittel halten. Deshalb sind wir hier unten.“

Turner warf ihr einen Blick zu. „Was ist es denn, von dem

Sie annehmen, dass sie es beim ersten Mal nicht gefunden haben?"

„Ich will wissen, ob es sexuelle Aktivitäten gegeben hat."

Turner schluckte heftig. „Großer Gott."

Oaten stieß ihn mit dem Ellbogen in die Rippen. „Bringen Sie mich mal auf den neusten Stand."

„Sofort, Chef." Er klappte seinen Notizblock auf. „Ich habe die Leute, die Sie von D.C.I. Hardys Truppe abgezogen haben, in Chelmsford die Straßen abklappern lassen, zusammen mit der örtlichen Polizei. Bisher haben sie noch niemanden aufgetrieben, der gestern eine verdächtige Person in der Nachbarschaft bemerkt hat. Außerdem haben wir angefangen, uns den Hintergrund des Opfers vorzunehmen. Dabei ist auch nicht viel rausgekommen. Sie war eine pensionierte Grundschullehrerin. Keine engen Freunde oder Verwandte. Ein Nachbar sagt, sie hätte mit ihrem Bruder zusammengelebt. Der starb vor zwei Jahren bei einem Unfall im Garten."

„Sie hat im East End unterrichtet, nicht wahr?"

Turner nickte. „Bethnal Green. An einer katholische Schule."

„Nicht weit von da, wo Father Prendegast alias Father O'Connell mit kleinen Jungs rumgemacht hat."

„Das zweite Zitat aus dem Stück macht ja klar, dass es derselbe Mörder ist."

Karen Oaten zog die Brauen zusammen. „Jemand, der von Miss Merton unterrichtet wurde und in die St.-Peters-Kirche gegangen ist. Wie sieht es mit den Listen der Jungen aus?"

„Die kriegen wir. Lewis und Allen sind inzwischen schon dabei, Alibis zu überprüfen. Simmons und Pavlou werden sie dabei unterstützen."

„Sie werden außerdem feststellen, was für eine Person das Opfer war, ob sie beliebt war oder nicht, richtig?"

„Das habe ich ihnen jedenfalls gesagt."

Oaten riss den Kopf zur Seite, als der Pathologe ein Instrument zwischen Evelyn Mertons Beine einführte. „Danke, dass Sie mir das abgenommen haben, Taff. Ich glaube, es ist besser, wenn so was von Ihnen kommt. Ich entspreche nicht gerade deren Vorstellung von einem fürsorglichen, anteilnehmenden Boss."

Turner hob die Schultern. „Kein Problem, Chef. Eigentlich sind die ganz okay, nur ein bisschen altmodisch."

„Ein bisschen hinter dem Mond, um genau zu sein", sagte sie. „Aber ich habe gelernt, dass man manchmal besser diplomatisch vorgeht." Sie blinzelte, als eine laute Stimme aus dem Deckenlautsprecher kam.

„Chief Inspector?" Der Pathologe sah durch die Glaswand zu ihr auf und sprach in ein herabhängendes Mikrofon. „Ganz sicher bin ich mir nicht, aber es gibt Quetschungen in der Vagina, die sehr gut durch etwas anderes als das Einfügen der Botschaft verursacht worden sein können."

Oaten ergriff das Mikrofon vor ihr und schaltete es an. „Kein Sperma?"

„Keins, das ich in diesem Stadium identifizieren kann." Die Stimme des Doktors klang trocken und mechanisch. „Wie Sie sich vorstellen können, gibt es verschiedene Flüssigkeiten. Wir haben Abstriche für die Analyse gemacht."

Turner betrachtete die Chefinspektorin. Ihre Lippen waren fest aufeinandergepresst, und ihre Hände umklammerten ein hölzernes Regal unter dem Fenster. „Chef? Alles in Ordnung?"

Sie drehte sich langsam zu ihm um, ihre Augen weit aufgerissen. „Nein, Taff, es ist verdammt noch mal nicht in Ordnung. Irgendein Bastard hat einer alten Frau den Arm abgetrennt, ihr die Kehle durchgeschnitten und sie dann vielleicht noch vergewaltigt.“ Sie marschierte aus der Leichenhalle. „Ich werde die Sau kriegen, die das getan hat, und wenn es das Letzte ist, was ich tue.“ Sie warf ihm einen Blick über die Schulter zu. „Und wenn ich die Chance dazu habe, werde ich dafür sorgen, dass er Schmerzen zu ertragen hat.“

Turner holte sie ein. „Vorsicht, Chef“, sagte er leise. „Sie klingen fast, als würden Sie sich in eine dieser Figuren aus dem Stück verwandeln. Einen Racheengel.“

Karen Oaten sah ihn nicht an. „Rache ist ein starkes Motiv, Taff. Das ist es, was unseren Mörder antreibt, da bin ich mir sicher. Wenn wir ihn erwischen wollen, bevor er jeden abschlachtet, der ihm je etwas Böses angetan hat, müssen wir so denken wie er. Ich seh Sie dann nachher.“

„Wo wollen Sie denn hin?“, rief er ihr nach.

„Ich hatte gestern eine Verabredung mit einer Expertin für jakobinische Tragödien, wissen Sie noch?“, sagte sie über die Schulter. „Musste ich wegen der Sache in Chelmsford verschieben. Aber jetzt, nach dem zweiten Zitat, wird das immer wichtiger.“

Die Chefinspektorin ging zu ihrem Wagen und versuchte, den Anblick der verstümmelten Lehrerin aus dem Kopf zu kriegen. Der Mann – sie war sicher, der Mörder war ein Mann – hatte seine Visitenkarte an ihrer intimsten Stelle hinterlassen. In der Leichenhalle hatte sie sich geschworen, ihn zu kriegen, und sie fühlte die Kraft ihrer Worte in den Adern brennen.

Und wenn sie in die Hölle hinabsteigen müsste, um diesen Teufel zu erwischen, sie würde keine Sekunde zögern.

Um vier Uhr morgens war ich mit der Überarbeitung des letzten Kapitels meines Peinigers fertig und schickte es ihm. Das hieß, zumindest theoretisch, dass er ab jetzt jederzeit die nächste Rate vorbeibringen könnte. Ich versuchte, wach zu bleiben und die Straße durch eine Lücke zwischen den Vorhängen zu beobachten, aber es dauerte nicht lange, bis ich in einem bluttriefenden, von Dämonen erfüllten Traum versank. Als ich mit einem Ruck erwachte, war es schon hell. Mist. Ich rannte runter. Kein Päckchen auf der Matte. Keuchend vor Erleichterung ging ich langsam wieder hoch in meine Wohnung.

Ich hätte gern Zeitungen gekauft, um die letzten Neuigkeiten über den Mord in Chelmsford zu erfahren, aber ich konnte das Haus nicht verlassen, falls er auftauchen sollte. Darüber dachte ich nach. Selbst wenn ich ihn erwischen sollte, was glaubte ich denn, wozu ich dann in der Lage wäre? Mich einem Mann entgegenzustellen, der mindestens vier Menschen ermordet hatte? Womit denn? Meinem Schweizer Armeemesser? Ich merkte, dass ich zitterte. Ich erinnerte mich an White Devils Verhöhnungen. Ich war ein Krimischreiber, der plötzlich tief in ein echtes Verbrechen verwickelt war. Er hatte recht. Damit konnte ich nicht umgehen. Dann dachte ich an Lucy. Ich musste sie beschützen. Was wäre mein Leben noch wert, wenn meinem wunderschönen kleinen Mädchen etwas zustieße? Und Sara? Könnte ich damit leben, wenn ihr etwas angetan würde?

Heute war Samstag. Um neun Uhr morgens war es warm, die Vögel machten einen ungeheuren Lärm in den Gärten zwischen den Häusern. Nach der üblichen Regelung war Lucy samstags bei Caroline und sonntags bei mir. Das passte mir gut. Ich konnte darauf warten, dass White Devil ein Päckchen brachte. Ich loggte mich in mein E-Mail-Programm ein. Keine Nachricht von ihm. Was hatte das zu bedeuten? War er gerade auf dem Weg hierher, oder riss er eine weitere arme Seele in Stücke?

Ich zog mich schnell an, ohne zu duschen oder mich zu rasieren, damit ich die Straße im Auge behalten konnte. Draußen waren Leute mit den üblichen entspannten Aktivitäten eines Samstagmorgens beschäftigt – Männer spazierten los, um die Zeitung zu holen, kleine Kinder hopsten um sie herum, Familien beluden ihre Kombis für Ausflüge aufs Land. Niemand und nichts Ungewöhnliches. Der Briefträger ging mit seinem Wägelchen die Straße entlang. Ich kannte ihn. Er schob ein paar Rechnungen durch den Briefschlitz und setzte seinen Weg fort. Sonst passierte nichts.

Ich stöpselte den Laptop aus und brachte ihn zum Fenster, erhielt aber die Verbindung ins Internet aufrecht. Wenn ich schon keine Zeitungen kaufen konnte, so konnte ich mir doch ihre Websites ansehen. Ich wünschte, ich hätte das gelassen. Die Details des Mordes an der alten Frau waren entsetzlich, besonders in den Klatschblättern. Im *Daily Independent* fand ich Saras Bericht. Sie teilte sich die Autorenzeile mit einem Kollegen. Offenbar hatte es spät in der Nacht noch eine Pressekonferenz gegeben, bei der Karen Oaten („schmallippig und nur mühsam ihre Wut verbergend") den Modus Operandi beschrieb. Aber das Zitat aus dem *Weißen Teufel* wurde nicht erwähnt. Entweder hatte das Schwein gelogen, oder die Polizei verschwieg es. Falls Letzteres zutraf, hatten sie sich vielleicht noch gar nicht darum gekümmert.

Die Klatschblätter stellten bereits Verbindungen zwischen beiden Mordfällen her und streuten die Worte „Serie“ und „Mörder“ freizügig über ihre Seiten. Immerhin hatte noch niemand die Ähnlichkeiten mit den Morden in meinen Romanen bemerkt. Bisher hatte ich dazu nicht mal E-Mails von meinen Fans erhalten. So viel zu meiner Präsenz in der Öffentlichkeit.

Ich schob mir gerade eine Scheibe altbackenes Brot in den Mund, als das Handy klingelte.

„Mmm?“, ging ich ran.

„Was sind denn das für Manieren am Telefon, Matt?“ Es war White Devil. „Das Frühstück zwischendurch reinzuwürgen, ist schlecht für deine Verdauung.“

Ich schluckte den Bissen runter. „Was willst du?“

„Ein bisschen Höflichkeit wäre nett“, sagte er mit beißender Stimme.

„Du hast heute Morgen nichts geschickt. Ich dachte, ich hätte den Tag frei.“

Ich hörte das hohle Lachen. „So siehst du aus! Du liegst auf der Lauer und wartest auf mich.“

Woher wusste er das? Er musste irgendeine Art Wanze oder Kamera in der Wohnung versteckt haben.

„Nicht wahr?“

„Ähm, ja, genau“, sagte ich schwach. „Na ja, du hast gesagt, du würdest das Geld bringen.“

„Ja, das habe ich. Aber wann genau ich das tun werde, habe ich nicht gesagt, oder? Könnte heute sein, könnte morgen sein. Wer weiß?“ Der Ton wurde schärfer. „Wenn ich du wäre, Matt, würde ich eher deine Tochter im Auge behalten als die Straße. Wer weiß, welchen Gefahren deine Exfrau sie unabsichtlich aussetzen könnte?“

Er legte auf.

Eine Panikwelle schlug über mir zusammen. Ich packte Handy, Portemonnaie und Schlüssel, zog meine Lederjacke an und rannte aus dem Haus. Ich sprang in den Volvo und raste runter nach Dulwich Village. Ich wusste, wie Caroline ihren Samstag verbrachte. Sie frühstückte mit Lucy in dem örtlichen Café. Dann gingen sie gemeinsam im Park spazieren, bis mittags Lucys Ballettstunde anfing. Wenn ich Glück hatte, waren sie noch beim Essen. Ich parkte um die Ecke und ging auf das Café zu.

Bevor ich es erreichte, wurden mir zwei Dinge klar. Erstens hatte White Devil mich erfolgreich aus dem Haus gelockt, um unbeobachtet sein Päckchen bringen zu können. Zweitens würde ich mich gleich einem Feuersturm aussetzen. Caroline war äußerst eifersüchtig, was die Zeit betraf, die sie mit Lucy verbrachte. Sie hatte bei zahllosen Gelegenheiten klargestellt, dass nicht einmal meine zufällige Anwesenheit toleriert werden würde. Ich stoppte vor dem Zeitungsladen und beschloss, auf Abstand zu bleiben. Ich kaufte eine der seriösen Zeitungen, die ich mir noch nicht im Internet angesehen hatte, und lungerte hinter einem Laternenpfahl herum, etwa zwanzig Meter von dem Café entfernt.

Zehn Minuten später kamen Caroline und Lucy heraus. Meine Tochter trug einen rosa Anorak und Rock mit weißen Strumpfhosen, während meine Exfrau die zerrissenen Jeans und den unförmigen Sweater anhatte, die sie an Wochenenden gern als Räuberzivil zur Schau stellte – sie wollte anscheinend möglichst anders aussehen als der typische Überflieger aus der City, wie ich vor der Scheidung einmal zu äußern wagte, worauf ich mir eine heftige Schimpftirade anhören musste. Sie gingen Richtung College Road. Ich folgte mit, wie ich annahm, ausreichendem Abstand, die Zeitung flatterte vor mir wie ein aufgeblähtes Segel. Als sie den Park betraten, ließ ich ihnen eine Minute Vorsprung. Ich beobachtete, wie Lucy vorausrannte. Sie liebte den See mit den Ruderbooten und all den Vögeln. Caroline versuchte gar nicht, mit ihr mitzuhalten. Sie wusste, dass Lucy auf sich aufpassen konnte. Aber sie wusste nichts von White Devil. Plötzlich fühlte ich mich schuldig. Ich hätte einen Weg finden müssen, es ihr zu erzählen. Dann erinnerte ich mich daran, wie gefährlich der Bastard war.

Caroline setzte sich auf eine Bank am Wasser und schlug ihre Zeitung auf. Ich schlich an den Büschen hinter ihr entlang, die Augen auf Lucy gerichtet. Sie ging in die Hocke und warf den Vögeln Brotkrumen zu. Der Park war voller Paare, Kinder, Hunde, Kinderwagen. Er wirkte nicht wie ein Ort, an dem White Devil an Lucy herankommen könnte.

Ich sah nach links und beobachtete, wie ein dürrer Mann vorbeischlurfte. Seine Kleider waren zerlumpt und dreckig, sein Haar ungekämmt. Vermutlich ein Junkie, der die Nacht im Unterholz verbrachte. Ich drehte mich um und konnte Lucy nicht mehr entdecken. Scheiße. Caroline las auf der Bank immer noch Zeitung. Ich rannte an ihr vorbei und unterdrückte den Drang, den Namen meiner Tochter zu rufen. Die Enten und Möwen, die sich um die von ihr verteilten Brotkrumen versammelt hatten, protestierten lautstark und schlugen mit den Flügeln, als ich durch sie hindurch lief. Wo steckte sie bloß?

Ich konnte nicht mehr still bleiben.

„Lucy!", schrie ich. „Lucy, wo bist du?" Ich sah mich hektisch um. Caroline war mit alarmierter Miene aufgesprungen. „Lucy, komm zu Daddy! Lucy!" Ich rannte zu den Bäumen hinter dem See. Ein junges Paar mit einem Labrador ging dort spazieren. „Haben Sie ein kleines Mädchen gesehen, rosa Anorak und Rock?“

Wegen der Intensität, die in meiner Stimme lag, traten sie einen Schritt zurück und sahen einander an.

„Ja“, sagte die Frau und hob einen Arm. „Da drüben.“

„Danke“, keuchte ich.

„Sie war in Begleitung eines Mannes, glaube ich“, sagte der Typ.

„Was?“ Ich rannte in die Richtung, in die seine Frau gezeigt hatte. „Wie sah er aus?“, rief ich über die Schulter zurück.

Sie hoben beide die Schultern.

Der letzte Baum in der Reihe war eine alte Eiche mit dickem und knorrigem Stamm.

„Lucy!“, schrie ich verzweifelt. „Lucy!“

„Matt!“, kreischte Caroline, etwa fünfzig Meter hinter mir. „Wo ist sie?“

Und dann trat Lucy hinter der Eiche hervor. Ich machte mir fast in die Hose vor Erleichterung. Sie kam auf mich zu, mit einer Baseballmütze auf dem Kopf, die ich noch nie an ihr gesehen hatte, und einer kleinen Ledertasche in der rechten Hand.

„Lucy!“ Jetzt, so nahe bei ihr, war meine Stimme viel zu laut. Ich machte ihr Angst, Tränen schossen in ihre Augen. „Alles in Ordnung mit dir, Schatz?“

„Ja, Daddy, natürlich ist alles in Ordnung“, sagte sie in dem sehr gewissenhaften Ton, mit dem sie sprach, wenn sie glaubte, ihr werde ohne Grund etwas vorgeworfen.

„Wo hast du das her?“ Ich nahm sie in die Arme. Die Mütze war rot, mit einer Zeichentrickfigur vorn drauf. Großer Gott. Es war der Tasmanische Teufel in der Cartoonversion mit übergroßem Rachen, der in einem kleinen Wirbelwind erschien. Dieser wahnsinnige Bastard.

„Das ist für dich, Daddy", sagte sie, entwand sich mir und reichte mir die schwarze lederne Herrenhandtasche.

„Was geht hier vor?" Caroline kam langsam wieder zu Atem. „Was machst du hier, Matt?"

Ich funkelte sie an, damit sie die Klappe hielt. „Wo hast du die Mütze und die Tasche her, Süße?"

„Die hat mir Mr. White gegeben." In ihrer Stimme und ihrem Gesicht war keinerlei Angst zu erkennen.

„Mr. White?" Meine Exfrau starrte Lucy an. „Wir kennen keinen Mr. White."

„Daddy schon." Meine Tochter zeigte auf die Handtasche. „Mr. White sagte, wenn ich Daddy die Tasche gebe, darf ich die Mütze behalten."

Ich versuchte, mein rasendes Herz unter Kontrolle zu kriegen.

„Wer ist dieser Mr. …"

Ich hob eine Hand. „Wie sah Mr. White denn aus, Lucy?"

Sie lachte. „Dummer Daddy. Mr. White ist dein Freund. Hat er gesagt. Du musst doch wissen, wie er aussieht."

Ich warf Caroline einen Blick zu. Ihr Gesicht war von einem dunklen Rot überzogen, gleich würde der Zorn aus ihr herausbrechen. „Sag mir einfach, wie er ausgesehen hat." Ich kniete mich vor Lucy hin. „Nur damit ich weiß, dass er es auch wirklich war."

Meine Tochter sah mich neugierig an und lachte wieder. „Na gut, dummer Daddy. Mr. White hat lange schwarze Haare." Sie zog eine Schnute. „Und eine Maus."

„Was?", sagten Caroline und ich gleichzeitig.

„Ich sagte, er hatte eine Maus." Lucy brach in schallendes Gelächter aus. „Wisst ihr denn nicht mehr, die Geschichte, die wir gelesen haben? Über den Jungen, der nicht ‚Schnurrbart' sagen wollte? Er hat gesagt, sein Daddy hätte eine Maus unter der Nase."

Ich stand wieder auf und ignorierte die Tirade, die Caroline bereits vom Stapel ließ. Langes schwarzes Haar und Schnurrbart – das klang wie die Art Verkleidung, die man in jedem Scherzartikelladen kaufen konnte. Trotzdem, morgen würde ich Lucy dazu bringen, eine Zeichnung von ihm zu machen.

„Hörst du mir überhaupt zu, Matt?" Meine Exfrau hämmerte gegen meine Brust. „Was zum Teufel geht hier vor? Was ist in dieser Tasche?"

Ich sah runter auf das Ding in meiner Hand. Das Geld. Es musste das Geld sein. Ich konnte die Tasche vor Caroline und Lucy nicht öffnen.

„Ach, bloß … bloß ein paar CDs, die ich dem Kerl geliehen hab. Traf … traf ihn im Pub, und wir sind ins Gespräch gekommen. Wir mögen beiden den Ami-Kram." Ich spürte, wie meine Wangen rot wurden. Ich merkte, dass Caroline mir das nicht abnahm, aber sie wollte vor Lucy nicht noch eine Szene machen.

„Na klar", sagte sie leise. „Als ob du einen Freund namens Mr. White hättest. Wahrscheinlich ist der auch ein Fan von diesem entsetzlichen Film *Reservoir Dogs*, genau wie du." Sie ging in die Hocke. „Lucy, du weißt doch, du sollst nicht mit Leuten reden, die du nicht kennst, oder Sachen von ihnen annehmen."

Meiner Tochter kamen wieder die Tränen. „Aber er kennt doch Daddy", sagte sie und sah mich mit einem Blick an, der einem das Herz brechen konnte. „Hat er gesagt. Und Daddy kennt ihn auch.“

„Ist schon gut, Süße“, sagte ich und tätschelte ihr den Kopf.

„Was zum Teufel machst du überhaupt hier unten, Matt?“, fragte Caroline, als sie sich wieder erhob. „Du kennst die Regeln. Samstag ist mein Tag mit Lucy.“ Ihre Augen wurden groß. „Hast du uns etwa verfolgt?“

„Nein, natürlich nicht“, sagte ich und sah zur Seite. Das Pärchen, mit dem ich gesprochen hatte, beobachtete uns besorgt. Ich winkte, um ihnen zu zeigen, dass alles in Ordnung war, aber sie wirkten nicht überzeugt.

„Das hättest du auch nicht tun sollen“, sagte meine Exfrau und nahm Lucys Hand. „Diesen Mist willst du doch nicht behalten, Schatz“, fügte sie hinzu und schmiss die Mütze ins Gras.

Lucy hob den Kopf und setzte den hochnäsigen Ausdruck auf, den sie von Caroline geerbt hatte. Ich wusste, dass sie die Mütze mit dem Tasmanischen Teufel gern wiederhaben wollte. Ich hob sie auf und sah zu, wie sie gingen. Allerdings hatte ich nicht vor, sie ihr zurückzugeben. Ich hatte vor, sie diesem Verrückten in den Rachen zu stopfen. Ich konnte nicht fassen, dass er gewagt hatte, Lucy anzusprechen. Er musste doch gesehen haben, wie nahe ich war.

Wenn er die Botschaft rüberbringen wollte, dass ich keine Macht hatte, mich ihm in den Weg zu stellen – er hätte sich keine bessere Methode einfallen lassen können.

Die drei Männer standen um Terry Smail herum. Er hing mit dem Kopf nach unten an einem Balken in einem verlassenen Lagerhaus. Die Männer hatten ihre Mützen und Sonnenbrillen abgenommen, kurz geschorene Haare und vernarbte

Gesichter kamen zum Vorschein.

„Keine Ahnung", röchelte ihr nacktes Opfer. „Aah! Kannte Jimmy nicht besonders gut. Keine … keine Ahnung, mit wem er rumgehangen hat."

Der Anführer schüttelte den Kopf. Seine Lippen waren nur Zentimeter von Terrys eingezogenen Ohren entfernt. „Du weißt genau, das stimmt nicht. Willst du, dass wir dich noch mal runterholen?"

Smail schrie auf und riss den Kopf hoch. Der Anblick des roten Fleckens auf seinem Unterleib ließ ihn wild zucken, aber seine Hände waren hinter seinem Rücken gefesselt, und das Zappeln verursachte wegen der Kette um seine Fußgelenke nur noch größere Schmerzen.

„Was wir bisher getan haben, war erst der Anfang." Wolfe packte ihn bei den Schultern. „Immerhin ist dein Freudenbringer noch intakt."

Rommel und Geronimo lachten rau.

„Bis jetzt", fuhr Wolfe fort. „Nächstes Mal werden wir dir mit diesem Hightech-Gerät nicht bloß die Schamhaare abrasieren." Er hielt den rostigen und blutverschmierten Malerspachtel in die Höhe. „Tut uns leid, dass wir nichts finden konnten, das ein bisschen sauberer ist." Sein kurzer Blick unterbrach das Gelächter der anderen. „Eigentlich ist es ganz einfach, Terry." Seine Augen, dunkel wie Kohle, die Pupillen unnatürlich schwarz, trafen den Blick des herabhängenden Mannes. „Entweder kotzt du dich aus, oder wir erledigen das für dich." Er hielt inne, beobachtete Smails auf und zu klappenden Mund. „Erzähl mir, mit wem Jimmy Tanner immer rumhing."

Der Anführer gab ihm noch dreißig Sekunden, dann nickte er seinen Kameraden zu. Die Kette wurde gelöst, und der Gefangene fiel unzeremoniell auf den rauen Boden.

„Wir hören, Terry“, sagte Wolfe. „Rede, dann lassen wir dich gehen.“

Smail starrte ihn fassungslos an, fing an zu schluchzen, als er den blutigen Matsch über seinen Füßen erblickte. Die Kette war bis auf die Knochen gegangen.

„Jimmy hing rum mit ...?“

„Verdammte Scheiße, ich kann nicht. Die bringen mich um.“

„Und wir etwa nicht?“

„Schon gut, schon gut. Jimmy, der hat fast nie mit irgendwem gesoffen. Der wurde immer brutal, wenn er die Rübe zu hatte, und wir hatten gesehen, was er anrichten konnte. Hat den Arm von Big Mikey gebrochen, als wär's ein Ast.“ Terry Smail sah die drei Männer an, die um ihn herum standen. „Jetzt kapier ich. Ihr seid auch solche Typen. Ihr seid vom SAS, wo er früher gewesen ist, was?“

„Red weiter“, sagte der Anführer und hob die Spachtel.

Der Gefangene schluckte. „Muss ungefähr sechs Monate her sein. Da tauchten diese zwei Typen im Hereward auf. Wir dachten alle, die wären nicht ganz echt, aber sie schwatzten mit Knives, dem Besitzer. Ich schätze, sie schoben ihm Geld zu. Jedenfalls, Knives hat die beiden Typen Jimmy vorgestellt, und auf einen Schlag waren sie die besten Kumpels. Ich hab gehört ... ich hab gehört, sie wollten, dass Jimmy ihnen Sachen beibringt.“ Er betrachtete seine Entführer. „So Sachen, wie ihr Kerle sie draufhabt.“

„Die Namen von den beiden Typen?“

„Keine Ahnung. Aah-ihh!“ Smail versuchte, sich der rostigen Klinge zu entwinden, die seine Brust herunterfuhr. „Corky. Das ist alles, was ich weiß. Einer von ihnen hieß

Corky. Von dem anderen weiß ich nix."

„Und bis wann hingen sie mit Jimmy rum?"

„Bis vor ungefähr sechs Wochen. Dann ... dann kam er plötzlich nicht mehr. Was ist denn überhaupt los? Was ist mit Jimmy passiert?"

Wolfe schüttelte den Kopf. „Genau das wollen wir von dir wissen, Terry."

„Ich ... ich weiß es nicht." Smails Augen rasten panisch umher. „Ehrlich, ich hab keine Ahnung."

Wolfe nahm den Spachtel weg. „Beschreib uns diese beiden Männer."

Terry ließ ein erleichtertes Stöhnen hören. „Äh, der Corky war nix Besonderes. Nicht gerade groß. Er hatte so einen verschissenen Bart, in dem Reste vom Essen hingen, und er hatte immer 'ne Wollmütze auf." Er brach ab und sah auf. „Genau wie ihr Typen. Seine Nase sah aus, als hätte sie ihm einer mit 'nem Ziegelstein eingeschlagen, und seine Augen total blutunterlaufen. Ich schätze, der hing an der Flasche, auch wenn er immer bloß Sprudel trank."

„Und der Mann ohne Name?"

„Der war kleiner als ich. Trug immer 'ne Baseballmütze mit so einer Zeichentrickfigur drauf. Er hatte so bekloppte lange Haare, schwarz, die trug er in so 'ner Art Rattenschwänze. Ach so, ja, und er hat ganz komische Zähne. Angespitzt. Sah aus wie ein verfluchter Vampir. So haben wir ihn auch genannt: Graf Dracula." Er ließ ein paar schwächliche, abgehackte Lacher hören, bis er die Gesichter der drei Männer sah. „Das ist alles, was ich weiß. Ganz ehrlich. Kann ich jetzt gehen?"

Wolfe stand auf und sah seine Kameraden an. „Sicher, klar kannst du gehen." Er beugte sich über den nackten Mann.

„Du kannst direkt in die Hölle gehen. Aber zuerst wirst du uns alles sagen, was du verschweigst. Wer ist dieser Mann mit den angespitzten Zähnen? Den müssen wir unbedingt finden." Er warf Geronimo den Spachtel zu.

Terrence Smails Schreie hallten durch das leere Gebäude. Draußen stimmten die Möwen einen Klagegesang an, der seine Qualen vor jedem Passanten verbarg.

13. KAPITEL

Ich stieg in den Volvo und fuhr nach Hause, die Ledertasche lag ungeöffnet auf dem Beifahrersitz. Ich spürte diese Mischung aus Wut und Unfähigkeit, die mich niederdrückte, seit White Devil zum ersten Mal seine Klauen in mich geschlagen hatte, sogar noch stärker. Aber jetzt war da noch ein weiteres Gefühl. Ich versuchte, dem zu widerstehen, denn mir war klar: Er hatte es in mir gepflanzt und war eifrig dabei, es zu hegen und zu pflegen – den Wunsch nach Rache. Er hatte mit Lucy gesprochen, er hatte sie berührt. Dafür sollte er bezahlen. Er hatte mich genau studiert; er wusste, wie mein Gehirn funktionierte, obwohl er mich nie getroffen hatte. Aber warum wollte er, dass ich seiner Fährte folgte? Hatte er irgendeine Art von krankhaftem Todeswunsch, oder war er sicher, dass er mich auf Abstand halten konnte?

Ich parkte vor meiner Wohnung und ging rein, die Tasche mit dem Geld unter der Jacke. Aus irgendeinem Grund wollte ich nicht, dass mich jemand damit sah. Als ich die Treppen hochstieg, begriff ich, warum. Es klebte Blut daran, das von White Devils Opfern. Was sollte ich damit anstellen? Irgendwo verstecken? Das Geld war ein weiterer Teil seines Plans, den ich nicht verstand. Er hatte mich durch die Drohungen gegen Lucy und alle anderen, die ich liebte, zu seinem Sklaven gemacht. Er musste mich nicht auch noch bezahlen. Verriet das eine psychologische Schwäche, dass er für Aufmerksamkeit bezahlen musste? Oder steckte etwas Subtileres hinter seinen Gedanken?

Ich checkte meine E-Mails. Eine war von Sara, die mitteilte, dass sie bis über beide Ohren in dem Fall steckte und anrufen würde, sobald sie konnte. Dann gab es noch eine von meiner Mutter, und die brachte mein Herz wieder zum Rasen.

Mein Lieber,
ich hoffe, Dir geht es gut. Ich weiß, wir haben neulich erst telefoniert, aber ich wollte Dir etwas mitteilen, und es fällt mir leichter zu schreiben – du weißt ja, wie wir Schreiberlinge sind, geschickter mit dem Stift oder der Tastatur als mit der Zunge (das könnte man als obszön betrachten!). Du klangst besorgt, als ich Dich anrief. Mir ist klar, dass Deine Probleme mit Verlegern und Agenten Dir zu schaffen machen. Lass Dich von diesen Idioten nicht unterkriegen! Du musst einfach mit dem nächsten Buch weitermachen und ihnen beweisen, wie falsch sie liegen. Ich weiß, Du kannst das!

Jetzt zu etwas anderem. Hast Du in letzter Zeit die Nachrichten verfolgt? Ich bin sicher, das hast Du. Diese beiden Morde in den Schlagzeilen. Ist Dir aufgefallen, dass es große Ähnlichkeiten mit zwei Morden in Deinen Büchern gibt? Ich habe mir die entsprechenden Abschnitte noch mal angesehen. Der Priester in Kilburn scheint nach den Seiten 257 bis 264 in The Devil Murder getötet worden zu sein. Und der armen Frau in Chelmsford wurde der Arm abgetrennt, genau wie dem Schurken Blakestone in The Revenger's Comedy, Seite 325 bis 331. Ist das nicht außerordentlich? Offenkundig purer Zufall, aber ein recht beängstigender. Hat einer Deiner Fans Dich schon darauf hingewiesen?

Wie auch immer, mach Dir keine Sorgen. Ich werde die Aufmerksamkeit der Polizei nicht darauf lenken!

Jetzt muss ich mit Elvira and Tiffany Go to the

Beach weitermachen. Alles Liebe für Lucy (und das Gegenteil für Caroline – entschuldige, nur ein Witz!). Mit liebevollen Grüßen
Fran

„Großer Gott“, flüsterte ich. „Na, schönen Dank auch, Mutter.“

Dann klingelte das Handy. Keine Nummer auf dem Display.

„Hallo, Matt. Was …“

„Du verdammtes Arschloch!“, schrie ich. „Was sollte das, mit Lucy reden? Wie konntest du es wagen, sie anzufassen? Ich werde dich …“

„Du wirst mich was?“, antwortete White Devil mit eisiger Stimme. „Mich finden? Mich kriegen? Mich umbringen? Oh ja, bitte, Matt. Das würde mir einen Riesenspaß machen. Weißt du, ich habe diesen enormen Todeswunsch.“ Sein Lachen war so humorlos, wie ich es mir nur vorstellen konnte. „Jetzt beruhige dich mal wieder. Wieso bist du so sicher, dass ich Mr. White war? Ich könnte Dutzende Helfer haben, Hunderte, so viel du weißt. Glaubst du wirklich, ich würde persönlich so ein Risiko eingehen?“

Ich hielt den Mund. Irgendwie hatte ich das Gefühl, dass ihm bei so einer Nummer ganz schön einer abgehen könnte, aber ich hatte keine Ahnung, wie viele Leute für ihn arbeiteten.

„Wie auch immer, sei ein guter kleiner Schriftsteller und mach jetzt die Tasche auf, ja?“

Ich klemmte das Handy zwischen Schulter und Ohr und angelte nach ihr. Ich erblickte die Bündel von Zwanzig-Pfund-Noten schon, bevor der Reißverschluss ganz auf war.

„Alles da?“, fragte White Devil.

„Scheinen noch mal Fünftausend zu sein“, sagte ich und leerte die Tasche.

Er lachte, diesmal mit etwas Wärme. „Ich glaube, du hast noch nicht alles gefunden, was ich für dich da reingetan habe. Sieh mal in die Seitentasche.“

Ich war etwas besorgt. Was hatte mir dieser berechnende Hurensohn noch geschickt? Ich öffnete den Knopf der kleinen Seitentasche. Himmel. Was war das? Vorsichtig steckte ich einen Finger hinein und fühlte etwas Drahtiges. Ich holte es raus und erblickte eine Ansammlung brauner und weißer Haare.

„Guter Junge“, sagte White Devil. „Weißt du, was das ist?“

Ich schluckte den bitteren Geschmack runter, der mir den Hals hochkam. „Haare“, sagte ich matt.

„Das stimmt, Matt. Schamhaare.“

Meine Finger klappten auf, bevor ich etwas dagegen tun konnte, und die Haare segelten auf den Boden.

„Eine Mischung von denen des Arschfickers O'Connell und der alten Kuh Merton. Lieber Himmel, Matt. Was machen die denn in deiner Wohnung? Höchst verdächtig. Am besten beseitigst du sie sofort. Andererseits, wo die herkommen, gibt's noch jede Menge mehr davon. Ich kann sie draußen vor deiner Bude verstreuen oder irgendwo drinnen verstecken. Was hältst du davon?“

„Fick dich“, sagte ich mit erledigter Stimme.

„Freu mich schon drauf. Ach ja, übrigens, ich fand es ziemlich komisch, dass ausgerechnet deine Mutter als Erste die Morde mit deinen Büchern in Verbindung brachte. Junge, du bringst dich ganz schön in Verdacht. Und jetzt musst du mich bitte entschuldigen, ich muss gehen und einen alten Feind besuchen.“ Er grunzte – es klang abstoßend, degeneriert. „Es wird Zeit, das Kriegsbeil zu begraben ... oder so etwas in der Richtung. Keine Muße für die Verkommenen. Morgen früh kriegst du neue Aufzeichnungen von mir. Tut mir leid, wenn das deinen Tag mit Lucy ruiniert, aber ich bin sicher, Caroline wird glücklich über die zusätzliche Zeit mit ihr sein. Hey, Matt, die hat aber ein Temperament, was?“ Er lachte ein letztes Mal und legte auf.

Ich ließ das Handy auf den Boden fallen. Allmächtiger. Jesus Christus. White Devil hing über mir wie die Pest. Er musste sich in mein E-Mail-Programm gehackt haben, um die Mail meiner Mutter lesen zu können. Ich sah mich argwöhnisch in meinem Wohnzimmer um. Hatte er irgendwo eine Kamera installiert? Falls ja, was für Chancen hatte ich, sie zu finden? Und angenommen, ich schaffte das, wenn ich sie aus dem Verkehr zog, könnte das weit schlimmeren Horror provozieren. Vermutlich hörte er auch mein Festnetz und mein Handy ab. Und warum nicht aufs Ganze gehen? Hatte er eine Wanze an meinen Volvo geklebt? In meinen Schuhen versteckt?

Mir fiel ein, was er über Caroline gesagt hatte. Bewies das, dass er doch Mr. White gewesen war oder nur ein Beobachter der Szene? Vielleicht hatte ihm ein Komplize von Carolines Schreianfall erzählt.

Ich steckte den Kopf zwischen die Knie. Nichts davon war jetzt wichtig. Dieses Schwein war unterwegs, um noch jemanden umzubringen, so viel stand fest. Ich hatte keine Möglichkeit festzustellen, wer diese Person sein mochte. Selbst wenn ich Lucy, Caroline, Fran und Sara zur Polizei brachte, alles zugab, was ich wusste, und um Polizeischutz bat, hätten sie keine Chance, einen weiteren Mord zu verhindern.

Zu lange hatte ich den Luxus genossen, die Macht über Leben und Tod der Charaktere in meinen Romanen zu besitzen. Nie hatte ich mir vorgestellt, wie es sich anfühlen würde, solche Macht über wirkliche Menschen auszuüben. Aber White Devil tat das. Wenn ich bei seinem Spiel irgendeine Chance haben wollte, musste ich seine absolute Gefühllosigkeit begreifen lernen.

Ich hatte keine Ahnung, ob meine Vorstellungskraft für solche Abgründe der Schlechtigkeit ausreichte.

„Vielen Dank, dass Sie so flexibel sind", sagte Karen Oaten zu der Frau mit dem kastanienbraunen Haar. Obwohl nicht gerade hochgewachsen, war sie so dünn, dass sie größer wirkte, als sie war. Sie saßen in einem Café im Untergeschoss einer großen Buchhandlung, das in der Gower Street lag. „Ich hatte nicht erwartet, dass Sie bereit wären, sich an einem Samstag mit mir zu treffen."

„Das ist schon okay. Ich arbeite sieben Tage die Woche. Meine Lebensgefährtin Shaz liegt mir ständig in den Ohren, auch mal eine Auszeit zu nehmen." Lizzie Everhead lächelte. „Sie wird sehr erfreut sein, dass ich ihrem Ratschlag endlich mal nachkomme, Chief Inspector."

Die Bemerkung der Professorin über ihre sexuellen Präferenzen gegenüber jemandem, den sie gerade erst kennengelernt hat, war offen und ehrlich genug, dachte Oaten. Fast wollte sie ihr das Du anbieten, aber sie entschied sich spontan dagegen. Bei Mordfällen war zu große Formlosigkeit keine gute Idee, auch wenn dieser Aspekt der Ermittlung vermutlich sowieso nichts bringen würde. Was könnte sie schon durch diese blaustrümpfige Professorin herausfinden?

„Dabei ist dies auch eher ein Arbeitstreffen, oder, Frau

Professor?“, sagte sie und verrührte den Zucker in ihrem Kaffee. Die Literaturexpertin trank heißes Wasser mit einer Zitronenscheibe.

„Bitte nennen Sie mich Lizzie.“ Die Frau lachte. „Ich liebe meine Arbeit. Und das hier ist noch nicht einmal Arbeit. In Prüfungsausschüssen herumzusitzen ist eine Qual, aber dies hier nicht.“ Sie verknotete ihre Beine, brachte es fertig, nicht nur ein Knie über das andere zu legen, sondern auch noch den Fuß um die Wade zu schlingen. „Also, wie kann ich Ihnen helfen …“ Sie warf einen Blick auf Oatens Visitenkarte. „Karen?“

Oaten fühlte, wie ihre Wangen sich röteten. Sie hatte sich in Gesellschaft von Lesben nie wirklich wohl gefühlt, ihr eigenes Sexualleben war nie etwas anderes gewesen als zutiefst gewöhnlich. Im College hatte es genug Gelegenheiten für gleichgeschlechtliche Beziehungen gegeben, aber sie hatte sich lieber in eine Serie von hoffnungslosen Affären mit verheirateten Männern und dämlichen Studenten geflüchtet. Ein paar Jahre lang war der Vibrator ihre einzige Quelle der Erleichterung gewesen. Wenn sie bloß die Zeit hätte, sich einen anständigen Mann zu suchen – sogar ein halbwegs anständiger würde schon reichen.

„Äh, ja“, sagte sie und gewann ihre Fassung zurück. „Nach meiner Kenntnis sind Sie eine Expertin für jakobinische Tragödien.“

„Das stimmt“, sagte Lizzie Everhead und neigte den Kopf. Sie hatte ungewöhnlich große Augen, die Iris tiefblau. „Unter anderem. Was wollen Sie wissen?“

Karen setzte sich aufrecht. „Ich muss Sie darauf hinweisen, dass die Informationen, die ich Ihnen mitteilen werde, höchst vertraulicher Natur sind.“

„Oh, wie aufregend!" Die Professorin rieb sich die Hände. Dann wurde ihr der Gesichtsausdruck der Chefinspektorin bewusst. „Entschuldigung. Natürlich. Ich verstehe. Ich werde niemandem etwas verraten." Sie lächelte. „Nicht einmal Shaz."

„Ich werde große Schwierigkeiten bekommen, wenn die Presse davon Wind kriegt, nicht Sie", sagte Oaten. „Solange Ihnen das klar ist ..."

Die Professorin nickte und lehnte sich vor. „Schießen Sie los."

„Gut." Die Chefinspektorin senkte die Stimme. „Ich nehme an, Sie haben von den Morden an dem Priester in Kilburn und an der alten Dame in Chelmsford gehört."

Lizzie Everheads Gesicht blieb ausdruckslos. „Nein, ich lese keine Zeitungen und höre keine Nachrichten. Radio 3, der Kultursender, ist meine Art von ...", sie blickte herab auf ihre Tasse, „... heißem Wasser." Sie bemerkte, wie ernst es Karen Oaten war. „Entschuldigen Sie. Erzählen Sie mir davon."

Das tat die Chefinspektorin, wobei sie nur ein Detail ausließ. Es lag eine seltsame Befriedigung darin, zu beobachten, wie das Gesicht der angesehenen Expertin für grausame Tragödien bleicher wurde als ein Blatt Papier, wenn sie mit der Gewalttätigkeit des richtigen Lebens konfrontiert wurde.

„Das ist ja vollkommen entsetzlich", sagte Lizzie, nahm ein gebügeltes Taschentuch aus ihrer Handtasche und betupfte ihre Lippen. „Unfassbar."

„Es kommt noch besser", sagte Karen und erzählte ihr von den Zitaten, die in den Leichen gefunden wurden.

Die Professorin lehnte sich zurück und fächelte sich mit

dem Tuch Luft zu. „Ich bin … ich bin sprachlos. Und das … und das ist bei mir ein sehr ungewöhnlicher Zustand, das kann ich Ihnen sagen.“ Sie nahm einen Schluck und betupfte sich wieder die Lippen. „Zitate aus Websters *Weißem Teufel*? Versteckt im Mund und in der …“ Sie vollendete den Satz nicht. „Ich bin … ich bin überfragt.“

Karen Oaten beugte sich noch weiter vor, ihr Gesicht war jetzt gelassener als beim Beschreiben der Leichen. „Lizzie, Sie müssen scharf nachdenken. Gibt es irgendeinen Grund, warum der Mörder diese besonderen Zeilen aus diesem besonderen Stück hinterlassen haben könnte?“

Lizzie Everhead saß mehrere Minuten vollkommen still da, bevor sie etwas sagte. „Sind Sie mit der Konzeption von Rache vertraut, Karen?“

„Ist mir bei meiner Arbeit gelegentlich über den Weg gelaufen“, erwiderte Oaten trocken.

„Nein, ich spreche von Rache wie in einer Rachetragödie. Für die Dramatiker und die Zuschauer des frühen siebzehnten Jahrhunderts war Rache nicht nur ein persönlicher Antrieb oder ein Weg, die Familienehre wiederherzustellen. Es war viel mehr als das. Es war eine Art Neugestaltung der traditionellen Vorstellung von Gerechtigkeit, des Diktums aus dem Alten Testament, Auge um Auge …“

„Zahn um Zahn“, vollendete Karen. „Das weiß ich noch aus dem Religionsunterricht.“

„Mmm“, räumte Lizzie Everhead ein. „Sehen Sie, dies war eine Zeit, als die Leute begannen, an den alten Sicherheiten zu zweifeln. Behalten Sie im Hinterkopf, dass England nach dem Tod der protestantischen Königin Elisabeth mit dem Schotten Jakob VI. ein katholischer König aufgezwungen wurde. Und sein Sohn Karl I. spaltete das Land und bezahlte dafür mit seinem eigenen Kopf. Daher können wir in der Rachetragödie die ersten Anzeichen revolutionären Denkens erkennen – dass der König nicht allmächtig ist und dass eine andere Art von Gerechtigkeit, die besser mit frei denkenden Menschen in Einklang steht, in Anwendung gebracht werden könnte."

Karen Oaten war verwirrt. „Was hat das mit den Morden zu tun?"

„Nun, zum einen sagten Sie, dass beide Opfer katholisch waren."

„Das ist richtig."

„Das finde ich interessant. Sehen Sie, die jakobinische Tragödie tendierte zu ausländischen Schauplätzen wie Italien oder Spanien. Katholische Länder, in denen man die Gebräuche für blutrünstiger hielt, besonders was die Ehre einer Person oder der ganzen Familie betrifft."

„Soviel ich weiß, gab es ziemlich viele Stücke dieser Art. Warum hat der Mörder – oder haben die Mörder – sich den *Weißen Teufel* ausgesucht?"

Lizzie lächelte ungeduldig. „Dazu komme ich gleich. Weiße Teufel sind Heuchler, Menschen, die ihre wahre Natur unter einer Schicht von Respektabilität verbergen. Könnte dies auf eins ihrer Opfer zutreffen? Es klingt, als wäre der Priester ein hervorragendes Beispiel für einen Weißen Teufel."

Karen nickte. „Wir sind auch dabei, die Vergangenheit der früheren Lehrerin zu untersuchen."

„Vielleicht war sie sehr streng. Oder vielleicht verbarg sie auch ein Familiengeheimnis."

„Vielleicht", sagte Karen unverbindlich. „Was ist mit den Zitaten selbst?"

„Richtig. ‚Welch Gespött hat der Tod aus Euch gemacht.‘ Dies wird von Flamineo ausgesprochen, als er den Geist seines toten Meisters Brachiano erblickt. Flamineo wird bald darauf selbst für seine Missetaten bestraft. Er beschreibt sein Leben als ‚schwarzes Beinhaus‘, das ist, wenn Sie so wollen, eine Leichenhalle. Der Punkt ist, Sünde wird mit dem Tod bezahlt. Es gibt eine deutliche Parallele mit der katholischen Vorstellung der Verdammnis, des ewigen Schmorens in der Hölle.“

„Sie meinen, für die Person, die Rache übt?“, sagte Oaten mit gerunzelter Stirn. „Als ob der Mörder wüsste, dass er sterben und Qualen erleiden wird.“

„Ganz genau. Ich würde annehmen, dass er oder – ich schätze, es gibt zumindest eine winzige Möglichkeit – dass sie katholisch erzogen wurde.“

Die Chefinspektorin machte eine Notiz. „Was ist mit dem anderen Zitat – ‚Liebste Herrin, stellt Euch, als wäret Ihr bereit, und bittet ihn, Euch den Tod zu lehren durch sein Beispiel‘?“

Lizzie strich sich mit langen Fingern übers Kinn. „Dies wird von Zanche gesagt, der Magd von Vittoria, Flamineos Schwester. Man kann wohl mit Recht sagen, dass die beiden Letzteren das schlimmste Paar der Weißen Teufel sind, auf die der Titel anspielt. Vittoria ist nicht viel mehr als eine adelige Hure, die nacheinander stillschweigend in die Ermordung ihrer beiden Ehemänner einwilligt. In dieser Szene sind sie und Flamineo, der angeblich loyale Diener des zweiten Gatten Brachiano, gerade dabei, gegeneinander zu intrigieren, trotz der Tatsache, dass sie sich angeblich lieben.“

„Also ist die Sünde sogar stärker als Familienbande?“

Die Professorin nickte. „Ja. Aber mehr als das kann ich

auch nicht hineininterpretieren. Außer die tote Frau hatte einen Mann, der vor ihr verschieden ist."

Karen schüttelte den Kopf. „Allerdings hatte sie einen Bruder."

Lizzie hielt ihrem Blick stand. „Interessant. Unterschwellig spielt Inzest eine große Rolle im *Weißen Teufel,* wie in vielen anderen Stücken aus dieser Zeit."

„Wie soll mir das dabei helfen, den Mörder zu kriegen?"

„Das kann ich nicht sagen. Aber es ist sicherlich eine Möglichkeit, dass Inzest in dieser ganzen abscheulichen Angelegenheit ein bedeutendes Element sein ... oh!" Die Professorin setzte sich zurück und entknotete ihre Beine. „Wie absolut außergewöhnlich!"

„Was meinen Sie?", fragte Karen, ihre Neugier war geweckt.

Lizzie Everhead hielt die zarten Finger ihrer linken Hand hoch, als hätte sie etwas aus der Luft gefischt. „Ich müsste mir die Texte noch mal genau ansehen, aber es gibt einen zeitgenössischen Verfasser von Kriminalromanen, der eine Serie geschrieben hat, die in den 1620er-Jahren spielt. Wie merkwürdig."

„Warum merkwürdig?" Die Chefinspektorin war von den Anspielungen allmählich leicht genervt.

„Nun ja, eins der anderen Gebiete, von denen ich etwas verstehe, ist Kriminalliteratur", sagte Lizzie und hielt Karens Blick stand. „Dieser Autor – sein Name ist Matt Stone – hat einen Detektiv als Helden, der Sir Tertius Greville heißt. Ich bin fast sicher, dass in einem seiner Bücher ein Mord vorkommt, der dem an Ihrem Priester ähnelt, und in einem anderen Roman wird dem Opfer ein Arm entfernt."

Karen Oaten erhob sich. Sie hatte sich bereits *Blut, Lust*

und Geschlecht gekauft, die Studie von Dr. Lizzie Everhead über Rachetragödien. „Vielen Dank für Ihre Hilfe", sagte sie. „Sie wissen nicht zufällig, wo hier die Krimiecke ist?"

Die Professorin nickte. „Ich zeige Ihnen den Weg", sagte sie mit schiefem Lächeln.

14. KAPITEL

Dr. Bernard Keane blickte auf seine goldene Cartier-Uhr. Gleich halb drei. Er ließ es selten zu, dass seine samstägliche Sprechstunde länger dauerte, weil er den Nachmittag gern bei seinen Pferden verbrachte, aber bei diesem besonderen Patienten wollte er eine Ausnahme machen. Die Adresse des Mannes in den Docklands war äußerst exklusiv. Er kannte einen Politiker, der im selben renovierten Gebäude eine Wohnung besaß, und dieser Mann – ein schrecklicher Snob, um der Wahrheit die Ehre zu geben – hatte ihm zugeflüstert, dass er mehr als zwei Millionen Pfund dafür bezahlt hätte. Also war dieser Mr. John Webster offensichtlich jemand, der ganz oben mitspielte, und eine willkommene Bereicherung seiner Patientenkartei. Natürlich hatte er die Bitte seines zukünftigen Patienten um absolute Vertraulichkeit vollkommen verstanden – besonders dass die Adresse in den Arztberichten nicht erwähnt werden sollte.

Der Arzt erhob sich hinter seinem Mahagonitisch und öffnete die Gazevorhänge. Harley Street. Als er als frischgebackener praktischer Arzt im runtergekommenen East End anfing, hatte er sich nicht vorstellen können, seine Ambitionen jemals zu verwirklichen. Der gesteigerte Bedarf an Schlankheitstherapien – das abstruse Verlangen der Leute nach dem perfekten Körper – hatte es ihm ermöglicht, sich auf dieses Gebiet zu spezialisieren. Er hatte seine eigene Behandlungsmethode entwickelt, zusammengeschustert aus verschiedenen allgemein bekannten Büchern, und zu seiner Verblüffung funktionierte sie – ohne Zweifel, weil er auf strikter Disziplin bestand. Die schlichte Wahrheit war, dass die Leute gut auf Disziplin reagierten, auch wenn sie diese bei sich selbst anwenden mussten.

Es läutete an der Tür. Dr. Keane ging, um selbst zu öffnen. Seine hübsche, wenn auch dralle Sprechstundenhilfe Marianne war schon gegangen. Es würde nicht mehr lange dauern, bis er sie auf seinem Tisch flachgelegt hatte, wie alle ihre Vorgängerinnen. Sie hatte so etwas unterschwellig Derbes an sich, von dem er wusste, dass er es gut manipulieren konnte.

„Dr. Keane?“, fragte der Mann auf dem Treppenabsatz. Er war von mittlerer Größe und unauffälligem Körperbau, in frühem mittlerem Alter und hatte anscheinend keinen Bedarf an einer Schlankheitskur. Aber das machte nichts. Viele Leute hatten lachhaft falsche Vorstellungen von ihrem Erscheinungsbild.

„Mr. Webster, nehme ich an“, sagte der Arzt mit geübtem Lachen.

Der Mann lächelte zurück. Er trug einen gut geschnittenen Nadelstreifenanzug und einen Homburg über dem langen blonden Haar. Außerdem hatte er einen herabhängenden Schnurrbart. Seine Hände steckten in schwarzen Handschuhen. Bernard Keane fragte sich, was wohl sein Beruf war. Wahrscheinlich war er eins von diesen jungen Computergenies, die auf eine Goldader gestoßen waren.

„Kommen Sie rein“, sagte der Arzt und schloss die Tür hinter ihm. „Ihren Koffer können Sie hier stehen lassen.“

„Nein, den nehme ich lieber mit“, erwiderte Mr. Webster. Der Koffer war so ein großes rechteckiges Ding, wie Piloten es tragen. „Vielen Dank“, sagte er und sank in den Ledersessel, der ihm angeboten wurde.

Keane setzte sich hinter seinen Schreibtisch. „Nun, was kann ich für Sie tun?“, fragte er und betrachtete den Mann. Er hatte irgendetwas an sich, dass bei ihm ein leichtes Unbehagen verursachte. Einmal war er von einer Frau verfolgt worden, die ihn mit List und Tücke in eine unangemessene sexuelle Beziehung verwickeln wollte. Das hatte ihn eine Menge Geld gekostet. Mr. Webster brachte seine Antennen auf ähnliche Weise zum Vibrieren.

„Sie erkennen mich nicht?"

„Ich ... nein, sollte ich?" Der Arzt fühlte sich auf die Probe gestellt, und das mochte er nicht.

„Nein." Mr. Webster lächelte erneut, zeigte perfekte weiße Zähne, denen Keane ansah, dass sie mit großem Aufwand geschliffen worden waren. Die Eckzähne liefen merkwürdig spitz zu. „Tatsächlich bin ich erfreut, dass Sie das nicht tun." Er öffnete seinen Koffer und holte eine dicke graue Aktenmappe heraus. „Würden Sie mir den Gefallen tun, sich das hier einmal anzusehen?", fragte er höflich, trat um den Tisch und stellte sich neben den Arzt.

Sobald Keane den Namen auf der Akte erblickte, wusste er, dass er in Schwierigkeiten steckte. Er griff nach dem Telefon, dann schrie er plötzlich auf und verstummte gleich wieder, als ihm ein Knebel in den Mund gestopft wurde. Voller Entsetzen starrte er das Messer an, das seine rechte Hand auf den Tisch nagelte, und spürte kaum den Strick, der um seine Brust geschlungen wurde und ihn an die Lehne des Drehstuhls fesselte. Bald lagen auch Stricke um seine Fußgelenke und seinen linken Unterarm.

Mr. Webster drehte den Stuhl zu sich herum und grinste, als Keane wieder zu schreien versuchte. Durch die Bewegung hatte die Messerklinge seitlich durch seine Hand geschnitten.

„Oh, Entschuldigung, wie gedankenlos von mir." Der Mann lachte rau. „Andererseits, *gedankenlos* ist ein Wort, das auf Sie zutreffen könnte, nicht wahr, Dr. Keane?"

Er versuchte zu sprechen. Er wollte die Sache erklären, Entschuldigungen vorbringen, um Vergebung bitten, aber der Knebel steckte noch in seinem Mund, der jetzt mit Klebeband verschlossen war.

„An sie erinnern Sie sich aber, nicht wahr?" Mr. Webster streifte seine Handschuhe ab.

Mit Entsetzen erkannte der Doktor, dass der Mann darunter Chirurgenhandschuhe aus Latex trug. Großer Gott, was hatte er vor? Was war hier los?

„Catherine Dunn. Geboren am 21. März 1947. Adresse: Marlin Court 14, Bethnal Green. Kein Telefon." Der Mann beugte sich über ihn, und er roch ein teures Aftershave und aromatischen Tabak. „Suchte Ihre Praxis am 12. März 1983 auf und klagte über Bauchschmerzen." Er blätterte eine Seite um. „Sehen Sie, hier sind Ihre Notizen. Patientin ist eindeutig untererernährt. Bekam Ratschläge bezüglich ihrer Diät. Kein Folgebesuch erforderlich." Webster packte sein Gesicht und drückte hart zu. Der Arzt hatte das Gefühl, seine Augen würden gleich herausspringen. „Kein Folgebesuch erforderlich", wiederholte der Mann.

Webster trat einen Schritt zurück und nahm den Hut ab. Dann packte er das Haar über der Stirn und zog es zurück. Unter der Perücke kam kurzes helles Haar zum Vorschein, sicher mit Wasserstoffperoxyd gefärbt. Als Nächstes zog er sich den Schnurrbart ab. „Jetzt erkennen Sie mich aber, Doktor?"

Keane hatte längst das Schlimmste vermutet. Obwohl Haar und körperliche Erscheinung sich verändert hatten, waren die unbewegten Augen noch dieselben. Es war der Junge, der damals in seine Praxis gestürmt war und geschrien hatte, dass seine Mutter voller Schmerzen an Magenkrebs gestorben war, dass Keane daran schuld sei und dass er dafür büßen würde. Wenn sein damaliger Partner, ein früherer Militärarzt, nicht eingeschritten wäre, hätte er womöglich auf der Stelle büßen müssen. Aber der junge Mann wurde heulend und schreiend hinausgeworfen. Er sagte, er würde wiederkommen, aber er war nie mehr aufgetaucht. Trotzdem hatte er immer in Keanes Hinterkopf herumgespukt, auch Jahre noch, nachdem er seine Praxis aus Bethnal Green verlegt hatte. Die Wut in seinen Augen, diese Wildheit an ihm – Keane hatte so etwas nie zuvor gesehen.

Er schloss die Augen, der Schmerz in seiner Hand wurde schlimmer.

„Sie weinen doch nicht etwa, Doktor?“, sagte Webster in spöttischem Ton.

Webster. Er hieß nicht Webster. Er hieß Dunn. Lance? Leslie? Das war es, Leslie Dunn. Keane erinnerte sich, dass er ihn wegen Masern behandelt hatte, als er noch ein Kind gewesen war. Er hatte ein blaues Auge, und seine Nase war gebrochen. Zweifellos der Vater. Nicht dass er das der Polizei oder dem Jugendamt gemeldet hätte. In solchen Familien wurde nun mal gesoffen, da war das zwecklos. Es hatte keinen Sinn, deren Lebensstil verbessern zu wollen.

Der Mann kam wieder näher. „Sie fragen sich vermutlich, wieso Leslie Dunn Ihnen nie wieder zu Leibe gerückt ist. Tja, das werde ich Ihnen verraten. Sie haben mir die Mutter genommen, Sie haben damals mein Leben zerstört. Aber was wäre passiert, wenn ich Ihnen etwas angetan hätte? Man hätte mich erwischt, in irgendeine Besserungsanstalt verfrachtet, wo sie mir die Scheiße aus dem Leib geprügelt hätten. Auf so was war ich gar nicht scharf.“ Sein Lächeln war gnadenlos, so kalt wie das Herz eines Eisbergs. „Außerdem glaubte ich, dass Sie mich sowieso nicht vergessen würden." Er sah sich in dem kostspielig eingerichteten Zimmer um. „Selbst umgeben von all diesem verdächtigen Reichtum." Er blickte Keane wieder an. „Damit hatte ich recht, nicht wahr?"

Der Arzt nickte langsam. Der Junge war zu ahnungslos gewesen, um ihn wegen Behandlungsfehlern zu verklagen, aber das Schuldgefühl war immer da gewesen, hatte in den unzugänglichsten Teilen seines Hirns gelauert wie eine bösartige Spinne. Wenn er doch nur als Katholik erzogen worden wäre wie diese zitternde, deprimierte Frau, die vor vielen Jahren hilfesuchend zu ihm gekommen war. Dann hätte er seine Sünden beichten und mit seinem Leben fortfahren können. Aber jetzt spielte das keine Rolle mehr. Er war sicher, das Ende seines Weges erreicht zu haben.

Keane beobachtete, wie der Mann, der sich Webster nannte, den Anzug und das Hemd ablegte. Darunter trug er einen weißen Overall und setzte dazu eine Maske auf, wie sie in Fernsehkrimis von der Spurensicherung getragen wurde. Er griff tiefer in seinen Koffer und holte ein in eine Plane gewickeltes Bündel heraus. Er fegte alles vom Tisch und rollte das Bündel auf. Darin steckten glitzernde chirurgische Instrumente. Sie reichten von dünnen Nadeln bis zu einer großen Knochensäge.

„Nnngg!", stöhnte Keane und zerrte an seinen Fesseln. Den Schmerz in der Hand spürte er gar nicht mehr. Die Angst schnürte alle anderen Empfindungen ab.

„Nehmen Sie Ihre Strafe entgegen wie ein Mann", sagte Dunn mit einem leeren Lachen. Er ergriff ein Skalpell. „Also, wo soll ich anfangen? Ah, ich weiß. Sie haben einen Fall von fortgeschrittenem Magenkrebs übersehen. Sie haben sich nicht einmal die Mühe gemacht, die naheliegendsten Tests anzuordnen. Haben Sie eine Vorstellung, was meine Mutter für Schmerzen zu ertragen hatte?" Er riss das gestreifte Hemd des Arztes auf und sah ihm in die Augen. „Für jemand, der auf Diäten spezialisiert ist, geben Sie kein gutes Beispiel ab, oder?" Er fuhr mit dem Skalpell den Hüftgürtel entlang, mit dem der Doktor seinen Bauch verbarg, und schnitt ihn auf. „Die Schmerzen meiner Mutter waren ungefähr so wie diese."

Der Arzt bäumte sich im Stuhl auf, als die Klinge in seinen Bauch fuhr, verschluckte beinahe den Knebel.

„Und wie das."

Noch ein stechender Schmerz.

„Und wie das."

Wieder und wieder versuchte er zu schreien, rang verzweifelt durch die Nase nach Luft. Er fühlte nur noch Schmerz, die Augen voller Tränen. Das Stoßen und Schneiden nahm kein Ende. Er hatte keine Ahnung, wie viele Wunden ihm zugefügt wurden. Der Schmerz war unerträglich, aber er wurde nicht ohnmächtig.

Endlich erhob Dunn sich und schmiss das blutige Skalpell auf den Tisch. „Sehen Sie sich das an", sagte er und drückte den Kopf des Arztes nach unten.

Trotz der Schmerzen war Keane entsetzt von den Verwüstungen in seinem Unterleib.

„Komm rein", hörte er Dunn sagen. Er bemerkte, wie sich eine Gestalt näherte. Das Gesicht konnte er nicht erkennen.

„Wir kommen gerade zum interessanten Teil." Dunns Gesicht war nur Zentimeter von dem seinen entfernt. „Nimm diesen Gedanken mit ins ewige Fegefeuer, du beschissener Mörder", sagte er. „Wir werden deine Frau und deine Tochter erst vergewaltigen und dann zerstückeln. Dann werden wir deine Pferde abschlachten und ihre Eingeweide an deine Hunde verfüttern, bevor wir die auch erledigen."

Das Letzte, was Bernard Keane mit seinem verbliebenen Auge sah, war das Tranchiermesser in Leslie Dunns rechter Hand und die Knochensäge in seiner linken.

Bevor seine Welt in blutroten Wogen versank, fragte er sich noch, wer der Komplize seines Mörders sein mochte. Er war doch noch ein Junge gewesen, als seine Mutter starb.

Als ich am Samstag im Fernsehen nach dem Sport die Nachrichten sah, wusste ich sofort, das war wieder White Devil gewesen. Ein Arzt in der Harley Street, ermordet auf, wie es hieß, die „grauenvollste Art und Weise" – genau sein Stil. Ich rief Sara auf dem Handy an und fragte, ob sie Genaueres wüsste. Sie sagte, Jeremy, der Kriminalreporter, wäre aus Belfast zurück und an der Geschichte dran. Sie war zu einer Klimawandelkonferenz nach Cambridge geschickt worden, nachdem sich der Umweltkorrespondent krank gemeldet hatte. Sie nahm an, erst spät nach Hause zu kommen, deshalb verabredeten wir, dass ich Sonntagabend zu ihr kommen würde. Ich sagte, dass ich sie liebte, und sie wiederholte die Worte, klang aber zerstreut.

Ich saß am Schreibtisch und fragte mich, was ich tun sollte. Wenn dieses Schwein den Arzt wieder mit einer Methode umgebracht hatte, die aus meinen Büchern kopiert war, würde es nicht mehr lange dauern, bis jemand die Verbindung herstellte und die Polizei rief. Wenn sie meinen Computer konfiszierten und sich die Festplatte ansahen, würden sie die Kapitel finden, die ich für White Devil geschrieben hatte. Seine E-Mails würden sie ebenfalls finden, aber wegen der unterschiedlichen Absender könnten sie leicht behaupten, die hätte ich alle selbst geschrieben. Dann war da auch noch das Geld. Wenn die Polizei das fand, hätte ich eine Menge zu erklären. Ich musste es loswerden. Aber wie? Er beobachtete mich, er hörte mich ab. Was immer ich tat, er würde es sofort wissen. Und was würde dann mit Lucy und den anderen passieren?

Verdammt. Ich war Schriftsteller. Ich nutzte meine Fantasie an jedem Tag meines Lebens. Ich musste doch in der Lage sein, mir einen Plan auszudenken. Lange saß ich da, den Kopf in den Händen, aber nichts passierte. Ich musste das Gehirn kaltstarten. Wenn sich die Inspiration während des Schreibens nicht einstellte, setzte ich meist Kopfhörer auf und hörte laute Musik. War einen Versuch wert. Ich nahm mir meine CD-Sammlung vor und entschied mich für *Post to Wire* von Richmond Fontaine. Plötzlich hatte ich öde Raststätten und staubige Motels vor Augen, aber dann brachten der klagende Gesang und die heulenden Gitarren die Klarheit, die ich suchte. Die Dinge begannen, an ihren Platz zu fallen.

Ich beschloss, was immer ich unternahm, es musste in aller Öffentlichkeit geschehen. Wenn White Devil mich wirklich die ganze Zeit beobachtete, durfte ich nichts unternehmen, was seinen Verdacht erregen würde. Also raffte ich das ganze Geld zusammen und stopfte es in eine Sporttasche aus meinen Rugbytagen. Die stellte ich auf den Boden meines Kleiderschranks. Während ich da kauerte, steckte ich die Geldbündel hastig in eine Barbour-Jacke, die mir meine Mutter mal aus irgendeinem Grund, den nur sie selbst kannte, geschenkt hatte. Ich hatte in meinem Leben noch nie irgendetwas gejagt. Immerhin verfügte die Jacke über viele große

Taschen, was mir heute sehr zupasskam. Ich ließ das Licht im Schlafzimmer aus und hoffte, dass White Devil nicht sehen konnte, was ich vorhatte. Falls doch, schätzte ich, dass er gleich anrufen würde, um zu fragen, was ich da trieb.

Ich ging zurück ins Wohnzimmer und fuhr den Computer hoch. Ich kopierte alle E-Mails von und an White Devil plus die bereits geschriebenen Kapitel auf Disketten. Die würden ebenfalls in der Barbour-Jacke verschwinden. Die schwierigste Frage war, was mit dem Computer selbst passieren sollte. Ich hatte einen Plan. Ich ging in die Küche, kochte eine Tasse Kaffee und setzte mich wieder an den Schreibtisch. So nonchalant ich konnte, stellte ich die Tasse neben den Rechner und fing an zu tippen. In der Annahme, dass der Bastard sich in jede Datei hacken könnte, die ich öffnete, schrieb ich meine Gedanken über den Mord in der Harley Street auf. Das würde ihn beeindrucken. Jedenfalls hatte er nicht angerufen – bis jetzt.

Ich nahm die Tasse und trank, riss mit einem Aufschrei den Mund weg, als hätte ich mir die Lippen verbrannt, und schüttete den Kaffee über die Tastatur.

„Scheiße!“, schrie ich.

Wie gehofft, vertrug der Rechner das gar nicht. Nach ein paar Sekunden wurde der Monitor schwarz, ein schleifendes Geräusch war zu hören, und der Geruch von etwas Verbranntem stieg mir in die Nase. Ich zog den Stecker raus und hockte fluchend da.

Nachdem, wie ich glaubte, genug Zeit vergangen war, nahm ich das Handy und rief meinen Rugbyfreund Roger van Zandt an, der Computerexperte war.

„Hi, Rog“, sagte ich. „Alles klar?“

„Hocke unten im ‚Duck‘. Wieso bist du nicht hier, Wellsy?

Schon wieder am Vögeln?“ Er lachte. Ich hörte Kneipenlärm im Hintergrund. „Dave will wissen, ob deine Freundin von der Zeitung so ’ne Nackte von Seite drei ist.“

Klasse. Zwei auf einen Streich. „Sag Dave, ich komme gleich vorbei und mach ihn fertig. Hey, Dodger, kannst du dir mal meinen Laptop ansehen? Ich habe es gerade geschafft, ’ne Tasse Kaffee drüberzukippen.“

„Du Vollidiot. Ja, klar. Bring ihn mit. Und stell dich darauf ein, dich ordentlich zu besaufen.“

Ich unterbrach die Verbindung. So weit, so gut. Ich stopfte den Laptop in eine stabile Plastiktüte und ging ins Schlafzimmer, ohne das Licht anzumachen. Ich schob die Disketten in die Jacke und zog sie an. Außerdem schlüpfte ich in ein paar Turnschuhe, die ich seit Monaten nicht getragen hatte. Mit etwas Glück wäre da keine Wanze dran. Ich nahm die Armbanduhr ab und warf sie aufs Bett. Das Handy ließ ich auf dem Tisch liegen und verließ die Wohnung.

In der mit Geld vollgestopften Jacke fühlte ich mich wie das Michelin-Männchen, aber ich hoffte, man würde es für solche Pufferdinger halten, wie Skiläufer sie tragen. Während ich, ohne zu hasten, runter ins Village ging, hielt ich Augen und Ohren offen. Ich konnte keine Verfolger entdecken. Aber natürlich musste White Devil sich gar nicht die Mühe machten. Er wusste genau, wo ich hinwollte.

Das Duck war gerammelt voll, wie immer am Samstagabend. Ich entdeckte Rog und Dave in einer hinteren Ecke. Andrew Jackson, ein Amerikaner aus dem Rugby-Club, war auch dabei. Die nächste Stunde verging wie üblich – Geschwätz über die Rugby League, Jammern über die Kinder, Witze über Frauen und Freundinnen. Sara hatte von Anfang an klargestellt, dass sie kein Interesse hatte, meine männlichen Freunde kennenzulernen. Das Problem war, dass sie deshalb annahmen, sie wäre eine hochnäsige Tusse, wie Rog das so freundlich ausdrückte.

Dann wandte sich Dave mir zu und strich über seine Boxernase.

„Na, was hältst du von diesen Morden, Mr. Krimiautor?"

„Ach ja", sagte Andy Jackson. Er war groß, schwer gebaut und blond. Von Beruf Koch, war er vor zehn Jahren nach Großbritannien gekommen, um eine Frau aus Croydon zu heiraten. Ein Jahr später ließen sie sich scheiden, aber er ging nie wieder nach Hause. Er suchte sich einen Job in einem Restaurant, der ihm nicht viel abverlangte, und verbrachte den Rest seiner Zeit damit, im Pub rumzuhängen oder Rugby League zu spielen. „Da musst du doch auf Ideen kommen, Mann."

Ich zuckte die Schultern und nahm einen Schluck von meinem Lagerbier. „Ich brauche keine Anregungen." Ich tippte mir an die Schläfe. „Hab 'ne gesunde, prima Fantasie, Slash." So nannten wir ihn wegen der Art, mit der er gegnerischen Spielern die Beine wegriss – hatte nichts zu tun mit dem Gitarristen von Guns N' Roses.

„Fick dich", erwiderte er grinsend. „Ich weiß noch, wie du erzählt hast, dass du jeden Tag die Zeitungen nach solchem Zeug durchstöberst."

Rog, ein lockiger und täuschend dünner früherer Mittelfeldspieler, der heftige Angriffe starten konnte, betrachtete mich nachdenklich. „Wurde nicht in einem deiner Bücher jemand in einer Kirche umgebracht, dem was in den Arsch gesteckt wurde, Matt?"

Mist. Ich ging in die Offensive. „Na und?", sagte ich und

sah mich in dem Pub um. Die Leute schienen alle auf ihre eigenen Gespräche konzentriert zu sein, niemand beobachtete mich. „Meinst du, Leute lesen meine Bücher und begehen Verbrechen, die sie daraus abkupfern?"

Alle drei fuhren zurück, verblüfft von meiner Vehemenz.

„Natürlich nicht", sagte Andy. „War doch nicht so gemeint."

Ich ließ die Schultern hängen. „'tschuldigung. Harter Tag vorm Schirm." Ich reichte Rog die Tüte mit dem Laptop. „Guck mal, ob du das Ding noch retten kannst."

„Okay", sagte er zweifelnd. „Aber wenn die Brühe bis zur Festplatte gekommen ist, muss ich sie austauschen."

Genau das hoffte ich. Ich nickte mit vorgetäuschtem Kummer im Gesicht. „Was immer sein muss. Eilt nicht. Hab den alten noch auf dem Dachboden."

„Er hat noch einen alten auf dem Dachboden", sagte Andy und versuchte, den Akzent von Bela Lugosi nachzumachen. „Im Ostflügel."

„Ich kenne nur einen einzigen Typ mit einem Haus groß genug für Flügel, und das ist Pete Satterthwaite", sagte ich.

Rog lachte. „Bonehead? Der hat auch jede Art von Leiche im Keller."

Wir schwatzten ein bisschen über den früheren kahlköpfigen Hauptsponsor des Teams. Dann redeten wir über die Unzulänglichkeiten des augenblicklichen britischen Testteams, bis Dave aufstand, um aufs Klo zu gehen. Ich ließ ihm etwas Zeit und folgte. Ich hatte die Jacke trotz der Hitze in dem Pub noch an. Jetzt kam der schwierige Teil. Dave war mein engster Freund, soweit Schriftsteller überhaupt enge Freunde haben. Ich vertraute ihm, aber würde er auch mir vertrauen?

In der Toilette wartete ich, bis ein Säufer sich mit seinen

Knöpfen ausgefummelt hatte und gegangen war, dann nickte ich Dave zu.

„Was gibt's, Matt?", sagte er, eine Hand an seinem besten Stück. Als er fertig war, folgte er mir in die einzige Kabine. „Das wird Gerede geben", grinste er.

„Hör zu, Psycho", flüsterte ich. „Ich möchte, dass du etwas für mich aufbewahrst." Ich holte eine Plastiktüte aus einer der Jackentaschen und fing an, die Geldbündel hineinzustopfen.

Dave gab einen Pfiff von sich. „Lieber Himmel, hast du eine Bank ausgeraubt?"

„Wichser. Nein, ich habe für einen Auftrag Bargeld gekriegt. Erzähl ich dir später. Ich will nicht, dass Caroline davon erfährt, sonst sitzt sie mir gleich wegen Unterhaltszahlungen im Nacken, obwohl sie selbst ein Vermögen verdient. Kannst du das für mich aufheben?"

Dave starrte auf die Tüte. „Wie viel ist es?"

„Zehn Riesen."

„Mannomann! Wieso packst du's nicht einfach auf ein Festgeldkonto?"

„Werde ich. Aber jetzt noch nicht." Ich berührte meine Nase mit dem Zeigefinger. „Ich hab meine Gründe."

Dave zuckte die Achseln. „Na schön. Ich verstecke es unter den Dielenbrettern."

„Eine Sache noch." Ich packte ihn am Arm. „Ich will nicht, dass die anderen da draußen das sehen. Kannst du's unter dein Hemd stecken?"

„Was?" Er betrachtete die ausgebeulte Tüte. „In meinem Hemd hat nicht mal mein eigener Bauch Platz."

Zum Glück hatte er darüber noch den Parka an. Nach allerhand Quetscherei schafften wir es, das Geld und die Disketten an seiner Vorder- und Rückseite verschwinden zu lassen. Dann stopfte ich sämtliches auffindbares Klopapier in die Taschen meiner Jägerjacke, damit sie wieder so aussah wie vorher.

„Bei dir ist wirklich alles in Ordnung?“, fragte Dave, sich das Kinn reibend.

„Ich erklär das alles später.“

Als wir zurück an den Tisch kamen, sahen uns die anderen beiden an.

„Ich glaube nicht, dass schwule Sauereien hier erlaubt sind“, sagte Andy mit breitem Grinsen.

„Verpiss dich“, sagte Dave und provozierte eine Lachsalve.

Erst als ich die nächste Runde bezahlte, wurde mir klar, was ich gerade getan hatte. Ich hatte meine besten Kumpel in White Devils Schusslinie gebracht.

Dieser Verrat brachte mich dazu, mich auf der evolutionären Leiter niedriger zu fühlen als ein Regenwurm.

15. KAPITEL

John Turner stand in seinem weißen Overall und den Plastikschuhen da und versuchte, seine Atmung unter Kontrolle zu kriegen. Die Leiche war von einem Arzt aus dem Stockwerk darunter gefunden worden, der heraufgekommen war, um sich ein medizinisches Fachblatt auszuleihen. Der Mann hatte einen schnellen Abgang hingelegt.

Er öffnete die Gazevorhänge und blickte herab auf die Harley Street. Normale Leute gingen ihren normalen Geschäften nach, schwarze Taxis fuhren vorbei, und ausländische Teenager riefen einander etwas zu. Warum musste er sich jetzt beinahe Tag für Tag mit derart entsetzlichen Szenen abgeben? Natürlich kannte er die Antwort ganz genau. Sein Vater war Polizist gewesen, hatte es bis zum Schreibtisch-Sergeant im Präsidium von Cardiff gebracht, und schon sein Großvater hatte als Bobby die Straßen abgeklappert. Es steckte ihm im Blut. Seine Bewegungen froren ein, als ihm der zerfetzte Leichnam zu seiner Rechten wieder ins Bewusstsein kam. Das war schon schlimm genug, aber was davor auf dem Boden lag, ging weit über alles hinaus, was er je zu Gesicht bekommen hatte. Selbst der degenerierteste Horrorfilm-Drehbuchautor müsste sich anstrengen, um auf etwas so Fürchterliches zu kommen.

Karen Oaten, die neben dem abgetrennten Kopf kauerte, sah zu Turner auf. „Kommen Sie schon, Taff. Es muss getan werden.“ Sie wandte sich an Redrose, den Pathologen neben ihr. „Nun?“

„Es ist wirklich Bernard Keane“, sagte der dickbäuchige Doktor kopfschüttelnd. „Ich kannte ihn von einer unserer Wohltätigkeitsveranstaltungen. Das ist beängstigend.“ Er hielt ihrem Blick stand. „Großer Gott, jemand muss es seiner Frau sagen."

„Die ist schon auf dem Weg", sagte Oaten. „Keine Sorge, das erledige ich. Aber sind Sie wirklich sicher, dass er es ist? Ich möchte nicht, dass sie ihn formal identifizieren muss, bevor die Bestatter ihn wieder hergerichtet haben." Sie schüttelte den Kopf. „Die haben da allerhand vor sich."

„Ich bin sicher, er ist es, Chief Inspector." Der Pathologe kam unsicher auf die Füße.

Oaten ließ ihm ein paar Augenblicke Zeit. „Was ist mit der Todesursache?"

„Suchen Sie sich eine aus. Schock oder Blutverlust." Redrose ging zu dem Stuhl, auf dem die Leiche lag. „Nach der geringen Menge Blut hier würde ich sagen, dass der Kopf post mortem abgetrennt wurde. Im Gegensatz dazu wurden diese Wunden, oder zumindest die meisten davon, zugefügt, während Bernard … Dr. Keane noch atmete. Meine vorläufige Untersuchung deutet darauf hin, dass ihm der Magen herausgeschnitten worden ist." Er sah erst Oaten, dann Turner an. „Es steckt ein durchsichtiges Plastikteil in seiner Bauchhöhle."

Turners Hand fuhr zu seinem Mund, bevor er das verhindern konnte.

„Holen Sie es heraus", wies die Chefinspektorin den Pathologen an.

„Damit sollte ich wirklich bis zur Autop…" Redrose unterbrach sich, als er ihren Gesichtsausdruck bemerkte. „Nun gut." Er holte eine Pinzette aus seinem Arztkoffer, zog die Gesichtsmaske über und beugte sich über den aufgeschlitzten Unterleib und zog vorsichtig einen flachen rechteckigen Gegenstand heraus.

„Da steckt ein Stück Papier drin", sagte Turner und fing den Blick seiner Vorgesetzten auf. „Er war es wieder."

Sie nickte ernst. „Ich glaube, zu dieser Schlussfolgerung sind wir bereits gekommen, Taff." Sie rief einen der leitenden Spurensicherer herbei. „Holen Sie den Inhalt heraus und untersuchen Sie das Plastik auf Fingerabdrücke."

„Das sollte aber im Labor getan werden", sagte der Techniker.

Oaten starrte ihn scharf an. „Tun Sie einfach, was ich sage. Inspector Turner wird Ihr Zeuge sein, falls jemand die Vorgehensweise infrage stellt." Sie drehte sich wieder zu Redrose um. „Todeszeitpunkt?"

Er blickte auf seine Notizen. „Eine grobe Berechnung nach der Messung der Körpertemperatur ergibt einen Todeszeitpunkt von vor etwa sechs bis acht Stunden."

„Also zwischen zwei und vier Uhr heute Nachmittag", sagte Turner. „Ich seh mir mal den Computer am Empfang an."

„Hier haben wir es, Ma'am", sagte der Spurensicherer und reichte ihr einen größeren durchsichtigen Beweisbeutel mit der auseinandergefalteten DIN-A4-Seite darin. „Ich meine, Chef."

Karen Oaten las laut vor, was mit aus Zeitungen ausgeschnittenen Buchstaben auf die Seite geklebt worden war. „‚Den Iren gleich, weiß ich mich nicht am Ziele, bis ich mit deinem Kopfe Fußball spiele.'"

„Du lieber Gott", sagte der Pathologe. „Dieses Monster macht auch noch Witze darüber."

„Ich denke, ich weiß, woraus das ist", sagte Oaten. „Ich habe sogar eine Ausgabe von dem Text in meiner Tasche draußen."

Turner betrat wieder das Sprechzimmer. „Chef, er ist

es ganz sicher. Am Computer kam ich nicht am Passwort der Sprechstundenhilfe vorbei, aber sie führt auch ein handschriftliches Register. 14.30 Uhr, letzter Patient – ein Mr. John Webster."

Die Chefinspektorin hielt ihm das Zitat hin. „Dieser Killer hält sich für witzig", sagte sie und funkelte jeden im Raum an. „Nun, ich lache jedenfalls nicht."

Sie verbrachten noch eine weitere Stunde am Tatort, dann wurden die sterblichen Überreste des Arztes in die Leichenhalle gebracht. Draußen zogen sie die Overalls aus und sahen sich im Empfangsbereich um. Er war sehr kostspielig eingerichtet, an den Wänden hingen einige sehr gute moderne Gemälde.

Morry Simmons tauchte in der Tür auf. „Chef? Wir haben ihn."

„Was?" Oaten drehte sich mit großen Augen zu ihm um.

„Also, eigentlich sind es zwei." Simmons sah sie an, das übliche lässige Lächeln im Gesicht. „Ich meine, wir haben sie auf dem Band der Überwachungskamera."

„Du Vollidiot", sagte Turner.

„Oh, Sie haben gedacht, wir hätten ihn festgenommen ... Tut mir leid." Simmons war plötzlich nicht in der Lage, einem von ihnen in die Augen zu sehen.

„Schon gut, Morry", sagte die Chefinspektorin erschöpft. „Zeigen Sie es uns."

Er führte sie runter in den Keller, wo der Hausmeister des Gebäudes sein Büro hatte. Der Mann war zum Zeitpunkt des Mordes nicht im Dienst gewesen – seine Schicht dauerte an Samstagen nur bis ein Uhr mittags – aber das Überwachungssystem lief rund um die Uhr. Er hatte das Band auf 14.29 Uhr zurückgespult und entdeckt, dass ein einzelner

Mann in einem Anzug das Gebäude betrat. Um neun Minuten nach drei ging eine weitere Gestalt, die in einem Overall steckte, zum Fahrstuhl. Um 15.17 Uhr kamen beide zusammen aus dem Lift und verließen das Gebäude durch den Hauptausgang.

„Können Sie das ausdrucken?“, fragte die Chefinspektorin.

Der Hausmeister schüttelte den Kopf.

„Okay, wir nehmen das Band sowieso mit.“ Sie wedelte ihn weg. „Sie können draußen warten.“

Die drei Detectives blickten zu dem Monitor, der an der Wand über dem Schreibtisch befestigt war.

„Lassen Sie es noch mal laufen, Morry“, befahl die Chefinspektorin.

Nach einigem Herumfummeln an den Geräten schaffte Simmons das. Sie beobachteten, wie zwei Männer mittlerer Größe im Korridor erschienen.

„Anhalten“, sagte Oaten. Sie beugte sich zum Bildschirm vor. „Beide tragen Koffer – in einem sind vermutlich die Geräte, mit denen sie ihn aufgeschlitzt haben. Ich nehme an, sein Magen ist in dem anderen.“

Morry Simmons, der die Leiche nicht zu Gesicht bekommen hatte, erschauerte.

„Der Bursche da links ist auf jeden Fall verkleidet“, sagte Turner. „Dieses lange Haar und der Schnurrbart sind seit mindestens dreißig Jahren aus der Mode.“

„Und der Hut seit ungefähr hundert Jahren“, fügte die Chefinspektorin hinzu. „Aber das Ding verbirgt seine Augen ziemlich effektiv. Der Anzug sieht teuer aus.“ Sie betrachtete die zweite Gestalt. „Ich würde sagen, der hier ist ziemlich durchtrainiert. Sieht der Vollbart für Sie echt aus?“

„Nein", antwortete Turner, im selben Augenblick, als Simmons „Ja" sagte.

„Nein, Morry", sagte Karen Oaten geduldig. „Der ist nicht echt. Die Baseballmütze macht es aber nicht einfacher, das gebe ich zu."

Simmons wollte seinen Fehler wiedergutmachen. „Eine Bauarbeitermontur."

„Natürlich ohne irgendeinen hilfreichen Firmennamen drauf, soweit ich sehen kann", sagte die Chefinspektorin. Sie trat einen Schritt zurück. „Okay, Morry, fangen Sie an, an Türen zu klopfen. Stellen Sie fest, ob irgendjemand heute Nachmittag dieses Paar hineingehen oder herauskommen sah. Nehmen Sie Pavlou mit." Sie sah dem Sergeant nach. „Und versuchen Sie, das nicht zu vermasseln", rief sie ihm nach. „Taff, Sie bringen besser dieses Band ins Labor. Bringen Sie die Leute dazu, so scharfe Ausdrucke zu machen, wie sie nur hinkriegen können."

Sie verließen den Keller gemeinsam.

„Ich seh Sie dann später im Yard, Chef." Turner blickte auf seine Uhr. „Heute Nacht kriegen wir keinen Schlaf."

„So bald jedenfalls nicht", sagte Oaten und winkte ihm nach. Nachdem er weg war, fuhr sie mit dem Lift wieder nach oben und schnappte sich die Plastiktüte mit den Büchern, die sie dort gelassen hatte.

Sie wollte gerade den Text von Websters *Weißem Teufel* durchgehen, als ihr eine bessere Idee kam. Sie holte ihr Handy heraus und fand die Nummer im Speicher.

„Lizzie, hier ist …"

„Karen", vervollständigte die Professorin. „Ich habe Ihre Stimme erkannt. Haben Sie etwas vergessen?"

„Äh, nein. Hören Sie, ich sollte so etwas nicht am Telefon

besprechen, aber ich stehe unter Zeitdruck. Sagt Ihnen das hier was?“ Sie las die Worte vor, die sie von dem Blatt in dem Beweisbeutel in ihr Notizbuch übertragen hatte.

„Aber ja“, sagte Lizzie Everhead fröhlich. „Wieder von dem guten alten John Webster.“

„Das dachte ich mir“, erwiderte Oaten trocken. „Auch aus demselben Stück?“

„Bingo. Lassen Sie mich eben nachschlagen.“ Ein Geräusch von umgeblätterten Seiten. „Ja, genau, wie ich dachte. Aus dem vierten Akt, erste Szene, Zeilen 136 und 37. Francisco äußert das über seinen Feind Brachiano. Francisco ist, wenn Sie so wollen, der gute Rächer.“ Eine kurze Pause. „Oh Mann, das hatte ich vergessen. Die nächste Zeile ist auf Latein: ‚*Flectere si nequo superos. Acheronta movebo.*‘ Ich nehme nicht an, dass Sie Latein können, Karen?“

„Sie nehmen korrekt an.“

Die Professorin kicherte. „Das ist ein Zitat von Vergil. Grob übersetzt: Wenn die höheren Mächte mir nicht helfen wollen, wende ich mich an jene in der Unterwelt. Sehr passend für einen Weißen Teufel, meinen Sie nicht?“

Die Chefinspektorin war von Lizzies Heiterkeit überhaupt nicht angetan. „Ich weiß, Sie hören keine Nachrichten, aber es gibt einen weiteren Mord.“

„Oh verdammt.“ Die Professorin klang angemessen ernüchtert. „Das tut mir schrecklich leid.“

„Schon gut. Ich muss noch etwas von Ihnen wissen, Lizzie. Dieser Krimiautor, von dem Sie sprachen. Matt Stone? Hat der etwas geschrieben, wo jemandem der Magen entfernt und der Kopf abgeschnitten wird?“

Schweigen am anderen Ende.

„Lizzie?“

„Wollen Sie … wollen Sie sagen, dass sowas passiert ist?" Ihre Stimme klang plötzlich zerbrechlich wie die eines kleinen Mädchens.

„Beantworten Sie nur die Frage", sagte Oaten ungeduldig.

„Lassen Sie mich nachdenken … oh, mein Gott, so eine Szene gibt es tatsächlich. In seinem letzten Roman, *Red Sun Over Durres.* Ein Mitglied der albanischen Mafia, das seinen Boss verraten hat, wird auf exakt diese Weise bestraft. Dann wird sein Magen an die Schweine verfüttert."

„Du lieber Gott", sagte Karen, bevor sie die Worte runterschlucken konnte. „Dieser Schreiberling ist wirklich krank."

„Nicht so krank wie der Mensch, hinter dem Sie da her sind, Karen", bemerkte Lizzie.

„Das stimmt", gab die Chefinspektorin zu. „Danke für Ihre Hilfe. Ich melde mich wieder."

Sie klappte das Handy zu und blickte herab auf die Bücher, die sie gekauft hatte. Langsam fing sie an zu glauben, dass es höchste Zeit wurde, sich mal mit diesem Matt Stone zu unterhalten.

Das Erste, was sie ihn fragen würde: Wo waren Sie heute Nachmittag zwischen 14.29 Uhr und 15.17 Uhr?

Mein Magen war in Aufruhr, als ich aus dem Pub nach Hause kam. Nicht wegen des Biers, obwohl ich davon genug getrunken hatte, sondern wegen dem, was mich womöglich erwartete.

Ich stellte fest, dass das Handy drei verpasste Anrufe anzeigte, ohne Nummern. Er hatte tatsächlich etwas von mir gewollt. Konnte das bedeuten, dass er oder einer seiner Komplizen nicht hinter mir her gewesen war? Bevor ich darüber nachdenken konnte, klingelte das Festnetztelefon.

„Ja?“ Ich achtete darauf, noch besoffener zu klingen, als ich war.

„Na, Matt“, sagte White Devil mit einem schwachen Anklang von Besorgnis in der Stimme. „Netten Abend gehabt?“

Hatte das Schwein oder einer seiner Helfer mich im Pub beobachtet? Vielleicht nicht. Ich beschloss, dass es Zeit war, mir nicht mehr alles gefallen zu lassen. „Was geht dich das an?“

Er lachte auf eine Art, die mich zum Zittern brachte. „Oh, das geht mich was an, Matt. Das geht mich sogar sehr viel an. Beinahe genauso viel, wie es dich angeht, was mit Lucy oder Sara geschieht.“ Er ließ die Worte wirken. „Und jetzt schalte deinen Rechner an.“

Anscheinend wusste er nicht, was mit dem Laptop passiert war. Ich fühlte mich gleich besser.

„Ich nehme, du hast noch einen in Reserve“, fügte er hinzu und zerstörte meine Hoffnungen.

„Du verdammtes Stück Scheiße!“ Ich blieb in der Offensive. Das lag nicht nur an dem Bier. Meine Kumpel wiederzusehen hatte mit klargemacht, dass ich nicht allein dastand, auch wenn ich mir nie vergeben könnte, wenn ihnen etwas zustieß. „Ich weiß Bescheid über diesen Arzt in der Harley Street.“

„Ach wirklich?“, fragte White Devil mit ironischem Ton. „Ist das so? Dann verrat mir doch mal, wie er zu Tode gekommen ist, Schlaukopf.“

Das konnte ich nicht beantworten. Mir war nur vollkommen klar, dass er wieder einen Mord aus einem meiner Bücher kopiert hatte.

„Ein kleiner Tipp“, sagte er. „Eine Figur namens Emzer

in *Red Sun Over Durres.*“

Ich musste gedanklich zurückgehen. Das war mein letzter veröffentlichter Roman, aber die meisten Autoren, die ich kannte, blickten immer nur nach vorn zum nächsten Projekt, und ich war keine Ausnahme, obwohl ich bis vor Kurzem gar kein nächstes Projekt gehabt hatte. Es ist verblüffend schwierig, sich noch an Details aus abgeschlossenen Romanen zu erinnern. Aber im Falle von Emzer war es kein Problem. Das war einer meiner exzessivsten Morde gewesen. Großer Gott.

„Du … du hast wieder und wieder auf ihn eingestochen und seinen Magen rausgeschnitten, während er noch am Leben war? Dann … dann hast du ihm den Kopf abgeschnitten? War das die ‚grauenvolle Art‘, von der sie im Fernsehen gesprochen haben?“

„Exakt.“ White Devil klang sehr zufrieden mit sich. „Und was für eine Botschaft, glaubst du, habe ich wohl in ihm hinterlassen?“

In meinem Kopf drehte sich alles. Mir fiel keine einzige Zeile von Webster ein.

„Noch’n Tipp. Was ist der populärste Sport auf der ganzen Welt?“

„Fußball“, antwortete ich ohne Zögern. Dann fiel es mir ein. „‚Den Iren gleich, weiß ich mich nicht am Ziele, bis ich mit deinem Kopfe Fußball spiele.‘“ Im College hatte ich einen Freund aus Dublin gehabt. Dem hatten diese Zeilen gar nicht gepasst; er behauptete, es wären die Schotten aus dem Tiefland gewesen, die mit den abgeschlagenen Köpfen ihrer Feinde auf den Marktplätzen herumkickten. „Du bist total krank!“ Ich schrie ins Telefon. „Du bist vollkommen wahnsinnig!“

Lange Zeit herrschte Schweigen, dann begann er, mit leiser, bedrohlicher Stimme zu sprechen. „Ganz im Gegenteil, Matt Wells, auch als Stone bekannt. Ich bin geistig und körperlich vollkommen gesund, und ich weiß genau, was ich tue."

„Ach, verpiss dich doch und lass mich in Ruhe. Wenn du so schlau bist, wozu brauchst du dann einen nutzlosen Schreiberling wie mich, um deine Geschichte zu erzählen?" Noch während ich das aussprach, blitzten Bilder meiner Tochter und meiner Freundin durch meinen Kopf, und ich merkte, in welche Gefahr ich sie brachte.

White Devil lachte. „Du bist nicht nutzlos, mein Freund. Es gibt nur gerade keinen Markt für deine Sachen. Deshalb solltest du mir dankbar sein, weil ich dir die Story schenke, die dich auf die Bestsellerlisten bringt."

„Aber du machst mich zum Hauptverdächtigen für diese Morde."

„Tue ich das? Du hast doch Alibis, oder nicht? Ach nein, ich vergaß. Heute Nachmittag warst du die ganze Zeit allein, nicht wahr? Was für ein Pech." Er lachte wieder. „Wir stecken zusammen in dieser Sache, Matt. Wann begreifst du das endlich? Wir sind zwei von derselben Sorte. Du wirst von deinem Hass angetrieben und von deiner Gier nach Rache, genau wie ich. Bald werde ich dir das ganz klar machen. So, und jetzt hol deinen alten Computer und sieh dir deine Mails an. Ich habe dir meine Aufzeichnungen über das letzte Opfer geschickt. Wenn du die Nacht durcharbeitest, wirst du morgen doch noch den Tag mit Lucy verbringen können."

Die Leitung war tot. Ich tippte 1471, um mir die Rufnummer anzeigen zu lassen, aber wie üblich wurde seine Nummer unterdrückt. Scheiße. Woher wusste er, dass ich noch einen zweiten Laptop besaß? Ich dachte noch einmal über das

Gespräch nach. Was hatte er wirklich preisgegeben? Sehr wenig. Vielleicht hatte er nicht mitbekommen, wie ich das Geld und die Disketten in der Jacke verstaute. Vielleicht wusste er nicht, dass ich die Kumpels getroffen hatte. Plötzlich fühlte ich mich besser. Dann fiel mir wieder ein, was er dem Arzt angetan hatte, und der neue Mut verschwand. Was hatte ich schon für eine Chance, ihn zu besiegen? Er war mir immer mehrere Schritte voraus. Und was meinte er damit, mir klarmachen zu wollen, wie ähnlich wir wären? Ich hatte ein schlechtes Gefühl dabei.

Ich stieg auf den Dachboden und holte die Schachtel mit meinem alten Laptop. Nachdem ich ihn eingestöpselt und das verbesserte Mail-System runtergeladen hatte, klickte ich auf seine Nachricht. Genau, wie er gesagt hatte. Die Klatschblätter wären begeistert, wenn sie diese Details in die Finger kriegen würden. Dann dachte ich über das Motiv nach. White Devil machte keine klaren Angaben darüber, warum er dieses Opfer ausgewählt hatte, aber es gab Hinweise, dass der Arzt für den Tod eines geliebten Menschen verantwortlich war. Ziemlich dünn. Wenn jeder, der einen lieben Menschen verloren hat, weil der National Health Service nicht helfen konnte, tödliche Rache nähme, wären bald kaum noch Ärzte am Leben.

Ich lehnte mich zurück und blickte zu den Rissen in der Decke auf. Er verhöhnte mich, das war mir ganz klar. Er gab mir genug Informationen, um anfangen zu können, ihm auf die Spur zu kommen. Die Schule, die Kirche und jetzt der Arzt – es war sehr wahrscheinlich, dass der auch einmal im East End praktiziert hatte. Natürlich war es für einen gewöhnlichen Bürger nicht leicht, an die entsprechenden Unterlagen zu kommen. Akten dieser Art waren vertraulich, und ich vermutete, durch das Herumschnüffeln der Journalisten nach den ersten beiden Morden wären die örtliche Schulbehörde und die katholische Kirche längst auf der Hut, so wie ganz sicher auch das Gesundheitsamt.

Plötzlich traf es mich. White Devil höchstpersönlich hatte mir die Mittel verschafft, seinen Background herauszufinden. Er hatte mir zehntausend Pfund gegeben. Die müssten reichen, um alles, was ich brauchte, von bestechlichen Bürokraten zu kriegen. Ich schluckte das Lachen runter, falls er mich beobachtete. Die Ironie war klasse – bis mir einfiel, dass er mich absichtlich mit dem Geld ausgestattet hatte. Er wollte, dass ich ihn finde, und sei es bloß, um zu beweisen, wie ähnlich wir uns wären. Ich war gar nicht sicher, ob ich die Nerven hätte, ihm von Angesicht zu Angesicht gegenüberzutreten.

In den nächsten vier Stunden schrieb ich das Kapitel über den letzten Mord. Es fiel mir beunruhigend leicht, den Blickwinkel des Mörders einzunehmen. Ein paar Dinge musste ich mir ausdenken, etwa wie White Devil, Wayne Deakins, unbeobachtet in das Gebäude hinein- und wieder herausgekommen war. Ich setzte voraus, dass Arztpraxen in der Harley Street Überwachungskameras hatten, also griff ich auf eine Verkleidung zurück. Das Erste, was mir einfiel, war das lange schwarze Haar und der herabhängende Schnurrbart, den White Devil oder sein Helfer im Park mit Lucy benutzt hatte. Nachdem ich den Text überarbeitet hatte, antwortete ich auf White Devils Mail und schickte ihm das Kapitel im Anhang. Nachdem ich alles auf Disketten gezogen hatte, löschte ich die Nachrichten. Ich wusste, ein Experte könnte sie trotzdem noch auf der Festplatte finden, aber zumindest verschaffte ich mir damit etwas Zeit. Ich stopfte die Diskette in eine verschließbare Plastiktüte, die ich in einer Packung Cornflakes versteckte. Auch das würde bei einer gründlichen Durchsuchung ans Licht kommen, aber ich glaubte nicht, dass die Polizei bei mir so schnell derartige Maßnahmen ergreifen würde – solange ich tat, was White Devil von mir verlangte.

Ich versuchte, ein bisschen zu schlafen, aber die Vögel hatten schon vor der Morgendämmerung mit ihrem Lärm angefangen. Mir ging sowieso zu viel durch den Kopf.

Immerhin begann ich endlich, einen Plan zusammenzustellen, um den Teufel dahin zurückzuschicken, wo er hergekommen war.

16. KAPITEL

D.C.I. Karen Oaten stand mit hervortretenden Augen im Yard vor ihrem Team.

„Also, ihr Wichser!“, schrie sie. „Wer ist das gewesen? Wer hat mit dem Reporter von diesem Scheißblatt geredet?“ Sie hielt ein grellfarbiges Klatschblatt in die Höhe. „Gerade hatte ich den Commissioner persönlich am Telefon.“ Sie beugte sich vor und beobachtete befriedigt, wie die Detectives alle gleichzeitig zurückwichen. „Ich kann es überhaupt nicht leiden, mir sagen zu lassen, dass ich hier ein leckgeschlagenes Schiff befehlige, und ganz besonders will ich mir nicht anhören müssen, dass mein Job gefährdet ist.“ Sie schmiss die Zeitung weg. „Also, die Sache sieht so aus. Wenn mein Job in Gefahr ist, dann sind Ihre das ebenfalls. Verstehen Sie das? Alle Ihre Jobs.“ Ihre Augen wanderten langsam über ihre Untergebenen. „Wir sind auf der Jagd nach dem möglicherweise schlimmsten Serienmörder seit Jahren. Und wir drehen uns bloß im Kreis. Deshalb sind wir alle an einem Sonntag hier. Jetzt ist nicht die Zeit, jemanden zu decken, der Geld von der Skandalpresse nimmt.“ Sie drehte sich zu ihrem Büro um. „Sie wissen, was Sie zu tun haben. Ich will den Informanten heute Nachmittag um sechs hier in meinem Büro haben.“ Sie marschierte los. „Inspector Turner, rein hier.“

Die Versammlung war aufgehoben.

„Ja, Chef?“, sagte der Waliser, als er nach ihr das Büro betrat.

„Schließen Sie die Tür“, sagte die Chefinspektorin und wartete, bis er das getan hatte. „Tut mir leid, Taff. War nicht persönlich gemeint. Ich musste so auftreten. Irgendwer wird hier im ganz großen Stil rausfliegen. Was meinen Sie wohl, wie die Familie des Arztes sich fühlt, wenn ihr die Tatsache, dass ihm der Kopf abgesägt und der Magen rausgeschnitten wurde, von der Zeitung unter die … na ja, Sie wissen, was ich meine."

Turner nickte. „Früher oder später hätten wir damit an die Öffentlichkeit gehen müssen."

Oatens Augen blitzten wütend. „Ja, aber nicht gleich am ersten Morgen nach seiner Ermordung, verdammt noch mal!"

„Ich weiß, wer es war", sagte der Inspector und blickte über die Schulter. Die Rollos waren geschlossen.

„Sagen Sie es mir, Taff."

„Ich würde lieber abwarten, ob er … ob die Person sich selbst stellt oder ob ihn jemand anders verrät", sagte er, ohne sie anzusehen. „Auf diese Art haben Sie das Team besser im Griff."

Oaten verzog das Gesicht, als sie darüber nachdachte. „Ja, da ist was dran. Aber wenn bis sechs keiner auftaucht, sagen Sie es mir, okay?"

„Okay."

„Na gut", sagte sie und setzte sich hinter ihren Schreibtisch. „In einer halben Stunde muss ich beim Assistant Commissioner sein. Helfen Sie mir, alles noch mal durchzugehen, was wir haben. Ich kann mir keine weiteren Fehler leisten."

Turner setzte sich ihr gegenüber und holte seinen Notizblock heraus. „Das erste Von-Tür-zu-Tür-Gehen hat nicht viel gebracht – nur eine alte Frau, die glaubt, einen Mann mit Anzug und Hut gesehen zu haben, wie er das Gebäude etwa zu der Zeit, die auch die Kamera anzeigt, betrat. Als ob wir dafür eine Bestätigung bräuchten."

„Und sie hat nicht gesehen, ob er zu Fuß gekommen ist oder sonst was?"

„Nein. Wir checken alles noch mal, aber viele Leute werden übers Wochenende weg sein, und wir werden vielleicht nichts Weiteres herausfinden, bis sie zurückkommen."

Die Chefinspektorin seufzte. „Trotz landesweiter Aufforderung über Fernsehen und Radio, dass Zeugen sich melden sollen."

Turner zuckte die Achseln. „Wir haben dieses Paar jedenfalls auf dem Band. Nicht dass die ausgedruckten Abzüge viel bringen, da die Männer offensichtlich verkleidet waren."

Oaten sah sich die Akte auf ihrem Schreibtisch an. „Der andere Kerl ist ungefähr genauso groß wie der in dem Anzug. Vielleicht sind sie Brüder."

„Waffenbrüder?"

„Haha. Die Frage ist, wer von ihnen ist der Mörder? Oder erledigen sie das gemeinsam?" Sie schnitt eine Grimasse, als sie Kaffee aus einem Plastikbecher trank. „Der Overall, den der Bärtige trug, könnte zu jedem Bauarbeiter in der City gehören." Oaten blätterte eine Seite um. „Die Autopsie bestätigt bloß, was uns der Doc schon am Tatort sagte. Und die Spurensicherer haben auch nicht viel gefunden."

„Die beiden Männer müssen Sachen zum Wechseln in ihren Koffern gehabt haben. Sonst müssten überall Blutspritzer zu sehen sein. Die Spur endet im Eingangsbereich. Da haben sie sich offensichtlich umgezogen."

Karen Oaten schüttelte den Kopf. „Keine Fingerabdrücke, keine verdächtigen Stofffasern oder sonstige physische Beweisstücke. Genau wie bei den anderen Tatorten." Sie blickte ihn an. „Die sind auf jeden Fall sehr gründlich."

„Und sie gehen nach einem Plan vor", fügte Turner hinzu.

„Wir nehmen als Motiv Rache an, weil die Zitate aus dem Stück uns in diese Richtung weisen. Aber wir haben drei lange Namenslisten, die wir vergleichen und untersuchen müssen – Unterlagen der Kirche, Schulregister und jetzt Dr. Keanes Patientenkartei, als er noch in Bethnal Green praktizierte."

„Das Team wird noch heute anfangen, Leute zur Befragung hierherzubringen, inklusive derjenigen, mit denen wir schon gesprochen haben. Alle wissen, dass jeder, dessen Alibi für alle drei Morde nicht bestätigt wird oder der auf irgendeine andere Weise verdächtig erscheint, festgehalten werden muss, bis wir ihn ein zweites Mal befragen können." Turner klang deprimiert. „Diese Typen sind clever, Chef. Sie werden keine offensichtlichen Spuren hinterlassen haben."

Oaten nickte. „Trotzdem müssen wir alles untersuchen, oder nicht?"

„Was ist mit dem Schriftsteller?" Er deutete mit dem Kopf auf den Stapel Romane auf dem Schreibtisch. „Der könnte damit zu tun haben, oder?"

„Das bezweifle ich. Der verbringt seine Zeit damit, sich Morde vor einem Computer auszudenken, nicht damit, sie zu begehen. Aber es gibt zu viele Übereinstimmungen mit dem Modus Operandi, um ihn zu ignorieren." Sie schenkte ihrem Untergebenen ein schmales Lächeln. „Und in unserem Geschäft mögen wir solche Zufälle gar nicht, was?"

Turner strich sich über seine unrasierte Wange. „Nein, tun wir nicht. Was wollen Sie wegen ihm unternehmen, Chef?"

Oaten tippte auf ihrer Tastatur herum. „Das Problem ist, Matt Stone ist ein Pseudonym. Ich habe mir seine Website angesehen, aber weder in seinem Verlag noch bei seinem Agenten geht jemand ans Telefon, um mir seinen richtigen Namen zu verraten. In dieser Branche geht offenbar außerhalb der Geschäftszeiten überhaupt niemand ans Telefon. Also werde ich ihm eine E-Mail schicken und bitten, dass er sich mit uns in Verbindung setzt."

Turner hob eine Braue. „Ist das nicht ein bisschen riskant? Wenn er was damit zu tun hat, macht er die Fliege."

„Stimmt, das würde er", erwiderte die Chefinspektorin. „Dann wissen wir Bescheid." Sie sah auf. „Das Wahrscheinlichste ist, dass er nicht antwortet. Ist vermutlich auch übers Wochenende weg. Solche Leute wie der sind das meistens." Sie beendete den Text. „Jedenfalls – die Mail hat er jetzt."

John Turner erhob sich. „Chef?"

„Lieber Himmel, Taff, Sie sehen sogar noch mehr nach Pechsträhne aus als sonst schon."

„Ja, na ja, zu wenig Schlaf, Sie wissen schon. Es ist, wie Sie dem Team gerade gesagt haben: Die Abstände zwischen den Morden werden kürzer. Bald wird es das nächste Opfer geben."

Oaten nickte langsam. „Ich schätze, das stimmt."

„Aber wir haben nicht den kleinsten Hinweis, wer das sein könnte."

„Nein."

Turner klappte den Notizblock zu. „Kriegen Sie bei diesem Job nie den Frust?"

Karen Oaten richtete sich im Stuhl auf. „Natürlich tue ich das. Deshalb habe ich mir geschworen, dass ich diese Bestie schnappen werde – oder besser diese Bestien, Mehrzahl, wie wir jetzt wissen." Sie reckte das Kinn vor. „Sie müssen hungrig bleiben, Taff. Sonst werden die wilden Tiere im Dschungel da draußen Sie in Stücke reißen."

Er verließ das Büro. Nicht zum ersten Mal machte ihm

zu schaffen, dass die Entschlossenheit seiner Vorgesetzten bei ihr selbst weit Schlimmeres anrichten könnte als bei den Typen, hinter denen sie her war.

Ich verbrachte den Tag mit Lucy. Es wurde kein großer Erfolg. Ich war müde, und sie jammerte über Happy – gestern Abend war aus dem Haus der Nachbarn Heulen und Schreien zu hören gewesen. Den Namen des Hundes hatte sie mehrmals verstehen können. Es war so viel passiert, dass ich White Devils erste Demonstration seiner Macht beinahe vergessen hatte. Entsetzliche Bilder von dem, was auf dem Bett meiner Tochter gelegen hatte, blitzten ein paarmal durch meinen Kopf, und ich fühlte mich wie der letzte Arsch, weil ich sie in diese Sache hineingezogen hatte. Aber was hatte ich für eine Wahl gehabt? Ich konnte Happys Kadaver doch nicht da liegen lassen.

Vielleicht war es auch nicht so schlau, mit Lucy zur South Bank zu gehen. Im National Film Institute wurde *Die Ferien des Monsieur Hulot* gezeigt, und ich dachte, sie würde Jacques Tatis Verrücktheiten mögen. Sie lachte ein paarmal, war aber meistens niedergedrückt. Vielleicht gefiel ihr nicht, dass der Film schwarzweiß war. Hinterher standen wir einfach auf der Waterloo Bridge und blickten auf das vorbeifließende Wasser.

Nachdem ich Lucy zu Hause abgegeben hatte, ging ich direkt zu Sara. Sie war gerade erst aus der Redaktion nach Hause gekommen. Wir küssten uns, und sofort fühlte ich mich besser.

„Wie geht's denn so?“, fragte ich, als wir uns mit einer Flasche Cava auf dem Sofa niederließen.

„Nicht so toll“, sagte sie. „Ich hatte gedacht, ich könnte

heute Morgen mal ausschlafen, aber sie haben mich zu einer anglikanischen Kirche in Potter's Bar geschickt. Der Pfarrer da hat letzte Woche bekannt gegeben, dass er schwul sei, und jetzt belagern ihn diese Demonstranten mit Plakaten, auf denen steht: ‚Weg mit schwulen Pfarrern' und ‚Keine Homos in der Kirche'. Kannst du dir so was vorstellen?"

„Deine Truppe ist doch noch schlimmer", sagte ich. „Der Papst hält Homosexualität für verabscheuungswürdig, oder nicht? Wie viele Millionen hat die katholische Kirche als Wiedergutmachung an die Opfer von sexuellem Missbrauch durch Priester gezahlt?"

„Wow, Matt", sagte sie mit hervortretenden Augen. Sie waren blutunterlaufen, dunkle Ringe darunter. „Ich mag eine vom Glauben abgefallene Katholikin sein, aber ich gehöre immer noch der Kirche an. Das solltest du respektieren."

„'tschuldigung", sagte ich mit rotem Kopf. „Hab bloß Scheiße geredet."

„Ja." Sie kippte Wein runter. „Das ist dein Problem, oder? Du sitzt dein ganzes Leben lang in deiner beschützten Enklave da oben in Herne Hill und denkst dir Geschichten aus. Ein paar von uns müssen sich mit der richtigen Welt abgeben." Sie leerte das Glas.

Ich füllte es wieder auf, und nach und nach hellte sich die Stimmung auf.

„Hey, tut mir leid", sagte sie. „Du musst mir ein paar Sachen nachsehen. Ich hatte ziemlich viel um die Ohren in letzter Zeit."

„Diese Morde?", sagte ich und nahm sie in die Arme.

Sie nickte, antwortete aber nicht. Ich schaffte es, sie zum Reden zu bringen, indem ich ihr von Monsieur Hulots Idiotien erzählte – vor ein paar Monaten hatten wir uns *Trafic* angesehen. Aber sie war nicht wirklich bei der Sache, und nach einem schnellen Abendessen ging sie ins Bett. Ich küsste sie noch mal, aber ich wusste, zu ihr unter die Decke zu schlüpfen hatte keinen Zweck. Ihre Körpersprache machte klar, dass Liebe nicht auf dem Programm stand. Manchmal war es schwierig, ihr nahezukommen, und ich hatte gelernt, sie dann in Ruhe zu lassen. Irgendwann wurde sie von selbst wieder zugänglich. Am Anfang unserer Beziehung hatte ich viele Bedürfnisse gehabt. Mein Vater war gerade ums Leben gekommen, und sie hatte mir geholfen, damit fertig zu werden. Später hatte es manchmal den Anschein, als ob sie die Verletzliche wäre. Nur gut, dass ich ihr nichts von White Devil erzählt hatte.

Ich verbrachte den Rest des Abends damit, die Sonntagszeitungen zu lesen und mir Platten der einzigen Band anzuhören, von der Sara etwas hielt – Grateful Dead. Außer dem, was ich schon von White Devil wusste, fand ich über die Ermordung Dr. Keanes nichts heraus. Anscheinend war meine Vermutung über eine Überwachungskamera bei dem Gebäude zutreffend. Es wurde nach zwei Männern gefahndet, einer mit langem schwarzem Haar und einem Schnurrbart, was ganz so klang wie der Mann, den Lucy im Park gesehen hatte, und der andere mit einem Vollbart. Wenigstens hatte ich jetzt die Bestätigung für meinen Verdacht, dass White Devil zumindest einen Komplizen hatte. Schließlich schaltete ich die Stereoanlage ab und ging ins Schlafzimmer, aber ich zog mich nicht aus. Sara schlief mit friedvollem Gesicht. Offenbar hatte sie ihre Dämonen besiegt, deshalb beschloss ich, sie nicht zu stören.

Ich ging leise aus dem Haus und fuhr zurück zu meiner Wohnung, wobei ich darüber nachdachte, wie falsch Sara lag.

Die „beschützte Enklave“, in der ich angeblich lebte, war von einem brutalen Killer infiltriert, der alles versuchte, um mich für seine Morde in Verdacht zu bringen. Wenn ich nicht sehr vorsichtig war, wäre sie in genauso großer Gefahr wie Lucy, meine Mutter oder selbst Caroline.

Bei dem Gedanken wurde mir kalt bis auf die Knochen.

17. KAPITEL

Es war fast drei Uhr morgens. Das Hereward in Greenwich war längst geschlossen und hatte Ketten an der Tür, als der Ford Orion mit Geronimo am Steuer um die Ecke bog. Es dauerte nur ein paar Sekunden, Terry Smail vor seiner Stammkneipe abzuladen. Das Team achtete bei der Abfahrt auf eventuelle Verfolger, aber es wurde schnell klar, dass niemand hinter ihnen her war.

Auf dem Beifahrersitz erlaubte sich Wolfe ein bisschen Entspannung. Sie hatten von diesem viertklassigen Halbwelttypen mehr erfahren, als er erwartet hatte. Anscheinend war der Kerl namens Corky nicht die Hauptfigur – der mit den gespitzten Zähnen war der Boss. Smail hatte das herausgelassen, als Rommel sich seine Kniescheiben mit einem Schraubenzieher vornahm. Offenbar hatte dieser Trottel mal versucht, sich bei Jimmy Tanner und seinen neuen Freunden einzuschleimen, nur um von dem namenlosen Typ mitgeteilt zu bekommen, er solle sich verpissen. Es schien schwer zu glauben, dass der alte Soldat von zwei solchen kleinen Kriminellen überwältigt worden sein könnte, ganz gleich, wie gut die gewesen sein mochten, aber der Schnaps hatte ihn wirklich in den Klauen – bei ihrem letzten Treffen hatte er Wolfe kaum erkannt, obwohl sie fünf Jahre lang zusammen im SAS gedient hatten.

Smail hatte das Beste bis zuletzt nicht ausgespuckt. Wolfe hatte von Anfang an gewusst, dass es so kommen würde. Deshalb hatten sie sich seinem Unterleib gewidmet, nachdem seine Kniescheiben zertrümmert waren. Kurz bevor er ohnmächtig wurde, gab Terry preis, wo der Mann mit Namen Corky wohnte. Wenn sie den in die Mangel nahmen, würden sie auch Graf Dracula finden und einen Holzpflock durch sein schwarzes Herz treiben – nachdem er ihnen erzählt hatte, was mit Jimmy Tanner passiert war.

Sie waren jetzt auf dem Weg nach Forest Hill.

Als ich nach Hause kam, war ich nicht in der Stimmung für irgendwelche von White Devils Spielchen, deshalb checkte ich meine Mails nicht. Falls der Bastard was Dringendes von mir wollte, würde er sowieso anrufen, nachdem er gesehen hat, dass ich wieder da war. Wie sich herausstellte, wurde mir eine Pause gegönnt. Obwohl es einige Zeit dauerte, fiel ich endlich in einen tiefen und überraschend ungestörten Schlaf.

Am nächsten Morgen brachte ich Lucy wie gewöhnlich zur Schule. Sie wirkte immer noch bedrückt. Offenbar hatten sich die Nachbarn wieder angeschrien. Ich versuchte, sie zu trösten, aber mir war klar, dass ich das nicht schaffte.

Nachdem ich zurück war, machte ich mir Kaffee und ein paar Toasts. Dann fuhr ich zögernd den Reserve-Laptop hoch. Zuerst sah ich mir die Websites der wichtigsten Zeitungen an. Es gab jede Menge Spekulationen über die Ermordung des Arztes, alle Berichterstatter waren sicher, dass ein Serienmörder, den eins der Klatschblätter den „New Ripper" nannte, wieder zugeschlagen hatte, obwohl er diesmal nicht allein gewesen war. Wenigstens damit hatten sie recht. Was sie sonst noch zu berichten wussten, besaß etwa so viel Substanz wie die miserabelsten Abschnitte meiner Romane.

Ich loggte mich ins E-Mail-Programm ein. Zu meiner Verblüffung gab es keine Nachricht von White Devil. Zu meinem Entsetzen war eine über meine Website gekommen, von k.oaten@met.police.uk. Das hatte mir gerade noch gefehlt. Ich lehnte mich im Stuhl zurück und überdachte meine Möglichkeiten. Ich könnte mich mit dem auf strenge Art attraktiven weiblichen D.C.I. in Verbindung setzen, den ich im Fernsehen gesehen hatte – und ihr entweder alles erzählen, was ich wusste, oder alles verheimlichen, so gut ich konnte; oder ich könnte einfach in Deckung bleiben. Offenkundig kannte sie meinen wirklichen Namen nicht, aber sie würde nicht lange brauchen, um den herauszufinden. Dazu müsste sie bloß meine frühere Lektorin oder den Agenten anrufen. Ich könnte aus London verschwinden, aber dann würde ich Lucy und alle anderen der Gnade von White Devil ausliefern. Schließlich konnte ich kaum meine Tochter, Sara, meine Mutter, Caroline und alle meine Freunde und ihre Familien zusammenbringen und sie irgendwie verschwinden lassen. Nein, es gab keine andere Chance. Ich musste mit Karen Oaten reden, um sie mir vom Hals zu halten – aber ich konnte ihr nichts über meinen Peiniger erzählen. Hatte ich es in mir, einer hochrangigen Polizeibeamtin etwas vorzulügen? Das würde ich gleich herausfinden.

Ich griff zum Telefon und wählte die Handynummer, die in ihrer Mail stand.

„Oaten“, meldete sie sich knapp.

„Ähm, hallo, meine Name ist Matt Wells. Sie haben mir eine Mail geschickt.“

„Matt Wells?“ Sie klang verwirrt.

Ich war erfreut, sie kalt erwischt zu haben. „Auch als Matt Stone bekannt.“

„Ach ja. Vielen Dank für Ihren Anruf, Mr. Stone … Mr. Wells. Ich würde sehr gern mit Ihnen reden.“ Ihr Tonfall war drängend geworden.

„Sie meinen, jetzt gleich?“

„Wenn es Ihnen nichts ausmacht. Wir können zu Ihnen kommen."

„Warten Sie einen Moment." Ich sah mich in meiner Bude um. Überall Chaos, aber das war es nicht, was mir Sorgen machte. White Devil sah und hörte wahrscheinlich zu. Wenn ich vorschlug, die Polizistin anderswo treffen zu wollen, könnte er annehmen, dass ich alles über ihn ausplaudern wollte. Das konnte ich nicht riskieren. „Klar, kein Problem." Ich gab ihr die Adresse. Sie sagte, sie wäre in weniger als einer halben Stunde da und legte auf.

Ich verbrachte die Zeit damit, die letzten Nachrichten von White Devil auf Diskette zu ziehen und dann zu löschen. Ich konnte mir nicht vorstellen, dass sie gleich mit einem Durchsuchungsbeschluss aufkreuzen würde. Falls doch, säße ich in der Tinte – außer ich würde den Laptop verschwinden lassen, was sofort ihren Verdacht erregen würde, da ich offensichtlich ihre Mail gelesen hatte. Nein, da musste ich durch. Ich versuchte, mich in meine beiden erfundenen Detektive hineinzuversetzen. Wie würden sich Sir Tertius und Zog auf eine Vernehmung vorbereiten? Im ersten Fall, ohne sich irgendwelche Gedanken zu machen, mit bösen Vorahnungen im zweiten. Beides half mir nicht viel weiter.

Als es an der Tür klingelte, zwang ich mich, die Treppe gemächlich hinunterzusteigen. Die Frau vor der Tür war in Begleitung eines stämmigen Mannes in einem zerknitterten blauen Anzug. Sie war groß und gut proportioniert, wie eine frühere Athletin, die sich ihre Figur bewahrt hatte. Das blonde Haar war zurückgebunden und betonte ein Gesicht, das im richtigen Leben noch schöner war als im Fernsehen.

„Mr. Wells?", fragte sie. „Ich nehme an, ich sollte Ihren richtigen Namen verwenden."

Ich nickte. „Hallo." Ich bedachte sie mit einem hoffentlich nicht zu breiten Lächeln. „Und ich nehme an, ich sollte nach einem Ausweis fragen."

Sie klappte eine Brieftasche auf, um ihre Polizeimarke zu zeigen, ihr Kollege tat dasselbe.

„Das ist Detective Inspector Turner", sagte Oaten. „Wir werden Ihnen nicht viel von Ihrer Zeit stehlen."

Ich brachte sie mit rasendem Herzen nach oben. Diese Leute wussten offensichtlich genau, was sie taten. Ich fühlte mich wie ein kompletter Amateur, trotz meines theoretischen Wissens über polizeiliche Vorgehensweisen.

„Nicht bei der Arbeit?", fragte die Chefinspektorin und deutete auf den schwarzen Schirm meines Laptops.

„Beim Denken", sagte ich und tippte mir an die Stirn. „Unglücklicherweise haben Schriftsteller niemals auch nur eine Minute Freizeit."

Beide betrachteten mich zweifelnd.

Ich bot ihnen das Sofa an. „Kaffee? Tee?"

„Nein danke", erwiderte Oaten. „Wir sind ziemlich beschäftigt, wie Sie sich zweifellos denken können."

„Was meinen Sie damit?", fragte ich, mich dumm stellend.

„Mr. Wells, ich nehme an, Sie wissen von den Morden, die kürzlich in und um London geschehen sind." Ihr Kollege holte Notizblock und Stift hervor.

„Ich habe die Nachrichten gesehen", erwiderte ich und hob die Schultern. Jetzt musste ich aufpassen.

White Devil hatte mir jede Menge Details verraten, die nicht an die Öffentlichkeit gedrungen waren.

Oaten lehnte sich vor, ihre schlanken Finger auf dem schwarzen Stoff ihrer Hose ausgebreitet. „Mr. Wells, ist Ihnen aufgefallen, dass es bestimmte Ähnlichkeiten mit bestimmten

Morden in Ihren Romanen gibt?"

Ich wandte den Blick nicht ab. „Ich hatte mich schon gewundert. Obwohl die Berichte für mich nicht detailliert genug waren, um diese Ähnlichkeiten allzu ernst zu nehmen." Ich hoffte, dass ich die Szene cool genug spielte.

Die Chefinspektorin schürzte die Lippen. „Und wenn ich Ihnen erzähle, dass die Morde an Father Norman Prendegast, Miss Evelyn Merton und Dr. Bernard Keane beinahe exakte Kopien von denen in drei Ihrer Romane waren?" Sie wandte sich ihrem Kollegen zu, und er las die Titel und die Seitenangaben vor.

Ich spürte, wie sie mich nicht aus den Augen ließen, die Blicke kalt und unbewegt. Ich ließ die Kinnlade runterklappen, um verblüfft zu erscheinen. „Was?", sagte ich entsetzt. „Das kann nicht Ihr Ernst sein."

Oaten erhob sich und stellte sich vor mich hin, ein Bein vor dem anderen wie ein Boxer vor dem Kampf. „Das ist unser voller Ernst, Mr. Wells. Ich muss wissen, wo Sie zu folgenden Tagen und Uhrzeiten gewesen sind." Sie hob den Kopf, und der Mann, der ebenfalls auf die Füße gesprungen war, las aus seinem Notizblock vor.

Ich versuchte, eingeschüchtert zu wirken – was mir nicht schwerfiel – und öffnete meinen Kalender. „Ähm, beim ersten war ich hier. Mit meiner Freundin. Letzten Freitag war ich hier und habe gearbeitet. Am Samstagnachmittag war ich auch hier." Mir drehte sich der Magen um. „Diese beiden Male war ich allein." Ich starrte zu ihnen hoch.

„Kennen Sie eins der Opfer?", fragte der Inspector. Er hatte einen walisischen Akzent.

„Natürlich nicht."

Karen Oaten stand immer noch vor mir. „Mr. Wells, Sie

sind vertraut mit einem Stück aus dem siebzehnten Jahrhundert mit dem Titel *Der Weiße Teufel.*" Es war eine Feststellung, keine Frage.

„Ja, das bin ich. Ich habe englische Literatur studiert."

„Und Sie haben den Dramatiker John Webster als Nebenfigur in Ihrem Roman *The Devil Murder* auftreten lassen." Die Chefinspektorin warf ihrem Kollegen einen Blick zu, und sie setzten sich wieder.

„Sie haben meine Bücher gelesen?", sagte ich, unfähig, das Entzücken eines Schriftstellers zu verbergen, der einem Leser begegnet, selbst in einer alptraumhaften Situation wie dieser.

„Soweit ich das musste", erwiderte Oaten mit einer Grimasse. „Was ich jetzt sage, ist streng vertraulich. Der Mörder hat in jedem Opfer Zitate aus dem *Weißen Teufel* hinterlassen."

„*In* jedem Opfer?", sagte ich mit entsetztem Ton.

Sie nickte. „Ich erspare Ihnen die Details. Weshalb, glauben Sie, könnte er – oder sie – so etwas tun?"

Ich dachte daran, dass White Devil womöglich zusah und zuhörte. „Ich ... ich habe wirklich keine Ahnung."

„Kommen Sie schon, da fällt Ihnen doch was Besseres ein", sagte der Waliser und starrte mich finster an.

„Na ja, wenn ich raten soll, würde ich sagen, das hat etwas mit Rache zu tun. Das ist in der jakobinischen Tragödie ein wesentliches Thema."

„So viel habe ich verstanden", sagte Oaten. „Ich habe mit Dr. Lizzie Everhead gesprochen. Sie kennen sie, glaube ich",

Ich unterdrückte ein Stöhnen. Lizzie Everhead war die Professorin, die mich öffentlich durch die Mangel gedreht hatte. Sie hatte mir alles Mögliche vorgeworfen, von historischen Ungenauigkeiten bis zu sinnloser Brutalität.

„Ja", sagte ich mit neutraler Stimme. „Ich bin ihr bei Konferenzen über Kriminalliteratur begegnet."

„Und", fuhr die Chefinspektorin fort, „da Sie keins der Opfer kannten, hätten Sie kein Motiv, sich an ihnen zu rächen."

„Ganz sicher nicht", sagte ich, trug meine Empörung ziemlich dick auf.

Sie ignorierte das. „Mr. Wells, ich nehme an, dass Ihre Fans mit Ihnen über Ihre Website kommunizieren, so wie ich das getan habe. Haben einige davon ... ungewöhnliche Eigenschaften an den Tag gelegt?"

„Eine Menge von ihnen." Ich versuchte, die Stimmung mit einem Lächeln aufzuhellen. „Einige wollen meine besten Freunde werden oder noch mehr als das. Ich halte die immer auf Abstand. Einige wollen, dass ich noch mehr Bücher von meiner ersten Serie schreibe, und einige wollen, dass ich ihnen helfe, selbst veröffentlicht zu werden. Aber soweit ich das sagen kann, ist keiner von ihnen mörderisch veranlagt." Ich stellte mir vor, wie White Devil sich das anhörte und dabei lachte.

Karen Oaten betrachtete meinen Laptop. „Würde es Ihnen etwas ausmachen, wenn wir uns Ihre Korrespondenz mal ansehen?"

Ich biss mir auf die Lippe, weil mir vollkommen klar war, wie verdächtig das gleich wirken musste. „Ich fürchte, mir ist es gelungen, Kaffee über meinen eigentlichen Computer zu schütten. Ich habe ihn einem Freund gegeben, der ein Experte ist. Ich hoffe, er kann die Daten retten. Das hier ist mein alter Laptop. Der war die letzten drei Jahre auf dem Dachboden, deshalb ist nichts drauf – außer der Mail von Ihnen." Ich hätte fast gefragt, ob sie einen Durchsuchungsbeschluss hätten, konnte mich aber gerade noch zurückhalten. Ich musste so kooperativ wie möglich erscheinen, ohne White Devil gegen mich aufzubringen.

„Machen Sie sich keine Gedanken", sagte die Chefinspektorin zu meiner Überraschung. „Wir können ja Ihren Provider bitten, uns Zugang zu den Daten zu ermöglichen. Ich nehme an, Sie haben keine Einwände."

Ich versuchte, ruhig zu bleiben. „Nein."

„Wir brauchen Name und Adresse Ihrer Freundin", sagte der Waliser.

Ich gab sie ihm und fühlte mich mies, weil ich Sara damit in die Scheiße ritt. Andererseits war sie vielleicht froh, einen potenziellen Aufhänger für eine Story zu kriegen. „Sie ist Journalistin beim *Daily Independent*", fügte ich hinzu. Das schien sie nicht zu beeindrucken.

„Sie tun sich selbst einen Gefallen, wenn Sie sie nicht vorwarnen, dass wir kommen." Turner sah mich durchdringend an.

Oaten erhob sich wieder. „Ich glaube, wir haben Sie für den Augenblick genug Zeit gekostet, Mr. Wells. Vielen Dank, dass Sie so …" Sie brach ab, als ihr Handy klingelte. Sie hörte über eine Minute zu, ihr Gesichtsausdruck wurde immer finsterer.

„Chef?", fragte Turner, als sie fertig war.

Karen Oaten beachtete ihn nicht. Ihre Augen bohrten sich in meine, ihr Blick gab nichts preis. „Mr. Wells, kennen Sie einen Mann namens Alexander Drys?"

Eine böse Vorahnung überwältigte mich. „Nicht persönlich", sagte ich. „Er ist Literaturkritiker." Ich erwähnte nicht, dass er mich ständig auf die bösartigste Weise verrissen hatte und dass ich ihm mit Begeisterung die Eier abreißen würde, wenn er jemals den Nerv hätte, bei einer literarischen Veranstaltung aufzukreuzen.

„Ich verstehe", sagte Oaten, machte auf dem Absatz kehrt und eilte zur Tür.

„Was ist passiert?", fragte ich aufgeregt.

„Sehen Sie sich die Nachrichten an", rief die Chefinspektorin über die Schulter zurück. „Wir melden uns wieder bei Ihnen." Das klang mehr wie eine Drohung als sonst etwas.

Ich hörte die Haustür hinter ihnen ins Schloss fallen und dann ihr Auto davonrasen. Ich hatte das deutliche Gefühl, dass White Devil die Latte wieder höher gelegt hatte.

„Stellen Sie das Tablett einfach hin, und dann raus hier, Mädchen", hatte Alexander Drys zu dem Hausmädchen gesagt.

Er saß im Salon seines Hauses am Cheyne Walk in Chelsea und wollte seinen Morgenkaffee zu sich nehmen. Er hasste es, gestört zu werden, besonders wenn er sich gerade darauf vorbereitete, seinen monatlichen Rundumschlag an Kritiken für das Magazin zu verfassen. Wenn er ehrlich mit sich wäre – ein seltenes Ereignis –, müsste er zugeben, dass er immer schon äußerst jähzornig gewesen war. Er wurde seit frühester Kindheit verwöhnt. Sein Vater, ein griechischer Schiffsmogul in London, war großzügig, aber fast nie da, während seine Mutter, ein früheres Model, während der Ferien immer präsent gewesen war, um ihm jeden Wunsch von den Augen abzulesen. Zusammen mit den Bediensteten, selbstverständlich.

Drys betrachtete die armselige Auswahl an feinem Gebäck auf dem Tablett. Wegen dieses Mädchens musste er wirklich etwas unternehmen. Sie war Portugiesin und verstand kaum ein Wort Englisch. Er hätte nie auf seinen Butler hören sollen, der sie wahrscheinlich vögelte. Montags war es besonders schlimm, wenn alle anderen Bediensteten ihren freien Tag hatten.

Er erhob sich von der Louis-Seize-Chaiselongue und bewegte seinen hundertdreißig Kilo schweren Körper zum Fenster. Der Fluss glitzerte in der Sonne, die übliche schlammige Farbe wie verwandelt. Der Pöbel fuhr in Scharen über die Albert Bridge zu belanglosen Jobs oder blödsinnigen Läden. Wenigstens waren keine Kinder zu sehen. Gott sei Dank war er alleinstehend geblieben – nicht dass es jemals die kleinste Chance gegeben hatte, dass er heiraten könnte, obwohl sein Vater darauf bestand, dass die Dynastie fortgesetzt würde. Alexander Drys hatte kein Interesse an Schiffen und nicht den leisesten Wunsch, das Haus mit einer Frau zu teilen, schon gar nicht mit quäkenden Kindern. Besonders da er jederzeit Madame Ostrovka anrufen und sich ihren endlosen Strom an Blondinen aus der früheren Sowjetunion zum Vorteil gereichen lassen konnte. „Fick sie und schmeiß sie raus", das war das Motto, mit dem er seine Spezis im Club seit Jahrzehnten ergötzte.

Nein, das Einzige, woran er wirklich interessiert war, war das Auseinandernehmen von Kriminalromanen. Die Schuld daran gab er Arthur Conan Doyle. Er war damals in den Fünfzigern in der Schule über die Sherlock-Holmes-Erzählung *Die tanzenden Männchen* in einer Anthologie gestolpert und sofort gefesselt gewesen. Nachdem er sein Englischstudium in Cambridge abgeschlossen hatte (als unrühmlicher Drittbester seines Jahrgangs, aber daran erinnerte sich heute niemand mehr), benutzte er die Verbindungen und den Reichtum seiner Familie, um bei zahlreichen Publikationen eine Position als Kritiker zu ergattern. Sicher, er war jetzt nicht mehr so präsent wie in den Achtzigern, seiner großen Zeit – die thatcheristische Verachtung für frivolen Schund damals war ganz nach seinem Geschmack gewesen –, aber eine einzige Bemerkung von ihm konnte für einen Romancier immer noch die große Karriere oder, weit häufiger, das Aus bedeuten. Nicht dass ihn das kümmerte. Wer Literatur verfasste, verdiente die Kritik. Das war einer der Gründe, weshalb er es niemals selbst versucht hatte. Nun ja, dies und ein beklagenswerter Mangel an Eifer. Alles, was über achthundert Wörter hinausging, war eine echte Herausforderung.

Drys ging zurück zur Chaiselongue und verspeiste schnell die fünf Leckereien. Nach einer Tasse Earl Grey wandte er sich den Bücherstapeln zu, die er auf dem persischen Teppich aneinandergereiht hatte. Es gab vier davon. Der linke bestand aus Büchern, die er noch nicht einmal aufgeschlagen hatte – entweder wusste er, dass der Autor ihn nicht interessierte, oder er mochte den Verlag nicht. Der nächste bestand aus Büchern, von denen er zehn Seiten gelesen und dann aufgegeben hatte. Die Bücher im dritten Stapel hatte er durchgelesen und beschlossen, sie zu verreißen – das war es, was seine Leser von ihm erwarteten, ja begehrten. Der vierte und kleinste Stapel waren Bücher, die er zu lobpreisen gedachte. Nicht übertrieben, und ganz sicher nicht ohne Vorbehalte. Die Tatsache, dass die Verlage ihm kostspielige Abendessen mit exquisiten Weinen spendierten, hatte gar nichts damit zu tun.

Alexander Drys hob den Kopf. Er hatte hinten im Haus ein Geräusch gehört, ein merkwürdiges Geräusch – irgendwas zwischen einem dumpfen Aufprall und einem Knall. Was zum Teufel stellte das dumme Gör da an? Er langte nach dem Art-déco-Kaffeetisch und betätigte die Messingklingel, ein Stück aus dem siebzehnten Jahrhundert von der Insel Psara, dem Herkunftsort seiner Vorfahren. Da sie nicht auftauchte, kam er mühsam auf die Füße und schritt zur Tür.

Zwei Männer in grauen Overalls und mit Schutzhelmen standen davor.

„Wa…“

Drys taumelte zurück in den Salon, als er hart ins Gesicht geschlagen wurde, und knallte auf den Boden. Er konnte nur verschwommen sehen, aber er spürte, wie er über das Parkett geschleift wurde. Für eine Weile verlor er jedes Zeitgefühl. Als er wieder zu sich kam, saß er mit gespreizten Beinen vor dem Kaffeetisch, beide Arme über den Tisch gebreitet. Er versuchte, seine Hände zu bewegen. Sie waren an die Tischbeine gefesselt.

„Was … was geht hier vor?“, keuchte er blinzelnd.

Der Mann, der vor ihm hockte, war von mittlerer Größe. Er trug eine Maske über dem Gesicht, von der Art, wie sie in Scherzartikelläden verkauft wurden – aber statt Präsident Bush oder Tony Blair hatte diese einen merkwürdig leeren Ausdruck, die künstliche Haut war sehr blass.

„Wer … wer sind Sie?“, fragte Drys und blickte sich nach dem zweiten Mann um. Der trug eine identische Maske. „Es ist kein Geld im Haus.“

Der Mann vor ihm lachte, ein furchterregendes Geräusch. „Oh, wir wollen kein Geld, Alex. Es macht Ihnen doch nichts aus, wenn ich Sie Alex nenne, oder? Bei Alexander muss ich immer an den großen Helden der Antike denken, und, ganz ehrlich, Sie sind nicht gerade aus solchem Holz geschnitzt.“

Drys versuchte, seine diversen schlotternden Kinne zu beherrschen. „Was erlauben Sie sich?“, sagte er in dem Tonfall, den er bei Bediensteten anschlug. „Ich bin …“

„Ein niederträchtiges Stück Scheiße, das anderen Leuten das Leben ruiniert", vervollständigte der maskierte Mann.

Drys beobachtete, wie er einen großen Lederkoffer öffnete und zwei Dinge herausholte. Das erste war ein blauer Papphefter, den er auf den Tisch legte. Das zweite führte dazu, dass ihm der Schweiß aus den Achselhöhlen strömte. Es war ein großes, rostfreies Küchenmesser.

„Wa..."

Der Mann hob eine Hand.

Drys bemerkte, dass das Messer in einer Latexscheide steckte. Sein Herz raste noch schneller.

„Und nun, Sie hochgeschätzter Literaturkritiker, werde ich Ihnen einiges von Ihrer unsterblichen Prosa vorlesen." Der Mann sprach auf seltsame Weise akzentfrei, als hätte er zu viele Rhetorikkurse besucht. Er ließ ein weiteres freudloses Lachen hören. „Sehen Sie, es ist ein Spiel. Die Regeln sind ganz einfach. Ich lese Ihnen etwas aus drei Ergüssen von Ihnen vor. Dann sagen Sie mir, wer der fragliche Autor ist. Alle drei Kritiken beschäftigen sich mit derselben Person. Wenn Ihre Antwort richtig ist, gehen wir wieder. Wenn sie falsch ist, nun ja ...", er griff nach dem Messer und ließ die Klinge im Licht blitzen, „... es könnte ja nicht schaden, wenn Sie etwas Gewicht verlieren."

Drys versuchte zu sprechen, stellte aber fest, dass er dazu nicht in der Lage war. Das war ja vollkommener Wahnsinn. Das konnten sie nicht ernst meinen. So etwas passierte Leuten in seiner Position einfach nicht. Er spürte einen plötzlichen Drang, seine Blase zu entleeren. Er schaffte es, das zurückzuhalten, aber nur gerade so eben.

„Auszug eins", sagte der maskierte Mann und schlug den Hefter auf. „Dieser Roman ist ein polymorphes Allerlei von unwahrscheinlichen Verwicklungen, oberflächlichen Charakteren und einem vollständig unglaubwürdigen sozialen Milieu. Der Protagonist ist einer der unsympathischsten, wenn nicht gar ausgesprochen anstößigsten Ermittlern, die in jüngster Zeit die Kriminalliteratur verderben."

Drys versuchte, flach zu atmen und nachzudenken. In all den Jahren hatte er in seinen Rundumschlägen so viele Kritiken geschrieben, sowohl einzelne Rezensionen als auch Kurzbesprechungen, dass er sich unmöglich erinnern konnte, auf wessen Bücher diese Worte passen mochten. Er geriet in Panik und versuchte, seine Hände aus den Fesseln zu winden. Er sah, wie der Mann vor ihm seinem Kumpan zunickte. Ein Strick wurde ihm um den Hals geschlungen und zugezogen. Er fühlte seine Augen hervortreten und seine Zunge anschwellen.

„Ein miserabler Kritiker", sagte der Mann mit dem Hefter in der Hand, die braunen Augen hinter der Maske reglos. „Versuchen Sie das nie wieder. Lassen Sie ihn Atem holen, Watson."

Der Druck an Drys' Kehle lockerte sich. Er japste nach Luft.

„Auszug zwei. ‚Das Genre der Kriminalliteratur wimmelt nur so von brillant dargestellten Privatdetektiven und Polizisten. Wer will da schon freiwillig sein Geld ausgeben, um sich durch eine weitschweifig erzählte Ermittlung zu quälen, die von einem schmuddeligen und stümperhaften Detektiv durchgeführt wird?'"

Drys wurde wieder von Panik überwältigt. Er zermarterte sich das Hirn auf der Suche nach dem Autor, auf den das passen könnte. So viele drittklassige Krimischreiber wurden veröffentlicht, so viele von ihnen gewannen unerklärlicherweise sogar Preise und wurden von Kritikern hochgejubelt, die weniger Urteilskraft besaßen als er. Die Worte kamen ihm vage bekannt vor – so viele Romanhelden konnte er nicht als „schmuddelig“ bezeichnet haben – aber er konnte sie immer noch nicht zuordnen. Er starrte seinen Prüfer flehend an.

„Bitte, ich …“

„Will die Erinnerung nicht so wie Sie?“, fragte der maskierte Mann spöttisch. „Keine Sorge. Sie haben ja noch eine Chance.“ Er strich mit den Fingern über die Klinge. „Bevor ich anfange, Ihnen was abzuschneiden.“

Drys konnte sich diesmal nicht mehr beherrschen. Er saß mit glühendem Gesicht da, während die warme Flüssigkeit seine Hose durchnässte.

„Ein noch viel mieserer Kritiker“, schalt ihn der Prüfer kopfschüttelnd aus. „Ist das nicht ein ziemlich teures Möbelstück?“ Er wandte sich der nächsten Seite zu und las laut vor: „‚Dieses Buch reicht wirklich, um jeden Leser, der noch bei klarem Verstand ist, in die Verzweiflung zu treiben. Der angebliche Held ist ein zügelloser Wüstling, der seine weiblichen Klienten dazu bringt, ihm anstelle einer Bezahlung mit sexuellen Gefälligkeiten zu Diensten zu sein. Die Gewaltanwendung ist primitiv und unbegründet, und die historischen Verweise sind mangelhaft. Warum schreiben Leute solche Bücher?‘“

Drys saß in der schnell kalt werdenden Pfütze, die er angerichtet hatte, und versuchte, ein Lächeln zu unterdrücken. Er hatte sich doch noch erinnert; er wusste, wer der Autor war. Gott sei Dank, bald würden diese Schwachköpfe aus seinem Leben verschwinden. Dann kam ihm ein schrecklicher Gedanke. Könnte der Mann hinter der Maske der Autor höchstpersönlich sein? Er blieb so beherrscht, wie er nur konnte.

„Nun, Sie hochgeschätzter Literaturkritiker?“, fragte der Mann und beugte sich vor.

„Matt Stone“, sagte Drys in herablassendem Ton. „Würden Sie jetzt freundlicherweise mein Haus verlassen?“

„Matt Stone“, grübelte der Mann vor ihm und griff nach dem Messer. „Ausgezeichnet, Mr. Drys.“ Er ließ ein irritierendes Lachen hören. „Aber leider nicht gut genug. Sehen Sie, Matt Stone ist ein Pseudonym. Ich brauche den richtigen Namen des Schriftstellers. Entschuldigung, habe ich vergessen, das klarzustellen?“

Alexander Drys wollte schreien, aber ein Stofffetzen wurde ihm in den Mund gestopft, bevor er einen Ton von sich geben konnte. Er hatte keine Ahnung, wie Matt Stone eigentlich hieß. Er hatte sich nie mit den hauptsächlich talentlosen Narren beschäftigt, deren Bücher er verriss. Er riss die Augen auf, als er sah, wie der Mann mit dem Messer sich über seine rechte Hand beugte. Der andere Mann zog stark an dem Strick um Drys Hals, hielt seinen Körper in aufrechter Stellung. Er fühlte sich ungerecht behandelt. Sollte er wirklich wegen so einem unbedeutenden Schriftsteller leiden? Da gab es ganz andere, deren Karrieren er ruiniert hatte, einer hatte sogar Selbstmord begangen.

„Matt *Wells* ist sein Name“, sagte der Mann und starrte ihn aus leeren Augen an. „Denken Sie darüber nach, wie sehr Sie ihn mit Ihren Worten verletzt haben, während ich schneide.“

Der Kritiker spürte die Klinge durch seine Haut fahren und betete um Gnade zu dem Gott, den er sein Leben lang ignoriert hatte.

Aber ihm wurde keine Gnade gewährt.

18. KAPITEL

Ich musste nicht bis zu den Abendnachrichten warten, um herauszufinden, was Alexander Drys zugestoßen war. Etwa eine Viertelstunde, bevor ich losmusste, um Lucy von der Schule abzuholen, klingelte mein Handy.

„Matt."

„Was hast du getan, du verdammtes Schwein?", schrie ich.

White Devil schwieg kurz. „Etwas mehr Vorsicht, mein Freund." Seine Stimme klang immer noch freundlich. „Ich weiß, dass die Polizei da war, um mit dir zu reden. Woher willst du wissen, dass sie dich nicht überwachen?"

Ich ging zum Fenster. Draußen war nichts Ungewöhnliches zu sehen. „Hör zu, du mörderischer Irrer", sagte ich und senkte die Stimme. „Erzähl mir, was du Drys angetan hast."

„Gut. Zuerst habe ich ihm die Hände abgeschnitten – die diese hässlichen, unfairen Rezensionen deiner Bücher getippt haben. Dann habe ich ihm die Zunge abgeschnitten und in sein Rektum eingeführt. Schließlich hat er seinen reichen Freunden seit Jahren die Ärsche geleckt. Zu diesem Zeitpunkt zappelte er ziemlich herum, daher wurde sein Kopf mit einem Kugelhammer zu Brei geschlagen. Dieses perverse Gehirn wird keine niederträchtigen Gedanken mehr hervorbringen, was, Matt?"

Ich war auf das Sofa gefallen, während er diesen Horror aufzählte wie ein Schuljunge, der stolz ein Gedicht vorträgt.

„Matt? Bist du noch da? Erzähl mir nicht, dass du über den nicht gerade angenehmen Tod von diesem Scheißkerl unglücklich bist. Ich weiß doch, wie sehr du ihn gehasst hast."

Woher wusste er das? Wie lange hörte er mich schon ab?

Ich hatte mich bei Sara über Drys ausgekotzt, aber nicht in letzter Zeit. Der arme Kerl hatte sich überhaupt nicht die Mühe gemacht, meinen letzten Roman zu rezensieren.

„Matt? Du könntest mich dazu beglückwünschen, die Welt von diesem literarischen Blutsauger befreit zu haben."

„Du bist geisteskrank", brachte ich schließlich heraus. „Warum er? Er kann dir doch nichts angetan haben." Dann wurde mir klar, was er gerade gesagt hatte – Hände, Zunge, Hammer – und der Magen zog sich mir noch mehr zusammen. „Scheiße, genau das ist einem der Schurken im ersten Sir-Tertius-Roman passiert."

„In *The Italian Tragedy,* das stimmt." White Devil lachte erfreut. „Hey, Matt, wir sind Freunde, oder nicht? Ich bin mit meiner eigenen Todesliste durch, also habe ich jetzt mit deiner angefangen."

Mir gefror das Blut. „Wie meinst du das?"

„Stell dich doch nicht blöd. Und mach dir keine Sorgen. Du hast das perfekte Alibi. Die Polizei war gerade bei dir, als Drys starb." Er kicherte. „Natürlich, du hättest jemanden angeheuert haben können, um ihn umzubringen." Ein noch gemeineres Lachen. „Zum Beispiel mich." Er legte auf.

Verzweifelt schmiss ich das Handy hin. Was meinte er mit *meiner* Todesliste? Lieber Gott, wollte er jeden beseitigen, über den ich mich jemals negativ geäußert hatte? Falls das stimmte, würde es im Verlagswesen bald jede Menge Leichen geben – Lektoren, Agenten, Publicity-Mädels, Marketingtypen, Schriftstellerkollegen, die ich um ihren Erfolg beneidete, Buchhändler, die meine Bücher nicht für ihre „Kauf drei, bezahl nur zwei"-Werbemaßnahmen ausgewählt hatten ...

Das konnte White Devil nicht ernst meinen.

D.C.I. Karen Oaten und D.I. John Turner standen in Alexander Drys' Salon. Sie steckten wieder in weißen Overalls und Plastiküberschuhen.

„Der Biss des Teufels", sagte der Inspector und wandte sich von dem abscheulichen Anblick auf der Chaiselongue ab.

„Ganz ruhig, Taff", sagte seine Vorgesetzte und beugte sich über das blutige Gesicht das nackten toten Mannes. Sie warf dem Pathologen einen Blick zu. „Sie sagten, seine Zunge sei entfernt worden. Wurde ihm etwas in den Mund gesteckt?"

Redrose schüttelte den Kopf. „Die Frage habe ich erwartet. Nein, da ist keine in Plastik gewickelte Botschaft mit einer Gedichtzeile oder sonst etwas drin."

„Nirgendwo an seinem Körper?"

„Nirgends. Das Einzige, was eingefügt wurde, ist seine Zunge in seinem …"

„Ja, das erwähnten Sie bereits." Oaten sah den weißgesichtigen Turner an. „Irgendeine Idee, wieso?"

„Ich sammele nur die abgetrennten Leichenteile auf", sagte der Pathologe und deutete mit dem Kopf zum Tisch, auf dem die abgeschnittenen Hände in durchsichtigen Plastikbeuteln lagen. Sie wirkten wie groteske Ornamente, die Handflächen nach unten und die Finger gestrafft wie die eines Pianisten. „Herauszufinden, was im Hirn von diesem Monster vorgeht, ist Ihr Job."

„Vielen Dank auch", sagte die Chefinspektorin ironisch.

Redrose sah sie an. „Na schön, wenn Sie meine vorläufige Meinung hören wollen, es ist derselbe Mörder wie in den drei vorherigen Fällen. Die Hände wurden mit einigem Fachwissen abgetrennt, aber nichts weist darauf hin, dass der Täter eine medizinische Ausbildung hätte oder auch nur die eines Metzgers. Die Zunge wurde mit etwas herausgezogen, was nach den Druckstellen oben und unten eine Kneifzange gewesen sein könnte, und abgeschnitten mit einer scharfen, ungezackten Klinge." Er zeigte auf die zerschmetterten Überreste des Schädels. „Was den Kopf angeht, auf den wurde mehrmals mit einem kompakten, abgerundeten Instrument eingeschlagen – ich schätze, einer von diesen Hämmern, wie heißen die gleich?"

„Kugelhämmer", sagte Turner, die Augen immer noch abgewandt.

„So einen meine ich", sagte der Pathologe anerkennend. „Sie gehen wohl auch gern mal durch den Baumarkt, Inspector? Also gut, hier kommt meine psychologische Analyse, was immer sie wert ist. Ich würde sagen, die abgetrennten Hände haben offensichtlich etwas mit dem Beruf des Mannes zu tun – er war Literaturkritiker, der sein Geld mit Schreiben verdiente, nicht wahr? Die Zunge im Rektum ist etwas seltsamer. War er sexuell anormal?"

Oaten hob die Schultern. „So weit sind wir noch nicht. Die Hammerschläge auf den Kopf, die ihn getötet haben, interessieren mich. Die vorherigen Morde wurden auf eine Art begangen, die Sie in Ihren Berichten als ‚kontrollierte Brutalität' beschrieben haben. Dieser hier war genauso, außer der Sache mit dem Kopf. Warum wurde er auf diese Art zertrümmert?"

„Vielleicht wehrte er sich gegen den Angreifer?", schlug Turner vor.

„Nein, das Opfer war festgebunden", sagte der Pathologe und zeigte auf die Quetschungen an den Armstümpfen.

„Also wurde das kaltblütig getan", sagte die Chefinspektorin. Sie ging zum Leiter der Spurensicherung. „Irgendwas Interessantes?"

„Zwei Täter, wie bei dem Arzt. Sieht aus, als hätten sie sich nach dem Mord vor der Tür zum Salon umgezogen. Keine Spuren, wenigstens bis jetzt nicht, auf der Treppe oder um das rückwärtige Fenster herum. Dort haben sie sich Zugang zum Gebäude verschafft, indem sie eine Fensterscheibe herausschnitten."

„Und kein Anzeichen von einer in Plastik gewickelten Botschaft?"

Der Mann hob die Schultern und sah sich in dem Raum um. „Noch nicht. Andererseits, hier gibt es eine Menge Bücher." Die Regale, die an drei Wänden vom Fußboden bis zur Decke reichten, waren alle vollgestopft.

Karen Oaten ließ ihren Blick über die zahllosen Buchrücken gleiten. Der Leiter der Spurensicherung war kein Dummkopf. Auch wenn es keine Botschaft an der Leiche gab, war es in Anbetracht des Berufs des Opfers möglich, dass sie in einem der Bücher steckte. „Lassen Sie einen von Ihren Leuten mal einen Blick auf diese ganzen Bücher hier werfen", sagte sie zu dem Techniker. „Ich bin besonders interessiert an allem von John Webster oder Matt Stone."

Der Spurensicherer nickte.

Oatens Handy klingelte. Ihr sank das Herz bis zu den Knien, als sie die nicht gerade wohlklingende Stimme des Commissioners vernahm. Sie setzte ihn über den Stand der Ermittlungen ins Bild.

„D.C.I. Oaten, ich habe gerade mit dem A.C. gesprochen", sagte er. „Wir haben das Gefühl, dass Sie nicht genug Leute haben. Das Team von D.C.I. Hardy wird zu Ihnen stoßen. Sie behalten die operative Befehlsgewalt, aber ich will nichts von Streitereien hören. Teilen Sie sämtliche Informationen, und kooperieren Sie miteinander. Dieser Verrückte lässt uns wie Versager dastehen. Wenn es noch mehr Morde gibt, wird es sehr schwierig, Sie auf Ihrem Posten zu halten.“ Die Verbindung wurde unterbrochen.

Die Chefinspektorin stand da und starrte ihr Handy an. Ihre Gefühle waren gemischt. Hilfe von Hardys Leuten wäre durchaus nützlich, aber sie wollte den Atem von diesem nikotinverfärbten Spinner nicht im Nacken spüren. Was die Drohung anging, ihr diesen Fall wegzunehmen, dadurch wurde sie nur noch entschlossener, diese Killer zu schnappen. Wer immer glaubte, sie würde zulassen, dass ihre Karriere von einem Paar blutrünstiger Wilder – zweifellos männlich – gestoppt werden könnte, würde schon merken, wie falsch er damit lag. Sie war eine Frau in der Met. Was sie durchmachen musste, um ihre jetzige Position zu erreichen, machte aus der Jagd nach diesen Irren einen Weitpinkelwettbewerb – und den letzten, an dem sie beteiligt gewesen war, hatte sie gewonnen, indem sie es bei der Ausstandsfeier ihres letzten Jobs mithilfe einer handbetriebenen Pumpe bis zur Decke schaffte. Irgendwas nagte an ihr, was ihre Zeit in East London betraf. Irgendwas …

„Chef?“ John Turner stand am anderen Ende des Raums. „Die Spurensicherer stecken alle bis zum Hals in Arbeit. Ich gucke selbst mal nach den Büchern von diesem Wichser Wells, ich meine, Stone.“

Oaten ging rüber. „Was haben Sie gegen den?“ Sie fand den Schriftsteller eher anziehend, nicht dass sie das je zugeben würde.

„Habe ich Ihnen schon im Wagen gesagt“, meinte er, die Bücherreihen musternd. „Irgendwas stimmt nicht mit ihm. Er verbirgt etwas.“

Die Chefinspektorin lachte. „Jeder verbirgt irgendwas vor

uns, Taff. Wir sind die Bullen, schon vergessen?"

Turner hörte gar nicht zu. „Sie sind alphabetisch geordnet", sagte er triumphierend. „Dann sollte das fix gehen." Er schritt zur linken Wand am Fenster. „Hier drüben", sagte er und winkte den Fotografen heran. „Eins der Bücher steckt nicht ganz drin."

Oaten trat zu ihm, wartete, dass Fotos davon gemacht wurden, und blinzelte, als der Blitz aufflammte. „*The Italian Tragedy*. Das war sein erstes Buch, wenn ich mich richtig erinnere." Sie zog das Hardcover vorsichtig aus dem Regal und schlug es auf. Drin war eine Pressemitteilung, die das „Debüt eines großen neuen Talents im Krimi-Genre" verkündete. Sie ließ die Seiten mit ihrem latexbedeckten Daumen vorbeirauschen, bis ihr etwas Rotes ins Auge stach. Mit plötzlich rasendem Herzen schlug sie die Seite auf.

„Volltreffer, Taff", sagte sie leise. „Hier ist etwas rot unterstrichen. ‚Von allen Todesarten ist der grausame Tod der beste'", las sie vor. Dann sah sie sich den Abschnitt davor an. „Unser Freund Wells lässt seinen Ermittler Sir Tertius mit einem Schauspieler reden, der diese Zeile aus einem Stück von Webster zitiert." Sie sah ihren Untergebenen an. „Raten Sie mal, aus welchem. *Der Weiße Teufel.*"

Turner hatte schon sein Handy in der Hand. „Ich lasse ihn festnehmen."

Oaten schüttelte den Kopf. „Sie vergessen etwas." Sie wandte sich an den Pathologen. „Wie war noch mal Ihre Schätzung für den Todeszeitpunkt, Doktor?"

„Zwischen zehn und zwölf, würde ich sagen."

Die Chefinspektorin drehte sich zu dem Waliser um. „Können Sie sich noch erinnern, wo wir zwischen halb zehn und halb elf waren?"

„Mist", sagte er und steckte das Handy weg. „Er könnte einen Komplizen haben."

„Sie meinen zwei." Oaten nickte. „Ja, das könnte er. Aber wenn wir ihn abholen und verhören, wird er kaum den Mund aufmachen, jedenfalls nicht, wenn er dieser berechnende Bastard ist, der hinter diesem Mord und den drei anderen steckt."

„Aber wir können ihn im Auge behalten", sagte Turner.

„Aber ja", erwiderte sie. „Ganz bestimmt können wir das. Ein paar von Hardys Leuten können uns das abnehmen. Die Teams werden sich zusammenschließen." Sie sah die Bestürzung in seinem Gesicht. „Keine Angst, ich habe immer noch die Befehlsgewalt. Bis auf Weiteres zumindest." Sie verließ den Raum. „Kommen Sie mit", sagte sie über ihre Schulter. „Unsere Leute hier wissen, was sie tun. Wir müssen uns die Menschen vornehmen, die mit den früheren Opfern bekannt waren."

„Bald werden wir auch eine Liste der Leute haben, die diesen Burschen hier kannten."

Oaten nickte. „Das Problem ist, ich habe so ein Gefühl, dass Alexander Drys mit den anderen überhaupt nichts zu tun hat."

Turner warf ihr einen müden Blick zu. „Und wo stehen wir dann?"

„Am Arsch, wenn wir keinen neuen Weg finden."

In der Halle legten sie die Overalls ab. Bevor sie gingen, teilte ihnen ein weiblicher Detective Sergeant mit, dass das portugiesische Hausmädchen mithilfe eines Übersetzers eine Aussage gemacht hatte. Sie konnte nicht sehen, wer sie von hinten überwältigt und gefesselt in die Toilette gesperrt hatte. Wenn sie nicht auf strikte Anweisung ihrer Mutter immer ein Taschenmesser dabeihätte – man kann britischen Männern nicht über den Weg trauen –, würde sie wahrscheinlich immer noch da drin stecken, und der Vorfall wäre noch gar nicht gemeldet worden. Auch so dauerte es mehr als eine Stunde, bis sie die Stricke mit der stumpfen Klinge durchsägen konnte.

Oaten und Turner verließen das Haus mit gesenkten Blicken. Vier Morde, und noch immer hatten sie keine einzige heiße Spur. Sie hatten alles genau nach Vorschrift getan. Ganz bestimmt musste dabei bald etwas herauskommen.

Nachdem ich auf Lucy aufgepasst hatte, ging ich sofort zu Sara. Caroline bedachte mich mit dem üblichen kalten Blick, als ich mich verabschiedete. Ein Teil von mir wollte ihr sagen, dass es für unsere Tochter besser wäre, wenn wir Freunde blieben, aber ein anderer, verletzter Teil überzeugte mich, dass das komplette Zeitverschwendung wäre. Caroline hatte nichts mehr für mich übrig, besonders jetzt, wo ich durch meine Schreiberei nichts mehr verdiente. Von Leuten, die nichts zum Wohlstand ihres Landes beitrugen, hatte sie noch nie viel gehalten. Wenn sie wüsste, in welche Gefahr ich sie und Lucy brachte, würde sie mir mit dem Tranchiermesser zu Leibe rücken.

Sara war nicht da, als ich ihre Wohnung betrat. Ich rief sie auf dem Handy an, und sie sagte, sie würde im Zug sitzen. Sie klang lebhaft. Als sie schließlich nach Hause kam, hatte sie ein seltsames Lächeln auf den Lippen. Ich legte meine Arme um sie und wollte sie zur Begrüßung küssen. Sie drehte das Gesicht zur Seite, und ich erwischte nur ihre Wange.

„Was ist los, Baby?“, fragte ich, ging zum Kühlschrank und holte eine Flasche Wein. „Bist du befördert worden oder so was?“

Sie antwortete nicht, ging ins Schlafzimmer, um die formelle Berufskleidung loszuwerden und in etwas Bequemeres zu schlüpfen.

Ein paar Minuten später tauchte sie in einer Trainingshose und einem roten T-Shirt mit Che Guevara auf der Brust wieder auf.

„Nein, Matt“, sagte sie und sah mich merkwürdig an. „Nichts dergleichen.“

„Willst du drüber reden?“ Ich setzte mich neben sie auf das Sofa und reichte ihr ein Glas.

„Nichts Besonderes. Bloß die übliche Freude, für eine Qualitätszeitung arbeiten zu dürfen. Oder das Gegenteil.“ Sie fuhr sich mit einer Hand übers Haar und lachte. „Ich denke ernsthaft über einen Berufswechsel nach.“

Das überraschte mich. Seit ich sie kannte – es war etwa ein Jahr her, als wir auf der Party eines Verlags regelrecht ineinandergerannt waren, ihr Rotwein lief über mein Hemd –, war Sara ihrem Job scheinbar so hingegeben wie sonst kaum jemand, den ich kannte. Sie lebte für neue Storys, angetrieben von derselben rastlosen Energie wie alle Erfolgsjournalisten und glücklich dabei. Was mich auf etwas brachte.

„Du bist doch nicht an dem Drys-Mord dran, oder?“

Das Glas stoppte auf dem Weg zu ihrem Mund. Ihre Augenlider bebten einen Moment. „Der Drys-Mord?“, wiederholte sie. „Ach, der Literaturkritiker. Nein, Jeremy ist da dran.“ Plötzlich ernst, sah sie mich an. „Hast du den gekannt?“

„Nicht persönlich. Weißt du nicht mehr? Ich hab ein- oder zweimal über ihn gemeckert. Als Beispiel für jene Art Journalisten, die sich vor der richtigen Welt verstecken – er tauchte nie bei irgendwelchen Events auf, die mit Krimis zu tun haben – und schrieb aus der Entfernung verletzende Sachen über uns.“

Sie betrachtete mich nachdenklich. „Ach ja, jetzt erinnere ich mich. Du hast gesagt, er hätte dich ein paarmal verrissen."

„Mich und jede Menge andere Krimiautoren."

„Dann ist ja gut", sagte sie und kippte ihr Glas. „Wenigstens bist du nicht der Hauptverdächtige."

„Nein." Mir fiel ein, dass ich den Detectives ihre Adresse und Telefonnummern gegeben hatte. Aus irgendeinem Grund fragte ich nicht, ob sie sich mit ihr in Verbindung gesetzt hatten. Ich nahm an, falls ja, würde sie mir das erzählen, und wenn nicht, wollte ich ihr nicht den Abend verderben.

Wie sich herausstellte, passierte an dem Abend sowieso nichts mehr. Sara sagte, ihr Magen mache ihr Probleme, und ging früh ins Bett. Es war nicht das erste Mal, dass sie sich in letzter Zeit mir gegenüber distanziert verhielt. Zweifellos kümmerte ich mich nicht genug um sie, seit White Devil aufgetaucht war.

Nachdem ich mir die Nachrichten angesehen hatte, die nichts Neues über die Ermordung von Alexander Drys zu berichten wussten, sah ich nach ihr. Sie schlief, aber offenkundig ziemlich unruhig. Ihre Lippen und ihre Beine bewegten sich. Vielleicht war sie als Journalistin schneller ausgebrannt als die meisten. Ich verzog mich leise und fuhr nach Hause.

Irgendwo zwischen Clapham und Herne Hill traf ich eine Entscheidung. Zur Hölle mit White Devil und seinen Machenschaften. Ich würde mir diese Scheiße von ihm nicht mehr gefallen lassen. Es wurde Zeit, dass ich ihm wie ein Mann entgegentrat, nicht wie ein Krimiautor.

Die nächsten beiden Stunden verbrachte ich damit, nachzudenken und den Plan zu verfeinern, der mir letzte Nacht eingefallen war, und so viele Eventualitäten zu berücksichtigen, wie ich nur konnte. Dann fiel ich in einen Schlaf, der von den Geistern verstümmelter Leichen und den Schreien missbrauchter Kinder heimgesucht wurde. Das ließ langsam nach, und ich träumte von Rache. Mit jeder Menge Blut.

Als ich am nächsten Morgen erwachte, wusste ich, dass ich die richtige Entscheidung getroffen hatte. Ich würde White Devil mit seinen eigenen Waffen schlagen, meine Rache würde grausamer sein als seine.

Sonst würde er mich mit sich in die Unterwelt reißen.

19. KAPITEL

White Devil stand vor einer Reihe Bildschirme in seinem Penthouse über der Themse. Das Wasser war bleigrau mit einem Anflug fäkalienbraun, Möwen kreisten darüber wie weiß gefiederte Dämonen. Sie erschien ihm wie ein Fluss aus der Unterwelt, die Gebäude mit den dunklen Mauern auf der anderen Seite wie die Häuser der lebenden Toten; eine Szene wie von Hieronymus Bosch heraufbeschworen, ein Triumph des Todes wie von Pieter Brueghel. Er seufzte. Das Leben konnte gar nicht besser sein.

White Devil blickte herab auf den ledernen Ordner, der auf dem georgianischen Tisch lag, den er für die Essecke gekauft hatte. Vorhin hatte er sich die von Matt geschriebenen Seiten angesehen. Aber jetzt betrachtete er die erste Seite. Der Titel des Manuskripts lautete *Die Todesliste,* und vor der eigentlichen Erzählung kam ein Namensregister, in zwei Spalten. Links standen die Namen von Leuten, darunter Billy Dunn, Richard Brady, Father Patrick O'Connell, Evelyn Merton, Gilbert Merton, Bernard Keane, Alexander Drys – jene, die er bereits getötet hatte, waren mit einem roten Kreuz durchgestrichen. Es gab weitere, bislang noch nicht berührt von dem menschlichen Blut, das er als Tinte benutzte – Christian Fels, Jeanie Young-Burke, Lucy Emilia Wells, Caroline Zerb, Fran Wells und noch mehr. Matt Wells natürlich auch inklusive.

Während die Stadt an diesem Morgen langsam zum Leben erwachte, dachte White Devil über den Mann nach, den er zu seinem Gehilfen auserkoren hatte. Er hätte seine Geschichte leicht selbst schreiben können; dazu brauchte er diesen Idioten Matt Wells nicht. Aber er brauchte einen Sündenbock.

Ein Krimiautor – ein Schlappschwanz, der seine Zeit mit dem Versuch vertrödelte, sich die Qualen anderer Leute vorzustellen, und dabei versagte – war die ideale Wahl. Krimiautoren. Was wussten die denn schon? Wie viele von ihnen hatten jemals ein Verbrechen begangen, das schlimmer war, als sich ein bisschen Dope zu beschaffen oder zu schnell zu fahren? Wie viele von ihnen hatten gespürt, wie das Leben aus einem anderen Menschen entwich, wie seine Augen flatterten, wenn die endgültige Dunkelheit ihn umfing, seine Glieder im Tanz des Todes zuckten? Heuchler, Betrüger, Weiße Teufel. Sie waren schlimmer als er. Denn er hatte wenigstens einen Grund für das, was er tat.

White Devil ging zurück zu den Bildschirmen vor der hinteren Wand. Matt hatte einen ungewöhnlich entschlossenen Ausdruck im Gesicht gehabt, als er vorhin von seiner Freundin zurückkam. Das war interessant. Könnte er seinen Mut und seine Kraft zusammennehmen? Wollte er ihn etwa ernsthaft herausfordern? Das wäre ein zusätzlicher Bonus. Nicht dass so etwas diesem Schreiberling gut bekommen würde. Bald schon würde er um Gnade winseln.

Wie es dieser Literaturkritiker getan hatte. Drys war ein erbärmliches Opfer gewesen, hatte um Gnade gefleht, solange er noch seine Zunge hatte, Geld angeboten, Kunstwerke, alles, was er besaß. Vielleicht war das der Grund, warum White Devils Partner sich mit dem Hammer nicht zurückhalten konnte. Um Himmels willen, Mann, hatte er gedacht, als er zusah, wie Drys' Schädel zertrümmert wurde. Stirb wenigstens mit etwas Würde. Das Webster-Zitat im ersten Roman von Matt Wells zu unterstreichen, war ein hübscher Einfall gewesen. Er fragte sich, ob die Polizei das schon entdeckt hatte.

Sein Partner hatte sich beim Zerschmettern des Schädels gut aufgeführt – dieses Mal war es ihm nicht hochgekommen. White Devil hatte gehofft, dass er sich durch seine Beteiligung an der Ermordung des Arztes daran gewöhnen würde, und er hatte recht behalten.

Er sah sich die Liste an. Wenn er diese Leute allesamt abschlachten wollte, musste er sich exakt an den Plan halten, den er so detailliert ausgearbeitet und sich eingeprägt hatte. Davon brauchte er keinen Ausdruck, aber er hatte die Datei als verborgenen Anhang mit einer der E-Mails aus einem der verschiedenen Internetcafés an Matt Wells geschickt – wenn die Polizei das entdeckte, konnte der Krimiautor sich nicht mehr herauswinden. Danach hatte er alle seine Ausdrucke und Disketten vernichtet. Er brauchte sie nicht länger.

Er lehnte sich zurück und betrachtete noch einmal die Inhaltsangabe des Manuskripts. In der rechten Spalte waren seine namenlosen Opfer aufgeführt, an denen er sein Geschäft erlernt hatte – die Obdachlosen, die Junkies und die Nutten. Er bezeichnete sie nach den Orten, an denen er sie aufgetrieben hatte – Charing Cross Road, Embankment, Beak Street … Insgesamt neun. Nach seinem Vater und dem kleinen Fiesling waren die seine Grundausbildung gewesen. Kein Mensch hatte überhaupt bemerkt, dass sie verschwunden waren – in die Kanäle und Baugruben, auf die Autofriedhöfe und in die Fundamente der neuen Straßen, die dauernd rund um London gebaut wurden. Heute noch da, morgen schon versunken in der Hölle, und niemanden kümmerte das. Die ganze Stadt war ein einziger Friedhof, ein Reich der Toten, und die Leute taten so, als wüssten sie es nicht. Das änderte sich allerdings gerade. Jetzt lag Hysterie in der Luft, nach den vier Morden, deren Opfer er sie hatte finden lassen.

White Devil griff nach der Fernbedienung und stellte einen der Nachrichtensender ein. Es gab nichts Neues über den Drys-Mord. Dann kam eine Meldung, die ihn zum ersten Mal seit seiner Kindheit zusammenzucken ließ.

„... vor dem Hereward Pub in Greenwich, wo die schreckliche Entdeckung gemacht wurde. Ein Passant auf dem Rückweg von einer nächtlichen Feier bemerkte streunende Hunde, die an drei großen, vor der Tür des Pubs abgestellten Überseekoffern zerrten." Er sah abgetrennte Gliedmaßen, den Kopf und den Torso eines Mannes. Sogar noch schockierender war für ihn die Tatsache, dass er den Mann kannte. „Die Metropolitan Police hat die Identität des Opfers noch nicht bestätigt, aber wie wir erfuhren, wurden die nächsten Verwandten bereits benachrichtigt. Demnach handelt es sich um einen gewissen Terence Smail, dreißig Jahre alt, ein Stammkunde des Hereward. Bisher haben sich keine Zeugen gemeldet, die Polizei vermutet eine Verbindung mit dem organisierten Verbrechen ..."

White Devil bekam sich wieder unter Kontrolle, indem er die Atemtechnik anwandte, die Jimmy Tanner ihm beigebracht hatte. Das konnte kein Zufall sein. Terence Smail. Terry – er erinnerte sich an das jämmerliche Individuum, das immer in dem Pub herumgehangen hatte. Hatte er irgendetwas davon mitbekommen, worüber White Devil, Corky und Tanner geredet hatten? Konnte er das den Leuten verraten haben, die ihn umgebracht hatten? Offensichtlich wollte jemand an ihm ein Exempel statuieren, aber für wen war das Exempel gedacht? Es konnte natürlich sein, dass er einem der zahlreichen Verbrechen, die in dem Pub geplant wurden, in die Quere gekommen war, wie der Reporter andeutete. Aber was, wenn Jimmy Tanner ihm gegenüber erwähnt hatte, dass er jemanden in die Fähigkeiten des SAS einwies? Was, wenn jemand herausgefunden hatte, dass Jimmy vermisst wurde, und nach ihm suchte? Diese Typen waren absolut tödlich; die machten keine Gefangenen – sogar der heruntergekommene Säufer Jimmy war noch verdammt gefährlich gewesen. Es konnte sein, dass er und Corky tief in der Scheiße steckten.

White Devil wurde klar, dass er seinen Plan schneller umsetzen und früher untertauchen musste als erwartet. Er sah sich die Namen an. Das nächste Opfer fiel ihm ins Auge, eine Person, deren Lebenserwartung nur noch in Stunden und Minuten gezählt wurde. Als er aufsah, erblickte er sich selbst in dem verzierten viktorianischen Spiegel, den er über den Tisch gehängt hatte, und lachte.

„‚Wenn je der Teufel die Gestalt der Schönheit sich wählte'", deklamierte er, „‚sehet hier sein Abbild jetzt.'"

Aus dem Stück von John Webster, dritter Akt, zweite Szene. Der seit Jahrhunderten tote jakobinische Dramatiker war herausragend. Was hätte er von der Art gehalten, mit der seine Worte im heutigen London verwendet wurden? Hätte er es genossen? Natürlich hätte er das.

White Devil betrat sein Ankleidezimmer, um sich auf seine nächste Tat vorzubereiten.

Am nächsten Morgen stand ich früh auf und tat so, als wäre ich noch im Halbschlaf, stolperte herum wie ein verkaterter Säufer, weil ich annahm, dass White Devil mich beobachtete. Absichtlich fuhr ich den Laptop nicht hoch. Zweifellos hatte er mir wieder eine Ladung seiner Notizen geschickt, aus denen ich einen vorzeigbaren Text machen sollte. Das konnte warten. Ich hatte Wichtigeres zu tun. Ich holte meinen beklagenswert ungewaschenen Jogginganzug hervor und rannte in der frühen Morgendämmerung Richtung Brockwell Park. Mein Knie tat weh, aber das konnte ich aushalten. Ich hatte wieder ein Ziel im Leben.

Mit bebenden Lungen erreichte ich das südliche Ende des Parks und erblickte die Telefonzelle, an die ich mich noch von Spaziergängen mit Lucy in ihrem Kinderwagen erinnerte. Ich hoffte, dass sie noch funktionierte. Als ich die Tür öffnete, kam mir der Gestank von abgestandenem Urin entgegen. Ich sah mich um und entdeckte niemanden außer ein paar anderen Männern mittleren Alters, die durch viel zu schnelles Joggen ihre Herzinfarkte beschleunigten. Ich musste die Chance nutzen, dass White Devil und seine Helfer mir vielleicht gerade nicht auf den Fersen waren. Oder D.C.I. Oaten und ihre Truppe.

Mit der Telefonkarte, die ich immer für Notfälle dabeihatte, machte ich den ersten meiner geplanten Anrufe.

„Hallo?“ Meine Mutter klang hellwach, aber auf der Hut.

Ich bin’s“, sagte ich, den Mund dicht am Hörer. „Ich habe nicht viel Zeit. Du musst etwas für mich tun, was dich überraschen wird. Ich will, dass du sofort und ohne Zögern nach Heathrow fährst. Kauf dir ein Ticket für den ersten verfügbaren Flug zu irgendeinem Ziel in Europa. Nimm dein Handy mit. Geh nicht ran, wenn es das erste Mal klingelt. Wenn es viermal klingelt und dann aufhört, bin ich das. Geh ran, wenn es das nächste Mal klingelt, okay? Und verrat mir nicht, wo du bist.“

„Was zum ...“

„Unterbrich mich nicht, Fran“, sagte ich entschlossen. „Du bist in Lebensgefahr. Mehr kann ich im Augenblick nicht sagen. Aber wenn du tust, was ich sage, wird dir nichts passieren.

Du sagst doch immer, dass du dringend mal Urlaub machen müsstest. Also, jetzt ist die Gelegenheit dazu. Ich melde mich. Versprich mir, dass du sofort aufbrichst. Tu's für mich." Ich trug dick auf mit der Liebender-Sohn-Masche, was mir nicht schwerfiel. Ich hatte Angst, dass White Devil sie in die Finger kriegen könnte.

„Tja, na schön, Matt", sagte sie zweifelnd. „Ich mach mich auf den Weg, so bald ich kann."

„Gut. Ich melde mich. Viel Spaß." Ich unterbrach die Verbindung. Meine Mutter hatte ihren eigenen Kopf, aber sie wusste, wann sie besser auf andere hören sollte. Sie hatte genug Geld und reiste oft allein ins Ausland, immer mit British Airways. Eine Sorge weniger.

Ich suchte die nächste Nummer auf meiner Liste.

Dave Cummings ging nach dem zweiten Läuten an sein Handy. Im Hintergrund hörte ich Kinderstimmen.

„Matt hier. Hör zu, ich stecke in Schwierigkeiten und brauche deine Hilfe."

„Das dachte ich mir schon, Kumpel", sagte er mit der typischen Direktheit eines Mannes aus Yorkshire. „Was soll ich mit dem Geld anfangen?"

„Gar nichts", erwiderte ich. Ich hatte beschlossen, das Bargeld von White Devil zu ignorieren. Wenn ich auch nur ein bisschen davon verwendete, wäre ich sein Komplize. „Lass es in seinem Versteck, und bewahr die Disketten irgendwo anders auf. Hör zu, du musst mir ein paar Gefallen tun. Als Erstes: Kannst du Lucy von der Schule abholen?"

„Kein Problem."

„Dann nimm sie mit zu dir nach Hause."

„Kein Problem."

„Und dann bring sie und deine ganze Familie in dein

Cottage auf dem Land, bis du wieder von mir hörst.“

„Was? Meine Frau auch?“

„Deine Frau, den Hund, alle.“

Er schwieg einen Moment. „Was ist da los, Matt?“

„Lucy ist in Gefahr. Außerdem jeder, der mich kennt. Ich brauche ein bisschen Zeit, um die Sache in den Griff zu kriegen, und ich muss wissen, dass Lucy und ihr alle in Sicherheit seid.“

„Ist irgendein Gangster hinter dir her?“

„Ein Obergangster.“

„Ich will dir gern helfen.“

Ich wusste, er würde ohne Zögern seine Unterstützung anbieten. „Sieh mal, Psycho, erledige das alles heute noch. Später werde ich noch mehr Hilfe brauchen.“ Ich gab ihm dieselbe Handyprozedur durch wie meiner Mutter. „Okay?“

„Jau, alles klar. Nur die Ruhe, Matt. Du weißt, du hast ein paar Freunde.“

„Danke, Dave.“ Ich legte auf. Ich wusste, dass ich mich auf ihn verlassen konnte, aber nicht mal er konnte es mit White Devil aufnehmen – zumindest nicht allein.

Der Nächste auf der Liste war Roger van Zandt. Bei ihm dauerte es länger, bis er ranging. Er war geschieden, kinderlos und sein eigener Chef und hatte keinen Grund, früh aufzustehen – außer seinen Computern und den Dioramen von Schlachten des Zweiten Weltkriegs, die überall bei ihm herumstanden.

„Rog? Matt hier.“

„Was zum Teufel denkst du …“

„Es ist ein Notfall.“

„Das sollte es besser sein, Wellsy.“ Er klang, als wollte er mir den Kopf abreißen. Ohne Zweifel hatte er gestern

Abend ein Pint zu viel gekippt. „Wenn es um deinen Laptop geht, da arbeite ich noch dran. Du hast da wirklich was angerichtet …“

„Vergiss den Laptop, Dodger. Was verstehst du von Überwachungsanlagen? Oder eher, wie man sie außer Betrieb setzt?“

„Was? Bist du besoffen?“

„Nein!“, schrie ich. „Hör mir zu. Ich bin in Lebensgefahr, und jeder, der mich kennt ebenfalls. Einschließlich dir. Hau ab aus deiner Wohnung und geh rüber ins West End. Treib einen Sicherheitssystemservice auf und mach dich schlau, wie man Minikameras, Wanzen und was immer es sonst noch gibt aufspüren und außer Betrieb setzen kann. Okay? Hast du Geld?“

„Jede Menge Kredit auf meine Karten.“

„Gut. Heb ab, so viel du brauchst, ich gebe es dir zurück. Was immer du machst, geh auf keinen Fall zurück in deine Wohnung. Du hörst von mir.“ Ich erzählte ihm das mit dem viermaligen Läuten. „Hör zu, Rog, tut mir wirklich leid …“

„Vergiss es, Matt. Wozu sind wir schließlich Kumpel? Ooh, ich bin total aufgeregt.“

„Beruhig dich wieder“, sagte ich, gerührt von seinem Eifer, aber auch besorgt deswegen. „Ich mache keine Witze. Du bist wirklich in Gefahr. Ich erzähl dir alles später, okay?“

Ich legte auf. So weit, so gut. Die nächste Nummer.

„Andy?“

„Hey, Mann.“ Andy Jacksons breites Ostküsten-Amerikanisch drang aus dem Hörer. „Bisschen früh für einen Anruf, oder?“ Er nahm den Hörer beiseite. „Alles klar, Puppe. Bloß ’ne Minute.“

Ich hätte es wissen sollen. Er legte die Mädels reihenweise

flach. „Tut mir leid, du wirst mehr brauchen als bloß 'ne Minute, Slash", sagte ich. „Die Sache ist ernst." Ich machte ihm klar, wie tief wir in der Scheiße saßen.

„Da hast du wohl nicht aufgepasst, was, Wellsy? Keine Sorge. Ich kläre das für dich."

Ich hatte gehofft, dass er so reagieren würde. Wenn jemals die Bezeichnung „Muskelmann" auf jemanden passte, dann auf Andy. Außer Sex gab es nichts, was er so sehr genoss wie gegnerische Spieler umzunieten – auf beiden Seiten des Atlantiks, erst als Linebacker zu Hause beim American Football, dann als tödlicher Verteidiger beim Rugby für die Bisons.

„Kannst du dir freinehmen?"

„Zum Teufel mit dem Scheißjob. Der Laden ist sowieso seit Wochen halb leer. Sag einfach, was du brauchst."

Ich gab ihm Namen und Adresse der Person, die er im Auge behalten sollte, und denselben Handycode wie den anderen. Bevor ich auflegte, hörte ich noch, wie er sein Häschen aufforderte, die Fliege zu machen. Der Kerl war echt klasse.

Damit waren noch drei Leute übrig, um die ich mir Gedanken machen musste. Eine davon war meine Exfrau. Über Caroline hatte ich seit einiger Zeit nachgedacht. Wenn ich ihr auch nur den kleinsten Hinweis gab, womit ich es zu tun hatte, würde sie sofort zur Polizei gehen. Ich hatte längst beschlossen, dass das nur Zeitverschwendung wäre. Die konnten all meine Freunde und meine Familie gar nicht beschützen, wenigstens nicht, bis sie sicher waren, dass ich mit den Morden nichts zu tun hatte. Es war nicht fair, dass ich ihr Lucy wegnehmen musste, aber das würde ich später mit ihr klären.

Die zweite und viel wichtigere Person war Sara. Ich hatte überlegt, ob ich sie warnen sollte, aber ich befürchtete, dass ihre journalistische Spürnase für eine gute Story sie dazu bringen könnte, sich in Gefahr zu begeben. Wie ich wusste, war sie meistens mit einem Fotografen unterwegs, der einen schwarzen Gürtel im Judo hatte. Ich fühlte mich nicht wohl dabei, aber ich konnte nur hoffen, dass dieser Typ White Devil auf Abstand hielt, bis mir etwas Besseres einfiel.

Blieb nur noch einer übrig – ich selbst. Mir war klar, dass ich wahrscheinlich ständig unter Beobachtung stand, sowohl durch White Devil als auch durch die Polizei. Deshalb waren meine Möglichkeiten ziemlich begrenzt. Ich hatte eine Liste der Leute aufgestellt, von denen es am wahrscheinlichsten war, dass der Irre sie attackieren würde, weil ich sie nicht leiden konnte. Zwei waren besonders gefährdet. Andy Jackson kümmerte sich um den einen. Für den anderen musste ich selbst tun, was ich konnte.

Ich machte noch einen Anruf und verabredete ein Treffen, was einige Mühe kostete. Dann lief ich nach Hause und hoffte, dass ich viel kaputter wirkte, als ich tatsächlich war. Ich duschte, zog mich an und ging rüber zu unserem früheren Familienheim. Das war ein Albtraum. Ich musste Caroline vormachen, dass alles wie immer wäre, und dann Lucy zur Schule bringen, während ich mich die ganze Zeit fragte, ob ich sie je wiedersehen würde. Es war nicht so, dass ich Dave nicht traute. Der würde sich für meine Tochter opfern, da war ich sicher. Sorgen machte ich mir um mich selbst. Was für eine Chance hatte ich schon, es mit White Devil aufnehmen zu können?

„Tschüss, Daddy“, sagte Lucy.

„Tschüss, Süße“, sagte ich und versuchte, normal zu klingen. „Denk dran, ich habe heute Nachmittag einen Termin. Dave wird dich mit Tom nach Hause bringen.“

„Weiß ich doch“, sagte sie ernst. Dann drehte sie sich um und ging in ihr Klassenzimmer.

In mir zerbrach etwas, aber daran konnte ich jetzt nichts mehr ändern. Ich hatte meine Wahl getroffen, meine Würfel geworfen, meinen Rubikon überquert.

Die Frage war, ob ich zurückkommen würde.

John Turner betrat das Büro seiner Vorgesetzten. „Morgen, Chef.“ Er blickte über die Schulter zurück. „Stimmt das, was ich gehört habe? Sie haben Morry Simmons zur Verkehrspolizei versetzen lassen?“

Die Chefinspektorin nickte. „Was hätte ich Ihrer Ansicht nach sonst tun sollen? Ihn im Team behalten, nachdem er zugegeben hat, die Story an die Presse verkauft zu haben?“

„Ja, aber wir haben viel zu wenig Männer … ich meine, zu wenig Leute.“

Oaten bemerkte die Korrektur gar nicht. „Das schaffen wir schon“, sagte sie.

„Hoffentlich“, murmelte der Waliser.

„Lassen Sie uns loslegen“, sagte Oaten hinter dem Aktenberg auf ihrem Tisch. „Wir haben eine Liste mit dreiundsiebzig Jungen, die sowohl zu Father Prendegast alias O’Connell in die Kirche gingen, als auch von Miss Merton unterrichtet wurden und Patienten bei Dr. Keane waren.“

„Das stimmt, Chef“, sagte Turner, der ihr gegenübersaß. Er blätterte in seinem Notizblock. „Fünf sind tot. Zweiundsechzig haben Alibis, die zumindest für zwei der Morde bestätigt werden konnten.“

„Und sechs können wir nicht finden.“ Die Chefinspektorin fuhr sich mit der Hand durchs Haar. „Außerdem gibt es Dutzende Leute, die Alexander Drys kannten, und die meisten davon gehören zu dem, was sie selbst gern als High Society bezeichnen. Hardys Leute checken sie gerade, aber ehrlich gesagt glaube ich nicht, dass es eine direkte Verbindung zu den vorherigen Morden gibt."

„Außer der Tatsache, dass der Mörder offenbar derselbe ist?" Turner schüttelte den Kopf. „Ein kaltblütiger Bastard, diese Zeilen in dem Buch von Wells mit dem Blut des Opfers zu unterstreichen."

Oaten lehnte sich im Stuhl zurück und starrte an die Decke. „Ja, diesen Matt Wells haben wir auch noch. Gibt es irgendwas Interessantes über ihn?"

„Wir haben heute morgen seine Freundin erreicht. Sie bestätigt sein Alibi für die Ermordung des Priesters. Was immer das wert sein mag."

Die Chefinspektorin sah ihm in die Augen. „Und das soll mir was sagen?"

„Sie ist halt Journalistin. Schien an den Morden viel mehr interessiert zu sein als an ihrem Kerl."

„Glauben Sie, er hat sie vorgewarnt?"

„Sie sagt Nein. Wiederum: Was immer das wert sein mag."

„Der Modus passt auch wieder zu seinem Buch", sagte Karen Oaten.

„Ja, das tut er." Der Waliser klang aufgeregt.

Oaten wirkte nicht überzeugt. „Gibt es noch mehr?"

Turner nickte und sah finster aus. „Hardys Typen überwachen ihn. Sie sagen, dass Wells heute früh joggen gewesen ist. Er drehte eine Runde im Brockwell Park, und sie waren währenddessen frühstücken. Wichser. Dann brachte er seine Tochter zur Schule und ging zurück in seine Wohnung. Sie sagen, da ist er immer noch."

Karen Oaten betrachtete die Notizen, die sie sich gemacht hatte. „Lassen wir Wells vorläufig mal beiseite. Zwischen ihm und den ersten drei Morden können wir keinerlei Verbindung herstellen. Offensichtlich hätte er für Drys ein Motiv – Sie haben ja die Kritiken gesehen, die das Opfer über seine Romane geschrieben hat – aber da hat er das perfekte Alibi. Durch uns. Wir müssen uns auf die sechs unauffindbaren Männer von der Liste konzentrieren. Gehen Sie die Namen noch mal durch, ja, Taff?“

„John Marriott, Peter Jones, Leslie Dunn, Adam O'Riley, Luke Towne und Nicholas Cork.“

„Was haben wir über die?“

„Marriott war Matrose, wurde zuletzt 1996 gesehen. Seitdem hat seine Familie nie wieder was von ihm gehört, aber sie nehmen an, dass er sich in Brasilien mit einer Frau rumtreibt. Da hat er jedenfalls sein Schiff verlassen.“

„Vergessen Sie den erst mal.“

„Jones und Towne hatten beide Alkoholprobleme. Sie haben in den 90ern wegen Einbruchs und verschiedener anderer Delikte gesessen. Ihre Familien glauben, dass sie jetzt auf der Straße leben. Wenn sie noch leben.“

„Ich kann mir nicht vorstellen, dass Alkis zu solchen Morden fähig sind, Sie etwa?“

Der Waliser hob die Schultern. „Nicht wirklich. Bleiben noch Dunn, O'Riley und Cork. O'Riley ist wegen schwerer Körperverletzung vorbestraft. Aber er hat ein Drogenproblem. Außerdem soll er so fett wie ein Nilpferd sein, laut seinem Schulbericht.“

„Dann ist der auch nicht sehr wahrscheinlich.“

„Also können wir es eingrenzen auf Dunn und Cork. Diese beiden sind am interessantesten. Cork scheint ein gewalttätiger Typ zu sein. Seine Schwester sagt, er hätte seine

Eltern verprügelt, sobald er groß genug dazu war. Sie haben seit Jahren nichts mehr von ihm gehört, und sie sind froh darüber. Dunn war nach den Schulberichten eine echte Nervensäge. Sein Vater kam bei einem Unfall auf einer Baustelle ums Leben, als der Junge zwölf war. Seine Mutter starb an Krebs, als er siebzehn war. Später hat er in einem Callcenter gearbeitet. Der Personalchef da meint, als Nächstes hätte er in einer Bank gearbeitet, aber er weiß nicht mehr, in welcher. Wir arbeiten noch dran." Turner starrte seine Vorgesetzte an. „Was gibt's, Chef?"

Oaten hob eine Hand, tief in Gedanken. „Hackney", sagte sie.

„Was ist damit?"

„Erinnern Sie sich an diesen Fall, den wir bearbeitet haben, bevor man uns hierher versetzte? Der Bursche, dem der Bauch aufgeschlitzt wurde, die Frau mit dem Baby war Anwältin? Wir haben den Mörder nie gefunden."

John Turner klappte die Kinnlade runter. „Lieber Gott. Er war Bankmanager, nicht wahr? Glauben Sie, da gibt es eine Verbindung?"

Sie nickte. „Vielleicht. Bei ihm wurde keine Botschaft hinterlassen, aber womöglich war er eine Art Generalprobe, bevor der Killer mit seiner eigentlichen Liste anfing. Nehmen Sie sich noch mal die Akte vor, und gehen Sie zu der Bankfiliale, wo er gearbeitet hat. Wenn Leslie Dunn dort beschäftigt war, könnte er unser Mann sein."

Turner war schon auf dem Weg zur Tür. „Könnte sein, dass Cork mit ihm zusammenarbeitet", sagte er über die Schulter.

„Könnte sein." Oaten erhob sich, nachdem er gegangen war. Sie schlug sich hart gegen die Stirn. Darauf hätte sie längst kommen müssen. Hackney. Sie hatte es gehasst, in dieser Gegend zu arbeiten, aber dort, mit der hohen Verbrechensrate, viel Drogenkriminalität und jeder Menge Morden, hatte sie ihre Karriere begonnen. Und jetzt hatte sie es fertiggebracht, etwas zu übersehen, was sich als entscheidende Verbindung erweisen könnte. Langsam setzte sie sich wieder hin, einen grimmigen Ausdruck im Gesicht. Sie waren immer noch weit davon entfernt, den Fall zu lösen. Selbst wenn sich herausstellen sollte, dass Dunn einmal für diesen ermordeten Bankmenschen gearbeitet hatte, mussten sie ihn immer noch finden. Sie fischte seine Akte aus dem Stapel auf ihrem Schreibtisch. Wie es schien, hatte ihn kein einziger seiner Schulkameraden je wieder gesehen, seit er mit sechzehn Jahren abgegangen war.

Diese Spur war so kalt, wie sie überhaupt nur sein konnte.

20. KAPITEL

Nachdem ich mich angezogen hatte, bemerkte ich die Bullen. Ich trug meine Lederjacke, schwarzes Hemd, schwarze Hose und Doc-Martens-Stiefel – typisches Krimischreiber-Outfit. Die Bullen saßen in einem blauen Rover, ungefähr fünfzig Meter die Straße runter. Als ich morgens losjoggte, hatte ich sie nicht gesehen. Vielleicht war das noch die Schicht von ein paar anderen gewesen. Ich hoffte, sie hatten nicht mitgekriegt, wie ich meine Anrufe tätigte. Das hätte die Neugier von Karen Oaten geweckt. Ich dachte kurz an sie. Irgendwas hatte sie an sich, auch wenn sie wegen White Devil eine potenzielle Feindin war.

Ich verließ die Wohnung so nonchalant wie möglich, ohne mich um die Verfolger zu kümmern. Im Augenblick waren sie mir sogar sehr willkommen. Ich spazierte runter zum Bahnhof von Herne Hill und kaufte ein Ticket. Ich bemerkte einen Typ in einem zerknitterten Parka, der hinter mir in den Waggon stieg. Ich beachtete ihn nicht weiter. Bei der Victoria Station nahm ich die U-Bahn zur Tottenham Court Road und ging bis zu dem Platz in der Nähe, wo die Büros von meinem früheren Verlag waren, der Sixth Sense, Ltd.

„Ich habe einen Termin bei Jeanie Young-Burke", sagte ich zu der attraktiven jungen Frau mit rabenschwarzem Haar am Empfang. Die hatte ich noch nie gesehen. Die hohe Fluktuation bei den Empfangsdamen war mir immer komisch vorgekommen. Vermutlich wurden sie von Möchtegernschriftstellern in den Wahnsinn getrieben, die ihnen ihr Opus magnum andrehen wollten, oder von früher mal gedruckten Autoren wie mir, die verzweifelt versuchten, wieder ins Geschäft zu kommen.

„Ah ja, Mr. Stone.“ Sie schenkte mir ein breites Lächeln. „Ich bin Mandy. Habe mich schon darauf gefreut, Ihre Bekanntschaft zu machen. Ich finde die Sir-Tertius-Romane ganz toll.“

Ihre Freundlichkeit verblüffte mich, und wir kamen ins Gespräch. Wie alle Anfänger frisch von der Universität wollte sie gern Lektorin werden. So wie sie übers Schreiben sprach, nicht bloß meins, könnte sie eine ziemlich gute abgeben. Unsere Unterhaltung wurde von einem Kurier unterbrochen, ich setzte mich. Ich war immer noch überrascht, dass meine frühere Lektorin in dieses Treffen eingewilligt hatte. Andererseits: Ich hatte ihr eine dicke Lüge aufgetischt.

Ein großer, ernsthaft wirkender junger Mann mit runder Brille kam durch die Sicherheitstür. „Mr. Stone? Matt?“

Ich erhob mich und schüttelte seine Hand. „Und Sie sind?“

„Oh, Entschuldigung“, sagte er und wurde rot. Er sah aus, als hätte er kaum die Grundschule hinter sich. „Reggie Hampton. Ich bin Jeanies Assistent.“

„Klar“, sagte ich und folgte ihm durch die Tür. Meine Exlektorin wechselte ihre Leute noch schneller als der Empfangstisch. Es gab Gerüchte, dass sie ihre Dienste seit ihrer Scheidung nicht nur im Büro, sondern auch im Schlafzimmer in Anspruch nahm. „Wie finden Sie es hier?“

„Faszinierend.“ Er zeigte mir blitzende Zähne. „Ich möchte selbst Lektor werden.“

Ich hielt mich zurück, ihn darauf hinzuweisen, dass Lektoren einen höheren Verschleiß hatten als Frontsoldaten an der Somme – außer sie trieben ziemlich fix einen echten Goldesel-Bestseller für ihren Verlag auf. Aber was wusste ich schon von Bestsellern?

Reggie brachte mich zu Jeanies Arbeitsplatz. Er war vom Rest des Großraumbüros durch Glaswände abgeteilt, was auf ihre gehobene Stellung hinwies. Ich hatte keine Ahnung, was jetzt ihr offizieller Titel war. Der schien sich auch alle paar Monate zu ändern. Der letzte, an den ich mich erinnerte, lautete Associate Publisher, aber das war ohne Zweifel längst passé.

Meine frühere Lektorin winkte mich zu einem Stuhl vor ihrem Schreibtisch. Sie telefonierte. Mir wurde schnell klar, dass sie einem Agenten mitteilte, wie wenig sie es schätzte, ein Buch zugesandt zu bekommen, das sie als „entsetzlich unter Niveau" bezeichnete. Vermutlich hatte sie bei meinem letzten Wälzer eine ganz ähnliche Phrase benutzt.

„Matt!", sagte sie, legte den Hörer auf und hielt mir eine manikürte Hand hin. Sie erhob sich nicht. Jeanie Young-Burke war Ende vierzig, sah aber älter aus. Ihr Make-up war geschickt aufgetragen, aber es konnte die tiefen Furchen nicht verbergen, die fünfundzwanzig Jahre im Verlagsgeschäft in ihr Gesicht gegraben hatten. „Was für eine Überraschung!"

„Hallo, Jeanie." Ich versuchte, nicht auf das Publicityfoto ihres neusten Wunderkinds zu starren: ein umwerfend aussehendes früheres Model, das einen Roman über Morde auf dem Laufsteg verfasst hatte – oder zumindest ihren Namen dafür hergegeben.

„Nett, Sie wiederzusehen. Die Geschäfte gehen gut, nehme ich an?"

„Darling, alles läuft wunderbar", erwiderte sie und steckte sich ein Kaugummi zwischen die scharlachroten Lippen. Vor ein paar Jahren hatte sie aufgehört zu rauchen, aber anscheinend musste sie immer noch ständig etwas im Mund haben. „Tut mir furchtbar leid, dass wir Ihre Zog-Romane nicht mehr herausbringen konnten. Anscheinend hat der Markt sie einfach nicht gemocht.“

Ich versuchte, unbekümmert zu wirken, als Reggie mit dem Kaffee kam.

„Danke schön“, sagte Jeanie und klimperte ihm mit den Wimpern zu. „Süßer Bengel“, flüsterte sie, nachdem er gegangen war. „Er hat einen Eins-a-Abschluss in Oxford hingelegt, wissen Sie.“

„Das wird ihm im Verlagsgeschäft bestimmt eine große Hilfe sein.“

Sie hob die Brauen. „Wissen Sie, Matt, Bitterkeit ist eine höchst unliebenswürdige Eigenschaft.“ Sie goss mir eine Tasse Kaffee ein. „Also, erzählen Sie mir alles über Ihr neues Projekt. Das klingt ja sehr aufregend.“ Sie bedachte mich mit einem schelmischen Lächeln. „Besonders, da Sie jetzt nicht mehr von Christian Fels vertreten werden. Mit dem habe ich nie gern Geschäfte gemacht.“

Mein früherer Agent tauchte vor meinem inneren Auge auf; ich konnte nur hoffen, dass White Devil ihn noch nicht erwischt hatte, auch wenn ich ihn verachtete. „Na ja, so was funktioniert eine Zeit lang, und dann ist irgendwie die Luft raus. Mein Fehler genauso wie seiner.“

„Wie edelmütig von Ihnen“, sagte Jeanie, ohne sonderlich überzeugt zu wirken. „Also, dieses Buch, das Sie geschrieben haben …“

„Richtig“, sagte ich und holte tief Luft. „Der Arbeitstitel lautet *Die Todesliste,* und …“

„Exzellenter Titel“, unterbrach sie und machte eine Notiz.

„… und es geht um Rache.“

„Ebenfalls exzellent. Die Leser lieben Rachegeschichten. Diese ganze stellvertretende Grausamkeit, von der sie gern hätten, dass sie ihre Ehegatten heimsucht, ihre Chefs, ihre Familien …"

„Genau", sagte ich, verblüfft über ihre Begeisterung. So etwas war in meinem Plan nicht vorgesehen. „Ähm, eigentlich basiert alles auf einer wahren Begebenheit."

„Brillant", rief sie aus. „Das wird die Publicity-Abteilung toll finden." Sie sah auf, als ich nicht fortfuhr. „Matt?"

„Nichts", sagte ich. Für einen Moment hatte ich plötzlich das Vertrauen in meine Strategie verloren. Dann erinnerte ich mich an Lucys Gesicht auf dem Spielplatz und riss mich zusammen. „Na ja, Jeanie, würde es Ihnen etwas ausmachen, wenn wir mal eben um die Ecke in dieses Café gehen, wo Sie gern vertrauliche Gespräche führen?" Ich blickte durch das Glas zu den anderen Leuten im Büro. „Es ist ein bisschen heikel."

Jeanie betrachtete mich misstrauisch, bevor die Erkenntnis ihr Gesicht überflutete. „Ach so, Sie meinen, wegen der wahren Geschichte." Sie sah auf ihre Uhr, ein diamantenes Ding, das ihr von einem ihrer größten Erfolgsautoren geschenkt worden war. „Tja … na schön. Das Meeting der Lektoren fängt in vierzig Minuten an …"

„Großartig", sagte ich und stand auf. „So lange brauche ich nicht."

Sie nahm ihren Mantel und eine voluminöse Handtasche und führte mich hinaus. „Bis zum Meeting bin ich wieder da, Reggie", flötete sie.

Ich folgte ihr durch das Büro und warf Mandy ein Lächeln zu, als wir am Empfang vorbeigingen.

Ich wappnete mich, als wir die Sicherheitstür passierten und hinaus auf die Straße gingen. Jetzt oder nie.

„Jeanie?" Ich kam ihr ganz nah. „Sehen Sie sich das mal

an.“ Ich drückte die Luger in ihre Seite, die mein Vater nach dem Krieg in Hamburg hatte mitgehen lassen, erlaubte ihr nur einen kurzen Blick auf den Lauf in meiner Tasche. Das Ding funktionierte gar nicht mehr, aber das brauchte sie ja nicht zu wissen. „Keinen Mucks“, zischte ich.

Sie schien zu kapieren. Wir umrundeten den Platz und bogen in die Charing Cross Road ein. Den Polizisten, der mich beschattete, entdeckte ich nirgends. Wenn er noch in der Nähe war, konnte ich nur hoffen, dass ihm nichts Ungewöhnliches auffiel. Ich winkte das erste vorbeikommende Taxi heran und schob Jeanie auf den Rücksitz.

„Heathrow“, sagte ich zu dem Fahrer. „Könnten wir bitte unter uns sein?“ Er ließ die Trennscheibe hochgleiten und schaltete das Mikrofon aus.

„Was zur Hölle soll das, Matt?“ Ihre Augen waren weit aufgerissen.

„Die Waffe ist immer noch auf Sie gerichtet“, sagte ich, die Hand in der Tasche. „Aber ich werde sie nicht benutzen, wenn Sie sich anhören, was ich zu sagen habe. Klar?“ Ich wartete, bis sie nickte. „Sie müsse wissen, dass Lucy, die Frau, die ich liebe, und überhaupt jeder, den ich kenne, sich in tödlicher Gefahr befinden. Wenn Sie Krach machen, werde ich nicht zögern, Sie zum Schweigen zu bringen. Sie wissen, wie viel mir meine Tochter bedeutet.“

Meine Exlektorin starrte mich an, und dann entspannte sie sich etwas. „Was für ein Pech, dass Sie nie etwas von dieser Leidenschaft in Ihre Schriftstellerei gelegt haben, Matt“, sagte sie mit dicker Ironie. „Also schön, erzählen Sie mir mehr.“

Das tat ich. Ohne allzu sehr ins Detail zu gehen, verriet ich ihr genug, um sie davon zu überzeugen, wie ernst es mir war. Auch versprach ich ihr die erste Option auf das Buch, das ich nach meinen Erlebnissen schreiben würde. Das schien sie dazu zu bringen, erst mal mitzuspielen, obwohl sie von meiner ursprünglichen Lüge, ich hätte bereits ein fertiges Manuskript, gar nicht begeistert war.

„Lassen Sie mich das mal klarstellen", sagte sie mit erhobenen Brauen. „Sie wollen, dass ich das erste Flugzeug nach Europa nehme, egal wohin, und mich da verstecke, bis ich von Ihnen höre, dass alles okay ist und ich wieder zurückkommen kann." Sie schüttelte den Kopf. „Das ist ja Wahnsinn. Was ist mit meiner Arbeit? Kann ich mich nicht mit dem Büro in Verbindung setzen?"

„Rufen Sie da einmal aus einer Telefonzelle am Flughafen an, und erzählen Sie denen, Ihre Mutter wäre plötzlich ernsthaft erkrankt. Sonst nichts, außer Sie wollen riskieren, dass man Sie aufspürt. Dieser Typ ist ein Experte. Gehen Sie nicht an Ihr Handy, wenn es nicht zuerst viermal geklingelt hat, okay? Und verraten Sie niemandem, wo Sie sind, auch mir nicht." Ich zog die Schrauben fester an. „Denken Sie daran, was dieser armen Frau in Essex, Miss Merton, zugestoßen ist."

Sie erschauerte. Wie die meisten Leute im Verlagswesen, die sich mit grausigen Texten beschäftigten, hatte sie einen schwachen Magen, sobald es sich um die Realität handelte.

„Sie sagen, dieser White Devil steckt auch hinter dem Mord an Alexander Drys?"

Ich nickte. Ich hätte daran denken können, dass sie von dem Mord an jemandem aus der gleichen Branche viel mehr betroffen war. „Er hat Drys erst die Hände abgeschnitten, dann die Zunge, und die hat er ihm hinten rein gesteckt."

Jeane sah einen Moment bestürzt aus, fasste sich aber

schnell wieder. „Der war immer schon ein Arschkriecher", sagte sie und sah mich argwöhnisch an. „Ihre Bücher hat er nicht besonders gemocht, oder?"

„Genau darum geht es", sagte ich verzweifelt. „Ich werde in diese Sache hineingezogen. Wenn ich White Devil erledigen kann, haben wir das Buch des Jahrhunderts."

„Wäre besser, wenn Sie da recht hätten, Darling." Sie lächelte schräg. „Ansonsten werde ich mir nämlich Ihre Eier in der Pfanne brutzeln."

Ich blieb den ganzen Weg bis zum Terminal One bei ihr. Am liebsten hätte ich sichergestellt, dass sie auch wirklich eincheckte, aber wie bei meiner Mutter wollte ich gar nicht wissen, wohin sie flog, falls White Devil das aus mir rauspressen wollte.

„Rufen Sie mich heute Nachmittag an", befahl Jeanie, als sie aus dem Taxi stieg. „Und, nur damit das klar ist, Sie bezahlen das alles."

Ich zuckte die Achseln und lächelte. Seit meinem Rauswurf hatte ich sie verabscheut, sie gehasst und wollte sie erwürgen. Jetzt war mir wieder klar, dass ich sie eigentlich ganz gern mochte.

Aber als das Taxi mich zurück nach London brachte, schlug ich mir meine frühere und womöglich zukünftige Lektorin aus dem Kopf. Ich musste verdammt viel hinter mich bringen, bevor ich mich hinsetzen konnte, ein Buch darüber zu schreiben.

Das Wichtigste war, Lucy, Sara, meine Mutter, meine Freunde und mich selbst am Leben zu erhalten.

Christian Fels, Absolvent von Eton und vom Trinity College in Oxford, literarischer Agent der Reichen, Berühmten und der unverschämt Talentierten, schob den Stuhl vom Schreibtisch zurück und blickte hinaus in den Garten. Er wohnte jetzt seit zwanzig Jahren in diesem herrschaftlichen Anwesen in Highgate, seitdem der erste seiner Bestsellerautoren den Jackpot gewonnen hatte. Alleinstehend und schwul, näherte er sich jetzt dem Rentenalter und hatte die Liste seiner Klienten kürzlich zusammengestrichen, um sich ganz auf die Großverdiener zu konzentrieren. Eigentlich war das eine Schande, wirklich. Einige der Autoren, von denen er sich getrennt hatte, waren viel talentierter als die Schreiber von Bestsellern, aber jedem, der auch nur ein bisschen was vom Literaturzirkus verstand, war klar, dass Talent allein einen nicht weit brachte. Unten in den Blumenbeeten, hinter der ausgedehnten Rasenfläche, jätete sein Gärtner Unkraut, ein höchst anpassungsfähiger junger Bosnier, der seinen Hintern absichtlich provozierend in die Höhe reckte. So war sie nun mal, die Jugend!

Fels trat vor seine Frisierkommode und goss sich eine Tasse Darjeeling ein. Er betrachtete sich in dem Rokokospiegel und überprüfte, ob die langen Haarsträhnen immer noch tarnend über seinem kahlen Schädel lagen. Es hatte mal einen Fußballspieler gegeben, der für diese Frisur berühmt gewesen war, aber Fels konnte sich nicht an seinen Namen erinnern. Einer der anderen Topagenten hatte seine Memoiren verkauft. Er tätschelte sich die Wangen, damit sie wieder Farbe kriegten. Für vierundsechzig war er noch gut beieinander. Oft machten ihm Leute Komplimente für seine Erscheinung, aber er wusste natürlich, dass die meisten das nur taten, weil sie etwas von ihm wollten. Er straffte den Knoten seiner Seidenkrawatte. Sie hatte ihn mehr als fünfhundert Pfund gekostet. Mit so einem Schlips beschenkte er sich jedes Mal selbst, wenn er gerade einen Vertragsabschluss getätigt hatte. Nicht mehr lange, und er konnte sich einen weiteren kaufen.

Er ging zurück an den Schreibtisch. Noch eine Stunde, dann wäre er damit fertig, den komplexen Verkauf von Rechten für einen seiner Kinderbuchautoren nach Amerika auf Herz und Nieren zu prüfen – Hardcover- und Taschenbuchausgaben, Hörbuch- und Filmrechte, Marketingmaßnahmen. Dieser Vertrag würde seiner dritten Villa einen Flügel hinzufügen, derjenigen an der Côte d'Azur. Er war sich noch nicht schlüssig, ob er Vlado dorthin mitnehmen sollte, wenn der Sommer kam. In Südfrankreich gab es viele wie ihn, und dort waren sie braun gebrannt und durchtrainiert vom Wassersport. Abwechslung war des Lebens Würze.

Kaum hatte er drei weitere Paragraphen durchgesehen, da klingelte es an der Tür.

„Verflixt noch mal!", murmelte Fels und warf seinen Mont-Blanc-Füllfederhalter hin. Vermutlich einer seiner Juniorpartner aus der Agentur. Er hatte seinen Kollegen oft genug gesagt, dass sie ihn morgens in Ruhe lassen sollten, aber bei diesen Idioten ergab sich dauernd irgendetwas, was sie ohne sein Expertenwissen nicht lösen konnten.

Er ging runter und wünschte sich nicht zum ersten Mal, er hätte eine der Sekretärinnen aus der Agentur hier in seinem Haus installiert. Aber nein, dann könnte er nicht jederzeit nach Vlado grapschen.

Er blickte auf den Bildschirm der Überwachungskamera und sah einen nicht allzu großen Mann, der eine Mütze trug. Er hatte sich von der Tür abgewandt. Irgendein Kurier, nahm er an – jedenfalls trug er einen Karton. Vielleicht steckte darin das längst überfällige Manuskript der anstrengendsten seiner weiblichen Autoren; anstrengend, aber extrem gewinnbringend. Er drückte auf den Knopf und beobachtete, wie die Tür aufschwang.

„Mr. Fels?“, sagte der Mann in einer merkwürdig akzentfreien Stimme. Er klang wie ein Nachrichtensprecher der BBC aus den 1950ern.

„Der bin ich. Ist das für mich?“

„Ja“, sagte der Mann. „Und das hier auch.“

Christian Fels sah den kurzen schwarzen Gummiknüppel erst in dem Augenblick, als er seine linke Schläfe traf. Er fiel rückwärts auf den Teppich in der Eingangshalle, lag reglos da und konnte nicht mehr klar sehen. Trotzdem bekam er mit, wie die Haustür geschlossen und sein Körper ins Esszimmer geschleift wurde. Erst als er dort auf den Tisch gehievt wurde, merkte er, dass es mehr als einen Angreifer gab.

„Wa…“ Seine Stimme klang weit entfernt, als käme sie aus einem Megafon am anderen Ende der Stadt. „Was … was wollen Sie?“

Der Kerl, der ihn geschlagen hatte, beugte sich über ihn. Fels erkannte, dass er eine Maske trug, die eng an den Konturen seines Gesichts anlag. Dadurch sah der Mann wie ein Geist aus, aber die Maske hatte den gewünschten Effekt – er würde sich nicht an dieses Gesicht erinnern können.

„Christian William Niall Leconbury Fels“, sagte der Mann und lachte trocken. „Ein passender Name, würde ich sagen!“ Er sah zu seinem Kumpan hinüber, der die gleiche Maske trug und nichts sagte. „In der literarischen Welt als ‚Barrakuda‘ bekannt.“ Noch ein Lachen. „Nicht sehr schmeichelhaft, oder?“

Fels wurde wieder etwas klarer im Kopf. „Ver… verschwinden Sie aus meinem Haus, Sie … Sie Verbrecher. Mein Gärtner ist draußen. Ich muss lediglich …“

„Wenn Sie schreien, schneide ich Ihnen die Eier ab", sagte der Mann und drückte etwas Scharfes in das Fleisch von Fels' Oberschenkel. „Hab ich mich klar ausgedrückt?"

„Ja … ja."

„Gut. Und nun, stelle ich mir vor, möchten Sie gern wissen, was in der Schachtel ist." Der Mann hob den braunen Pappkarton in die Höhe. Er war etwa dreißig Zentimeter breit.

Fels versuchte, die Hände zu heben, und merkte jetzt erst, dass sie gefesselt waren.

„Ich sag Ihnen was, ich werde das für Sie aufmachen." Der Mann schlitzte den Karton mit seinem Messer auf und steckte seine Hände, die in Latexhandschuhen steckten, hinein. „Wissen Sie, was das hier ist?", sagte er und holte einen Stapel Bücher heraus.

Christian Fels zwinkerte, bis das Blut aus seinem linken Auge verschwunden war. Er sah Bücher, Bücher mit Umschlägen, die ihm vage bekannt vorkamen. Er versuchte, Titel und Namen der Autoren zu erkennen. *The Revenger's Comedy.* Matt Stone. *Tirana Blues.* Er kannte diese Bücher und auch den Mann, der sie geschrieben hatte.

Der Mann beugte sich ganz dicht über sein Gesicht, sodass Fels der Geruch von Pfefferminz in die Nase stach. „Die sind von einem Ihrer Autoren, oder sollte ich Ex-Autoren sagen?"

„Matt … Matt Stone", stammelte er. Natürlich erinnerte er sich an den Burschen. Mittelmäßiges Talent, um die Wahrheit zu sagen, aber eine ungewöhnlich lebhafte Einbildungskraft. Hatte zuletzt ein paar Krimis geschrieben, die in Albanien spielten, oder nicht? Es gab keine Chance, dass sich so was jemals gut verkaufen könnte, obwohl er höchstpersönlich aus dem Verlag einen mehr als großzügigen Vorschuss gepresst hatte.

„Matt Stone“, bestätigte der Mann mit der Maske. „Auch bekannt als Wells. Wissen Sie, was wir mit diesen Büchern machen werden, Christian? Sie haben doch nichts dagegen, dass ich Sie Christian nenne, oder? Obwohl es kaum sehr christlich ist, sich wie ein Barrakuda aufzuführen, meinen Sie nicht?“ Der Mann ließ ein Lachen hören, das unvorstellbare Abgründe der Verkommenheit ahnen ließ. „Ich werde es Ihnen verraten.“ Er machte eine Pause, um die Spannung zu erhöhen. „Sie werden sie essen. Jede einzelne Seite von jedem Buch. Die Einbände und Umschläge nicht zu vergessen.“

Fels würgte, noch bevor ihm etwas in den Mund gestopft werden konnte. „Was?“, keuchte er. „Warum?“

Der Mann betrachtete ihn mit dunklen, kalten Augen. „Weil Sie die Karriere von Matt Wells geschluckt haben. Jetzt dürfen Sie dafür seine Bücher verschlingen.“ Er riss ein paar Seiten heraus und rammte sie in den Mund des Agenten.

„Aaargh!“, grunzte Fels, unfähig zu schreien und auch unfähig zu kauen oder zu schlucken. „Nnnnnggmmm!“

Dann passierte etwas sehr Seltsames. Der Mann und sein Komplize entfernten sich plötzlich von ihm. Er riss den Kopf herum und versuchte hektisch, das feuchte Papier auszuspucken. Ein großer blonder Mann in einem Trainingsanzug stand in der Tür, mit einem Spaten in der Hand. Es war nicht Vlado.

„Also, was haben wir denn hier?“, fragte der Mann mit breitem amerikanischem Akzent. „Ich glaube, ich kann schon die Polizeisirenen hören“, sagte er und legte eine Hand ans Ohr. „Ganz eindeutig Polizeisirenen.“

Fels hörte sie jetzt auch. Oh, dem Himmel sei Dank! Er

würde seinen gut aussehenden Retter fürstlich belohnen.

„Nein, nein, ihr zwei geht nirgendwohin, Arschlöcher." Der Amerikaner machte einen Schritt, um den Fluchtweg der beiden Eindringlinge zu blockieren.

„Du machst einen Fehler", sagte der Mann mit der Maske mit eisiger Stimme. „Geh aus dem Weg."

„Fick dich, Scheißkerl", sagte der Riese und schwang drohend den Spaten.

„Idiot", sagte der Mann. Poliertes Metall blitzte auf, und es gab ein schmatzendes Geräusch.

Christian Fels schaffte es endlich, die Papiermasse aus dem Mund zu spucken. Er riss den Kopf so weit herum, wie es ging, Haarsträhnen baumelten über seinem Gesicht wie die Tentakeln einer Qualle. Er konnte die beiden Männer mit den Mützen gerade in den hinteren Teil des Hauses rennen sehen.

„Vlado!", keuchte er.

„Scheiß auf Vlado", sagte der Amerikaner. Er war an der Wand zusammengebrochen, die Augen auf das Heft des Messers gerichtet, das aus seiner Brust ragte. „Was ist mit Andrew Jackson?"

Als die blonden Locken seines Retters nach vorn fielen, wurde Fels ohnmächtig.

21. KAPITEL

Ich rief Andys Mobilfunknummer aus einer Telefonzelle in der Oxford Street an und ließ es viermal klingeln. Dann legte ich auf und drückte auf Wahlwiederholung.

„Hallo?"

Die männliche Stimme kam mir bekannt vor, aber irgendetwas stimmte nicht.

„Andy?", sagte ich leise.

„Wer ist dran, bitte?"

Ich erkannte den walisischen Tonfall. Er gehörte zu D.I. Turner. Ich unterbrach sofort die Verbindung. Was zum Teufel ging da vor? Bevor ich weiter darüber nachdenken konnte, klingelte mein eigenes Handy. Konnte das schon der Detective sein, der meine Stimme ebenfalls erkannt hatte? Seiner Vorgesetzten hatte ich meine Nummer gegeben.

„Hallo?", sagte ich vorsichtig.

„Matt Wells." Die Stimme von White Devil war noch kälter, als ich sie je gehört hatte. „Du hast gerade einen Riesenfehler gemacht."

Meine Nackenhaare richteten sich auf. „Was meinst du damit?"

„Was ich damit meine?", schrie er. So wild hatte ich ihn noch nie gehört. Es war, als ob ein noch schrecklicheres Monster aus ihm hervorgebrochen wäre. „Der Kerl im Haus von Christian Fels war ein Freund von dir."

„Im Haus von Christian Fels?" Mich dumm stellen war alles, was ich zustande brachte. „Da bist du gewesen?"

„Verarsch mich nicht!", kreischte White Devil.

„Keine Ahnung, wovon du redest." Ich versuchte, überrascht zu klingen.

„Großer Typ, blond, amerikanischer Akzent."

Scheiße, was war mit Andy passiert? Wieso ging dieser Detective an sein Handy?

„Kenne ich nicht. Ist vielleicht einer von Christians Leuten aus seiner Agentur."

„Nein!", schrie White Devil. „Sein Name ist Andrew Jackson. Hältst du mich für blöd? Ich überwache dein Haus seit Monaten. Ich kenne jeden, der da kommt und geht. Hör mir zu. Wenn du Spielchen mit mir spielen willst, ist deine Tochter die Nächste, die ihr Leben aushaucht."

Großer Gott. Der Hörer zitterte in meiner Hand. „Was … was hast du mit Christian gemacht?" Ich hasste meinen früheren Agenten, seit er mich in die Wüste geschickt hatte, aber ich wollte nicht, dass ihm etwas zustieß – deshalb hatte ich Andy dahin geschickt. Scheiße. „Was hast du mit Andy gemacht?"

„Das wirst du schon noch rausfinden. Ich erwarte ein Kapitel von dir über den Mord an Drys. Sieh zu, dass ich es heute Nacht habe. Dieses Gespräch ist zu Ende."

Ich stand mit geballten Fäusten auf der Straße, Passanten fluteten vorbei. Was war mit Christian und Andy passiert? Ich musste es wissen. Ich trat wieder in die Telefonzelle und rief das Handy von D.C.I. Oaten an.

„Ja?", meldete sie sich knapp.

„Hier spricht Matt Wells."

„Mr. Wells." Sie klang gleichzeitig überrascht und erleichtert. „Wo sind Sie?" Die Frage bedeutete etwas Gutes. Offenbar hatte ich die Polizisten abgeschüttelt. „Ich muss dringend mit Ihnen reden."

„Was ist mit Christian Fels und Andrew Jackson?", wollte ich wissen.

„Wo sind Sie?", wiederholte sie, mit schärferer Stimme.

„Ich schicke einen Wagen."

Ich durfte mich auf keinen Fall von der Polizei schnappen lassen. Ich musste mich frei bewegen können, wenn ich mit White Devil fertig werden wollte. „Vergessen Sie das", sagte ich entschlossen. „Sagen Sie mir, was passiert ist. Wurde Fels angegriffen?"

„Wieso glauben Sie das?" Sie gab nicht einen Millimeter nach.

Ich hämmerte mit dem Hörer gegen das Glas. „Verarschen Sie mich nicht!", schrie ich und merkte erst danach, dass ich White Devils Worte nachplapperte. „Ich verrate Ihnen nicht, wo ich bin, aber ich muss wissen, was Christian und Andy zugestoßen ist."

„Mr. Wells, ich weiß, dass Sie uns Informationen vorenthalten. Ich kann Sie wegen Behinderung der Ermittlungen festnehmen lassen."

„Dazu müssen Sie mich erst finden. Hören Sie zu, ich kann Ihnen einiges über die Morde erzählen, aber ich komme nicht zu Ihnen. Menschenleben sind in Gefahr. Erzählen Sie mir, was mit Christian und Andy ist, dann kooperiere ich."

Oaten dachte darüber nach. „Ich muss Ihnen mitteilen, dass Sie ein potenzieller Verdächtiger in diesen Mordfällen sind, Mr. Wells. Ich kann keine Deals mit Ihnen aushandeln."

Ich musste es ihr also versüßen. „Na schön." Ich verriet ihr, wer mein Internetprovider und mein Website-Administrator war. „Sie können bestimmt einen Gerichtsbeschluss erwirken, um sich Zugang zu meinen eingehenden und ausgehenden Mails zu verschaffen." Ich holte tief Luft. „Die werden Ihnen beweisen, dass der Killer mit mir in Kontakt getreten ist und dass ich ihm geantwortet habe."

„Was? Sie stecken ganz tief in Schwierigkeiten. Ich rate

Ihnen nachdrücklich, sich der Polizei zu stellen."

„Keine Chance. Kommen Sie schon, Karen." Ich beschloss, dass Vertraulichkeit die Sache auch nicht schlimmer machen konnte. „Lassen Sie den Blödsinn. Ich muss meine Familie und meine Freunde beschützen, können Sie das nicht verstehen? Sie wissen, dass ich nicht der Mörder bin. Ich habe mit Ihnen im selben Zimmer gesessen, als Drys ermordet wurde."

Eine lange Pause. „Ich wiederhole, ich werde keinerlei Deals mit Ihnen machen, Matt." Wenigstens ging sie auf meine Formlosigkeit ein. „Christian Fels wurde in seinem Haus von zwei maskierten Männern überwältigt. Andrew Jackson hat sie gestört, als sie ihm gerade Seiten aus Ihren Romanen in den Mund stopften. Er hat einen Messerstich im oberen Brustbereich abbekommen, von dem die Sanitäter sagen, er sei nicht lebensbedrohlich. Er wurde ins Whittington Hospital gebracht. Mr. Fels hat eine Platzwunde am Kopf, aber auch die ist nicht besonders ernst. Er ... wie soll ich mich ausdrücken, schreit Zeter und Mordio?"

Ich lachte, die Erleichterung, dass Andy und Christian okay waren, löste die Anspannung, die sich den ganzen Tag in mir aufgestaut hatte. „Ganz bestimmt tut er das." Meinem Exagenten brannte bekanntermaßen schnell die Sicherung durch.

„Er hat sich nicht gerade wohlwollend über Sie geäußert", fügte Oaten hinzu. „Zweifellos, weil er glaubt, dass Sie dahinterstecken."

„Sagen Sie ihm, dass ich Andy Jackson geschickt habe, um ihn im Auge zu behalten."

„Das ist nicht gut genug." Ihre Stimme wurde wieder schärfer. „Dies ist eine Ermittlung wegen mehrfachen Mordes. Gewöhnliche Bürger haben nicht das Recht, das Gesetz in ihre eigenen Hände zu nehmen. Warum haben Sie uns nicht gesagt, dass Fels ermordet werden sollte?"

„Weil ich es nicht wusste. Sie werden das alles verstehen, wenn Sie sich die Mails ansehen. Dieser Kerl hat mich in der Hand. Ich zapple an seiner Leine. Ich kann es nicht riskieren, ihn wütend zu machen."

„Ich glaube, Ihr Freund Mr. Jackson hat das gerade getan", sagte sie trocken. „Matt, wenn Sie in so großer Gefahr schweben, wie ich annehme, dann müssen Sie sofort zu uns kommen. Wir können Sie beschützen, und jeden anderen auch, den er sonst noch bedroht."

Ich wünschte, ich könnte das glauben, aber ich hatte keine Zeit. White Devil lief frei herum, und er war wütend. Ich musste mit meinem Plan weitermachen. „Ich muss los, Karen. Machen Sie sich nicht die Mühe, mein Handy anzurufen. Ich weiß, dass Sie mich damit lokalisieren können."

„Warten Sie", sagte sie hastig. „Es gibt für alles einen Preis. Dem Gärtner von Mr. Fels wurde das Genick gebrochen, als die beiden Mörder flüchteten. Denken Sie darüber nach, Matt. Ein unschuldiges Opfer?"

Mir zog sich der Magen zusammen. Ich wusste dazu nichts zu sagen, also legte ich einfach auf und wählte Dave Cummings Handynummer.

„Hallo!", schrie er über den Krach einer Maschine hinweg.

„Matt hier."

„Bleib dran", sagte er. Es wurde leiser. „Bin gerade dabei, 'ne stillgelegte Fabrik abzureißen. Was gibt's, Kumpel?"

„Vergiss das Abreißen. Die Scheiße ist in den Ventilator geflogen. Du musst so schnell wie möglich raus zu dem Cottage fahren. In einer Stunde treffe ich dich vor der Schule." Ich legte auf.

Bevor ich die Oxford Street verließ, ging ich in einen Telefonladen und kaufte ein Prepaidhandy. Ich bestand darauf, dass sie mir eins mit einer voll aufgeladenen Batterie gaben. Am Taxistand schob ich einen Touristen aus dem Weg. Er schrie mir etwas wenig Romantisches hinterher, was immerhin den Fahrer zum Lachen brachte. Ich starrte ihn finster an, sagte ihm, wohin ich wollte, und ließ das neue Handy freischalten. Als Ersten rief ich Roger van Zandt an.

„Wo steckst du, Rog?"

„Baker Street", sagte er. „Ich hab das Zeug, das du wolltest."

Das nutzte mir jetzt nichts mehr. Die Polizei würde auf jeden Fall meine Wohnung beobachten, da konnte ich nicht mehr hin.

„Okay", sagte ich. „Du kennst dieses Internetcafé, wo wir uns vor ein paar Wochen getroffen haben. Sag den Namen nicht."

„Was soll …"

„Erklär ich dir später. Du weißt, welches ich meine?"

„Klar. Alles in Ordnung bei dir, Matt?"

„Ich treffe dich da bei deiner Rückennummer. Kapiert?" Rog war im Mittelfeld des Rugbyteams, mit der Nummer vier.

„Verdammt noch mal, du tust ja sehr geheimnisvoll. Okay."

Ich legte auf und betrachtete die Boote auf dem graubraunen Fluss, als wir die Waterloo Bridge überquerten. White Devil steckte irgendwo in der Stadt. Er kannte sie genauso gut wie ich, so gut wie John Webster sie damals im siebzehnten Jahrhundert gekannt hatte. Aber wo war er? Konnte er schon auf dem Weg zu Lucys Schule sein?

Ich sagte dem Fahrer, er solle Gas geben, und erntete noch mehr Gelächter. Für einen Augenblick wünschte ich, ich wäre in einer ausländischen Hauptstadt, wo die Taxifahrer sich nicht um Geschwindigkeitsbegrenzungen kümmerten. Prompt fielen mir meine Mutter und Jeanie ein. Die müssten inzwischen längst außer Landes sein. Ich würde sie später aus einer Telefonzelle anrufen, um sicherzugehen.

Ich rief noch mal Dave an. „Wo bist du?"

„Denmark Hill. Müsste in weniger als zehn Minuten da sein."

„Okay. Ich auch." Ich legte auf und dachte nach. Wenn White Devil eine ganze Armee Helfer haben sollte, wäre Daves Cottage vielleicht gar nicht sicher.

Als ich das Taxi bezahlte, sah ich Daves großen Geländewagen vor der Schule halten.

Ich sah mich um, bemerkte nichts Verdächtiges und ging zu ihm. „Danke, dass du alles andere stehen und liegen gelassen hast."

„Keine Sorge. Geht bei dem Vertrag ja bloß um zweihunderttausend." Er grinste. „Ich kann immer noch diese zehntausend von dir als teilweisen Schadensersatz nehmen."

Ich funkelte ihn an. „Denk nicht mal dran."

Er haute mir auf den Rücken. „War nur'n Witz, du Dämlack. Also, was machen wir hier?"

„Wir holen Lucy und deine beiden aus ihren Klassen. Wir sagen den Lehrern, es gäbe familiäre Notfälle."

„Was, in unseren beiden Familien gleichzeitig?"

Ich zuckte die Achseln. „Warum nicht?"

„Okay. Und dann?"

„Fahr nach Hause und hol Ginny ab." Ich packte seinen

Arm. „Hör zu, Dave, dein Cottage ist nicht sicher genug. Das Schwein könnte dich beobachtet haben."

In seinen Augen blitzte Wut auf. „Ist das wahr? Dieses Arschloch."

Eine Putzfrau, die an uns vorbei zum Spielplatz ging, ließ ihr Missfallen hören.

„Keine Sorge", sagte er grinsend. „Mir fällt schon was ein. Aber besser, du weißt nichts davon."

Ich nickte. Er spürte die Gefahr und dachte weit voraus. Aus demselben Grund beschloss ich, dass es besser wäre, wenn er nichts von Andy wusste. Ich gab ihm meine neue Handynummer.

„Nur eine Sache noch, Matt", sagte er, jetzt ernster. „Weiß Caroline Bescheid?"

„Noch nicht", erwiderte ich und wich seinem Blick aus. Er spielte den Helfershelfer bei der ‚Entfernung eines Kindes ohne Zustimmung der Mutter.' Ich konnte meiner Exfrau nichts davon sagen, solange Dave nicht weit weg von seinem Haus war.

„Schon okay." Er haute mir noch mal auf die Schulter. „Ich vertraue dir."

Als wir in die Schule gingen, um den Unterricht zu stören, hörte ich ihn murmeln: „Der Himmel weiß, warum."

Karen Oaten sah zu, während die Sargträger die Leiche des Gärtners entfernten. Christian Fels hatte ihn als Vlado Petrovic identifiziert, einen Bosnier mit ordnungsgemäßen Papieren. Nach der Art zu urteilen, in der Fels' Augen feucht geworden waren, als er die Leiche erblickte, ging seine Beziehung zu dem unglücklichen Einwanderer weit über die eines Arbeitgebers hinaus.

Fels war von einem Sanitäter behandelt worden, da er es abgelehnt hatte, in ein Krankenhaus gebracht zu werden. Er hatte einen Verband um den Kopf, über den dünne Haarsträhnen herabhingen wie bei einer billigen Halloweenmaske.

„Haben Sie diesen verrückten Wells inzwischen verhaftet, Inspector?", wollte er wissen.

„Chief Inspector", korrigierte Oaten. Mit aufdringlichen Leuten wie Fels hatte sie schon immer Probleme gehabt. „Wir arbeiten dran. Obwohl Mr. Wells, wie Sie selbst zugegeben haben, größer ist als ihre beiden Angreifer." Sie lächelte dünn. „Und er hat Ihnen einen Leibwächter geschickt."

„Das also behauptet er, ja?", höhnte Fels. „Ich wusste immer schon, dass dieser Kerl für mich nur Zeitverschwendung war. Wenn er nicht hinter der Sache steckt, warum haben diese maskierten Irren dann versucht, mich seine Bücher fressen zu lassen?"

„Gute Frage."

Der Literaturagent starrte sie an. „Nun?"

„*Ich* stelle die Fragen", sagte sie. „Und *Sie* antworten."

Fels trat einen Schritt zurück, dann zog er sich weiter in seinen luxuriös möblierten Salon zurück. „Nehmen Sie Platz, Chief Inspector", sagte er und zeigte auf die Ledersessel.

„Nein danke", sagte Oaten. „Taff!", rief sie durch die offene Tür.

Der Inspector erschien. „Ja, Chef?"

„Haben Sie noch weitere Fragen an Mr. Fels?"

„Nein, er hat eine vorläufige Aussage gemacht."

„Gut." Karen Oaten drehte sich von einer Reihe noch eingeschweißter Erstausgaben um, die sie ausführlich gemustert hatte. „Sagen Sie mir, Mr. Fels, warum haben Sie sich von Matt Wells getrennt?"

Der Agent starrte sie erzürnt an. „Was hat das damit zu tun, was hier passiert ist?"

„Das lassen Sie bitte mich beurteilen."

Fels fand ihren Blick zu durchdringend für seinen Geschmack. „Oh, ganz wie Sie meinen. Die einfache Antwort ist: Ich habe mit ihm nicht genug Geld verdient."

„Und die etwas kompliziertere?"

Der Agent zögerte. „Tja, um die Wahrheit zu sagen, anfangs habe ich den Burschen sogar gemocht. Er schien clever und einnehmend zu sein, als ich ihn unter Vertrag nahm. Doch dann war er plötzlich besessen von der lachhaften Idee, eine Krimiserie in Albanien spielen zu lassen. Ich sagte ihm gleich, so was würde sich nicht verkaufen, aber er wollte nicht hören. Ich glaube nicht, dass er noch der vielversprechende Autor ist, der er mal war. Wie ich hörte, hat ihm seine Exfrau bei der Scheidung ziemlich zugesetzt. Seitdem ist er voller Selbstmitleid und Ressentiments." Er lächelte schief. „Keine dieser beiden Qualitäten lässt sich sonderlich gut vermarkten."

Die Chefinspektorin ertappte sich dabei, aus irgendeinem Grund für Matt Wells in die Bresche springen zu wollen. Sie hielt sich zurück. „Nun gut", sagte sie und ging zur Tür. „Wir kommen noch mal auf Sie zurück, um Ihre formelle Aussage aufzunehmen, Mr. Fels. Uniformierte Beamte werden bis auf Weiteres um Ihr Haus patrouillieren."

„Sie meinen, diese Typen könnten wiederkommen?" Sein Gesicht war plötzlich blasser, als es eben noch gewesen war.

Oaten unterdrückte ein Lächeln. Den eitlen alten Snob schien bloß seine eigene Haut zu interessieren. „Oh, wahrscheinlich nicht." Weiter wollte sie ihn absichtlich nicht beruhigen. Vielleicht würde ihm das tatsächlich etwas Bescheidenheit beibringen.

Als sie mit Turner zum Volvo ging, streckte sie die Hand nach dem Schlüssel aus. „Ich fahre. Sie bringen mich auf den neusten Stand, was der Rest des Teams macht.“ Eigentlich war für heute eine konzertierte Fahndung vorgesehen gewesen, Leslie Dunn und Nicholas Cork aufzuspüren, jene beiden Vermissten aus der zusammengestellten Liste, die am ehesten verdächtig waren. Der Anschlag auf Fels hatte sie davon abgelenkt.

„Zuletzt habe ich gehört“, sagte Turner, „dass Pavlou auf dem Weg zu der Bank in Hackney ist. Die Leute von D.C.I. Hardy kümmern sich weiter um Freunde und Verwandte von Drys, obwohl es von Letzteren nicht viele gibt. Die meisten sind tot oder in Griechenland.“

„Das ist sowieso eine Sackgasse“, sagte die Chefinspektorin finster und beschleunigte auf der Highgate Road. „Er ist wegen seiner Verbindung zu Matt Wells umgebracht worden – diese Verrisse.“

Turner sah sie an, vollständige Verwirrung im Gesicht. „Entschuldigen Sie, Chef, aber was passiert nun mit Wells? Da er sich weigert, uns zur Verfügung zu stehen, müssen wir ihn als Verdächtigen behandeln, oder nicht?“

Oaten biss sich auf die Lippe. „Theoretisch schon. Aber ich glaube ihm, dass seine Familie und sogar seine Bekannten in Gefahr sind. Immerhin hat er diesen Freund geschickt, um auf Fels aufzupassen. Und er hat mir seine Internetverbindungen gegeben. Sobald wir seine E-Mails gelesen haben, sollten wir eine genauere Vorstellung davon haben, was da vorgeht.“

Der Inspector kratzte sich an der Nase. „Was wollen Sie mit diesen Trotteln von Hardy anstellen, denen er heute entwischt ist?“

„Das Gleiche wie mit Morry Simmons“, sagte sie und

überholte einen Bus.

„Wir brauchen sie aber, Chef“, protestierte Turner.

„Genau wie die Verkehrspolizei“, meinte sie und deutete mit dem Kopf auf einen verkehrswidrig geparkten Lieferwagen. Ihr Handy klingelte. Sie warf es ihrem Kollegen zu. „Gehen Sie bitte ran.“

„Turner.“ Er warf ihr einen Blick zu. „Sie ist gerade beschäftigt. Erzähl's mir, Paul.“ Er lauschte, auf seinen Lippen tauchte ein Lächeln auf, während er sich Notizen machte. „Okay, das ist prima. Bis nachher im Yard.“ Er ließ das Handy in seinen Schoß fallen.

„Was hat Pavlou rausgekriegt?“, wollte Oaten ungeduldig wissen.

„Leslie Dunn“, antwortete Turner, und das Lächeln wurde zum Grinsen. „Er hat ein Jahr lang in der Savings Trust Bank in Hackney gearbeitet, dann wurde er von dem Filialleiter gefeuert – unser Mordopfer, Steven Newton – wegen konstanter Arbeitsverweigerung und wegen, Zitat, ‚unangemessenen Verhaltens gegenüber der Kundschaft‘.“

„Also haben wir für diesen Mord ein Motiv.“

„Stimmt.“ Turner sah sie triumphierend an. „Das ist noch nicht alles. Einer der Informanten hat ein Gerücht mitgekriegt, das Pavlou gerade überprüft hat. Dieses Schwein hat im September 2001 im Lotto gewonnen. Neuneinhalb Millionen Mäuse.“

Die Chefinspektorin warf ihm einen Blick zu. „Was bedeutet, er könnte Profikiller engagiert oder für sein eigenes Training und seine Ausrüstung bezahlt haben.“

„Mhm.“

„Wieso lächeln Sie denn nicht mehr?“

Der Waliser klappte seinen Notizblock zu. „Weil die Spur

da aufhört. Dunn verlangte Schutz seines Privatlebens.“ Er sah aus dem Fenster, musterte die Fußgänger in Camden Town. „Seitdem scheint er wie vom Erdboden verschluckt zu sein.“

Karen packte das Lenkrad fester. „Mit diesem ganzen Geld hätte er keine Schwierigkeiten, sich eine neue Identität zu verschaffen.“ Sie trat vor einer roten Ampel auf die Bremse. „Mist.“

Ihr Handy klingelte noch einmal. Turner hörte zu und unterbrach die Verbindung.

„Das war D.C.I. Hardy. Erstens, er ist extrem sauer, dass Sie den A.C. dazu gebracht haben, seine Leute zu versetzen.“

„Schlimm.“

„Und zweitens, es gibt einen Bericht über Nicholas Cork.“

Oaten scherte geschickt vor einem Bus voller Kinder ein. „Raus damit, Taff.“

„Eine grausam verstümmelte und bereits teilweise verweste Leiche wurde letzten September auf den Felsen im nördlichen Cornwall gefunden. In einer Tasche steckte eine Mitgliedskarte einer Videothek auf den Namen N. Cork.“

Die Chefinspektorin dachte ein paar Sekunden nach. „Haben wir Zahnarztakten über ihn?“

Turner blätterte in seinem Notizblock. „Tut mir leid, das weiß ich nicht, Chef“, sagte er schließlich.

„Dann finden Sie's raus, verdammt noch mal!“, rief Oaten. „Solange wir nicht ganz sicher sind, dass das wirklich Corks Leiche war, bleibt er verdächtig, Dunns Komplize zu sein.“

„Chef?“, fragte Turner, als sie die Euston Road passierten. „Ich kann verstehen, wieso Dunn Leute umbrachte, gegen die er was hatte, aber warum bringt er Bekannte von

Wells um? Was hat er davon?“

„Gute Frage, Taff“, sagte Oaten, ihr Gesicht war nicht mehr so angespannt. „Vielleicht beantworten uns das diese E-Mails.“

„Ich habe noch eine Frage“, sagte der Waliser. „Dieser Mord unten in Greenwich letzte Nacht?“

Der D.C.I. nickte. „Vorbestrafter Kleinkrimineller, in mehrere Stücke gehackt, in Kisten gesteckt und vor seiner Stammkneipe abgeladen?“

„Genau den meine ich. Können wir sicher sein, dass das nichts mit unseren Morden zu tun hat?“

Karen wandte ihm kurz das Gesicht zu. „Sicher? Bei diesem Fall sind wir in keinem Punkt sicher, Taff. Aber es gab kein Zitat von John Webster in Plastik gewickelt, keine offenkundige Verbindung nach Bethnal Green oder zu Matt Wells, also soll sich das Team da unten darum kümmern. Erst mal jedenfalls.“

Turner schien nicht überzeugt. „Ich weiß nicht, Chef. Wieder eine Verstümmelung, so kurz nach Drys und den anderen Morden. Mir gefällt das nicht.“

„Mir auch nicht. Deshalb verlangen wir regelmäßige Berichte von der Southern Homicide Division. Aber wir haben auch so schon genug zu tun.“

Der Inspector nickte mit schmerzverzerrtem Gesicht. Seit Tagen schon konnte er nicht richtig essen.

22. KAPITEL

Es brach mir fast das Herz, wie Lucy mich ansah, als Dave mit ihr davonfuhr. Sie war völlig überrascht gewesen, als ich sie aus dem Klassenzimmer zerrte. Zum Glück war ihre Lehrerin, Mrs. Maggs, ein Fan meiner Bücher und ließ uns gehen, ohne unangenehme Fragen zu stellen. Lucy schien es nicht ungewöhnlich zu finden, dass Dave und seine Familie sie auf einen geheimnisvollen Ausflug mitnahmen, und fragte erst im letzten Moment nach ihrer Mummy. Ich sagte ihr, Caroline wüsste Bescheid und würde später nachkommen. Ich wurde gut darin, zu lügen – zu gut.

Nachdem ich eine Weile durch die Seitenstraßen von Dulwich Village gewandert war, erwischte ich den Bus nach Brixton. Falls mir jemand folgte, war er sehr gut darin, sich nicht sehen zu lassen. Das Internetcafé, in dem ich mich mit Rog treffen wollte, hieß Vital Spark. Es lag an der Coldharbour Lane und war trotz seines Namens ziemlich düster. Genau, was ich brauchte. Wir setzten uns mit unserem Kaffee in eine menschenleere, hintere Ecke.

Rog hob eine Plastiktüte hoch. „Hier ist dein Zeug“, sagte er und suchte in den Taschen seiner braunen Kordsamtjacke. „Und hier die Quittung.“

Ich musste schlucken, als ich die Summe sah. Vielleicht würde ich das Geld von White Devil doch noch benutzen müssen. „Pass auf, Dodger“, sagte ich und fuhr einen der Computer hoch, „es ist jetzt alles ganz anders.“ Ich registrierte seinen verwirrten Gesichtsausdruck. Ich musste jetzt mit allem rausrücken, aber ich wollte ihm die Chance geben, damit nichts zu tun haben zu wollen. Rog war nicht so ein harter Knochen wie Dave oder Andy. Im Rugbyteam hatte er sich eher an den gegnerischen Spielern vorbeigeschlängelt und sie ins Leere laufen lassen, als sie einfach niederzutrampeln. Er konnte auch hart zupacken, wenn es darauf ankam, obwohl er außerhalb des Spielfelds fast genauso viel Zeit allein verbrachte wie ich – in seinem Fall mit dem Zusammenkleben und Anmalen von Panzer- und Flugzeugmodellen, nicht mit dem Versuch zu schreiben. „Also, hör zu, so sieht's aus ...“

Ich erzählte ihm alles über White Devil. Über sein Gesicht wanderten nacheinander Verwirrung, Verblüffung, Entsetzen und schließlich unverkennbare Wut. Dann sagte ich ihm, was mit Andy geschehen war. Das war der entscheidende Moment. Es hatte keinen Grund gegeben, Dave davon zu erzählen – der war dabei, egal, was passierte, und wenn er wüsste, dass Andy verletzt worden war, würde es nichts ändern. Bei Rog war ich mir da nicht so sicher.

„Schweine“, sagte er leise. „Die kauf ich mir.“

Ich legte ihm eine Hand auf den Arm. „Das ist kein Kinderspiel. Dieser White Devil hat mindestens acht Leute umgebracht, und ich schätze, es könnten noch viel mehr sein.“

Er straffte energisch die Schultern. „Dann knöpfen wir uns ihn und seinen Komplizen vor. Die sollen dafür zahlen, was sie Andy angetan haben. Bist du sicher, dass er wieder in Ordnung kommt?“

„So sicher ich sein kann, ohne mit ihm persönlich geredet zu haben. Vielleicht kommen wir später dazu.“ Ich nickte zum Monitor. „Jetzt müssen wir uns an die Arbeit machen. Könntest du mir erst mal einen neuen E-Mail-Account einrichten?“ Ich sah zu, wie seine Finger über die Tasten huschten. Nach ein paar Sekunden besaß ich eine neue Identität als *SirZog1.* Dann loggte ich mich in meinen alten Account ein, fragte mich, ob die Polizei schon Zugriff darauf hatte, und druckte die letzte Mail von White Devil aus.

„Großer Gott", sagte Rog und schüttelte den Kopf, als er sie las. „Der hat das alles wirklich dieser armen Sau Drys angetan? Wieso?"

„Offenbar, weil er ein paar von meinen Büchern verrissen hat."

„Du verarschst mich."

„Ich fürchte, nein. Er versucht, mir seine Morde anzuhängen, und gleichzeitig will er, dass ich seine verdammte Geschichte schreibe. Irgendwo hab ich mal gelesen, dass einige Serienkiller unbedingt unsterblich werden wollen."

Rog starrte mich an. „Aber wenn er will, dass du seine Geschichte schreibst, warum will er dir auch die Morde anhängen? Von einer Zelle aus könntest du doch nicht viel für ihn tun."

„Ah ja, schlau von ihm", sagte ich, als ich mir den Text ansah. Seine Notizen über die Ermordung des Kritikers waren so detailliert wie immer, aber es war mein Job, eine lesbare Geschichte daraus zu machen. „Er will jetzt, dass ich jeden Tag über seine aktuellen Fortschritte schreibe."

„Dann hast du ja morgen einen Tag frei." Rog stieß mir in die Rippen.

„Wieso?"

„Na ja, er hat es nicht geschafft diesen Fels umzulegen, oder?"

Ich hörte auf zu tippen. „Verdammt."

„Was ist?"

„Das könnte bedeuten, dass er schon jemand anders hat, um das wiedergutzumachen." Ich rannte aus dem Café und suchte die nächste Telefonzelle. Zuerst rief ich das Handy meiner Muter an, ließ es viermal klingeln. Sie ging sofort ran, als ich erneut anrief.

„Hallo?" Sie klang ein bisschen quengelig.

„Ich bin's. Geht's dir gut? Sag mir nicht, wo du bist!"

Stille. Dann: „Oh ja, ich verstehe. Ja … mir geht's gut."

„Angenehmer Flug?"

„Äh, ja."

„Was ist los? Keine Sorge, alle anderen sind in Sicherheit." Sie kannte Andy nicht, also erzählte ich ihr nichts von ihm. Sie hasste Christian Fels, weil sie fand, dass er mich verraten hätte, und jetzt war nicht die Zeit, ihr von ihm zu erzählen, besonders da sein Gärtner ermordet worden war.

„Oh", sagte sie zögernd. „Das ist fein."

„Nettes Hotel?"

„Ja. Hör mal, Matt, ich muss jetzt auflegen." Plötzlich sprach sie sehr schnell. „Ich liebe dich, Schatz." Dann war sie weg.

Ich stand in der Zelle und glotzte den Hörer an. Meine Mutter hatte immer schon dazu geneigt, irgendwie abwesend zu sein, aber das klang schlimmer als sonst. Ich nahm an, dass sie sauer wegen allem war, was ich ihr zumutete, aber ich konnte mich nicht erinnern, wann sie mich das letzte Mal „Schatz" genannt hatte.

Wolfe und Rommel saßen vorn in dem Orion, der etwa fünfzig Meter von dem Haus in Forest Hill entfernt parkte. Laut dem verstorbenen Terence Smail war dies das Haus des Mannes namens Corky – der mit Jimmy Tanner in dem Pub herumgehangen hatte. Die Straße war ziemlich heruntergekommen, in vielen Vorgärten der kleinen Häuser lag Müll herum.

Aus dem Funkgerät in Wolfes Schoß kam ein Krächzen.

„Hast du Empfang?"

„Wir hören dich, Geronimo. Kommen." Ihr Kamerad stand an der Bushaltestelle direkt hinter dem Haus. Seit fast einer Stunde.

„Drinnen bewegt sich nichts. Vorhänge immer noch zugezogen."

„Okay, komm zurück. Ende."

Wolfe blickte Rommel an, als würde er Widerspruch erwarten. „Wir können alles von hier aus im Auge behalten. Geronimo ist da zu auffällig."

Rommel verzog keine Miene, als Geronimo hinten einstieg.

„Nicht die Laune verderben lassen, Blödmann. Das Schwein taucht schon noch auf."

„Wollen wir's hoffen." Rommel blickte finster. „Ich will ihm wehtun."

Wolfe stieß ihn in die Rippen. „Nur die Ruhe. Wir werden ihm alle wehtun, wenn wir erst mal rausgefunden haben, was mit Jimmy passiert ist. Aber er ist nicht unser Hauptziel. Wir brauchen ihn, damit er uns zu dem Typ mit den angespitzten Zähnen führt, also bringt ihn keiner um, bevor ich das sage."

Rommel drehte sich um zu Geronimo, und sie sahen sich in die Augen. Sie waren oft genug in solchen Situationen gewesen und wussten, dass man Wolfe nicht widersprach.

„Anscheinend sind wir nicht die Einzigen, die Leute zerstückeln", sagte ihr Anführer und blätterte im *Daily Independent.* Er las ein paar Absätze aus dem Bericht über die Morde an einem Priester, einer pensionierten Lehrerin, einem Arzt und einem Kritiker vor.

„Und die Bullen meinen, das wäre alles derselbe Typ?", sagte Rommel und starrte einen kleinen Jungen wütend an, der mit seinem Fahrrad neben dem Fenster angehalten hatte. Der Junge fuhr eilig weiter.

„Sieht so aus", erwiderte Rommel. „Und dieser Schmierfink hier glaubt, die Leiche vor dem Hereward hätte auch was damit zu tun."

Geronimo lachte. „Was wissen die Zeitungsfritzen denn schon."

Danach schwiegen sie, während der Nachmittag sich hinzog. Geronimo und Rommel fingen an, über alte Zeiten zu reden, während die Augen das Haus und die Straße fixierten. Wolfe ließ sie schwatzen. Ihm war die Vergangenheit egal – herauszufinden, was seinem Waffenbruder Jimmy Tanner zugestoßen war, nur das zählte für ihn. Jimmy hatte ihm mehr als einmal das Leben gerettet, und er schuldete ihm etwas.

„... und dann kam dieser Iraker aus dem Bunker, seine AK47 direkt auf Dave gerichtet", sagte Geronimo.

„... und Dave grinste ihn bloß an", sagte Rommel.

„... und feuerte sein ganzes Magazin auf ihn ab, bevor er einen Finger krumm machen konnte." Geronimo lachte rau.

Wolfe sah über seine Schulter. „Namen", sagte er leise. „Außerhalb der Kaserne benutzen wir keine echten Namen."

„Kacke", sagte Geronimo und senkte den Blick. „'tschuldigung, Boss. Patton – Patton war der, der den Spültuchkopf umgelegt hat."

Wolfe nickte. „Genau, Patton. Guter Soldat – Nerven aus Stahl, und dazu noch clever. Eine Schande, dass er das Regiment verlassen hat."

„Eine Schande, dass man ihn dazu getrieben hat, meinst du", sagte Rommel bitter.

„Ja, na ja, manchmal war er ein bisschen zu schlau. Schlauer, als gut für ihn war", meinte Geronimo. Er ließ Wolfe nicht aus den Augen. Der Boss hatte eine Rolle dabei gespielt, ihren alten Kameraden Dave Cummings loszuwerden, weil der etwas zu sehr auf den Putz haute. Was allerdings nicht bedeutete, dass Geronimo und Rommel nicht mit Dave in Kontakt geblieben wären. Er war auch ein guter Kumpel von Jimmy Tanner gewesen.

„Motorrad nähert sich von hinten", meldete Rommel, machte sich klein in seinem Sitz. „Wird langsamer. Könnte unser Mann sein."

Wolfe rutschte ebenfalls runter, den Blick nicht von der Straße lassend. „Okay, fertig machen. Falls er vor dem Haus hält, schnappen wir ihn uns, wenn er absteigt."

Rommel ließ den Motor an. Im selben Augenblick, als das Motorrad an ihnen vorbeikam. Der Fahrer, in Lederzeug und mit einem Helm mit dunklem Visier, drehte den Kopf zum Wagen. Plötzlich gab er Gas und raste die Straße entlang, eine Frau mit Kind musste aus dem Weg springen.

„Los!", schrie Wolfe. Er wurde in den Sitz gepresst, als Rommel das Pedal durchtrat.

„Scheiße, das Schwein hat uns sofort bemerkt", sagte Geronimo von hinten.

„Keine Sorge." Wolfe beobachtete, wie das Motorrad rechts abbog, das Knie des Fahrers berührte fast den Asphalt. „Er kann abhauen, aber er kann sich nicht vor uns verstecken."

Als Nächstes rief ich Karen Oaten an. Sie war in einer Sitzung, aber sie ging offenbar raus – ich hörte, wie die anderen Stimmen leiser wurden und schließlich ganz verklangen.

„Matt, ich bin froh, dass Sie sich melden. Hören Sie zu,

wir glauben zu wissen, wer White Devil ist.“

Ich spürte, wie die Erleichterung durch meine Adern rauschte. „Wer?“

„Das ist das Problem. Er hat sich in den letzten vier Jahren anscheinend eine neue Identität besorgt. Wir versuchen, seinen neuen Namen herauszufinden.“

Die Angst kam umso stärker zurück. „Also haben Sie keine Chance, ihn aufzuhalten.“

„Ich fürchte nicht. Jedenfalls noch nicht.“

„Verdammt. Ich glaube, er könnte noch einen neuen Versuch unternehmen.“

„Jemanden umzubringen?“ Ihre Stimme war angespannt. „Warum?“

„Weil er bei Christian Fels versagt hat.“

„Keine Sorge, wir überwachen sein Haus.“

„Ich glaube nicht, dass er so dumm ist, es da noch mal zu versuchen, Karen. Ich habe Schritte unternommen, meine Familie und meine frühere Lektorin zu beschützen. Aber es gibt noch eine Menge anderer Leute, hinter denen er her sein könnte.“

„Geben Sie mir die Namen und Adressen“, sagte sie schnell.

Ich bewunderte, wie professionell sie war. Ich sagte ihr, wo Sara und Caroline waren. Dann ratterte ich mehrere Namen von Bekannten aus meinem früheren Verlag herunter, einschließlich des Eigentümers. Ich ging die Freunde durch, die ich in der Krimiszene hatte – Autoren, Journalisten, Buchhändler, Sammler, alle, die mir einfielen. Ich konnte mich nicht an alle Adressen erinnern, aber ich wusste ungefähr, in welchen Gegenden sie wohnten. Meine Rugbyfreunde erwähnte ich allerdings nicht. Die durften der Polizei nicht bekannt werden.

„Dazu werden Sie jede Menge Leute brauchen“, sagte ich.

„Ja, das werden wir.“ Für einen Augenblick klang sie unsicher. „Ich tue, was ich kann. Ich kann nicht versprechen, dass wir alle abdecken können.“ Eine Pause. „Matt. Es ist wichtig, dass Sie zu uns kommen. Sie können uns helfen.“

„Haben Sie die Mails schon gelesen?“

„Nein, der Beschluss ist in diesem Augenblick unterwegs.“

„Wenn Sie die gelesen haben, werden Sie verstehen, warum ich so handeln muss. Hören Sie, Karen, ich muss Sie um einen Gefallen bitten.“

Sie lachte gequält. „Ich glaube kaum, dass Sie in der …“

„Sie wissen, dass ich das bin“, unterbrach ich. „Jedenfalls bis Sie mich finden – und damit würden Sie bloß die wertvolle Arbeitskraft Ihrer Leute verschwenden. Hören Sie, ich möchte, dass Sie versprechen, mein Handy nicht abzuhören. White Devil könnte irgendwas Entsetzliches anstellen, wenn er mich nicht erreichen kann. Können Sie das für mich tun?“

Sie schwieg lange. „Ich werde so tun, als hätte ich das nicht gehört. Aber bei all der Hektik könnte es sein, dass man Ihr Handy für eine oder zwei Stunden vergisst.“

„Danke, Karen. Ich weiß es zu würdigen.“

„Tja, na ja, jetzt schulden Sie mir was. Ich erwarte, dass Sie mir das sehr bald zurückzahlen, Matt. In der Zwischenzeit: Haben Sie je einen Mann namens Terence ‚Terry‘ Smail getroffen, oder wissen Sie etwas über ihn?“

„Nein“, sagte ich. „Nie von ihm gehört.“

„Es wäre besser, wenn Sie die Wahrheit sagen.“

Sie legte auf. Wer zum Teufel war Terry Smail? Ich schaltete mein altes Handy wieder ein und ging zurück in das Internetcafé. Ich setzte mich hin, um das neuste Kapitel zu schreiben, während Rog versuchte, sich in das System von British Airways zu hacken, um zu sehen, ob meine Mutter tatsächlich abgeflogen war. Es beunruhigte mich, wie sie am Telefon geklungen hatte. Ich war zur Hälfte fertig, als das alte Handy klingelte.

Es war White Devil, und er hatte Gesellschaft.

Caroline Zerb hatte die Bank in Cornhill pünktlich um ein Uhr mittags verlassen. Eine Sitzung mit ihrem Team über einen wichtigen Beitrag in der *Far East Economic Review* war gerade beendet, und sie wollte noch dringender als sonst aus dem Büro kommen und zu Mittag essen. Ihr Exmann glaubte, sie würde die ganze Zeit am Schreibtisch hocken und bloß ein Vollkornsandwich essen, aber da lag er weit daneben, wie in so vielen anderen Dingen. Sie hing an ihrem Job, aber sie war auch in der Lage, sich Zeit für sich selbst zu nehmen. Sie fand, dass sie nachmittags viel besser arbeiten konnte, wenn sie zwischendurch für eine Stunde verschwand.

Wie üblich überquerte sie die Southwark Bridge, betrachtete die grotesken Ausmaße der Tower Bridge und fühlte sich vollständig wohl in der Welt. Sie arbeitete im Angelpunkt der Weltwirtschaft, ihr Fachwissen verschaffte ihr eine Macht und einen Einfluss, die nur sehr wenige Menschen besaßen. Kein Wunder, dass Matt sie nicht mehr verstehen konnte, nachdem sie diesen Job in der City angetreten hatte. Was wusste der schon über Macht und Einfluss? Er hatte mal behauptet, er hätte die Macht über Leben und Tod seiner Romanfiguren, aber Caroline wusste, das war gar nichts im Vergleich zu ihren täglichen Meetings mit internationalen Großinvestoren, die ihre Ansichten hören wollten. Fiktion war Zeitverschwendung. Wenn sie überhaupt Bücher las, dann über Wirtschaftswissenschaft und Geschichte.

Und trotzdem, dachte sie, als sie am Ufer entlang und an Shakespeares Globe Theatre vorbeispazierte, irgendwas an Matt war immer anders gewesen. An der Universität hatte sie sich Hals über Kopf in ihn verknallt. Sie konnte kaum fassen, dass der Held des Rugby-League-Teams eine blaustrümpfige Jungfrau wie sie überhaupt beachtete. Und sie hatte ihn immer noch geliebt, als Lucy, ihre wunderschöne Lucy, geboren wurde und er anfing, durch seine Bücher einigermaßen bekannt zu werden.

Caroline sah einem Ballon nach, der hoch über dem Fluss dahintrieb. Ihre Beziehung hatte sich verändert, als Matt anfing, sich in diese lächerliche albanische Krimiserie zu stürzen. All seine Bekannten sagten ihm voraus, das könne nur bös enden, aber er wollte nicht hören. Ihre Mutter hatte immer gesagt, man muss den Menschen, die man liebt, erlauben, ihre eigenen Fehler zu machen, das gehöre nun mal zum Leben dazu. Vielleicht, aber das Problem war, zu dem Zeitpunkt hatte sie Matt schon nicht mehr wirklich geliebt. Es gab keinen anderen Mann. Dafür hatte sie weder Zeit, noch hatte sie Bedarf. Aber sie war nur noch gelangweilt von seinem leeren Geschwätz und seiner eingebildeten Wichtigkeit – als ob es jemanden interessierte, was ein Krimiautor über irgendwas dachte.

Ach Matt, dachte sie, als sie sich einer Bank näherte. Ein Mann im Overall mit einer Baseballmütze, die er tief ins Gesicht gezogen hatte, saß an einem Ende der Bank. Es tat ihr immer noch gut, ihren früheren Ehemann jeden Tag mit Lucy zu sehen, auch wenn es ihr schwerfiel, mehr als ein paar höfliche Worte mit ihm zu wechseln. Und ihm war es in letzter Zeit anscheinend besser gegangen. Diese Frau, Sara, schien ihm gutzutun, obwohl sie so ein merkwürdiges Glitzern in den Augen hatte – der typisch gierige Blick des Zeitungsschnüfflers. Aber in den letzten paar Tagen war Matt komisch gewesen, nervös, so als würde er etwas verbergen. Er musste sich wieder in den Griff kriegen, wenn er nicht wollte, dass das, was von seiner Karriere als Schriftsteller noch übrig war, in den Fluten versank wie leere Getränkedosen in die Themse.

Sie rückte auf die Mitte der Bank, als ein weiterer Mann sich setzen wollte. Er trug eine gefütterte Jacke, die für das Wetter viel zu warm war, und hatte die Kapuze eines grauen Sweatshirts über den Kopf gezogen. Ohne den buschigen Schnurrbart hätte sie ihn für ein Mädchen gehalten.

Caroline biss in ihr – ökologisch unbedenkliches – Cheddarkäse-Sandwich. Sie beobachtete die Touristen, die einander lachend fotografierten, und ertappte sich dabei, über ihr Leben nachzudenken. Wie glücklich war sie wirklich? Sie hatte einen Job, den sie liebte, ein Kind, das sie anbetete, und trotzdem fehlte da etwas. Darüber hatte sie in letzter Zeit viel nachgedacht. Vielleicht lag es daran, dass der Hund der Nachbarn verschwunden war und was für Auswirkungen das auf Jack und Shami hatte. Es war gar nicht das Problem, dass es in ihrem Leben keinen Mann gab, da war sie sicher. Sie könnte jeden der jungen Typen in der Firma ins Bett kriegen, ohne mehr zu tun, als ihm einmal zuzuzwinkern, aber Tatsache war, dass sie den Sex überhaupt nicht vermisste. Mit Matt war es toll gewesen. Neben Lucy war Sex der wesentliche Grund, warum sie so lange bei ihm geblieben war.

Nein, ihr war klar geworden, dass ihr das Abenteuer fehlte, das Unerwartete, ein plötzlicher Bruch im Rhythmus des alltäglichen Einerleis.

Sie schüttelte den Kopf und befahl sich, nicht so flatterhaft zu sein. Sie hatte Arbeit zu erledigen, und ihre Mittagspause war fast vorbei. Als sie das Brotpapier zusammenknüllte, sah sie, wie der Mann rechts von ihr sich vorbeugte und den Typen links von ihr intensiv anstarrte.

Es war beinahe, als würde er dem Mann mit der Kapuze ein Zeichen geben.

White Devil trat einen Schritt zurück von dem geknebelten und an den Stuhl gefesselten Gefangenen mit den verbundenen Augen. Er lächelte der maskierten Gestalt hinter sich zu, die ausdruckslos zurückblickte. Er musste auf seinen Partner aufpassen. Diese plötzliche Hingabe an Grausamkeiten und den Akt des Tötens hatte er nicht erwartet. So etwas konnte zu einem gefährlichen Mangel an Vorsicht führen.

White Devil sah sich in der verschlossenen Garage um. Sie lag in Deptford, an einer Straße, die von der hohen rückwärtigen Mauer einer viktorianischen Fabrikhalle überragt wurde – dieses Gebäude war zum Abriss vorgesehen, und seit Jahren hatte es außer Junkies und Säufern kein Mensch mehr betreten. Hier wurde man in Ruhe gelassen, wozu auch die Tatsache beitrug, dass die Besitzer der anderen Garagen sich überhaupt nicht darum kümmerten, was in der Nachbarschaft vor sich ging.

Es war ganz leicht gewesen, sich ihr letztes Opfer zu schnappen. Niemand hatte bemerkt, wie sie es in den zerbeulten weißen Lieferwagen verfrachteten, der jetzt die Hälfte des Raums einnahm – es war eine Doppelgarage mit eingerissener Zwischenwand. Jeden Menge Platz für den bevorstehenden Spaß.

Die Person auf dem Stuhl ließ ein schrilles Stöhnen hören. White Devil machte einen schnellen Schritt und schlug sie hart auf die linke Wange.

„Sei still, du Stück Scheiße“, sagte er und lehnte sich vor. „Lärm bedeutet Schmerzen, kapiert?“

Das Opfer zitterte und nickte langsam.

„Mehr ist gar nicht nötig“, sagte White Devil zu seinem Partner. „Jetzt bist du dran.“ White Devil sah zu, wie die maskierte Gestalt dem Gefangenen mit voller Wucht ins Gesicht schlug, wodurch beinahe der Stuhl nach hinten fiel. „Gut“, sagte er lächelnd. „Den hier magst du anscheinend gar nicht.“

„Nein, überhaupt nicht.“

White Devil trat vor eine Werkbank und begann, seine Geräte auszulegen. Vielleicht war es doch die richtige Entscheidung gewesen, diesen Partner aufzutreiben. Die Konfrontation mit wirklichen Morden schien der Gestalt mit der Maske zunächst den Magen umzudrehen. Er hoffte, dass ihr neues Vorhaben – bis jetzt sein ehrgeizigstes – aus diesem Partner seinen Dr. Watson machen würde. Besser wäre es. Schließlich ging es hier nicht nur um ihn.

Während er über die glitzernden Stahlinstrumente strich, dachte er darüber nach, was er bisher erreicht hatte. Der Mord an diesem Schwein Newton von der Bank war der Testlauf gewesen. In jenem Stadium war er noch gar nicht sicher, ob er das, was er vorhatte, auch wirklich durchziehen könnte. Seinen Partner hatte er zu dieser Exkursion nicht mitgenommen, auch nicht zu dem Priester oder zu der alten Schlampe, die mal seine Lehrerin gewesen war. Aber als White Devil erkannte, dass alles nach Plan verlief, hatte er sich sicher genug gefühlt, die Sache mit dem Arzt und dem fetten Kritiker zu zweit zu erledigen.

Sein Blick verfinsterte sich, als er das Skalpell sorgfältig auf den Tisch legte. Bis heute Morgen war alles prima gelaufen; dann fing der Schreiberling plötzlich an, zurückzuschlagen, und die zerstückelte Leiche vor dem Hereward wurde gefunden. Konnte es einen Zusammenhang geben? White Devil war zunächst nicht sicher gewesen, ob Matt Wells den Mumm zu so etwas hätte, trotz des Machogehabes, das er bei Auftritten in Buchläden und bei Krimifestivals zur Schau trug. Die meisten Schreiberlinge waren nichts als Säufer, die sich an den nächsten Tresen stürzten und dort mit ihren Verkaufszahlen angaben, die sie grundsätzlich übertrieben, und mit ihren Verkäufen von Filmrechten, woraus fast nie etwas wurde, was es tatsächlich auf eine Leinwand oder ins Fernsehen schaffte. Sie waren Lügner und Heuchler, jeder Einzelne von ihnen.

Aber Matt Wells hatte tatsächlich den Nerv gehabt, sich ihm entgegenzustellen. Er hatte diesen amerikanischen Muskelmann geschickt, um Christian Fels zu beschützen. White Devil war so in Wut darüber geraten, seinen Plan mit dem Agenten nicht ausführen zu können, dass er alles an dem unschuldigen Gärtner ausgelassen hatte. Sein Partner hatte sich nicht abgewandt, als er das Genick brechen hörte. Es war das erste Mal, dass White Devil auf diese Art getötet hatte. Jimmy Tanner war ein hervorragender Ausbilder gewesen. Was für eine Schande, dass der frühere SAS-Mann durch den Suff so unzuverlässig geworden war. Er steckte jetzt im Fundament einer Brücke außerhalb von Bromley, durch ein zwischen seine fünfte und sechste Rippe gerammtes Kampfmesser für immer zum Schweigen gebracht. Das war ein schöner Abschluss von White Devils Lehrzeit gewesen wie auch ein angemessener Tod für einen Mann, der ein vom Staat bezahlter Berufsmörder gewesen war. War es möglich, dass jemand – Matt Wells? – von seinen Treffen mit Tanner erfahren hatte? Selbst wenn, White Devil und sein Partner würden jeden umbringen, der auf der jetzt noch längeren Todesliste stand, bevor er sie finden konnte.

Dieses Schwein Wells. Er hatte tatsächlich Schritte unternommen, um die Leute in Sicherheit zu bringen, von denen er annahm, dass sie Ziele sein könnten. White Devil grinste. Das würde dem Spinner allerdings nichts nutzen. Es würde lange dauern, bis man ihnen auf die Spur kam. Und selbst wenn es jemand schaffte, müsste er dafür große Schmerzen ertragen.

„Gut", sagte er zu der Gestalt mit der Maske. „Es wird Zeit, dass wir anfangen." Das Opfer erstarrte. Offenbar ließ die Wirkung der Schläge nach. Gut. White Devil wollte, dass es wusste, was bevorstand.

Der Schmerz, das war es, worum sich alles drehte, der Schmerz und das Entsetzen. Nach diesem Mord würde der Schreiberling wissen, dass niemand, dem er je begegnet war, sicher wäre. Dann würden sie ja sehen, wie er auf ernsthaften Druck reagierte.

White Devil wählte ein paar Instrumente aus, nickte seinem Partner zu und trat auf das Opfer zu. Er nahm die Augenbinde ab und wurde mit dem Anblick von zwei nassen und verängstigten Augen belohnt. Diese Augen flehten um Gnade, aber in ihrem Ausdruck schien auch das Wissen enthalten zu sein, dass keine Gnade zu erwarten war.

Dann kam ihm ein Gedanke. Warum den Druck auf Matt

Wells nicht jetzt sofort erhöhen? Er reichte das Skalpell und die Sonde seinem Partner und holte das Handy aus der Tasche.

Das Lächeln, das sich über sein Gesicht ausbreitete, als er sprach, brachte sein Opfer zum Heulen und Stöhnen.

23. KAPITEL

Ich schloss gerade das Kapitel über Alexander Drys ab, als mein altes Handy klingelte. Mein Herz setzte ein paar Schläge aus. Ich konnte nur hoffen, dass D.C.I. Oaten Wort hielt und das Handy nicht abhörte.

„Du hältst dich wohl für sehr clever, Matt." White Devils Stimme klang beunruhigend zuversichtlich.

Ich rückte von Rog weg, der immer noch versuchte, das System von British Airways zu knacken. „Wie meinst du das?"

„Ich weiß genau, was du getan hast, mein Freund. Ich muss sagen, ich bin sehr enttäuscht." Er klang spöttisch, und ich hatte eine böse Vorahnung, was jetzt kommen könnte. Aber es war zu spät für einen Rückzug.

„Mir doch scheißegal", sagte ich laut, was den Typ an der Kasse zum Grinsen brachte. Ich ging nach draußen. „Du denkst, du bist so verdammt schlau, aber du bist nicht der Einzige, der ein funktionierendes Gehirn hat."

Sekundenlanges Schweigen. „Ist das wahr, Matt?" Jetzt war seine Stimme eiskalt. „Hör dir das mal an."

Ich hörte etwas, was wie ein Klatschen klang, dann ein unterdrücktes Stöhnen, gefolgt von sich überschlagenden Schreien. Großer Gott, wen hatte der Bastard jetzt in seiner Gewalt?

„Erkennst du die Stimme?"

Ich blieb stumm, zu schockiert, um zu raten.

„Ich hab dich was gefragt", sagte White Devil, beinahe schreiend.

„Ich weiß nicht!", schrie ich zurück.

Er lachte. „Du hältst dich für so clever, du preiswürdiger Krimischreiber. Tja, ich werde dir nicht verraten, wen ich jetzt gleich foltern und töten werde. Na, wie fühlst du dich dabei?"

„Krank", sagte ich und wandte mich ab von ein paar lachenden Kindern, die gerade das Café betraten. „Hör zu, nimm mich stattdessen. Wenn du den gehen lässt, den du in deiner Hand hast, liefere ich mich dir aus."

Noch ein Lachen, diesmal von schrecklicher Bösartigkeit erfüllt. „Nein, nein, für dich ist die Zeit der Schmerzen noch nicht gekommen, Matt. Bald wird es so weit sein. Bis dahin kannst du sicher sein, dass jemand, mit dem du heute noch gesprochen hast, gleich eines entsetzlichen Todes sterben wird."

Ich war so schockiert, dass ich beinahe anfing zu weinen.

„Ich hoffe, du hast nicht mit dieser Schlampe von der Polizei gesprochen", fuhr White Devil fort. „Denn Leute, mit denen du redest, haben neuerdings eine erstaunlich verkürzte Lebenserwartung. Du machst diese Sache zu einem Krieg zwischen uns beiden, Matt."

„Komm schon!", schrie ich. „Lass es uns jetzt zu Ende bringen, Mann gegen Mann."

„Mann gegen Mann?", schnaubte er. „Ich bin gar nicht sicher, ob du überhaupt ein Mann bist. Du bist ein Schreiberling, ein Fälscher, jemand, der davon lebt, sich Sachen auszudenken. So jemanden betrachte ich nicht als Mann."

Im Hintergrund hörte ich das Wimmern des Opfers.

„Bitte", flehte ich, „tu keinem von meiner Familie etwas an. Oder von meinen Freunden."

Einen Moment lang dachte ich, das hätte ihn berührt. Dann lachte er wieder. „Dafür ist es zu spät, Matt. Wo bleibt übrigens mein Kapitel? Wenn ich das nicht bald kriege, wirst du jemanden betrauern müssen, der dir viel näher steht als

Alexander Drys." Er gab mir eine neue E-Mail-Adresse und unterbrach die Verbindung.

Ich rannte zu der Telefonzelle und rief Dave Cummings an.

„Matt, was gibt's, Kumpel?" Er klang ganz normal.

Erleichterung überwältigte mich. „Ist Lucy okay? Seid ihr alle okay?"

„Na klar, Matt. Sie ist okay, wir sind okay. Nicht mal Ginny macht Ärger, außer ein bisschen Gemecker vorhin. Wir sind ... na ja, geht dich nichts an, was wir machen. Wir wollen doch nicht, dass du rausfindest, wo wir sind, oder? Was liegt denn an?"

„Nichts", sagte ich, weil ich ihn nicht aufregen wollte. „Hör mal, bist du in Reichweite von einem Handysendemast?"

„Jau, glaub schon."

„Besorg dir ein neues, so ein Prepaid-Ding, und schick mir damit 'ne SMS mit der Nummer." Ich gab ihm meine neue Handynummer. „Schalt dein altes Gerät ab."

„Kapiert. Er könnte uns orten. Brauchst du Hilfe?"

„Nein, Kumpel. Pass bloß auf Lucy und deine Leute auf. Ich melde mich."

„Schnapp dir das Schwein", meinte Dave. „Obwohl, ich würde das gern selbst tun."

„Ja, Psycho. Weiß ich. Muss jetzt los." Ich legte auf, nachdem ich beschlossen hatte, dass es Lucy nur Angst einjagen würde, wenn ich mit ihr redete. Dann rief ich D.C.I. Oaten an.

„Karen? Matt Wells. Stehen alle Leute unter Personenschutz, die ich ihnen genannt habe?"

„Fast alle", erwiderte sie. „Was ist passiert?"

„White Devil hat gerade angerufen. Er hat jemanden, den

ich angeblich kenne. Er sagt, er wird ihn umbringen, wer immer es ist."

„Wo ist Ihre Tochter?", fragte sie mit abgehackter Stimme.

„Die ist in Sicherheit."

„Nicht so sicher, wie sie unter Polizeischutz wäre. Hören Sie zu, Matt, ich habe die Mails gelesen, die zwischen Ihnen und diesem White Devil hin- und hergegangen sind. Es gibt nichts, weswegen Sie sich Sorgen machen müssten. Warum kommen Sie nicht zu uns und helfen uns?"

Ich war nicht sicher, ob ich ihr glauben konnte. Jemand, der so hinterhältig war wie dieser Killer, könnte die verschiedenen Accounts eingerichtet und die Mails an sich selbst geschickt haben. Ich nahm an, dass sie mich immer noch für einen Verdächtigen hielt.

Sie versuchte es auf andere Art. „Ihnen ist schon klar, dass Sie eine Ermittlung sabotieren, indem Sie den Kontakt mit einem des mehrfachen Mordes Verdächtigen aufrechterhalten und ..."

Jetzt war ich sicher, dass ich ihr nicht trauen konnte. „Für so was hab ich keine Zeit", unterbrach ich. „Wen haben Sie nicht finden können?" Ich hörte, wie sie den Waliser nach der Liste fragte.

„Also. Sie sagten, Sie hätten Ihre Mutter und Ihre Lektorin, Ms. Young-Burke, selbst in Sicherheit gebracht. Wir haben mit ihrer Freundin Sara Robbins gesprochen. Sie ist wegen einer Geschichte in Oxford, aber da hat sie einen Fotografen bei sich. Bevor sie sich von ihm trennt, will sie uns anrufen. Wir waren nicht in der Lage, mit Ihrer Frau zu sprechen, aber einer ihrer Kollegen versichert uns, dass sie sich im Gebäude der Firma befindet. Er meint, sie sei in einer Sitzung und hätte ihr Handy ausgeschaltet. Ich habe Nachrichten hinterlassen, dass sie mich anrufen soll."

Caroline gehörte nicht zu meinen Prioritäten, seitdem ich mich davor gedrückt hatte, ihr zu sagen, wo Lucy war.

„Ansonsten sind unsere Leute in Ihrem Verlag. Der größte Teil der Belegschaft verrichtet dort seinen Dienst nach Vorschrift."

„Der größte Teil?", fragte ich.

„Was ist, Taff?", rief sie. „Oh. Anscheinend sind einige von ihnen mit einem Autor weggegangen. Sie wollten zu einer Matineevorstellung im Theater und dann essen gehen. Wir werden sie später erwischen."

„Okay", sagte ich zweifelnd. „Was ist mit meinen Freunden unter den Autoren?"

„Na ja, Sie können kaum von uns erwarten, dass unsere Leute das ganze Land abgrasen. Wir haben die örtlichen Polizeidienststellen benachrichtigt, und die tun, was sie für notwendig halten. Ich muss annehmen, dass Ihr White Devil sich in London herumtreibt. Er hat sich nie weiter von der Hauptstadt entfernt als bis Essex."

„Bis jetzt. Na schön." Ich hatte noch eine weitere Frage. In einer der Zeitungen in dem Café hatte ich einen Bericht über den Mord in Greenwich gelesen, und sie hatte mich nach dem Toten gefragt. „Hat Terence Smail mit dieser Sache zu tun?"

Sie schwieg einen Moment. „Bisher konnte kein Zusammenhang festgestellt werden. Haben Sie mir die Wahrheit gesagt? Sie kennen den Mann wirklich nicht?"

„Ich sagte doch, nein. Okay, das war's."

„Wollen Sie mir nicht Ihre neue Nummer geben, Matt?"

Ich dachte darüber nach. „Tut mir leid, nein. Ich muss in Bewegung bleiben. Danke für alles, was Sie getan haben, Karen." Ich legte auf, stellte mir ihr Gesicht vor und war froh, nicht in ihrer Reichweite zu sein.

Zurück im Café, hämmerte Rog immer noch auf die Tastatur ein und fluchte vor sich hin. Ein Bleistift steckte in seinen grau melierten Locken.

„Kein Glück?", fragte ich.

„Komme der Sache näher, aber es dauert." Er blickte auf. „Natürlich wäre nur ein Goldmedaillen-Superstar wie ich überhaupt so weit gekommen."

Ich ließ ihn machen und beendete das Drys-Kapitel. Bevor ich es meinem Peiniger schickte, versuchte ich mir vorzustellen, wer sein neustes Opfer sein könnte. Meine Mutter hatte am Telefon komisch geklungen, aber die konnte es nicht sein. Sie war eine Kämpferin; sie würde niemals so tun, als wäre alles in Ordnung, wenn sie sich in Wahrheit in Gefangenschaft befand. Caroline? Nein, die musste noch im Büro sein, wie Oaten gesagt hatte. Wen zum Teufel hatte er sich dann also geschnappt? Verdammt, sie hatten die Aufenthaltsorte von allen bei Sixth Sense noch nicht festgestellt.

Ich ging noch mal raus zu der Telefonzelle und rief Jeanie Young-Burkes Handy an, mit dem üblichen Code.

„Hallo!", schrie sie über lauten Lärm im Hintergrund hinweg.

„Ich bin's, Matt."

„Darling, wie nett von Ihnen, dass Sie anrufen." Ich versuchte, sie zu unterbrechen, aber sie plapperte schon aus, wo sie steckte. „Paris ist entzückend. Ich habe ein reizendes kleines Bistro gefunden und bin umgeben von lauter göttlichen Franzosen. Das war eine ganz tolle Idee von Ihnen."

Ich blickte hoch in den blassblauen Himmel. Jeanie landete immer auf den Pfoten. „Falls Sie sich Sorgen machen, die Polizei hat alle unter Personenschutz gestellt, die ich im Verlag kenne."

„Ach, kümmern Sie sich nicht um die", sagte sie mit schrillem Lachen. „Die können auf sich selbst aufpassen."

„Wirklich?", sagte ich, verblüfft über ihre Naivität. „Denken Sie daran, keinen von ihnen anzurufen. Ich sag Bescheid, wenn Sie zurückkommen können."

„Super, Darling. Ehrlich gesagt weiß ich gar nicht, ob ich überhaupt zurückkommen will." Schallendes Gelächter, dann legte sie auf.

Bevor ich wieder reinging, rief ich Sara an. Bei ihrem Handy klingelte es lange durch. Als sie endlich abhob, klang sie außer Atem.

„Hi, ich bin's", sagte ich und hörte einen vorbeifahrenden Zug im Hintergrund.

„Oh. Matt." Sie klang überrascht.

„Bist du immer noch in Oxford?"

„Was? Oh ja. Wir fahren bald zurück."

„Tut mir alles furchtbar leid."

„Ist schon okay. Dafür will ich aber die Exklusivrechte haben."

Ich lachte. „Typisch für 'ne verfluchte Reporterin. Du denkst daran, bei der Polizei anzurufen, bevor du zurück in den Smog kommst?"

„Natürlich", sagte sie bitter. „Ich freu mich wirklich schon drauf, heute Nacht einen Bullen vor der Tür zu haben."

Ich wusste noch nicht, wohin ich später gehen sollte, aber Saras Wohnung kam nicht infrage, in Anbetracht des erwähnten Bullen. „Ich sehe zu, ob ich nachher vorbeikommen kann", log ich.

„Mach dir keinen Kopf. Dich beschützen sie doch auch, oder?“

„Ähm, ja. Okay, wir reden später. Ich liebe dich.“ Ich legte auf und war überhaupt nicht stolz auf mich, weil ich ihr nicht erzählt hatte, dass ich der Polizei entwischt war.

Langsam wurde ich genauso doppelzüngig wie White Devil. Dass er mich auf sein Niveau herunterzog, machte mich noch entschlossener, dieses Schwein an die Wand zu nageln.

Bevor er das mit jemandem machte, der mir etwas bedeutete.

John Turner raste in dem zivilen Volvo mit Höchstgeschwindigkeit hinter einem Streifenwagen mit Blaulicht und Sirene her. Es war früher Abend, der Berufsverkehr machte Platz, um sie durchzulassen. Neben ihm umklammerte D.C.I. Oaten den Sicherheitsgurt mit einer Hand, ihr Handy mit der anderen.

„Nein, Paul!“, schrie sie hinein. „Lassen Sie die Spurensicherung noch nicht anfangen. Zuerst will ich den Tatort selbst sehen. Wir sind in …“ Sie sah ihren Kollegen an. „Wie lange?“

Der Inspector verfolgte den Streifenwagen vor ihnen mit den Augen wie ein Habicht, als er die Upper Thames Street entlang Richtung London Bridge raste. „Höchstens fünf Minuten“, sagte er. „Die Jungs in Uniform haben Southwark Cathedral und den Borough Market abgesperrt.“

„Fünf Minuten“, schloss Oaten und ließ das Handy in den Schoß fallen. „Verdammt, Taff, diese Sache gerät total außer Kontrolle.“

Turner hatte einen grimmigen Ausdruck im Gesicht. „Die Typen von Hardy hätten Wells niemals entwischen lassen dürfen. Der steckt bis zu den Ellbogen da drin. Was ist mit dem Kerl, der in Greenwich zerstückelt wurde? Könnte der mit den anderen Morden zu tun haben?"

Oaten kaute auf ihrer Unterlippe. „Wenn ja, dann weiß Gott allein, auf welche Weise. Ich hoffe, Hardy kann das rausfinden, aber bin leider nicht sehr zuversichtlich. Natürlich könnte es sein, dass der Killer uns ablenken will." Sie blickte aus dem Fenster, zu den Lichtern auf dem Fluss – Ausflugsboote voll fröhlicher Menschen, Touristen genossen die Aussicht auf *Olde London Town,* Möwen stießen herab, um im treibenden Müll nach Leckerbissen zu suchen. Die meisten Leute machten mit ihrem normalen Leben weiter, ohne sich von dem Horror in den Zeitungen beunruhigen zu lassen. Warum zum Teufel war sie nicht einfach eine von denen? Sie wusste, warum. Weil sie ein besonderes Talent hatte. Sie konnte einen Schurken schon von Weitem erkennen. Ihre ganze Erfahrung sagte ihr, dass Matt Wells keinen Dreck am Stecken hatte, aber sicher konnte sie nicht sein. Die Tatsache, dass sie unmissverständliche Signale körperlicher Anziehung spürte, war auch keine Hilfe.

„Wir werden sehen", sagte sie unverbindlich.

„Weiß der A.C., dass Sie mit Wells gesprochen haben, Chef?", fragte ihr Untergebener.

„Lassen Sie das, Taff", befahl sie. „Je weniger Sie davon wissen, desto besser."

Im Wagen herrschte ungemütliches Schweigen, bis Turner neben Paul Pavlou anhielt. Der Detective Sergeant stand am östlichen Eingang des Borough Market.

„Guten Abend, Chef, Sir", sagte er. „Es ist da drüben."

Karen Oaten und der Inspector folgten ihm unter einem Absperrband hindurch und eine abfallende Straße entlang.

Eine gaffende Menge hatte sich versammelt und reckte angestrengt die Hälse, um zu sehen, was in einem Müllcontainer steckte. Ein Mann mittleren Alters stand neben D.S. Simmons.

„Was macht Morry hier?“, fragte Turner leise.

„Ich habe ihn zurückgeholt“, sagte Oaten. „Sie hatten recht. Wir brauchen alle Leute, die wir kriegen können.“

„Ich glaube nicht, dass er noch mal zur Presse läuft, nachdem Sie ihm einen seiner Streifen abgenommen haben.“

„Nein, ich auch nicht. Das Geld, das er von denen gekriegt hat, zahlt er in den Wohltätigkeitsfonds der Polizei ein. Freiwillig selbstverständlich.“

„Abend, Chef“, sagte Simmons, den Schlips gerade gerückt und das Haar weniger unordentlich als sonst. „Das hier ist Alfred Andrews. Er fand die …“ Der Sergeant deutete mit dem Kopf auf den Müllcontainer. „Er sah die …“

„Ach, um Gottes willen“, sagte die Chefinspektorin, zog Handschuhe an und nickte den herumstehenden Spurensicherern zu. „Nehmen Sie eine vorläufige Aussage auf, Taff.“

Sie gingen zu dem Container, wo jemand mit einer Videokamera filmte und ein anderer die Digitalkamera aufblitzen ließ. Als Oaten näher kam, bemerkte sie, was die Aufmerksamkeit des Straßenreinigers erregt hatte. Zwei Hände, mit langen, eleganten Fingern, ragten aus der fast geschlossenen Klappe der Mülltonne, als ob jemand ohne Erfolg versuchte, herauszuklettern. Noch auffälliger als die Hände selbst war das, was mit ihnen getan worden war. Die Fingerkuppen waren von schwärzlichem Blut verschmiert, wie bei einem Kind, das mit Fingerfarben gespielt hatte. Als sie sich ins Licht der aufgestellten Lampen beugte, erkannte Oaten, dass alle zehn Nägel fehlten und das Gewebe darunter schwer beschädigt war. Sie holte tief Luft. Dieses Schwein hatte dem Opfer sämtliche Fingernägel ausgerissen, aber sie fühlte, das war erst der Anfang.

Sie trat einen Schritt zurück und sah zu, wie die Klappe geöffnet und hinten festgeklemmt wurde.

Hinter ihr sagte eine Stimme: „Entzückend."

Sie drehte sich um und fing den festen Blick des Pathologen Redrose auf.

Gemeinsam traten sie an den Rand der rechteckigen Blechtonne. Sie musste kurz zuvor geleert worden sein, denn viel war nicht darin. Nur eine menschliche Leiche. Oaten riss sich zusammen. Sie ertappte sich bei der Hoffnung, dass es niemand sein möge, der Matt Wells nahestand. Konnte White Devil tatsächlich einen von ihnen in seine Klauen gekriegt haben?

Das nackte Opfer kniete in dem Container, die Unterarme hingen über dem Rand, und der hellhaarige Kopf war an die Innenwand gelehnt. Die Chefinspektorin versuchte, die Gesichtszüge zu erkennen, aber es war unmöglich.

„Lehnen wir die Leiche zurück", sagte Redrose zu seinen Assistenten. Zunächst wurden Fotos gemacht. Sie lehnten den Torso vorsichtig zurück, der so beweglich war, dass die Leichenstarre noch nicht eingesetzt haben konnte, dann sah der Pathologe nach unten. „Männlich", sagte er, „und jung – unter dreißig, würde ich sagen. Mein Gott. Hebt mich mal hoch." Seine Assistenten gehorchten. Nach einer kurzen Untersuchung signalisierte er, dass er wieder heruntergelassen werden wollte.

„Nun?", sagte Karen Oaten, die die klaffenden Wunden im Gesicht, an der Kehle und der Brust bemerkt hatte.

„Es ist natürlich nur vorläufig", meinte der Doktor, „aber für mich sieht es aus, als hätte jemand den armen Kerl mit den Zähnen zerfleischt. Seine Nase fehlt, und auch ein substanzieller Teil von seinem Hals. Seine Brustwarzen sind ebenfalls abgebissen."

Oaten linste noch einmal in die Tonne. „Da ist nicht viel Blut drin. Offenbar wurde er woanders ermordet."

„Ja. Wir müssen ihn da rausholen." Redrose sah sich um. „Ah, gut, sie haben das Zelt schon aufgestellt. Da drin werde ich eine genauere Untersuchung durchführen können."

„Können Sie schon eine Vermutung über die Todesursache anstellen?"

„Nicht wirklich. Erst mal würde ich auf Schock oder Blutverlust tippen."

„Okay. Lassen Sie mich wissen, wenn Sie irgendetwas an der Leiche oder ..."

„In seinen Körperöffnungen." Der Pathologe lächelte verkniffen. „Ich habe kaum Zweifel, dass es sich wieder um Ihren Killer handelt."

Oaten ging zurück zu Turner. „Was haben Sie bis jetzt?"

„Nicht viel. Der Markt war schon ein paar Stunden geschlossen, als er mit seiner Reinigungsrunde anfing. Mr. Andrews hat gesehen, wie dieser Müllcontainer gegen sechs Uhr dreißig geleert wurde, also ist die Leiche zu einem späteren Zeitpunkt darin abgelegt worden. Ihm ist nichts Besonderes aufgefallen, was mit diesem oder um diesen Container herum passiert sein könnte, aber irgendwann bemerkte er, wie ein weißer Lieferwagen davonfuhr. Er weiß nicht genau, wann das war." Der Waliser hob die Schultern. „Er hat keine Uhr dabei."

„Das sollte alles auf den Bändern sein“, sagte die Chefinspektorin und zeigte auf die Überwachungskameras, die überall an den Dächern hingen.

„Ich habe Pavlou schon losgeschickt, um sie zu kriegen.“

„Gut. Gibt es sonst noch Zeugen?“

„Morry und ein paar andere reden mit den Leuten in der Menge und klappern die Geschäfte ab. Bis jetzt nichts.“ Noch ein Achselzucken. „Sie wissen ja, wie das in so einer belebten Straße ist.“

„Jeder kümmert sich nur um seinen eigenen Kram. Wir bringen einen Aufruf in die Zehn-Uhr-Nachrichten, dass Zeugen sich melden sollen. Vielleicht haben wir Glück, und ein vorbeikommender Autofahrer konnte die Gesichter der Killer erkennen.“

„Sie nehmen an, dass es wieder zwei waren?“

„Für eine einzelne Person wäre es schwierig, die Leiche in den Container zu kriegen.“

„Vielleicht hatten sie den Körper in etwas eingewickelt, was sie wieder mitgenommen haben.“

Oaten nickte. „Guter Gedanke. Aber noch interessanter ist, warum sie die Hände rausgucken ließen. Als ob sie wollten, dass die Leiche schnell gefunden wird.“

„Chief Inspector?“

Redrose stand im Eingang des weißen Zelts, eine Chirurgenmaske baumelte um seinen Hals. Er hatte etwas in der Hand. Als sie mit schnellen Schritten näher kam, erkannte Oaten, dass es ein kleiner durchsichtiger Plastikbeutel war.

„Keine Sorge“, sagte er. „Es ist schon fotografiert worden. Es steckte in seinem Mund.“

In dem Zelt lag das Opfer ausgestreckt auf einem offenen

schwarzen Leichensack. Es war ein großer junger Mann. Sie fragte sich, wie er mit Wells in Verbindung stehen könnte, falls überhaupt. Sie winkte den Leiter der Spurensicherung heran. Die zusammengefaltete Seite wurde herausgeholt, auseinandergefaltet und in einen Beweisbeutel gesteckt. Mit einem Laserdrucker war etwas darauf gedruckt.

„‚Gleichwohl liegt mir Rache fern'", las Oaten vor.

„Wieder aus dem Weißen Teufel?", fragte Turner hinter ihr.

„Wahrscheinlich. Was will uns der Irre damit sagen? Dass Rache mit diesem Mord gar nichts zu tun hätte?"

„Ich habe noch mehr", sagte Redrose stolz und hielt eine Zange mit einer zerdrückten und blutbefleckten Visitenkarte hoch. „Hier, ich kann das ausbreiten."

„Wo war das?", fragte die Chefinspektorin.

„In seinem Rektum."

„Großer Gott", sagte Turner finster.

„Reginald Hampton", las Oaten. „Lektoratsassistent." Sie sah ihren Untergebenen an. „Er hat für Sixth Sense gearbeitet. Wells' Verlag."

Das Gesicht des Inspectors verhärtete sich noch mehr. „Ich habe es Ihnen gesagt, Chef. Mit dem Kerl stimmt was nicht."

Karen Oaten hielt seinem Blick stand. „Vielleicht", sagte sie und trat hinaus auf die Straße.

Die Menge zerstreute sich langsam, die Leute verschwanden in den Pubs, um über den unerwarteten Höhepunkt des Tages zu diskutieren. Sie wussten noch nicht, dass derselbe Mörder und sein Komplize wieder zugeschlagen hatten, obwohl sie es wahrscheinlich vermuteten. Bei der Vorstellung, was für einen Wahnsinn das in den Medien auslösen würde, wurde der Chefinspektorin beinahe genauso schlecht wie beim Anblick der Leiche.

Vielleicht wurde sie langsam etwas weich, aber diese degenerierten Typen, die das getan hatten, die würde sie sich schnappen.

Ganz egal, was das bei ihr selbst anrichtete.

24. KAPITEL

Rog schaffte es schließlich, die Zugangscodes von British Airways zu knacken. Ich sah mit wachsender Panik zu, wie er die Abflüge des Tages durchging. Der Name meiner Mutter tauchte auf keinem davon auf. Ich hatte ihr Handy schon angeklingelt, aber es war ausgeschaltet. Das sah ihr gar nicht ähnlich. Es hatte eine Weile gedauert, bis sie sich an die moderne Technologie gewöhnt hatte, aber jetzt war sie ganz begeistert davon. Soweit ich wusste, schaltete sie das Handy überhaupt nie aus. Kaum war Rog sicher, dass sie nicht mit BA aus Heathrow abgeflogen war, rannte ich aus dem Café und rief Karen Oaten an.

„Ich bin beschäftigt, Matt", sagte sie erschöpft.

„Meine Mutter", platzten die Worte aus mir heraus. „Ich glaube, White Devil könnte sie haben."

„Was? Warum?"

Ich erklärte ihr, was los war.

„Ich weiß nicht", sagte sie, entfernte sich von anderen Leuten, die laut redeten. „Ich glaube, er war anderweitig beschäftigt."

„Was?"

„Matt, kennen Sie bei Ihrem Verlag jemanden namens Reginald Hampton?"

Der groß gewachsene Assistent, der mich heute Morgen zu Jeanie gebracht hatte, tauchte kurz vor meinem inneren Auge auf, und mein Magen überschlug sich. „Ja. Was ist mit ihm?"

Eine längere Pause. „Ich sollte Ihnen das gar nicht erzählen. Es sieht so aus, als hätte White Devil ihn umgebracht."

Mir wurden die Knie weich, ich lehnte mich an die Seite

der Telefonzelle. „Oh, mein Gott. Aber das ist lächerlich. Ich habe Reggie heute Morgen zum ersten Mal getroffen, nur für ein paar Minuten." Ich schluckte das bittere Zeug runter, das mir die Kehle hochkam. „Woher … woher wissen Sie, dass es White Devil war?"

Sie flüsterte fast. „Er hat eine seiner Botschaften hinterlassen. Irgendwas darüber, dass ihm Rache fernläge."

Ich holte tief Luft. „Er ist es, ganz sicher. Wurde Reggie … was hat er ihm angetan?"

„Entsetzliche Dinge. Ich habe Ihnen schon zu viel gesagt, Matt. Sie müssen unbedingt zu uns kommen. Ich kann Sie nicht mehr länger decken." Sie machte eine Pause. „Was soll ich wegen Ihrer Mutter unternehmen?"

Eine Welle von Hoffnungslosigkeit schlug über mir zusammen. Zweifellos stammte der Modus Operandi wieder aus einem meiner Bücher, was mich noch mehr zum Verdächtigen machte. Und überhaupt, was konnte die Polizei schon tun? Sie hatte es auch nicht geschafft, diesen unschuldigen Lektoratsassistenten zu beschützen. „Nichts", sagte ich. „Das ist alles meine Schuld, ich muss es selbst klären."

„Matt, geben Sie mir wenigstens Ihre Nummer!"

„Nein." Ich wollte schon auflegen.

„Bleiben Sie dran", drängte sie. „Ihre Frau hat sich endlich gemeldet. Anscheinend wurde sie von ein paar japanischen Bankern aufgehalten. Sie war sehr aufgebracht, wollte wissen, wo ihre Tochter ist …"

„Ich rufe sie an. Wiedersehen, Karen."

„Warten Sie", sagte sie und senkte die Stimme. „Das sollte ich Ihnen tatsächlich auch nicht erzählen, aber vielleicht hilft es Ihnen, diese Bestie zu finden, bevor er Sie und Ihre Tochter schnappt."

„Was denn?“

„Er hat 2001 im Lotto gewonnen. Neuneinhalb Millionen Pfund. Die Sache ist die, er hat um Schutz seiner Privatsphäre gebeten und wurde danach nie wieder gesehen. Vermutlich hat er seinen Namen geändert.“

„Wie heißt er wirklich?“

Sie zögerte. „Leslie Dunn“, sagte sie, und dann war die Leitung tot.

Der Name ließ mich erschauern. War das wirklich der Dämon, der mich folterte? Plötzlich schien ich ihm näher zu kommen, obwohl er sich jetzt offensichtlich anders nannte. Mit Gewalt riss ich mich zusammen.

Ich blieb in der Telefonzelle und rief Carolines Handy an.

„Matt!“, schrie sie, nachdem ich mich gemeldet hatte. „Wo ist Lucy? Was zum Teufel geht da vor? Da steht ein Polizist vor meiner Tür und noch einer vor deiner.“

„Beruhige dich“, sagte ich, obwohl mir klar war, wie unpassend das klingen musste. „Was hat die Polizei dir erzählt?“

„So ein weiblicher Detective – Oates?“

„Oaten.“

„Wie auch immer. Sie sagte, du wärst in eine Mordermittlung verwickelt. Du verdammter Idiot! Was hast du getan? Wo ist Lucy?“

„In Sicherheit. Sie ist bei … Freunden. Caroline, bei dieser Sache musst du mir vertrauen. Es ist zu ihrem Besten. Sie ist in Gefahr. Das sind wir alle.“

„Wegen irgendeiner von deinen Verrücktheiten? Was hast du getan? Hast du dich mit irgendwelchen blöden Gangstern eingelassen? Du lieber Gott, was bist du nur für ein jämmerlicher Schwachkopf.“

Ich wollte nicht mit ihr streiten. „Caro, mach, was die Polizei sagt, und rühr dich nicht. Lucy geht's gut. Ich melde mich.“ Ich legte den Hörer auf, mir dessen voll bewusst, was für eine Schimpftirade da gerade in meine Richtung geschleudert wurde.

Ich probierte noch mal die Handynummer meiner Mutter. Als sie ranging, explodierte die Erleichterung geradezu in mir.

„Fran, was war los? Warum war dein Handy ausgeschaltet?“

„Ach, ich war müde, Matt. Hab geschlafen.“ Sie klang ein bisschen verwirrt.

„Alles in Ordnung?“

„Ja, natürlich. Lass mich jetzt wieder schlafen, Schatz.“ Zu meiner Verblüffung legte sie auf. Und sie hatte mich schon wieder „Schatz“ genannt. Vielleicht hatte sie sich zu sehr dem örtlichen Feuerwasser gewidmet, wo immer sie steckte.

Ich ging zurück ins Café und zog Rog von British Airways weg. „Was weißt du über die National Lottery?“

„Nicht viel.“ Er grinste schief. „Hab nur gehört, dass die eins der härtesten Sicherheitssysteme gegen Hacker überhaupt haben.“

„Lust auf einen Versuch?“

Das Grinsen wurde breiter. „Fressen Eichhörnchen ihre Nüsse im Winter?“

Ich gab ihm den Namen. War der Mann, der Leslie Dunn hieß, wirklich White Devil? Plötzlich glaubte ich mich auf seiner Spur, obwohl ich wusste, dass das vermutlich nicht stimmte. Aber wenn es irgendwen gab, der ihn im Cyberspace aufspüren konnte, dann war das mein Freund Dodger.

Ich sah zu, wie seine Finger über der Tastatur tanzten,

und fing an, mich nutzlos zu fühlen. Ich ließ zu, dass mir die Sache aus den Händen glitt. Ich brauchte Action. Ich beschloss, mein altes Handy für eine Minute einzuschalten, um festzustellen, ob es Nachrichten gab. Eine SMS von Andy Jackson.

Halte es in diesem Scheißloch nicht mehr aus. Haue heute Nacht ab. Ruf mich an,

las ich.

Das teilte ich Rog mit und schaltete wieder aus.

„Also kann er nicht schwer verletzt sein", meinte er, die Augen auf den Schirm fixiert.

„Vielleicht. Aber du kennst ja Slash. Einmal hat er fast ein ganzes Spiel mit einem gebrochenen Arm durchgehalten, weißt du noch?"

„Der Spinner." Er warf mir einen Blick zu. „Hör mal, mit diesem Gerät hier werde ich nicht weit kommen. Ich brauche etwas mit einem viel größeren Speicher. Zu Hause habe …"

„Da beobachtet dich wahrscheinlich White Devil."

„Ach ja. Wo wollen wir denn dann heute Nacht hin?"

Für die Antwort brauchte ich nicht lange. „Zu Peter Satterthwaite."

Rog hörte auf zu tippen und starrte mich mit großen Augen an. „Bonehead? Das kann nicht dein Ernst sein."

„Klar kann es das. Worüber beschwerst du dich? Der hat alle Computer, die du brauchst. Lass uns gehen."

Er schaltete den Rechner aus. „Bist du sicher, dass das 'ne gute Idee ist?"

„Hast du 'ne bessere? Er ist jemand, den White Devil wahrscheinlich nicht beobachtet."

Rog grinste. „Außerdem hat er ein Sicherheitssystem, an dem nicht mal Houdini vorbeikäme.“

„Genau.“ Ich schickte Andy eine SMS, dass er uns da treffen und sein Handy ausschalten sollte. „Abflug.“

Ich bezahlte den Typ an der Kasse, gab ihm einen Zehner Trinkgeld und sagte, er solle vergessen, dass er uns je gesehen hätte. Er nickte und lächelte wissend. Auf der Straße winkte ich ein Taxi heran.

Auf dem Weg nach Blackheath dachte ich darüber nach, was ich vorhatte. War ich verrückt geworden, es mit White Devil aufnehmen zu wollen? Reggie Hampton war wegen der paar Worte ermordet worden, die er mit mir gewechselt hatte. Ich sagte mir, dass Christian Fels gestorben wäre, wenn ich Andy nicht nach Highgate geschickt hätte, aber deswegen fühlte ich mich nicht sehr viel besser. Ich hatte getan, was ich konnte, um meine Leute zu beschützen, und jetzt suchte der Irre sich unschuldige Opfer aus.

Vor dem Tor zu einem umzäunten Viertel an der Nordseite des Heath stiegen wir aus. „Schwuchteln“, murmelte der Fahrer, als er losfuhr. Das konnte man ihm nicht verdenken. Hier wohnten die richtig Reichen.

Der uniformierte Typ in seinem Wachhäuschen musterte uns von oben bis unten. „Kann ich Ihnen helfen?“, fragte er, unfreundlich bis zum Exzess.

„Ja“, sagte ich. „Wir möchten zu Peter Satterthwaite.“

„Warten Sie bitte.“ Er griff zum Telefon.

Ich hatte mich dagegen entschieden, Bonehead vorher Bescheid zu sagen. Vermutlich hätte er bloß gesagt, wo ich meinen Kopf hinstecken könnte. Ich verließ mich auf seine bekannte Neugier, um da reinzukommen.

„Sie heißen?“, fragte der Wachtposten.

„Matt Wells und Roger van Zandt."

Er buchstabierte die Namen sorgfältig ins Telefon, mit nicht gerade geringer Abscheu. Ohne Zweifel sahen sonstige Besucher dieses Viertels ganz anders aus als wir. Ich war erleichtert, als sich Enttäuschung auf seinem Gesicht breitmachte.

„Na schön", sagte der Gorilla und drückte einen Knopf. „Es ist das Haus am Ende der Straße."

„Wissen wir, Blödmann", murmelte Rog. Er mochte seine Freizeit damit vertrödeln, Modelle zu basteln wie ein kleiner Junge, aber er hatte auch eine brutale Ader. Ich fragte mich, woran er das ausließ, seit er nicht mehr Rugby spielte.

Wir gingen die breite Straße entlang. Die Häuser auf beiden Seiten waren riesig und standen auf großen Grundstücken für sich allein, eine Auswahl der neusten BMW- und Mercedes-Modelle in den Einfahrten. Hinter den meisten Fenstern waren die Vorhänge aufgezogen, die Besitzer wollten sich gegenseitig mit ihren antiken Möbelstücken und ihren modernen Kunstwerken beeindrucken. Was ihre Sicherheit anging, verließen sie sich nicht bloß auf den Zaun und den angeheuerten Schläger am Tor. Die Kästen der Alarmanlagen waren an jeder Mauer zu sehen. Außer bei Bonehead. Sein Alarmsystem war auf einem ganz anderen Niveau, in jeder Hinsicht.

Die schweren schwarzen Türen schwangen auf, als wir die Einfahrt hochgingen.

„Also, blas mir doch einen und schick mich in den Himmel", äußerte die lange dünne Gestalt, deren Silhouette im Licht zu erkennen war. „Hätte nie gedacht, dass ihr Typen den Nerv hättet, hier noch mal aufzukreuzen."

„Hallo, Boney", sagte Rog und hielt Abstand.

„Dodger, Wellsy." Peter Satterthwaite war Mitte vierzig. Er hatte sein Vermögen schon gemacht, als er noch jung war, indem er billige, aber verlässliche Computer verkaufte. Er bewegte sich in den höchsten Kreisen in der City, aber seinen starken Akzent aus Lancastershire hatte er nie abgelegt. „Was wollt ihr Wichser?"

Ich lachte. Bonehead hatte nie viel von Höflichkeit gehalten. Er war in einer Sozialsiedlung in Skelmersdale aufgewachsen, und da war ein knochenharter Bursche aus ihm geworden. Außerdem war er schwul und ging mit seiner Sexualität völlig ungezwungen um. Er hatte sich den Schädel schon kahl rasiert, lange bevor das Mode wurde für alle, denen ihre ausgehenden Haare peinlich waren.

„Ich hab mich richtig in die Scheiße geritten", sagte ich. „Ich brauche deine Hilfe."

Er starrte mich feindselig an. „Nach allem, was ihr Ärsche mir angetan habt? Ihr habt vielleicht Nerven." Eine der wenigen Sachen, die ihm als Kind Spaß gemacht hatten, war seine Begeisterung für die Rugby League. Den größten Teil der Kröten, die er geklaut oder mit geklauten Sachen gemacht hatte, gab er dafür aus, sich die Spiele in Wigan anzusehen. Nachdem er seine Millionen gemacht hatte, investierte er in die South London Bisons. Unglücklicherweise kamen einige aus dem Team nicht damit klar, Geld von ihm anzunehmen – von einer „schwulen Tucke", wie sie ihn hinter seinem Rücken nannten. Er wurde nach einem Jahr aus dem Vorstand abgewählt.

Ich hob die Schultern. „Du weißt, dass das nicht an Rog und mir lag."

„Tatsächlich?" Der Zweifel stand ihm ins Gesicht geschrieben. Dann sah er mich forschend an. „Um was für eine Art

Scheiße handelt es sich denn, in die du dich geritten hast?" Ich wusste, er könnte der Neugier nicht widerstehen.

„Können wir reinkommen?", fragte ich. „Ist ein bisschen frisch hier draußen."

Bonehead überlegte kurz, dann führte er uns hinein. Wir waren zu einem Abendessen des Clubs schon mal hier gewesen, aber seitdem hatte er sich sogar noch mehr abscheuliche Möbel und durchgeknallte Bilder zugelegt. In der geräumigen Halle stand ein mit gelber Seide bezogener Stuhl, dessen Rückenlehne hoch genug war, um für eine Giraffe bequem zu sein, und darüber hing etwas, was ich für einen echten Lucien Freud hielt. Kein anderer Maler hätte die hängenden Brüste und schlaffen Genitalien so ästhetisch hingekriegt.

„Bist du allein?", fragte ich, als wir ihm in einen Raum folgten, der nur mit bunten ledernen Sitzkissen eingerichtet war.

„Was geht dich das an?"

„Ich frage ja bloß."

„Zufällig bin ich das", sagte er und warf uns Bierdosen aus einem Kühlschrank zu, der in einer hölzernen Kommode verborgen war. „Also, ihr Holzköpfe, dann verratet mir mal, wieso ihr hier seid."

Ich sagte es ihm, ohne sämtliche Details, aber deutlich genug, um sein Interesse zu wecken.

„Lieber Himmel, Wellsy", meinte er, als ich fertig war. „Bist du sicher, dass das nicht die Handlung von deinem letzten Roman ist?"

„Da bin ich ganz sicher. Dave Cummings hat meine Tochter und seine Familie in Sicherheit gebracht. Die Polizei tut ihr Bestes, um alle anderen zu beschützen, die ich kenne, aber dieses Schwein ist ihnen weit voraus."

„Hoffentlich hast du denen nichts von mir erzählt", sagte Bonehead, plötzlich beunruhigt.

Ich schüttelte den Kopf. Tatsächlich hatte ich ihn vergessen – er war nie ein besonders enger Freund gewesen, und seit seinem Bruch mit den Bisons hatte ich ihn kaum noch gesehen. Plötzlich fiel mir ein, dass er gern alle möglichen illegalen Substanzen in großen Mengen bei sich aufbewahrte.

„Gut", sagte er, leerte seine Bierdose und öffnete die nächste. „Was brauchst du?"

Ich warf Rog einen Blick zu. „Einen fitten neuen Computer für ihn."

„Kein Problem."

„Ein paar Betten für die Nacht?"

Bonehead lachte. „Ich könnte euch zwei in ein Doppelbett stecken."

„Verpiss dich", sagte Rog und starrte ihn an.

„Oh, du würdest lieber eins mit mir teilen, was, Dodger?"

„Vielen Dank, Pete", sagte ich und trank mein Bier aus. „Ich nehme nicht an, dass du irgendwas zu essen hast?"

Aus einem Kasten neben der Tür kam ein Summen.

„Das wird wahrscheinlich Andy Jackson sein", meinte ich.

„Dann könnt ihr ja einen flotten Dreier machen", sagte er mit anzüglichem Grinsen. „Lassen Sie ihn rein", teilte er dem Gorilla am Tor über das Mikro mit.

„Der Computer?", fragte Rog.

„Oben, zweite Tür rechts. Das Passwort ist *Arse69.*"

Rog verschwand kopfschüttelnd.

„Also schön, Wellsy", sagte Bonehead und grinste hinterhältig, als er mir noch ein Bier zuwarf. „Wie wollen wir uns diesen White Devil schnappen?"

Ich war mir nicht sicher, ob Peter Satterthwaite es mit einem mehrfachen Mörder aufnehmen konnte, aber mir jagte er eine Mordsangst ein.

White Devil saß vor der Reihe Monitore. Seit dem Morgen hatte Matt Wells sich nicht mehr gezeigt. Er hatte sich alle Bänder angesehen. Die Kamera über der Haustür zeigte ein paar Männer – offensichtlich Polizisten –, die draußen in einem Rover hockten. Was hatte der Schreiberling den Behörden erzählt? Brütete er irgendwas aus, zusammen mit dieser hartgesichtigen blonden Schlampe?

White Devil lachte. Sie konnten beide anstellen, was sie wollten. Er hatte keine Angst vor ihnen.

Immerhin hatte er es mit seinem Partner geschafft, eine nackte Leiche mitten im Feierabendverkehr vor allen Leuten in einen Müllcontainer zu schmeißen. Man musste nur gut beobachten. Corky hatte den Borough Market oft nach Geschäftsschluss observiert und wusste genau, wann die Straßenkehrer mit der Arbeit anfingen. Der weiße Lieferwagen sah nicht anders aus als Hunderte ähnliche, die Großmarkthändler und ihre Kunden jeden Tag für ihre Lieferungen benutzten. Sie hatten ihn in Streatham stehen lassen, nachdem sie auf der Ladefläche gewöhnliche Freizeitsachen angezogen und ihre Overalls in Reisetaschen gesteckt hatten. Dann trennten sie sich sofort, und er hatte mit verschiedenen Bussen eine Rundreise gemacht, um nach Hause zu kommen. Sein Partner tat dasselbe.

Sich den Idioten aus dem Verlag zu schnappen war ganz einfach gewesen. Am frühen Abend hatte er das Gebäude beobachtet, um herauszufinden, wer alles für Matt Wells' früheren Verlag arbeitete. Jeanie Young-Burke kam oft spät aus dem Büro, und in den letzten Wochen war sie meist in Begleitung eines großen jungen Mannes ohne Kinn. Offenbar hatte Matt Wells sie gewarnt, denn an diesem Abend war sie nicht aufgetaucht – dafür würde der Schreiberling teuer bezahlen –, aber er hatte nicht an ihren Assistenten und augenblicklichen Sexsklaven gedacht. Als der junge Reginald mit einem Autor und ein paar Frauen aus dem Verlag zum Essen ging, hatte White Devil ihn zu dem Van gelockt, indem er ihn anrief – seine Handynummer hatte er von der hilfsbereiten jungen Frau am Empfang bekommen – und ihm sagte, Jeanie hätte in der Straße hinter dem Restaurant eine Überraschung für ihn. Darauf war er prompt reingefallen.

Wie er flehte, als sie sich ihn vornahmen. Er hatte Geld angeboten – anscheinend war sein Daddy ein Bankmensch – er hatte die Juwelen seiner Mutter angeboten, sogar ein Cottage in Wales. White Devil hatte gelacht und ihm die Nase abgebissen. Seine Partner hatte mitgemacht und ihm mit Genuss die Brustwarzen abgebissen. White Devil erledigte diesen Oberklasse-Idioten schließlich, indem er seine Zähne in dessen Hals grub. Der Zahnarzt, der gut dafür bezahlt worden war, seine Eckzähne spitz zu feilen, hatte gute Arbeit geleistet; er hatte sich außerdem bereit erklärt, die diesbezüglichen Unterlagen aus seinen Akten zu löschen – natürlich für eine weitere hübsche Summe. Nicht dass das eine Rolle spielte. Er hatte sowieso einen falschen Namen benutzt.

White Devil stand auf und ging zu der teuren Vitrine mit den Gläsern und den Flaschen. Er goss sich ein Glas puren Bombay Gin ein, in den er sorgfältig einen einzigen Tropfen Martini fallen ließ. Es wurde Zeit, seine Erfolge zu feiern. Die ganze Angelegenheit wurde sogar noch spaßiger, als er erwartet hatte. Matt Wells schlug zurück. Er hatte sein Handy deaktiviert und war daher nicht mehr zu orten. Er benutzte sein Auto nicht, unter dessen Chassis White Devil eine Wanze geklebt hatte. Und er hatte alles getan, um seine Freunde und Familie zu beschützen. White Devil war gespannt, was dieser Schreiberling als Nächstes tun würde. Hätte er den Nerv, ihm tatsächlich auf den Leib zu rücken? Falls er das schaffte, würde die Sache mit einem explosiven Höhepunkt enden.

Eines seiner Handys klingelte.

Ich bin's." Corky klang außer Atem und aufgewühlt, der Motor seiner Maschine war ebenfalls zu hören.

„Was ist los?"

„Ärger. Drei Kerle in einem Orion haben vor meinem Haus gewartet. Die stecken jetzt etwa fünfzig Meter hinter mir im Stau."

„Polizei?"

„Weiß nicht. Sehen brutaler aus als Bullen."

„Gangster?"

„Könnte sein. Aber sie erinnern mich eher an Jimmy Tanner." Der Motor wurde hochgejagt. „Muss weiter." Die Verbindung war unterbrochen.

White Devil bekam seine Atmung wieder unter Kontrolle. Das Hereward hatte sich doch als schlechte Wahl erwiesen. Irgendwer hatte Informationen weitergegeben, zweifellos dieser Idiot Smail, der zerstückelt worden war. Konnte Corky ihm gegenüber etwas herausgerutscht sein? Nein, so blöd war der nicht, auch wenn er manchmal wirkte, als hätte er wieder zur Flasche gegriffen.

Er schob den Gedanken beiseite und lachte. Er fühlte sich unverwundbar, seit er damals im Lotto gewonnen hatte. Das war der Beweis gewesen, dass die Welt ihm gehörte – wenn ein Typ wie er neuneinhalb Millionen Mäuse vom Geld gewöhnlicher Bürger abzocken konnte, dann war alles möglich. Nein, wer auch immer da hinter Corky her war, er würde White Devil nicht rechtzeitig erwischen.

Sein nächstes Opfer hatte nur noch ein paar Stunden zu leben.

25. KAPITEL

Ich erwachte in dem übertrieben komfortablen Bett, das Bonehead mir zugewiesen hatte. Voller Stolz verkündete er noch, er hätte neun leere Schlafzimmer zur Verfügung, also mussten Andy, Rog und ich uns doch nicht ein Zimmer teilen. Das war eine Erleichterung. Ich war mit diesen Typen oft auf Auswärtsspielen gewesen, und obwohl sie meine Kumpel waren, wollte ich nie wieder eine Nacht im selben Raum mit ihnen verbringen. Rog schnarchte wie ein Walross, und Andy hatte Albträume, in denen er anscheinend ganz allein am Omaha Beach gegen die Deutschen kämpfte. Einmal, als wir uns ein Doppelbett teilen mussten, hatte er mir so hart eins übergebraten, dass ich schon dachte, das blaue Auge würde nie wieder weggehen. Allerdings hatte es dem Kerl, der mir am nächsten Tag auf dem Spielfeld gegenüberstand, eine Scheißangst eingejagt.

Ich duschte, zog mich an und ging über den Flur zu den anderen.

„Morgen, Andy", sagte ich, zog goldbesetzte Vorhänge auf und blickte raus auf eine ausgedehnte Rasenfläche. „Wie fühlst du dich?" Letzte Nacht war er noch ein bisschen benommen von den Medikamenten gewesen, die sie ihm im Krankenhaus gegeben hatten.

„So was bringt mich nicht um", meinte er und berührte vorsichtig den Verband um seine Brust. „Weiß der Himmel, wie, aber die Klinge ist an allem vorbeigegangen – Herz, Lunge und Arterien. Ich hab immer schon ein Mordsschwein gehabt." Sein Gesicht verfinsterte sich. „Diesen kleinen Wichser mit der Maske werde ich mir vorknöpfen."

„Nein, wirst du nicht. Der gehört mir."

Er lachte. „Als könntest du jemanden umnieten. Du bist ein Flügelmann. Hast du gestern Nacht Bonehead gevögelt?“

Ich legte einen Finger an die Lippen. Es hätte uns gerade noch gefehlt, aus unserem vorübergehenden Versteck wieder rausgeschmissen zu werden. Andy war nicht unbedingt ein Schwulenhasser, und er hatte damals auch nicht gegen unseren zeitweiligen Hauptsponsor gestimmt, aber er konnte kaum als geborener Diplomat bezeichnet werden.

„Dann wollen wir mal“, sagte er und zog einen Morgenmantel an. „Ich bin am Verhungern.“ Er marschierte die Treppe runter.

Ich steckte den Kopf durch Rogs Tür. Er saß vor einem Rechner, das Bett unberührt. „Lieber Himmel, hast du die ganze Nacht daran gesessen?“, fragte ich.

Er sah sich um und nickte, mit schwarzen Ringen unter den Augen.

„Was geschafft?“

„Irgendwie schon.“

Ich ging rüber und sah mir den Stapel Ausdrucke an. Die Seiten waren mit Zahlen bedeckt. Ich griff eine heraus. „Manston Investment Bank, auf den britischen Virgin Islands?“

„Jau.“ Rog rollte mit dem Stuhl zurück und streckte die Arme durch. „Ich sag dir was, Matt. Dieser Typ ist verdammt clever.“

„Du verfolgst seine finanziellen Transaktionen?“

Er nickte. „Der Anfang war ganz einfach. Leslie Dunn hat den Scheck von der National Lottery auf ein ganz normales Konto eingezahlt. Das hab ich ziemlich schnell gefunden.“ Er schob mir einen Ausdruck zu. „Hier ist das Guthaben. Neuneinhalb Millionen, 24. September 2001.“

„Du hast das System der Bank geknackt?“

Er zuckte die Achseln. „Kleine Fische. Die Sache ist die, gleich danach hat er angefangen, seinen neuen Reichtum überall herumzuschieben. Meistens Offshore-Banken. Da kommt man wirklich nur schwer rein, aber … na ja, du weißt ja, wie gut ich bin."

Ich haute ihm auf den Rücken, härter, als ich wollte.

„Au, das hat wehgetan."

„Mach weiter so."

Er wandte sich wieder dem Schirm zu. „Er hat Anlagen auf Jersey, auf den britischen Virgin Islands, in mehreren halbseidenen südamerikanischen Ländern, sogar auf Kuba." Er ließ den Kopf sinken. „Das Problem ist, es sind alles Nummernkonten. Nirgends taucht irgendein Name auf." Er grunzte. „Damit so Typen wie ich nicht rauskriegen können, wie viel Kohle von korrupten Politikern, Rockstars und angeblich ehrlichen Geschäftsleuten wie Boney beiseitegeschafft worden ist."

„Was ist mit der National Lottery?"

Rog biss sich auf die Lippe. „Das habe ich mehrmals versucht. Wirklich 'ne schwierige Nummer."

Ich drückte seine Schulter. „Komm mit, du musst was essen und dann schlafen. Später kannst du's noch mal versuchen."

Wir gingen runter und fanden Bonehead und Andy, die sich über den Küchentisch hinweg Beleidigungen an den Kopf warfen.

„… und mein alter Herr versteht mehr vom Kochen, als du je kapieren wirst, du Yankee …"

„Jungs, Jungs", sagte ich mit erhobenem Arm. „Wir sind doch alle Freunde, oder nicht?"

„Und wie", murmelte Andy.

Ich starrte ihn an. „Falls es dir entgangen ist, du isst seinen Speck und seine Wurst. Tritt ihm wenigstens nicht in den Arsch, bis du fertig gefrühstückt hast."

Unser Gastgeber grinste kämpferisch. „Du musst meine Schlachten nicht für mich schlagen, Matt."

„Weiß ich." Ich setzte mich neben ihn. „Aber vielleicht musst du *meine* für mich schlagen." Ich warf den anderen beiden einen Blick zu. „Wir müssen diesen Kerl erledigen, bevor er mich findet. Wenn er mich kriegt, sind Lucy, Sara, Dave und seine Familie – und vielleicht auch ihr – die Nächsten. Kapiert, was ich meine?"

Alle drei brauchten nicht mal eine Sekunde, um zuzustimmen, mit beunruhigend großem Enthusiasmus.

„Was soll ich machen?", fragte Bonehead, zündete eine Zigarette an und blies Andy den Rauch ins Gesicht."

„Kannst du dir mal diesen Finanzkram ansehen, den Rog gefunden hat? Du kennst dich mit diesem Zeug aus. Vielleicht können wir so White Devils neuen Namen rauskriegen. Und Rog könnte sich auf das Archiv der Lotterie konzentrieren."

„Wieso?", fragte Andy verwirrt. „Steht da nicht bloß der alte Name von diesem Schwein drin?"

„Das stimmt", meinte Rog erschöpft. „Aber selbst Leute, die um den Schutz ihrer Privatsphäre gebeten haben, müssen eine Nachsendeadresse hinterlassen, damit man ihnen Nachrichten schicken kann. Lottogewinner haben plötzlich jede Menge Freunde und Verwandte."

„Ja, aber dieser Typ hat denen doch bestimmt 'ne falsche Adresse gegeben", meinte Andy.

Ich hob die Schultern. „Vielleicht. Aber man weiß nie. Vielleicht hat er einen verschwundenen Cousin, den er früher mal toll fand. Auf jeden Fall einen Versuch wert." Ich sah Rog an. „Nachdem du dich ein bisschen aufs Ohr gehauen hast."

Er schüttelte den Kopf und goss sich Kaffee nach. „Nee, ich bin fit. Ich will mit dem Kram fertig werden. Um ehrlich zu sein, ich mach mir ein bisschen Sorgen wegen Dave.“

Bonehead lachte. „Sorgen wegen Psycho Cummings? Du machst Witze.“

Rog grinste. „Die arme Sau schmort in der Hölle. Hockt da irgendwo mit der miesepetrigen Ginny und seinen Kindern, gar nicht zu reden von Wellsys Lucy, und darf nicht mit seinen Abrissmaschinen spielen. Der geht die Wand hoch.“

Das brachte alle zum Lachen. Die Jungs hatten Ginny Cummings noch nie gemocht. Caroline allerdings auch nicht, nahm ich an. Das war einer der Gründe, warum es mir nichts ausgemacht hatte, ihnen Sara gar nicht erst vorzustellen. Das war eine Lebensweisheit, die viele Leute erst zu spät begriffen – was immer man sich vormacht, die Frauen und die Kumpels vertragen sich meistens nicht.

Ich ging raus in die Halle und rief meine Mutter über Petes Festnetz an. Sie hatte ihr Handy wieder ausgeschaltet. Darüber musste ich mit ihr mal ein ernstes Wort wechseln. Bevor ich zurück in die Küche gehen konnte, klingelte mein Handy.

„Matt, alles klar?“

„Hi, Dave. Wir habe gerade über dich geredet.“

„Nur Gutes, will ich doch hoffen.“ Eine Pause. „Wer ist wir?“

Ich sagte ihm, wo und mit wem ich zusammen war. „Hey, super Idee, Junge“, sagte Dave. „Bonehead kümmert sich um dich. Außerdem hat er so einen zarten Teint.“

„Halt’s Maul, du Idiot. Wie geht’s Lucy?“

„Prima. Sie fragt nach dir.“

Ich konnte mich nicht dazu bringen, mit meinem kleinen

Mädchen zu sprechen. Ich wollte sie von White Devils Dreck so weit wie möglich fernhalten. „Erzähl ihr, ich hätte zusammen mit ihrer Mutter eine Reise machen müssen und wir würden bald zurückkommen.“ Ich hasste es, Lucy Hoffnungen zu machen, was ihre Mutter und mich anging, aber mir fiel nichts anderes ein, um sie glücklich zu machen.

„Ähm, Matt?“

Offensichtlich hatte Dave etwas auf dem Herzen. „Spuck's aus.“

„Die Sache ist die, ich hab heute einen Riesenauftrag. Altes Haus in Orpington. Bringt jede Menge Geld ein.“

„Können das deine Leute nicht ohne dich erledigen?“, fragte ich, aber mir rutschte das Herz in die Hose.

„Nicht wirklich, Kumpel. Die rennen rum wie kopflose Hühner.“ Dave war wie ein Terrier – am Ende kriegte er immer, was er wollte.

Ich dachte darüber nach. Eigentlich konnte White Devil ihn nicht aufgespürt haben. „Na schön“, sagte ich zögernd. „Aber pass auf, dass dich keiner auf dem Heimweg verfolgt, ja? Und denk dran, dein altes Handy nicht zu benutzen.“

Langes Schweigen in der Leitung.

„Sag mir nicht, dass du es benutzt hast, Dave!“

„Tut mir leid, Matt. Musste die Mailbox checken. Einige der Nachrichten hatten mit diesem Job heute zu tun.“

Ich schloss die Augen. Was hatte er da bloß gemacht? Konnte White Devil ihn von London aus über das Handy orten? An sich war das eher unwahrscheinlich. „Na gut“, sagte ich. „Solange du es nicht noch mal benutzt. Pass auf dich auf.“

„Klar, du auch. Was macht ihr denn gerade?“

„Jeder erfährt nur, was er unbedingt wissen muss, Dave“,

sagte ich und unterbrach die Verbindung.

In der Küche gingen sich Andy und Bonehead schon wieder an die Kehle, diesmal ging es darum, ob American Football oder Rugby League besser wäre.

„Endlich satt, Slash?“, wollte ich wissen. „Falls es dir nichts ausmacht, würde ich gern loslegen.“

Andy wurde sofort wieder ernst. „Okay, Mann. Was haben wir vor?“

„Meinst du, du schaffst das?“, fragte ich und deutete auf seine Brust.

„Aber klar. Allerdings sollte ich vielleicht mal den Verband wechseln. Diese nette Krankenschwester mit den dicken Titten meinte, Hygiene wäre das …“

„In dem Bad neben meinem Schlafzimmer findest du einen vollen Verbandskasten“, warf Pete ein.

Andy stand auf. „Salbe für Hämorrhoiden und solches Zeug?“

Bonehead schaffte es, sich zurückzuhalten. „Wo wollt ihr hin?“, fragte er mich.

„Wahrscheinlich ist es besser, wenn ihr beide das nicht wisst“, sagte ich und angelte nach der letzten verbliebenen Wurst. „Du hast meine neue Handynummer, Rog. Läute durch, wenn du was Wichtiges rausfindest.“

Beide sahen mich zweifelnd an, dann nickten sie.

„Hier“, sagte Pete und warf mir einen Schlüssel zu. „Der Grand Cherokee steht neben dem Haus. Wenn ihr auch nur einen Kratzer dranmacht, breche ich euch die Beine.“

„Du? Zusammen mit welcher Armee?“

Er zeigte mir den Mittelfinger.

Ich ließ sie in der Küche, wo Rog sich noch mehr Kaffee eingoss. Wenn wir es nicht mit so einem mörderischen

Bastard wie White Devil zu tun hätten, würde ich die Kameradschaft beinahe genießen, die in meinem Leben fehlte, seit ich aufgehört hatte, Rugby League zu spielen. Aber wie die Dinge standen, hatte ich bloß Angst, meine Freunde in etwas reingezogen zu haben, was sie wahrscheinlich bedauern würden. Wenn sie es überlebten.

In der Halle traf ich Andy. Anscheinend hatte er Boneheads Garderobe geplündert und sich in einen rot-weiß-blauen Sweater geschmissen. Passte zwar von der Nationalität, aber nicht vom Stil her zu ihm, aber ich machte mir nicht die Mühe, groß darauf hinzuweisen.

„Tolle Kiste“, meinte er, als wir in den großen Jeep stiegen. „Aber die Farbe ist ’ne Schande.“ Bonehead hatte sich einen wirklichen abstoßenden, an Campari erinnernden Farbton ausgesucht.

Ich fuhr zum Tor und wartete, dass ein anderer übel gelaunter Trottel die Schranke für uns aufmachte.

„Also, verrätst du mir jetzt, wo wir hinwollen?“, fragte Andy und hielt den Sicherheitsgurt von seiner Brust fern.

„Okay. Zur Universität.“

„Wie bitte?“ Andy war ein toller Bursche, aber er hatte bloß die Hotelfachschule von innen gesehen und las nie etwas anderes als das Boulevardblatt mit den meisten Titten und Ärschen. „Was soll ich dir denn an so einem Ort nutzen?“

„Abwarten, großer Mann.“ Ich steuerte den Jeep ins Zentrum. Hoffentlich hatte Pete seine Citymaut bezahlt, denn ich wollte bei Waterloo parken.

Als wir da ankamen, schnitt Andy beim Aussteigen eine Grimasse.

„Hast du Schmerzen?“, fragte ich, während wir das Parkhaus verließen.

„Nichts, was ein paar Bier nicht kurieren können."

„Vergiss es", sagte ich ernst. „Kein Sprit, bis ich es sage."

Wir gingen zur Brücke. Ich wusste genau, wo ich hinwollte. Schließlich war ich schon mal dort gewesen. Das Londoner King's College war in einem Gebäude am Südufer des Flusses. Ein Seminarraum im dritten Stock war der Schauplatz meiner schlimmsten Demütigung als Schriftsteller gewesen.

Wir marschierten durch Trauben von Studenten. Anscheinend hatten wir Glück. Eine Vorlesung war offenbar gerade zu Ende. Als der letzte junge Mann herauskam, folgte ihm die Frau, mit der ich sprechen wollte. Sie hatte noch dasselbe gekräuselte braune Haar und trug wallende Gewänder, wie damals.

„Professor Everhead", sagte ich und versuchte, nicht so nervös zu klingen, wie ich war. Wegen dieser Frau hatte ich mich hier vor voll besetzten Rängen herumgewunden. Sie war eine weltweit anerkannte Kapazität auf dem Gebiet der jakobinischen Tragödie. Ich wollte sie vor White Devil warnen und gleichzeitig von ihrem Wissen profitieren.

Die Kinnlade der Professorin klappte runter. Ihr Gesicht wurde weißer als ein Hochzeitskleid. Einen Moment glaubte ich, sie würde ohnmächtig werden, eine eher unwahrscheinliche Reaktion bei dieser kämpferischen Feministin. Dann drehte sie sich um und lief eilig zur Treppe. Ich rannte hinter ihr her.

„Keine Angst, ich will Ihnen nichts vorwerfen. Sie hatten jedes Recht, meine Bücher anzugreifen."

Das schien sie nicht sonderlich zu beruhigen. Sie blickte ängstlich an mir vorbei. Zum Glück war außer Andy niemand auf dem Gang. Seine Körpermasse führte allerdings nicht dazu, dass sie sich sicherer fühlte.

„Matt Stone“, sagte sie mit überraschend schwacher Stimme. „Was … was machen Sie hier?“

„Ich würde gern mit Ihnen reden.“

Sie sah auf ihre Uhr. „Meine nächste Vorlesung fängt in … ach, na schön. Mein Büro ist da hinten.“ Sie ging weiter, blickte über die Schulter zurück. „Wer ist Ihr Freund?“

Ich stellte Andy vor. Er grinste sie breit an, was sie gar nicht beeindruckte. Es war immer klar gewesen, dass Lizzie Everhead Frauen vorzog, sowohl als menschliche Wesen wie als Krimiautoren. Sie führte uns in ein kleines, mit Büchern und Papieren überladenes Büro und blieb neben der offenen Tür stehen. Sie war immer noch nervös.

„Ich … ich habe mit der Polizei gesprochen“, sagte sie und verschränkte defensiv die Arme.

„Ach ja?“ Ich wusste nicht, was ich damit anfangen sollte.

„Eine Detective Chief Inspector Oaten.“

„Karen. Ich kenne sie.“

Das schien sie zu überraschen. „Wirklich? Sie hat mich wegen dieser schrecklichen Morde um Rat gefragt.“

Jetzt kapierte ich. Oaten musste wegen des *Weißen Teufels* bei ihr gewesen sein. „Die Zitate von Webster?“

Ihre Augen weiteten sich. „Davon wissen Sie?“

Ich nickte. „Karen Oaten hat auch mit mir geredet.“

Lizzie Everhead sah auf den Gang hinaus, die Anspannung in ihrem Gesicht ließ nach, als sie Stimmen hörte. Sie wandte sich uns zu. „Legen Sie das bitte wieder hin“, sagte sie zu Andy, der ein dunkles hölzernes Objekt in der Hand hielt.

„Was ist das denn?“, fragte er.

Sie hob die Augen zur Decke. „Wenn Sie es unbedingt

wissen müssen, es ist ein Dildo aus dem siebzehnten Jahrhundert."

Ich funkelte Andy an, damit er sich den unvermeidlichen Witz sparte, und sah sie wieder an. „Also wissen Sie auch, dass der Killer die Morde aus meinen Büchern kopiert."

Sie nickte, und ihr stand wieder die Angst im Gesicht. „Haben Sie … haben Sie irgendeine Vorstellung, warum?"

Ich hob die Schultern. „Das wollte ich Sie fragen."

Lizzie Everhead war verwirrt. „Mich? Warum sollte ich dazu eine Meinung haben?"

„Sie sind eine Expertin, sowohl für Webster als auch für Kriminalliteratur." Ich lächelte, damit sie sich beruhigte. „Auch wenn sie nicht viel von meinen Sachen halten."

„Genauso wenig wie Alexander Drys", sagte sie scharf. „Und was ist ihm zugestoßen!"

„Waren Sie mit ihm befreundet?"

Sie schüttelte den Kopf. „Machen Sie sich nicht lächerlich. Dieser bigotte Idiot. Aber er hat es nicht verdient, so zu sterben."

„Natürlich nicht."

„Was genau wollen Sie von mir?", fragte sie mit einer Mischung aus Irritation und Neugier in der Stimme.

„Glauben Sie im Ernst, dass ich mit diesen Morden etwas zu tun habe?"

Sie sah mich zweifelnd an. „Ich … ich weiß nicht. Ich glaube nicht."

„Da spricht dir jemand das Vertrauen aus", meinte Andy ironisch.

Ich ignorierte ihn. „Professor Everhead, ich brauche Ihre Hilfe. Können Sie in diesen Zitaten vielleicht irgendein Muster erkennen?"

Sie dachte darüber nach, schüttelte dann den Kopf. „Außer dem Offensichtlichen, der Rache, nein. Ich nehme an, dass Sie die ersten drei Opfer nicht kannten."

„Klar kannte er die nicht, Lady", sagte Andy und machte einen Schritt vorwärts.

Lizzie Everhead wich ihm aus und trat hinaus auf den Gang. „Ich denke, Sie sollten jetzt besser gehen", sagte sie entschlossen.

Offensichtlich hatte sie weiter nichts zu sagen. Wir gingen raus. Als ich an ihr vorbeiging, sagte ich: „Ich will Ihnen keine Angst einjagen, aber D.C.I. Oaten organisiert Personenschutz für Leute, die vielleicht seine Ziele sein könnten. Vielleicht sollten auch Sie darum bitten."

Ich erkannte, dass Lizzie Everhead Angst hatte, das aber nicht zeigen wollte. „Ich stehe dauernd mit Scotland Yard in Verbindung", sagte sie. „Auf Wiedersehen."

„Tja, vielen Dank", sagte ich zu Andy, als wir die Treppe runtergingen. „Das war ja ein toller Erfolg."

„Ach, komm schon, Mann. Die müsste man ein bisschen schütteln. Eigentlich müsste man die auch mal …"

„Das reicht, du Barbar." Mir war gerade eingefallen, dass Karen Oaten die Information, dass ich soeben Lizzie Everhead einen Besuch abgestattet hatte, bestimmt interessant finden würde.

Ich hatte das deutliche Gefühl, dass die Professorin sie just in diesem Augenblick anrief.

John Turner saß im Büro von D.C.I. Oaten und ging seine Notizen durch. „Die Bilder der Überwachungskameras vom Borough Market helfen uns nicht viel", sagte er. „Da sind zwei Männer mittlerer Größe drauf, die Overalls tragen und ihre Mützen tief ins Gesicht gezogen haben. Es ist ziemlich klar, dass sie genau wussten, wo die Kameras sind. Unmöglich, ihre Gesichter zu erkennen. Sieht aus, als hätte einer von ihnen einen Schnurrbart, aber Sie wissen ja, wie verschwommen diese Aufnahmen sind. Sie stiegen aus einem weißen Lieferwagen, Kennzeichen P692 MDG, und trugen ein großes Objekt, das in etwas Dunkles eingewickelt war, zu dem Müllcontainer. Unglücklicherweise hat die geöffnete Klappe verdeckt, was sie dann gemacht haben."

„Aber sie haben offensichtlich die Leiche ausgewickelt und in der Tonne in diese Position gebracht", sagte Karen Oaten. „Dann sind sie zurück zu dem Van gegangen und weggefahren und haben mitgenommen, worin auch immer die Leiche eingewickelt war."

Turner nickte. „Der Van wurde um 10.35 Uhr abends in einer Seitenstraße in Streatham gefunden. Die Spurensicherung hat keinen einzigen verwertbaren Fingerabdruck gefunden."

„Natürlich auch wieder keine Zeugen."

Der Inspector schüttelte den Kopf. „Was ist mit der Autopsie, Chef?"

Oaten griff nach einer grauen Aktenmappe. „Redrose meint, die Bisswunden im Gesicht und am Hals stammen von einer Person, deren Eckzähne anscheinend spitz gefeilt worden sind."

„Was?"

„Und dass die Brustwarzen von einer weiteren Person abgebissen wurden, die normale Zähne hat."

„Mit zahnärztlichen Unterlagen können wir nichts anfangen."

„Nicht, bis wir jemanden in Gewahrsam haben, dessen Gebiss wir mit den Bisswunden vergleichen können." Die

Chefinspektorin sah aus dem Fenster. Dunkle Wolken verdeckten die Sonne.

„Was ist mit dem Zitat?"

„Ich habe gestern Abend mit Lizzie Everhead gesprochen. Sie konnte nicht viel sagen, nur dass das Opfer offenbar nicht so eng mit dem eigentlichen Rachemuster zusammenhängt."

„Was für einen Grund sollten diese Wahnsinnigen auch haben, sich an einem sechsundzwanzigjährigen Verlagsassistenten zu rächen?", wollte der Waliser frustriert wissen. „All seine Freunde und Kollegen, mit denen wir geredet haben, meinen, er wäre ein netter Bursche gewesen, ohne Laster und ohne komische Freunde."

Oaten schnaubte. „Keine Laster, außer mit seiner Chefin zu vögeln."

„Die passenderweise gestern verschwunden ist."

„Beruhigen Sie sich, John. Die hat mit dieser Sache nichts zu tun. Matt Wells hat ihr geraten, in Deckung zu gehen."

„Ja, Matt Wells." Der Inspector stand auf. „Alles scheint immer wieder zu ihm zurückzuführen. In den Anhängen der Mails heißt es, ‚*ich* schnitt ihr den Arm ab', ‚*ich* schnitt ihm den Kopf ab' und so weiter. Das weist eindeutig darauf hin, dass er der Mörder ist."

Oaten starrte ihn an. Sie glaubte nicht, dass er recht hatte. Sie verstand nicht viel von Romanen, aber sie schätzte, wenn man einen Roman aus der Sicht eines Mörders schrieb, musste das nicht zwangsläufig bedeuten, dass man selbst einer war. Außerdem hatte dieser Matt Wells einen gewissen Charme an sich, von dem sie ziemlich sicher war, das er ihn nicht bloß vortäuschte. Trotzdem blieb die Tatsache stehen, dass Matt Wells unbedingt festgenommen werden musste. Aber er war clever. Ließ sich nicht erwischen. Was, wenn

Taff doch recht hatte? Was, wenn Matt Wells in Wirklichkeit White Devil war und sie reinlegte? Alle Instinkte sagten ihr, er konnte kein abgebrühter Killer sein, aber seine Verwicklung in die Morde konnte ebenfalls nicht geleugnet werden.

„Wie sieht's mit dem Modus Operandi aus?", fragte Turner.

„In Matt Stones *Tirana Blues* gibt es eine verstümmelte Leiche, die in einer Mülltonne gefunden wird", sagte der D.C.I. und wich dem Blick des Walisers aus.

Das Telefon auf ihrem Schreibtisch klingelte.

„Oaten." Sie hörte zu, und ihr Magen wurde wie im Schraubstock zusammengepresst. „Was? Oh nein! Wo? Wir sind auf dem Weg."

„Was ist los, Chef?", fragte Turner, als sie zur Tür eilte.

„Lizzie Everhead", sagte sie mit bleichem Gesicht und grimmigem Ausdruck. „Sie wurde tot in ihrem Büro gefunden. Offenbar eine Riesenschweinerei."

Sie rannten schnell durch das Großraumbüro, jeder schrie seinen Untergebenen Befehle zu.

26. KAPITEL

„Was jetzt?“, fragte Andy, als ich von dem Parkplatz fuhr.

„Ich muss ein paar Anrufe machen.“ Ich entdeckte eine Telefonzelle auf der Waterloo Road und hielt davor.

Zuerst rief ich meine Mutter an. Das Handy war immer noch ausgeschaltet. Beide Male, als ich mit ihr sprach, hatte sie irgendwie anders geklungen als sonst, und es sah ihr gar nicht ähnlich, ihr Handy zu vergessen. Aber was konnte ich machen? Rog hatte genug damit zu tun, White Devil aufzuspüren. Ich konnte nur hoffen, dass sie mit einer lebenslangen Gewohnheit gebrochen hatte und mit einer anderen Linie geflogen war.

Dann rief ich Sara an. Wieder dauerte es lange, bis sie abhob.

„Hi“, sagte ich. „Alles in Ordnung bei dir?“

„Klar“, erwiderte sie. „Und bei dir?“

„Ich lebe noch.“

„Ich hab gesehen, dass es letzte Nacht wieder einen Mord gegeben hat.“

„Du bist aber nicht an der Geschichte dran, oder?“

„Nein, Jeremy hat den Spaß seines Lebens, dieser Leichenschänder.“

Ich sah einem Polizeiwagen nach, der mit Blaulicht und Sirene die Straße runterraste. „Alles klar in deiner Wohnung?“

„Schon. Außer dass die Nachbarn fragen, was der Bulle da draußen macht. Hab ihnen erzählt, ich säße an einer Story über Pädophile. Das hat ihnen das Maul gestopft. Hör mal, Matt, ich muss jetzt los. Sehe ich dich nachher?“

„Das bezweifle ich. Es ist besser, wenn ich mich von meinen üblichen Schlupflöchern fernhalte.“

„Oh, na ja, melde dich, wenn du kannst." Sie legte auf, bevor ich sagen konnte, dass ich sie liebte.

Ich holte tief Luft und wählte Carolines Nummer. Noch ein Polizeiwagen raste vorbei. Ich musste schreien, damit sie mich verstand.

„Wo ist sie?" Die Stimme meiner Exfrau war so dicht an einem Kreischen, wie sie es sich im Büro erlauben konnte. „Du hast kein Recht, Lucy von mir fernzuhalten."

„Lucy ist in Sicherheit", sagte ich. „Bei dir alles in Ordnung?"

Eine selten blöde Frage.

„Bei mir ist überhaupt nichts in Ordnung. Vor meiner Haustür steht ein Polizist, mein Exmann hat mein Kind entführt, und der Vorstandsvorsitzende hat gerade eine unvorhergesehene Sitzung anberaumt."

„Dann nehme ich das mal als ja", sagte ich und legte auf. Ich hatte genug vor der Brust, ohne dass Caroline auch noch das Messer darin umdrehte.

„Das sah nach Spaß aus", meinte Andy, als ich in den Jeep stieg.

Ich warf ihm einen finsteren Blick zu und fuhr los.

„Lass mich raten", sagte er ungerührt. „Wir fahren zurück zu Bonehead."

„Falsch. Erst mal fahren wir bei einem Supermarkt vorbei. Du machst heute Mittag diesen Mixed Grill, mit dem du immer prahlst."

„Jetzt, wo du davon redest", sagte Andy und legte sich die Hände auf den Bauch. „Ich fing gerade an, ein bisschen Hunger zu kriegen."

Als ich an Elephant and Castle vorbeifuhr, kam uns ein Notarztwagen mit Blaulicht entgegen.

Anscheinend war bei Waterloo gerade etwas Schlimmes passiert.

Oaten und Turner gingen unter dem Absperrband hindurch zu dem Universitätsgebäude an der Waterloo Bridge. Weinende Studenten standen in Gruppen herum und umarmten sich, während sie darauf warteten, vernommen zu werden. Paul Pavlou und Morry Simmons sprachen gerade mit einigen von ihnen. Trotz des Widerstands der Universitätsverwaltung war das ganze Gebäude geräumt worden, damit es von oben bis unten durchsucht werden konnte. Ein Anruf des Commissioners hatte gereicht.

Im dritten Stock standen die Spurensicherer bereit. Vor ihnen stand Dr. Redrose, bereits in seinem weißen Schutzanzug.

„Wir sollten aufhören, uns nur bei solch unschönen Gelegenheiten zu begegnen, Chief Inspector“, sagte er mit unsicherem Lächeln.

„Mir ist nicht nach Witzen zumute“, erwiderte Oaten und ließ sich von der Spurensicherung einen Overall aushändigen. Nachdem sie Plastiküberschuhe und Latexhandschuhe angelegt und die Haube über ihr Haar gezogen hatte, ging sie durch die halb offene Tür, die Fotografen im Schlepptau. Sie trat sofort ans Fenster. Es lag an der Westseite des Gebäudes und ging hinaus auf den hektischen Verkehr auf der Brücke. Eine Spur war von Polizeifahrzeugen versperrt. Sie wappnete sich, um sich ansehen zu können, was mit Lizzie Everhead passiert war.

„Ich würde sagen“, meinte Redrose an ihrer Seite, „das Opfer sieht aus … als sei es an den Tisch genagelt worden.“ Er kniete sich hin und inspizierte die Unterseite des Möbelstücks. „Die Nägel müssen mindestens fünfzehn Zentimeter lang sein. Die Spitzen wurden umgedreht, damit die arme Frau sich nicht losreißen konnte."

„Sieht aus, als wäre ihr ein Meißel durch den Hinterkopf gestoßen worden", sagte Oaten und betrachtete den schwarzen Plastikgriff und den Ansatz der Klinge, die in dem zerwühlten Haar der Professorin zu sehen waren.

„Stimmt", sagte der Pathologe und kam wieder auf die Füße. Er sah sich das Ding genauer an. „Der fragliche Meißel hat eine besonders lange Klinge. Die Spitze steckt auch im Tisch fest."

Karen Oaten holte tief Luft. „Dazu ... dazu gehört enorme Kraft."

Redrose beugte sich weiter vor. „Nicht notwendigerweise. Auf den Griff dieses Geräts wurde mit einem stumpfen Gegenstand geschlagen – ich vermute, derselbe Hammer, mit dem die Nägel eingeschlagen wurden."

Die Chefinspektorin verfluchte sich selbst, weil ihr das entgangen war. Ihr war von vornherein klar gewesen, dass ihr der grausame Tod dieser Frau zu schaffen machen würde. „Die Wunden in ihren Händen haben ziemlich stark geblutet", sagte sie ruhig.

Der Pathologe nickte. „Ich fürchte, sie war noch am Leben, als die Nägel ihre Hände durchbohrten. Man hat sie lange genug am Leben gelassen, um entsetzliche Schmerzen ertragen zu müssen."

„Verdammt, was für ein Wahnsinniger. Entdecken Sie eine Botschaft?"

„Nicht auf den ersten Blick", sagte Redrose. „Sie scheint noch vollständig bekleidet zu sein, soweit das jetzt zu beurteilen ist. Erst wenn sie bei mir auf dem Tisch liegt, kann ich ihre ... nun ja, Sie wissen, was ich meine."

Die Chefinspektorin ging in die Hocke. „Da steckt etwas unter ihrer linken Hand."

„Sie haben recht. Ich kann etwas Plastik erkennen. Es scheint nicht von dem Nagel durchbohrt zu sein. Ich denke, wir können es herausziehen."

Karen Oaten sah zu, wie erst Fotos gemacht wurden und der Chef der Spurensicherung das Objekt dann mit einer Pinzette hervorzog. „Ich muss sofort sehen, was da drin ist", sagte sie.

Mehr Fotos, dann wurde das Plastik auseinandergewickelt und die zusammengefaltete Seite herausgeholt.

Der Chef der Spurensicherung klappte sie auf. Wie bereits bei früheren Gelegenheiten war etwas mit einem Laserdrucker darauf geschrieben. „‚In meine Tragödie muss etwas Lust'ges hinein, sonst bring ich sie nicht durch'", lasen sie. Aber dieses Mal stand noch etwas darunter. „Da Sie jetzt Ihre Expertin nicht mehr fragen können, werde ich Ihnen helfen. *Der Weiße Teufel*, vierter Akt, erste Szene, Zeile 118. Ha-ha."

Oaten fühlte, wie die kalte Wut in ihr aufstieg. Sie würde sich nicht von diesem Kerl eine lange Nase drehen lassen, schon gar nicht, nachdem er jemanden ermordet hatte, den sie mochte. Das Schuldgefühl traf sie wie ein Stich ins Herz. Sie hätte für Lizzie Everhead Personenschutz anfordern sollen. Der Gedanke, dass White Devil sich ein Opfer suchen könnte, das mit der Ermittlung nur ganz am Rande zu tun hatte, war ihr gar nicht gekommen. Wie hatte sie nach der Ermordung von Reginald Hampton nur so dämlich sein können?

„Chef?" John Turner stand neben ihr. „Alles in Ordnung?" Er nahm ihren Arm und führte sie hinaus auf den Gang. „Am besten lassen wir jetzt den Doc und die Spurensicherung ihren Job erledigen, hm?" Er reichte ihr ein Papiertaschentuch. Sie drehte sich zur Wand und tupfte schnell ihre Augen ab.

„Wieso hat keiner gehört, wie er die Nägel eingeschlagen hat?“, fragte sie wütend.

„Offenbar haben die ganze Woche Bauarbeiten stattgefunden“, sagte der Inspector und trat näher. „Hören Sie mir zu. Ich hab einen kurzen Blick auf die Überwachungskamera in der Eingangshalle geworfen.“ Er machte eine Pause, um sicherzugehen, dass er ihre volle Aufmerksamkeit hatte. „Chef, Matt Wells war heute Morgen zwischen 11.04 Uhr und 11.17 Uhr hier.“ Er warf einen Blick in seinen Notizblock. „Die Leiche wurde um 11.27 Uhr von zwei ihrer Studenten gefunden.“

Oaten riss die Augen auf. „Matt Wells? Er war hier?“

„Ja. Zusammen mit diesem Andrew Jackson, der gestern bei Fels verletzt wurde. Der hat sich letzte Nacht offenbar selbst aus dem Krankenhaus entlassen.“

Die Chefinspektorin hatte Schwierigkeiten, das zu begreifen. Matt Wells. Konnte Wells derjenige gewesen sein, der Lizzie an ihren Schreibtisch genagelt hat? Oder war es dieser kräftig gebaute Amerikaner? Irgendetwas stimmte da nicht, das spürte sie sofort. Ja, das war es. Die beiden Gestalten, die bei Dr. Keane und im Borough Market von den Kameras eingefangen wurden, waren beide mittlerer Größe gewesen. Sowohl Wells als auch der Amerikaner waren größer, Letzterer sogar deutlich. Sollte das heißen, dass es da draußen vier Mörder gab? Sie ballte die Fäuste und riss den Kopf herum. Darüber musste sorgfältig nachgedacht werden. Aber Matt Wells war unleugbar hier gewesen. Warum?

„Wir müssen ihn festnehmen“, sagte Turner. „Ich gebe sofort die entsprechenden Befehle raus. Wollen Sie die Medien einschalten?“

Oaten nickte langsam. Sie hatte diesem Romanschreiber viel zu viel Spielraum gelassen. Es war Zeit, dass sie die Leine einholte. Wenn ihre Vorgesetzten herausfinden sollten, dass sie mit ihm in Kontakt gestanden hatte, wäre sie am Ende ihrer Karriere angelangt.

Aber wenn er tatsächlich Lizzie Everhead umgebracht hatte, würde sie ihn mit ihren eigenen Händen in Stücke reißen – und zur Hölle mit ihrer Karriere.

Wir fanden Peter Satterthwaite und Rog in Petes Arbeitszimmer. Das hatte er uns gestern nicht vorgeführt. Es war sehr geräumig und mit ledernen Bürosesseln und mehreren großen Tischen eingerichtet, auf jedem stand ein Computer.

„Kacke, Boney", sagte Andy, mehrere Einkaufstüten mit Fleischwaren schleppend, „wozu brauchst du denn so viele Rechner?"

„Manchmal arbeiten meine Angestellten hier", sagte Pete. „Du weißt doch, Andy? Arbeit? Erinnerst du dich daran, was das ist?"

„Fick dich selbst", grinste der Amerikaner. „Ich mach jetzt was zu essen. Wo steht dein Grill?"

„Hinter dem Haus, in dem ersten Schuppen." Bonehead winkte mich heran. „Hier, sieh dir das mal an, Matt. Ich hab jede Menge interessantes Zeug über deinen White Devil rausgefunden."

Er wedelte mit mehreren Ausdrucken vor mir herum. Ich sah mir einen an und konnte überhaupt nichts damit anfangen. „Erklär mir das, bitte."

Er grinste. „Du kapierst nicht mal die einfachsten Details von Bankgeschäften? Kein Wunder, dass du so arm bist. Also schön, hier die Version für Dumpfbacken. Dieser Kerl ist entweder verdammt schlau, oder er hat ein paar verdammt schlaue Berater."

„Oder beides."

„Stimmt. Jedenfalls hat er den Wert seines Anlagevermögens in den letzten vier Jahren auf knapp dreiunddreißig Millionen US-Dollar gesteigert."

„Junge, Junge. Wie hat er das geschafft?"

„Willst du das wirklich wissen?"

Ich hob beide Hände. „Nein. Hat er irgendwelche Gesetze gebrochen?"

„Theoretisch nicht." Bonehead zeigte die Zähne. „Na ja, jedenfalls nicht mehr als ich selbst. Du musst eins verstehen, Matt – wenn du erst mal einen fetten Batzen Kohle hast, ist es ganz leicht, den noch fetter zu machen. Dazu brauchst du bloß gute Nerven ..."

„Davon hat White Devil ganze Lastwagenladungen voll."

„... und die richtigen Informationen."

„Dito." Ich richtete mich auf. „Als kann er mit genügend Geld um sich werfen, um Überwachungs-Equipment zu kaufen, Autos, Helfer, was auch immer?"

„Auf jeden Fall." Pete hob einen weiteren Papierstapel hoch. „In den letzten zwölf Monaten hat er mehr als drei Millionen Pfund in bar von verschiedenen britischen Konten abgehoben."

Ich zitterte vor Aufregung. „Ihr habt euch in Banken hier in diesem Land gehackt? Dann müsst ihr doch seine Kontodaten haben. Name und Adresse."

Bonehead verzog heftig das Gesicht. „Tut mir leid, Kumpel. Die Sorte Banken, mit denen er seine Geschäfte macht, haben ein etwas anderes Sicherheitsniveau als irgendeine gewöhnliche Sparkasse. Wir haben nur weitere Listen mit

Nummerncodes gefunden.“

„Keine Chance, mehr rauskriegen zu können?“

Er hob die Schultern. „Ich hab mit einem Typ geredet, den ich kenne. Der ist sogar ein noch größeres Computergenie als Dodger hier.“ Er lachte, als Rog ihm mit beiden Händen Victory-Zeichen zeigte. „Der ruft zurück, bevor der Tag rum ist.“

Ich trat vor den anderen angeschalteten Computer. „Bei der National Lottery Glück gehabt?“

„Irgendwie schon.“

„Und das heißt?“

„Na ja, ich bin fast drin“, sagte Rog, während seine Finger über die Tastatur huschten. „Aber ich schätze, die haben eine Zeitbegrenzung. Wenn ich mich da einlogge, könnte ich gleich wieder rausgeworfen werden, weil ich ein bisschen Zeit brauche, um mich zu orientieren. Falls das passiert, würde ich nicht noch mal reinkommen. Aber keine Sorge, da komme ich drumrum. Hab es fast geschafft.“

Ich drückte seinen Arm. Ich war gerührt, was meine Freunde alles für mich unternahmen. Ich konnte nur hoffen, dass ich dasselbe auch für sie getan hätte, aber ich war immer eher ein Einzelgänger gewesen. Das waren die meisten Schriftsteller, wie auch die meisten Flügelmänner beim Rugby, League oder Union. Kein Charakterzug, auf den ich besonders stolz war.

Ich rief Dave an. Wie üblich betäubte mich der Krach seiner Abrissmaschinen, als er abhob.

„Hallo, Kumpel“, sagte er und schaltete den Lärm ab. „Was gibt’s?“

„Nicht viel. Bei euch alles klar?“

„Spitze. Das Dach kommt jede Sekunde runter.“

„Das freut mich für dich. Dave, schick mir bitte eine SMS, bevor du zurückfährst, falls ich dich brauche."

„Mach ich. Bis dann."

Ich ging raus auf die hintere Terrasse. Da stand Andy, in Rauch gehüllt.

„Oh Mann", meinte er, „diese Kohlen sind nass geworden. Trotzdem, nichts kann den Händen von Aaaandrew Jaackson widerstehen."

„Glaub ich aufs Wort." Ich sah mir die Phalanx roher Fleischstücke an, die er auf einem Tisch ausgebreitet hatte. Steaks, Koteletts, außerdem Maiskolben.

„Irgendwas fehlt", sagte er.

„Fünfzig weitere Gäste", schlug ich vor.

„Nee, du Blödmann. Das Bier."

„Nee, nee, kein Sprit, bis wir diesen ..."

„Matt!" Boneheads Stimme war laut und klang aufgeregt. „Komm sofort rein!"

Ich warf Andy einen verwirrten Blick zu und rannte zurück in das Arbeitszimmer. Dort starrten Pete und Rog auf einen Fernsehschirm.

„Kam gerade in den Schlagzeilen", sagte Bonehead. „Noch ein Mord. Bei Waterloo."

Ich spürte, wie sich meine Nackenhaare aufrichteten. Großer Gott. Die Polizeiwagen und der Notarzt, die mir aufgefallen waren. Die mussten gerade auf dem Weg dorthin gewesen sein.

„Jetzt kommt es", sagte Rog.

Das stark geschminkte Gesicht der Nachrichtensprecherin war todernst. „Wir erhalten Informationen über einen weiteren Mord in der Nähe der Waterloo Station", sagte sie. „Und jetzt zu unserem Reporter vor Ort, Roy Meltcher."

Ich sah zu, wie ein Mann in einem Anorak in die Kamera sprach. Hinter ihm waren eine Polizeiabsperrung und eine Menschenmenge zu erkennen. Ich erkannte das Gebäude sofort. Es war jener Block der Universität, den Andy und ich vorhin aufgesucht hatten. Mir wurde schlecht.

„Ja, Fay, ich stehe hier vor einem Komplex des Londoner King's College direkt südlich der Waterloo Bridge. Kurz vor zwölf Uhr mittags haben Studenten im dritten Stock die Leiche einer Professorin entdeckt. Die Polizei gibt den Namen des Opfers noch nicht heraus, aber ich kann berichten, dass es sich um die Fakultät für Englische Literatur handelt."

Um Gottes willen.

Die Moderatorin unterbrach. „Roy, offenbar gibt es Befürchtungen, dass es sich um den neusten Mord einer ganzen Serie handeln könnte, die dem sogenannten New Ripper zugeschrieben wird."

Der Reporter nickte. „Ja, Fay, alles deutet in diese Richtung. Einzelheiten dieses Mordes sind noch nicht an die Öffentlichkeit gedrungen, aber offenbar gibt es Verbindungen zu den anderen Tötungsdelikten. Detective Chief Inspector Karen Oaten vom VCCT gab folgende sensationelle Erklärung ab."

Schnitt auf etwas, was eindeutig ein Vorlesungssaal war.

Karen stand neben dem finster blickenden Waliser. „Wir müssen dringend mit zwei Männern sprechen, die heute morgen zwischen 11.00 Uhr und 11.30 Uhr in dem Gebäude gesehen worden sind", sagte sie.

Mir wurde eiskalt, als Fotos von mir und Andy auf dem Monitor erschienen. Meins stammte von einem Buchumschlag, während das von Andy offenbar gestern im Krankenhaus gemacht worden war.

„Es handelt sich um Matthew John Wells, achtunddreißig Jahre alt, der unter dem Pseudonym Matt Stone Kriminalromane verfasst, und Andrew Krieger Jackson, ein siebenunddreißig Jahre alter amerikanischer Staatsbürger. Mr. Wells wohnt in Herne Hill, Mr. Jackson in Catford, im Süden von London. Jeder, der einen dieser beiden Männer in den letzten vierundzwanzig Stunden gesehen hat, wird gebeten, folgende Nummer anzurufen …", sie las eine Nummer vor, „… oder die nächste Polizeidienststelle aufzusuchen. Alle Informationen werden streng vertraulich behandelt." Karen Oaten wirkte noch entschlossener als sonst. „Es handelt sich um ein besonders grausames Verbrechen. Es ist von höchster Wichtigkeit, dass unsere Bürger nicht versuchen, sich diesen beiden Männern zu nähern. Die Wahrscheinlichkeit ist hoch, dass sie äußerst gefährlich sein können."

Der Reporter war wieder im Bild. „Das ist bis jetzt alles, Fay. Obwohl die Polizei noch nicht bestätigen will, dass Mr. Wells und Mr. Jackson mit den früheren Morden in Zusammenhang gebracht werden können, scheint diese Schlussfolgerung auf der Hand zu liegen." Damit gab er zurück.

„Scheiße", sagte ich, während Rog leiser stellte. Ich sah ihn und Bonehead an. „Wer sagt es Slash?"

Rog stand auf und ging aus dem Zimmer.

„Das ist doch Blödsinn, oder Matt?", sagte Pete und sah mir fest in die Augen. „Du hast jetzt die Chance, mir alles zu erzählen."

„Es ist Blödsinn", wiederholte ich langsam, mein ganzer Körper fühlte sich taub an.

Er schlug mir auf den Rücken. „Wusste ich doch. Also, komm wieder zu dir. Wir müssen dieses Arschloch schnappen, bevor die Bullen dich kriegen."

Rog kam mit Andy zurück, der wie gelähmt wirkte.

„Was soll das?", fragte er.

„White Devil will uns den Mord anhängen", sagte ich. „Der muss uns auf den Fersen gewesen sein."

„Wie soll er das denn geschafft haben?", sagte Bonehead. „Keiner weiß, dass ihr hier seid. Lass dir nicht das Hirn vernebeln, Kumpel."

Er hatte recht. White Devil plante alles ganz genau. Er musste Lizzie Everhead schon längst als Opfer ausgesucht haben – ich war sicher, dass sie das Opfer war –, und wir hatten bloß das Pech, ein paar Minuten vor ihm bei ihr aufgetaucht und von den Überwachungskameras gefilmt worden zu sein.

„Na gut, und was machen wir jetzt?", fragte Andy und sah uns der Reihe nach an. „Ich stelle mich der Polizei, wenn dir das etwas Zeit verschafft, Matt."

Ich hätte weinen können, aber das würde keinen von ihnen beeindrucken.

„Danke, Kumpel, aber das hat überhaupt keinen Sinn. Hinter mir sind die her, nicht hinter dir." Ich sah Roger an. „Hast du die Lotterie inzwischen geknackt?"

„Kann nicht mehr lange dauern."

„Gut, versuch's weiter. Ich checke inzwischen mal meine Mails. Ich habe so das Gefühl, dass dieses Schwein sich wieder gemeldet hat." Bevor ich mich vor einen Monitor setzte, sah ich sie nacheinander an. „Pete, Rog, ihr könnt sofort aussteigen, wenn ihr wollt. Du auch, Andy. Ich kriege diesen Scheißkerl auch alleine."

Sie redeten alle auf einmal, „Vergiss es" und „Keine Chance" und „Lass das", Letzteres von Andy. Wieder war ich gerührt, aber ich achtete darauf, es nicht zu zeigen. Wer früher Rugby League gespielt hatte, heulte nur besoffen.

„Aargh!“, schrie Andy, als er die Rauchwolke draußen erblickte. „Das Fleisch!“ Er rannte raus.

„Danke, Jungs“, sagte ich leise und loggte mich mit meiner neuen Identität in den neuen E-Mail-Account ein. Wie erwartet hatte White Devil wieder geschickt, was er immer als seine Notizen bezeichnete. Es war keine angenehme Lektüre. Der Bastard hatte sie offenbar geschickt, bevor er die Nachrichten gesehen hatte, also blieben mir wenigstens Witze darüber erspart. Kein großer Trost. Er kopierte wieder Morde aus meinen Büchern. Im ersten Roman mit Zog, *Tirana Blues,* wurde ein albanischer Politiker an seinen Schreibtisch genagelt aufgefunden, ein Meißel in seinen Hinterkopf gerammt, um ihm das Genick zu brechen. Großer Gott. Oaten wäre erst recht von meiner Schuld überzeugt, wenn sie diese Ähnlichkeit entdeckte. Sie wusste bereits, dass die Tote meine Bücher attackiert hatte, also gab es auch ein Motiv – wenn man in White Devils durchgeknallter Welt lebte.

Es wurde Zeit, mir darüber klar zu werden, dass ich ebenfalls ein Bewohner seiner Unterwelt war.

Es gab nur eine Chance, ihn zu schnappen: indem ich genauso mitleidlos war wie er.

27. KAPITEL

White Devil saß vor den aufgereihten Monitoren in seinem Penthouse mit Blick auf die Themse. Nur einer der Bildschirme war eingeschaltet. Darauf war ein spärlich erleuchteter, abgeschlossener Raum zu sehen, ohne Möbel außer einem alten, durchgesessenen Sessel. Darauf saß eine an Fußgelenken und Brust gefesselte Gestalt, der ein Sack mit einem Loch zum Luftholen über den Kopf gezogen war. White Devil wollte auf keinen Fall, dass dieser Gefangene jetzt schon den Geist aufgab. Das wäre eine Tragödie jakobinischen Ausmaßes.

Er lächelte. Der Gestank in dem Raum musste inzwischen kaum noch auszuhalten sein, Urin und Schweiß verbanden sich mit der abgestandenen Luft des verfallenden Gebäudes. Ursprünglich hatte er nicht vorgehabt, noch mal in die Nähe dieses Ortes zu kommen. Irgendwann würde der Gefangene verdursten. Kein angenehmer Tod, aber es gab viel schlimmere. Matt Wells wurde jetzt von der Polizei gesucht, also würde er wahrscheinlich eher bereit sein, Risiken einzugehen. Daher waren originelle Einfälle und Flexibilität gefragt. Und darin war White Devil ein Meister.

Er dachte noch einmal über die Ereignisse dieses Morgens nach. Ein klassisches Beispiel dafür, dass sorgfältige Planung mit einem besonderen Bonus belohnt wird. Er hatte von Anfang an vorgehabt, diesen Mord allein zu begehen. Schließlich war helllichter Tag und es daher zu riskant, mit seinem Partner aufzukreuzen. Außerdem wollte er sich diese Frau allein vornehmen. Er hatte im Publikum gesessen, als Dr. Lizzie Everhead Matt Stones Romane auseinandergenommen hatte, eine öffentliche Demütigung. Um Matt gegenüber fair zu sein: Er war ziemlich gut damit fertig geworden, hatte Witze auf seine eigenen Kosten gerissen und so getan, als wolle er großmütig zu der guten Frau Professor sein, wegen dieses übertrieben akademischen Angriffs auf fiktive Geschichten für den Massenmarkt. Andererseits hatte der Romancier selbst einmal geäußert, wenn Krimis ernst genommen werden wollten, mussten sie es sich gefallen lassen, nach denselben Standards beurteilt zu werden wie seriöse Literatur. Träum weiter, mein Freund, dachte White Devil. Die einzigen Menschen, die dich jetzt noch ernst nehmen, sind Angehörige der Metropolitan Police, der Medien und der Gerichte.

Unauffällig in das Gebäude zu kommen, war einfach gewesen. In den letzten Monaten war er oft genug da gewesen, mit einem Overall und einer Mütze und einem gefälschten, aber überzeugenden Ausweis einer Instandhaltungsfirma. Er hatte bemerkt, dass es außerhalb der Eingangshalle keine Überwachungskameras gab, und herausgefunden, wie der Terminplan der Professorin üblicherweise aussah. Er wusste genau, wann sie allein in ihrem Büro sein würde. Aber woher hätte er wissen sollen, dass Matt Wells zusammen mit seinem muskulösen Freund ein paar Minuten vor ihm dort auftauchen würde? Das war ziemlich knapp gewesen – er hatte die beiden noch weggehen sehen –, aber es hatte dazu geführt, dass Matt jetzt ernsthaft wegen dieses Mordes unter Verdacht stand. Das war wirklich witzig. Eigentlich hatte er gar nicht vorgehabt, den Modus Operandi aus dem Zog-Roman anzuwenden, aber da der Schriftsteller ihm jetzt Ärger machte, wollte er ihm das heimzahlen. Ein anonymer Anruf bei Scotland Yard würde später sicherstellen, dass diese Schlampe Oaten noch mehr gegen Matt in der Hand hatte.

Er trat vor die hohen Fenster des Penthouses und sah herab zu den Booten auf der Themse. Dieser nagende Zweifel, den er wegen des Mordes vor dem Hereward und der Männer auf Corkys Fersen spürte, wurde stärker. Sein Komplize schaffte es bisher, den Ford Orion abzuschütteln, sein hoch entwickelter Selbsterhaltungstrieb funktionierte gut. Aber wie lange noch?

White Devil schüttelte den Kopf und beschloss, Corky zu ignorieren. Es war ja nicht so, als ob der wüsste, wo White Devil zu finden war. Nein, er war mit seinen Plänen schon so weit gekommen, das Ende war in Sicht. Bald wäre er weit weg, wo man ihn niemals finden konnte. Mit seinem Partner.

Bis dahin hatte er Arbeit zu erledigen.

Sich Leute zu schnappen.

Und Blut zu vergießen.

„Ich bin drin, Matt!“, rief Rog.

Peter Satterthwaite und ich versammelten uns vor seinen Monitor und beobachteten, wie er sich geschickt auf der Website der National Lottery bewegte. Nach ein paar Sekunden hatte er die Liste der ganz großen Gewinner aufgerufen und tippte das Datum von White Devils Gewinn ein. Noch ein paar Klicks, und wir hatten ihn. Leslie Dunn – Apartment 12, Vestine Building, Bermondsey Wall East, London SE16 OPY.

„Du hast es geschafft!“, rief ich und packte seine Schultern.

„Eine Sekunde“, sagte er und hämmerte auf die Tastatur ein. „Ich lösche nur meine Identität, damit sie keine Chance haben, mir auf die Spur zu kommen. So, erledigt.“ Er drehte sich um und lächelte. „Okay, gehen wir los und krallen uns das Schwein." Er stand auf und ging zur Tür. „Andy! Komm her. Wir brauchen dich."

Ich ließ sie sich erst mal hinsetzen, um die Sache zu überdenken. „Hört mal, wenn White Devil wirklich in dieser Wohnung in Bermondsey steckt, müssen wir verdammt vorsichtig sein, bevor wir da einfach reinplatzen. Der ist schlau genug, auf so was vorbereitet zu sein."

„Du und Andy, ihr könnt sowieso nirgends hingehen", machte Bonehead uns klar. „Eure Gesichter stehen auf allen Titelseiten."

Da hatte er recht, aber er konnte auch für eine Lösung dieses Problems sorgen. „Bist du nicht ein Fan von abgefahrenen Kostümen?", fragte ich.

Andy brach in Gelächter aus. „Ja, ich weiß noch, wie du mal bei einem Abendessen zum Saisonende in einem Rock aus Gras aufgetaucht bist."

Pete betrachtete ihn reserviert. „Das war ein Originalkostüm aus der Südsee." Er lachte und wandte sich mir zu. „Wie es sich ergibt, habe ich einen ganzen Schrank voll schriller Klamotten. Du zum Beispiel, Matt, würdest als altenglischer Folkloretänzer ganz toll aussehen, aber so erregst du vielleicht ein bisschen zu viel Aufsehen. Und für dich, Andy, hätte ich da eine großartige Lederhose mit ausgeschnittenem Arsch."

Der Amerikaner wirkte ziemlich entsetzt. „Du machst Witze, Mann."

Ich hob eine Hand. „Schon gut, werd wieder nüchtern. Okay, wir können uns also verkleiden. Die Frage ist, wie viele von uns sollen gehen?"

„Wir alle", sagten die drei gleichzeitig.

Ich schüttelte den Kopf. „Das ist zu riskant. Was ist, wenn

er in seiner Bude Minen ausgelegt hat? So was würde ich ihm zutrauen."

„Warum holen wir uns nicht Dave, damit er das abklärt?", fragte Rog. „Der ist schließlich ein Abrissexperte."

Ich dachte darüber nach. „Nein, Dave muss zurück zu Lucy und seiner Familie."

„Also", sagte Bonehead, „wer von uns geht?"

„Seit wann gehörst du denn zu unserer Eliteeinheit?", fragte Andy.

Der Multimillionär lächelte ihn an. „Seit ihr Typen euch bei mir eingeladen habt, Slash."

„Da hat er recht", sagte ich. „Wir brauchen jede Hilfe, die wir kriegen können. Aber einer muss hierbleiben, um allen Spuren nachzugehen, auf die wir vielleicht stoßen. Also jemand, der sich mit Computern auskennt." Ich sah Rog an. „Und das bist du, Kumpel." Die Enttäuschung stand ihm im Gesicht geschrieben. „Keine Angst, du kriegst deine Chance schon noch."

„Ich schätze, ich sollte auch besser hierbleiben", sagte Bonehead. „Falls es noch mehr Finanzkram gibt, den ich aufdecken muss. Man weiß nie, vielleicht kriege ich seine jetzige Identität raus."

Ich nickte, froh, dass er von selbst darauf gekommen war, bevor ich es ihm sagen musste. „Sieht aus, als liefe es wieder auf uns beide raus, Andy", sagte ich. „Boney, zeig uns deine Klamotten."

Er führte uns die Treppe hoch. „Euch ist schon klar, dass die Polizei vielleicht auch schon von dieser Wohnung weiß und sie beobachtet?"

Ich nickte. „Der Gedanke ist mir auch gekommen. Aber die haben mit diesen ganzen Morden zu tun. Vielleicht ist ihnen das Archiv der Lotterie bis jetzt durchgegangen."

Eine halbe Stunde später verließen wir das Haus, diesmal in einem brandneuen blassblauen BMW Coupé der 6er Reihe, für den Fall, dass auch der Jeep auf den Aufnahmen einer Überwachungskamera bei Waterloo zu sehen sein sollte. Ich trug eine Perücke mit schulterlangem blondem Haar und einen blauen Overall, Andy einen Schutzhelm, einen angeklebten Zapata-Schnurrbart und einen Anorak. Vielleicht hätten wir für echte Handwerker gehalten werden können. Von einem Blinden.

Ich parkte ein paar hundert Meter vom Vestine Building entfernt. Wir gingen die gepflasterte Straßen entlang bis zu einem Gebäude, das sich als umgebaute Lagerhalle entpuppte. Es war von einer hüfthohen Mauer umgeben, der abgeschlossene Parkplatz stand voller Luxusautos. Nirgends waren Bullen zu sehen, die das Gebäude unter Beobachtung hatten, aber die konnten auch gut versteckt sein. Ich holte tief Luft und versuchte, meine Atmung zu beruhigen.

„Also", sagte Andy leise und stellte seinen Werkzeugkasten ab. „Wie sieht der Plan aus?"

„Viele Möglichkeiten haben wir ja nicht. Wir müssen durch den Haupteingang." Wir zogen Handschuhe an und gingen durch ein Tor für Fußgänger. Neben der schweren Tür hing ein Klingelbrett ohne Namen, nur mit Nummern. „Wir klingeln nicht bei Nummer 12", sagte ich, als Andy schon die Hand hob. „In meinen Büchern klappt das meistens." Ich drückte bei mehreren anderen Nummern. Als eine Stimme aus dem Lautsprecher kam, sagte ich: „Elektriker."

Der Summer ertönte, und die Tür ging auf.

Eine Frau mit einem quäkenden Kind im Arm steckte den Kopf aus ihrer Tür, als wir zu den Treppen gingen. „Ein

Problem im zweiten Stock", sagte ich und zeigte kurz meine Bankkarte – zum Glück war ein Foto drauf. Sie nickte ohne Interesse und verschwand. Wir rannten die Treppe hoch, folgten den Hinweisen zu den Apartments 10 bis 13. Vorsichtig näherten wir uns Nummer 12.

Ich horchte eine Weile an der Tür. Kein Geräusch von drinnen. „Okay, Andy", sagte ich. „Du bist dran." Er hatte oft genug mit seinen kriminellen Aktivitäten als Jugendlicher in den Vororten von Newark geprahlt, inklusive Einbrüche. Jetzt konnte er beweisen, dass er nichts verlernt hatte. „Gibt es eine Alarmanlage?"

„In so einer Gegend? Bestimmt. Keine Sorge, damit werde ich fertig." Er holte ein Set kurzer Stahlgeräte aus dem Koffer, einige flach und einige mit gebogenen Enden, die er in Boneheads Keller hergestellt hatte, bevor wir aufgebrochen waren. In weniger als zehn Sekunden hatte er die Tür geöffnet. Er rannte zu einem piependen Alarmkasten, klappte ihn auf und fummelte mit einem Schraubenzieher herum. Das Piepen hörte auf. Ich wartete, dass der Alarm losging, aber nichts passierte.

„Mann, du weißt ja wirklich, was du tust", sagte ich und schloss die Tür hinter mir.

Andy legte den Finger an die Lippen. Wir standen in einem langen Flur. Ich fand den Lichtschalter. Drei Türen an jeder Seite, alle geschlossen.

„Hier", sagte Andy und drückte mir einen Hammer in die Hand. Er selbst hatte einen langen Schraubenzieher in der Faust. „Du links, ich rechts. Wir öffnen sie gemeinsam, bei drei."

Ich ging zur ersten Tür und sah ihn an. Er formte mit den Lippen „eins, zwei, drei". Ich riss die Tür auf. Der Raum dahinter war es komplett dunkel. Mit klopfendem Herzen entdeckte ich den Lichtschalter. Ein leeres Zimmer, die Lampe verursachte nicht mal einen Schatten. Die Rollos an den Fenstern heruntergelassen. Ich sah mich nach Andy um, der genau das Gleiche vorgefunden hatte.

Es sah nicht so aus, als ob hier jemand wohnte. Mit nachlassender Spannung gingen wir zu den nächsten Türen. Derselbe Vorgang, dasselbe Ergebnis. Ich fand ein Badezimmer mit Spinnweben in den Ecken, er eine Küche – wiederum alles verdunkelt. Wir kamen zu den letzten Türen – „ein, zwei, drei". Dieses Mal fand ich mich in einem großen Saal wieder. Das Licht der Nachmittagssonne fiel durch Lücken in den Rollos. Erneut war der Raum leerer als ein geplündertes Grab.

„Ach du Scheiße!", hörte ich Andy von drüben rufen. Ich ging schnell hinüber. Der Raum sah wie ein Spiegelbild von dem aus, in dem ich gerade gewesen war. Ich nahm an, es handelte sich um Salon und Esszimmer, weil dazwischen eine Glastrennwand lag. Ich öffnete sie.

Andy kauerte auf dem Boden vor einer Ansammlung zusammengeschrumpfter Objekte, die auf einer Plane lagen. In der Luft hing ein widerlicher Geruch, wie von erlegtem Wild, das viel zu lange gehangen hatte.

Ich legte mir die Hand über Mund und Nase. Ich zählte fünf Katzen, vier Hunde und zwei Ratten in verschiedenen Stadien der Verwesung. Als ich näher kam, erkannte ich, dass die Tiere alle vom Brustbein bis zum Anus aufgeschlitzt worden waren, die ausgetrockneten Eingeweide waren auf der Plane ausgebreitet. Ich musste sofort an Happy denken. Anscheinend hatte White Devil hier geübt. Aber wieso hatte er die Kadaver aufbewahrt? Ich erschauerte. Weil er ein kranker Irrer war, deshalb. Dann blickte ich in eine entfernte Ecke und entdeckte etwas, was sogar noch schlimmer war.

„Uh-oh“, sagte Andy und folgte meinem Blick.

Auf einer größeren Plane lagen mehrere graue Fleischhaufen. Diesmal waren die Tiere nicht aufgeschlitzt worden. Stattdessen hatte er sie gehäutet und die Felle an die Wand dahinter genagelt. Ein paar große Hunde und eine Katze. Aber das war noch nicht alles. In einer anderen Ecke lag ein großer Klumpen hautloses Fleisch. Ich erkannte menschliche Arme und Beine. Darüber hingen zwei Dinger, die wie Sexpuppen aussahen, aus denen man die Luft gelassen hatte. Es war die abgezogene Haut von zwei Menschen.

„Verdammte Scheiße!“, sagte Andy, auch mit der Hand vorm Mund.

Mir fehlten die Worte. Wer waren diese beiden Opfer? Sie waren namenlos, ohne genaue forensische Untersuchung nicht zu identifizieren. Ich spürte, wie die Wut in mir aufstieg. Wie konnte jemand seine menschlichen Artgenossen derart verachten? Wie konnte er sie in anonyme Fleischklumpen verwandeln?

Wir gingen rückwärts aus dem Raum und checkten den Rest des Apartments, fanden aber nichts, was uns auf die Spur seines Besitzers bringen könnte. Der Staub auf dem Fußboden machte klar, dass er längere Zeit nicht hier gewesen war. Wir hatten überall unsere Fußabdrücke hinterlassen, aber das machte auch nichts mehr. Ich steckte schon zu tief in der Scheiße, mit White Devil und der Polizei im Nacken.

„Lass uns abhauen“, sagte ich.

„Tolle Idee“, meinte Andy und probierte ein Lächeln. „Es könnte nämlich unter Umständen sein, dass im nächsten Polizeirevier ein Licht aufleuchtete, als ich die Alarmanlage außer Betrieb gesetzt habe.“

„Wieso hast du mir das nicht gleich gesagt?"

„Wir hatten doch gerade so'n Spaß." Er drehte sich um. „Los, komm."

Wir verließen das Apartment eilig, ohne im Flur oder auf der Treppe jemandem zu begegnen. Als wir schon die Haustür öffnen wollten, entdeckte ich die Briefkästen.

„Kannst du den knacken?"

„Mit oder ohne sichtbaren Schaden?"

„Das spielt keine Rolle mehr. So schnell es geht."

Er stemmte den Briefkasten Nummer 12 mit dem Schraubezieher auf. Ich fasste mit der Hand hinein und fand einen einzelnen Umschlag, den ich einsteckte. „Weiter." Erst als wir durch die Tür gingen, bemerkte ich die Überwachungskamera darüber.

Zu spät. Zu blöd.

Wieder im BMW holte ich den Umschlag hervor. Eine Stromrechnung. „Mr. Lawrence Montgomery", las ich.

„Wer ist das?", fragte Andy.

Mir lief es kalt den Rücken runter. „Das könnte der Teufel höchstpersönlich sein."

Wir fuhren los in die fortschreitende Abenddämmerung.

Die drei Männer in dem alten Orion starrten alle nach vorn, die Augen fixierten die Gestalt, die vor ihnen andere Wagen überholte.

„Blöder Mist, dass wir nicht auch so'n Motorrad haben", sagte der Fahrer.

„Hab gar nicht mitgekriegt, dass du vorgeschlagen hast, eins zu kaufen, Geronimo", sagte Wolfe scharf. Aus seiner Tasche kam ein dumpfes Klingeln. Er holte sein Handy heraus. „Ja?" Er hörte eine Weile zu. „Keine Sorge", sagte er schließlich. „Wir haben dem Scheißkerl nichts angetan." Er unterbrach die Verbindung und drehte den Kopf zu Rommel. „Bis jetzt."

„Unser Freund, der Detective?", fragte der Mann auf dem Rücksitz.

„Genau. Macht sich in die Hose, wir könnten den Typ auf der Maschine genauso zurichten wie diesen Smail."

„Aber das werden wir doch, oder?", fragte Geronimo.

Wolfe lachte hohl. „Wenn er Jimmy Tanner erledigt hat, und das hat er bestimmt, kannst du darauf wetten."

Das Motorrad war etwa fünfzig Meter vor ihnen, fuhr Richtung London Bridge. Ampeln sprangen um, und der Verkehr wurde langsamer. Auch der Mann auf dem Motorrad musste abbremsen. Aber kaum hatte er gestoppt, gab er plötzlich wieder Gas und wäre fast in ein rechts abbiegendes Taxi gerast.

„Kacke!" Geronimo hämmert auf das Lenkrad.

Wolfe sprang aus dem Wagen und sah nach vorn. Das Motorrad verschwand über die Brücke.

„Was jetzt?", fragte Rommel?

„Ich rufe unseren Kontaktmann an", sagte Wolfe gelassen und griff zum Handy. „Ich bin's wieder", sagte er. „Wir haben die Zielperson verloren." Er hörte ein paar Sekunden zu. „Na gut, aber ich erwarte verlässliche Informationen. Vergessen Sie nicht, was Sie uns schulden."

Der Verkehr bewegte sich wieder vorwärts.

„Wohin?", fragte Geronimo.

„Such dir in Holborn einen Parkplatz. Da haben wir eine zentrale Position. Keine Angst, der Bulle wird ihn schon aufspüren. Schließlich hat Jimmy Tanner seinem Onkel auf den Falklands das Leben gerettet."

„Also sitzen wir bloß rum und warten?", fragte Rommel.

„Was tun wir denn sonst zwischen den Operationen." Ihr Anführer legte seine Hand auf die 9-mm-Glock in seinem Schulterholster. „Und wenn die Zeit kommt, schnappen wir uns diese Wichser, bevor die Bullen uns in die Suppe spucken."

Die beiden anderen Männer nickten mit entschlossenen Gesichtern.

Karen Oaten blickte aus ihrem Büro in New Scotland Yard herunter auf die Victoria Street. Die letzten Pendler waren auf dem Weg nach Hause, einige davon schon ziemlich angesäuselt, ihrer erratischen Fahrweise nach zu urteilen. Warum bin ich nicht auch so normal? fragte sie sich. Wieso konnte sie sich nicht im Pub einen hinter die Binde gießen wie alle anderen? Weil da draußen ein paar grausame Killer frei herumliefen, sagte sie sich. Ob es sich dabei um Matt Wells und Andrew Jackson handelte, war eine andere Frage.

„Chef?"

„Ja, Taff?" Sie setzte sich an ihren Schreibtisch und massierte ihren schmerzenden Nacken.

„Mehrere Anrufer haben gemeldet, Wells und Jackson gesehen zu haben. Wir überprüfen das." Er hob die Schultern. „Bis jetzt noch nichts Konkretes,"

Das ist das Problem mit Aufrufen an die Öffentlichkeit, dachte die Chefinspektorin. Manche Leute wollten helfen, bombardierten einen aber bloß mit nicht sehr hilfreichen Informationen; andere wollten Leute anschwärzen, die sie nicht leiden konnten; und dann gab es noch die Irren, denen es nur um die Aufmerksamkeit ging.

„Was ist mit der National Lottery?"

„Der Gerichtsbeschluss sollte jeden Augenblick kommen.“ Der Waliser schüttelte den Kopf. „Diese Wichser. Man sollte annehmen, denen ist auch klar, dass es hier um mehrfachen Mord geht.“

„Das sind halt Bürokraten, Taff“, sagte Oaten und starrte den Aktenberg auf ihrem Schreibtisch an. „Genau wie wir.“

„Ach ja, stimmt.“ Turners Mund verzog sich zu einem Lächeln. „Außerdem kam dieser anonyme Anruf rein, als Sie gerade beim A.C. waren. Ich habe ihn transkribieren lassen.“ Er reichte ihr ein Papier.

„Um 17.05 Uhr, undeutliche männliche Stimme“, las sie vor. „‚Für Detective Chief Inspector Karen Oaten. Es könnte Sie interessieren, die Seiten 171 bis 175 des Romans *Tirana Blues* von Matt Stone zu lesen.‘“

Turner hielt ihr das aufgeschlagene Buch bereits hin, sein Lächeln war noch breiter.

Sie las die Beschreibung des Mordes an einem Albaner, die Ähnlichkeiten mit der Ermordung von Lizzie Everhead waren offensichtlich. Nichts davon war bisher veröffentlicht worden, also kam diese Nachricht eindeutig von dem Mörder selbst oder von jemandem, der Bescheid wusste.

„Ziemlich überzeugend, finden Sie nicht?“, sagte der Inspector.

„Meinen Sie, Taff?“ Langsam ging ihr die sture Entschlossenheit ihres Untergebenen, diesen Schriftsteller festzunageln, auf die Nerven. „Wenn Matt Wells wirklich der Mörder ist, warum macht er sich dann die Mühe, sich selbst anzuschwärzen? Denken Sie da mal drüber nach.“

„Er ist ein Psychopath.“ Turner ließ das Lächeln aus dem Gesicht fallen. „So was geilt ihn auf.“

„Es war ein Fehler, diesen Aufruf an die Öffentlichkeit

zu machen. Das hat bloß dazu geführt, dass er sich jetzt erst recht verkriecht. Der Idiot versucht, White Devil selbst zu finden."

„Dazu muss er bloß mal in den Spiegel schauen."

„Was haben wir sonst noch?", fragte Oaten erschöpft.

„Keine Fingerabdrücke am Tatort, außer denen von Jackson auf etwas, was wie ein altertümlicher Dildo aussieht, sonst hat die Spurensicherung nichts gefunden. Jeder, der auf den Bändern der Überwachungskamera auftaucht, ist überprüft worden. Außer Wells und Jackson." Der Inspector klang plötzlich weniger anmaßend. „Und ein weiterer Mann, der Arbeitskleidung und einen Schutzhelm trug."

Oaten sah auf. „Also ist noch jemand am Tatort gewesen. Das könnte der Mörder sein. Ich versichere Ihnen, Taff, hinter dieser Sache steckt jemand anders als Matt Wells und sein Freund."

„Vielleicht war es ein anderer von Wells' Kumpels?"

„Lieber Himmel, Sie geben nie auf, was?"

„Ich habe ein paar Nachforschungen angestellt." Der Waliser schlug seinen Notizblock auf. „Als Wells Ihnen die Namen von den Leuten gab, die wir unter Polizeischutz stellen sollten, hat er einige seiner engsten Freunde ausgelassen. Ich habe die Namen von seiner Exfrau bekommen und sie mit der Mitgliederliste von diesem Rugby-League-Club verglichen, zu dem sie alle gehören. Zwei davon können wir auch nicht aufspüren – David Cummings und Roger van Zandt. Keiner von beiden ist so groß wie Wells oder Jackson. Beide sind seit mehr als vierundzwanzig Stunden nicht mehr gesehen worden." Er starrte Oaten an. „Warum sind Sie so felsenfest davon überzeugt, dass dieser Schriftsteller nicht unser Täter ist, Chef?"

Dieselbe Frage hatte ihr vorhin der A.C. gestellt. Sie hatte lediglich auf die Größe der Gestalten auf den Bändern der Überwachungskameras von Dr. Keanes Gebäude und vom Borough Market hinweisen können. Aber solche Aufnahmen führten, worauf ihr Vorgesetzter hinwies, oft in die Irre wegen der verzerrten Perspektive. Und dann waren da diese anderen potenziellen Verdächtigen. Sie wollte sich die Peinlichkeit nicht antun, den wahren Grund zu verraten, aber Taff sollte in der Lage sein, das zu verstehen.

„Ich habe den Mann kennengelernt", sagte sie. „Nach meinem Bauchgefühl ist er zu solchen Morden gar nicht fähig."

Turner zuckte die Achseln. „Da muss ich Ihnen widersprechen. Ich habe ihn ebenfalls kennengelernt, und mein Bauch sagt mir, das ist er sehr wohl. Er hat oft genug über Morde geschrieben. Außerdem hat er den Ruf, so ziemlich die grausamsten Krimis überhaupt zu schreiben."

„Darüber zu schreiben ist kaum dasselbe, wie es tatsächlich selbst zu tun", sagte die Chefinspektorin. „Wie viele Schriftsteller haben wir in all den Jahren wegen Mordes vor Gericht gebracht?"

„Ich kann mich an keinen erinnern", gab der Waliser zögernd zu.

Sie nickte und sah zur Seite. Bei dem Gedanken an Matt Wells war ihr unbehaglich zumute. Seit Jahren hatte kein anderer Mann etwas Derartiges bei ihr ausgelöst.

Es klopfte an der Tür. Paul Pavlou steckte den Kopf herein. „Entschuldigen Sie, Chef. Der Gerichtsbeschluss für die Daten der Lotterie ist da."

Karen Oaten stand auf. „Gut. Dann lassen Sie uns mal rausfinden, was aus dem mysteriösen Gewinner Leslie Dunn geworden ist."

Turner folgte ihr kopfschüttelnd. Leslie Dunn war eine falsche Spur, da war er ganz sicher. Sie würden im Kreis herumrennen, während Matt Wells weitere Morde beging.

Zum ersten Mal seit neun Jahren zweifelte er an der Urteilskraft seiner Chefin.

28. KAPITEL

Ich fuhr zurück zu dem Haus in Blackheath. Es hatte keinen Zweck, den Namen vorher durchzugeben, weil wir sowieso ganz in der Nähe waren. Sobald wir zurück waren, rief Peter Satterthwaite seinen Computerexperten an, während Rog in Online-Verzeichnissen und Suchmaschinen nach Lawrence Montgomery suchte. Andy ging in die Küche, um was zu essen zu machen – nicht mal das, was er in dem Apartment gesehen hatte, konnte ihn davon abhalten. Ich rief meine Mutter an. Wieder keine Antwort. Inzwischen machte ich mir ernsthaft Sorgen um sie. Das sagte ich den anderen.

„Warum erzählst du das nicht der Polizei?“, wollte Rog wissen. „Kann doch nicht schaden.“

Das ergab Sinn. Ich verließ das Haus und ging ein ganzes Stück ins Hinterland des Anwesens, um nicht bei Bonehead direkt lokalisiert werden zu können, und rief Karen Oatens Handy an.

„Matt!“, sagte sie eifrig, als sie meine Stimme hörte. „Gott sei Dank, dass Sie anrufen. Wo kann ich Sie treffen?“

„Ich stelle mich nicht.“

„Das müssen Sie aber. Es ist die einzige Möglichkeit, Ihren Namen reinzuwaschen.“

„Was kümmert Sie das? Sie sind doch diejenige, die mich zum Staatsfeind Nummer eins erklärt hat.“

Sie seufzte. „Ich hatte keine andere Wahl. Sie sind auf dem Band der Überwachungskamera. Beantworten Sie mir eine Frage. Haben Sie irgendetwas mit dem Mord an Lizzie Everhead zu tun?“

„Nein, hab ich nicht, verdammt noch mal!“, schrie ich, unfähig, meine Wut unter Kontrolle zu kriegen. „Ich hab Ihnen doch gesagt, ich versuche, die Leute zu beschützen, an denen mir was liegt."

Nach einer Pause sagte sie: „Sie können nicht behaupten, dass Ihnen an Dr. Everhead etwas gelegen hätte. Warum sind Sie zu ihr gegangen? Ich nehme an, Sie wollen nicht bestreiten, dass Sie deswegen in diesem Gebäude waren."

„Nein, will ich nicht. Ich wollte sie fragen, ob ihr etwas zu diesen Zitaten aus dem Stück einfällt, die White Devil hinterlässt. Und um sie vor ihm zu warnen." Ich ging in die Offensive. „Offensichtlich ist Ihnen der Gedanke nicht gekommen. Wo war ihr Polizeischutz?"

Jetzt machte sie eine längere Pause. „Na schön, Matt, ich habe Sie verstanden. Trotzdem müssen Sie sich stellen."

„Vergessen Sie's."

„Wenn das so ist, wieso reden wir hier überhaupt?"

„Weil meine Mutter immer noch nicht an ihr Handy geht. Können Sie herausfinden, ob sie letzten Freitag mit einer anderen Fluglinie als British Airways aus Heathrow abgeflogen ist?"

„Wollen Sie sagen, bei BA haben Sie das schon überprüft? Solche Informationen geben die an normale Bürger nicht heraus."

„Glauben Sie mir einfach. Wenn sie nicht auf irgendeiner Passagierliste steht, dann hat White Devil sie in seiner Gewalt, glaube ich."

Ich hörte, wie sie durch die Zähne pfiff. „Okay, wir werfen einen Blick auf die Sache. Geben Sie mir wenigstens eine Nummer, unter der ich Sie erreichen kann."

„Netter Versuch, Karen. Ich rufe Sie wieder an. Bis dann." Ich legte auf. Großer Gott. Hatte dieser Wahnsinnige wirklich meine Mutter? Der ganze Horror dieser Vorstellung traf mich mit voller Wucht, als ich in der Dunkelheit über die offenen Wiesen zurückging, während mir der Wind um die Nase pfiff. Wann würde diese Qual jemals zu Ende gehen, der White Devil mich aussetzte?

Als ich das Haus betrat, rief Pete, dass ich sofort ins Arbeitszimmer kommen sollte.

„Fortschritte", sagte er mit breitem Grinsen. „Mein Freund hat gerade angerufen. Lawrence Montgomery ist der Eigentümer der Nummernkonten, die wir bereits entdeckt haben. Frag mich nicht, wie er das geschafft hat, aber er konnte es verifizieren."

Ich nickte, nicht gerade beeindruckt. „Was bringt uns das?"

„Das bringt uns exakt Folgendes", sagte Rog und schwang in seinem Stuhl herum. Er hielt einen Ausdruck hoch. „Grund und Boden, der auf den Namen Lawrence Montgomery eingetragen ist. Alle Grundstücke sind in London oder im Südosten des Landes."

„Wow." Das war *wirklich* interessant. Ich sah mir die Liste an. „Verdammt, wie viele sind das denn?"

„Dreiundzwanzig, zusätzlich zu dem, bei dem ihr schon gewesen seid", erwiderte Rog. „Alles Mögliche, von einer Doppelhaushälfte in Golders Green über ein Penthouse bei der Tower Bridge bis zu einem Cottage in der Nähe von Hythe. Einige sind als Eigenbedarf des Besitzers registriert, einige als vermietet."

„Wie zum Teufel sollen wir alle diese Grundstücke überprüfen?", sagte ich.

„Du könntest die Liste den Bullen geben", schlug Bonehead vor.

„Und was ist, wenn White Devil meine Mutter in einem

der Häuser versteckt?", sagte ich und schlug mit den Händen auf den Tisch. „Was, wenn er oder einer seiner Helfer sie umbringt, wenn die Bullen da auftauchen?"

„Dasselbe könnte auch passieren, wenn wir da auftauchen", meinte Rog.

Andy erschien in der Tür. „Mahlzeit. Ich hab Chili gemacht."

Wir folgten ihm. Ich glaubte nicht, irgendwas runterkriegen zu können, aber ich merkte plötzlich, dass ich Hunger hatte, und Andy war ein toller Koch. Als wir gegessen hatten – Andy kratzte den Topf aus und leckte den Holzlöffel ab –, schickte ich Dave eine SMS. Er antwortete sofort und schrieb, alles wäre okay. Wenigstens Lucy war in Sicherheit.

„Also, was wollen wir machen?", fragte Andy. „Langsam sollten wir es diesem Arschloch wirklich heimzahlen."

„Einfacher gesagt, als getan." Plötzlich erinnerte ich mich an White Devils Notizen über den Mord an Lizzie Everhead. Er erwartete ein weiteres Kapitel von mir, aber ich würde mich nicht mehr an seine Regeln halten. Ich ging wieder ins Arbeitszimmer und loggte mich in meinen E-Mail-Server ein. Wie erwartet gab es eine neue Nachricht von ihm, mit wieder einem anderen Absender, diesmal WD999. Zweifellos hielt er es für sehr komisch, die Notrufnummer zu nehmen.

Matt, Matt,

las ich.

Was bist Du für ein schlimmer Junge gewesen. Wer hat Dir denn erlaubt, in Apartment 12 des Vestine Building einzubrechen? Das war wirklich dumm. Hoffent-

lich hat Dir meine Sammlung von Humana und Fauna gefallen. Heute Nacht wirst Du für Deine Neugier büßen müssen. Menschen, die Du liebst, werden qualvoll sterben, Matt, und alles nur, weil Du gedacht hast, Du könntest es mit mir aufnehmen. Erinnerst Du Dich, was John Webster geschrieben hat? „Denn wie's in dieser Welt verschied'ne Grade des Unglücks gibt, so gibt es sonder Zweifel verschied'ne Grade auch von Höll und Teufel." Und ich bin davon der Allerschlimmste, wie Du bald herausfinden wirst.

„Scheiße", sagte Bonehead, der mir über die Schulter blickte. „Was hat das Schwein jetzt vor?"

„Keine Ahnung", sagte ich, „Aber das müssen wir ganz schnell rausfinden. Ich muss es riskieren, irgendein Handy von hier aus zu benutzen." Er gab mir seins, ein winziges silbernes Gerät. Ich wählte die Nummer meiner Exfrau. Zu meiner Erleichterung ging sie sofort ran.

„Ich bin's", sagte ich.

„Matt!", sagte sie, als wäre der Name eine tödliche Beleidigung. Offenbar hatte White Devil sie nicht in seiner Gewalt. „Wo ist Lucy, du … du Verbrecher?"

„In Sicherheit. Stehst du noch unter Polizeischutz?"

„Ja. Was soll das heißen, in Sicherheit? Verstehst du nicht? Ich kann dir nicht trauen. Dein Gesicht kommt dauernd im Fernsehen, die Polizei fahndet nach dir. Ich muss sofort Lucy sehen, ich muss …"

„Du siehst sie bald wieder", sagte ich sanft und legte auf. Ich wünschte, ich hätte sie besser trösten können, aber ich wusste, sie würde gar nicht zuhören. Seit Jahren war ich für sie der Feind, und jetzt hatte sie die amtliche Bestätigung dafür.

Die Jungs betrachteten mich, unangenehm berührt.

„Na los, sagt was!“, schrie ich.

Bevor sie das tun konnten, klingelte mein neues Handy. Nur sehr wenige Leute hatten diese Nummer.

„Hallo.“

„Oh Matt, ich bin’s, Sara.“ Sie war außer Atem. „Du musst mir helfen, da ist so ein Mann … der verfolgt mich … oh Gott, ich hab solche Angst … Vielleicht ist es …“

„Wo bist du?“

„Äh … ganz in der Nähe vom Büro, beim Meat Market, oh Scheiße, der ist direkt hinter …“

„Sara?“ Ich versuchte mitzubekommen, was da vor sich ging. Ich hörte sie schreien und dann kreischen. Kurz darauf war die Leitung tot.

„Großer Gott.“ Ich starrte die anderen an. „Er hat Sara.“ Ich erzählte ihnen, was passiert war.

„Ich kann sofort dahin fahren“, schlug Bonehead vor.

„Hat keinen Zweck“, erwiderte ich. „Die sind längst weg. Das hat er damit gemeint, dass ich büßen muss. Verdammt, Sara …“ Ich vergrub das Gesicht in den Händen.

„Und wenn du das jetzt der Polizei erzählst?“, sagte Rog.

„Die können Sara auch nicht finden, ohne sie in Lebensgefahr zu bringen.“ Ich sah auf. „Wir haben die Liste von seinem Immobilienbesitz. Es liegt jetzt an uns.“ Alle drei nickten. „Wir teilen uns die Regionen auf, und jeder von uns sieht sich ein paar der Grundstücke an. Ich rufe Dave an, dass er auch mitmacht. Dann sind wir fünf. Jeder nimmt sich vier oder fünf seiner Häuser vor. Im Augenblick machen wir nichts anderes, als festzustellen, ob jemand da ist. Ob das Licht brennt, ob sich irgendwas bewegt. Klingeln und nach dem Weg fragen.

Sehen, wer an die Tür kommt. Wir bleiben über die Handys in Verbindung. Andy, wir beide werden uns wieder verkleiden müssen."

„Na super", sagte der Amerikaner. „Tolles Gefühl, so ein Ding auf der Oberlippe."

Ich rief Dave über Petes Festnetzanschluss an.

„Tut mir leid, Psycho", sagte ich. „Ich brauche dich jetzt doch hier. Wie geht's Lucy?"

„Ein bisschen bedrückt. Du redest am besten mal mit ihr. Ginny hat dafür gesorgt, dass sie dein übles Fahndungsfoto nicht im Fernsehen gesehen hat."

Ich wartete, während er nach ihr rief.

„Bist du das, Daddy?" Ihre Stimme brachte mich zum Zittern.

„Hallo, Schatz." Ich versuchte, ganz normal zu klingen. „Geht's dir gut?"

„Ja-aa", sagte sie zögernd. „Wieso müssen wir nicht in die Schule?"

„Spezielle Ferien. Ist das nicht prima?"

„Ja-aa. Wann sehe ich dich und Mummy wieder?"

„Ganz bald, Süße. Hab solange Spaß mit den anderen Kindern. Die sind doch nett zu dir?"

Sie fing mit einer längeren Beschreibung der Spiele an, die sie spielten. Schließlich brachte ich sie dazu, mir wieder Dave zu geben. Immerhin war sie glücklich in ihrer eigenen kleinen Welt. Die Vorstellung, dass sie mitbekommen könnte, dass nach mir gefahndet wurde, war entsetzlich. Ich fragte Dave, ob er irgendwo in der Nähe von Hythe steckte. Er sagte, das wäre nicht weit weg, also gab ich ihm die Adresse von dem Cottage. Danach würde er sein nächstes Ziel von Bonehead bekommen, der als Koordinator fungieren sollte.

„Okay, sehen wir uns seine Grundstücke mal auf einer Karte an, damit wir festlegen können, wer wohin geht." Aber die anderen drei waren schon dabei. Wir brauchten nicht lange. Fünf Adressen waren in der Gegend von Camden. Die bekam Andy, weil er sie mit der U-Bahn und dem Bus erreichen konnte. Rog nahm fünf, die nördlich und westlich davon lagen. Pete würde vier auf der Südseite des Flusses abhaken. Blieben noch fünf für mich, gleich nördlich und südlich der City, und drei weitere für Dave südöstlich der Stadt.

„Hört zu, Jungs", sagte ich, als wir alle unsere Karten und Adressen hatten. „Was ihr da macht, geht weit über einen Freundschaftsdienst hinaus. Wenn ihr doch lieber …"

„Vergiss es, Mann", sagte Andy. „Wir sind alle hier, weil wir dir helfen wollen."

Die anderen nickten entschlossen.

„Schon gut, schon gut", sagte ich und hob die Hände. „Pete, du bist für die Ausrüstung zuständig."

„Was für ein Glück, dass ich so gut bestückte Werkzeugkästen habe, hm?" Er grinste schief, als er uns allen Schraubenzieher, Taschenlampen und Hämmer aushändigte.

Wir gingen zur Tür. Ich würde den BMW nehmen und Andy und Rog unterwegs absetzen. Pete fuhr mit dem Jeep nach Süden. Wir drei winkten ihm nach.

Dann fuhren wir ins Herz der Stadt, jeder von uns in seine eigenen Gedanken versunken. Meine waren erfüllt von dem brennenden Verlangen nach Rache an White Devil, der anscheinend meine Mutter und meine Freundin geschnappt hatte.

Mir fiel noch eine Zeile aus Websters Stück ein: „Doch meine Rache ernster zu gestalten."

Das musste ich tun, wenn ich Sara retten wollte.

Karen stand neben den menschlichen und tierischen Überresten im Apartment 12 des Vestine Building in Bermondsey.

„Sie sind es wieder." John Turner betrat den Raum. „Wells und Jackson. Sie haben sich verkleidet, aber die Bilder der Überwachungskamera sind scharf genug. Ich bin ganz sicher."

Seine Vorgesetzte nickte. „Die Frage ist, was wollten sie hier?"

„Vielleicht mussten sie eine weitere Leiche entsorgen."

Oaten verzog das Gesicht. „Und wie haben sie das gemacht, Taff? Sie haben doch nichts rausgetragen, oder?"

„Nein", gab er zu. „Aber sie haben einen Brief aus dem Briefkasten geholt."

„Ist Ihnen mal der Gedanke gekommen, dass sie genau dasselbe tun könnten wie wir?" Sie sah ihn durchdringend an. „Sie versuchen, White Devil zu finden."

Turner wirkte perplex. „Woher sollten sie denn wissen, dass sie hier suchen müssen?"

„Weiß der Himmel. Vielleicht ist einer ihrer Freunde ein Computerexperte."

Der Waliser blätterte in seinem Notizblock. „Verdammt noch mal, Sie haben recht. Dieser Roger van Zandt, einer von denen, die wir nicht auftreiben können. Er hat seine eigene Computerberatungsfirma."

„Na, das ist es doch. Sie sind uns mehrere Schritte voraus." Sie drückte einige Tasten ihres Handys. „Paul, gibt es was Neues über Matt Wells' Mutter?" Sie hörte zu. „Immer noch nicht? Na schön, machen Sie weiter."

Turner kam näher. „Und was soll uns das verraten?"

„Ob White Devil schon sein nächstes Opfer hat." Sie trat aus dem stinkenden Raum, in dem der Mörder seine Fähigkeiten ausgebildet hatte. Dr. Redrose hatte bereits bestätigt, dass die menschlichen Überreste Monate, vielleicht Jahre alt waren.

„Und wenn es doch die ganze Zeit Wells war, der sich über uns kaputtlacht?“

„Dann gebe ich Ihnen einen aus, Taff.“ Sie drehte sich zu ihm um. „Und Sie geben mir einen aus, wenn ich recht habe.“

Er zuckte die Achseln und folgte ihr. Tatsache war, sie spielten „Fang mich“, und sie wussten es. Solange White Devil – ob es nun Wells war oder nicht – nicht wieder zuschlug, hatten die besten Leute der Met keine Chance. Zivilbeamte versuchten festzustellen, wem das Apartment gehörte, aber er hatte das Gefühl, damit würden sie dem Mörder auch nicht auf die Spur kommen.

Verdammt, er wünschte wirklich, dass seine Chefin nicht von Drinks geredet hätte. Er könnte wirklich eine Menge Pints von Brains vertragen, seinem walisischen Lieblingsbier.

Ich stieg in der Evelyn Street in Deptford aus dem BMW, nachdem ich die anderen an einer U-Bahn-Station rausgelassen hatte. Das erste Grundstück auf meiner Liste war in der Benbow Lane, ein paar Gehminuten entfernt. Als ich in die Straße bog, merkte ich, dass es sich um klassisches Gangsterterritorium handelte – eine stillgelegte Fabrik auf der einen Seite und eine Reihe extrem verdächtig wirkender verschlossener Garagen auf der anderen. Fast alle hatten verstärkte Tore und schwere Sicherheitsschlösser. Nummer 35 war sogar noch besser gesichert als die übrigen, mit einem stählernen Rolltor vor dem ursprünglichen Holztor. Nicht mal Andy mit seinem Einfallsreichtum könnte das knacken. Ich trat ein paar Schritte zurück und entdeckte ein kleines Fenster im Dach. Kein Licht drang heraus.

Ich wollte diesen Ort gerade auf meiner Liste abhaken, als ich ein paar Garagen weiter eine Leiter auf dem Boden liegen sah. Daneben lag eine Dachrinne, die offenbar wieder befestigt werden sollte. Beides war an das Garagentor gekettet. Ich holte den Hammer aus der Tasche, fand einen losen Pflasterstein und hämmerte auf das Schloss ein. Zum Glück war es kein besonders gutes und gab bald nach. Ich lehnte die Leiter an die Mauer, kletterte hoch und schob mich dann auf dem abfallenden Schieferdach langsam vor.

Das Fenster war mit dichtem Stacheldraht gesichert, aber ich konnte mit meiner Taschenlampe hineinleuchten. Beinahe hätte ich sie fallen lassen. Um Gottes willen. In der Mitte eines leeren Raums stand ein alter Stuhl. Lederriemen an den Lehnen und Stuhlbeinen wiesen offensichtlich darauf hin, dass dort jemand festgebunden worden war. Der Stuhl hatte dunkle Flecken. Dort musste etwas Entsetzliches passiert sein.

Aber im Augenblick konnte ich nichts machen. Soweit ich sehen konnte, befand sich niemand in diesem Versteck, weder lebend noch tot. Später würde ich die Polizei hierhin schicken, aber jetzt musste ich weitermachen.

Das nächste Grundstück auf meiner Liste war ein Apartment unter einer Adresse, die ich für einen exklusiven Wohnblock bei der Tower Bridge hielt.

Was würde ich in The Royal Brewery Nummer 6 vorfinden?

White Devil fuhr in einem unauffälligen blauen Lieferwagen durch den dünnen Verkehr auf dem North End Way. Hampstead Heath lag rechts von ihm im Dunkeln. Er wandte sich seinem Komplizen zu, den er vor einer halben Stunde eingeladen hatte, nachdem Corky die Männer in dem Orion abgehängt hatte.

„Nicht mehr lange. Heute Nacht kriegen wir sie alle."

„Und was dann?", fragte die bärtige Gestalt in dem schwarzen Anorak.

„Weißt du doch", sagte er mit breitem Lächeln. „Die Karibik, und die Welt gehört uns."

„Und ich kann dir vertrauen?"

White Devil lachte. „Nach allem, was wir zusammen durchgemacht haben? Komm schon, Corky. Wir kennen uns, seit wir zusammen in der Grundschule waren."

„Deshalb mache ich mir ja Sorgen. Du hast mir nie erzählt, ob du was mit Richard Brady zu tun hattest."

„Was, dieser kleine Fiesling? Der wurde in einem Wald bei Watford tot gefunden, oder?"

Der andere Mann lachte kurz. „Ja, und ich weiß noch, wie begeistert du damals nach den Sommerferien von dir selbst gewesen bist. Komm schon, mir kannst du's doch verraten. Hast du den erledigt?"

Der Mann am Steuer blickte über seine Schulter. „Sie strampelt ganz schön. Sieh mal nach, ob der Knebel noch sitzt. Und die Fesseln um ihre Gelenke."

Sein Komplize seufzte, als er zwischen den Sitzen nach hinten kletterte, sich dann an dem Motorrad vorbeischob, das er vorhin aufgeladen hatte. Er hatte die Schnauze voll davon, herumkommandiert zu werden. Trotzdem, für die Bezahlung lohnte sich das alles – solange er dem Mann, der einmal Leslie Dunn gewesen war, nie den Rücken zukehrte.

29. KAPITEL

Ich fuhr in dem BMW durch Bermondsey, als mein Handy klingelte.

„Matt? Dave hier. Ich bin an diesem Cottage bei Hythe gewesen. Keine Lichter zu sehen. Hab mich da mal umgesehen. Anscheinend keiner da."

„Okay. Ruf Bonehead an. Er sagt dir die nächste Adresse."

„Ja, ich weiß, Kumpel. Wollte dir nur sagen, dass ich hundertprozentig hinter dir stehe. Wir kriegen diesen Wahnsinnigen. Bis dahin." Er legte auf.

Ich war froh, ihn auf meiner Seite zu haben. Dave Cummings war nicht nur deshalb als „Psycho" bekannt, weil er gern gegnerische Spieler für die Bisons umnietete. Er hatte uns mal ein paar ziemlich hässliche Geschichten über seine Zeit bei den Fallschirmjägern in Nordirland und später beim SAS erzählt. Um ihm gegenüber fair zu sein: Er war nicht stolz darauf, was er und seine Waffenbrüder alles getan hatten. Aber wenn einer von uns in der Lage war, es mit White Devil aufzunehmen, dann Dave.

Ich sah mir die Lichter an, die in den Gebäuden brannten, als ich durch die südlichen Docklands fuhr. Die Gegend hier war auch um zehn Uhr abends voller Menschen. Angetrunkene Pendler, junge Leute, die in der Stadt einen draufmachten, obwohl es mitten in der Woche war. Und so viele von ihnen. Die Stadt war voll bis obenhin mit Millionen Menschen. Wie sollten wir White Devil jemals in diesem Ameisenhaufen finden? Lieber Gott, was war mit Sara passiert? Und mit meiner Mutter?

Ich parkte bei der Tower Bridge und beachtete ihre märchenhafte Erscheinung überhaupt nicht. In den Seitenstraßen dahinter ging ich durch ein schickes Viertel mit modischen Weinstuben und Cafés. Alle waren voll, die Bewohner dieses kürzlich entwickelten früheren Speicherhausbezirks gingen abends gern vor die Tür. Ich brauchte nicht lange, um die Royal Brewery zu finden. Es war ein frei stehendes viktorianisches Gebäude, die prächtige Backsteinfassade erleuchtet von gut platzierten Strahlern. In einigen Wohnungen brannte Licht, aber das Penthouse lag im Dunkeln. Ich wollte gerade zum Eingang, als das Handy wieder klingelte.

„Matt? Ich bin's, Rog." Er klang aufgeregt. „Wo bist du?"

Ich sagte es ihm.

„Also, wenn da nichts Besonderes los ist, dann kommst du besser schnellstens hierher."

Bei mir schrillten die Alarmglocken. „Was ist los?"

„Ich bin in East Finchley, gegenüber dem Haus in der Howard Avenue, das dem Schwein gehört. Irgendwas Komisches geht hier vor. Gerade ist ein Van vorgefahren, und zwei Typen stiegen aus. Sie haben sich umgesehen, ob sie beobachtet werden, und dann haben sie irgendwas reingetragen." Er machte eine Pause. „Matt, es war in eine Decke gewickelt. Ich bin ziemlich sicher, dass es ein menschlicher Körper war."

Der Alarm in mir wurde von einem Adrenalinrausch ersetzt. „Scheiße." Ich drehte mich um und entfernte mich von der früheren Brauerei, rannte in Richtung Jamaica Road. „Hast du … hast du gesehen, ob er sich bewegt hat?"

„Ja. Ein bisschen gezappelt. Die Person war vermutlich bei Bewusstsein."

Ich rannte auf den BMW zu, das Handy am Ohr. „Was passiert jetzt?"

„Nichts, was ich sehen kann. Die Vorhänge sind alle zugezogen und offensichtlich ziemlich dick. Ich kann bloß ein dumpfes Licht sehen, das aus den Ecken von einem Fenster im ersten Stock durch die Ritzen dringt."

„Großer Gott." Gedanken blitzten mir durchs Hirn. War das Sara? Fran? Sollte ich die Polizei rufen? Ich entschied, dass das zu riskant wäre. Wenn es wirklich White Devil war, konnte ich vielleicht mit ihm verhandeln. „Bleib, wo du bist. Ich parke auf der Hauptstraße. Stell dein Handy auf Vibration. Ich melde mich, wenn ich in der Nähe bin."

„Gut. Ich hocke hinter einer Hecke. Meinst du, wir sollten Andy und die anderen hierher rufen?"

„Mal abwarten, wie es aussieht, wenn ich da bin." Ich wollte die anderen nicht von ihren Grundstücken abziehen, bis ich sicher war, dass wir tatsächlich White Devil vor uns hatten.

„Okay." Er legte auf.

Die Fahrt durch Islington und die Holloway Road hoch schien ewig zu dauern. Ich versuchte, mir einfallen zu lassen, was wir zu tun hatten, wie wir uns White Devil nähern sollten, aber ich brachte keinen schlauen Plan zustande. Wenn er jemand in seiner Gewalt hatte, besaß ich nicht viele Optionen. Konnte ich ihn überreden, stattdessen mich zu nehmen?

Endlich erreichte ich die East End Road in East Finchley. Meine Mutter wohnte kaum eine halbe Meile entfernt. War es möglich, dass sie nie ihr Haus verlassen hatte? Hatte das Schwein sie so früh in seine Gewalt gebracht? Und was war mit Sara? Ihr Handy war immer noch ausgeschaltet.

Ich zwang mich, nicht zu schnell durch die Seitenstraßen zu laufen. Die abgenutzten Absätze meiner Stiefel machten kaum Geräusche. Die Gegend war solide Mittelklasse – überteuerte Autos am Seitenstreifen, viktorianische Handwerkerhäuschen, deren Wert im letzten Jahrzehnt in astronomische Höhen gestiegen war, durchschnittliche Familien wollten nach den Mühen des Arbeitstages ein bisschen Zeit miteinander verbringen. Vorhänge zugezogen, Rollos heruntergelassen, jeder ignorierte angestrengt, was die Nachbarn trieben. Ich war mindestens so liberal wie jeder andere, aber nicht, wenn es um Menschenraub und Mord ging. Wie hatten es White Devil und sein Helfer geschafft, in dieser Gegend solche Dinge zu tun, ohne Aufmerksamkeit zu erregen?

Als ich mich Nummer 14 näherte, wurde ich langsamer und sah mir das Haus von der anderen Straßenseite aus an. Das Licht im ersten Stock brannte noch, ein blauer Lieferwagen parkte vor dem Eingang.

„Matt!“ Das laute Wispern ließ mich zusammenzucken. Ich hatte vergessen, mich bei Rog zu melden. „Komm hierher.“

Ich ging den Kiesweg entlang, der zur Tür von Nummer 13 führte, und entdeckte seinen Rücken. Rog steckte hinter einer Hecke, die nicht besonders dicht war.

„Da scheint keiner zu Hause zu sein“, sagte er und deutete mit dem Kopf auf das Haus hinter uns.

„Gibt’s was Neues?“, fragte ich und trat neben ihn.

Er schüttelte den Kopf. „Aber ich hab Schnappschüsse von den beiden Typen gemacht.“ Er hielt mir sein Handy hin. Ich wusste noch, wie wir ihn verarscht hatten, als er das neue Gerät mit Kamera vorgezeigt hatte. Jetzt war ich froh, dass er sich so ein Ding gekauft hatte, aber ich konnte auf dem Display keine Gesichter erkennen. Das lange Bündel, das sie hineintrugen, könnte definitiv ein Mensch gewesen sein.

„Was sollen wir machen?“, fragte Rog.

Nachdem ich aus dem BMW gestiegen war, hatte ich eine

Entscheidung getroffen. „Wir sehen uns das Haus mal genauer an. Hat ja keinen Sinn, hier bloß rumzusitzen. Wenn sie wirklich jemanden in ihrer Gewalt haben, weiß der Himmel, was sie ihr in diesem Augenblick antun."

„Oder ihm."

Ich zuckte die Achseln. Ich hatte gar nicht daran gedacht, dass sie auch einen Mann geschnappt haben könnten, aber es war natürlich möglich. Ich war mit einer Menge männlicher Krimiautoren befreundet, und es gab noch andere frühere Teamkameraden von den Bisons. Wovor würde White Devil Halt machen?

„Okay, du nimmst die Vorderseite", sagte ich. „Ich sehe mich hinten um. Wenn du irgendwas findest, wo wir mit unserem Werkzeug reinkommen können, ruf mich an. Mein Handy vibriert auch nur noch. Ich mache es genauso, wenn ich was Interessantes entdecke."

„Wir gehen rein?", sagte Rog mit einem lässigen Grinsen.

„Sei vorsichtig, du Draufgänger. Nur wenn wir sicher sind, dass wir sie überraschen können."

Er nickte, und wir kamen hinter der Hecke hervor. Wir sahen uns um, die Luft war rein. Wir gingen schnell über die Straße. Ich öffnete und schloss das Gartentor zu Nummer 14 so leise wie möglich und ließ Rog vor dem Haus zurück. Als ich an der Seitenwand vorbeischlich, spürte ich, wie mein Herz zu rasen begann. Die Blumenbeete waren gepflegt, die Hecken gestutzt. Steckte in diesem harmlos aussehenden Häuschen wirklich die Höhle des Löwen? Welche Entsetzlichkeiten würden wir entdecken?

Der hintere Garten war genauso gepflegt. Hatte Rog vielleicht nichts anderes gesehen als einen stolzen Hausbesitzer, der mit einem Freund einen neuen Teppich reintrug? Nein, das war nicht sehr wahrscheinlich. Das Grundstück gehörte Lawrence Montgomery, einem Multimillionär, der alles unternommen hatte, damit ihm niemand auf die Spur kam. Irgendetwas Verdächtiges ging hier vor.

Hinten waren die Vorhänge nicht zugezogen. Die Hecke, die den Hinterhof vom nächsten Grundstück trennte, war dick und hoch. Die Küchentür war mit einem Schloss gesichert, das neu aussah. Aber das Fenster des Esszimmers war alt, zwischen dem Fenster und dem Rahmen war eine schmale Lücke. Ich schätzte, dass ich das mit einem der Werkzeuge aufstemmen könnte. Ich klingelte Rog an. Sekunden später stand er neben mir.

Ich zeigte auf das Fenster. Er nickte und sah zu, wie ich einen Bolzen ansetzte. Es kostete etwas Zeit und Anstrengung, aber schließlich bekam ich das Schnappschloss auf. Ich klappte das Fenster hoch und steckte den Kopf hinein. Im Haus war keinerlei Geräusch zu hören. Rog richtete den schmalen Lichtstrahl seiner Taschenlampe auf den Rahmen, damit ich hineinklettern konnte, dann machte ich es für ihn genauso.

Wir schlichen auf Zehenspitzen durch das Esszimmer. Zum Glück war alles mit Teppichen ausgelegt, wir machten kein Geräusch. Ich linste ins Wohnzimmer, ließ dann den Lichtstrahl meiner Taschenlampe darübergleiten. Ein typischer Raum für ein Vororthaus – Fernseher mit Breitwandbildschirm, Ledersofa, Sessel. Aber keine Fotos, Kunstwerke, CDs, Videos – überhaupt nichts Persönliches. Es sah aus wie etwas, was Geheimdienste vielleicht als „sicheres Haus“ bezeichnen würden – etwas, wohin White Devil sich verziehen konnte, wenn Not am Mann war.

Ich holte tief Luft. Die beiden Männer waren vermutlich

oben. Würden wir einen fatalen Fehler begehen? Ich sah keine andere Möglichkeit. White Devil hatte bewiesen, dass ihm Menschenleben überhaupt nichts bedeuteten. Wenn er einen Gefangenen hierhergebracht hatte, lief dessen Uhr mit Sicherheit gerade ab. Ich nickte Rog zu, so ermutigend, wie ich konnte, und stieg die Treppenstufen hoch. Sie knackten ein paarmal, aber nicht zu laut. Als wir oben waren, zeigte ich auf den rückwärtigen Teil. Dort gab es drei Räume, alle Türen standen offen. Er checkte sie kurz und schüttelte den Kopf. Blieben noch die zwei Zimmer vorn. Deren Türen waren geschlossen.

Rog und ich stellten uns neben die linke Tür. Er klemmte den Schraubenzieher zwischen die Zähne – das hätte Dave zum Lachen gebracht – und hielt die Taschenlampe und den Hammer in den Händen. Ich nahm meinen Hammer in die rechte und den Schraubenzieher in die linke Hand. Ich formte „eins, zwei, drei" mit den Lippen.

Wir platzten in den Raum. Die beiden Männer waren nirgends zu sehen, dafür aber etwas viel Schlimmeres. Rog stand an meiner Seite.

„Die Luft ist rein", sagte er, aber dann kriegte er selbst keine Luft mehr. „Großer Gott."

Wir bewegten uns wie Automaten, völlig gefangen von dem, was wir da vor uns sahen. Auf dem Doppelbett lag eine nackte weibliche Gestalt. Sie war mit Stricken um Hand- und Fußgelenke an die hölzernen Bettpfosten gefesselt. In ihrem Mund steckte ein mit einem Tuch um den Kopf festgebundener Knebel, und sie war mit halb offenen Augen bewusstlos. Aber das war nicht das Schlimmste. Ihr Haar war blutdurchtränkt, sie lag in einer Pfütze aus Blut, das von der Bettdecke auf den Teppich tropfte.

Plötzlich hörten wir draußen das Aufheulen eines Motors. Ich rannte zum Fenster und riss die Vorhänge auseinander. Der blaue Van bog bereits am Ende der Straße um die Ecke. Verdammte Scheiße, White Devil und sein Komplize hatten uns aufgelauert, als wir einbrachen. Ich war so dicht dran gewesen, aber er war mir entwischt.

„Scheiße!", schrie ich und lief zu dem Bett.

Jetzt erst, als ich mich über die Frau beugte, erkannte ich, wer sie war.

Andrew Jackson bog in die Plender Road in Camden Town. Zwei Adressen auf seiner Liste hatte er abgehakt, ohne irgendetwas Verdächtiges zu bemerken. Er fühlte sich wie ein Volltrottel mit dem falschen Schnurrbart auf der Oberlippe und der Baseballmütze über der Perücke, aber das war nicht sein größtes Problem. Vor den beiden Grundstücken war er jeweils auf ein Pint in einen Pub gegangen, und jetzt musste er ganz dringend seine Blase entleeren. Zwischen zwei geparkten Wagen holte er seinen besten Freund raus und ließ es fließen, als er einen blauen Van bemerkte, der auf der anderen Straßenseite direkt vor Nummer 26 zum Stehen kam, dem Grundstück, das er sich ansehen sollte.

Ein Mann mittlerer Größe stieg auf der Fahrerseite aus. Er trug einen Blaumann und eine Arbeitermütze. Ein anderer Mann von ähnlicher Größe öffnete die Beifahrertür. Er war genauso angezogen, aber er hatte eine Baseballmütze tief ins Gesicht gezogen, genau wie Andy. Er schien ebenfalls einen Bart zu tragen.

Der Amerikaner zog den Reißverschluss hoch und kauerte sich hin. Sonst war die Straße ruhig, aber er wollte nicht, dass seine beträchtliche Körpermasse jemandem auffiel. Er beobachtete, wie die beiden Männer die Ladeklappe öffneten, sich umsahen, um festzustellen, ob sie beobachtet wurden, und einen langen Gegenstand herausholten, der in Decken gewickelt war. Das fand Andy beunruhigend. War das jemand von Matts Familie oder Freunden? Mist, er sollte ihn anrufen. Nein, keine Zeit. Mit diesen beiden Leichtgewichten konnte er es leicht allein aufnehmen.

Der Erste der beiden steckte einen Schlüssel in die Tür des Hauses, mit der anderen Hand das gerollte Paket abstützend. Andy ballte die Fäuste und rannte los.

„Hey! Was macht ihr da?“ Er erreichte die beiden und schob den hinteren von ihnen beiseite. „Keine Bewegung!“

Plötzlich merkte er, wie sein Gewicht nachgab. Bevor er sich irgendwie schützen konnte, spürte er einen Schlag auf den Hinterkopf.

Andy Jackson hatte seine Reise in die Dunkelheit der Nacht angetreten.

„Mum?“, sagte ich und beugte mich über sie. „Kannst du mich hören?“ Ich fühlte ihren Puls. „Sie lebt noch. Fran? Mutter?“

Sie ließ ein schwaches Stöhnen hören.

„Matt?“, sagte Rog vom anderen Ende des Raums. „Sieh dir das mal an.“ Er zeigte auf zwei Plastikeimer. „Die sind leer, aber es sind Blutstropfen drin.“

„Hast du ein Messer?“ Ich versuchte verzweifelt, die Knoten ihrer Fesseln zu lösen.

Er kam mit einem Taschenmesser und säbelte an den Stricken. Nach ein paar Minuten konnten wir sie von dem blutdurchtränkten Bett heben und auf den Teppich legen. Wir brachten sie in die stabile Seitenlage und langsam wurde ihr Atem regelmäßiger.

„Hol Decken“, sagte ich. Ich suchte ihren Körper nach Wunden ab.

„Hier“, sagte Rog, als er mit den Armen voller Decken aus dem anderen Raum kam.

„Das kapier ich nicht“, sagte ich, während wir sie in Decken hüllten. „Keine Schnittwunden, sie war nur gefesselt. Wo kommt das ganze Blut her?“

„Das meinte ich ja.“ Rog deutete mit dem Kopf zu den Eimern. „Es war nicht ihr Blut.“

„Was haben diese Schweine gemacht? Sie mit dem Blut von jemand anders übergossen?“

„Wir müssen sie ins Krankenhaus bringen“, sagte Rog.

Er hatte recht. Aber wie sollten wir das schaffen, ohne dass die Polizei uns kriegte, ganz zu schweigen von White Devil und seinem Komplizen?

„Diese Kerle müssen hier auf uns gewartet haben.“

Ich nickte. „Aber wieso? Haben sie gewusst, dass sie beobachtet wurden?“

Rog hob die Schultern. „Ich bin ziemlich sicher, dass sie mich nicht gesehen haben.“

„White Devil geht nach einem Plan vor“, sagte ich. „Er und sein Helfer hätten uns leicht überraschen können, aber stattdessen sind sie abgehauen.“ Ich sah Fran an. „Na gut, ich rufe die Polizei.“ Ich wählte die Nummer von Karen Oatens Handy. Es spielte jetzt keine Rolle, ob sie mich damit orten konnte. Ich hatte nicht vor, lange hier zu bleiben.

„Matt!“ Sie klang überrascht. „Schlechte Nachrichten. Ihre Mutter steht auf keiner Passagierliste der Flüge aus Heathrow.“

„Weiß ich“, sagte ich, Frans Hand haltend. Ich erzählte Karen, was passiert war.

„Wo sind Sie? Sie braucht einen Notarzt."

„Ja, aber ich kann einfach nicht riskieren, dass Sie mich kriegen." Ich betrachtete meine Mutter verzweifelt. Ich wollte sie hier nicht allein lassen, aber ich hatte keine andere Wahl. Ihr Zustand schien stabil zu sein, und es waren weitere Menschenleben in Gefahr, besonders das von Sara. Ich wollte Oaten nicht verraten, was Sara zugestoßen war. White Devil spielte ein Spiel, das zwischen ihm und mir ausgetragen wurde, da konnte ich die Bullen nicht brauchen. „Ich gebe Ihnen die Adresse, wenn ich ... wenn wir hier weg sind."

„Sie machen alles für sich selbst nur schlimmer, Matt."

„Wiederhören, Karen."

„Warten Sie", rief sie. „Ich muss Ihnen unbedingt noch etwas sagen."

Ihre Stimme klang seltsam, eine Mischung aus Wut und Bedauern, und mir drehte sich der Magen um. „Was ist?", fragte ich.

„Ihre Exfrau. Sie ... sie ist verschwunden."

„Was?"

„Unglücklicherweise haben unsere Leute sie zwischen ihrem Büro und der Blackfriars U-Bahn-Station verloren. Zu Hause ist sie nicht aufgetaucht."

„Haben Sie ihr Handy probiert?"

„Es ist ausgeschaltet. Tut mir leid, Matt."

„Verdammte Scheiße, Karen. Verstehen Sie jetzt, warum ich Ihnen nicht trauen kann?" Ich unterbrach die Verbindung.

„Was ist los?", fragte Rog, als ich meine Mutter ein letztes Mal untersuchte. Sie schien in einem halbwegs vernünftigen Zustand zu sein. Ich konnte nur hoffen, dass sie gar nicht mitbekommen hatte, was ihr angetan worden war.

„Caroline ist verschwunden."

„Kacke. Glaubst du ..."

„Dass er sie hat? Da bin ich sicher." Ich schob ihn die Treppe runter.

„Wir können sie doch nicht da allein lassen", protestierte Rog.

„Ich gebe der Polizei die Adresse durch, sobald wir weg sind." Ich war keineswegs stolz auf mich. „Du klapperst weiter die Adressen auf deiner Liste ab, okay? Ich melde mich."

Wir kletterten aus dem Fenster, so wie wir reingekommen waren.

„Matt? Meinst du denn nicht, wir sollten zusammenbleiben?"

„Wenn das eine perfekte Welt wäre, schon." Ich drückte seinen Arm. „Aber das ist White Devils Welt, und wir kriegen ihn nur, wenn wir alles riskieren."

Er nickte und lächelte entschlossen. „Kapiert, Matt."

Wir trennten uns an dem Gartentor, Rog ging nach rechts. Ich lief zurück zur Hauptstraße. Das nächste Grundstück auf meiner Liste war in Moorgate. Erst als ich an einer Straßenlampe vorbeikam, bemerkte ich das Blut an meinen Händen. Ich spuckte darauf und wischte es mit einem Taschentuch ab. Wenn es nicht das Blut meiner Mutter war, von wem stammte es sonst?

Dieser Gedanke ließ mich vor Furch zittern. Wahrscheinlich hatte White Devil sowohl Sara als auch Caroline in seiner Gewalt. Waren sie noch am Leben?

Ich rief Oaten aus einer Telefonzelle an und gab ihr die Adresse durch, dann sprang ich in den BMW.

Wenn ich diesen Irren nicht bald erwischte, würde es keinen mehr geben, den ich beschützen konnte. Dann kam mir ein Gedanke. White Devil hätte meine Mutter ganz leicht umbringen können, auch wenn seine Flucht aus dem Haus in East Finchley nicht geplant gewesen sein sollte. Verdammt, er hätte auch Roger und mich erledigen können.

Warum hatte er das nicht getan?

30. KAPITEL

Karen Oaten beobachtete, wie die Sanitäter die Mutter von Matt Wells auf eine Trage betteten und aus dem Schlafzimmer trugen. Vorläufig hatten sie nur eiternde Wunden an den Hand- und Fußgelenken feststellen können, was vermuten ließ, dass sie mehrere Tage lang gefesselt gewesen war. Sie war extrem dehydriert, ein Tropf mit Kochsalzlösung hing an ihrem Arm.

„Wie sieht's aus, Taff?“, fragte sie.

Der Waliser stand beim Leiter der Spurensicherung, der von den Eimern aufsah und die Nase verzog. „Ich glaube nicht, dass das menschliches Blut ist“, meinte der Techniker. „Wir müssen auf die Analyse warten, aber ich halte es für Schweineblut.“

„Mein Gott“, sagte der Inspector kopfschüttelnd. „Ich habe nicht die leiseste Ahnung, was hier vorgefallen ist, Chef.“

„Wir kriegen mehrere Sets Fingerabdrücke“, fügte der Spurensicherer hinzu.

„Wells ist hier gewesen, nicht wahr?“, sagte Turner leise zu Oaten.

Sie nickte. „So viel hat er zugegeben.“

„Und dann ist er abgehauen und hat seine eigene Mutter zurückgelassen?“ Seine Stimme klang vernichtend.

Die Chefinspektorin hob die Schultern. „Er hat sichergestellt, dass sie lebt, und mir dann gesagt, wo wir sie finden können. Worauf wollen Sie hinaus, Taff?“

„Der lässt Sie wie einen Fisch an seinem Köder zappeln“, sagte ihr Untergebener wütend. „In diese Sache ist niemand sonst verwickelt, nur er und seine Freunde. Ein paar von denen sind groß und ein paar andere eher mittel, aber alle sind sie verschwunden. Sie können nicht zulassen, dass der uns so an der Nase herumführt.“

Oaten erwiderte seinen Blick kühl. „Haben Sie eine bessere Idee? Nichts von alldem passt zusammen, aber das wird es bald. Ich sage Ihnen, Matt Wells ist einer von den Guten.“

Turner blickte finster. „Das können Sie nur hoffen. Im Yard geht der Spruch um, dass Sie Ihre neun Leben aufgebraucht haben, was den A.C. angeht.“

„Ist das wahr, Taff?“, sagte sie und kam ihm ganz nahe. „In diesem Fall müssen Sie eine Entscheidung treffen. Wollen Sie meine Nummer zwei bleiben, oder wollen Sie raus aus dem Fall?“

Nach ein paar Sekunden senkte der Inspector den Blick. „Nein, ich stecke mit drin, was immer auch passiert. Es ist zu spät, um daran noch was zu ändern.“

Oaten lachte trocken. „Vielen Dank für die tolle Unterstützung.“

„Und was jetzt?“ Er klappte seinen Notizblock auf. „Der Constable vor der Wohnung von Sara Robbins meldet, dass sie heute Abend nicht nach Hause gekommen ist. Und sie geht nicht ans Telefon, weder Festnetz noch mobil noch im Büro.“

Die Chefinspektorin legte die Stirn in Falten. „Also hat er die Freundin von Matt Wells vielleicht auch in seiner Gewalt. Ich freue mich gar nicht darauf, ihm das erzählen zu müssen.“

„Das weiß er längst“, sagte Turner giftig, „weil er selbst derjenige ist, der sie entführt hat. Simmons hat herausgefunden, wem die Wohnung mit den gehäuteten Leichen und den ausgenommenen Tieren gehört. Einem Kerl namens Lawrence Montgomery.“

Karen fuhr sich mit den Fingern langsam über die Wangen. „Also sieht es so aus, als hätte sich Leslie Dunn in Lawrence Montgomery verwandelt. Das ist ein reicher Mann. Morry soll feststellen, ob ihm sonst noch irgendwo Immobilien gehören. Nein, lassen Sie das lieber Paul machen."

Der Waliser sah auf seine Uhr. „Das Grundbuchamt ist jetzt geschlossen, Chef."

„Na ja, sagen Sie ihm, er soll denen Beine machen. Die haben dieses ganze Zeug digitalisiert, das sind alles Dateien. Da müssen nicht viele Leute Überstunden machen."

Turner griff zu seinem Handy und ging raus.

Die Chefinspektorin drehte sich zu dem blutroten Bett um. Ihre ganze Erfahrung sagte ihr, dass noch mehr Blut vergossen werden würde, und zwar menschliches.

Wenn Matt Wells sie reinlegte, würde sie persönlich seins vergießen.

Ich hatte mir gerade eine Wohnung an der Old Street angesehen – keine Lichter, keine Anzeichen irgendeiner Bewegung innen, als das Handy klingelte und ich zusammenzuckte.

„Wie läuft's, Matt?"

„Bonehead. Das Schwein hatte meine Mutter. Ich hab die Bullen dahin geschickt. Sie müsste okay sein."

„Lieber Himmel. Was meinst du damit, sie sollte okay sein?"

Ich erklärte es ihm und fühlte mich wie ein Stück Scheiße, weil ich sie zurückgelassen hatte.

„Oh, okay", sagte er, offenbar überzeugt, dass ich die richtige Entscheidung getroffen hatte. „Hast du was von unserem amerikanischen Freund gehört?"

„Nein. Und du?"

„Er geht nicht an sein Handy."

Mir lief es kalt den Rücken runter. Verdammter Mist, was ging hier vor? Schnappte sich White Devil alle meine Freunde? Damit hätte ich rechnen müssen. Er hatte es oft genug angekündigt.

„Wo war er, als du das letzte Mal von ihm gehört hast?"

„Das war ungefähr vor 'ner halben Stunde. Er wollte gerade zu der Adresse in Camden Town. Plender Road. Hast du's auf der Karte?"

Ich fand das Kreuz, das ich auf meiner Karte gemacht hatte. „Ja." Ich stieg in das Coupé. „Alles klar, bin auf dem Weg. Was ist mit den anderen?"

„Dave ist irgendwo zwischen Bexley und Eltham, nichts Bemerkenswertes. Rog ist gerade in Cricklewood fertig. Als Nächstes geht er nach Kilburn."

„Wie sieht's bei dir aus?", fragte ich, als ich die City Road entlangraste.

„Ich hab nichts bemerkt, worüber man reden müsste. Ich sehe mir jetzt das Haus in Norwood an."

„Okay. Hör zu, Boney, läute die anderen Jungs so oft an, wie du kannst. Der Wahnsinnige scheint uns einen nach dem anderen aus dem Verkehr ziehen zu wollen."

Peter Satterthwaite ließ ein trockenes Lachen hören. „Mich bestimmt nicht, mein Freund. Von mir weiß er nichts."

„Außer, er hat einen von uns bis zu dir verfolgt." Das ließ ihn verstummen. „Keine Angst", sagte ich besänftigend. „Das ist nicht sehr wahrscheinlich." Ich legte auf und fragte mich, ob das wirklich stimmte. White Devil schien alles über jeden von uns zu wissen. Ich hoffte, dass Pete mein Joker werden könnte.

Ich parkte an der Camden High Street und lief durch die

dunkleren Seitenstraßen. Es war nach zehn, und niemand war mehr unterwegs. Die Plender Road war schmal, beide Straßenränder zugeparkt. Nummer 26 war ein dreistöckiges Gebäude mit Terrasse. Drinnen brannte nirgends Licht.

Andy Jackson ging immer noch nicht an sein Handy. Mein Herz begann zu hämmern. Ich musste versuchen, in dieses Haus zu kommen. Was, wenn er genauso gefesselt war wie meine Mutter? Oder Schlimmeres. Ich sah mich um, ob die Luft rein war, und schlich auf den Fußballen zur Haustür. Als ich die beiden Stufen hochstieg, bemerkte ich ein Stück gefaltetes Papier, das aus dem Briefkasten ragte. Ich ging hin und leuchtete es mit der Taschenlampe an. Mein Magen zog sich zusammen, als ich meinen Namen in roten Buchstaben erkannte. Ich zog meine Lederhandschuhe an und fischte es schnell und lautlos heraus. Wenigstens sah die Schrift nach Tinte aus, nicht nach Blut. Ich klappte es auf und las:

Bist Du das, Matt? Ganz dicht auf meiner Spur? Ich hoffe es so sehr. Aber Du kommst zu spät. Ach, Du fragst Dich sicher, was mit diesem amerikanischen Monster passiert ist. Ich dachte, den hätte ich neulich schon erledigt, aber er kommt dauernd wieder und will noch mehr. Diesmal, glaube ich, wird er nicht noch mal wiederkommen. Mach Dir nicht die Mühe, hier einzubrechen. Da drin ist er nicht. Wirst Du die anderen retten können, oder bist Du irgendwann der Letzte, der noch auf den Beinen steht? Wie fühlt man sich übrigens, wenn man für das Leben so vieler Menschen verantwortlich ist? Ist das eine schwere Last? Nein, ich glaube, so viel macht Dir das gar nicht aus. Du bist wie ich, nicht wahr, Matt? Wenn man alles bedenkt, sorgst

Du Dich ausschließlich um Dich selbst und Deine jämmerlichen Angelegenheiten – Deine Schreiberei, Deine erfundenen Geschichten, Deine Lügen. Na los, lass die Wut raus! Du kannst mich aufspüren, wenn Du das wirklich willst. Aber hast Du auch den Mumm, den es dazu braucht? Erinnere Dich an John Websters Worte: „Edler Freund, wir schweben in Gefahren ähnlich groß." Wir sind Artgenossen, Matt. Das wirst Du verstehen, wenn wir uns begegnen.
Wenn, nicht falls.
WD

Dieser Bastard. Was hatte er mit Andy gemacht? Ich rief Pete an und erzählte ihm von dem Brief. Er sollte Rog und Dave anrufen und ihnen sagen, sie sollten besonders vorsichtig sein.

Ich lief die Straße runter. White Devil spielte mit mir. Er wusste, dass wir herausgefunden hatten, was für Immobilien er besaß. Die Frage war, in welcher davon versteckte er sich? Oder blieb er dauernd in Bewegung? Ich spürte, dass alles auf den Höhepunkt zuraste. Falls ihm nicht noch andere Grundstücke unter falschen Namen gehörten, musste er sich denken können, dass ihm die Polizei ebenfalls bald auf die Spur kommen würde, ob wir unser Wissen nun mit der Polizei teilten oder nicht. Also was war sein Plan? Und wo waren Sara und Caroline?

Ich rief Dave an.

„Bist du sicher, dass Lucy in Sicherheit ist?", fragte ich, als er abhob. „Könnte White Devil dich irgendwie dahin verfolgt haben, wohin auch immer du sie gebracht hast?"

„Kann ich mir nicht vorstellen", erwiderte er. „Aber wenn

du willst, rufe ich Ginny an und sage ihr, sie soll die Kinder in den Wagen packen und irgendwo anders hinfahren."

Ich dachte darüber nach. „Wo sind sie, Dave? An irgendeinem einsamen Ort?"

„Ja. Bei einem Freund von mir, der gerade Urlaub macht. Er hat eine Farm in den Downs, oberhalb von Elham Valley."

Nie gehört. „Wo ist das?"

„Ungefähr zehn Meilen hinter Canterbury."

Ich fällte die Entscheidung. „Na gut, sag ihr, sie soll auf die Autobahn Richtung London fahren. Aber nicht nach Hause, sondern sie soll auf der M25-Ringautobahn kreisen, bis du ihr etwas anderes sagst."

„Alles klar, Kumpel. Bei den anderen alles okay?"

„Nein." Ich sagte ihm, was mit Andy und dem Brief war.

„Verdammt, was für ein hinterhältiger Scheißkerl. Kann's kaum erwarten, ihn in die Finger kriegen."

„Nur die Ruhe, Psycho. Jede Menge Leute sind in Gefahr. Bleib noch 'ne Sekunde dran, was für einen Wagen fährt Ginny? Ich dachte, du wärst mit dem Geländewagen unterwegs."

„Nee, den hab ich dagelassen. Mein Kumpel hat diesen tollen Chevrolet-Pick-up, einen Avalanche, den ich benutzen darf. Mit dem bin ich auch zur Arbeit gefahren."

Irgendwas daran passte mir nicht, aber ich konnte den Finger nicht darauf legen. Wie auch immer, Lucy und Daves Familie wären sicherer, wenn sie in Bewegung blieben.

„Okay, melde dich bei Boney", sagte ich.

„Klar, Kumpel. Pass auf, wo du hintrittst."

Als ich zur Hauptstraße kam, wünschte ich, Dave wäre bei mir. Er war beim SAS gewesen. Er konnte einen Menschen mit bloßen Händen töten, wie er uns mehrmals versichert hatte. Sogar White Devil musste Angst vor ihm haben. Dann erinnerte ich mich, dass der Gegner schon mit hundertfünfzehn Kilogramm amerikanischen Muskeln fertig geworden war. Scheiße, Andy. Wo steckte er?

Ich sah auf meine Liste. Das nächste Grundstück lag an der Leadenhall Street in der City. Ich fuhr los.

White Devil sah in den Rückspiegel. Die beiden gefesselten Körper auf der Ladefläche des Lieferwagens waren jetzt still und bewegten sich nicht. Der große Mann hatte gestöhnt, aber damit aufgehört, als Corky ihm noch eins überzog. Die andere, in ein Tuch gehüllte, Gestalt hatte sich seit mehr als zwei Stunden nicht mehr bewegt. Die Wirkung der Injektion würde frühestens nach einer weiteren Stunde nachlassen. Bis dahin wäre White Devil seinem Ziel bereits ganz nahe – und Matt Wells stünde der ultimativen Bewährungsprobe gegenüber.

Sein Komplize quetschte sich durch die Sitze nach vorn. Corky stank aus dem Mund, eine Mischung aus seinen Selbstgedrehten und fauligen Zähnen. White Devil konnte sich an diesen Gestank noch aus der Zeit erinnern, als sie Kinder waren, damals war er noch nicht so heftig gewesen. Aber jetzt war Nicholas Corks Gesicht von einem ergrauten Bart bedeckt. Vor einem Jahr hatte er ihn wieder aufgespürt und dann nach einem obdachlosen Penner mit etwa der gleichen Statur gesucht, dem er den Schädel einschlug und dessen Leiche er auf den Felsen in Cornwall liegen ließ. Aus einem Ausweis ging hervor, dass es sich um Corky handelte; daraus sollten die Bullen erst mal schlau werden.

Beide beugten sich vor, als der Van zum Stehen kam.

White Devil besaß einen Laden in der Brondesbury Road mit einer Wohnung darüber. Über eine Agentur hatte er beides an eine pakistanische Familie vermietet. Oben brannte Licht, und er wusste, das würde die Aufmerksamkeit von diesem Freund von Wells wecken. Den hätten sie sich schon in East Finchley schnappen können, aber es hatte viel größeren Spaß gemacht, dass Matt selbst anrückte. Er hatte sich bestimmt in die Hose geschissen, als er seine Mutter so sah, und erst recht bei ihrer gewagten Flucht kurz danach.

White Devil blickte auf den tragbaren Monitor unter dem Handschuhfach. Jemand telefonierte mit einem Handy, genau gegenüber von seinem Grundstück.

„Hab ihn", sagte Corky. „Er steckt hinter diesem Baum da auf der anderen Straßenseite."

White Devil fuhr vorbei und bog an der ersten Kreuzung rechts ab. Er fuhr um den Block und näherte sich der Straße wieder von hinten. Die gebückte Gestalt von Matt Wells' Freund war vor ihnen zu sehen. Er hielt an und checkte in den Spiegeln, dass niemand in der Nähe war.

„Heh, Kumpel", rief Corky, „'ne Ahnung, wie wir zur Belsize Road kommen?"

Der Mann, der den Laden beobachtete, drehte sich um und kam auf den Van zu. Er war viel kleiner als der Amerikaner, aber auch ziemlich kräftig gebaut – wie alle diese Rugby spielenden Idioten.

Er lehnte sich in das offene Fenster. „Sie müssen da vorn ..."

Er kam nicht dazu, den Satz zu vollenden. Corky knallte seinen Kopf gegen das Dach, dann schlug White Devil ihm mit einer kurzen Stahlstange auf den Schädel. Roger van Zandt sank bewusstlos zusammen, nur von Corkys Armen festgehalten. In ein paar Sekunden lief White Devil um den Wagen, packte sein Opfer und schleifte es nach hinten zur Ladeklappe. Weniger als eine Minute später fuhr er Richtung Innenstadt, während Corky hinten den Gefangenen Nummer drei fesselte.

„Schalte sein Handy aus", befahl White Devil. Der Versuchung, Matt Wells damit anzurufen, konnte er kaum widerstehen, aber das wollte er nicht riskieren. Es bestand die Möglichkeit, dass er sich einen Scanner zugelegt hatte und die Bewegungen seiner Freunde über ihre Handys verfolgte. Außerdem waren sie gerade dabei, ein neues Stadium zu erreichen. Die ersten drei zu schnappen, war so einfach gewesen, weil er wusste, wo sie zu finden waren. Für die Übrigen würden sie eine andere Taktik anwenden. Matt Wells war schlauer, als er angenommen hatte. Mit dem neuen Prepaidhandy war er vorübergehend außerhalb von White Devils Reichweite. Aber nicht mehr lange. Dem Köder, den sie für ihn vorbereiteten, würde er nicht widerstehen können.

Er wollte sich tatsächlich rächen. Das brachte White Devil zum Lächeln. Was wäre die Menschheit ohne die Gier nach Rache? Nichts Besseres als wilde Tiere. Kein einziges Lebewesen sonst auf dieser Erde wurde von dem Wunsch nach Vergeltung angetrieben, egal was Herman Melville über den großen weißen Wal geschrieben hatte. Die Gier nach Rache war es, was die Menschen von den niederen Kreaturen unterschied. Rache war das hervorspringende Merkmal der Menschheit.

White Devil lachte, als er in die Marylebone Road einbog.

Und er war hocherfreut, als Corky endlich begriff und zusammenzuckte.

Ich hatte das Gebäude in der Leadenhall Street seit zehn Minuten beobachtet. Es lag etwa hundert Meter von Lloyd's of London entfernt, eine kleine ausländische Bank war darin untergebracht. Alle Stockwerke waren erleuchtet, aber ich hielt es für unwahrscheinlich, dass White Devil sich darin aufhielt. Überall waren Reinigungskräfte bei der Arbeit, und ein paar übereifrige Angestellte saßen auch noch an ihren Schreibtischen. Es war ziemlich klar, dass er dieses Gebäude vermietet hatte.

Das Handy vibrierte in meiner Tasche.

„Matt, Gott sei Dank, dass ich dich erwische."

„Was gibt's, Boney?", fragte ich, beunruhigt über seinen besorgten Tonfall.

„Rog. Jetzt geht *er* nicht mehr an sein Handy."

„Scheiße." Ich trat mit dem Fuß gegen eine Straßenlampe und spürte einen scharfen Schmerz. „Dieser wahnsinnige Bastard." Das Netz zog sich um uns zusammen. Ich versuchte, klar zu denken. Wie viele Komplizen konnte er haben? Wurden wir alle von jemandem verfolgt, oder hatte er sich irgendein erstklassiges Equipment besorgt, mit dem er uns ständig orten konnte? Reich genug dazu war er ja.

„Matt?"

„Ja, bleib dran, ich muss nachdenken." Peter Satterthwaite müsste außerhalb seines Sichtfeldes sein, denn er war erst spät zu uns gestoßen. Und Dave hatte ein neues Handy. Vielleicht hatte er uns drei noch nicht aufgespürt. Aber was war mit Ginny? Verdammt, das war der Gedanke, der mir vorhin nicht klar geworden war. Was, wenn das Schwein Daves Geländewagen verwanzt hatte? „Boney, wie viele Grundstücke müssen wir noch checken? Bei Leadenhall Street ist nichts."

Er schwieg kurz. „Dann sind noch sieben übrig. Eins auf

Daves Liste, eins auf meiner und eins auf deiner. Als ich das letzte Mal von Rog hörte, hockte er vor einem Laden in der Brondesbury Road. Er meinte, der sähe nicht interessant aus, aber er wollte ihn ein bisschen im Auge behalten, um sicherzugehen. Er hat noch zwei weitere. Und auf Andys Liste stehen auch noch zwei."

„Sieben. Verdammter Mist. Okay, ich erledige meine letzte Adresse, diese umgebaute Brauerei bei der Tower Bridge. Du checkst deine, dann kommst du auch dahin, und wir tun uns zusammen."

„Was ist mit Dave?"

„Ich sag ihm, er soll ebenfalls dahin fahren. Wenn bei diesen dreien nichts los ist, kümmern wir uns um die vier, die Andy und Rog nicht mehr geschafft haben."

Ich unterbrach die Verbindung und rief Dave an.

„Matt, dem Himmel sei Dank. Bei Ginny passiert irgendwas Merkwürdiges. Keiner geht ans Handy – weder sie noch eins meiner Kinder."

Mein Magen zog sich zusammen wie eine mit Zitrone beträufelte Auster. Lucy. Sie hatte kein Handy. Hatte der Bastard sie alle erwischt?

„Wellsy?", sagte Dave verzweifelt. „Wir müssen der Polizei Bescheid sagen. Die Kinder …"

„Was sollen wir denen denn sagen? Ihr wart an einem abgelegenen Ort. Hast du da draußen immer Handyempfang gehabt?"

„Nein", gab er tief ausatmend zu. „Nein, du hast recht. Aber sie sollte jetzt auf dem Weg sein und längst irgendwo sein, wo sie Empfang hat."

„Geben wir ihr noch ein bisschen Zeit", sagte ich und kämpfte die aufwallende Panik nieder. Ich sagte ihm, wo wir uns treffen würden, wenn er seine letzte Adresse abgehakt hatte.

Dann fuhr ich zur Royal Brewery in Bermondsey. Bei meinem früheren, abgebrochenen Besuch hatte dieses Gebäude viel eindrucksvoller ausgesehen als alle anderen, außer der Bank. Könnte das bedeuten, dass es White Devil vielleicht als Operationsbasis diente?

Ich versuchte, mir die Schrecken gar nicht vorzustellen, die dort auf mich warten mochten.

Karen Oaten stand vor einem Mietshaus in Neasden, das unter John Turners Leitung von mehreren uniformierten Beamten durchsucht wurde. Die Bewohner, alle etwas älter, waren nicht begeistert. Es dauerte nicht lange, bis ihr Untergebener Bericht erstattete.

„Das ist Zeitverschwendung, Chef“, sagte er kopfschüttelnd. „Keiner von denen hat eine Ahnung, was wir überhaupt wollen, und es gibt keinerlei Anzeichen krimineller Aktivitäten. Alle haben ihre Wohnungen über eine Agentur gemietet und sind dem Eigentümer nie begegnet.“

„Die Adresse steht auf der Liste, die Pavlou vom Grundbuchamt bekommen hat“, sagte sie lahm. „Wir müssen sämtliche Immobilien überprüfen, die Lawrence Montgomery besitzt.“

„Wie viele sind denn jetzt noch übrig?“

Die Chefinspektorin fuhr mit den Augen die Adressen hinab. „Acht, einschließlich der, wo wir Matt Wells' Mutter gefunden haben.“

Der Waliser starrte sie an. „Ihnen ist schon klar, dass Matt Wells sehr gut Lawrence Montgomery sein könnte, oder?“

„Nein“, sagte Oaten fest. „Lawrence Montgomery ist der

Kerl, der früher mal Leslie Dunn hieß." Sie fixierte ihn. „Der Bursche, der im Lotto gewonnen und Motive für die ersten vier Morde hat, inklusive dem Bankfilialleiter in Hackney."

Turner zuckte die Achseln. „Wells könnte ihn umgebracht und seine Identität angenommen haben, gar nicht zu reden von seinem Geld."

Die Chefinspektorin seufzte. „Haben Sie zu viele abgefahrene Krimis gelesen?"

„Wie zum Beispiel die von Matt Stone alias Matt Wells?"

Oaten ging zum Wagen. „Schicken Sie D.C.I. Hardys Leute zu diesen zwei Adressen", sagte sie und zeigte auf die beiden ersten der Liste. „Wir fahren zur Brondesbury Road."

Als sie davonfuhr, umklammerte sie das Lenkrad, während Taff neben ihr in sein Handy sprach. Wo bekam man die Daten für die Regionen südlich der Themse? Sie war sicher, dass Montgomery auch dort Grundbesitz habe musste. Stöpseln sämtliche nutzlosen Idioten der Ämter in South London nachts ihre Telefone aus?

Und wo steckte Matt Wells? Hatte sie zugelassen, dass ihre Emotionen sie in die falsche Richtung führten? Vielleicht hatte Taff Turner recht. Aber konnte es wirklich sein, dass sie sich so sehr übers Ohr hauen ließ?

Bei diesem Gedanken zitterte sie vor Wut.

„Bis jetzt nichts", sagte Wolfe und steckte das Handy wieder in die Tasche. Er saß auf dem Beifahrersitz des Orion und streckte die Beine aus.

„Bist du sicher, dass wir uns auf deinen Kontakt bei der Met verlassen können?", fragte Geronimo finster. Er saß am Steuer. „Wir hocken hier seit Stunden rum."

„Er ist alles, was wir haben. Vergiss den Typ auf dem

Motorrad mal – der ist untergetaucht. Aber sie checken eine Liste von Grundstücken, wo er und sein fieser Freund stecken könnten. Es hat keinen Sinn, dass wir durch ganz London jagen, solange wir nicht wissen, wo diese Arschlöcher sind."

Der Mann auf dem Rücksitz nahm seine Wollmütze ab und kratzte seinen kurz geschorenen Schädel. „Aber wenn die Bullen rauskriegen, wo er ist, tauchen die auch da auf."

Wolfe lachte hohl. „Glaubst du, die könnten vor uns da sein, Rommel? Wir brauchen nicht lange, um zu erfahren, was die Schweine über Jimmy Tanner wissen. Und um unsere Rache zu nehmen."

Die beiden anderen nickten.

Die drei Männer lehnten sich mit halb geschlossenen Augen zurück. Sie hatten schon so oft auf ihre Einsätze gewartet, dass ihre Körper automatisch reagierten. Wenn sie sich ausruhen konnten, dann taten sie das. Wenn sie loslegen mussten – ob aus dem Hubschrauber springen und einen feindlichen Vorposten ausschalten oder einen IRA-Killer umlegen –, dann taten sie das mit gerade genug Adrenalin in den Adern, um den Erfolg der Aktion zu garantieren. Dieses Mal würde es nicht anders sein.

Sie waren zum Töten ausgebildet und darin erfahren; die Liste ihrer Opfer war bereits sehr lang.

31. KAPITEL

Ich bog um die Ecke und sah an der angestrahlten Fassade der Royal Brewery hoch. Lauter Luxusapartments. Die Anordnung der innen brennenden Lichter verriet mir, dass sie alle sehr groß waren. Bei einigen waren die Bewohner zu Hause, bei anderen nicht. Bis zur Hauptstraße im Süden war es nicht weit, aber der Verkehrslärm wurde von den Gebäuden dazwischen gedämpft, von denen gerade weitere zu äußerst begehrten – und teuren – Apartmenthäusern umgebaut wurden.

An den Wänden hingen die Kästen von Alarmanlagen. Ich war ziemlich sicher, dass es außerdem noch ausgefeiltes Equipment geben würde, um mich am Eindringen zu hindern – Kameras, Bewegungsmelder und was nicht alles. Auf dem abgesperrten Parkplatz stand eine Auswahl hochpreisiger Wagen. Ich fragte mich, ob einige davon White Devil gehörten.

Ich näherte mich dem Haupteingang. Die Tür war aus Stahl und sah aus, als gehörte sie zum Rumpf eines Schlachtschiffs. Oben links in der Ecke hing eine Kamera. Ich würde eine Rolle spielen müssen. Ein paar Sekunden lang bereitete ich mich darauf vor, dann drückte ich die Klingel von Nummer drei. Es dauerte lange, bis eine männliche, elektronisch verzerrte Stimme aus dem Lautsprecher kam.

„Lawrence?“, rief ich mit möglichst betrunken klingender Stimme.

„Wer ist da?“, wollte der Mann wissen.

Ich wedelte mit den Armen. „Ich möchte zu Lawrence … Lawrence Montgomery. Er hat mich zu seiner Party eingeladen.“ Nachdem ich das gesagt hatte, fragte ich mich, ob es womöglich der Wahrheit nahe kam.

„Oh, na gut", sagte die Stimme müde. „Aber sagen Sie bitte Mr. Montgomery, wenn Freunde von ihm noch mal bei mir klingeln, lasse ich sie nicht mehr rein."

Der Summer ertönte, die Tür ging auf, und ich schlüpfte schnell hinein. Die Eingangshalle war opulent dekoriert, mit abstrakten Bronzeskulpturen in Ausbuchtungen in den Wänden und einem dicken grauen Teppich. Der Lift war verglast und ungewöhnlich groß. Ein Schild verriet Besuchern, auf welchem Stockwerk sich die Apartments befanden. Ich fuhr in den dritten Stock, eine Etage unter Nummer 6, und schlich so leise wie möglich die Treppe hoch. Vorsichtig linste ich um die Ecke; hier oben gab es nur eine Tür. Das Penthouse von Lawrence Montgomery musste riesig sein.

Die Tür war fast eine Kopie von dem Stahlding zur Straße, aus einem Metall, mit dem man Geschütze verkleiden könnte. Darüber hing eine Kamera, so hoch, dass ich sie nicht erreichen konnte. Was immer passieren mochte, meine Anwesenheit in diesem Gebäude und im obersten Stock wurde für die Nachwelt festgehalten. Zu dumm.

Als ich mich der Tür näherte, bemerkte ich etwas, was mich mitten im Schritt anhalten ließ. Zwischen der Tür und dem Rahmen waren etwa zwei Zentimeter Luft. Der Bastard hatte die Tür offengelassen. War das eine Falle? Oder war etwas passiert, dass er in aller Eile abhauen musste? Ich blieb stehen, wo ich war, und überlegte, was ich tun konnte. Das Beste wäre, auf Dave und Pete zu warten. Wenn ich noch ein normaler, gesetzestreuer Bürger wäre, würde ich die Polizei rufen, aber das hatte ich längst hinter mir gelassen. Hatte White Devil eins oder mehrere seiner Opfer da drin zurückgelassen, wie meine Mutter? Vielleicht erlitten sie gerade Höllenqualen, kriegten kaum Luft durch ihre Knebel und waren am Verbluten? Nein, ich musste da reingehen.

Ich holte den Schraubenzieher aus der Tasche und hielt ihn vor mich wie eine Waffe, wappnete mich für das Schlimmste und drückte mit der Schulter sanft die Tür auf. Kein Licht in dem großzügigen Flur, aber am hinteren Ende war ein diffuses Glimmen zu sehen. Die Türen zu beiden Seiten standen offen. Das verringerte meine Anspannung etwas. Trotzdem näherte ich mich beiden Türen vorsichtig, leuchtete mit der Taschenlampe hinein, um mich zu überzeugen, dass die Räume dahinter leer waren. Außer jeder Menge exklusiver Möbel und Ausstattungsgegenstände befand sich nichts darin. Blieb noch die dumpf erleuchtete Gegend am Ende des Flurs. Ich schlich mit hämmerndem Herzen hin. Es war nicht vorstellbar, dass White Devil mich in seine Höhle ließ, ohne dass irgendwelche Überraschungen auf mich warteten. Die jetzt unweigerlich direkt vor mir lagen.

Ich steckte meinen Kopf durch die Tür und erstarrte. Ein Geräusch war zu hören, ein komisches, regelmäßiges Knacken, das ich nicht zuordnen konnte. Ich zwang mich weiterzugehen. Der Raum musste mindestens fünfzig Meter lang sein, nahm offenbar die ganze Nordseite des Gebäudes ein. Alle Rollos waren offen, der Blick ging hinaus auf die Themse und die renovierten Gebäude am Nordufer. Dann bemerkte ich, dass das hinterste Rollo am linken Ende heruntergelassen war. Davor hing die Geräuschquelle. Bevor ich mich davon abhalten konnte, erbrach ich mich auf den Parkettboden.

Die Leiche hing an einem Strick von einem lackierten Deckenleuchter. Sie war nackt, die Hände waren hinter dem Rücken gefesselt, und obwohl ich sie von vorn sah, konnte ich das Geschlecht nicht erkennen. Weil der Kopf von einer schwarzen Kapuze verhüllt war und weil Brust und Unterleib aufgeschlitzt und verstümmelt waren. Ich sah weg und versuchte, das grauenvolle Bild aus dem Kopf zu kriegen, aber das war unmöglich. Die Eingeweide hingen heraus, die unglaubliche Blutmenge überall deutete darauf hin, dass das Opfer noch am Leben gewesen war, als es aufgeschlitzt wurde, die leblosen Füße zeigten nach unten – all das würde ich für den Rest meines Lebens vor mir sehen. Aber um wen handelte es sich?

Ich versuchte, meine rasenden Ängste unter Kontrolle zu kriegen. War es Sara? Caroline? Einer meiner Freunde? Zumindest Lucy konnte es nicht sein, und für Andy war die Leiche nicht groß genug. Aber konnte es Rog sein? Soweit ich sehen konnte, war der Oberkörper ziemlich muskulös. Als ich näher kam, überwältige mich der Gestank der zerfetzten inneren Organe. Aber erst als ich vor dem aufgelösten Knäuel der Eingeweide stand, wurde mir das Schrecklichste klar. Ich musste diese Leiche von dem Strick abnehmen, um die Kapuze entfernen und sehen zu können, um wen es sich handelte. Aus der Nähe konnte ich in der blutigen Masse erkennen, dass gut geformte Brüste abgehackt worden waren. Das Opfer war eine Frau. Mir kam es wieder hoch, aber ich spuckte nur noch ein paar bittere Tropfen aus.

Ich holte einen Stuhl aus der Essecke am anderen Ende des Raums. Den stellte ich hinter die Leiche, legte meine Arme um sie, spürte die Bewegungen der Innereien unter den behandschuhten Händen und schluckte Galle runter. Der Strick war über einen stählernen Haken gelegt, an dem ein Deckenleuchter befestigt war; ich konnte ihn durch Anheben abstreifen. Ich hielt das ganze Gewicht der toten

Frau, senkte sie langsam auf den Boden, stieg vom Stuhl, als ihre Beine in die Blutlache platschten. Meine Schuhe waren durchweicht davon, meine Hände und Arme trieften von Blut, aber das war egal. Ich musste wissen, wer sie war. Sara? Caroline? Oh Gott …

Ich hockte mich hin und fummelte an der Kapuze herum. Sie war um den Hals festgebunden. Endlich konnte ich sie abziehen und erblickte schwarzes Haar. Sara konnte es nicht sein, die hatte braunes Haar. Aber Caroline? Die verfilzten Strähnen schienen zu lang zu sein. Ich musste die Leiche umdrehen. Das schaffte ich tatsächlich, aber ich wünschte, ich hätte meine Ohren vor den schmatzenden Geräuschen verschließen können, als das Fleisch und die Organe in dem Blut herumschwappten. Ich beugte mich vor, während mir das Herz beinahe aus der Brust sprang, und dann prallte ich zurück, fiel in die Blutlache. Großer Gott, wie entsetzlich sollte es denn noch werden?

Der Frau war das Gesicht eingeschlagen worden. Augen und Ohren waren weg, die Nase zerschmettert. Ich konnte nicht erkennen, wer es war. Um seine Leistung abzurunden, hatte White Devil einen Plastikbeutel hinterlassen, der aus ihren Lippen ragte. Dieses Schwein. Jetzt wusste ich, warum er die Tür offen gelassen hatte. Meine Handschuhe waren glitschig von dem Blut, ich kriegte den Plastikbeutel kaum auf. Drin steckte eine zusammengefaltete DIN-A4-Seite. Ich faltete sie auseinander und las:

Bis Du's, Matt? Das hoffe ich wirklich. Falls nicht, vielleicht wird man diese Nachricht bald an Dich weitergeben. Hast Du wirklich geglaubt, Du könntest mich finden? Wir werden uns begegnen, wo ich will und wann ich will. Bis dahin ist dies hier mein kleines Geschenk für Dich. Hast Du gedacht, es wäre Sara? Caroline? Wie Du siehst, kann ich in Deinen Gedanken lesen wie in einem billigen Taschenbuch – wie in einem Deiner Bücher, um genau zu sein. Wir sind Artgenossen. Wir könnten Brüder sein, seit der Geburt getrennt. Hast Du daran schon gedacht? Zwillingsbrüder, von verschiedenen Eltern adoptiert, der eine widmet sein Leben dem wahren Verbrechen, und der andere wird ein Blutegel, ein Parasit, der den niederen Instinkten anderer Leute Vorschub leistet. Ha! Ich habe es Dir so schwer wie möglich gemacht, diese arme Schlampe zu identifizieren. Willst Du wissen, wer sie ist? Ein kleiner Tipp: Du hast vor Kurzem erst persönlich mit ihr gesprochen. Immer noch keine Idee? Sie ist, ich meine, sie war die Empfangsdame bei Deinem Verlag.

Ich schluchzte auf, als ich mich an das enthusiastische Mädchen erinnerte, das mir versichert hatte, sie würde meine Bücher mögen. Mandy hieß sie. Ihr attraktives Gesicht tauchte vor meinem Auge auf, um gleich wieder von dem Horror direkt vor mir ersetzt zu werden. Dieses verdammte Monster. War keiner vor ihm sicher? Ich zwang mich weiterzulesen.

Ihr Name war Amanda Plimpton. Die Polizei hielt sie offensichtlich nicht für ein wahrscheinliches Ziel, also bekam sie keinen Personenschutz. Hast Du sie in die Liste aufgenommen, die Du der Nutte Karen Oaten gegeben hast? Nein, das glaube ich nicht. Ach, übrigens, Matt, hast du diese Schachtel an dem Deckenleuchter bemerkt, etwa einen Meter von dem Haken entfernt?

Ich sah nach oben und entdeckte ein schwarzes Objekt aus Metall, etwa so groß wie ein Schuhkarton. Davon führte ein Kabel zu dem Haken.

Nein, hast Du nicht, oder? Sie ist vollgestopft mit Semtex. Der Zünder ist mit einem Zeitzünder verbunden, der aktiviert wurde, als Du die Leiche von dem Haken genommen hast. Er ist auf sieben Minuten eingestellt. Wie viel Zeit hast Du noch, um abzuhauen?
Lauf, Matt, lauf!

Ich krabbelte rückwärts und kam auf die Füße. Ich hatte keine Ahnung, wie viel Zeit vergangen war, seit ich die arme Frau heruntergeholt hatte, aber es mussten mehrere Minuten gewesen sein. Als ich zur Tür rannte, fielen mir ein paar Dioramen ins Auge, voller Panzermodelle und Spielzeugsoldaten, außerdem eine Reihe Monitore an einer hinteren Wand. Von da aus musste er mich beobachtet haben. Wollte er wirklich seine ganzen kostbaren Gerätschaften in die Luft jagen? Ich würde die Antwort nicht abwarten.

Ich rannte lieber die Treppe runter, als zu riskieren, im Fahrstuhl festzustecken, falls die Explosion so gewaltig sein sollte, wie ich befürchtete. Unten angekommen, riss ich die Haustür auf und drückte sämtliche Klingelknöpfe der anderen Apartments.

„Raus!“, schrie ich. „Verlassen Sie sofort Ihre Wohnungen! Es wird eine …“

Aus dem obersten Stock war ein gedämpftes Krachen zu hören. Ich rannte über den Parkplatz, zurück auf die Straße. In dem Penthouse konnte ich bereits Flammen sehen. Dann kamen noch mehr Explosionen, mehr Rauch und Feuer.

White Devil hatte offenbar eine ganze Serie von Sprengkörpern angebracht. Aus der Tür kamen Leute, die schreiende Kinder rausbrachten. Ich duckte mich hinter einem Van. Rauch stieg in den Nachthimmel, der von dem Flutlicht angestrahlt wurde. Alle Fenster des Gebäudes waren geborsten. Ich konnte nur hoffen, dass niemand verletzt worden war – außer der unschuldigen jungen Frau, die das Schwein abgeschlachtet hatte. Noch ein Grund, meine Rache über ihn kommen zu lassen.

Ich saß auf dem Bürgersteig und versuchte, mit der Tatsache fertig zu werden, dass ich mich wirklich in White Devils Zwilling verwandelte, als ich ein Fahrzeug kommen hörte. Es war ein großer amerikanischer Pick-up. Ich stolperte zu ihm hinüber.

„Dave“, keuchte ich. „Endlich bist du da.“

Er sah an mir herunter. „Scheiße, ist das Blut?“ Dann blickte er hoch zu dem Brand. „Keine große Sache“, meinte er. „Hätte ich besser gekonnt.“

Vielleicht würde er bald die Chance kriegen, zu beweisen, wie gefährlich er wirklich war.

D.C.I. Oaten saß in dem Volvo vor dem Haus in der Plender Road, Camden Town. Sie hatten es gerade durchsucht, ohne etwas Interessantes zu finden. Es war an einen Mann vermietet, der als Pilot bei einer Fluggesellschaft arbeitete. Er selbst war nicht da, aber in einem Schrank hatten sie mehrere Uniformen gefunden.

„Wohin jetzt?“, fragte John Turner.

„Pavlou hat es endlich geschafft, jemanden auf der Südseite des Flusses aufzuwecken. Ein Gebäude namens Royal Brewery bei der Tower Bridge liegt am nächsten. Hardys

Leute kümmern sich um das letzte Grundstück hier im Norden. Irgendein Loch an der Old Street. Klingt nicht gerade vielversprechend. Fahren wir runter nach Bermondsey." Sie fuhr los.

Ein paar Minuten später klingelte ihr Handy.

„Gehen Sie ran, Taff, bitte."

Der Inspector lehnte sich rüber, angelte behutsam nach dem Handy zwischen ihren Beinen und hob ab. Er lauschte, sein Gesicht verfinsterte sich.

„Verdammt noch mal, Morry, wieso hat das nicht längst jemand bemerkt? Ja, schon gut, fahr da hin und nimm seine Aussage auf. Finde heraus, ob sie sich irgendwo anders aufhalten könnte."

„Was ist los?", fragte Oaten, mehr Unruhe in der Stimme, als sie zugeben wollte.

„Amanda Plimpton, von allen Mandy genannt. Empfangsdame bei dem Verlag von Matt Wells, Sixth Sense. Zweiundzwanzig Jahre alt. Ihr Mitbewohner hat sie gerade vermisst gemeldet. Zum Glück hat das ein schlauer Sergeant, der in Hammersmith Schreibtischdienst schiebt, an Morry weitergegeben."

„Scheiße", sagte die Chefinspektorin. „Wir hatten sie nicht unter Polizeischutz gestellt, oder?"

Der Waliser schüttelte den Kopf. „Matt Wells hat uns ihren Namen nicht gegeben, Chef." Noch ein Kopfschütteln. „Verdammt, was brauchen Sie denn noch, bis Sie endlich überzeugt sind? Dieser Kerl hat das alles genau geplant."

Oaten warf ihm einen Blick zu, nicht mehr so wütend wie vorhin. Bevor sie etwas sagen konnte, klingelte das Handy erneut.

„Ja, Paul, was gibt's?", sagte Turner. „Was? Zum Teufel

noch mal. Okay, wir sind gleich da." Er drehte sich zu seiner Vorgesetzten. „Raten Sie mal."

„Erzählen Sie's einfach, Taff", sagte sie resigniert.

„Diese Royal Brewery, wo wir gerade hinwollen. Anscheinend ist das Penthouse von Lawrence Montgomery vor einer Viertelstunde in die Luft geflogen. Die Nachbarn kamen noch rechtzeitig raus, weil sie über ihre Sprechanlagen gewarnt worden sind."

„Gewarnt? Vom wem?" Die Chefinspektorin überfuhr bei Moorgate eine rote Ampel. „Was geht da vor?"

„Unser Freund Wells verwischt seine Spuren.", sagte Turner. „Um was wollen Sie wetten, dass wir da drin eine verkohlte Leiche finden?"

„Legen Sie die Quote selbst fest", sagte Oaten. Ihr tat der Magen weh, und ihre Kehle war ausgetrocknet. Wenn sie diesen White Devil nicht bald zu fassen kriegte, den New Ripper, Lawrence Montgomery, Leslie Dunn, Matt Wells, wie auch immer er heißen mochte, wäre ihre Karriere sein nächstes Opfer.

Das wollte sie auf keinen Fall zulassen.

„Boney, wo steckst du?", schrie ich in mein Handy. Ich fuhr mit dem BMW los, als Dave mit dem Chevrolet um die Ecke kam. Wir ließen die Überreste der Royal Brewery so schnell wie möglich hinter uns. Bevor wir uns trennten, hatte Dave gesagt, dass seine Frau und seine Kinder immer noch nicht ans Handy gingen.

„Komme gerade die Tower Bridge Road hoch. Bin gleich bei ..."

„Änderung des Plans, mein Freund. White Devil hat gerade sein eigenes Penthouse in die Luft gejagt."

„Großer Gott. Wo seid ihr?"

„Hauen gerade von da ab. Es wird hier gleich von Feuerwehrleuten und Polizisten nur so wimmeln. Hast du bei der letzten Adresse was entdeckt?"

„Nein. Bloß eine Horde Studenten, die laute Musik laufen hatten."

„Offenbar vermietet."

„Genau. Also klappern wir jetzt die Adressen ab, zu denen Rog und Andy nicht mehr kamen?"

„Die gehen immer noch nicht an ihre Handys?"

Bonehead seufzte. „Ich fürchte, nein."

Wie es aussah, hatte White Devil oder einer seiner Komplizen Lucy und Daves Familie aufgespürt. Er hatte alles, um uns zu erpressen, und wir hatten nichts dagegenzusetzen – falls er es ernst gemeint hatte, dass wir uns begegnen würden. Der Killer war offensichtlich dabei, sämtliche Spuren zu verwischen. Jetzt wäre es für ihn das Einfachste, seine Opfer loszuwerden und seinen Fluchtplan in Angriff zu nehmen. Ich hatte keinen Zweifel, dass er einen besaß, ausgearbeitet bis ins letzte Detail.

„Bis du noch da, Matt?"

„'tschuldige, Pete." Ich sah aus dem Fenster. Dave und ich fuhren hintereinander am östlichen Ende des Southwark Park entlang. „Okay, fahr zurück zu deinem Haus. Wir treffen uns da."

Ich rief Dave an.

„White Devil will nur mich", versuchte ich, ihn zu beruhigen. „Ginny und den Kindern wird nichts passieren."

„Was ist mit Lucy?" Seine Stimme war leise und drohend, wie früher bei den Spielen, wenn wir am Verlieren waren. „Was ist mit dir? Glaubst du, ich würde zulassen, dass du dem Arschloch in die Arme läufst?“

Ich war gerührt, aber ich hatte bereits Rog und Andy in tödliche Gefahr gebracht, genau wie seine Familie. Dave sollte nicht auch noch unnütz Opfer bringen müssen.

Wir erreichten das abgeschlossene Viertel in Blackheath und wurden von dem miesepetrigen Wachposten hineingelassen. Pete kam ein paar Minuten später. Sobald wir im Haus waren, ging ich ins Arbeitszimmer und fuhr einen Computer hoch. Ich musste bloß etwas an White Devils letzte E-Mail-Adresse schicken. Es gab keine Garantie, dass er seine Mails checken würde – offensichtlich hatte er genug zu tun –, aber es war meine einzige Chance.

Ich tippte eine Nachricht.

Komme gerade von Deinem Penthouse. Du willst mich treffen, sag wann und wo. Ich mache alles, was Du willst, wenn Du meine Tochter und die anderen gehen lässt. Alles. Antworte bitte.

Ich schickte sie ab und hoffte, der Ton wäre ausreichend zerknirscht, und blieb im E-Mail-Programm. Dann setzte ich mich mit meinen beiden verbliebenen Freunden zusammen. Wir redeten darüber, was wir tun wollten, wenn White Devil antwortete, wir versuchten, einen Plan zu fassen, und wir rüsteten uns, so gut es ging, mit allem aus, was Pete so im Haus hatte.

Dann warteten wir, unfähig, zur Ruhe zu kommen.

Antworte, sagte ich immer wieder stumm vor mich hin. Antworte, du durchgeknallter Freak. Ich schwor mir, wenn White Devil Lucy etwas angetan hatte – oder Sara oder Rog und Andy oder Ginny und den Kindern oder Caroline –, wäre ich absolut gnadenlos.

Nach einer halben Stunde noch keine Antwort. Wir beschlossen, mit dem Jeep ins nördliche London zu fahren und uns die Grundstücke anzusehen, zu denen Rog und Andy nicht gekommen waren. Zum Glück hatte Boney einen erstklassigen Laptop mit Internetzugang über sein Handy.

Als wir Richtung Blackwell Tunnel fuhren, hatte ich das deutliche Gefühl, das wir in die falsche Richtung unterwegs waren.

Ich konnte nur hoffen, dass ich mich irrte.

32. KAPITEL

White Devil stoppte den Lieferwagen vor dem Tor von Free Forest Timber Supplies in Bethnal Green, einem Bauholzlager, und wartete, bis Corky die Kette gelöst und das Tor geöffnet hatte. Er hatte diese Firma unter dem Namen seiner Mutter gegründet, es war nicht sehr wahrscheinlich, dass ihm Matt Wells oder die Polizei hier auf die Spur kommen würden – zumindest noch nicht. Sein Komplize schloss einen der Schuppen auf der linken Seite auf, und White Devil fuhr hinein. Jetzt waren sie vollständig außer Sicht. Etwa fünfzig Meter entfernt stand eine umgebaute viktorianische Schule, aber die Bewohner der Apartments waren alle Yuppies. Die waren viel zu sehr damit beschäftigt, sich zu besaufen oder zuzudröhnen, zu vögeln oder Schlaf nachzuholen, um auf das Holzlager zu achten.

Sie schleppten die drei reglosen Körper in den Hauptschuppen und legten sie auf die dafür vorbereiteten Tische. Mit Lederriemen banden sie ihre Opfer fest. Weitere sechs Tische warteten auf die Ankunft von Dave Cummings' Familie und Matt Wells' Tochter, und natürlich Matt und Dave selbst. Hinter einer Trennwand hatte White Devil noch einen weiteren Tisch vorbereitet. Davon wusste Corky nichts. Von den Sprengkörpern im ganzen Gebäude hatte er auch keine Ahnung.

Mit dem Laptop checkte er seine Mails. Matts verzweifeltes Flehen um eine Antwort befriedigte ihn sehr. Das bedeutete, er wusste jetzt, dass er White Devils Gnade ausgeliefert war. Es war immer gut, wenn die Gegenseite ins Hintertreffen geriet. Bestimmt war das bei der Rugby League nicht anders. Bald würde Matt seine Antwort bekommen, aber bis dahin musste noch etwas anderes erledigt werden.

White Devil suchte eins der verschiedenen Handys in seinem Koffer aus und fand die Nummer im Speicher.

„Sechs, sechs, sechs“, sagte er, als sein Partner abhob.

„Die Zahl des Antichristen“, kam die prompte Antwort. „Alles läuft nach Plan.“

„Wo bist du?“

„In etwa zehn Minuten da.“

Er legte auf. Mit der Cummings-Familie und der kleinen Lucy hatte alles geklappt. Sie waren ohnmächtig von dem Betäubungsgas und würden frühestes in einer Stunde wieder zu sich kommen. Bis dahin wären auch Matt und Dave für ein tränenreiches Wiedersehen eingetroffen.

„Was ist denn so komisch?“, wollte Corky wissen, mit einer Selbstgedrehten im Mundwinkel. „Wenn du mich fragst, das alles hier ist total krank.“

„Ich frage dich aber nicht“, erwiderte White Devil scharf. Es war nur gut, dass sein alter Schulfreund nicht mitbekam, was er in dem Penthouse mit dieser saftigen Empfangsdame gemacht hatte. Schade, dass er es in die Luft jagen musste – er hatte dort viel Spaß gehabt und hätte die Dioramen gern mitgenommen. Aber wenn Matt es nicht gefunden hätte, wäre irgendwann die Polizei gekommen. Auf dem Video das entsetzte Gesicht des Schreiberlings zu beobachten, als er das aufgehängte Mädchen entdeckte, war ein Riesenspaß gewesen, und es wurde sogar noch besser, als er sich zwang, seine Arme um die Leiche zu legen. „Ach, Matt“, seufzte er vor sich hin. „Ich werde dich vermissen.“

Es dauerte nicht lange, bis er den Van draußen vorfahren hörte. Corky öffnete noch einmal das Tor. White Devil winkte seinem Partner hinterm Steuer zu und wurde mit einem schmalen Lächeln bedacht. Zu dritt trugen sie die ohnmächtigen Körper zu den Tischen. Matts kleines Mädchen war wirklich süß. Aber die Frau von seinem Freund Dave sah aus, als hätte sie mehrere Runden mit Mike Tyson hinter sich.

„Was ist denn mit der passiert?", fragte er.

Sein Partner zuckte mit den Achseln. „Sie ist von dem Gas nicht ganz ohnmächtig geworden. Sie stolperte herum und wollte die Kinder beschützen, so musste ich sie k. o. schlagen."

„Prima", sagte White Devil bewundernd. „Hast du sie problemlos in den Wagen gekriegt?"

„Sehe ich aus wie ein Leichtgewicht?"

Er lachte und sah Corky an. „Okay, Zeit für die letzte Runde. Ihr wisst beide, was ihr zu tun habt?"

Beide nickten, und er setzte sich vor den Laptop und tippe seine letzte Nachricht an Matt Wells.

Ich pfeife, und Du kommst sofort angerannt, mein Freund …

Plötzlich spürte White Devil, wie ihm ein eiskalter Finger das Rückgrat hinunterfuhr. Konnten diese Männer, die Corky auf den Fersen gewesen waren, irgendwie dieses Holzlager gefunden haben? Waren seine Pläne im allerletzten Moment noch gefährdet?

Nein, beruhigte er sich selbst. Schließlich konnte er es mit jedem aufnehmen. Er war der König der Unterwelt, Beelzebub, der Herr der Fliegen.

Sollen sie doch kommen, wer auch immer sie sind. Sie würden gemeinsam mit den anderen Kanditaten in der Hölle schmoren.

Wir näherten uns Euston, als ich das Signal von Boneheads Laptop hörte. White Devil hatte geantwortet. Boney hielt am Straßenrand, während ich die Nachricht las.

Matt – wie nett, von Dir zu hören. Hoffentlich hat Dir mein kleines Geschenk in dem Penthouse gefallen. Und das Feuerwerk. Ich bin so froh, dass Du da noch rechtzeitig rausgekommen bist. Jetzt willst Du Deine Liebsten wiedersehen, nicht wahr? Lucy, Sara und … nun ja, ich glaube, Caroline gehört nicht mehr zu Deinen Liebsten. Keine Sorge, ich kann Dir bei ihrer Ruhigstellung gern behilflich sein. Dein Freunde Roger van Zandt und Andrew Jackson sind auch bei mir. Genau wie die Familie von Dave Cummings, alle drei.

Ich hörte Dave auf dem Rücksitz leise fluchen. Dann fing er an, seine Ausrüstung in einer großen Tasche zu überprüfen. Ich las weiter laut vor.

Also, warum treffen wir uns nicht mal? Nur ich und Du und Dein Freund Dave. Keine Polizei, wenn Du willst, dass die Leute am Leben bleiben. Verstanden? Hier ist die Adresse, wo ihr hinkommen sollt. Free Forest Timber Supplies, Mace Place, Bethnal Green.
Beeilt euch!

„Von Boney weiß er nichts", sagte Dave.

„Das wusste ich." Peter Satterthwaite lachte humorlos. „Das heißt, ich kann mich anschleichen und dem Wichser das Gehirn wegpusten." Er raste noch ein paar Meter vorwärts, schaffte es gerade so eben, vor einem Laster zu wenden, und raste in die entgegengesetzte Richtung zurück.

„Vorsicht", sagte ich. „Die Bullen sind jetzt das Letzte, was wir brauchen."

„Falsch", sagte Dave. „Wir haben keine Zeit zu verlieren. Er hat unsere Kleinen." Ich hörte ein metallisches Klicken und drehte mich um.

„Großer Gott, was ist das denn?"

„Das ist eine Glock, neun Millimeter Automatik, mit vierzehn Kugeln im Magazin", sagte er und steckte sie in eine Tasche seiner Lederjacke.

„Wo hast du die her?", fragte ich und berührte die nutzlose alte Luger in meiner Tasche.

„Frag nicht. Im Abrissgewerbe gibt es ziemlich miese Typen. Da hat man besser seine eigene Ausrüstung parat."

Ich starrte ihn an. „Dave, du kannst dieses Ding nicht benutzen. Das Schwein hat unsere Familien. Und er ist offensichtlich nicht allein. Es ist zu riskant."

Dave hielt meinem Blick stand. „Du weißt, was ich in der Armee gemacht habe?"

Ich nickte.

„Also überlass das mir, okay?" Er reichte Boney eine Baseballmütze. „Setz die auf. Du wirst so tun, als ob du ich wärst."

„Na toll", sagte Boney und gab Gas.

Ich drehte mich nach vorn. „Du musst nicht dabei sein, Boney", sagte ich. „Bring uns bloß da hin und warte draußen."

„Was, den Spaß soll ich mir entgehen lassen?" Seine Stimme war schrill. „Bloß weil ich schwul bin, meinst du, ich könnte es mit denen nicht aufnehmen?"

Dave lehnte sich nach vorn. „Dass du es mit ihnen aufnimmst, ist genau das, was mir Sorgen macht. Also hört zu, wir gehen folgendermaßen vor."

Wir hörten uns an, was er zu sagen hatte, und wir stimmten zu. Dann verteilten wir die Ausrüstung. Inzwischen fuhren wir die Bethnal Green Road runter. Noch ein paar Minuten, dann würden wir vor der Höhle des Teufels stehen.

War ich wirklich dazu in der Lage, Lucy und Sara zu retten, von den anderen gar nicht zu reden? Zu meiner Überraschung war meine Atmung normal, mein Herz raste nicht, meine Hände zitterten nicht.

Ich war ganz ruhig, und ich wollte ihm alles heimzahlen.

Anscheinend war ich White Devil noch sehr viel ähnlicher, als ich angenommen hatte.

Karen Oaten stand vor der Royal Brewery. Vor ihr richteten Feuerwehrleute Wasserstrahlen auf den Brand im obersten Stock. Alle anderen Wohnungen waren evakuiert, keiner der Bewohner hatte Schlimmeres erlitten als einen Schock und kleinere Verletzungen. John Turner stand neben ihr, das Handy zwischen Ohr und Schulter geklemmt, und machte hastig Notizen.

„Okay." Er schrie über den Lärm hinweg. „Mach mit der Liste weiter, Morry. Hardys Leute sollen sich auch ein paar Grundstücke vornehmen. Und sorg dafür, dass der Kampfmittelräumdienst zuerst reingeht. Ende." Er steckte das Handy weg.

„Ich frage mich, in wie vielen seiner Immobilien er wirklich Sprengsätze gelegt hat", sagte die Chefinspektorin, die Augen auf die aufsteigenden Rauchwolken gerichtet.

„Bisher haben wir keine weiteren gefunden", sagte der Inspector. „Dreizehn haben wir überprüft. Bleiben noch sieben."

„Da kommen noch welche hinzu, vermute ich." Oaten

blickte ihren Untergebenen an. „Natürlich ist White Devil schlau genug, sich unter anderen Namen Grundbesitz zu kaufen. Ich frage mich, ob nur deshalb so viele auf den Namen Lawrence Montgomery laufen, um Matt Wells und uns in die Irre zu führen."

„Wie meinen Sie das?", fragte der Waliser und kniff die Augen zusammen.

„Denken Sie darüber nach, Taff. White Devil hetzt uns durch die ganze Stadt, während er ganz entspannt an irgendeinem geheimen Ort hockt, mit all diesen Leuten, die er entführt hat – die Freundin von Matt Wells, seine Exfrau, weiß Gott, wen noch alles. Vielleicht hat er sogar das kleine Mädchen."

Turner kaute an seiner Lippe. „Und wenn sich White Devil doch als Matt Wells erweist?"

„Kommen Sie, Taff, das glauben Sie doch selbst nicht." Oaten sah, dass er immer noch nicht überzeugt war. „Haben Sie nicht gerade eine Aussage aufgenommen, dass einer der Bewohner Wells identifizierte, wie er kurz vor der Explosion das Gebäude betrat?"

Der Inspector hob die Schultern. „Und? Vielleicht hat er die Explosion mit einem Zeitzünder ausgelöst."

„Warum?"

„Natürlich um Spuren zu verwischen, Beweismittel zu vernichten. Da oben werden wir nicht mehr viel finden, wenn das Feuer gelöscht ist, oder?"

Karen Oaten seufzte. „Haben wir nicht ebenfalls von den Bewohnern gehört, dass der Eigentümer des Penthouses ein Mann mittlerer Größe mit kurzem hellem Haar ist? Das bedeutet, es ist *nicht* Matt Wells."

„Und?", sagte Turner halsstarrig. „Das könnte einer seiner Komplizen sein."

„Schon gut, vergessen Sie's." Sie gab auf. Im Augenblick machte es sowieso keinen Unterschied. Solange sie weder Matt Wells noch White Devil aufspüren konnten, schwammen sie ohne Antrieb gegen den Strom. „Also, was ist das nächste Grundstück auf Ihrer Liste?"

„Deptford", sagte er. „Eine Garage."

Oaten sah auf. „Wirklich? Das klingt interessant. Haben Sie den Bombenentschärfern schon Bescheid gesagt?"

„Die sind auf dem Weg. Wie Sie sich vorstellen können, sind deren Leute heute Nacht überall in der Stadt für uns im Einsatz."

„Das gehört alles zu seinem Plan, Taff", sagte sie auf dem Weg zum Wagen. „Das können Sie mir glauben."

„Ja", sagte er, als er sie einholte. „Aber wer ist er, wenn es nicht Wells ist?"

Die Chefinspektorin fuhr davon, Flammen tanzten im Rückspiegel.

Wie in einer Darstellung der Hölle auf einem mittelalterlichen Gemälde.

Der Jeep wurde langsamer, als wir von der Roman Road abbogen.

„Erste rechts", sagte Dave, den Blick auf die Karte gerichtet. „Okay, halt hier an."

Da stand eine viktorianische Schule, die anscheinend in ein Wohnhaus umgewandelt worden war. Ein Schild wies auf Free Forest hinter der nächsten Ecke hin.

„Da ist es", sagte ich. „Wie viel Zeit sollen wir dir geben, Dave?"

Er grinste mich an. „Zehn Minuten, Matt. Ihr beide wisst, was ihr zu tun habt?"

Pete und ich nickten.

„Verdammt, sieh ihn dir an“, meinte Bonehead. „Kein Wunder, dass sie ihn Psycho nennen. Dem macht das tatsächlich Spaß.“

„Nicht zu fassen, ich sitze in einer Tuntenschleuder.“ Daves Grinsen verschwand. „Meine Kleinen sind da drin. Keiner tut meinen Kleinen etwas an.“

„Stimmt“, sagte ich. „Dasselbe gilt für Lucy.“

„Okay, Uhrenvergleich. Es ist genau 12.14 Uhr, in drei, zwei, eins, null.“

Wir synchronisierten unsere Uhren.

„Wie in diesen Kriegsfilmen, die ich so gehasst habe, als ich jung war“, sagte Boney. „Ich hab lieber Musicals gesehen.“

Dave sah ihn kopfschüttelnd an, drückte meinen Arm und verschwand hinter der Ecke.

„Bist du sicher, dass du dir das antun willst, Pete?“, sagte ich und überprüfte die Ausrüstung, die ich in meine Taschen gestopft hatte.

Er tat dasselbe. „Na klar. Dazu sind Freunde doch da, oder?“

Bis vor ein paar Tagen hatte ich ihn nicht mal als engen Freund betrachtet. Ich fühlte mich immer noch schuldig wegen der Vorurteile, denen er bei den Bisons ausgesetzt gewesen war.

Diese zehn Minuten waren die längsten, die ich je erlebt hatte. Vor Augen hatte ich die Menschen, die ich liebte. Wie ertrug Lucy diesen ganzen Horror? Sie war erst acht Jahre alt, um Gottes willen. Daves Sohn Tom war nicht viel älter. Und was war mit Sara? Die war abgebrühter als die meisten Frauen, die ich kannte – sie hatte mal einen Wachmann zusammengeschlagen, als sie undercover eine Geschichte über einen Bankbetrug recherchierte – aber White Devil fand bei allen Leuten die entscheidenden Schwachpunkte. Und was Caroline anging, daran wollte ich gar nicht denken. Was sie mir alles an den Kopf werfen würde, wenn wir lebend aus dieser Sache rauskommen sollten. *Falls* wir lebend davonkamen. Verdammt noch mal, was dachten wir uns denn? Stellten wir uns ernsthaft vor, wir könnten es mit einem richtigen Psychopathen aufnehmen und mit seinen Komplizen, von denen wir gar nicht wussten, wie viele das sein mochten? Ich griff nach dem Handy.

„Nichts da", sagte Bonehead und streckte die Hand aus. „Denk dran, was das Arschloch gesagt hat. Keine Polizei."

„Woher weißt du, dass ich die Polizei rufen wollte?"

„Ist doch nur logisch, oder?", sagte er mit schwachem Lächeln. „Jeder normale Mensch würde das tun. Aber wir sind ja nicht normal, oder?"

„Du bestimmt nicht."

Er stieß mich hart in die Rippen. „Mach mich nicht sauer, du Schreiberling."

Ich erwiderte das Grinsen, dann dachte ich darüber nach, wie er mich genannt hatte. Ich konnte mich nicht erinnern, dass er schon mal über meinen Beruf geredet hatte. Das hatte jemand anders getan. White Devil …

„Okay, es ist so weit", sagte Peter Satterthwaite, die Rolex vor Augen. „Fünf, vier, drei, zwei, eins … los!"

Er ließ den Motor an und rollte langsam um die Ecke der früheren Schule. Etwa fünfzig Meter dahinter stand ein niedriges Gebäude aus Holz. Es war von Stacheldraht umgeben, aber das Tor stand offen. Ich erkannte drei aneinandergebaute Schuppen, der mittlere größer als die anderen. Holzstapel lagen auf dem Grundstück herum. Es sah wie eine richtige Firma aus.

„Ich parke draußen", sagte Boney.

„Denk dran, was Dave gesagt hat. Stell den Wagen andersrum hin, damit wir schnell abhauen können."

Das tat er. Der wendende Jeep machte genug Lärm, um von den Leuten da drin gehört zu werden, aber ich war ziemlich sicher, dass sie uns sowieso beobachteten.

„Bleib hier, bis ich dich rufe", sagte ich und öffnete die Tür. „Und vergiss nicht, die Mütze tief ins Gesicht zu ziehen."

Bonehead berührte meine Hand. „Du kannst dich auf mich verlassen, Matt", sagte er mit einem leeren Lächeln.

Ich entfernte mich vom Wagen. Er musste nervös sein, aber er zeigte es nicht. Peter Satterthwaite hatte verborgene Qualitäten. Aber jetzt musste ich mich auf meinen eigenen Job konzentrieren. Ich konnte nur hoffen, dass er und Dave in der Lage waren, ihre Jobs zu erledigen. In meinen Schultern spürte ich die Anspannung, aber sonst nirgends. Ich war bereit.

Als ich mich der linken Tür näherte, wurde ich langsamer und sah mich um. Niemand zu sehen. Dann hörte ich, wie ein Schloss geöffnet wurde, und die Tür schwang auf.

„Matt Wells." Von drinnen war White Devils Stimme zu hören. Sie klang höher als am Telefon. Ich kniff die Augen zusammen und versuchte, in dem hellen Licht, das aus der Tür flutete, etwas zu erkennen. Konnte es sein, dass er doch ganz allein war? Optimismus pulsierte durch meine Adern.

Ich ging hinein und hörte ein Geräusch an der Tür hinter mir. Der Optimismus verflog. Eine Gestalt mittlerer Größe stand da, in einem grauen Overall und mit einer schwarzen Sturmhaube über dem Kopf, die nur die Augen freiließ, eine bösartig aussehende Maschinenpistole auf mich gerichtet.

„Wie du siehst, Matt, bin ich nicht allein." Er trug ebenfalls einen Overall, nur war seiner weiß. Das hätte ich mir denken können. Das Gesicht unter dem orangefarbenen Schutzhelm war glatt rasiert. Die Gesichtszüge waren nicht außergewöhnlich, die braunen Augen kalt und die Lippen dünn. Über seinen Ohren konnte ich etwas erkennen, das nach gefärbten blonden Haaren aussah. Dann erblickte ich seine Zähne. Großer Gott, die Eckzähne waren spitz wie die eines Vampirs. Auch er hatte eine Maschinenpistole in der Hand. „Aber das hast du sowieso vermutet, nicht wahr?“ Er sah an mir vorbei. „Lass den anderen Typ hier reinkommen.“ Er sah wieder mich an. „Ich nehme an, das ist Dave Cummings in dem Jeep.“

Ich hob die Schultern.

„Hübsche Karre“, fuhr er fort. „Wo hast du die her?“

„Von einem Freund geliehen.“ Ich war erleichtert, dass meine Stimme fest klang. Ich wandte den Blick zu dem offenen Raum rechts. Mein Herz setzte einige Schläge aus. Da standen mehrere hölzerne Arbeitstische. Darauf waren reglose Gestalten unter weißen Decken festgebunden. Hatte er sie alle schon umgebracht? Ich zählte schnell: sechs Körper.

Drei davon klein, eindeutig Kinder. Lucy …

„Keine Angst“, sagte White Devil. „Sie sind nicht tot.“ Er lächelte lässig. „Noch nicht.“

Ich widerstand dem Impuls, mich auf ihn zu stürzen.

„Was hast du mit ihnen gemacht?“, fragte ich. „Ist Lucy dabei? Sara? Caroline?“

„Alles zu seiner Zeit, Matt“, sagte er. Er hatte fast keinen Akzent, aber ich hörte einen Anklang von Cockney heraus. Er war jetzt zurück in seinen alten Jagdgründen. „Was hast du da übrigens alles in deinen Taschen?“ Er richtete die Waffe auf meine Brust. „Leer sie aus.“

„Wie du willst“, sagte ich und ließ Schraubenzieher, eine

Taschenlampe, die Luger und ein paar andere Gegenstände, die Dave mir gegeben hatte, auf den Boden fallen. Ich hoffte, dass er mich nicht durchsuchen wollte – eins von Petes Küchenmessern steckte in meinem Gürtel unter der Jacke. Ich musste ihn ablenken, und zwar schnell. „Ah, ich verstehe. Du willst, dass deine Geschichte hier zu Ende geht, wo sie angefangen hat, nicht wahr? Deshalb sind wir in Bethnal Green, Lawrence. Oder sollte ich Leslie sagen?“

White Devil blickte an mir vorbei. „Willkommen zu der Party, Dave“, sagte er, wirkte aber misstrauisch. „Nimm ihm die Mütze ab.“

Der Typ mit der Sturmhaube riss die Baseballmütze von Boneheads rasiertem Schädel.

White Devils Augen bohrten sich in meine. „Wo ist Dave Cummings, Matt?“, fragte er. Er trat schnell zu dem ersten Arbeitstisch und zog die Decke weg. Da lag Ginny. Ihr Gesicht war blau geschlagen. „Ich kann seine Frau in ein paar Sekunden umbringen.“ Er schulterte die Maschinenpistole und holte ein zweischneidiges Messer aus der Tasche. „Wo ist er?“

Ich hörte einen schrillen Anflug von Panik in seiner Stimme. Daves Taktik ging offenbar auf.

„Er … er wollte nicht mitkommen.“ Ich spielte meine Rolle, so gut ich konnte. „Er hatte zu viel Schiss.“

White Devil lachte. Es klang humorlos und eiskalt. „Dave Cummings war Fallschirmjäger, Matt. Dachtest du, das wüsste ich nicht?“

„Weißt du auch, dass er sein Regiment nach dem ersten Golfkrieg verlassen hat?“

„Natürlich“, konterte er.

„Und weißt du auch, warum?“

Seine Augen wirkten plötzlich nicht mehr so sicher. „Sag es mir“, befahl er.

„Er diente im Irak.“ Ich erzählte ihm die Geschichte, auf die ich mich mit Dave geeinigt hatte. „Er hat sich einem klaren Befehl zum Kampfeinsatz widersetzt, also haben sie ihn rausgeschmissen. Das Wort ‚Feigheit vor dem Feind‘ wurde nicht erwähnt, weil bis dahin nur Gutes in seinen Akten stand.“

Einen Augenblick glaubte ich, White Devil würde mir das nicht abnehmen. Was mich nicht überrascht hätte. Wenn er wirklich recherchiert hatte, musste er herausgefunden haben, dass Dave während seiner Zeit als Fallschirmjäger zweimal in militärischen Verlautbarungen erwähnt worden war, aber sein Dienst beim SAS stand unter Verschluss. In Wirklichkeit war er noch vor Desert Storm mit einem Hubschrauber in den Irak geflogen worden und hatte ganz allein einen irakischen Vorposten ausgeschaltet.

„Na schön“, sagte White Devil. „Ich hatte schon vermutet, dass ungeladene Gäste kommen würden. Wen hast du denn an seiner Stelle mitgebracht? Kojak?“

„Fick dich selbst, Arschloch!“, schrie Bonehead. Sofort rammte ihm der Typ in dem Overall den Kolben der Maschinenpistole in den Magen, und er klappte zusammen.

„Das ist Peter Satterthwaite“, sagte ich. „Noch ein Freund.“

„Ich hoffe, *der* war nicht bei den Fallschirmjägern.“ White Devil lachte. „Sieht jedenfalls nicht danach aus.“

Ich sah zu den von weißen Tüchern bedeckten Gestalten. „Kann ich Lucy sehen?“

„Einen Augenblick noch, Matt“, sagte er und hob die Hand, die nicht das Messer hielt.

„Erst sollst du sehen, mit wem du es zu tun hast.“ Er drehte den Kopf. „Du kannst jetzt rauskommen, Nummer zwei.“ Er lachte trocken. „Das ist mein Dr. Watson.“

Ich sah, wie eine weitere Gestalt im grauen Overall hinter den Tischen auftauchte. Auch sie trug eine Sturmhaube und hielt eine Maschinenpistole in den Händen. Mein Herz schlug schneller, als die Gestalt näher kam. Irgendetwas an dem Gang kam mir vertraut vor, sehr vertraut …

„Okay.“ White Devils dünne Lippen verzogen sich zu einem breiten Grinsen. „Zeig ihm, wer du bist.“

Die Gestalt nickte und hob eine Hand. Mir kam es so vor, als würde sie sich absichtlich ganz langsam bewegen, wer auch immer es war. Schließlich wurde die Sturmhaube vom Gesicht gezogen.

Mir blieb die Luft weg.

Der Mann in dem Overall war Dave Cummings.

33. KAPITEL

Detective Sergeant Paul Pavlou ging in eine Ecke des Großraumbüros und wählte eine Nummer auf seinem Handy. „Ich hab was“, flüsterte er hinein.

„Schießen Sie los“, sagte Wolfe.

„Ein Bauholzlager in Bethnal Green. Läuft auf den Namen seiner Mutter.“

„Geben Sie mir die Adresse.“ Pavlou tat es, hörte zu, wie der Mann am anderen Ende wiederholte und dann ein Motor angelassen wurde. „Sind Ihre Leute schon auf dem Weg?“

„Noch nicht. Ich habe die Adresse noch nicht weitergegeben.“

„Halten Sie die noch ein bisschen zurück. Wir brauchen nicht lange.“

Pavlou schluckte nervös. „Es sollte dort nicht noch eine zerstückelte Leiche geben.“

„Wir tun, was getan werden muss. Ihre Schuld ist beglichen.“

Pavlou steckte das Handy weg. Ihm war übel, aber er fühlte sich auch erleichtert. Die Last der Verpflichtung seines Onkels gegenüber dem alten Soldaten Jimmy Tanner war von seiner Mutter an ihn weitergegeben worden, sein zypriotischer Vater wusste nichts davon. Endlich waren ein paar Sekunden Heroismus unter argentinischem Feuer im Südatlantik ausgelöst.

Aber wie hoch würde der Preis dafür sein?

Ich war so schockiert, dass ich mich nicht bewegen konnte. Ausgerechnet Dave war einer von White Devils Helfern? Was war mit seiner Familie? Ginny lag da, bewusstlos. Wer lag noch unter den Decken?

Nicht jeder war so angeschlagen wie ich. Als ich ein heftiges Ausatmen hörte, drehte ich mich um. Pete hatte es geschafft, ein langes Küchenmesser aus einer Hosentasche zu ziehen und es in den Schenkel der anderen Gestalt mit einer Sturmhaube zu rammen. Mit einer Schnelligkeit, die ich ihm nie zugetraut hätte, entwand er ihr die Maschinenpistole und rammte den Kolben in das bedeckte Gesicht. Aber bevor er seinem Opfer die Sturmhaube abziehen konnte, knatterte eine Maschinenpistole, und wir warfen uns auf den Boden. Ich sah, wie White Devil hinter einem Vorhang verschwand. Dave feuerte auf ihn.

„Was ist los?", schrie ich. In meinen Ohren rauschte es.

„Hab improvisiert", sagte Dave. „Bin einer Komplizin von ihm begegnet und hab ihre Sachen angezogen."

„Ihre?", sagte ich, als der Feuerstoß von White Devil erwidert wurde. Ich vergaß die Frage, rannte zu den Tischen und zog die Decken von den kleineren Gestalten. Dave half mir. In ein paar Sekunden hatten wir Lucy und seine Kinder befreit und sie unter die Arbeitsflächen gelegt. Bei allen waren die Augen geschlossen, aber ich konnte an Lucys Hals einen schwachen Pulsschlag spüren. Gott sei Dank atmete sie normal.

Boney rannte zu uns, Kugeln wirbelten hinter ihm den Staub auf. „Großer Gott", keuchte er. „Einen Moment lang dachte ich, du wärst auf seiner Seite, Psycho."

„Was ist mit dem anderen?", fragte ich.

„Tot", antwortete Pete. „Dieser White Devil hat ihn erwischt, nicht mich."

Das erinnerte mich an etwas. „Du hast ‚ihre Sachen' gesagt", sagte ich zu Dave. „Die andere Person war eine Frau?"

„Du bist ein Genie", grunzte Dave. „Wir müssen aus diesen Tischen Barrikaden machen. Ihr zwei erledigt das. Ich gebe euch Feuerschutz."

Hektisch legten wir die schweren Holztische auf die Seiten, während Dave auf White Devil feuerte. Endlich schafften wir es, auch die vier Erwachsenen von den Tischen zu hieven. Ginny murmelte etwas, kam offenbar wieder zu sich. Caroline, Rog und die drei Kinder waren noch bewusstlos, aber anscheinend unverletzt. Andy fluchte laut, aus einer frischen Wunde an seinem Unterarm blutend. Wir brachten sie in Deckung. Aber wo war Sara? Hatte das Monster sie schon umgebracht?

Dave und ich kauerten hinter den Arbeitsflächen. Pete kam hoch und jagte mit irrem Blick ein paar Feuerstöße aus der Maschinenpistole. Ich gab ihnen Zeichen, das Feuer einzustellen.

„Lawrence!", schrie ich. „Leslie! Gib auf. Die Polizei wird jeden Augenblick hier sein."

„Die kriegen mich nie", rief White Devil zurück. „Und ihr auch nicht."

„Verdammt noch mal, es ist vorbei. Wirf deine Waffe weg."

Einige Sekunden Pause. „Willst du nicht wissen, wieso ich dich ausgewählt habe, Matt?"

„Red weiter mit ihm", flüsterte Dave und schlich nach rechts. „Übrigens habe ich drei Sprengsätze außer Betrieb gesetzt, die der Bastard hier angebracht hat. Okay … jetzt!"

„Ja", schrie ich, als Dave geduckt losrannte. White Devil feuerte nicht auf ihn. „Es gibt vieles, was ich wissen will. Warum ausgerechnet ich, ist ein guter Anfang."

Ich hörte ein bitteres Lachen.

„Warum nicht du?", sagte White Devil. „Ich hätte jede Menge blutsaugerische Krimischreiber nehmen können. Es ist bloß so, dass wir uns getroffen haben. Zweimal."

„Was?", sagte ich verblüfft.

„Ach, daran erinnerst du dich bestimmt nicht. Damals warst du gerade recht erfolgreich. Du hast den Leuten gar nicht ins Gesicht gesehen, die Schlange standen, um ihre Exemplare deiner Bücher von dir signieren zu lassen. Andererseits, beim zweiten Mal sah es nicht mehr so gut für dich aus. Das war, als Lizzie Everhead dich auseinandernahm."

„Du bist da gewesen, im King's College?"

„Ja. Ich wusste, du würdest dich nicht an mich erinnern. Du hast mein Exemplar von *Red Sun Over Durres* signiert. Hast dir nicht mal die Mühe gemacht, leserlich zu unterschreiben."

Ich sah, wie Dave unbemerkt hinter eine Trennwand flitzte.

„Du willst sagen, du hast mich in diese ganze Scheiße reingezogen, bloß weil du mich zweimal getroffen hast?"

„Na ja, du hast mir leidgetan, Matt." Er klang abgelenkt. „Deine Bücher sind längst nicht so schlecht, wie Dr. Everhead meinte. Everhead. Reimt sich auf ‚dead'. Ich hab sie für dich umgebracht. Hoffentlich weißt du das zu schätzen."

Ich ballte die Fäuste, um mich zurückzuhalten. Dieser grausame, hinterhältige Bastard. „Wieso meine Familie? Was hast du mit denen vorgehabt?"

„Das wäre ganz auf dich angekommen, Matt. Es war ziemlich gut, dass du mir so nahe gekommen bist. Du hättest dich für sie opfern dürfen."

„Was ist mit meiner Mutter?", rief ich. „Warum hast du sie am Leben gelassen?"

„Das habe ich beschlossen, als ich deinen Freund Roger vor dem Haus entdeckte. Als du sie angerufen hast, stand sie unter Drogen, mit einem Messer an der Kehle. Wenn ich sie umgebracht hätte, wärst du vielleicht schwach geworden und zur Polizei gegangen. Hoffentlich hat dir das mit dem Schweineblut gefallen. Das war ein netter Zug, was? Ich hab die Sau selbst geschlachtet und ausbluten lassen."

Ich behielt den Kopf unter der Tischkante. Was zum Teufel machte Dave? „Aber du hast alles getan, um mich für die Morde an Drys und Lizzie Everhead in Verdacht zu bringen, genau wie für die Morde an den Verlagsleuten."

„Damit du nicht zur Ruhe kommst." – Ein langer Feuerstoß war aus White Devils Richtung zu hören. „Da steckst du also", sagte er. „Hab mich schon gefragt, wo du abgeblieben bist."

Ich sah Bonehead an. Sein Gesicht war finster. „Dave?", rief ich.

Keine Antwort.

„Dave hat gerade die Hände voll", sagte White Devil. Seine Stimme klang jetzt zuversichtlicher. „Oder eher die Beine – voller Kugeln. Also, Folgendes werden wir tun. Mein Partner und ich können euren Freund Dave rausbringen. Er lebt noch – gerade so. Bevor wir das tun, muss der andere Typ die Uzi – die Maschinenpistole – so weit nach vorn werfen wie er kann."

Boney und ich tauschten verzweifelte Blicke.

„Wir müssen die anderen beschützen", sagte ich zu ihm.

„Was, und Dave im Stich lassen? Keine Chance."

Ich sah, wie Pete eine mattschwarze Automatik aus seinem Stiefel zog. Sie sah genauso aus wie die von Dave. Was zur Hölle war hier los?

„Die hat er mir vorhin gegeben", erklärte Bonehead. „Hat mir auch gezeigt, wie man damit umgeht. Er meinte, ich könnte eher in der Lage sein, sie zu benutzen, als du."

„Sieht aus, als hätte er falsch gelegen", sagte ich. „Wir können die anderen nur retten, wenn wir tun, was der Wahnsinnige verlangt. Wirf ihm das Ding zu."

Er tat es, zusammen mit der Maschinenpistole.

„Erledigt!", rief ich. „Tu Dave nichts mehr an."

„Steht auf, damit ich euch sehen kann", befahl White Devil.

Boney und ich sahen uns an, dann gehorchten wir.

Nach einem Moment kam White Devil zum Vorschein. Er hatte ein schiefes Lächeln im Gesicht, als er die Maschinenpistole auf uns richtete. Dave, der mit blutdurchtränkten Hosen stöhnte, wurde von seiner Komplizin über den Boden geschleift. Als sie näher kam, erkannte ich, wer die Person war, die nur ein weißes T-Shirt, Slip und Socken trug.

„Nein", ächzte ich.

„Hallo, Matt", sagte Sara fröhlich, ließ Daves Füße fallen und richtete die Maschinenpistole auf mich.

„Der Verdacht ist dir nie gekommen?", fragte White Devil sardonisch.

Plötzlich kapierte ich alles – warum Sara mich auf dieser Party angemacht hatte, die Härte an ihr, die ich auf ihren Job schob, ihre heftigen Stimmungswechsel in letzter Zeit. Was war ich für ein blinder Volltrottel gewesen.

„Nein, das hast du nicht vermutet, was?", sagte sie. „Ist nicht viel los mit deiner schriftstellerischen Vorstellungskraft."

White Devil lachte. „Ich hab noch 'ne Überraschung für dich, Matt. Sara ist meine kleine Schwester. Genau zwölf Minuten jünger."

Das konnte ich nicht glauben, aber ihr Gesichtsausdruck bestätigte es.

„Hat lange gedauert, bis ich sie gefunden habe, aber irgendwann fand ich heraus, welche Familie sie adoptiert hatte. Sie waren in die Gegend von Inverness gezogen. Ich habe ihre Adoptiveltern dazu gebracht, mir zu erzählen, wo ich sie finden konnte."

Mir zog sich der Magen zusammen, als ich mich an einen unaufgeklärten Doppelmord an einem Rentnerpaar in den schottischen Highlands vor ein paar Jahren erinnerte. Großer Gott, hörten seine Morde denn nie auf? Sara hatte sich offensichtlich ein paar Tricks von ihm abgeguckt. Sie musste irgendwie aus ihrer Wohnung geschlichen sein, ohne dass der Polizist vor ihrer Tür etwas bemerkte.

„Also war die ganze Beziehung mit mir bloß vorgetäuscht", sagte ich kopfschüttelnd.

„Das war nicht schwer", sagte sie verächtlich. „Wahrscheinlich dachtest du, eine ordinäre Zeitungsschreiberin sollte dankbar sein, wenn ein Krimiautor, der Preise gewonnen hat, sich für sie interessiert. Ich habe monatelang mit dir gespielt, Matt. Bis heute Nacht. Wer, glaubst du, hat Ginny und die Kinder entführt, besonders deine kostbare Lucy? Ich hab sie mit der Wanze aufgespürt, die wir an den Geländewagen geklebt haben, bevor sie aus dem Haus in Kent abhauen konnten." Sie lachte rau. „Und du bist total auf meine kleine Show reingefallen, die ich mit meiner angeblichen Entführung am Handy für dich abgezogen habe, du egoistischer Idiot."

Ich starrte White Devil an. „Wie lange hast du das schon geplant?"

„Sehr lange", erwiderte er. „Nachdem meine Mutter starb, habe ich angefangen, meine Todesliste aufzustellen. Aber ich wusste von Anfang an, dass mich eine Todesliste allein nicht zufriedenstellen würde.“ Er lächelte. „Tief im Innern bin ich ein großzügiger Mensch. Ich wollte auch noch jemand anders mit seiner eigenen Todesliste unter die Arme greifen.“

„Du bist krank“, sagte Pete.

„Meinst du klinisch krank?“, sagte White Devil. „Das bezweifle ich.“ Er verzog das Gesicht und blickte Sara an. „Also, was sollen wir mit ihnen anfangen?“

Der Blick, den sie ihm zuwarf, war voller Geilheit. Mir wurde klar, dass dieses Zitat von Webster, das in der Leiche der alten Lehrerin zurückgelassen worden war, eine doppelte Bedeutung hatte – sie hatte eine inzestuöse Beziehung mit ihrem Bruder gehabt. Hatte Sara auch eine mit White Devil?

Das Beste hast du ihm noch gar nicht erzählt, Liebling“, sagte sie. „Das mit seinem Vater?“

„Ach ja, sein Vater. Oder eher sein Adoptivvater – Paul Wells.“ Er grinste mich an – völlig krank und bösartig. „Ich war das, der ihn auf der Straße in Muswell Hill überfahren hat.“

Was immer von meinem Leben noch übrig war, ich spürte, wie es jetzt in Stücke brach. Ich hatte mich nicht mehr unter Kontrolle und kletterte über den Tisch. In der Entfernung hörte ich Sirenen, dann merkte ich, dass Bonehead mir folgte.

Sekundenlang nur Krach – Schüsse, Schreie, einige davon kamen von mir. Andy war um den Tisch gekrochen und hatte White Devil bei den Fersen gepackt. Sara drehte sich um und rannte los, den Kopf gesenkt. Ich rammte White Devil den Kopf in den Bauch, bevor er die Maschinenpistole auf Andy richten konnte.

Wir lagen zu dritt auf einem Haufen. Erst jetzt hörte ich, dass Schritte näher kamen.

„Gut … gemacht … Matt.“ White Devil rang nach Luft. Er versuchte zu lächeln und fummelte an der Brust seines Overalls herum.

„Die Sprengsätze sind deaktiviert“, sagte ich und nahm ihm die Fernbedienung ab. Blut von mehreren Schusswunden kam aus seiner Brust.

„Waffen fallen lassen! Alle! Sofort!“

Ich sah mich um und bemerkte drei Männer, die schnell auf uns zukamen. Sie waren schwarz gekleidet, trugen Sturmhauben über den Köpfen und richteten ihre automatischen Pistolen beidhändig auf uns. „Wer zum …“

Der Anführer hob einen Finger, um mich zum Schweigen zu bringen. „Du“, sagte er und zielte auf White Devil. „Du. Jimmy Tanner. Sag mir, was du mit ihm gemacht hast.“

White Devil gab ein würgendes Lachen von sich. „Habt ihr uns doch noch gefunden. Wer seid ihr? Waffenbrüder von dem alten Säufer?“

Der Mann trat einen Schritt vor und packte White Devil an der Kehle. „Wo ist Jimmy Tanner?“ Er sah sich die Waffen an, die über den Boden verstreut waren. „Er hat dir beigebracht, mit diesen Dingern umzugehen, nicht wahr?“

White Devil nickte langsam. „Daraus habe ich großen Nutzen gezogen.“

„Du bist der Wichser, der dauernd Leute abschlachtet, oder?“, sagte einer der anderen Männer.

„Klappe, Rommel“, sagte der erste Mann. Er beugte sich über White Devil. „Wo ist Jimmy? Hast du ihn umgelegt?“

„Einer unter vielen.“ Er schrie auf, als der Mann seine Nase packte und umdrehte. Dann drehte er langsam den Kopf zu mir. „Weißt du noch, was Webster geschrieben hat, Matt?“, fragte er. „‚Wenn je der Teufel die Gestalt der Schönheit sich wählte – sehet hier sein Abbild jetzt.‘ Das wird ein toller Schluss für dein Buch.“

Die anderen schwarz gekleideten Männer packten ihn unter den Achseln und rissen ihn hoch. Er schrie auf.

„Los“, sagte der erste Mann.

Ich wandte die Augen ab, als die Schüsse durch den Schuppen dröhnten. Die drei Männer drehten sich um. Bevor sie gingen, beugte sich der, den sie Rommel nannten, über Dave.

„Was zum Teufel machst du denn hier, Patton?“, fragte er, dann verschwanden sie eilig.

Ich sah mir White Devils Kopf an. Er bestand nur noch aus einer zerschmetterten Masse aus Grau und Blutrot, die auf den weißen Overall tropfte.

„Großer …“, sagte Andy, eine Hand über die Wunde an seinem Arm gelegt.

„Gott“, vollendete Pete. „Was waren das denn für Typen?“

„Polizei!“, schrie jemand von der Tür. „Weg von den Waffen!“

Ich warf einen letzten Blick auf das Monster, das mich in seinen Fängen gehabt hatte. White Devils Seele hatte seinen Körper verlassen.

Ich hoffte, sie war direkt in die Hölle gefahren.

34. KAPITEL

Karen Oaten beobachtete, wie die Familie und die Freunde von Matt Wells in mehrere Notarztwagen geschoben wurden. Sobald sie die Meldung von einer wilden Schießerei in Bethnal Green bekamen, waren sie hierher gerast. Dass Leslie Dunn in dieser Gegend aufgewachsen war, konnte kein Zufall sein. Aber als sie endlich ankamen und Pavlou bestätigt hatte, dass das Grundstück auf den Namen von Leslie Dunns Mutter lief, war alles schon vorbei.

Sie hatte kurz mit Matt gesprochen, bevor sie ihm erlaubte, seine Tochter und seine Exfrau ins Krankenhaus zu begleiten. In den nächsten Tagen würde es noch genug Zeit geben, um ihn detailliert zu befragen. Sie fand die Tatsache, dass seine Freundin Sara Robbins sich als White Devils Partnerin und Schwester erwiesen hatte, beinahe so erstaunlich wie Matt selbst. Das Problem war, dass sie hatte flüchten können. Eine Fahndungsmeldung war herausgegeben worden, aber da sie ihre Tricks von ihrem Bruder gelernt hatte, würden die Behörden sie kaum erwischen können. Die Männer, die White Devil töteten, hatten überhaupt keine Spuren hinterlassen.

„Ich schätze, Sie hatten recht, Chef", sagte Inspector Turner mit einem bedauernden Lächeln. „Tut mir leid, dass ich an Ihnen gezweifelt habe."

„Das werfe ich Ihnen nicht vor, Taff." Sie erwiderte das Lächeln. „Jedenfalls nicht, wenn Sie mir ein paar große Drinks spendieren. Um ehrlich zu sein, ich glaube, nicht einmal Matt Wells könnte sich so eine Sache für eins seiner Bücher ausgedacht haben."

Er nickte. „Mal sehen, ob er das alles für sein nächstes ausschlachtet."

„Noch mehr von diesem Mist.“ Oaten ging zum Wagen. „Kommen Sie, der Commissioner will uns die Hände schütteln.“ Sie schnaubte. „Nicht dass wir mit der Klärung dieses Falls viel zu tun gehabt hätten.“

„Wen kümmert das schon?“, sagte der Waliser. „Für die Akten haben wir den Fall gelöst, und Ihr Foto wird auf allen Titelseiten prangen.“

„Wundervoll“, meinte sie und strich sich eine Strähne aus dem Gesicht. „Was glauben Sie, wer diese Killer waren? Profis, die dem Mörder von irgendeinem Gangster auf den Hals geschickt worden sind?“

„Das ist genauso wahrscheinlich wie jede andere Erklärung.“ Turner zuckte die Achseln.

Karen Oaten ging nach draußen, um sich den Kameras zu stellen, die Hand wieder über das Haar gelegt. Jetzt, wo White Devil endlich verschwunden war, würde sie vielleicht endlich Gelegenheit haben, sich mal wieder hübsch zu machen. Aber wozu? Wer würde schon einen hartgesichtigen weiblichen Detective toll finden, an dessen Händen Blut klebte?

Andererseits war ihr aufgefallen, dass Matt Wells sie auf eine Art angesehen hatte, die einige Hoffnungen bei ihr weckte.

Peter Satterthwaite und ich besuchten die Jungs im Krankenhaus. Sie hatten die Ärzte überredet, sie in ein Gemeinschaftszimmer zu stecken. Das war vermutlich gar nicht so schwer gewesen. So konnte man die Pressemeute einigermaßen in Schach halten.

„Was haben euch die Aasgeier von den Medien denn alles geboten?“, fragte ich, nachdem klar war, dass alle drei wieder gesund werden würden.

„Fünfundzwanzigtausend, aber das wird noch mehr“, sagte Andy grinsend.

„Bei mir genauso“, sagte Rog. Er hatte einen Verband um den Kopf.

„Fünfunddreißig“, sagte Dave. „Schließlich war ich das militärische Genie bei der Sache. Blöd ist nur, dass Ginny die Hälfte davon haben will. Behauptet, sie wäre traumatisiert, aber ich weiß doch, dazu ist sie ein viel zu harter Knochen. Verdammter Mist, ich bin doch der mit dem Explosionstrauma.“

Wir brachen alle in Gelächter aus, dann sahen sie mich ernst an.

„Was ist mit dir, Mann?“, fragte Andy. „Lucy ist okay, oder?“

Ich nickte. „Zum Glück hat sie die meiste Zeit geschlafen, und dieses Gas, das meine wahnsinnige Exfreundin ihnen allen ins Gesicht gesprüht hat, hat offenbar keine ernsthaften Nachwirkungen.“

„Und Caroline?“, fragte Rog.

Ich blickte auf den Boden. „Hat einen Wutanfall nach dem anderen. Wenn sie aus dem Bett käme, würde sie mir die Hölle heiß machen.“ Ich hob die Schultern. „Kann man ihr nicht verdenken.“

„Ach, komm schon, Matt“, sagte Dave. Seine Beine steckten in einer Art Zelt. Er hatte enorm Schwein gehabt. Die Kugeln hatten die Arterien nur um Millimeter verfehlt. „Es war doch nicht deine Schuld, dass dieser Irre dich da reingezogen hat.“

„Nein, aber ich habe sie und Lucy in Gefahr gebracht. Ich hätte gleich am Anfang nie sein Geld nehmen und die ersten Kapitel für ihn schreiben dürfen. Aber Schriftsteller sind Huren, und so einer guten Geschichte konnte ich nicht widerstehen.“ Ich schüttelte den Kopf. „Ich konnte nicht widerstehen, es mit ihm aufzunehmen. Ich muss wahnsinnig gewesen sein.“

Ein ungemütliches Schweigen machte sich breit.

„Außerdem habe ich meine besten Freunde in Gefahr gebracht“, sagte ich und sah sie alle an.

„Vergiss es“, sagte Dave. „Die Guten haben uns am Schluss gerettet.“

Ich betrachtete das breite Grinsen, das er im Gesicht hatte. „Wie meinst du das, Psycho?“

„Die waren vom SAS“, sagte er leise.

„Ich verstehe. Einer von ihnen kannte dich“, sagte ich. „Der Kerl namens Rommel. Wieso war dein Codename Patton?“

„Weil das ein verrückter Hund war, der nie aufhörte anzugreifen“, sagte Andy mit breitem Lächeln.

„Was zum Teufel wollten die da überhaupt?“, fragte Rog.

Dave schüttelte den Kopf. „Verratet niemandem, wer sie waren, wenn ihr am Leben bleiben wollt. Seid einfach dankbar, dass sie gerade noch rechtzeitig gekommen sind.“

Wieder Schweigen. Bonehead brach es schließlich.

„Ich hoffe bloß, die kommen bald noch mal wieder“, sagte er mit seiner tuntigsten Stimme.

Durch das Gelächter platzten mehrere Krankenschwestern herein.

Zwei Tage lang wurde ich von Karen Oaten und ihrem schwermütigen walisischen Adlatus befragt. Es war kein ernsthaftes Verhör. Die Chefinspektorin schien von Anfang an dazu zu neigen, mir zu glauben, und selbst der „Taff“ genannte Mann zeigte angemessene Sympathie, auch wenn er kein Wort davon hören wollte, dass die Rugby League den Unions-Regeln überlegen wäre. Wir verabschiedeten uns recht freundlich. Ein paar Details waren noch nicht geklärt, und ich war ziemlich sicher, dass ich sie bald wiedersehen würde. Tatsächlich hätte es mir nichts ausgemacht, Karen mal allein zu treffen. Anscheinend war ich von meiner Schwäche für starke Frauen noch nicht geheilt.

Als ich endlich wieder in meine Wohnung konnte, benutzte ich das von Rog besorgte Equipment, um die Wanzen und Kameras unschädlich zu machen. White Devil war äußerst gründlich gewesen. Es gab sieben Minikameras und genauso viele Mikrofone, alle von meinem eigenen Stromanschluss versorgt und mit einem gewöhnlichen Transmitter verbunden, der auf dem Dachboden versteckt war. Vermutlich hatte er das alles installiert, während ich morgens und nachmittags mit Lucy unterwegs gewesen war.

Meine Tochter und Daves Kinder gingen bald wieder zur Schule. Sie konnten es kaum erwarten, ihren Freunden zu erzählen, was sie alles erlebt hatten. Der Direktor musste die Presse mit einem Gerichtsbeschluss von der Schule fernhalten. Die Nächte verbrachte ich mit Lucy bei meiner Mutter. Die Journalisten wussten nicht, dass auch sie in den Fall verwickelt war. Sie musste drei Tage im Krankenhaus bleiben, bis man sie gehen ließ. Ihre Hand- und Fußgelenke taten noch weh, aber sonst hatte sie die Tortur mit ihrem üblichen starken Willen überwunden. Ich entschloss mich, ihr nicht zu erzählen, dass White Devil auch ihren Mann, meinen Adoptivvater, umgebracht hatte. Wozu sollte das gut sein? Es war ihr peinlich, dass der Wahnsinnige sie so leicht hatte überwältigen können. Er fuhr vor, als sie gerade nach Heathrow aufbrechen wollte, und behauptete, er wäre ein von mir geschickter Minicab-Fahrer. Ehe sie sich's versah, war sie ohnmächtig von dem Gas und kam gefesselt in einem verlassenen Gebäude wieder zu sich – ich hatte nie herausgefunden, wo, aber ich nahm an, es war die Garage in Deptford, die ich überprüft hatte.

Einige Zeit versuchte ich, meiner früheren Lektorin Jeanie Young-Burke aus dem Weg zu gehen. Sobald White Devil tot war, war sie aus Paris zurückgekommen und wollte mir unbedingt einen Vertrag aufdrücken, damit ich ein True-Crime-Buch über den Fall schrieb. Sie war wütend wegen der Morde an Reggie Hampton und der Empfangsdame, aber das Geschäft ging vor. Ich war gar nicht sicher, ob ich so ein Buch überhaupt schreiben wollte, aber das Honorar war so hoch, dass ich nicht lange widerstehen konnte. Außerdem musste ich mir diesen Rachedurst von der Seele schreiben, mit dem White Devil gespielt hatte. Nicht einmal die kaltblütige Exekution meines Peinigers hatte mein Mitleid wecken können. Darauf war ich nicht gerade stolz.

Mein früherer Agent Christian Fels bot an, mich bei den Vertragsverhandlungen zu repräsentieren. Ich beschloss, dass ihm eine Wiedergutmachung zustand, denn auch er war von White Devil terrorisiert worden und hatte seinen Liebhaber verloren, also unterschrieb ich erneut bei ihm. Was die zwanzigtausend Pfund anging, die ich von dem Schwein gekriegt hatte, die schickte ich anonym an eine Wohltätigkeitsorganisation, die sich um adoptierte Kinder mit seelischen Problemen kümmerte.

Mein Verhältnis zu Caroline wurde noch schlimmer. Eine von White Devils letzten Taten war, ein Digitalfoto an ihre E-Mail-Adresse im Büro zu schicken, das mich zeigte, wie ich den Kadaver des Hundes der Nachbarn in Farnborough entsorgte. Ich schaffte es schließlich, sie davon zu überzeugen, dieses Bild nicht Jack und Shami zeigen zu müssen, aber es war nicht leicht, ihr zu erklären, warum ich das getan hatte. Ich wollte Lucy beschützen, aber sie sah das gar nicht so.

Zwei Wochen später normalisierte sich alles mehr oder weniger. Dave und die anderen kamen aus dem Krankenhaus, Lucy war ganz verknallt in den neuen Huskywelpen der Nachbarn, und der Sommer schien vor der Tür zu stehen. Ich bekam es sogar hin, mich mit Karen Oaten bei einem neuen Mexikaner in Covent Garden zu verabreden. Sie sagte mit unerwarteter Bereitwilligkeit zu.

Dann, heute Morgen, bekam ich eine E-Mail von der Person, die ich die ganze Zeit zu vergessen versuchte. Wie bei den Mails von White Devil war es unmöglich, dem Absender auf die Spur zu kommen. Der erste Teil der Adresse lautete *sarakills*.

Matt, Matt. Du bist tatsächlich davongekommen. Zumindest glaubst Du das. Ich habe dieses Interview mit Dir in meinem früheren Blatt gelesen. Du hast gesagt, der Wunsch nach Rache wäre unreif, Menschen in einer zivilisierten Gesellschaft sollten in der Lage sein, so etwas unter Kontrolle zu halten. Mein geliebter Bruder hätte dem nicht zugestimmt. Ich auch nicht. Obwohl er mir das Wesentliche beigebracht hat, scheine ich eine natürliche Begabung im Überfluss zu besitzen. Anfangs war es schwierig, aber bald gewöhnte ich mich daran, zu töten. Jetzt stehen mir alle geheimen Fonds zur Verfügung, die er angelegt hat. Ich habe sie natürlich längst transferiert, falls Du Dich das fragst.

Ich schulde ihm etwas. Ich werde in Luxus leben. Ich werde nie wieder arbeiten müssen. Aber mit Dir habe ich noch eine Rechnung offen. Ich stelle meine eigene Todesliste zusammen. Am besten siehst Du Dich immer gut um, an jedem einzelnen Tag, für den Rest Deines Lebens.

John Webster hat es schön ausgedrückt: „Erst gebt der Rache Maß mir." So sei es, Matt.

Bleib gesund – bis wir uns wieder begegnen.

Tief im Innern hatte ich erwartet, dass die Geliebte, die mich betrog, sich irgendwann wieder melden würde. Jetzt war ich sicher, dass der Horror, früher oder später, noch einmal von vorn beginnen würde.

– ENDE –

Lisa Jackson
Denn schuldig ist, wer liebt
Band-Nr. 25282
8,95 € (D)
ISBN: 978-3-89941-463-9
304 Seiten

M. J. Rose
Die Magdalenen-Morde
Band-Nr. 25201
7,95 € (D)
ISBN: 978-3-89941-294-9
368 Seiten

M. J. Rose
Das Delilah-Komplott
Band-Nr. 25228
7,95 € (D)
ISBN: 978-3-89941-345-8
416 Seiten

M. J. Rose
Das Venus-Gift
Band-Nr. 25288
7,95 € (D)
ISBN: 978-3-89941-472-1
464 Seiten

John Macken
Blutcode
Band-Nr. 25275
7,95 € (D)
ISBN: 978-3-89941-455-4
416 Seiten

Alex Kava
Blutspur des Todes
Band-Nr. 25112
7,95 € (D)
ISBN: 978-3-89941-148-5
320 Seiten

Alex Kava
Die Rückkehr des Bösen
Band-Nr. 25158
7,95 € (D)
ISBN: 978-3-89941-197-3
464 Seiten

Alex Kava
Organic
Band-Nr. 25249
8,95 € (D)
ISBN: 978-3-89941-408-0
464 Seiten

Jasmine Cresswell
Die Formel der Macht
Band-Nr. 25267
7,95 € (D)
ISBN: 978-3-89941-435-6
416 Seiten

Cameron Cruise
Das Auge der Athene
Band-Nr. 25274
7,95 € (D)
ISBN: 978-3-89941-434-9
512 Seiten

Laura Caldwell
Römisches Roulette
Band-Nr. 25254
7,95 € (D)
ISBN: 978-3-89941-419-6
336 Seiten

Sharon Sala
Der Jünger
Band-Nr. 25218
7,95 € (D)
ISBN: 978-3-89941-335-9
384 Seiten

Tess Gerritsen
Sag niemals STIRB
Band-Nr. 25236
7,95 € (D)
ISBN: 978-3-89941-386-1
304 Seiten

Erica Spindler
Der Engelmörder
Band-Nr. 25230
7,95 € (D)
ISBN: 978-3-89941-347-2
512 Seiten

Lynn Erickson
Bis tief in die Seele
Band-Nr. 95011
7,95 € (D)
ISBN: 978-3-89941-383-0
400 Seiten

Meg O'Brien
Das Allegra-Etui
Band-Nr. 95006
7,95 € (D)
ISBN: 978-3-89941-370-0
448 Seiten